BASTEI
LÜBBE

JAMES PATTERSON

DIE WIEGE DES BÖSEN

2 ROMANE IN EINEM BAND

DER TAG AN DEM DER WIND DICH TRÄGT

BASTEI LÜBBE

BASTEI LÜBBE TASCHENBUCH
Band 25 933

Vollständige Taschenbuchausgabe

Bastei Lübbe Taschenbücher ist ein Imprint
der Verlagsgruppe Lübbe

Titel der amerikanischen Originalausgaben:
Cradle and all und *When the Wind blows*
Erschienen bei Little, Brown and Company,
Boston, New York, London, Toronto

Einbandgestaltung: HildenDesign, München
Titelmotiv: Creativ Collection
Satz: hanseatenSatz-bremen, Bremen
Druck und Verarbeitung: Elsnerdruck, Berlin
Printed in Germany
ISBN 3-404-25933-5

JAMES PATTERSON

DIE WIEGE DES BÖSEN

ROMAN

Aus dem Amerikanischen von
Karin Meddekis

BASTEI LÜBBE

Prolog

Die Frauenklinik

1.

Der Sonnenuntergang hatte den Horizont über dem hügeligen Dächermeer von South Boston in Blutrot getaucht. Auf den Dächern saßen Vögel, die das Mädchen, das dort unten langsam vorüberging, zu beobachten schienen.

Kathleen Beavier ging eine dunkle Seitenstraße hinunter, die ihr so fremd war wie die ferne Oberfläche des Mondes. Sie hatte sich bewusst an diesen Ort begeben, an dem es so kalt und unheimlich war. Sie trug einen Parka, einen langen gemusterten Rock und schwarze Schuhe – ihre Straßenkleidung. Die Stiefel scheuerten ihre Fersen wund, doch sie war froh über diesen Schmerz. Er lenkte sie von der unvorstellbaren Sache ab, die sie hierher geführt hatte.

Es ist so unheimlich, so unwirklich, einfach unfassbar, dachte sie.

Das sechzehnjährige Mädchen blieb stehen, um an der Kreuzung von Dorchester und Broadway, wo nur wenig Verkehr herrschte, Luft zu holen. Es wirkte fremd in dieser Umgebung. Kathleen war zu adrett, vielleicht zu hübsch, doch genau das war in ihrem Sinn. Sie würde in South Boston gewiss niemanden treffen, den sie kannte.

Ihre Hände zitterten stark, als sie die Brille mit dem goldenen Metallgestell in ihr blondes Haar schob. Sie hatte es heute Morgen mit einem besonderen Shampoo gewaschen und zusätzlich eine Spülung benutzt. Es war einfach absurd und lächerlich, sich Sorgen darüber gemacht zu haben, wie ihr verdammtes Haar aussehen würde.

Sie kniff die Augen zusammen und seufzte verzweifelt. Sie war verwirrt und niedergeschlagen.

Kathleen zwang sich schließlich, die Augen wieder zu öffnen, und blinzelte in die zerfetzten roten Strahlen der untergehenden Sonne. Dann schaute sie zum tausendsten Mal innerhalb einer Stunde auf ihre Armbanduhr.

O Gott, nein. Es ist schon nach sechs. Ich komme zu spät zu meinem Termin beim Arzt.

Sie lief auf die Ruinen von Southey zu. Aherns Leichenhalle tauchte vor ihrem verschwommenen Blick auf und verschwand wieder. Dann eilte sie an der verfallenen St.-Augustine-Kirche vorbei, an den Bars, einer Reihe zweistöckiger Holzhäuser und einem Penner, der gegen eine mit Graffiti besprühte Wand pinkelte. Sie dachte an einen alten Rock-Song, »Aqualung«, den eine Gruppe namens Jethro Tull gesungen hatte.

Kathleen ging sehr schnell, was sie auch zu Hause in Neuengland oft tat, um sich gegen die Kälte zu schützen. Tränen quollen aus ihren Augen, flossen über ihre Wangen und tropften auf die Erde.

Schnell, schnell. Du musst diese scheußliche Sache hinter dich bringen. Du bist extra hierher gekommen.

Es war schon Viertel nach sechs, als sie schließlich in den West Broadway einbog. Sie erkannte sofort das graue Backsteingebäude, das zwischen einem Waschsalon, der Tag und Nacht geöffnet hatte, und einem Leihhaus eingezwängt war.

Das ist das Haus. Der grässliche Ort.

Die Wände waren mit rotem Lippenstift und schwarzen Graffiti voll geschmiert: *Abtreibung ist Mord. Abtreibung ist eine unverzeihliche Sünde.* Auf einem angelaufenen Messingschild neben der Glastür stand: *Frauenklinik.*

Traurigkeit überfiel sie, und sie fühlte sich überdies sehr schwach. Sie wollte das nicht erleiden und war sich nicht sicher, ob sie es konnte. Es war alles ganz schrecklich und ungerecht.

Kathleen drückte ihre Hand auf das Türschild. Die Tür öffnete sich, und sie befand sich in einem Vertrauen erweckenden Raum, der Anmeldung. An der Wand standen pastellfarbene Plastikstühle. Poster von Müttern mit hübschen Gesichtern und pausbäckigen Babys hingen an den Wänden. Und das Beste war, dass zu dieser späten Stunde niemand hier war.

Kathleen nahm ein Klemmbrett in die Hand, das auf der Theke lag. Ein Hinweisschild forderte sie auf, das Formular nach bestem Wissen auszufüllen.

Sie machte es sich auf einem hellblauen Stuhl bequem und schrieb in Druckbuchstaben ihre Krankengeschichte auf. Jetzt zitterten ihre Hände stärker. Sie trommelte mit den Füßen, die in modernen, klobigen Schuhen eingezwängt waren, unaufhörlich auf den Boden.

Kathleen suchte in ihrer Erinnerung nach irgendetwas, das dieser Sache einen Sinn verlieh.

Nichts! Das kann doch nicht wahr sein! Was mache ich hier in der Frauenklinik?

Sicher hatte sie schon mit Jungen herumgeknutscht, aber sie kannte den Unterschied zwischen Küssen und ... Vögeln. Sie war doch nicht blöd!

So weit war sie noch nie gegangen. Und sie hatte noch nicht einmal den Wunsch verspürt. Sie war zu altmodisch in diesen Dingen – oder vielleicht einfach prüde oder ein anständiges Mädchen –, aber sie hatte nichts Unrechtes getan. Dort unten hatte sie noch nie ein Junge berührt. Würde sie es wissen, wenn es so gewesen wäre? Natürlich würde sie es wissen.

Wie konnte sie also *schwanger* sein?

Es konnte einfach nicht sein. Es war vollkommen unmöglich. Sie war ein anständiges Mädchen, das anständigste. In der Schule war sie mit allen befreundet.

Kathleen Beavier war Jungfrau. Sie hatte noch nie Geschlechtsverkehr gehabt.

Und doch war sie schwanger.

2.

Plötzlich fühlte sich Kathleen so elend, dass sie meinte, sie müsse zu Boden sinken. Ihr war schwindelig, und sie hatte das Gefühl, sich hier im Wartezimmer erbrechen zu müssen.

Reiß dich zusammen, Kind, flüsterte sie leise. *Du bist nicht die Erste, die so etwas durchmacht. Und du wirst auch nicht die Letzte sein.*

Sie warf schnell einen Blick auf die Uhr über der Anmeldung, hinter deren Tresen niemand saß. Es war fast zwanzig nach sechs. Wo war die Sprechstundenhilfe? Und was noch wichtiger war: Wo war die Ärztin?

Kathleen verspürte den Wunsch, aus der Frauenklinik wegzulaufen, aber sie bekämpfte diesen Drang.

Sie konnte hier nicht länger sitzen! Das Warten war unerträglich. Wo *waren* sie alle?

»Bringen wir es hinter uns«, sagte sie mit zusammengepressten Lippen. »Was du heute kannst besorgen, das verschiebe nicht auf morgen.«

Sie stand auf und ging zu einer Kiefernholztür direkt hinter der Anmeldung. Kathleen holte so tief Luft wie vielleicht noch nie in ihrem Leben, drückte den Metallgriff herunter und öffnete die Tür.

Vom Ende des Flurs drang eine leise, liebliche Stimme an ihr Ohr. *Gott sei Dank, es ist also doch jemand hier.*

Sie folgte der Stimme.

»Hallo«, rief Kathleen zögernd. »Hallo? Ist da jemand? Ich bin eine Patientin. Ich heiße Kathleen Beavier. Hallo?«

Die Tür am äußersten Ende des Flurs war einen Spaltbreit geöffnet, und Kathleen glaubte, dass die angenehme Stimme von dahinter kommen müsse. Sie stieß die Tür langsam auf.

»Hallo?«

Irgendetwas stimmte hier nicht. Kathleen hatte ein ungutes Gefühl. Sie spürte, dass sie hätte gehen müssen, aber es hatte sie so viel Mut gekostet, überhaupt hierher zu kommen.

Die Luft war trübe, fast klebrig. Es roch nach Alkohol. Aber war da nicht noch etwas? Kathleen riss die Augen weit auf.

Es dauerte ein paar Sekunden, bis ihr das ganze Ausmaß des Schreckens bewusst wurde.

Eine junge, dunkelhaarige Frau hing an einem Haken oben an der Wand. Sie trug einen weißen Arztkittel. Auf ihrem Namensschild stand Dr. Higgins. Um ihren Hals, der mindestens doppelt so lang war wie normalerweise, war ein Strick geknüpft.

Hals und Gesicht hatten eine scheußliche dunkelrote Farbe angenommen. Die Augen waren blutunterlaufen und wie vor Angst erstarrt. Das braune Haar fiel über die Schultern.

Kathleen streckte zitternd eine Hand aus, um die Hand der Frau zu berühren. Sie war noch warm und feucht. Dr. Higgins. Ihre Ärztin.

Diese Frau war soeben gestorben!

Kathleen geriet in Panik und zog ihre Hand wieder weg.

Sie wollte weglaufen, aber etwas hielt sie mit aller Gewalt zurück.

Sie sah ein Stethoskop, das zusammengerollt neben einem Block Papier lag. Auf dem Block stand Kathleens Name.

»Oh NEIIIIIN!«, schrie sie. Angst, Schuldgefühle und Scham krochen in ihr hoch. Ihr Magen verkrampfte sich und ihr wurde übel.

In diesem Augenblick begriff sie, dass sie keine Minute länger in dieser Welt leben konnte. Der Gedanke war so seltsam, so überwältigend, dass sie fast das Gefühl hatte, es wäre nicht ihr eigener.

Ein Tablett mit Instrumenten funkelte neben dem Schreibblock. Kathleen hob eine scharfe Klinge hoch. Sie lag eiskalt und bedrohlich in ihrer Hand.

Sie hörte eine Stimme – aber dort war niemand. Die Stimme war tief und herrisch. *Du weißt, was du zu tun hast, Kathleen? Wir haben darüber gesprochen. Nur zu! Es ist richtig.*

In der Lücke zwischen dem rosafarbenen Ärmelaufschlag ihres Oxford-Hemdes und der Falte ihres linken Handgelenkes machte sie einen Schnitt. Die Haut teilte sich.

Siehst du, wie einfach es ist, Kathleen? Es ist eigentlich gar nichts. Nur der natürliche Lauf der Dinge.

Dann quoll das Blut hervor und tropfte auf den Boden. Tränen rannen aus ihren Augen und vermischten sich mit dem Blut.

Noch ein weiterer Schnitt – nur um sicher zu gehen.

Es war schwerer für sie, den zweiten Schnitt zu machen. Das Armband ihrer Uhr bedeckte die für diesen Zweck beste Stelle ihrer Vene, und ihre rechte Hand war schon schwach.

Sie schnitt noch einmal in die Vene.

Dann sank sie auf die Knie, als wollte sie beten.

Kathleen machte einen dritten Schnitt, und anschließend hüllte sich die Welt in Dunkelheit.

Zu Füßen der am Haken hängenden Ärztin, deren Mund jetzt zu einem wissenden Lächeln erstarrt zu sein schien, fiel sie bewusstlos zu Boden.

Erster Teil

Die Ermittler

3.

Ich nehme an, dass es in Anbetracht der Dinge, die passiert sind, nicht übertrieben ist, wenn ich behaupte, dass es eine der unglaublichsten Geschichten überhaupt und die seltsamste ist, die ich je erlebt habe. Und das Verrückteste an all dem ist, dass ich in dieser Geschichte eine Rolle spiele – eine große Rolle.

Ich erinnere mich genau, wie meine Verstrickung in den Fall begann. Ich erinnere mich an jedes Detail, als wäre alles eben erst geschehen.

Es nahm seinen Anfang in meinem kleinen Büro im Back-Bay-Bezirk von Boston, in dem wie immer ein heilloses Durcheinander herrschte. Trotzdem war es ein gemütlicher Raum. Der Blick aus meinem Fenster fiel genau auf die Wolkenkratzer, zu denen das John-Hancock-Gebäude und das Prudential Center gehörten.

Die Tür wurde geöffnet, ohne dass jemand angeklopft hatte, und ein älterer Herr trat ein. Er trug einen grauen Nadelstreifenanzug, ein weißes Hemd und eine dunkelblaue Seidenkrawatte. Er sah aus wie ein erfolgreicher Anwalt oder Geschäftsmann.

Ich wusste, dass er weder das eine noch das andere war. Es war Kardinal John Rooney vom Erzbistum Boston, einer der bedeutendsten Kirchenmänner der Welt und ein Freund von mir.

»Hallo Annie«, sagte er, »schön, dich zu sehen – auch unter diesen Umständen.«

»Schön, dich zu sehen, John«, sagte ich und lächelte, als ich mich erhob. »Du hast dich doch nicht so in Schale geschmissen, um mich zu besuchen. *Welche* Umstände meinst du?«

»Doch, habe ich«, erwiderte Rooney. »Ich bin inkognito gereist, verstehst du. Aufgrund der *Umstände*.«

»Ich verstehe. Feiner Zwirn. Wie die feinen Ostküstenprotestanten, wonach wir Katholiken streben. Sei vorsichtig, ein Flittchen könnte versuchen, dich aufzureißen. Komm rein und setz dich hin. Es ist fast sechs. Darf ich dir etwas zu trinken anbieten, John?«

»Heute sage ich nicht nein, Anne. Scotch, wenn du welchen hast. Das passende Getränk für einen alten Mann, der immer älter wird.«

Ich goss dem Kardinal einen Scotch ein und holte für mich eine Flasche Samuel Adams aus dem Minikühlschrank.

»Es ist mir eine Ehre, glaube ich«, fügte ich hinzu, als ich ihm das Glas reichte. »Zum Wohl, auf die Umstände deines Besuches«, sagte ich und hob meine Bierflasche.

»Der richtige Trinkspruch«, sagte Rooney, der an seinem Glas nippte.

Meine Beziehung zum Erzbistum Boston ist ziemlich kompliziert zu erklären; jedenfalls war ich in letzter Zeit mehrmals als Privatdetektivin für das Erzbistum tätig. In dem einen Fall ging es um eine Lehrerin aus Andover, die von einem Priester entführt worden war, der an der gleichen Highschool wie sie unterrichtete. Im anderen Fall hatte ein fünfzehnjähriger Junge einen anderen Jungen in der Kirche erschossen. Beide Fälle waren weder für den Kardinal noch für mich schöne Erfahrungen.

»Glaubst du an Gott, Anne?«, fragte mich Rooney, als er sich in einem meiner bequemen, leicht ramponierten Sessel zurücklehnte.

Ich hielt es für eine seltsame, fast unverschämte Frage. »Ja, auf meine eigene, recht ungewöhnliche Weise.«

»Glaubst du an Gott den Vater, den Sohn und die Heilige Jungfrau?«, fuhr der Kardinal fort. Die Frage machte dieses sehr seltsame Treffen noch seltsamer.

Ich blinzelte mehrmals mit den Augen. »Ja, auf meine Weise.«

Dann fragte mich Kardinal Rooney: »Bist du als Privatdetektivin berechtigt, eine Waffe zu tragen?«

Ich öffnete meine Schreibtischschublade und zeigte ihm einen Smith & Wesson-Revolver. Allerdings fühlte ich mich nicht verpflichtet, ihm zu sagen, dass ich noch nie mit ihm geschossen hatte.

»Du bist engagiert«, sagte er und kippte den Rest seines Whiskys herunter. »Kannst du heute noch nach Los Angeles fliegen? Dort gibt es etwas, was du meiner Meinung nach sehen solltest, Anne.«

4.

Niemals werde ich vergessen, was ich in Los Angeles sah und fühlte.

Ich hatte die Berichte über die schreckliche Krankheit wie Millionen anderer zuerst auf CNN und dann auf allen TV-Sendern verfolgt. Vor Schrecken erstarrt hatte ich gesehen, wie die Kinder in Los Angeles in Scharen ins Cedars-Sinai Medical Center gebracht wurden. Sie alle litten unter schmerzenden Gelenken und Fieber, Anzeichen dafür, dass sie möglicherweise innerhalb weniger Tage sterben würden.

Bei meiner Ankunft im Cedars war der Anblick noch viel schlimmer als die Bilder im Fernsehen. Es war etwas ganz anderes, dort inmitten des Leidens und Schreckens zu sein. Am liebsten wäre ich geflohen, und vielleicht hätte ich es tun sollen. Vielleicht hätte ich in die Berge Hollywoods rennen und niemals mehr zurückkehren sollen.

Panik und Angst ließen den Lärmpegel in dem berühmten Krankenhaus, in dem das totale Chaos ausgebrochen war, auf weit über hundert Dezibel ansteigen. Das Geschrei der Schwestern und Ärzte in der Notaufnahme und das Jammern ihrer jungen Patienten hallte laut von den beige gekachelten Wänden wider.

Es war unglaublich traurig und Unheil verheißend. Ein Hinweis darauf, was uns die Zukunft bringen würde?

Ein etwa vierjähriger Junge mit lockigem Haar, der einen gelben Schlafanzug trug, wurde gerade intubiert. Ich zwinkerte ihm zu, und der Junge zwinkerte zurück. Auf einem anderen Tisch rollte sich eine Jugendliche wie ein Embryo um ihren beigen Plüschbären zusammen. Sie stieß laute, herzzerreißende Schreie aus, als die Ärzte versuchten, ihre verrenkten Glieder zu richten. Ringsherum warteten Unmengen anderer Kinder, dass sie an die Reihe kamen.

Polizisten, deren Funkgeräte laut kreischten, bewachten die Türen. Sie hinderten die verzweifelten Eltern daran, zu ihren Babys zu gelangen.

Der lange, mit Linoleum ausgelegte Korridor war von einer Wand zur anderen mit fiebernden Kindern voll gestopft, die sich auf Decken, die auf den nackten Boden gelegt worden waren, hin und her warfen.

Alle Zimmer auf diesem Flur waren zu Schlafsälen für erkrankte Kinder umfunktioniert worden. Ihre Familien schienen aufgrund der dünnen, blauen Papierkittel und des Mundschutzes, den sie trugen, auf schaurige Weise miteinander verwandt zu sein. Jedes neue Bild prägte sich mir zuerst unauslöschlich ins Gedächtnis und dann in die Seele ein.

Der Arzt, der an meiner Seite ging, hieß Lewis Lavine. Er war der Chefarzt der Kinderklinik, ein großer, ein wenig linkischer Mann, der durch seine eigenartig hochgekämmten schwarzen Haare noch größer wirkte. Dr. Lavine war hier in diesem Chaos wie ein Fels in der Brandung. Er machte mit mir einen ausgedehnten Rundgang, obwohl er ganz offensichtlich keine Zeit dazu hatte.

Die gleiche mysteriöse »Seuche« war kurz zuvor in Boston ausgebrochen. Ehe ich nach Los Angeles fuhr, hatte ich im St. Catherine, einem Krankenhaus, das von der Kirche geleitet wurde, gesehen, was die Seuche angerichtet hatte. Das Erzbistum hatte mich nach L.A. geschickt, um den Dingen auf den Grund zu gehen.

»Sie wissen, was es ist, nicht wahr?«, fragte ich Dr. Lavine, als wir den Flur hinuntereilten.

»Ja, natürlich«, erwiderte er, aber es widerstrebte ihm offenbar, dem Entsetzen einen Namen zu geben. Dann sprach er in sehr ernstem Ton weiter. »Es ist im Grunde Poliomyelitis, nur dass das Virus sich diesmal schneller ausbreitet und noch rascher den Tod nach sich zieht. Es sieht so aus, als wäre die Seuche vollkommen unvermittelt ausgebrochen.«

Ich nickte. »In Boston ist es das Gleiche. Ich sprach vor über einer Stunde mit Dr. Albert Sassoon. Er ist ein fantastischer Arzt, aber auch er steht vor einem Rätsel. Es ist Polio – die Wiederkehr der gefürchteten Krankheit.«

Polio, Kinderlähmung, war einst eine mörderische Seuche. Mehr als sechshundertfünfzigtausend Menschen wurden von ihr heimgesucht, in der Mehrzahl Kinder. Die Seuche tötete etwa zwanzig Prozent, floh wie eine todbringende Flut vor dem Rest und ließ verformte Glieder und verkrüppelte Wirbelsäulen hinter sich zurück, Körper, die nie mehr gesundeten. Dr. Salks Impfstoff hatte die Kinderlähmung, wie es schien, für immer ausgerottet. Seit 1957 hatte es nur eine Hand voll Fälle in diesem Land gegeben, aber die gegenwärtige mysteriöse Epidemie hatte eine viel höhere Todesrate als die Polioseuche von damals.

»Waren diese Kinder alle geimpft?«, fragte ich.

Lavine seufzte. »Die meisten. Aber es scheint keine Rolle zu spielen. Wir stehen dem Nachfolger von Polio gegenüber«, sagte er. »Die alte Bedrohung mit einer neuen, stärkeren Wirkung. Das Virus hetzt durch den alten Impfstoff hindurch, ohne mit der Wimper zu zucken. In der Weltgesundheitsbehörde glauben einige, dass ein gebrochener Abwasserkanal eine Wasserquelle verseucht habe und sich die Krankheit daher so dramatisch ausbreite. Aber in Los Angeles wissen wir verdammt noch mal nicht, wo ihr Ursprung liegt. Hier? In Boston? Und wir wissen keinesfalls, wie wir sie stoppen können, oder wo sie als Nächstes ausbricht.«

Als wollten wir diese Tatsache unterstreichen, schauten wir beide auf die kranken Kinder, die sterbenden Kinder. So viele von ihnen würden nicht mehr nach Hause gehen, und das war erschreckend und völlig unfassbar.

»Nun, Doktor, das wissen die Ärzte in Boston auch nicht. Sie wissen nicht, wie das geschehen konnte, aber es ist geschehen. Was, zum Teufel, geht hier also vor?«

5.

Rom, eine Woche zuvor.

Pater Nicholas Rosetti hatte sich in seinem Leben noch nie so stark auf etwas konzentriert, und doch mangelte es ihm an jedem fruchtbaren Gedanken und jeder Erleuchtung. Er wusste alles über die »rätselhaften Vorgänge«, die Tragödien in Los Angeles, Boston und anderswo. Bedauerlicherweise wusste er noch viel mehr, so viel mehr, dass sein Kopf zu platzen drohte. Er glaubte zu wissen, *warum* diese Krankheiten und Seuchen ausgebrochen waren. *Er wusste das Unvorstellbare.*

Nicholas Rosettis Statur eines Handwerkers zeugte von vielen Jahren harter Arbeit und einem Leben im Freien. Er war einfach, aber gut gekleidet. Sein Lächeln war entwaffnend und selbstsicher, selbst wenn ihn fast panischer Schrecken erfasste. Er war auf geheimnisvolle Weise hübsch, und das war für einen Priester eher hinderlich.

Rosetti war der Sohn armer, einfacher Eltern, aber er war sehr clever und sehr ehrgeizig. Er begriff, wie groß die Macht der Kirche noch immer war, aber was noch wichtiger war, dass sie wachsen konnte. Überdies *wusste* er ganz genau, dass er eines Tages Kardinal werden und diese Macht nutzen würde.

Doch als er zum Priester geweiht wurde, widerfuhr ihm etwas Seltsames und Unerwartetes. Nicholas Rosetti fing an zu glauben. Ihm wurde der göttliche Glaube geschenkt. In dem Augenblick versprach er Gott, ihm sein Leben hier auf Erden zu weihen und der Kirche und den Menschen zu dienen. Es war kaum zu glauben, was für ein guter Mensch er war. Daher wurde der Heilige Stuhl auf ihn aufmerksam, Papst Pius persönlich. Es war bekannt, dass Pater Rosetti so schlau war wie jeder Priester in Rom, dabei war er loyal, ein wirklich guter Mensch, mit wahrem Glauben.

Beim Gehen fiel sein Blick auf die glänzenden Goldkuppeln und die zweitausend Pfund schweren Kreuze und Nadelturmspitzen des Petersdoms. Er suchte nach einer Antwort, fand aber keine. Sein bereits schneller Schritt wurde noch schneller.

Als er den vertrauten, belebten Petersplatz überquerte – diesen majestätischen Platz mit den Kolonnaden des Bernini –, konnte er noch die Worte hören, die seine Heiligkeit Papst Pius XIII. vor kurzem an ihn gerichtet hatte.

Diese Worte übertönten den Lärm der römischen Straßen, auf denen es von Touristen, Drogenhändlern und hupenden Autos wimmelte.

»*Pater Rosetti*«, hatte Papst Pius, der als wahrer Vertrauter zu ihm sprach, zu ihm gesagt, »*Sie sind der Chefermittler der Wunder der ganzen Welt. Ich möchte, dass Sie ein Rätsel für mich lösen. Eigentlich zwei Rätsel. Sie dürfen mit niemandem darüber sprechen.*«

Nicholas Rosetti schritt schnell an den vier prächtigen Leuchtern vorbei, die am Fuße des ägyptischen Obelisken standen, der einst die größte Arena in Neros Zirkus überragt hatte. Sein Geist war noch auf die Worte des Mannes gerichtet, dessen geistliche Autorität und Führerschaft sich über den ganzen Globus erstreckte.

»*Vor einundachtzig Jahren wurde in Fatima in Portugal von Unserer Heiligen Jungfrau eine Botschaft verkündet. Wie Sie wissen, wurde das ›Geheimnis von Fatima‹ nie enthüllt. Die Umstände zwingen mich dazu, Ihnen nun von der außergewöhnlichen Botschaft zu berichten. Ich muss Ihnen dieses Geheimnis anvertrauen, aber Sie dürfen es niemandem weitererzählen ... Es ist lebenswichtig, Pater Rosetti. Es hat mit dem Ausbruch von Polio in Amerika, den*

Hungersnöten in Asien und Afrika und vielen anderen Dingen zu tun ... Es steht alles miteinander in Verbindung. Sie werden es selbst sehr bald erkennen.«

Rosetti hatte schon die Porta Santa Anna erreicht. Er war im Begriff, den Stadtstaat, den Vatikan, zu verlassen. *Und werde ich auch seinen Schutz verlieren?* fragte er sich. *Bin ich nun wirklich ganz allein?*

Als der Priester in die alte, verfallene Via di Porta Angelica einbog, spürte er plötzlich ein seltsames Schwindelgefühl. Er verlor die Orientierung, als ihn dieser Taumel erfasste.

Er fühlte, dass er *beobachtet* wurde.

Stechende Schmerzen bedrängten sein Herz, als durchbohrten Messer seine kräftige Brust.

Sein Blick trübte sich, bis nur noch ein ganz schmaler Spalt Licht durch seine Augen drang.

»O Gott«, flüsterte er. »Was passiert mit mir? Was ist los?«

Dann hörte er eine tiefe, volle Stimme. *Es gibt keinen Gott, du Narr. Es hat nie einen gegeben. Niemals! Für einen menschlichen Narren gibt es keine Möglichkeit, Gott je zu erkennen.*

Er versuchte sich zu beruhigen und griff nach einem Laternenpfahl, als ihn entsetzliche Übelkeit überkam. Aber es war nicht so, als hätte er sich den Magen verdorben. Es war viel schlimmer.

»Der Mann ist krank«, rief jemand auf Italienisch. »Der Mann ist sehr krank!«

Nicholas Rosetti keuchte heiser. Plötzlich durchbohrten qualvolle Schmerzen seinen linken Arm und sein Bein. Er dachte, er werde aufgespießt.

Und tief in seinem Kopf hörte er wieder die Stimme. *Du wirst sterben. Das ist dein Ende. In wenigen Sekunden hörst du auf zu existieren. Dein Leben hatte keine Bedeutung.*

Hatte er vielleicht einen Herzanfall? Nein, dazu war er zu jung. Das konnte nicht sein. Er war erst sechsunddreißig und gesund wie ein Pferd. Noch vor wenigen Tagen hatte er sich bester Gesundheit erfreut. Noch vor Stunden! Er war heute Morgen fünf Meilen am Tiber entlanggejoggt.

Dein Sport, dein Jogging ist ein Scherz! Das siehst du jetzt, nicht wahr, du Narr?

Rosetti fiel auf das kalte Straßenpflaster. Der Himmel schien aufzuleuchten und sich dann wieder zu verdunkeln. Vor seinen Augen sah er verschwommene Farben, Gesichter schauten zu ihm herunter und versperrten ihm die Sicht. Sie waren grotesk verzerrt und veränderten ihre Form.

Er dachte an die unglaubliche Enthüllung, die er erst vor wenigen Augenblicken im Apostolischen Palast, in den päpstlichen Gemächern, erhalten hatte.

»Ich muss Ihnen das Geheimnis verraten«, hatte Pius gesagt. *»Ich habe keine andere Wahl. Hören Sie mir zu. Hören Sie mir genau zu.*

Pater Rosetti, Unsere Jungfrau von Fatima versprach der Welt ein göttliches Kind. Nun ist es passiert. Sie müssen die jungfräuliche Mutter finden. Nur sie kann den Krankheiten und Seuchen in der ganzen Welt Einhalt gebieten. Sie müssen sie finden.«

»Bitte helfen Sie mir«, keuchte Nicholas Rosetti, der auf der Straße lag. »Ich kann jetzt nicht sterben. Ich kenne das Geheimnis.«

»Wir kennen es alle«, flüsterte jemand in der Menge, die sich um ihn gebildet hatte.

»Wir kennen alle das Geheimnis«, sagten sie im Chor. Sie lächelten. *»Wir kennen es alle.«*

Und jetzt sah er, dass es Teufel waren, jeder Einzelne von ihnen. Auf den Straßen wimmelte es von grotesken, knurrenden Teufeln. Sie sahen aus wie Werwölfe, brutale, hasserfüllte Bestien, die auf ihren Hinterbeinen standen.

Er hörte wieder die tiefe Stimme.

Du wirst mit deinem wertvollen Geheimnis früh im Grab landen, Nicholas. Du kommst geradewegs in die Hölle.

6.

Newport, Rhode Island.

Kathleen Beavier kratzte nervös an der rauen, rot-violetten Narbe auf ihrem Handgelenk. Die Sechzehnjährige erinnerte sich daran, wie sie sich selbst in Boston die Pulsadern aufgeschnitten hatte, doch das verdrängte sie nun. Sie versuchte es jedenfalls. Monate waren vergangen, aber natürlich konnte sie das nicht vergessen.

Als sie am Frühstückstisch saß, schaute sie auf den *Boston Globe*, der neben ihr lag. Die Titelzeile berichtete von einem mysteriösen Ausbruch von Polio in Boston. Die ganze Welt schien neuerdings verrückt zu spielen, oder vielleicht übertrug sie nur ihre eigenen Gefühle und Ängste auf den Rest der Welt.

Plötzlich hatte sie das Gefühl, etwas stimme mit der Luftzirkulation im Hause nicht. Die Luft war dick und ekelhaft. Sie erschien ihr fast *bösartig*.

Hör auf. Hör doch auf, befahl Kathleen.

Sie hatte jetzt ständig derartige Gedanken. Sie hörte Stimmen und hatte verrückte Ideen. Aber zumindest wusste Kathleen, dass es verrückt war. Seitdem sie in South Boston gewesen war, wusste sie, dass sie verrückt werden könnte. Doch wer würde unter diesen Umständen nicht ein wenig verrückt werden? Sie drehte die Zeitung um. Im Moment hatte sie keinen Bedarf an schlechten Nachrichten.

Jemand trat in ihr Blickfeld.

»Ich möchte kein Frühstück«, sagte sie zu der Haushälterin, Mrs. Walsh.

»Sprich nicht so mit mir, Kathy«, tadelte Mrs. Walsh sie freundlich. Sie stellte eine kleine Platte mit verführerischen Köstlichkeiten auf den Tisch: frisches Obst, Müsli und warmes Brot. Vom Frühstückstisch auf der Veranda konnte man auf das felsige Ufer hinter dem Haus der Beaviers in Newport, Rhode Island, sehen.

Schließlich lächelte Kathleen. Und trotz ihres Wunsches, hartnäckig zu sein, zu hungern und einfach nein zu sagen, tauchte sie ihren Löffel in das Müsli.

»Igitt«, sagte sie.

»Oh, bitte, gern geschehen«, erwiderte Mrs. Walsh, die schon vor der Geburt Kathleens als Angestellte im Hause gewesen war.

Kathleen spielte mit dem Müsli, den Apfelsinenscheiben und dem Siebenkorn-Toast auf ihrem Teller. Sie trank einen Schluck Kamillentee, der ganz genauso schmeckte, wie sie ihn am liebsten trank. Dann befreite sie sich von der Serviette, quälte sich aus dem Stuhl und ging langsam davon.

»Sei vorsichtig, Kathleen«, rief Mrs. Walsh ihr hinterher.

Das Mädchen musste lächeln. Vorsichtig? War es dazu nicht ein wenig zu spät?

7.

Kathleen stützte ihren vorstehenden Bauch mit der linken Hand und stieg eine steile gebleichte Holztreppe vor dem Haus hinunter. In letzter Zeit war ihr einziges unschuldiges Vergnügen der Strand, und der lag direkt vor ihr.

Am Strand konnte sie schreien. Sie konnte schreien, so laut sie wollte, denn ihre Stimme wurde von den tosenden Wellen übertönt. Wenn sie Lust dazu hatte, konnte sie sich verrückt benehmen. Und dazu hatte sie große Lust. Sie war im achten Monat schwanger, und das war nur eine Sache, die für sie keinen Sinn ergab. Die Ärztin, die die Abtreibung hatte vornehmen sollen, hatte entweder Selbstmord begangen oder war ermordet worden. Die Polizei wusste es noch nicht. Sie selbst wäre in dieser Nacht in South Boston gestorben, wenn nicht noch ein anderer Patient zu später Stunde gekommen wäre und sie blutend auf dem Boden vorgefunden hätte.

Kathleen seufzte laut auf, als sie den Strand erreichte. Ihr geschwollener Fuß war aus dem Turnschuh mit der Plateausohle herausgerutscht. Sie hatte die Schnürsenkel aufmachen wollen, aber sie konnte ihre Füße nicht sehen, und sie konnte sich außerdem nicht so tief bücken.

Wie war das passiert? Wie? Warum?

Es war Ebbe, und sie watete durch das Watt, wobei sie ihre Hand auf ihren riesigen Bauch legte – eine Geste, die schwangere Frauen überall machen. Sie ließ ihre Hand besänftigend über die geschwollene Kugel kreisen.

Sie wollte das Baby hassen, aber so ärgerlich sie auch war, in diesem Körper gefangen zu sein, so war es doch ihr Baby. Und sie konnte auf das Baby nicht böse sein. Es hatte nichts Unrechtes getan.

Sie setzte ihr Gesicht dem frühmorgendlichen Wind aus und beobachtete die Flussuferläufer auf ihren winzigen Streichholzbeinen, die immer wieder in die schäumende Brandung kletterten.

Die grau-weißen Vögel schauten auf ihre rechte Pobacke.

War das ihre lebhafte Fantasie? Oder wieder eines dieser sonderbaren Dinge, die geschehen waren, seitdem ihr neues Leben an die Stelle des alten getreten war?

Sie seufzte und strich sanft über ihren Bauch. Plötzlich dachte sie an den Ausbruch der Kinderlähmung, doch sie verdrängte den Gedanken.

Hör auf, dachte sie. *Genieße den Morgen, bis deine Eltern aufstehen*. Die nervösen, verlegenen Blicke, die ihr nun alle zuwarfen, machten sie krank.

Kathleen entfernte sich vom Wasser und stieg die Dünen hinauf. Als sie sich ihren Weg durch das hohe, gelbe Gras bahnte, flitzte etwas heraus und stellte sich ihr in den Weg.

Ein rotes Eichhörnchen blickte sie mit erstarrten, funkelnden Augen an. Sie war sicher, dass das Tierchen sie anstarrte.

»Was ist los?«, fragte sie.

Als sie einen Blick zurück auf die weiße Pracht des eleganten viktorianischen Holzhauses warf, sah sie ein zweites rotes Eichhörnchen. Auch das starrte sie vom Zweig eines Baumes aus an.

Und ein großer, grauer Kollege stand fast wie ein Bär aufrecht in der Nähe der Treppe. *Wurde sie beobachtet?*

Dann hörte Kathleen eine kreischende Stimme über ihrem Kopf. Sie hob ihren Blick und sah flatternde weiße Flügel. Sechs oder sieben kreisende Möwen. Sie stießen herab, und sie stiegen wieder in die Luft. Wie ruderlose Schiffe segelten sie über dem grauen Strand.

Hatten diese Vögel auch ihre wachsamen Augen auf sie gerichtet?

Beobachteten die Vögel sie?

Kathleen hörte in dem wogenden Dünengras ein Surren, das Surren von Insekten.

Eine Wolke schwarzer Fliegen tauchte genau über dem Gras auf.

Beobachteten die Fliegen sie?

Sie musste husten und fuchtelte mit beiden Händen vor ihrem Gesicht herum.

Unten am Strand fingen zwei normalerweise friedliche Retriever an zu bellen.

Andere Hunde aus der Nachbarschaft fielen in das Heulen, Jaulen, Jammern und Bellen ein.

Kathleens Herzschlag beschleunigte sich.

Die Eichhörnchen,

die kreischenden Möwen,

die surrenden Insekten,

die dicke Wolke schwarzer Fliegen,

die heulenden Hunde.

Sie bildeten einen immer enger werdenden Kreis um sie herum. Sie hassten sie, oder nicht? *Werde ich verrückt?*

»Hört auf! Hört auf! Hört auf!«, schrie sie schließlich. »Verflucht noch mal, hört auf!«

Kathleen umklammerte ihren geschwollenen Bauch zärtlich mit beiden Händen und eilte zurück zum Haus. Lautes, ersticktes Schluchzen drang aus ihrer Brust.

Sie knallte die Haustür hinter sich zu und rannte in den Salon. Als sie vor dem riesigen Fenster stand und auf die Morgensonne schaute, die über dem Meer aufstieg, atmete sie schwer.

Nein, sie hatte sich nichts eingebildet. Sie wusste, dass sie sich nichts eingebildet hatte.

Alle *beobachteten* sie.

8.

Auf dem Straßenschild vor mir war zu lesen: Newport, Rhode Island, 30 Meilen. Ich war von Los Angeles nach Boston gereist und nun innerhalb von zwei Tagen unterwegs zu meinem dritten Ziel.

Die Scheibenwischer meines Autos hinterließen einen Halbmondtunnel über der glatten, grauen Autobahn. Ich fühlte mich verloren, war ein wenig verwirrt und hundemüde. Immer wieder sah ich die armen Kinder im Cedars-Sinai Medical Center im Geiste vor mir.

Es war später Nachmittag, und der Regenguss hämmerte Unheil verheißend auf das Dach meines robusten, neun Jahre alten BMW, aber ich verdrängte die Warnung. Ich schaltete das Gebläse ein und konzentrierte mich dann auf die verschwommenen, weißen Streifen, die an mir vorbeiglitten und die sich windende Autobahn in gleichmäßige Teile zerschnitten.

Ich fuhr schnell, über siebzig Meilen pro Stunde, weil ich auf meinem Weg nach Newport noch immer versuchte, mich von der Unmenge sterbender junger Menschen in Los Angeles und dem sehr seltsamen Auftrag, den ich kürzlich vom Erzbistum Boston erhalten und angenommen hatte, zu entfernen.

Was konnte eine Polioepidemie in Los Angeles und Boston mit einem jungen Mädchen in Newport zu tun haben? Und warum hatte die Kirche mich engagiert, um zu ermitteln? Warum hatte sie mein Honorar von dreihundert Dollar pro Tag akzeptiert, ohne den kleinsten Versuch, zu verhandeln?

Es ergab für mich keinen Sinn, und es machte mich wahnsinnig. Ich dachte an das Gespräch zurück, das ich heute Morgen mit Kardinal Rooney geführt hatte. Seine Stimme am Telefon war so überzeugend wie immer gewesen.

»Auch der Vatikan ermittelt in dieser Sache«, sagte er zu mir. »Sie schicken ihren Ermittler. Es ist mir egal, Anne. Ich möchte, dass du nach Newport fährst.«

Ich mochte den Kardinal. Als ich ihm vor sieben Jahren gesagt hatte, warum ich meinen Orden verlassen würde und nicht länger Nonne sein konnte, hatte er verständnisvoll reagiert und meine Entscheidung akzeptiert. Das habe ich nie vergessen. Ich hatte das Gefühl, ihm etwas schuldig zu sein.

Ich ging nach Harvard, und es dauerte nicht lange, bis ich meinen Magister in Psychologie in der Tasche hatte. Meine Magisterarbeit »Feuerlauf: die Reise vom zwölften bis zum zwanzigsten Lebensjahr« wurde ein Buch, das große Anerkennung fand und erheblichen Einfluss auf die Praxis der Jugendpsychotherapie nahm. Anschließend schlug ich den Weg in die Polizeiarbeit ein, um Erfahrungen in der Praxis zu sammeln, und dieser Job machte mir mehr Freude als ich erwartet hatte. Dreieinhalb Jahre verbrachte ich bei der Bostoner Polizei, und mir gefiel alles außer den Machenschaften in den oberen Rängen. Ich gab die Stelle wieder auf und erhielt eine Lizenz als Privatdetektivin. Es war richtig gewesen, den Orden der Dominikanerinnen zu verlassen. Ich war ziemlich sicher gewesen, dass ich nie mehr etwas vom Erzbistum Boston hören würde, sobald ich meine Ordenstracht erst einmal mit Mottenkugeln in den Schrank gelegt hätte.

Ich hatte Unrecht.

Der Kardinal hatte mich in seine aktuelle Akte aufgenommen. Sehr aktuell. Er schickte mir immer eine Mitteilung, sobald ich in einem Zeitungsartikel erwähnt wurde, und engagierte mich in einigen heiklen Fällen. Kardinal Rooney war nicht nur schlau, er war clever. Ich hätte wissen müssen, dass er mich aus einem bestimmten Grund überwachte. Offensichtlich war dieser Fall nun eingetreten.

Meine Fahrt von Boston nach Newport dauerte schon zwei Stunden, und in dieser Zeit ging ich immer wieder alles durch, was Rooney zu mir gesagt hatte. »In Newport wohnt ein sechzehnjähriges Mädchen«, hatte er mir anvertraut. »Es ist Jungfrau, Anne. Und es ist schwanger. Ich brauche dich, um das zu überprüfen.«

Ich achtete den Kardinal, aber ich konnte mich nicht zurückhalten. »Das ist sicher ein Scherz«, spottete ich. »Wir leben im zwanzigsten Jahrhundert. Wir sind hier in Amerika! Ich zweifle daran, dass es noch *irgendeine* sechzehnjährige Jungfrau gibt.«

Er lachte und gab zu, dass dies auch seine erste Reaktion gewesen sei.

»Und jetzt?«, fragte ich.

»Anne«, sagte der Kardinal, »tu mir dieses eine Mal den Gefallen. Du kennst die junge Generation viel besser als ich. Wenn man diesem Mädchen Kathleen Beavier in irgendeiner Weise Glauben schenken kann, wirst du es erfahren. Wenn sie völligen Blödsinn erzählt, wirst du es auch erfahren. Tu das, was du immer tust: *ermittle.*«

»Egal, was dabei herauskommt? Ist das kein Problem für dich, John?«

»Auf gar keinen Fall. Du hast freie Hand. Pass nur auf, dass du heil aus dieser Sache herauskommst.«

Schon zum zweiten Mal spielte Rooney auf eine Gefahr an.

Ich zitterte vor Aufregung. Ungeduldig fuhr ich von der Autobahn ab und nach Newport hinein. Ich konnte es kaum erwarten, Kathleen Beavier kennen zu lernen. Obwohl ich mich sehr bemühte, nicht voreingenommen zu sein, schaffte ich es nicht.

Die Wahrheit war, dass ich einfach nicht an eine jungfräuliche Geburt glaubte.

9.

Ich wurde an der Haustür von der Haushälterin der Beaviers empfangen, die mich kurz mit Mrs. Beavier bekannt machte. Anschließend zeigte sie mir »mein Landhauszimmer«. Offensichtlich blieb ich über Nacht.

Es waren nur zweiundsechzig Stufen bis hinauf zu dem Gästeraum, doch ich kam trotzdem ein wenig ins Schwitzen, als ich beim Treppensteigen über Kathleen Beavier nachdachte. Ich war um vier Uhr dreißig vor dem großen Landhaus namens »Sun Cottage« angekommen. Jetzt stand ich an einem der großen Erkerfenster in meinem Schlafzimmer, von dem aus ich einen unglaublich schönen Meeresblick hatte. Ich dachte nach – eine meiner Lieblingsbeschäftigungen –, als es an der Tür klopfte.

»Ja, bitte?«

Ein leises Murmeln drang vom Flur herein. »Hier ist Mrs. Walsh. Ich möchte Ihnen ein Bad einlassen, Miss Fitzgerald. Ist es Ihnen recht?«

»Das wäre ... wunderbar«, sagte ich, wobei ich versuchte, meine Überraschung zu verbergen. »Bitte, kommen Sie herein.«

Mrs. Walsh, eine schmächtige Frau mit einer schneeweißen, krausen Haarpracht stand im Türrahmen. Sie nickte und huschte dann ins angrenzende Badezimmer. Ich schaute etwas verblüfft durch die offene Tür und sah, dass sie in das aus den glänzenden Messinghähnen fließende Wasser Badeöl goss.

»Ihr Bad ist gleich fertig«, sagte die Haushälterin, die ihren Kopf einzog und dann an mir vorbei wieder zur Tür huschte. *Mein Bad ist gleich fertig. Toll! Okay, damit komme ich zurecht – glaube ich.*

Nachdem ich mich bei ihr bedankt hatte, betrat ich das hübsche Badezimmer. Mrs. Walsh kam mir etwas seltsam vor, ein wenig nervös, aber das war kein Problem.

Mein Blick wanderte über die Einrichtung des Badezimmers, die mich verblüffte. Ich sah Handtuchhalter im viktorianischen Stil, einen holzgetäfelten Glasschrank, der mit dicken Badehandtüchern voll gestopft war, eine alte Fußwanne und einen herrlichen Standspiegel.

Als ich meine Bluse und meine khakifarbene Hose ausgezogen und auf den Boden geworfen hatte, betrachtete ich mich im Spiegel.

Ich war damals als Vierzehnjährige ins Noviziat eingetreten, noch ehe sich mein Körper voll entwickelt hatte. Im Dominikaner-Kloster in Boston hatte ich als Novizin gelebt. Die Spiegel an den Wänden von St. Marien waren mit Farbe abgedunkelt worden. Der einzige Spiegel in meinem Besitz war zehn Quadratzentimeter groß. Einige Jahre lang trug ich die vollständige Tracht, einen Nonnenschleier und flache, geschnürte Halbschuhe. Selbst wenn ich allein war, zog ich meine einfache Baumwollunterwäsche unter meinem bauschigen Nachtgewand an. Mein Haar war Tag und Nacht verdeckt. Abtötung der Empfindungen wurde das genannt.

Heute wusste ich, dass ich ins St.-Marien-Kloster eingetreten war, um nicht in unserem Haus in Dorchester bleiben zu müssen. Ich war die zweitjüngste der elf Fitzgerald-Kinder.

Meine Mutter war Putzfrau und Trinkerin. Mein Vater war Versicherungsvertreter, und auch er trank.

Von einer sympathischen Schwester erfuhr ich in meiner Grundschule vom St.-Marien-Kloster, und daraufhin floh ich dorthin. Im Kloster war ich »die zähe Kleine aus Dorchester«, was mir ziemlich gelegen kam. Die Schwestern waren gut zu mir. Eigentlich liebten sie mich mehr als meine Eltern, und sie versuchten mich zu retten. Wer weiß, vielleicht hatten sie Erfolg.

Sicher wäre ich schockiert gewesen, wenn es mir möglich gewesen wäre, einen Blick in die Zukunft zu werfen und meinen entwickelten weiblichen Körper zu sehen. Jetzt schaute ich mit scheuem, erstauntem und belustigtem Blick in den beschlagenen Standspiegel und wunderte mich, dass sich das hässliche Entlein unter der Nonnentracht derartig gemausert hatte. Die Figur eines Models! Na schön, fast. Na schön, in meinen Träumen.

Ich hielt mein Haar mit einer Hand im Nacken zusammen, ließ das dicke glänzende Haarbüschel dann langsam los und beobachtete, wie es anmutig über meine Schultern fiel. Als ich meinen verspäteten jugendlichen Narzissmus befriedigt hatte, lächelte ich mich an und setzte mich in das heiße, duftende Badewasser.

»Ich könnte mich daran gewöhnen«, flüsterte ich.

Einen Augenblick genoss ich meine ungetrübte Lust, ehe mich ein Frösteln überkam und ich mich jäh daran erinnerte, wo ich war. Ich war kein verwöhntes Kind der besseren Gesellschaft aus Two Bunch Palms oder dem Canyon Ranch Bad. Ich war in dem Haus der Beaviers in Newport, Rhode Island.

Meine Aufgabe war es, im Fall einer jungfräulichen Geburt zu ermitteln, die mir aus medizinischer Sicht schlechtweg unmöglich erschien.

10.

Ungefähr gegen fünf Uhr warf ich einen Blick in die große sonnenbeschienene Bibliothek des Hauses. Ich kam mir vor, als würde ich in eines anderen Menschen Traum eindringen. Ehe ich jemanden sah, hörte ich eine weibliche Stimme. »Guten Abend, Miss Fitzgerald.«

Carolyn Beavier stand vor einer Fensterfront aus Bleiglas, die vom Fußboden bis zur Decke reichte und den Blick auf einen Rasen freigab, der sich bis zum Meer erstreckte. Ich hatte sie kurz begrüßt, als ich angekommen war. Mrs. Beavier war höflich, aber förmlich und zurückhaltend gewesen. Sie war Ende Vierzig, hatte ein elegantes, ovales Gesicht und vorspringende Backenknochen. Ihr Haar mit den blond gefärbten Strähnen wurde durch ein einfaches Samtband gehalten. Sie passte sehr gut in die Welt von Newport, Greenwich und Palm Beach.

Mrs. Beavier stellte mich ihrem Gatten Charles vor, einem grauhaarigen Mann mit dem aufmerksamen Seitenblick eines ausgefuchsten Managers. Er trug einen aschgrauen Straßenanzug, ein glattes, weißes Hemd mit französischen Aufschlägen und goldenen Manschettenknöpfen und eine gestreifte Seidenkrawatte.

Charles erwiderte meinen Gruß höflich, beugte sich dann über einen hübschen Schreibtisch und ließ die Schlösser einer schwarzen Aktentasche zuschnappen. Carolyn Beavier setzte sich in einen gestreiften Regency-Sessel, der neben dem Sofa, das von zartem Chintz mit einem Blumenmuster überzogen war, stand.

Ihr Mann sagte: »Sie haben beeindruckende Zeugnisse, Miss Fitzgerald. Magister in Jugendpsychologie. Erfahrungen mit gestörten Kindern im McLean-Krankenhaus in Belmont. Und natürlich Wissen über *alles, was ich schon immer über Jugendliche wissen wollte, aber nicht zu fragen wagte.*«

Das war ein kleiner Seitenhieb, doch ich erwiderte nichts und schenkte ihm nur einen ruhigen, herzlichen Blick. Da Kardinal Rooney meine Arbeit bei der Polizei nicht als Teil meiner Berufserfahrungen erwähnt hatte, entschied ich, sie meinem Lebenslauf jetzt nicht hinzuzufügen.

»Entschuldigung«, sagte Charles Beavier dann. »Das war unnötig. Ich bin sicher, dass *Feuerlauf* ein wertvolles Buch ist.«

»Wir stehen im Moment ziemlich unter Stress«, setzte seine Frau hinzu.

»Ich verstehe«, sagte ich.

»Ich will Sie nicht kränken, aber Sie können diese Anspannung wirklich nicht verstehen«, erklärte mir Charles Beavier. »Als wir erfuhren, dass Kathleen schwanger war, wollte ich sie erwürgen ...« Die Worte blieben ihm in der Kehle stecken.

Mrs. Beavier sprach weiter: »Es ging eigentlich nicht um die Tatsache, dass sie schwanger war, sondern darum, dass Kathleen uns nichts gesagt hatte. Und wie Sie wissen, hat sie dann versucht, sich umzubringen. Ich wünschte, sie hätte versucht, mich stattdessen umzubringen.«

»Hör auf«, sagte Charles Beavier. »Es ist nicht deine Schuld, Cee.«

Aber seine Frau fuhr fort. »Ich wünschte, Kathleen und ich ständen uns näher. Ich wünschte, ich hätte mehr Zeit für sie gehabt. Ich wünschte, ich wünschte.« Ihr Blick verlor sich in der Ferne. Carolyn Beavier gehörte sicher nicht zu diesen Müttern, die ihre Töchter ständig irgendwohin kutschierten. Ich konnte mir das aufregende Newport-Boston-New-York-Leben vorstellen, das sie führte, das Leben einer

Dame der besseren Gesellschaft, die mit einem Industrieboss verheiratet war.

»Kathleen und ich lieben einander«, fügte sie zärtlich hinzu, »aber wir sind uns nicht nahe genug, besonders jetzt. Wir sind nie richtige Freundinnen gewesen.«

»Mir gefällt es nicht, wenn du so sprichst«, unterbrach sie Charles Beavier erneut. »Du hast sie ja nicht geschwängert, Cee. Du hast ihre Handgelenke nicht in einer Abtreibungsklinik in Southey aufgeschnitten.«

Es hörte sich sehr hart und unfreundlich an. Dann schluckte er überraschenderweise, und Tränen rannen über seine Wangen.

Was für ein Anblick! Ich streckte unwillkürlich meine Hand aus, die er kurz drückte. Dann zog er seine Hand zurück und presste ein zusammengefaltetes, weißes Taschentuch auf seine Augen.

»Es tut mir Leid«, sagte er. »Wir stehen unter sehr viel Stress.«

»Sie sollten es beide leichter nehmen«, sagte ich. »Bitte. Ich bin nicht hier, um irgendjemanden zu verurteilen. Ich bin keine Richterin, sondern ich bin hier, um Kathleen zu helfen, wenn ich kann, und um das Erzbistum zu vertreten.«

Ich hob die hübscheste Teetasse hoch, die ich je in Händen gehalten hatte. Violette Zweige tanzten auf weißem, goldgerändertem Porzellan.

Carolyn Beavier lächelte gezwungen. »Ich bin sicher, dass Sie mit ihr zurechtkommen. Sie ist aufgeschlossen und liebevoll. Sie ist eine sehr nette junge Frau.«

Ich nickte. »Das ist sie sicher.«

Mr. Beavier setzte sich neben seine Frau auf die Couch und nahm ihre Hand. »Ich erzähle Ihnen alles von Anfang an. Alles, was wir über den Anfang wissen«, sagte er in ernstem Ton.

Charles Beavier hielt immer wieder inne, als er mir alles zu erklären versuchte. In den ersten Tagen war es demnach unglaublich schwierig für die Familie gewesen, eine schlimme Zeit. Sie hatten Kathleen immer vertraut. Die Schwangerschaft war eine erschütternde Überraschung, der dramatische, fast tragische Schicksalsschlag ihres versuchten Selbstmordes. Als sie ihre Tochter gesund pflegten, gestand Kathleen, dass sie noch Jungfrau sei.

»Eine jungfräuliche Geburt? Also wirklich! Wie sollten wir das glauben?«, fragte Charles Beavier. »Wenn sie log, war es ein Skandal, der ihren Ruf für immer beflecken würde, wenn sie die Wahrheit sagte, war sie ein medizinisches Wunder ...«

»... oder die Mutter unseres Erlösers«, sagte Carolyn ganz leise.

Ihre Worte hingen noch in der Luft, als ich über diese Vorstellung nachdachte.

Von der Bibliothektür hörten wir eine Stimme, die das Schweigen brach.

»Ich werde versuchen, die Fragen von Miss Fitzgerald zu beantworten.«

11.

Eine Jugendliche stand neben einem riesigen Bücherschrank mit Glastüren, der von gebundenen Romanen und Geschichten aus alten Zeiten, von denen die Schutzumschläge entfernt worden waren, überquoll.

Sie war blond und außergewöhnlich hübsch. Ihr langes Haar war zu einem dicken Zopf gebunden, der genau auf die Mitte ihres Rückens fiel. Sie trug ein langes, bunt kariertes Kleid, das mich an die Kleidung der Sängerin Sarah McLachlan erinnerte, und Turnschuhe mit Plateausohle. Auf einem Arm hatte sie ein Henna-Tattoo. Abgesehen von dem dicken Bauch einer im achten Monat schwangeren Frau war sie eine zierliche Person.

Natürlich wusste ich, dass das Kathleen sein musste.

Ich suchte in ihrer Miene nach Anzeichen von Depressionen, Sorgen und Angst, konnte aber nichts Derartiges entdecken. Auf jeden Fall nicht auf den ersten Blick. Sie war außerordentlich gepflegt und hatte ihre Garderobe offensichtlich nicht ausgewählt, weil sie für ihren Zustand vorteilhaft war, sondern weil sie hübsch aussah. Sie erschien keinesfalls wie eine geplagte Jugendliche, die vor wenigen Monaten versucht hatte, Selbstmord zu begehen.

»Man sagte mir, dass Sie kommen würden.« *Sie lächelt ganz wundervoll und tapfer,* schoss es mir durch den Kopf. »Ich bin Kathleen, wie Sie sich vermutlich denken können.« Sie strich über ihren riesigen Bauch.

»Hallo Kathleen«, sagte ich.

Ich umklammerte die Armlehne so fest, dass meine Fingernägel Spuren hinterließen. Es war mir nicht möglich, meinen Blick von dem Gesicht des jungen Mädchens abzuwenden.

Das reizende Gesicht von Kathleen Beavier erinnerte mich an die Heilige Jungfrau Maria. Es war kein Irrtum möglich.

12.

Maam Cross, Irland.

Eine Woche war seit dem brutalen, mysteriösen Anfall des Nicholas Rosetti in Rom vor den Toren des Vatikans vergangen. Er sah jetzt viel älter aus. Er fühlte sich viel älter.

Auch spürte er, dass er beobachtet wurde, und er glaubte zu wissen, wer sie waren und was sie wollten. Seine einzige Verteidigung war sein eiserner Wille, der Kirche um jeden Preis zu dienen.

Seine jüngsten Beschwerden hatten ihn erschreckt und enttäuscht, und die Ärzte, die seine mysteriöse Krankheit behandelten, fanden keine Erklärung. Zahllose Untersuchungen enthüllten nichts. *Nichts!* Was hatte das zu bedeuten? Hatte er sich den Anfall nur eingebildet? Er war fünf Tage lang todkrank gewesen. Und dann verschwanden die stechenden Schmerzen, das hohe Fieber und die Ohnmacht, so schnell, wie sie gekommen waren.

Dann bin ich jetzt also wieder gesund?

Bin ich geheilt?

Bin ich zurechnungsfähig?

Pater Rosetti steuerte seinen kleinen Mietwagen mit großer Entschlossenheit durch die irischen Berge und um jähe Straßenkurven. Er nahm die Schönheit der zerfurchten Felder und Weiden, die sich zu beiden Seiten der Landstraße erstreckten, kaum zur Kenntnis und auch nicht die seltsame Leere, die entstanden war, da die Osterlämmer jetzt zur Schlachtbank geführt worden waren.

Seine zweihundertfünfundzwanzig Kilometer lange Fahrt von der O'Connell Street in Dublin nach Maam Cross in Galway neigte sich dem Ende zu. Doch er wusste, dass seine richtige Reise erst begann.

Als er sich Maam Cross näherte, wuchsen seine Angst und Sorge, erneut einen Anfall zu erleiden. Er wünschte sich verzweifelt, diese Ängste zu beherrschen, aber er stellte fest, dass es ihm nicht gelang.

Warum hatte er das Gefühl, beobachtet zu werden? Er konnte auf der Straße niemanden sehen.

Und er hatte die tiefe, schreckliche *Stimme* seit Tagen nicht mehr gehört.

Kurz hinter dem Ortsschild des mittelalterlichen Dorfes Maam Cross fragte er an der Tankstelle nach dem Weg. Ein zahnloser Mechaniker mit einer fettigen Kappe auf dem Kopf und in vor Ölflecken schwarz gefärbter Arbeitskleidung verwies ihn in westliche Richtung, die er nun einschlug.

Steinpfosten markierten den Beginn einer langen, kurvenreichen Strecke. Ulmenzweige bewegten sich in der Luft und sorgten für unruhige Schatten über der Windschutzscheibe. Das grüne Land zu beiden Seiten der Straße sah einsam und unnatürlich aus.

Er seufzte erleichtert, als er bemerkte, dass die Straße auf dem Hof eines hübschen, solide aussehenden Herrenhauses endete.

Die Mädchenschule der Heiligen Dreifaltigkeit.

Ja, das ist der Ort.

Das Mädchen war hier. Die Jungfrau Colleen.

Wenn er das nur glauben könnte.

Vor dem Eingang hielt er an, stieg aus seinem englischen Ford und steuerte auf die breiten Steinstufen zu. Durch ein geöffnetes, vergittertes Fenster konnte er den monotonen Gesang lateinischer Deklinationen einer Mädchenklasse hören: *Amo, amas, amat ...*

Er ertappte sich dabei, dass er noch einmal im Stillen die bekannten Fakten seiner Ermittlungen aufzählte. Eine Litanei unglaublicher Ideen, die mit einer unfassbaren Prophezeiung verbunden waren, die vor Jahrzehnten in Fatima in Portugal verkündet worden war.

Eine Jungfrau hier in der Republik Irland, dem Ort des Besuches von Papst Johannes Paul II. im Jahre 1979.

Eine Jungfrau, die im achten Monat schwanger war.

Ein vierzehn Jahre altes Schulmädchen namens Colleen Deirdre Galaher.

Ein Geheimnis, das Rom und die irische Kirche mit aller Macht geheim zu halten versuchten.

Und *das* war erst der Anfang, nur der Anfang.

Pater Rosetti hob geistesabwesend den schweren Klopfring an der Tür des Schulgebäudes. Sein Herz pochte, und er spürte eine schwere, bedrohliche Last über seinem Kopf. Wurde er beobachtet? Verfolgt? Und wenn, von wem?

Wenigstens die Stimme schwieg.

Ein großes Mädchen mit flacher Brust erschien bald darauf im Türrahmen. Die Schülerin der Heiligen-Dreifaltigkeit-Schule trug eine bauschige weiße Bluse, einen grauen Faltenrock und unmoderne schwarze Schuhe. Sie sah aus, als hätte sie ihn erwartet, machte einen Knicks und führte Rosetti dann schweigend die Treppe hinauf ins Büro der Mutter Oberin.

Da er noch immer einen erneuten Anfall befürchtete, griff er an das verzierte hölzerne Treppengeländer, als wäre er ein alter Mann. Es ging ihm nun ständig durch den Kopf, mit schrecklichen, lähmenden Schmerzen zusammenzubrechen und dann zu sterben, einfach aufzuhören, zu sein.

Die Oberin, Rektorin der Schule, erwartete ihn oben in ihrem kleinen, nasskalten Büro.

»Wir erhalten nicht oft Besuch, und schon gar nicht aus Rom«, sagte Schwester Katherine Dominica mit einem gütigen Lächeln, das Rosetti misstrauisch machte. Der Zustand ihrer Schülerin Colleen Galaher bereitete ihr bestimmt Sorgen, aber vor allem beunruhigte sie offenbar der Grund des Besuches aus Rom. Doch Schwester Katherine würde es nicht wagen, Fragen zu stellen oder dem Zweck des Besuches auf den Grund zu gehen. Als Nonne der irischen Provinz war sie sich darüber bewusst, welcher Platz ihr zugewiesen worden war.

»In diesem Schuljahr lernt Colleen ihren Unterrichtsstoff zu Hause«, sagte die Oberin zu Rosetti. »Die anderen Schülerinnen – und besonders deren Eltern – waren aufgrund dieser ungewöhnlichen Situation nicht nett zu ihr.«

»Ungewöhnlich? Ja, das ist sie sicherlich«, stimmte Rosetti zu.

Er zwang sich zu lächeln und äußerte ein paar verständnisvolle Worte, die ehrlich gemeint waren. »Ich stamme ursprünglich aus einer Kleinstadt, Schwester. Die Menschen können grausam sein. Ich glaube, ich verstehe, was hier passiert ist.«

»Ich bringe Sie zu Colleen.« Die Oberin nickte kurz und sagte: »Sie ist heute *auf Ihre Bitte hin* hier.«

»Meine Bitte und die des Vatikans«, erinnerte er die Nonne mit dem ernsten Gesicht.

13.

Dies war also das Mädchen, das er auf Wunsch von Papst Pius kennen lernen sollte.

Nicholas Rosettis arg angegriffenes Herz klopfte wild und unregelmäßig, als er das vierzehnjährige Mädchen anschaute. Sein Kopf schmerzte fürchterlich. Es erschütterte ihn, dass er noch vor Monaten, noch vor zwei Wochen so stabil und kräftig gewesen war.

Mein Gott, mein Gott, mein Gott.

Das Mädchen, das vor ihm stand, hatte struppige Haare und eine makellose weiße Haut. Nur rund um die Nase waren zarte Sommersprossen zu erkennen. Die Spitzen von Colleens lockigem rotem Haar sahen aus, als wären sie abgekaut worden. Sie trug einen zerlumpten beigen Regenmantel, der zwar sauber, aber für das Wetter zu dünn war. Der Saum eines roten Flanellkleides guckte unter dem Mantel hervor. Unter dem Kleid trug sie eine blaue Jeans. Derbe Wollsocken, deren Gummibänder seit Ewigkeiten ausgeleiert waren, fielen über alte Schulschuhe mit Rissen an den Spitzen.

Und doch klopfte sein Herz noch immer wie wild. Warum?

Auf einem Schreibtisch lagen ein paar Schulbücher, aber auch ein Taschenbuch: *Allesfresser* von Lydia Millet. Er dachte, dass er mehr über das Buch erfahren müsse. Was hieß *Allesfresser?*

Ist sie es? Lieber Gott im Himmel, sie ist so jung und so zart.

Es schien fast unmenschlich zu sein, dass dieses arme verwahrloste Kind diesen aufgeblähten Bauch ertragen musste.

»Setz dich bitte hin«, sagte er. »Bitte, Colleen. Du musst nicht stehen, weil ich hier bin. Ich bin nur ein einfacher Priester.«

Eine Schwester brachte Tee und Kuchen, und dann begann Nicholas Rosetti das formelle Gespräch der Glaubenskongregation. Es war der erste Test. Der erste von vielen, wenn sie die Richtige war.

»Ein junges Mädchen von vierzehn Jahren, das seinen ge-

heimnisvollen Zustand ganz unschuldig auf den Willen von Gott dem Vater zurückführt«, würde Nicholas Rosetti später an diesem Abend in seine Notizen schreiben.

»Es ist doch noch ein Kind. Meine Gebete sind mit Colleen Galaher. Vor meinen Augen erscheinen ihre Gesichtszüge leuchtend, als erhellte sie ein Lichtschein von innen. Sie scheint ohne Tücke, ein ehrliches, junges irisches Mädchen, das in die neunte Klasse geht. Stellen Sie sich das vor.

Colleen ist genau in dem Alter, in dem Maria von Nazareth Jesus gebar! Dieser Gedanke lässt mich nicht los.«

Er beobachtete das Mädchen, als sie miteinander sprachen. Es war ihm nicht möglich, seinen Blick abzuwenden. Plötzlich wurde Rosetti von einer Woge so primitiver und scheußlicher Gefühle überschwemmt, dass sich ihm der Kopf drehte.

Er hörte die Stimme, aber sie sagte nichts, sondern lachte nur. Es war ein schreckliches, entsetzliches Gelächter, dem sich der Priester nicht entziehen konnte.

Schon machte er sich auf einen erneuten Anfall gefasst, aber er spürte schnell, dass es diesmal ein anderes Gefühl war. Er umklammerte die Kante des Schreibtisches und nahm wahr, dass die Haut unter seinen Fingernägeln weiß wurde.

»Ist alles in Ordnung, Pater?«, fragte Colleen. In ihrer sanften Stimme schwang ernste Sorge mit.

»Alles in Ordnung«, erwiderte Pater Rosetti. Aber dem war ganz und gar nicht so!

Die Stimme sagte: *Sie ist so jung, so zart und schmal.*

Er war sexuell erregt. Sein Glied war stark geschwollen, und das erfüllte ihn mit Schuld und Scham. Der Wunsch, mit diesem jungen schwangeren Mädchen Sex haben zu wollen, war übermächtig. Er begehrte sie mehr als jede Frau, die er jemals in seinem Leben gesehen hatte.

Nimm sie gleich hier auf dem Fußboden. Du kannst sie haben, Nicholas. Du wirst ja nicht der Erste sein.

Pater Rosetti stolperte, als er die Bibliothek überstürzt verließ. Als er aus der Klosterschule herausrannte, zitterte er wie Espenlaub.

Er hat die zierliche Jungfrau gesehen, spottete die Stimme, *und ihm gefällt, was er gesehen hat.*

14.

Newport, Rhode Island.

Ich stand oben auf der Holztreppe, die zum Strand führte, und beobachtete Kathleen Beavier dort unten.

Sie warf kleine flache Steine in die Brandung, und ich konnte an der Art, wie sie die Steine warf, erkennen, dass sie sportlich war. In ihrer Miene spiegelte sich Vertrauen, und es schien so seltsam, so traurig und unglaublich zu sein, dass sie vor nicht allzu langer Zeit versucht hatte, sich umzubringen.

Ich hängte einen alten, blauen Kaschmirpullover über meine Schultern und ging hinunter zu dem Mädchen.

Kathleen akzeptierte mich offensichtlich. Sie winkte mir zu, machte mir ein Kompliment über die Art, wie ich mein Haar hochgesteckt hatte, und sagte mir, dass die wasserblaue Farbe meines Pullovers »echt klasse« sei.

Kathleen sah aus wie die meisten Mädchen ihres Alters, obwohl sie hübscher und natürlich schwanger war. Sie trug einen gelbbraunen Kapuzenpullover, weite modische Hosen, klobige Stiefel und ein Stirnband aus Wolle. Sie hatte Make-up aufgelegt, jedoch sehr dezent.

Kathleen führte mich begeistert durch das malerische Anwesen der Beaviers. Es war einst eine Farm gewesen, und auf dem Grundstück verstreut befanden sich noch ehemalige Wirtschaftsgebäude. Das Landhaus war ein schöner Bau mit vier beeindruckenden Flügeln, die sich zu einem eindrucksvollen viktorianischen Haus zusammenfügten. Das Haus hatte vierundzwanzig Zimmer und sage und schreibe *acht* Badezimmer.

»Es ist ziemlich Furcht einflößend«, sagte ich.

»Es ist nicht gerade ein bescheidener Stall in Bethlehem«, antwortete Kathleen. Sie lächelte mich an. »Ich dachte, eine von uns sollte das Eis brechen.«

Ich lachte. »Ich glaube, es ist gebrochen. Du weißt, dass ich Privatdetektivin bin.«

»Dürfen Sie eine Waffe bei sich führen?«, fragte sie.

»Jeder fragt mich das neuerdings. Ich habe eine Waffe, ja.«

Wir gingen am Rande der schäumenden Brandung entlang und wichen den Wellen aus, wenn sie auf unsere Turnschuhe zuströmten. Ich sagte: »Vielleicht sollten wir darüber sprechen, was ich über dich weiß und was nicht.«

Sie atmete tief ein. »Okay. Wenn wir müssen.«

»Wir müssen«, bekräftigte ich, wobei ich hoffte, dass mein Ton unbekümmert wirkte. »Alles, was ich sicher weiß, ist: Du bist schwanger und sagst, du seiest Jungfrau.«

»Seltsam, aber wahr. Und Sie wissen, dass ich mich umbringen wollte.«

Ich nickte.

»Ich weiß auch, dass das Erzbistum von Boston sich über deinen Zustand sorgt. Ich weiß, dass die Kirche versucht, die Geschichte geheim zu halten, was verständlich ist. Aber warum ist sie überhaupt in die Sache verwickelt?«

Kathleen rollte mit ihren hellblauen, sehr hübschen Augen. »Okay. Dennoch zuerst eine kleine Korrektur. Sie sagten, dass die Kirche besorgt sei. Ich sage, dass sie entsetzt ist. Der allmächtige Kardinal kam persönlich hierher. Er konnte mir nicht in die Augen sehen. Das ist sehr seltsam – finde ich jedenfalls.

Nachdem ich versucht habe, ›es‹ zu beenden und dann mit meinem Leben Schluss zu machen, hörte mir meine Mutter endlich zu. Sie glaubte mir natürlich zuerst nicht, aber dann hat sie eine Riesenaffäre daraus gemacht. Ich erwartete nicht von ihr, dass sie ›Heilige Mutter Gottes!‹ sagt! Aber das tat sie. Wortwörtlich!«

Das Mädchen hatte Humor, das musste man ihr lassen. Ein reizendes Geschöpf. »Und dann rief sie die Kirche hier am Ort zu Hilfe?«

»Ja. Wenn es nach meinem Vater gegangen wäre, hätte er mich in die Schweiz geschickt und das Kind zur Adoption freigegeben ...«

Kathleens Miene verdunkelte sich. Sie zog ihr Stirnband ab und rollte es mit der Hand zusammen. Ich konnte nicht umhin, Diagnosen zu stellen, während sie sprach. War sie vielleicht ein wenig verrückt? Eines der Symptome für manisch-depressive Tendenzen war der Größenwahn. Der Glaube, dass man die Mutter Gottes werden könnte, passte sicher in diese Kategorie.

Kathleen rieb über die noch immer bläulich verfärbte Narbe auf ihrem Handgelenk und runzelte die Stirn.

»Und danach ging es hier ziemlich zur Sache. Ich wurde von einem hoch gepriesenen Gynäkologen untersucht, der aus Boston eingeflogen wurde. Dann wurde ich von Theologen der Harvard Universität nach allen Regeln der Kunst ins Kreuzverhör genommen. Und danach kamen diese ganzen Priester zu uns nach Hause. Und jetzt Sie! Auf jeden Fall scheinen Sie viel netter als die anderen zu sein. Man hat sicher einen Fehler gemacht, als Sie ausgewählt wurden. Sind Sie gerissen?«

»Ich bin sehr gerissen, Kathleen, aber du kannst ruhig Anne zu mir sagen. Bitte, erzähl von Anfang an. Ich habe nur scheibchenweise von der ganzen Geschichte gehört. Es geht um einen Tag im letzten Januar, vor acht Monaten. Du bist nach einer Tanzveranstaltung in der Schule mit einem Jungen ausgegangen. Wer war das? Was war da los?«

Kathleen schaute plötzlich weg. Ihr Blick trübte sich. Soeben erst hatte sie Vertrauen zu mir gefasst, und schon schien wieder eine Tür zwischen uns zuzuschlagen.

»Es tut mir Leid«, sagte ich. Sie schüttelte den Kopf. »Darüber kann ich dir nichts sagen. Frag mich bitte nicht. Ich werde über alles andere sprechen.«

Tränen schossen ihr in die Augen. Sie schlug die Hände vors Gesicht. Ich fragte mich, ob sie mich täuschen wollte. Das war unmöglich zu erkennen.

»Ich habe solche Angst«, flüsterte sie schließlich. »Ich fühle mich so allein, und ich habe solche Angst. Die Leute denken, ich sei eine Lügnerin oder eine Heilige. Ich bin weder das eine noch das andere. Ich bin ich. Ich bin noch immer ich.«

Sie lehnte sich an mich, und ich schloss das zitternde Mädchen in meine Arme. Ich konnte ihre Gefühle, ihre Angst und ihre schreckliche Einsamkeit spüren. Gleich zu Anfang hatte ich es bemerkt, aber da hatte ich nicht gewusst, dass ihre Nöte ihr so zu schaffen machten. Was war Kathleen Beavier zugestoßen?

15.

Nach meinem Gespräch mit Kathleen war ich aufgewühlt. Ich mochte sie. Punkt. Meine Objektivität schwand zusehends. Den Rest des Tages verbrachte ich damit, die fünf Angestellten, die im Hause arbeiteten, zu befragen. Ich versuchte, diesen Job wie jeden anderen zu machen. Die Angestellten verehrten Kathleen, und keiner von ihnen glaubte, sie sei eine Lügnerin. Sie *glaubten* an sie.

Ich schaute mir die Abendnachrichten in meinem Zimmer an und erfuhr mehr Neuigkeiten über den Ausbruch der Kinderlähmung, aber auch über eine Hungersnot in Indien und eine Seuche in Asien. Was passierte in der Welt? Als ich zusah, wie Peter Jennings die Nachrichten sprach, schlang ich die Arme um meinen Körper.

Genau um sieben Uhr dreißig nahm ich Kontakt zu Kardinal Rooney auf. Ich sagte ihm, dass ich Fortschritte mache, es aber bis jetzt nichts Weltbewegendes zu berichten gäbe. Zu diesem Zeitpunkt ließ er *seine* kleine Bombe hochgehen. Er wolle einen Priester aus Boston schicken, der im Hause der Beaviers bleiben solle.

»Ich beauftrage Pater Justin O'Carroll«, sagte der Kardinal zu mir. »Du kennst Justin.« *Ja, ich kannte Justin O'Carroll.*

An diesem Tag aß ich im Kreise der Familie spät zu Abend, aber ich war während des ganzen Essens geistig abwesend. Die Bekanntschaft mit Kathleen war mir vom ersten Augenblick an ziemlich nahe gegangen. Sie widersetzte sich einer einfachen Zuordnung. Nun kam Justin O'Carroll. Gott, gib mir Kraft!

Ungefähr um zehn Uhr spazierte ich allein über das Grundstück. Mir schossen tausend Gedanken durch den

Kopf, und ich wusste, dass ich Schwierigkeiten haben würde, einzuschlafen, wenn ich in mein Zimmer ginge.

Das ist ein Scherz. Es muss so sein. Und wie soll ich das beweisen?

Und was soll das mit Kathleen zu tun haben?

Sie hatte mich gewarnt aufzupassen, wenn ich draußen spazieren ging, und ich dachte an diesen seltsamen Rat. Der Ort war herrlich und außergewöhnlich schön gelegen. Ich glaubte, dass ich mit jeder Gefahr, die mir hier begegnen könnte, fertig werden würde.

16.

Die Nachtluft war eisig kalt. Ich hatte gehofft, dass das Donnern der Wellen mich beruhigen würde, aber stattdessen rief das Geräusch einen Hauch von Melancholie hervor, die meine Wachsamkeit schärfte.

Ich hatte versucht, an etwas anderes als das junge Mädchen zu denken. Und wie Eisenspäne von einem Magneten angezogen werden, zog Justin O'Carroll all meine Gedanken auf sich. *Verdammt, verdammt, verdammt. Warum schickt John Rooney ihn hierher?*

Ich hatte monatelang nicht mehr an Justin gedacht, aber nun, da ich es tat, erinnerte ich mich nur zu gut an alles. Damals war ich erst seit zwei Jahren Nonne bei den Dominikanerinnen, und ich war mir sicher, dass ich die richtige Entscheidung getroffen hatte. Aber dann geschah etwas vollkommen Unerwartetes. Ich lernte Pater Justin O'Carroll kennen, der aus Country Cork in Irland stammte. Und unglücklicherweise verliebte ich mich in ihn.

Ich sah ihn zum ersten Mal, als er als Sozialarbeiter bei der katholischen Charité in South Boston arbeitete. Er trug ein kariertes Flanellhemd, Jeans und Arbeitsstiefel. Ich wusste noch nicht einmal, dass er Priester war. Zu jener Zeit arbeitete ich als Sozialarbeiterin für Kardinal Rooneys Büro, das Hauptbüro des Erzbistums auf der Commonwealth Avenue.

Justin war hübsch. Er sah nicht ganz so gut aus wie der Schauspieler Daniel Day-Lewis, aber fast so gut, wenn dieser Vergleich gestattet ist. Alle nicht-kirchlichen weiblichen Angestellten bei uns waren der gleichen Meinung. Auf seinem Kopf kräuselten sich dicke schwarze Locken, und er hatte außergewöhnlich schöne, königsblaue Augen. An manchen Tagen band er die Locken zu einem Zopf zusammen, und dann war er praktisch unwiderstehlich.

Aber ich war schon früher körperlicher Versuchung gegenüber stark geblieben. Ich wusste, wohin das führte: zu elf Kindern und lebenslangem Alkoholismus. Selbst als Nonne waren mir manchmal attraktive Männer begegnet: Väter meiner Klassenkameradinnen und Männer auf der Straße, die nicht erkennen konnten, dass ich einem Orden angehörte, wenn ich meine Straßenkleidung trug. Doch Justin hatte etwas so Anziehendes an sich: eine unverkennbare Kraft, die mich faszinierte; Selbstvertrauen und Individualität; eine scheinbare Gleichgültigkeit der Bosheit der Welt gegenüber. Er war ein Rebell, und er hatte einen Grund dafür: Er hatte sich den Armen und besonders den Kindern verschrieben.

Justin war auch in weltlicher Hinsicht weise. Er wusste über eine ganze Reihe Themen sehr gut Bescheid. Das fing bei irischer Soziologie an, ging über klassische Kunst und Musik, amerikanische Politik und Pop-Kultur bis hin zum Baseball. Er liebte Mozart, und er liebte tatsächlich zugleich

U2 und die Cranberries. Ich hatte ihn dabei ertappt, wie er aus diesen beiden ganz unterschiedlichen musikalischen Bereichen Ausschnitte summte und sang. Er hatte eine klassische Ausbildung genossen und besaß ein ruhiges, einfühlsames Wesen. Aber er war *Priester*. Ich war *Nonne*. Und wir beide konnten einfach nicht zusammenkommen.

Ich setzte mich unten am Strand in der Nähe des Landhauses auf ein Stück Treibholz und blickte aufs Meer. An meinem geistigen Auge zogen Bilder vorüber und füllten Räume, von denen ich vergessen hatte, dass es sie gab.

Ich dachte daran, wie sprachlos und verwirrt ich in seiner Nähe gewesen war, und ich konnte mich gut an die Sprachlosigkeit und die Gewissensbisse erinnern, die das bei mir ausgelöst hatte. Um ehrlich zu sein: Ich hatte zuvor niemals etwas Derartiges erlebt. Natürlich sprachen Justin und ich im ersten Jahr unserer Bekanntschaft nie darüber. Dann fuhr ich zu einer internationalen Konferenz nach Washington, D.C., eine Reise, die zwei Wochen dauerte.

In der ersten Woche erhielt ich plötzlich mitten in der Nacht einen Anruf. Es war Justin.

»Was ist los? Ist etwas passiert?«, fragte ich.

»Es ist nur so, dass ich immer daran denke ...« Ich hörte eine verträumte, ferne Stimme sagen: »... dass du in Washington bist und ich hier in Boston bin und dich schrecklich vermisse.«

Ich meinte, dass mein Herz aufhörte zu schlagen. Im ersten Moment war ich versucht, einfach aufzulegen, doch ehe ich gezwungen war, nach einer Antwort zu suchen, huschte Justins Stimme durch die peinliche Stille.

»Du kannst dir nicht vorstellen, wie schwer es für mich ist, dich anzurufen. Ich habe den Hörer mindestens ein Dutzend Mal in die Hand genommen und dann wieder aufgelegt. Ich komme mir total verrückt vor, Anne, aber ich habe das Gefühl, als habe ich keine andere Wahl. *Ich musste dich anrufen.*«

Was sollte ich sagen? Ich war vollkommen durcheinander. Das war wohl der passende Ausdruck für meinen Seelenzustand. Weil ich ständig an ihn dachte, war meine Konzentration die ganze Woche über gestört gewesen. Den ganzen Monat? Das ganze Jahr? Konnte ich Justin denn gestehen, dass ich ihn auch vermisste?

Nein. Das konnte ich nicht. Das wollte ich nicht.

Ich antwortete ziemlich brüsk: »Ich bin nächsten Montag wieder zurück in Boston.« Und dann sagte ich, dass ich schlafen müsse, und legte auf. Was für eine Willenskraft hatte mich das gekostet. Es war so unaufrichtig, und ich war total verwirrt.

Ich dachte die restliche Zeit in Washington ständig an *uns*. Und meine Gedanken waren ausgesprochen negativ. Als ich zurückkehrte, bat ich um meine sofortige Versetzung aus Boston, und meiner Bitte wurde entsprochen. Ich hatte Gelöbnisse abgelegt und hatte eine ernsthafte Verpflichtung. Davon konnte ich nicht zurücktreten.

Justin schien meine Entscheidung zu verstehen. Er schrieb mir nicht und rief mich in meiner neuen Schule in Andover auch nicht an. Langsam kehrten mein Glaube und etwas von meinem Engagement zurück.

Und eines Nachmittags stand er dann vor der privaten Highschool, an der ich unterrichtete.

»Ich musste dich wieder sehen«, sagte er im ruhigsten Ton. »Es tut mir Leid, Anne. Ich habe fast das Gefühl, als hätte ich keine andere Wahl, keinen freien Willen.«

»Okay«, sagte ich und lächelte. »Es ist schön, dich zu sehen. Aber du hast einen freien Willen, und den habe ich auch.«

Wir machten einen langen Spaziergang durch die Straßen

des Dorfes. Ich versuchte, vernünftig, logisch und ruhig zu sprechen. Es erscheint mir lächerlich, wenn ich an meinen leidenschaftlichen Vortrag denke, den ich ihm an jenem Tag hielt. Denn dann packte dieser wundervolle Mann, den ich lieben wollte, plötzlich meine Schultern, und ich schaute in seine blauen Augen. Wir standen draußen auf einem Platz namens Pewter Pot. Ich werde es nie vergessen.

»Justin«, flüsterte ich, »bitte nicht.«

»Ich liebe dich, Anne«, sagte er, während er mich noch immer festhielt. Es war das einzige Mal, dass ich diese Worte hörte.

»Ich möchte dich nicht wieder sehen«, sagte ich zu ihm. »Es tut mir Leid. Es tut mir sehr Leid.« Ich ging zurück zu meinem Wagen und fuhr nach Hause. Die ganze Zeit zitterte und schluchzte ich unbändig.

Monate später hörte ich, dass Justin zum Heiligen Stuhl nach Rom versetzt worden war. Kurze Zeit danach war ich in Harvard und keine Nonne mehr. So ist das Leben!

Als ich jetzt an diesem kalten, windigen, verlassenen Strand in Newport saß, wusste ich, dass ich Justin treffen wollte. Ich wollte ihm erzählen, was Kathleen Beavier für ein Mädchen war und wie sehr es mich berührt hatte. Ich wollte mit Justin O'Carroll sprechen, und ich wusste nicht, warum dieses Bedürfnis mit einem Male so überwältigend war.

Aber vielleicht hatte ich eine Ahnung.

Bald wurde ich dreißig Jahre alt.

Und auch ich war noch immer Jungfrau.

17.

In einem Sessel in der großen Bibliothek der Beaviers saß ein Besucher. Ich wusste, wer er war und warum er hier war. Es war der Chefarzt der Geburtshilfe des Mount-Sinai-Krankenhauses. Dennoch wurde ich Dr. Neil Shapiro vorgestellt, der von New York hierher geholt worden war, um Kathleen zu untersuchen. Ein jüdischer Arzt, dachte ich. Sollte das eine Art Feuerprobe für die Kirche darstellen?

Dr. Shapiro war ein Mann mit einem ziemlich alltäglichen Äußeren, dünnem grauem Haar und einer soliden Erscheinung, die durch seine Reise nach Newport erschüttert worden zu sein schien. Er sprach schnell über verpasste Anschlussflüge und ein sonderbares Schwindelgefühl, das sich eingestellt hatte, als er die Stadtgrenze erreichte.

Ich saß neben Carolyn Beavier auf der mit Chintz bezogenen Couch und trank eine Tasse Kaffee. Dr. Shapiros Besuch regte meinen Geist zu verschiedenen Spötteleien an, doch ich schenkte dem Arzt meine volle Aufmerksamkeit.

»Ich weiß, dass Kathleen schon früher untersucht worden ist, doch ich wurde gebeten, mir Ihre Tochter trotzdem anzusehen. Natürlich setzt eine zu Hause durchgeführte gynäkologische Untersuchung dem enge Grenzen, was ich Ihnen werde sagen können«, sagte Dr. Shapiro in professionellem Ton. »Ich werde für eine der Untersuchungen ein Mini-Ultraschallgerät benutzen. Und da die Kirche keine Fruchtwasseruntersuchung erlaubt ...«

»Kathleens Kind ist vielleicht ein heiliges Kind«, warf ich ein und spielte des Teufels Anwalt. »Es wäre unvernünftig, sie auch nur der geringsten Gefahr auszusetzen, meinen Sie nicht?«

»Das ist natürlich nicht meine Absicht«, erwiderte Dr.

Shapiro, der gezwungen lächelte. »Und wie *geht* es unserer Patientin?«

»Ich bin sicher, es geht ihr gut«, sagte Carolyn Beavier mit zusammengekniffenen Lippen. Vielleicht liebten Kathleen und sie einander, aber sie standen sich offensichtlich nicht nahe. Sie schienen so wenig Zeit wie möglich miteinander zu verbringen.

»Sie war nicht erfreut, als sie hörte, dass Sie kommen«, gestand ich Dr. Shapiro. »Das kann ich ihr nicht verübeln. Ich werde mal nach ihr sehen.«

Kathleen saß auf ihrem Bett. Exemplare von *Jump, Moxiegirl* und *Teen People* lagen verstreut auf der Bettdecke. Laute Neo-Swing-Musik drang aus dem Radio. Ihr Gesichtsausdruck zeigte klar und deutlich, dass sie bald an ihre Grenzen stieß. Ich verstand das voll und ganz, denn es war nicht schwer, sich in ihre Lage zu versetzen.

»Warum muss ich mich von ihm untersuchen lassen?«, fragte sie verständlicherweise. »Dr. Shapiro ist noch nicht einmal mein Arzt. Noch ein Fremder, der in meinem Intimbereich herumstochert. Ich komme mir vor, als spielte ich in einer Folge von Akte X mit. Das ist ein totales Eindringen in meine Privatsphäre.«

»Ich kann dich wirklich verstehen.«

»Gut«, sagte sie. »Dann ist der Fall damit erledigt. Schluss – Aus – Basta. Kein Fremder wird mehr mein Becken untersuchen.«

»Dr. Shapiro ist jedoch ein Arzt«, sagte ich, »der keine eigenen Interessen verfolgt. Er kennt dich nicht und ist kein römischer Katholik. In der Öffentlichkeit wird er als glaubwürdig gelten. Und das, Kathy, wird das Leben für dich und deine Eltern einfacher und für dein Kind sehr viel einfacher machen.«

Kathleen schüttelte heftig den Kopf. »Gut«, sagte sie. Ihre

Lippen zitterten dennoch vor Wut. Ich dachte, sie würde anfangen zu weinen, aber sie schaffte es, die Tränen zurückzuhalten. Sie war stark.

Ich half ihr aus der übergroßen, mit Silberfäden durchwirkten Strickjacke und dem Rock, den sie sicher in einem Secondhand-Laden erstanden und den ganzen Tag getragen hatte. Eigentlich hatte ich erwartet, ihre Mutter würde zu ihr kommen, aber Carolyn Beavier hatte es höflich abgelehnt.

Kathleens Brüste waren geschwollen, und ihr Bauch war riesengroß. Sie sah aus, als würde sie jeden Moment platzen. Ich konnte es kaum erwarten zu hören, was Dr. Shapiro über ihren Zustand sagen würde.

18.

Tust du mir nichts, wenn ich hereinkomme?«, fragte Dr. Shapiro halb im Scherz.

»Solange Sie mich nicht anfassen«, antwortete Kathleen, die im Bett saß. Ich glaube, sie scherzte nicht.

Dr. Shapiro entschuldigte sich für das Eindringen und setzte sich in einen Schaukelstuhl, der am Fenster stand. Sein Blick wanderte über die Poster an der Wand: Justin Timberlake von der Gruppe N'SYNC, David Boreanaz aus der TV-Serie *Buffy der Drachentöter*, die Schauspieler Matt Damon und Ben Affleck. Auf Afflecks Stirn prangte ein goldener Stern.

Sehr ruhig, fast beiläufig stellte Dr. Shapiro Kathleen eine Reihe Fragen über ihr Gewicht, ihre Schlafgewohnheiten, ihre Verdauung, ob sie Fieber habe und wo sie aufgedunsen sei.

Er holte ein paar Geräte aus seiner Tasche und prüfte Kathleens Blutdruck und ihre Temperatur. Dann maß er den Umfang ihres Unterleibes vom Schambein bis zur Brust, wo die Wölbung aufhörte. Er nahm ein eigenartig aussehendes Stethoskop aus seiner Tasche. Es war ein etwa zwölf Quadratzentimeter großes Plastikkästchen mit einem Lautsprecher an einer Seite.

»Das ist ein Doppler-Stethoskop«, sagte er. »Es ist eine Art Mini-Ultraschallgerät. Wir können den Herzschlag des Babys hören.«

Der Arzt drückte das Doppler an Kathleens mit Gel eingeriebenen Unterleib und bewegte das Instrument im Kreis, bis er den stärksten Laut hörte.

Kathleen war entzückt, und das war ich auch.

Der Ton, der aus dem kleinen Kästchen drang, war bezaubernd, geheimnisvoll und sehr real. Es war das schnelle Schlagen eines winzigen Herzes.

»Würde es dir etwas ausmachen, deinen Slip auszuziehen, Kathleen?«, fragte der Arzt, aber es war klar, dass er jetzt nicht nach ihrer Erlaubnis fragte. »Und rutsch bitte an die Bettkante. Danke, und nun zieh bitte deine Beine an.«

Sie zog ihre Unterwäsche aus, hob ihren Rock hoch und legte ihn über ihre Knie. Dann schloss sie die Augen.

»Kathleen«, fragte er, »du hattest noch nie Sex mit einem Jungen?«

»Genau«, sagte sie. Ihre Augen blieben geschlossen. »Niemals. Auf jeden Fall nicht in diesem Leben.«

»Aber du hattest Verabredungen?«

»Natürlich. Wer nicht?«

»Und du bist schon geküsst worden und so.«

»Und so?«, wiederholte Kathleen.

Dr. Shapiro verstummte. Ich spürte, dass er versuchte, die Frage auf taktvolle Weise zu wiederholen. »Du weißt, dass ein Junge mit seinem Penis nicht ganz in dich eindringen muss, um dich zu schwängern?«

Sie riss die Augen auf. »Niemand hat mich je dort unten berührt«, sagte Kathleen, die dermaßen erregt war, dass sie nach Luft schnappte. »Dort unten hat mich noch nie ein *Penis* berührt.«

»Okay, Kathleen, danke.«

»Ihr Besuch begeistert mich ganz und gar nicht.«

Dr. Shapiro gab mir ein Zeichen, dass ich ihm bitte helfen möge. Ich hatte das Gefühl, dass er ein wenig anmaßend war, aber ich half ihm trotzdem. Er zog einen Hocker unter Kathleens Toilettentisch weg und stellte ihn an das Bettende.

»Würden Sie das bitte für mich festhalten?«, bat er mich. Er nahm eine schmale Taschenlampe aus seiner Jackentasche und gab sie mir.

Ich hielt die Taschenlampe automatisch so, dass er Kathleens entblößten Genitalbereich sehen konnte. Dr. Shapiro legte seine Hand auf ihren Oberschenkel und gab ihr einen Klaps, um sie zu beruhigen. Dann zog er chirurgische Latexhandschuhe an.

»Ich kann natürlich kein Spekulum benutzen«, sagte er, »wenn ihr Jungfernhäutchen noch unversehrt ist.«

Mit den Fingern spreizte er Kathleens große und kleine Schamlippen.

»Dort«, sagte er zu mir, »ist das Jungfernhäutchen.«

Das umschlossene Häutchen war leicht rosa mit einem senkrechten Spalt in der Mitte. Die Öffnung war winzig, zu klein, um etwas Größeres als ein Streichholz hindurchzulassen.

Dr. Shapiro war sprachlos.

»So etwas habe ich noch nie gesehen«, murmelte er.

Er musste sich erst beruhigen, ehe er weitersprach. »Wir

sind fertig, Kathy. Du kannst deine Beine wieder ausstrecken.«

Der Arzt zog seine Latexhandschuhe aus und zog Kathleens Rock über ihre Beine.

»Sie ist ganz sicher schwanger«, sagte der Experte aus New York – die andere Person in diesem Zimmer, die man auf sie angesetzt hatte. »Und das Jungfernhäutchen dieser jungen Dame ist ganz sicher unversehrt.«

19.

Colleen Deirdre Galaher war allein in dem kleinen Zimmer. Um die Kälte der Nacht zu vertreiben, hatte sie sich in Wolldecken eingewickelt. Außerhalb des Dorfes Maam Cross wussten weniger als ein Dutzend Leute von ihrer Schwangerschaft, und den meisten von ihnen war das ziemlich gleichgültig.

Die konservative Kirche in Irland hatte die Jungfrau Colleen schon als Betrügerin oder Spinnerin abgetan. Dem Vatikan hätte es gefallen, wenn Kathleen Beavier die gleiche Anonymität genossen hätte, aber es war schwieriger für den Vatikan, Dinge in Amerika, dem Wilden Westen, geheim zu halten.

Colleen lag wach und betete wie jeden Abend zu Gott und der Heiligen Jungfrau, dass ihr Baby gesund zur Welt kommen möge.

»Alles, worum ich bitte, ist«, flüsterte sie, »dass das Kind gesund ist. Bitte, lass mein Kind ein gutes, gesundes Leben führen. Mehr will ich nicht, Herr.«

Colleen wiederholte die Bitte immer wieder, während der

Wind draußen über das flache Land und die Bäume fegte und gegen das Haus peitschte.

»Lieber Gott, ich weiß nicht, warum dieser Priester aus Rom gekommen ist. Es ist mir auch egal. Ich bete nur darum, dass mein Baby gesegnet sein möge und dass es in deiner Gnade geboren und in deiner heiligen Gnade *leben* wird.«

Es war ein ganz einfaches Gebet, aber die Worte kamen dem irischen Mädchen aus tiefstem Herzen.

Immer und immer wieder, bis es schließlich einschlief.

Draußen wachte inzwischen jemand über das Haus, das Mädchen und das Kind, das in dem Mädchen heranwuchs.

20.

Kardinal John Rooney wusste, dass das, was er sich überlegte, gelinde gesagt, ungewöhnlich und gefährlich war. Er konnte nichts dagegen tun. Weder er noch irgendein anderer. Er hatte soeben lange Gespräche mit Dr. Shapiro und Anne Fitzgerald geführt. Anschließend hatte er mit Charles und Carolyn Beavier gesprochen.

Er war ins St.-Catherine-Krankenhaus gegangen und durch die Stationen gewandert, die vor kranken und sterbenden Kindern überquollen. Letztendlich gelangte er zu seiner Überzeugung, nachdem er diese armen, leidenden Kinder gesehen hatte: Zwischen dem Ausbruch der Kinderlähmung und Kathleen Beavier musste es eine Verbindung geben.

Der Kardinal rieb besorgt seine Hände aneinander. Das Glas Whisky half überhaupt nicht, vielleicht weil es an diesem Tag so höllisch kalt war in Boston.

Sterbende Kinder, eine jungfräuliche Geburt, überlegte er. *Mein Gott, wie kann das sein?*

Überall in der Stadt an der Bucht stiegen dünne, graublaue Rauchfahnen zielstrebig auf und verloren sich in dem hohen, aufgewühlten Himmel. Schon den ganzen Tag über hatten sich die Gerüchte über eine mögliche »jungfräuliche Geburt« immer mehr verdichtet. Er fragte sich, wie das Gerücht entstanden war. Wo war die undichte Stelle?

Schließlich verfasste er am späten Sonntagabend in seinem Büro hoch über der Commonwealth Avenue eine knappe Erklärung:

ALS REAKTION AUF DAS INTERESSE AN DER SCHWANGERSCHAFT VON KATHLEEN BEAVIER WIRD AM MONTAG EINE PRESSEKONFERENZ ABGEHALTEN. DIE KONFERENZ WIRD IN SUN COTTAGE STATTFINDEN, DEM HAUS DER BEAVIERS IN NEWPORT. KATHLEEN BEAVIER WIRD ANWESEND SEIN UND FRAGEN BEANTWORTEN.

NUR GELADENE GÄSTE SIND ZUGELASSEN.

GOTT SEGNE SIE BIS MONTAG. ICH WERDE FÜR SIE BETEN.

Er lehnte sich zurück, las die Erklärung zweimal durch und überlegte erneut, ob er sie an die Öffentlichkeit bringen sollte. Eine tiefe Stimme in ihm sagte: *Ja*. War es seine eigene Stimme oder die seines Gottes oder eines anderen?

21.

Um einundzwanzig Uhr neununddreißig startete der dreißigjährige Reporter Les Porter von den New Yorker *Daily News* den PC in seiner Wohnung. Diese lag im vierten

Stock eines Hauses ohne Fahrstuhl im westlichen Teil der Stadt. Während seine Freundin, mit der er die Wohnung teilte, mit einer langen Fleischgabel in den Lammbraten stach, überprüfte er seine E-Mails. Les Porter hatte das Gefühl, dass die Story heute Nacht veröffentlicht werden musste. Das sagte ihm sein sechster Sinn.

In dem Augenblick, als er die brandeilige Nachricht von seinem Informanten in Rom sah, vergaß Porter alles andere: den Geruch des Bratens, Renatas lustige Anekdote über ihren Arbeitstag in der Galerie, ihre Katze, Annette Funicello, die einen Buckel machte und ihren samtigen Schwanz genau unter seine Nase hielt.

»Hau ab«, schrie er und stieß die Katze von der Tastatur des PC. »Ich muss arbeiten.«

Er fügte eine Notiz hinzu und leitete die E-Mail aus Italien an Tom McGoey, den Auslands-Nachrichtenredakteur in New York, weiter. Dann griff er nach dem schnurlosen Telefon und klappte seinen überquellenden Terminplaner auf, der auf dem lackierten Telefontisch lag. Er drückte auf die Tasten und war schließlich mit Boston verbunden. Eine Bestätigung hatte er aus Rom. Nun brauchte er noch eine aus Kardinal Rooneys Büro. Seine Kontaktperson dort war Pater Justin O'Carroll. O'Carroll war clever und weltlich – für einen Priester.

»Pater O'Carroll, können Sie mir noch weitere Bestätigungen für die Story liefern? Nichts? Keine, die Sie mir schicken können? Ich habe nun zwei Bestätigungen. Ich hätte gerne noch eine weitere. Es ist in unser aller Interesse, dass die Informationen hundertprozentig richtig sind.«

Porter legte seine Hand auf die Muschel. Er wusste, dass es eine Riesenstory war. »Renata, dreh die Musik bitte leiser.« Er blickte sie bedeutungsvoll an, bis die Filmmusik von *Les Mis* nur noch ein hämmerndes Murmeln war.

»In Ordnung, Pater. Ja, ja, ich verstehe Ihre Probleme vollkommen. Nun hören Sie mir mal bitte zu. Ich habe gerade eben mit unserem Auslands-Nachrichtenredakteur gesprochen. Er muss das noch mit dem Chefredakteur abklären. Sie bleiben neben dem Telefon sitzen? Ja, ich verstehe Sie ganz genau. Ich weiß, wie heikel diese Geschichte ist. Bleiben Sie bitte in der Nähe des Telefons. Die *News* werden ehrliche, anständige Arbeit leisten.«

Er hatte seine Wohnung schon verlassen und steuerte auf das Büro der *Daily News* in der 42. Straße zu.

Nur fünfzehn Minuten nachdem er aus der Haustür seines Wohnhauses auf die Straße gestürzt war, saß Porter an seinem Schreibtisch im Presseraum – seiner Kommandozentrale. Er öffnete das Adressbuch in seinem Officemanager-Programm und sah, wie Namen und Telefonnummern über den Bildschirm liefen. Dann drückte er auf eine Taste, die ihn telefonisch mit einem gewissen Jaime Lapinsky, einem Lokalreporter in Boston, verband. Lapinsky lag im Bett, und nach dem rauen Ton seiner Stimme zu schließen, war er aus tiefem Schlaf geholt worden, als Porter ihm sagte, dass er sofort zum Büro des Erzbistums in der Commonwealth Avenue rasen müsse.

»Natürlich sofort, Jim. Tut mir Leid, dass du Kopfschmerzen hast. ... Ja, es tut mir Leid, dass wir Sonntagnacht haben. Aber ich brauche eine persönliche Bestätigung. Es ist dringend. Pater Justin O'Carroll wird dir diese ganze Angelegenheit vom Standpunkt der Kirche aus darstellen. Er ist waschechter Ire und ziemlich redselig. Natürlich bezieht er ungern Position, aber er weiß, dass die Story so oder so veröffentlicht wird. Er ist Rooneys Sprachrohr, also ist es offiziell. Es tut mir Leid, dass ich dir den Abend versaue! – *Denkste*«, flüsterte er, als er den Hörer auflegte.

Während er wartete, dass Lapinsky seinen verdammten

Job machte, ging er den Flur hinunter zu McGoeys Büro, das wie ein Glaskasten aussah. Er klopfte, trat ein und schloss die Tür hinter sich.

Dann erzählte er einem ununterbrochen knurrenden Thomas McGoey, »dem Oberst«, die Geschichte, die soeben von Pater Justin O'Carroll von dem Bostoner Büro des Erzbistums bestätigt worden war.

Als McGoey alles gehört hatte, was Porter ihm zu sagen hatte, wählte er seine Hotline zum Chefredakteur Joseph Denyeau. Wie üblich schlug McGoey wieder diesen furchtbar schrillen Ton an, aber er sagte genau, was Sache war.

Eine Minute später legte er den Hörer auf und drehte sich zu dem jungen, ehrgeizigen Porter um.

»Offen gestanden weiß Denyeau auch nicht, was zum Teufel er damit machen soll. Es kommt geradewegs aus dem Büro des Kardinals und ist eine Story. Die Tatsache, dass sie die Gerüchte nicht abstreiten, hilft uns. Er will es schwarz auf weiß sehen, Les.«

Um dreiundzwanzig Uhr vierzig zeigte das am Computer gestaltete Layout der Tageszeitung, dass auf den Seiten eins, neunzehn und zweiunddreißig neue Berichte hinzukommen würden.

Um dreiundzwanzig Uhr neunundfünfzig drückte der Druckermeister in der Druckerei in Jersey City auf den Startknopf. Die Mitternachtsausgabe rollte an.

Um null Uhr sechzehn ratterten die riesigen Rotationsmaschinen. Allein in der Metropole würden mehrere hunderttausend Exemplare die Haushalte zum Frühstück erreichen.

Les Porter verließ das Pressegebäude kurz nach null Uhr dreißig mit einer frisch gedruckten Zeitung unterm Arm. Die Zeitung war noch so warm wie ein Laib frisch gebackenes Brot. Nein, zum Teufel, diese Zeitung war *heiß*.

Renata wartete in der vertrauten Umgebung des Künstlercafés auf ihn, zwei Häuserblocks neben ihrem Wohnhaus. Les schlug die Zeitung auf und überflog sie in dem trüben gelben Licht.

Er warf sie triumphierend zwischen Renata und ihren Smirnoff. Renata stieß ein leises »Wow« aus, als sie die Schlagzeile über dem Namen ihres Geliebten las.

DIE KATHOLISCHE KIRCHE BEOBACHTET EINE JUNGFRÄULICHE SCHWANGERSCHAFT IN NEWPORT AUS DER NÄHE.

»Ein göttliches Kind. Verdammt, ein göttliches amerikanisches Kind«, flüsterte Les Porter in dem lärmenden Künstlercafé. »Du hast es hier zum ersten Mal gehört.«

22.

Rom, Vatikan.

Seine Heiligkeit Papst Pius XIII. lag mit verdrehten Gliedmaßen im Bett. Seine Haut war wund. Er hatte Schmerzen und schreckliche Angst.

Vor der Polioepidemie in Amerika.

Vor der Hungersnot und den Überschwemmungen in Asien und Mexiko.

Vor den jungfräulichen Mädchen.

Vor seinem eigenen sterblichen Körper und was mit ihm geschah.

Er konnte noch atmen. Er konnte noch schlucken. Aber er konnte sich nicht bewegen und nicht sprechen.

Er lag praktisch hilflos in seinem eigenen Bett und konnte

noch nicht einmal auf einen der Knöpfe der Anlage drücken, um Hilfe zu rufen.

Und der Papst stellte fest, dass er zum ersten Mal in seinem Leben nicht beten konnte.

Er wusste, dass man ihn am nächsten Morgen in seinem spartanisch eingerichteten Schlafzimmer finden würde. Der Kammerdiener würde seinen Tod im Beisein des Zeremonienmeisters und einer Menge anderer besorgter hochrangiger Beamter des Vatikans bestätigen. Er fragte sich, ob er dann in Gottes heiligem Licht stehen oder ob er als Gefangener seines eigenen Körpers und Geistes hier bleiben werde.

Papst Pius spürte, dass er nicht allein war. Sein Gefühl sagte ihm, dass der Teufel genau in diesem Moment bei ihm war – und das sicher schon eine Ewigkeit. Er spottete über seine Gebrechlichkeit und schleuderte eine Unzahl grotesker Bilder gegen das zarte Gewebe seines Gehirns.

Der Papst hatte keine Angst um sich, nur um die Leere, die sein Tod hinterlassen würde. Seine Sorge galt dem Volk.

Und den Jungfrauen, den *beiden* jungen Mädchen, die keine Ahnung hatten, dass ihre Schicksale sich kreuzten.

Sein Blick fiel auf das hölzerne Kruzifix, das an der Wand gegenüber vom Bett hing, und er fragte sich in aller Demut, wie er vor Gott versagt hatte und so leicht besiegt werden konnte. Er fragte sich, ob ihm überhaupt vergeben werden würde, oder war er im Begriff, in die Hölle zu kommen?

Dann richtete er seine Gedanken auf den jungen Ermittler, Pater Nicholas Rosetti. Hatte er ihm vom Wunder berichtet, das sich in Fatima zugetragen hatte? Er war sich nicht mehr sicher. Aber er fand die Erinnerung an diesen weit zurückliegenden Tag in einer unberührten Nische seines wirren Geistes.

Die Einzelheiten waren noch so deutlich wie seit mehr als achtzig Jahren.

Der Papst erinnerte sich an den 13. Oktober 1917. Dies war geschehen und in der *Times* in London und der *New York Times* berichtet worden:

Einhundertzehntausend Zeugen aus ganz Europa und den Vereinigten Staaten hatten sich in den Bergen Portugals versammelt. Sie hatten im Platzregen gestanden und auf die drei kleinen Kinder gewartet. Er war selbst dort gewesen.

Vor der Morgendämmerung hatte der Regenguss die einsame Schafweide unbarmherzig überflutet. Tausende von dunklen Regenschirmen schützten die Menge vor dem kalten, betäubenden Regen. Der Geruch von Wild, halb garem Lamm, Hühnchen und Zwiebeln verdickte die Luft.

Es wurde ein Wunder erwartet, und zu jener Zeit glaubten die Menschen noch an Wunder.

Um fünf Minuten nach eins erschienen die Kinder schließlich. Sie hatten weit aufgerissene Augen und zitterten, als sie inmitten einer dicht gedrängten Prozession von Nonnen und Priestern mit ernsten Gesichtern über den Platz schritten. Hinter ihnen gingen noch mehr Priester in tropfnassen Soutanen. Sie hielten brennende rote Fackeln und goldene Kreuze in den Händen.

Die Kinder, Francisco, Jacinta und ihre Cousine Lucia, zeigten plötzlich auf den stürmischen, schwarzen Himmel.

Dies war ihre sechste und letzte Erscheinung.

»Nehmt eure Regenschirme weg, denn *sie* wird dafür sorgen, dass der Regen aufhört«, schrie die zehnjährige Lucia.

Der eindringliche Befehl des kleinen Bauernmädchens hallte durch die wogende Menge.

»Bitte, Madame, Ihr Regenschirm.«

»Senhor, bitte, Ihr Regenschirm.«

Am 13. Oktober 1917 um achtzehn Minuten nach eins

verschwanden plötzlich die schwarzen Gewitterwolken, die den Himmel seit der Morgendämmerung verhüllt hatten.

Die Menschen starrten auf diesem Fest, das immer mehr Leute anzog, mit offenen Mündern und aufgerissenen Augen gen Himmel.

Ein goldener Schein flammte am Horizont auf. Und Sekunden später erstrahlte die Sonne am Himmel mit blendendem Glanz. »Schaut! Die Sonne ist hervorgekommen.«

»Unsere Jungfrau ist hier!«

Tausende knieten in dem dicken Schlamm nieder. Und wie kurz darauf in der *New York Times* und in allen anderen Zeitungen berichtet wurde, erzitterte die Nachmittagssonne und bewegte sich dann mit erschreckender Geschwindigkeit auf die Erde zu. Glänzendes Licht regnete vom Himmel auf die erstarrte Menge, die beobachtete, wie die Strahlen spiralförmig wieder gen Himmel aufstiegen.

»Bitte, betet zu Unserer Jungfrau«, rief die kleine Lucia. »Sie sagt, dass der Krieg auf Erden bald aufhören wird. Sie sagt, dass dies ein *Zeichen* sei, um dem Teufel jetzt Einhalt zu gebieten.«

Die unzähligen Männer und Frauen, die die drei Kinder umringten, schlugen sich auf die Brust und schrien: »Ich sehe sie! Sie ist wunderschön! Die Mutter Gottes ist hier in Fatima zurück auf die Erde gekommen!«

Seine Heiligkeit Papst Pius XIII. hütete diese Erinnerung sorgsam. Er war als kleiner Junge in Fatima gewesen, hatte auf den Schultern seines Vaters gesessen. Doch er war zu jung gewesen, um es wirklich zu verstehen.

Aber es hatte sich zugetragen.

Die Mutter Gottes hatte zu ihm gesprochen. Die Mutter Gottes war erschienen. *Und sie hatte alles vorhergesagt, was nun geschah – alles!*

Ein Anfall durchfuhr das Gehirn des Mannes, der im ganzen Christentum hoch geschätzt wurde, und löschte alles außer einen Gedanken des Bedauerns aus.

Er würde nie erfahren, welche Jungfrau das göttliche Kind gebären würde.

23.

Ich bin Priester. Ich bin in einer wichtigen Kirchenangelegenheit hier.

Pater Justin O'Carroll stand in einem hellen Sonnenfleck am Fuße der Auffahrt zum Hause der Beaviers und rang nach Atem. Es würde eine schwierige Aufgabe sein.

Ich bin Priester.

Er runzelte die Stirn, aber sein schwaches Lächeln hatte mehr mit dem grellen Sonnenschein als mit seiner frohen Erwartung zu tun. Hier im Hause würde er Anne Fitzgerald wieder sehen, und er war sich nicht sicher, ob er das wollte. Es hatte lange gedauert, bis er die Geschichte mit ihr überwunden hatte, und er wollte diese herzzerreißende Erfahrung nicht noch einmal durchmachen.

Pater O'Carroll glaubte jedoch an das Schicksal, und nun stand er hier und war Anne wieder ganz nahe. Zum Teil trug er die Verantwortung dafür, dass sie im Haus war, denn er hatte sie dem Kardinal für diese Aufgabe empfohlen, der sofort zugestimmt hatte. John Rooney sagte, Anne sei zu diesem Zeitpunkt ihres Lebens hart, vielleicht sogar zynisch, und genau das werde in Newport gebraucht.

Bei ihrem letzten Zusammentreffen war Justin sich ganz sicher gewesen, dass er ihr nie mehr begegnen würde. Er erinnerte sich noch immer an ihre Wut, als er an der Mädchenschule, an der sie arbeitete, aufgekreuzt war. Diese Wut war berechtigt gewesen, aber – mein Gott – sie hätte ihn ja nicht gleich so schroff abweisen müssen.

Anne ist eine Prüfung Gottes, dachte er. Eine Prüfung, die er verdient hatte. Vielleicht war er früher egoistisch gewesen. Aber diesmal würde er ihr seine Gefühle nicht aufdrängen.

»Mein Gott«, flüsterte er plötzlich. »Da ist sie.«

Eine sportliche, auffallend attraktive junge Frau ging über die Dünen zum Haupthaus. Er war noch nicht darauf vorbereitet, aber sie war da. Seine Gedanken waren die gleichen geblieben. Nichts hatte sich wirklich verändert. Er liebte diese Frau noch immer, nur dass er jetzt so vernünftig sein würde, es nicht zu zeigen.

Annes selbstsicherer Schritt war ihm ebenso schmerzlich vertraut wie die Art, in der ihr dickes schwarzes Haar im Wind flatterte. Sie schien sehr langsam zu gehen. Es konnte keine andere logische Erklärung dafür geben, warum es eine Ewigkeit dauerte, bis sie bei ihm war.

Er bekam weiche Knie. Auf diesen Augenblick hätte er sich niemals vorbereiten können, auch wenn er noch so viel geübt oder sich noch so gut gewappnet hätte.

Schließlich standen sie sich vor dem Haus der Beaviers gegenüber. Irgendwie schien der beeindruckende und dramatische Ort für ihre Begegnung wie geschaffen zu sein.

Anne starrte ihn wortlos an. Vielleicht war sie wütend, weil er sie wieder überrascht hatte. Er wusste, dass er sie hätte anrufen oder vorwarnen können.

»Hallo Anne«, sagte Justin. Es war untypisch für ihn, dermaßen sprachlos zu sein. »Ich gehöre auch zum Stab des Erzbistums. Teil der ganzen Intrige.«

Schließlich murmelte sie ein ruhiges »Hallo Justin.« Das war alles. Sie hatte offensichtlich nicht mehr zu sagen.

Er starrte einen Augenblick zu lang in ihre braunen Augen. Sie sah besser, weiser und hübscher aus als je zuvor. Sein Herz zog sich schmerzhaft zusammen, als er sie jetzt wiedersah.

»Es tut mir Leid, dass ich so einfach hier hereinschneie«, entschuldigte er sich, »aber du hast nicht nein gesagt, als der Kardinal es dir mitteilte.«

»Ich weiß, Justin. Wir sind beide aus demselben Grund hier.«

Er stand wie angewurzelt in der Auffahrt. Das Blut pochte in seinen Schläfen, als er in ihrer Miene nach einem kleinen Hinweis auf ihre Gefühle suchte. Würde sie sagen, dass sie sich freue, ihn zu sehen, oder würde sie sich umdrehen und weggehen oder plötzlich anfangen zu schreien?

Als sie schließlich lächelte, hatte er das Gefühl, gesegnet worden zu sein.

Anne reichte ihm ihre schmale Hand. Förmlich, vielleicht freundschaftlich, mehr nicht. »Ich freue mich, dich zu sehen, Justin. Wir haben hier viel zu tun. Kathleen Beavier ist eine erstaunliche junge Frau, aber *ich* glaube nicht, dass sie die Mutter Gottes sein wird.«

24.

Les Porter hatte die besten Beziehungen, die er sich vorstellen konnte. Der *Daily-News*-Reporter drückte seine zweite Zigarette dieses Morgens aus und stellte den Aschenbecher zurück auf den Nachttisch. Von seinem breiten Doppelbett im Newport Goat Island Sheraton hatte Les einen schönen Blick auf die geschwungene Jaimetown-Brücke.

»Was haben Gott und die *News* angerichtet?«, murmelte er leise. Auf der Brücke war ein höllischer Verkehrsstau – obwohl er dieses Wort vielleicht besonnener benutzen sollte.

Wer waren diese Menschen, die nach Newport eilten? Gläubige? Schaulustige? Verfolger von Krankenwagen? Alles zusammen?

Der Bericht der jungfräulichen Geburt war wie eine Bombe eingeschlagen. Fox, Hearst Entertainment und Warner Brothers hatten eine Sekunde nachdem er bei UTA unterschrieben hatte, versucht, ihn auf Filmrechte festzunageln. Seine neuen Agenten, Richard und Howie, hatten sich die Lippen geleckt und ihm versichert, dass ihm die Kathleen-Beavier-Story große Dienste erweisen werde. Das war ihm schon bewusst gewesen. Das war Stoff für die Titelseite bis weit in die Zukunft hinein.

Erstens: Spekulationen vor der Geburt mit all den erforderlichen Zutaten – Geheimnisse, Kontroversen, Religion und Sex oder zumindest Anspielungen darauf.

Und dann das Schauspiel der Geburt selbst.

War es ein Scherz?

Oder stimmte es?

Und was dann?

Er persönlich dachte, dass Kathleen die andere Seite der Tawana Brawley verkörperte, aber von seinem Standpunkt aus war es egal, ob das Mädchen der Beaviers eine Jungfrau oder eine clevere Betrügerin war.

Er hatte die Story herausgebracht, konnte das jedoch nicht zugeben. Aber er konnte überall seine Fingerabdrücke hinterlassen, und genau das beabsichtigte er zu tun.

Les Porter zog schnell seine Kordhose, den Angorapullover und eine irische Öljacke an. Er gab mehr für seine Garderobe aus als für die Miete seiner Wohnung. Er hatte schon immer eine Schwäche für gute Klamotten gehabt, aber jetzt waren die Kosten zum ersten Mal berechtigt. Heute würden Kameras *auf ihn* gerichtet sein.

Sein Mietwagen stand vor dem Sheraton, und als er aus der Parklücke herausfuhr, tat er etwas, was er seit fünfzehn oder zwanzig Jahren nicht mehr getan hatte.

Les Porter, Absolvent der Regis Highschool und des Manhattan Colleges, sprach leise das Vaterunser. Es war nicht so, dass er an die Jungfrau glaubte. Es war nur so, dass er es ... trotz seines betont forschen Auftretens ... einfach nicht schaffte, *nicht* zu glauben.

25.

Schon zu früher Stunde hatte sich rings um das Landhaus der Beaviers eine große Menschenmenge gebildet. Die Newporter Polizei war mit großem Aufgebot vor Ort vertreten, und ich verbrachte eine halbe Stunde draußen vor den Barrikaden, um mit den Beamten zu sprechen. Die meisten Polizisten waren in höchstem Maße skeptisch und zynisch, was die so genannte jungfräuliche Geburt anging – genau wie ich.

Einer der gesprächigeren Streifenpolizisten sagte zu mir, dass »reiche Leute ihr Unglück auf diese Weise in ihren Vorteil verkehrten«. Es war eine merkwürdige Auffassung, aber ich glaube, der Polizist meinte es todernst, und vielleicht lag er damit sogar goldrichtig.

Als die Stunde der Pressekonferenz näher rückte, wurde den Journalisten und einigen Freunden der Familie erlaubt, das Grundstück der Beaviers zu betreten. Ich sprach mit einigen Verwandten der Beaviers, aber niemand konnte mehr Licht in das Geheimnis bringen.

Trotz aller Bemühungen kam ich nicht weiter. Die Menschen, mit denen ich mich unterhielt, konnte man eindeutig zwei Gruppen zuordnen, den Gläubigen und den aggressiven Skeptikern.

Ich bemerkte drei Jugendliche, denen der Zugang zum Haus verweigert wurde und die deswegen ziemlichen Ärger machten. Sie waren nach der neuesten Mode gekleidet, und es lag nahe, dass sie Freundinnen von Kathleen waren. Ich eilte zu ihnen.

»Kann ich euch helfen?«, fragte ich durch die Holzbarrikaden, die die Newporter Polizei errichtet hatte.

»Wer sind Sie?«, fragte eines der Mädchen trotzig. Sie trug Jeans, hohe Schuhe und einen tarnfarbenen Parka. Alle drei Mädchen hatten WWJT-Stoffarmbänder um ihre Handgelenke gebunden. Ich überlegte, was die Abkürzung WWJT bedeuten konnte: »Was würde Jesus tun?«, oder »Wir wollen Jack Daniels trinken.« Oder beides.

»Wer ich bin? Nun, im Moment bin ich eine, die vor den Barrikaden steht. Seid ihr Freundinnen von Kathleen?«

»Waren wir vor *dieser Sache*«, sagte das Mädchen, das von der Gruppe als Sprecherin akzeptiert wurde.

»Bevor ihre Eltern sie derartig abschirmten«, fügte eine große Blonde hinzu. »Ihre Eltern und diese böse Hexe, Mrs. Walsh.«

»Wir waren ihre Neuengland Ya-Yas«, sagte das dritte Mädchen. Ich vermutete, dass das mit dem Buch *Geheimnisse der Ya-Ya Schwesternschaft* zu tun hatte, das mir rein zufällig gut gefiel.

»In Ordnung. Kommt rein und nehmt am Fest des Jahres teil.«

Ich öffnete die Absperrung einen Spalt für sie, und meine

neuen Freunde bei der Polizei ließen uns passieren, denn sie nahmen an, dass ich das mit den Beaviers abgesprochen hatte.

»Wo wird sie gefangen gehalten?«, fragte mich die Anführerin der Mädchen.

»Unten im Keller. Noch unter dem eigentlichen Keller, wo es besonders schmutzig und eiskalt ist«, sagte ich. »Ich heiße Anne. Ich gehöre zu dem Unternehmen hier, doch ich habe zumindest noch Sinn für Humor. Und ich werde die Damen ins Haus bringen.«

»Sara«, stellte die große Blonde sich vor.

»Francesca«, sagte das Pummelchen, das wie eine Italienerin aussah.

»Chuck«, sagte die Anführerin und reichte mir die Hand.

»Okay«, sagte ich zu ihnen. »Dann wollen wir mal zu eurer Freundin gehen.«

26.

Kathleen konnte gar nicht glauben, dass ich die Hausordnung verletzt und ihre Freundinnen ins Haus gebracht hatte, aber sie strahlte übers ganze Gesicht, als sie die drei vor der Schlafzimmertür stehen sah.

»Es sind nur deine Ya-Yas, Liebste«, sagte Chuck in schleppendem Ton, und dann lagen sie sich im Schlafzimmer in den Armen.

Ich ließ die Mädchen einige Minuten allein, doch dann entschied ich, dass wir die Hausordnung hinreichend übertreten hatten und es Zeit war, sie wieder hinauszubringen.

»Danke, danke, danke, Anne«, sagte Kathleen an der Tür,

wobei sie mich fest umarmte. »Habe ich mich eigentlich schon bedankt? Also, vielen Dank. Du hast bei mir was gut.«

In der Eingangshalle trafen wir Mrs. Walsh, die uns einen viel sagenden Blick zuwarf.

Ich führte Sara, Francesca und Chuck die Treppe zur Hintertür hinunter und unterhielt mich währenddessen mit ihnen.

»Und warum seid ihr drei aus dem Hause verbannt worden?«, fragte ich.

»Die Beaviers sind unglaublich zickige Arschlöcher«, sagte Francesca ganz unverblümt. »Das sind die Schlimmsten. Mrs. Beavier behandelt Kathy wie einen der Porzellanhunde, die überall im Salon stehen.«

»*Salons*«, verbesserte Chuck. »Salons. Plural.«

»Und?«, fragte ich.

»Wir, hm ... haben Kathy bei dem Abtreibungsversuch geholfen. Wir haben die Klinik für sie ausgesucht und alles für sie arrangiert.«

»Aber sie ist ganz allein hingegangen. Warum habt ihr sie allein gehen lassen?«

Chuck wurde wütend. Ihre Augen waren nur noch winzige dunkle Schlitze. »Sie sagte uns, ihr Termin sei erst am *nächsten* Tag. Natürlich wären wir mit ihr in die Klinik gegangen. Was glaubst du denn?«

Auf den unteren Stufen blieb ich stehen und schaute die Mädchen an. Ich konnte sehen, dass sie sich in meiner Gesellschaft wohl fühlten – bis zu einem gewissen Grad.

»Und wer bist du?«, fragte Sara.

Ich zögerte und sagte dann: »Ich bin jemand, der versucht, etwas Licht in diese Sache zu bringen.«

»Tja, schön, dann gesell dich zu der Menge. Das liegt jenseits unseres Verständnisses. Es *kann nicht* geschehen sein«, sagte Sara, »ergo ist es nicht geschehen.«

Ich nickte. »Ihr glaubt also nicht, dass Kathleen Jungfrau ist?«

Sie verstummten alle und fingen an zu tuscheln.

»Doch, eigentlich schon. Kathleen lügt niemals. Niemals. Das ist ihr persönlicher Ehrenkodex. Keine Lügen.«

»Und was ist mit dem geheimnisvollen Mann in dieser ganzen Geschichte?«, fragte ich. »Wisst ihr, wer es ist?« Ich hielt den Atem an.

Francesca platzte mit dem Namen heraus. »Sein Name ist Jaime Jordan III., und er ist nicht der v.V. Das heißt übrigens verdammter Vater. Obwohl er *sagt,* er sei es. Er ist ein verdammtes Arschloch, und er ist zweifellos nicht der Vater des neuen Jesuskindes.«

Alle drei Mädchen stimmten zu.

Und nun hatte ich einen Namen: Jaime Jordan III.

27.

Die Mädchen waren im Haus gewesen – *diese abscheulichen, niederträchtigen, frechen Mädchen. Alle miteinander Gotteslästerinnen!* Die Haushälterin, Mrs. Walsh, glaubte, sie habe Kathleen laut in ihrem Zimmer sprechen hören, nachdem sie gegangen waren. Mit wem hat sie gesprochen? fragte sie sich.

Neugierig zog sie auf das Holzbett im Gästezimmer saubere, weiße Bettwäsche. Dann schlich sie auf den trübe beleuchteten Korridor und näherte sich auf Zehenspitzen Kathleens Zimmer. Sie spitzte unter ihrer weißen Haarpracht die Ohren.

Ida Walsh konnte die Worte nicht deutlich verstehen, aber

es hörte sich tatsächlich so an, als spräche Kathleen mit jemandem. Aber mit wem? Sie hatte niemanden die Treppe hochkommen sehen, nachdem die Gotteslästerinnen gegangen waren.

Sprach Kathleen vor dem wichtigen Treffen mit den Presseleuten Gebete? Natürlich hatte sie Angst. Kathleen war ja selbst noch fast ein Kind, auch wenn sie schwanger war.

Ida Walsh näherte sich vorsichtig noch einen Schritt dem Zimmer des Mädchens. Sie umklammerte den Türknauf, und dann drang die sechzigjährige Frau so leise wie möglich in Kathleens Zimmer ein.

»Heiliger Joseph«, stöhnte Ida Walsh, die ihre Hände vors Gesicht schlug. Sie traute ihren Augen und Ohren nicht.

Sie fiel rücklings auf den Boden. Mit ihrer rechten Hand tastete sie über ihrer Brust vergebens nach dem Kruzifix, das immer an einer Kette um ihren Hals hing.

Es war weg! Das Kruzifix war nicht mehr da! Wie konnte es weggekommen sein?

Plötzlich konnte sie nichts mehr sehen! Sie war von Blindheit geschlagen.

Sie konnte nichts hören! Keinen einzigen Ton! Sie war taub!

Ida Walsh öffnete den Mund und brüllte stumm. Sprechen konnte sie auch nicht mehr! Sie glaubte in der vollkommenen Stille, dass sie stumm und taub oder sogar tot sei! Darauf brach sie auf dem Teppichboden zusammen, stöhnte und tastete über ihre Augen.

Und dann blitzte in ihrem Geist die schreckliche Erkenntnis auf. Sie *wusste* es. Sie hatte sich das selbst zuzuschreiben. Es war wie bei Lots Frau, die zurück nach Sodom geschaut hatte und dann zu einer Salzsäule erstarrt war.

Sie hatte GOTT herausgefordert!

In dem kurzen Augenblick, ehe sie zusammengebrochen

war, hatte sie gesehen, dass Kathleen Beavier mit jemandem gesprochen hatte. Sie hatte laut gesprochen und lebhafte Gebärden gemacht. Und dann – und dann hatte Kathleen die niederträchtigsten Flüche ausgestoßen.

Sie hatte eine zweite Stimme gehört, und die war sehr tief – die Stimme eines Mannes. Die Stimme nannte Kathleen *eine Hure! Satans Hure!* Sie hätte es besser zugegeben. Sie sollte es jedem auf der großen Pressekonferenz erzählen.

Aber es war niemand anderes in Kathleens Schlafzimmer gewesen. Niemand, den Ida Walsh hätte sehen können!

Und die Haushälterin war sicher, im Spiegel des jungen Mädchens für einen kurzen Augenblick lodernde goldene und rote Flammen gesehen zu haben. Sie hatte die schrecklichen Flammen der Hölle gesehen.

»Mutter Gottes, rette mich«, flüsterte sie, als sie wie eine Wahnsinnige zuckend auf dem Boden lag. Sie hatte gerade mit eigenen Augen die Hölle gesehen, und sie glaubte felsenfest, dass sie den Teufel mit Kathleen hatte sprechen hören.

28.

Nasser, grauer Dunst und Nebelschwaden lagen über Sun Cottage, als Kathleen die lange Holztreppe auf der Rückseite des Hauses heruntergeführt wurde. Der aschgraue Himmel über uns war mit violetten Streifen durchzogen. Der Anblick war fast unheimlich. Die Lampen unten in den Wohnzimmerfenstern spendeten warmes, gelbes Licht und sorgten für diese Art Gemütlichkeit, die späten Herbst- und Winterabenden eigen ist.

Unter dem Eindruck dieses Wetters dachte ich an die

fürchterlichen Dinge, die in der Welt passierten, den Ausbruch von Krankheiten, die tödlichen Seuchen und Hungersnöte. Alles war so furchtbar, und ich suchte immer wieder nach einem Zusammenhang mit der jungfräulichen Geburt. Die Apokalypse? Das konnte ich nicht glauben. Und dennoch konnte ich die Bilder des Chaos und des Bösen nicht aus meinem Kopf vertreiben.

Ich bemerkte, wie Kathleen ihre Hände schützend vor ihre Augen hielt, als Hunderte von Kameras auf sie gerichtet wurden. Was für eine unglaubliche Gelegenheit, ein Foto zu machen!

Ihre Familie und ihre Freunde bildeten einen engen, schützenden Kreis um sie, als sie sich dem gewaltigen Knäuel von Mikrofonen näherte, die auf dem sieben Meter langen Banketttisch aufgebaut worden waren.

Auf der anderen Seite des Tisches standen mehr als hundert Reporter. Einige von ihnen gehörten zu den bekanntesten Zeitungen. Und hinter ihnen blitzten Unmengen blendender Lichter auf dem dunklen Rasen auf. Videokameras starrten mit unverschämten roten Augen auf Kathleen, und ich nahm die zahllosen Satellitenschüsseln wahr, die auf den Lastwagen der Filmgesellschaften, die entlang der Straße parkten, aufgebaut worden waren.

Ein halbes Dutzend Pressehubschrauber ratterte laut über uns. Ich hatte Angst, sie würden in der Luft zusammenstoßen.

Reporter und Kameramänner drängelten und stießen einander, um einen guten Platz zu ergattern.

Und genau vor ihnen stand schließlich Justin. Er war hier, weil der Kardinal große Pläne mit ihm hatte. Aber warum jetzt? Warum waren er und ich wieder zusammengebracht worden? Mir drängte sich der Gedanke auf, dass es einen bestimmten Grund dafür geben musste. Ich wünschte, dass sich alles logisch, klar und vernünftig entwickelte, aber würde es das tun?

Als Kathleen in die laute, unwirkliche Szenerie schaute, zitterte sie. Sie tat mir Leid.

Immer mehr Lichter blitzten auf. Sie blinzelte ins Licht und riss ihre Augen schließlich auf.

Gedankenverloren klammerte sich das Mädchen an ihre weite Bluse und zerknitterte den Stoff des einzigen Kleidungsstückes, das ihr in diesen Tagen eine gewisse Bequemlichkeit ermöglichte. Ich kannte ihre Gedanken, denn sie hatte sie mir gesagt.

Was dachten diese wichtigen Männer und Frauen über sie? Sie waren nicht dumm und wurden dafür bezahlt, skeptisch zu sein. Dachten die Zeitungsleute, sie sei eine schreckliche Lügnerin? Eine Verrückte? Eine Betrügerin? Was konnte sie nur sagen, damit sie ihr glaubten?

Kardinal John Rooney, der in seiner vornehmen roten Bischofsrobe groß und imposant aussah, schritt schließlich zu den Mikrofonen.

Die Pressekonferenz hatte begonnen. *Irgendetwas* musste der Welt berichtet werden.

29.

Ich danke Ihnen allen, dass Sie trotz der kurzfristigen Benachrichtigung hergekommen sind«, sagte der Kardinal im liebenswürdigsten Ton eines Mannes aus dem Volke. Er schenkte der wogenden, unruhigen Menge ein gewinnendes Lächeln, und es sah fast so aus, als schaute er jedem Einzelnen in die Augen.

Niemand sollte erfahren, wie besorgt oder ängstlich er war. Vor allem wollte er seine Gefühle über die miteinander in Zusammenhang stehenden apokalyptischen Ereignisse, die sich seit einigen Wochen überall in der Welt zutrugen, verbergen.

»Wollen Sie bitte ein kurzes, stilles Gebet mit mir sprechen?« Er faltete die Hände und senkte den Kopf. Viele – sogar jene, die nie Mitglied der katholischen Kirche waren – senkten ihre Köpfe.

Nach einigen Schweigeminuten eröffnete der Erzbischof von Boston die Pressekonferenz, um Fragen zu beantworten, die Hintergrundinformationen betrafen.

Eine attraktive Frau in einem gelbbraunen Burberry-Regenmantel begann.

»Terry Mayer von *Chicago Sun-Times.* Ich habe, wie viele andere, mit denen ich darüber sprach, den Eindruck, als mache die Kirche vernichtende Zeiten durch.« Die Reporterin hatte einen angenehmen Akzent des Mittelwestens. »Wir haben Gerüchte gehört, dass eine Spaltung zwischen den Konservativen und den Liberalen möglich sei. Gibt es irgendeinen Zusammenhang zwischen diesen politischen Auseinandersetzungen und dem, was hier heute passiert?«

Kardinal Rooney schüttelte bereits den Kopf, bevor Terry Mayer ihre Frage beendet hatte.

»Dies soll keine Entschuldigung sein, aber es sollte wirklich nicht zu Enttäuschung und Betroffenheit führen, wenn die Kirchenoberhäupter miteinander streiten. Die Kirche *ist* menschlich. Das ist ihr Schwachpunkt. Aber das ist auch ihre Stärke *und* ihre Schönheit.

Zwischen der Kirchenpolitik und Kathleen Beavier besteht überhaupt kein Zusammenhang. Die Geburt des Kindes hat mit Kirchenpolitik nichts zu tun.«

Kardinal Rooneys tiefe Stimme hallte über die Menschenmenge hinweg. Er sprach zugleich ernst und weise, und er wirkte wahrhaftig und aufrichtig.

Er beantwortete noch weitere Fragen, ehe der Reporter von den New Yorker *Daily News* an die Reihe kam.

»Les Porter von den New York *Daily News*. Kardinal Rooney, könnte uns Kathleen Beavier von ihrem Standpunkt aus einige Hintergrundinformationen liefern? Es gibt eine Reihe von Mutmaßungen. Wir möchten Kathleen selbst sprechen hören.«

Der Kardinal nickte nachdenklich und gab Kathleen dann ein Zeichen vorzutreten. »Ja, Kathleen wird zu Ihnen sprechen. Sie möchte angehört werden.«

30.

Kathleen fühlte sich wie betäubt. Alles erschien ihr unwirklich. Als sie die Reporter anschaute, herrschte in ihrem Kopf einige Sekunden vollkommene Leere.

Dann sah sie ihre drei Freundinnen, Sara, Francesca und Chuck, und dadurch wurde es etwas besser – oder schlimmer. Sie war sich nicht ganz sicher. In Bezug auf gar nichts.

»Ich habe noch nie zu so einer großen Menge gesprochen«, sagte sie schließlich. Ihre Stimme dröhnte über den Rasen, und die Lautstärke überraschte sie.

Sie drehte sich zu mir um, und ich lächelte sie an und zwinkerte ihr ermutigend zu. »Und daher«, fuhr Kathleen fort, »bin ich nicht sehr gut darin. Um ehrlich zu sein, habe ich vorhin im Haus ein wenig geübt, und es war schrecklich.«

Kathleen musste schließlich über ihr spürbares Unbehagen lächeln. Bisher schien bei den Reportern Ehrlichkeit und Einfachheit am besten anzukommen.

»Im letzten Frühjahr«, fuhr Kathleen fort, »entdeckte ich, dass ich schwanger war, obwohl ich Jungfrau war, was ich noch immer bin. Ich war natürlich entsetzt und verwirrt, doch dann nahm ich meinen ganzen Mut zusammen, um es meinen Eltern zu sagen. Sie brachten mich zu unserem Hausarzt, der erklärte, dass ich zweifellos schwanger und Jungfrau sei.

Andere Ärzte in Boston führten weitere Untersuchungen durch und dann Ärzte der Harvard Universität. Mir wurde von verschiedenen Priestern eine ganze Reihe argwöhnischer Fragen gestellt, und zu guter Letzt schaltete sich Rom ein. In der letzten Woche schneite ein weiterer Arzt aus New York hier ins Haus. Und wieder wies er nach, dass ich unversehrt bin. Das ist alles, was es zu sagen gibt. Das ist bisher alles. Ich bin jetzt im achten Monat schwanger, und ich bin gesund. Das Kind ist vollkommen gesund. Ich sehe es einmal im Monat auf dem Monitor des Ultraschallgerätes.«

Die Stimme eines Reporters ertönte aus der Menge. »Miss Beavier, Sie sagten gerade, das sei alles, was es zu sagen gäbe. Mit allem Respekt vor Ihrer Person, aber warum sollten wir das akzeptieren? Viele von uns glauben, dass es da noch etwas anderes geben müsse.«

Kathleen zögerte. Sie *spürte,* dass sie ihnen alles sagen müsste.

Und dann hörte sie die Stimme: *Ja, tu es. Sag ihnen alles! Sag es ihnen!*

»Nun, im vergangenen Januar ist etwas mit mir geschehen«, flüsterte Kathleen. Ihre Atemlosigkeit hörte sich an wie ein Grollen, das durch die Mikrofone und Lautsprecher noch verstärkt wurde.

»Wollen Sie uns sagen, was es war, Miss Beavier?«

Sag ihnen die Wahrheit über dein verdammtes Kind! Ja, ja, ja – sag es jetzt!

»Es tut mir Leid«, sagte Kathleen kopfschüttelnd. Ihr seidiges, blondes Haar leuchtete im grauen Licht der Abenddämmerung. »Es gibt einige Dinge, die ich Ihnen noch nicht sagen kann. Verzeihen Sie. Im Moment müssen Sie einige Dinge einfach *glauben*.«

Unaufhörlich leuchteten die Lichter der Kameras auf, und sie hatte plötzlich das Gefühl zu ersticken. Sie fror und hatte Angst, und sie fühlte sich vor diesen ganzen Mikrofonen schrecklich allein. Sie wollte nicht weinen, aber sie konnte ihnen nicht die Wahrheit sagen. Es war ihr einfach nicht möglich.

»Ich hatte wirklich nicht vor zu weinen. Verzeihen Sie«, sagte sie und senkte den Kopf.

Und in diesem Augenblick schien Kathleen abgelenkt zu werden.

Im Schatten einiger Kiefern, die wie riesige Wachposten hinter der Menge der Reporter in die Höhe ragten, geschah etwas.

Kathleens Herz fing fürchterlich an zu klopfen. Das Kind in ihr bewegte sich heftig. Eine seltsame Hitze stieg in ihr auf, und sie hatte furchtbare Angst.

Sie hörte wieder die Stimme: *Sag es ihnen! Sag ihnen die Wahrheit, du Schlampe! Sag ihnen, wessen Kind es ist!*

Kathleen schüttelte den Kopf, und dann hallte ihre Stimme über die Menschenmenge und übertönte die *andere* Stimme. »Sie ist hier. Sie ist jetzt hier!«

Die Reporter drehten sich um und schauten in die Richtung, in die das junge Mädchen zeigte.

»Unsere Jungfrau Maria ist gekommen.«

Kathleens sanfte, blaue Augen wurden glasig. Ihr friedlicher Blick verlor sich in der Ferne, und ihr Gesicht strahlte.

Jede Kamera wurde in die richtige Position gebracht, um eine Nahaufnahme von dem jungen Mädchen zu machen. Alle wollten die Unschuld und Verzückung seines Gesichtes einfangen.

»Können Sie sie alle sehen?«, flüsterte Kathleen. Tränen rollten über ihre Wangen. Plötzlich zitterte sie fürchterlich. Sie sah aus, als fiele sie jeden Moment in Ohnmacht.

»Können Sie sie sehen? Oh, bitte Gott, warum ich? Warum ich allein? Sie ist jetzt hier, und keiner von Ihnen kann sie sehen. Sie ist hier, ich schwöre es. Oh, Gott, sie ist so schön. Kann keiner von Ihnen sie sehen?«

31.

Die Menschen hatten schon immer das Bedürfnis, an etwas zu glauben, aber besonders jetzt. Sie wollten glauben, aber vielleicht wussten sie nicht mehr, wie sie es anstellen sollten. An jenem Abend saß ich mit Justin, Kardinal Rooney, den Beaviers und Kathleen im Arbeitszimmer des Hauses der Beaviers. Wir sahen uns die Berichte aus aller Welt an.

Es war die erstaunlichste Sache, die ich je erlebt hatte. Ich erinnerte mich immer wieder an die alte TV-Show »Du bist da«, und dachte, *ja, das bin ich*.

Ein laut schallender Sprechgesang erhob sich, der um die ganze Welt zu gehen schien. *»Ein Wunder! ... Ein Wunder!«*

Ein achtzigjähriger italienischer Arbeiter tanzte auf dem weiten heiligen Platz vor dem Petersdom in Rom ausgelassen mit seiner Frau, die in seinen Armen wieder wie eine Zwanzigjährige aussah. Ein Pressefotograf hatte den zauberhaften Tanz des Paares auf dem Kopfsteinpflaster eingefangen.

Große, goldene Glocken von zwei Metern Durchmesser läuteten über den Platz vor der majestätischen Basilika. Das zeitlose Glockengeläute erhielt eine neue, besondere Bedeutung für die mehr als zehntausend Gläubigen, die sich im riesigen Schatten vor der größten Kirche der Welt versammelt hatten.

Eine große Schar Deutscher strömte aus Berlins berühmter Kirche, der Kaiser-Wilhelm-Gedächtniskirche, deren Fassade eine Art Waffelmuster zierte. Die Menschenschlange zog sich bis zum prächtigen Kurfürstendamm.

In der St. Patricks Cathedral in New York las Kardinal John O'Connor um einundzwanzig Uhr eine außerplanmäßige Messe. Fast sechstausend New Yorker drängten sich in der gotischen Kirche. Kardinal O'Connor wusste, dass es eine düstere Botschaft zu verbreiten galt, eine warnende Botschaft.

Aber die Gemeinde wollte sie anscheinend nicht hören.

In Dublin und Cork wehten auf der Hauptpost in der O'Connell Street, auf allen Restaurants und Kneipendächern und auf dem Portal des berühmten Gresham-Hauses weißgelbe päpstliche Flaggen.

Der Südturm von Notre-Dame in Paris begrüßte die Menschen mit dreizehn Glockenschlägen und sandte die heilige Botschaft zum linken Seine-Ufer an die Sorbonne, den Blumenmarkt und das Hallenviertel. Unter den großen Türmen auf dem Place de Paris blieben die Schaulustigen, die Gaukler und die Clochards für einen feierlichen Augenblick stehen. Die Menge widmete dem jungen amerikanischen Mädchen ein Gebet. Und die Franzosen waren besonders stolz auf sie, da in Kathleens Adern französisches Blut floss.

Um Mitternacht stieg aus dem kleinen Schornstein des Papstpalastes in der Nähe der Kapelle Rauch auf. Feierliche Kanonenschüsse ertönten über dem ellipsenförmigen Platz am Petersdom in Rom. *»Wir haben einen neuen Papst«*, schrien die Menschen in Ekstase.

An einem Fenster hoch oben in der höchsten Etage des Apostolischen Palastes mit der Goldkuppel erschien schließlich eine winzige Gestalt in einer weißen Robe und mit einem Käppchen auf dem Kopf. Der Heilige Vater, der neue Papst, Benedikt XVI., breitete seine Arme aus und segnete die Menschen.

Die Menschen in der Menge winkten der fernen päpstlichen Gestalt zu. »Vater, Vater«, riefen sie im Chor. »Erzähl uns von der Jungfrau.«

32.

An jenem Tag suchten zwei Nonnen, Lehrerinnen aus der Schule, und der Gemeindepriester am frühen Abend Colleen zu Hause auf. Sie sah den alten Volkswagen des Priesters, der über die Felder fuhr, und lief auf den Dachboden, um sich zu verstecken.

In einer Ecke des Raumes lagen ein Stapel muffig riechender alter Kleider, Betttücher und zerfetzte Brücken. Selbst wenn die Glühbirne an der Decke brannte, war es dunkel dort.

Colleen vergrub sich unter den Kleidern und vergewisserte sich, dass sie ganz bedeckt war.

Sie konnte nichts sehen und kaum etwas riechen. Nur der Geruch der Kleider und der Mottenkugeln, die ihre Mutter einst dort verstreut hatte, stieg Colleen in die Nase. Aber sie hörte alles.

Die Leute waren nun unten im Haus. Sie unterhielten sich und riefen dann ihren Namen.

»Colleen, Colleen, hier ist Schwester Katherine.«

»Hier ist Pater Flannery. Bist du da, Colleen?«

Dann waren sie oben im Schlafzimmer bei ihrer Mutter.

Mutter würde ihnen nicht helfen, sie zu suchen, auch wenn sie dazu in der Lage gewesen wäre. Sie schenkte selten noch irgendjemandem Beachtung. Auch ihre Erinnerung war ausgelöscht. Colleen war in diesen Tagen buchstäblich allein zu Haus, nur das Baby war natürlich bei ihr.

Sie wiegte ihren Bauch mit dem Baby vorsichtig mit beiden Händen.

»Hallo, liebes Baby. Hab keine Angst. Niemand wird dir wehtun, Baby. Niemand wird uns stören.

Nur wir zwei sind hier, liebes Baby. Nur wir zwei sind hier, aber es wird uns gut gehen. Du wirst sehen, mein liebes Baby. Nur wir zwei.«

33.

Irland.

In der gleichen Nacht nahm Pater Nicholas Rosetti einen Zubringerflug vom Flughafen Shannon. Er wusste, wohin er nun reisen musste. Er musste das *zweite* Mädchen sehen. Es gab zwei Jungfrauen. Eine in Irland und eine in Amerika.

Er war froh, dass die Geschichte der Colleen Galaher nicht bekannt geworden war, da sie in einem so kleinen und abgeschiedenen Dorf wohnte. Er hätte sich gewünscht, dass es in Amerika ebenso gewesen wäre, aber die Story dort hatte sich wie ein Lauffeuer verbreitet. Rosetti fragte sich, warum? Was bedeutete das? Was konnte er daraus schließen? Was sagte es über die beiden Mädchen aus?

Rosetti versuchte sich zu entspannen und hoffte, dass er die verdammte Stimme nicht wieder hören würde.

Er machte sich mehrere Seiten Notizen über Colleen. Danach versuchte er einzuschlafen, aber es gelang ihm nicht. Rings um ihn dämmerten friedlich die anderen Passagiere vor sich hin, und er konnte nicht umhin, sie zu beneiden.

Pater Nicholas Rosetti hatte seinen Sitz zurückgestellt und las seine Aufzeichnungen noch einmal durch. War er schon besessen? Plötzlich fing das kleine Nahverkehrsflugzeug an zu bocken und zu schlingern. Er erinnerte sich an seinen Anfall in Rom. *Was geschah nun? Was in Gottes Namen?*

Rosetti schaute sich um. Plötzlich waren alle wach. Die Passagiere hatten Angst.

Und dann schien es, als würde die Maschine Beech 1900 auseinander brechen. Es war so, als wäre eine kleine Bombe in seinem Kopf explodiert.

Einen Augenblick lang glaubte er, das Flugzeug sei mit einer anderen Maschine zusammengestoßen. Er schlug unwillkürlich die Arme vors Gesicht. Der Mann, der neben ihm saß, klammerte sich an ihn. »Das Flugzeug stürzt ab! Wir werden sterben!«, schrie er.

Die Schreie in der Kabine offenbarten das Entsetzen der Passagiere. Sekunden wurden zur Ewigkeit. Das Flugzeug sauste mit unverminderter, Schwindel erregender Geschwindigkeit in die Tiefe.

Das kann nicht sein. Es ist zu viel. Es kann einfach nicht sein. Mein Flugzeug kann nicht abstürzen.

Aber das Flugzeug stürzte ab! Es trudelte in einem großen, spiralförmigen Kreis in die Tiefe. Da die Maschine eine starke Rechtskurve beschrieb, konnte der Pilot nicht erkennen, wohin sie steuerte. Die Feuchtigkeit, die gegen die Scheiben schlug, sah aus wie zerfetzte Mullbinden. Ein Wolkenschleier hüllte sie ein.

Die Schreie in der Maschine wurden lauter und lauter.

»*FESTHALTEN! FESTHALTEN!*«, vernahm er die Stimme des Piloten.

Rosetti beugte sich vor und umklammerte seine Fußknöchel, so fest er konnte. Er betete wie ein Wahnsinniger. *In nomine Patris, et Filius, et Spiritus Sancti* ... Die Gesichter seiner Mutter, seiner Schwester und seines älteren Bruders blitzten vor ihm auf. Und dann sah er das Gesicht der Jungfrau Colleen im Geiste so deutlich vor sich, dass er Angst bekam.

Er erwartete, die gefürchtete Stimme zu hören, aber sie ertönte nicht.

Das kleine Flugzeug sauste steil nach unten und stürzte krachend in die Bäume. Die Maschine schlug auf der Erde auf. Die Flügelspitzen berührten den Boden zuerst.

Knirschend schob sich Metall ineinander. Eine weitere ohrenbetäubende Explosion folgte ... Rosettis Brustkasten prallte auf seine Knie, als das Flugzeug sich überschlug, zerschellte und Stücke der Maschine über den Boden geschleudert wurden.

Dann verstummten alle Geräusche der Menschen und der Maschine. Es trat Totenstille ein.

Er öffnete im schwarzen Chaos der Maschine die Augen.

Plötzlich brach ohrenbetäubender Lärm aus, und Flammen schossen über seinen Kopf.

Ich werde bei lebendigem Leibe verbrannt. All die Menschen werden sterben. Bin ich in der Hölle?

Er atmete schwer, löste mit feuchten, zitternden Fingern seinen Gurt.

Nicholas Rosetti war verwirrt. Er rollte und purzelte durch

das umgestürzte Flugzeug, rappelte sich auf, bahnte sich seinen Weg durch heruntergefallenes Gepäck und weiche, nasse Objekte und steuerte instinktiv auf die Öffnung zu, die der Notausgang gewesen war.

Hinter dem Flugzeug ergoss sich das Sonnenlicht über ein smaragdgrün schimmerndes Kornfeld.

Das konnte nicht geschehen sein. Aber es war geschehen. Überall lagen Tote.

Er zögerte und schaute dann zurück auf die Flammen. Die Hitze entwickelte sich unvermindert.

»Lebt noch jemand?«, schrie er zurück in die Feuersglut.

Als er keine Antwort erhielt, sondern nur das Zischen von schmelzendem Kunststoff vernahm, sprang er durch die prasselnden Flammen auf die feste Erde. Eine andere Wahl hatte er nicht. Er rannte auf wackeligen Beinen bis zur Mitte des Feldes. Sein Atem zerriss in seinen brennenden Lungen. Er wartete auf eine weitere Explosion.

Als er sich umdrehte, sah er, dass der größte Teil der Kabine auf dem Rücken lag, während sie von einem riesigen schwarzen Feuerball verzehrt wurde.

Ist das die Hölle? Der direkte Eingang zur Hölle?

Die Luft um ihn herum roch nach verbranntem Kunststoff und verkohltem Fleisch. So etwas hatte er noch nie erlebt.

Das Einzige, was sich in der Maschine noch bewegte, waren die erhitzten Luftmoleküle.

Rosetti wischte sich mit dem Arm über die Stirn und schaute aus einer Entfernung von fünfzig Metern auf das Feuer. Er war der Einzige, der sich vom Ort der Katastrophe entfernt hatte. Warum er?

Es beschämte ihn, einen kurzen Augenblick lang Erleichterung zu verspüren, weil er überlebt hatte.

Aber dieses Gefühl machte schnell überwältigendem Kummer Platz.

Er fiel auf die Knie, um für die Seelen der Toten zu beten. Wieder erinnerte er sich an die Worte, die der Papst kürzlich in Rom zu ihm gesagt hatte. *Sie werden allein sein*. Die Stimme überflutete ihn wie ein Segen.

Mühsam stand er auf. Er musste sich zwingen, zu denken und zu handeln. *Denken, denken*. Wenn hier ein Kornfeld war, musste es auch ein Bauernhaus geben. Es musste auch eine Stadt geben.

Sein Hemd und seine Hose waren schmutzig, aber unbeschädigt, und er hatte noch seine Schuhe. Er sah aus, als habe er im Freien übernachtet, doch andererseits hatte er nicht einen einzigen Kratzer.

Du wirst allein sein.

Nicholas Rosetti rückte seine Jacke zurecht und bewegte sich auf eine Hecke zu, die den Straßenrand markierte. Die nächsten Gedanken schossen ihm mit großer Klarheit durch den Kopf.

Etwas oder jemand will mich umbringen.

Und etwas oder jemand möchte, dass ich lebe.

34.

Sie hörte ganz in der Nähe ein *Hämmern* in der Dunkelheit und riss die Augen auf. Ihr Herz pochte wild. Ein Mann war in ihrem Schlafzimmer. Sie konnte die Gestalt von der Seite sehen.

»Hast du mich vermisst?«, fragte er lachend. Seine Stimme war tief und voll. Er beugte sich über sie und warf Mondschatten auf ihr Bett.

»Nicht eine Sekunde«, erwiderte sie, wobei sie versuchte,

den frechen Ton des Mannes nachzuahmen, aber ihr Herz klopfte wild. Sie wollte ihn tief in sich spüren.

Seine derbe Wollhose rutschte auf seine Füße. Münzen fielen heraus und rollten in alle Richtungen. Sein erigiertes Glied war samtig und hart und schimmerte in den blassen weißen Strahlen des Mondlichts.

Sie streckte ihre Hand aus und berührte es. Er führte es an ihren Mund, und sie nahm es auf.

»Oh ... Gooott«, seufzte er und lachte wieder. Er zog sich aus ihr zurück, warf mit einer schnellen Bewegung die Bettdecke zurück und streckte seinen muskulösen Körper neben ihrer milchigen Wärme aus. Er wanderte langsam mit seiner schwieligen Hand über ihren geschwollenen Bauch und versetzte ihr zärtliche Schläge.

»Du bist ein Teufel«, sagte sie, »und ich will dich wieder spüren. Ich kann nicht genug von dir bekommen.«

Ein anderer Mann, der neben dem Bett stand, löste den Ersten ab. Er tastete gereizt an seinem Ledersäckchen, denn er hatte ein Geschenk für sie, einen goldenen Ring mit einem glitzernden karminroten Stein in der Mitte.

»Das musst du nicht tun. *Du* bist mein Geschenk«, sagte sie. »Berühr mich. Bitte, du bist ein richtiger Engel.«

Seine Berührung war wie Samt. Er rieb wissend über den nassen Spalt ihres Geschlechts, bis sie bettelte, dass er in sie eindrang ...

Ein dritter Mann stieß den zweiten zur Seite. Die Matratze gab unter seinem Gewicht nach. »Du hast ganz weiche Haut bekommen, weißt du das?«, sagte er. »Du bist ein Wunder.«

»Ich weiß. Das ist die Wahrheit.«

Er drang in die göttliche nasse Stelle ein, die sie ihm darbot, hielt ihre Brüste fest und schrie seine Ekstase in ihr Haar.

Als er mit ihr fertig war, kam ein Vierter zu ihr. Er roch

nach Meerwasser, ungewaschener Wolle und Tannennadeln. Dieser Junge war erst vierzehn Jahre alt, und er liebte sie auch. Er spritzte seinen Samen auf ihren Oberschenkel, und dann kam er noch einmal, als er in sie eindrang.

Ein riesiger Mann kam als Nächster und zog den Jungen grob aus ihrer Umarmung. Er legte seine schmerzenden Glieder neben sie. »Wärm mich, meine Liebste«, sagte er. »Es ist sehr kalt heute Nacht.«

Er war der Erste, der Anführer, der erfahrenste und bei weitem der beste Liebhaber. Er trug Schaffell und Tweed und roch nach einer Mischung aus Moschus, Gewürzen und Tabak, was sie unwiderstehlich fand. Seine Stimme war tief und ruhig und klang wie ein Cello, und als er ihren Namen sagte, traten Tränen in ihre Augen.

Sie kniete sich neben ihn, führte ihre Brüste an seinen Mund, und er saugte an beiden. Dann bestieg sie ihn und ritt auf ihm, bis ihre zerrissenen Schreie aus ihrer Kehle drangen und sich in der kalten Nachtluft verloren.

»Warum gehorchst du mir nicht?«, fragte er plötzlich brüllend.

Kathleen Beavier schreckte aus dem Schlaf hoch. Sie war verschwitzt und keuchte, als ob sie um ihr Leben gerannt wäre. Sie hatte laut geschrien!

Sie konnte die Stimme noch hören – quälend und spöttisch.

Ihr ganzer Körper war nass. Ihr Bett war zerknittert und tropfnass, als hätte sie die Bettwäsche wochenlang nicht gewechselt. Sie hatte weiter die schleppende Stimme im Ohr. Aus den Betttüchern drang ein seltsamer Geruch.

Aber sie war ganz allein. Es war so wie jede Nacht seit Monaten.

Genau in dem Moment, als Kathleen Beavier erwachte, schreckte auch Colleen Galaher in ihrem Bett hoch und schrie. Dann flackerten Bilder vor ihren Augen und zerplatzten wie riesige Seifenblasen. Die Flanellbetttücher waren um ihre nackten Füße geschlungen. Wie war das geschehen?

Sie fing hysterisch an zu schreien.

35.

Irland.

Natürlich wussten einige Leute über Colleen Bescheid. Die Einheimischen wussten es, behielten es aber für sich. Es war ihr Problem, ihre verdammte Angelegenheit und von keinem anderen.

Die Jungen und Mädchen in Maam Cross waren grausam und hatten kein Mitleid, keine Gewissensbisse und keinen Verstand. Sie nannten Colleen »die kleine Hure von Liffey Glade«. Die Jugendlichen malten ihre Meinung über sie auch in grellen roten Buchstaben auf die kürzlich frisch getünchte Wand von MacDonald's in der Stadt: COLLEEN LUTSCHT AN SCHWULEN SCHWÄNZEN!

Wenn sie in die Stadt ging, musste sie an dieser schrecklich obszönen Schmiererei vorbei. Ihr wurde ganz übel.

Heute erledigte sie die Einkäufe. Ihr Vater war an Krebs gestorben. Ihre Mutter war seit vielen Jahren bettlägerig. Sie und ihre Mutter wurden vom Staat und der Kirche unterstützt.

Das Haus von Donal MacCormack, Lebensmittel-Einzelhändler, war das dritte einer Reihe frisch gestrichener, einstöckiger Geschäfte in einer der Seitenstraßen des Dorfes. Seitdem Billionen von Pfund ins Land geflossen waren, um Irland zu restaurieren, sah man überall Gebäude, die neue Anstriche in grellen bunten Farben erhalten hatten: ringelblumengelb, veilchenviolett, orangenrot, himmelblau. Schilder waren verschönert worden, um Touristen anzulocken.

Colleen fand, dass das Leben nun besser in Irland sei als je zuvor, aber engstirnige Gesinnungen und veraltete Werte hafteten an den Menschen wie Teer an einem Holzlöffel.

Sie wickelte den dünnen Stoffmantel, den sie vor drei Jahren bei Dunnes in Galway gekauft hatte, noch enger um ihren aufgeblähten Bauch und starrte auf die orange bemalte Fassade des Lebensmittelgeschäftes mit dem Schieferdach. Neben der Satellitenschüssel blies ein Schornstein Rauch in den nasskalten Herbsthimmel.

Sie senkte ihren Kopf wieder und ließ ihren Blick über eine blutige Kalbshälfte gleiten, die im Ladenfenster hing. *Ekelhaft! Widerlich!*

Dann seufzte sie und ging hinein, um ihre Einkäufe zu machen. Colleen erfreute sich an dem ungewöhnlichen Luxus eines elektrisch geheizten Ladens in der Nachbarschaft und legte sechs Eier, Mehl, gesalzene Heringe, Kartoffeln, Milch, Honig und ein großes Stück Bauernkäse in einen Einkaufskorb.

Als sie ihre zerknitterten Geldscheine auf den Ladentisch legte, war sie sich des prüfenden Blicks der Verkäuferin bewusst. Es war ihr sehr unangenehm.

Colleen war daher noch abgelenkt, als sie den Laden verließ und Michael Colom Sheedy direkt in die Arme lief.

»Oh, es tut mir verdammt Leid, *gnädige Frau.*« Michael täuschte ein höfliches Lächeln vor und zog seinen Donegal-Tweedhut. Sein kahl geschorener Kopf glänzte.

Ein schwarzer Stein zierte sein Ohrläppchen. Er trug eine Kapuzenjacke mit Reißverschluss und eine ausgebeulte

Baggy-Hose, aber es war nicht etwa so, dass er die Klamotten seines Vaters oder eines großen Bruders trug. Gangsterklamotten waren für diese Jugendlichen, die dem Verhalten von Großstadtgangstern nacheiferten, der letzte Schrei.

»Na, kaum zu glauben!« Der sechzehnjährige Junge schlug mit beiden Händen auf seine drahtigen Hüften. »Es ist die kleine Colleen Galaher mit ihrem furchtbar dicken, furchtbar beschämenden Bauch direkt aus der Akte X. Noch immer schwanger mit Gottes Sohn? Ist er es selbst dort unten?«

Colleens Augen wanderten schnell von Michael zu den anderen seiner Gruppe, die gegenüber vom Süßwarengeschäft herumlungerten. Sie alle hatten ihre Schuluniform – graue Hose und blaue Schuljacke – bereits gewechselt. John O'Sullivan, Finton Cleary, Liam McInnie und auch Michaels Mädchen, Ginny Anne Drury. Die Melodie des Hits »Because we want to« von Billie Piper war im Hintergrund zu hören.

Sie hatten auf sie gewartet.

Colleen wich zurück und ließ fast die Lebensmittel fallen. »Bitte, Michael, meine Mutter ist sehr krank. Ich muss jetzt gehen.«

»Ja, Colleen, aber das hier dauert nur eine Minute, Liebling. Wir hatten gerade so eine Art Gruppendiskussion. Wir wollen wissen, ob Gott dich zuerst mit ins Kino genommen oder dich gleich auf dem Rücksitz seines Wagens gevögelt hat.«

Colleen schnappte nach Luft. »Du solltest nicht so unanständig reden, Michael.«

Plötzlich hob Michael Sheedy die kleine Colleen hoch. Ihre Einkäufe purzelten auf den Gehweg und rollten auf die rote Sonne zu, die soeben über den Dächern des Dorfes unterging.

Colleen war blass geworden. Aus ihren hellgrauen Augen quollen Tränen hervor. »O lieber Gott, nein, Michael Sheedy!«

»O lieber Gott, nein, Michael Sheedy!«, ahmte der Junge das Mädchen in einem hohen, spöttischen Ton nach.

Als seine Kumpane in Gelächter ausbrachen, schubste der Anführer dieser Schlägergang Colleen.

»Hochschwanger, denk daran, John: Der Ball, die *Gottheit,* darf jetzt nicht stürzen.«

John Sullivan, der fast einhundertfünfzig Kilo wog und erst sechzehn Jahre alt war, ließ Colleen jedoch fast fallen. Er konnte gut Fußball spielen, aber mit den Händen war er ungeschickt.

Er jonglierte sie noch eine Sekunde durch die Luft und stieß sie dann zu Liam McInnie weiter, Michaels rechter Hand, seinem Bewunderer und Nachahmer. Liam hatte ein Hakenkreuz-Tattoo auf seiner Hand.

»Bitte, Liam«, schrie Colleen. »Ginny Anne, bitte, sag ihnen, sie sollen aufhören. Ich habe niemandem etwas getan. Ich bin schwanger.«

Der irische Bauernjunge mit den Sommersprossen hielt Colleen hoch über seinen Kopf. Er brüllte laut einen Croke-Park-Fußballruf. Die anderen brüllten vor Lachen.

»Schwanger mit einem kleinen Bastard, willst du wohl sagen. Ja, ja, die kleine Hure Colleen! Du hast dich noch nie mit mir verabredet. Und andererseits vögelst du mit dem Herrn im Himmel.«

In diesem Augenblick geschah eine seltsame Sache auf der einsamen Hauptstraße von Maam Cross, die seltsamste Sache, die sich je in dem alten Druidendorf zugetragen hatte.

Wie von Zauberhand kam plötzlich mit der Geschwindigkeit einer Gewehrkugel eine braungelbe Drossel angeflogen! Der kleine Vogel kreischte einmal und prallte dann mit voller Wucht gegen Liam McInnies Kopf.

Der irische Junge ließ Colleen sofort los. Er schlug seine Hände vors Gesicht, zu spät, um seine Augen zu schützen.

»Scheiß Vieh!«, schrie er vor Schmerzen, als sich der Vogel wieder auf ihn stürzte. »Oh, du verdammtes Vieh! Meine Augen. Oh Jesus! Meine Augen!«

Colleen schaute noch einmal auf die schreckliche Szene zurück, als sie sich davonschlich. Liam drückte die Hände auf seine Augen. Blut lief über sein Gesicht. Rote Hautfetzen hingen an den Wangen des Jungen herunter.

Die Drossel war nirgends zu sehen. Sie war so schnell, wie sie gekommen war, wieder verschwunden.

Der Vogel war ein Engel, dachte Colleen. Das war er wirklich. Der Himmel musste ihn geschickt haben, um Liam McInnie und seinen niederträchtigen, abscheulichen Kameraden Einhalt zu gebieten.

36.

New York City.

Nicholas Rosetti schreckte aus dem Schlaf hoch. Sein Geist war noch auf das unglaubliche Geheimnis gerichtet – er hatte die ganze Nacht daran gedacht. Er meinte zu wissen, warum er den Unfall erlitten hatte, obwohl ihm niemand mit einem gesunden Menschenverstand glauben würde.

Um die Bilder der Gewalt und des Grauens zu vertreiben, blinzelte er mit den Augen, bis sich sein Blick auf den Ort richtete, an dem er sich befand. Er war in einem Hotelzimmer im Zentrum von Manhattan, einer Stadt, in der er noch nie zuvor gewesen war und die ihm sofort, als er sie betreten hatte, ungeheuer missfallen hatte.

Indem er sich umschaute, entdeckte er eine verblasste elfenbeinfarbene Tapete, Mahagonimöbel und die schwere Bordüre der rosa, pink und beige gestreiften Vorhänge, die nun die Sicht auf den Broadway versperrten.

Geistesabwesend hörte Rosetti dem Jaulen einer Polizeisirene zu, die das leise Surren der Klimaanlage übertönte.

Er bestellte Tee und verschiedene Brötchen beim Zimmerservice. Dann duschte er und wusch den Schweiß der Nacht fort.

Nicholas Rosetti zog eine schwarze Hose und einen dicken, grauen Rollkragenpullover an. Er stellte die Teetasse auf den Schreibtisch an dem Fenster, das zur Straße hinausging, und öffnete die schwarze Aktentasche.

Die Tasche enthielt die komplette Arbeit seiner Ermittlungen. Er strich einen alten Zeitungsausschnitt glatt.

Das vergilbte Papier trug das Datum vom 14. Oktober 1917, und die Titelzeile war so mitreißend wie das Ereignis selbst: »Wunder in Fatima.«

Der Reporter jener Oktoberausgabe der *New York Times* hatte den Bericht geschrieben: *»Den erstaunten Geistern und Augen dieser verwirrten und entsetzten Menschenmenge, deren Verhalten bis in biblische Zeiten zurückgeht und die es wagte, blass vor Angst und mit entblößten Köpfen in den Himmel zu schauen, wurde das Schauspiel einer stark zitternden Sonne geboten. Die Sonne beschrieb nie zuvor gesehene abrupte seitliche Bewegungen. Die Sonne führte heute am Himmel einen makabren Tanz auf, als die Mutter Gottes angeblich zu drei kleinen Kindern sprach.«*

In Fatima war eine schreckliche Warnung ausgesprochen

worden. Selbst die *New York Times* gab das unumwunden zu.

Und das Geheimnis war seit dieser Zeit gehütet worden – fast zweiundachtzig Jahre lang!

Die Dokumente der jüngsten Ereignisse lagen in seiner voll gestopften Tasche obenauf. Eine neunzehnseitige Aufzeichnung über sein Treffen mit der vierzehnjährigen Colleen Galaher in Maam Cross.

Dann folgte ein Paket von zwei oder drei Tage alten Zeitungsausschnitten. Ausschnitte aus der Londoner *Times,* der *Los Angeles Times,* dem *Observer,* der *Irish Press* und anderen. Berichte über Viren, die außer Kontrolle geraten waren, Seuchen, seltsame unerklärliche Todesfälle.

Rosetti spürte, dass sich sein Nacken versteifte. Die Anspannung kehrte in Wellen zurück. Er hatte wieder Angst. Er konnte sich nicht verstecken, noch nicht einmal in New York City.

Papst Pius hatte ihm das Geheimnis von Fatima anvertraut. *Nein, bitte!* betete Rosetti. *Ich bin nicht würdig!*

Aber er wusste, dass das Geheimnis der Wahrheit entsprach. Er war ein Gläubiger, und er glaubte.

Es gibt zwei Jungfrauen, Tausende von Meilen voneinander entfernt.

Ein Mädchen wird den Sohn Gottes, den Erlöser, gebären.

Das andere Mädchen wird den Sohn des Teufels gebären.

Zweiter Teil

Kathleen & Colleen

37.

New York City.

Am Nachmittag wurde Nicholas Rosetti von grenzenloser Verzweiflung geplagt, als er die belebte 8th Avenue in New York hinunterging, auf der um diese Zeit besonders viel Betrieb herrschte. War er in der Hölle?

Rosetti wurde vom Strom der Fußgänger hin und her gestoßen und zuckte immer wieder zusammen, wenn ihn Fremde berührten. Er war nur noch ein nervöses Nervenbündel und erschreckte bei jedem Geräusch, das er sich einbildete oder tatsächlich vernahm.

Streiter Christi, dachte er. *Nein, nur Streiter. Streiter!*

Die Menschenmenge riss ihn mit, und er trauerte um Seine kürzlich verstorbene Heiligkeit Papst Pius, den guten Papst. Sein Tod war für viele Millionen Menschen ein schwerer Verlust. Doch er spürte den Verlust stärker als alle anderen. Ihm war eine Mission anvertraut worden, und er hatte die Größe, sie anzunehmen.

Und jetzt war er allein. Sicherlich war er in der Hölle. Diese New Yorker waren alle verdammt. Er konnte es in ihren Augen sehen. Überall, wo er ging, spürte er das Böse und die Trostlosigkeit.

Seine Verzweiflung und Hoffnungslosigkeit hatten mit dem Eintreffen der New Yorker *Daily News,* die heute Morgen vor seiner Tür gelegen hatte, ihren Höhepunkt erreicht. Auf der Titelseite, wo er ganz sicher nicht hingehörte, stand ein Bericht über Kathleen Beavier.

Es war ein schlimmer Fehler, dass diese Nachrichten verbreitet worden waren. Allerdings typisch für Amerika, nicht wahr? Das ganze Land war ein Zirkus. Es gab keine Geheimnisse. Kathleen war reich und Amerikanerin, und daher war sie eine Nachricht wert. Colleen war Irin und arm, und wo war der Bericht? Er hätte sich gewünscht, dass von beiden nichts an die Öffentlichkeit gedrungen wäre.

Nachrichten – das war sein heutiger Auftrag. Er hatte mehrere Telefonate mit Rom geführt und war mehrmals in New York angerufen worden. Um sechs Uhr abends traf er im Studio an der West Side ein, das dem Fernsehsender ABC gehörte. Dort wurde er in ein kleines Fernsehzimmer geführt und dann gnädigerweise allein gelassen.

Er machte sich auf einiges gefasst und sank immer tiefer in den Sessel. Doch er zwang sich dazu, die Nachrichten anzusehen.

Es waren ausgesprochen schlimme, grauenhafte Nachrichten.

Der unveröffentlichte, ungekürzte Bericht war in der letzten Woche gefilmt worden und schilderte das immer noch andauernde Drama einer schrecklichen fünfmonatigen Dürreperiode im indischen Staat Rajasthan.

Die erste, verwackelte Großaufnahme zeigte das verarmte Dorf Sirsa. In einer rauen, herrischen Sprache beschrieb der Nachrichtensprecher die auf dem Bildschirm dargestellten Zustände.

»Im größten Teil des modernen Indien ist das Leben nicht so, wie Sie oder ich es in Filmen über die britische West Indien Company oder die bengalischen Ulanen gesehen haben. Vor allem der Staat Rajasthan wird manchmal aufgrund seiner ausgedehnten, ausgetrockneten Ebenen mit einer Durchschnittstagestemperatur von fünfzig Grad die große indische Wüste genannt.«

Die Hölle, dachte Rosetti. *Wie treffend.*

»Dieser indische Staat mit einer Bevölkerung von mehr als vierundvierzig Millionen Menschen ist das schlimmste Dürre- und Hungersnotgebiet der ganzen Welt. Von April bis Juli verbrennt eine unbarmherzig glühende Sonne das schwelende Land und die Menschen wie eine teuflische Fackel. Meilenweit nichts als Staub. Heiße, erstickende Winde wehen Staub und Schrotspreu bis nach New Delhi in den Norden.

Dörfer sind rauchende Hochöfen. Die großen reglosen Sanddünen lassen die alte ursprüngliche Anwesenheit des Teufels dort in der indischen Wüste erahnen.

Die schreckliche Dürreperiode dauert noch immer an. Das ist länger als je zuvor. Der indische Staat wurde für die Verstorbenen zu einem schwelenden Scheiterhaufen.

Sechshunderttausend Männer, Frauen und Kinder sind hier seit April gestorben! Über sechstausend sterben jeden Tag!

Wenn es eine Hölle auf Erden gibt, dann ist sie hier im verdammten Rajasthan.«

Die Zeit ist nahe, dachte Rosetti. Zu nahe. Wohin er auch sah, er konnte überall die Gefahr spüren. Und diese Gefahr gab es wirklich. Das bildete er sich nicht ein.

Es gab überall deutliche Zeichen für die Anwesenheit der Bestie.

Gehenna.

Sechshunderttausend Tote! Das war gar nichts für die Bestie.

Er zählte für sich im Stillen auf:

Die Dürre im Staat Rajasthan, die unbeschreibliche Hungersnot in Indien.

Das Gemetzel in Ruanda. Ein derartig brutaler, sinnloser Völkermord konnte nur vom Teufel angezettelt worden sein.

AIDS mit seinen Todeskrallen in China, großen Teilen Afrikas und nun in Spanien und Sizilien.

Die Kinderlähmung klammerte sich an der Westküste fest und brach nun auch in Neuengland aus.

Eine aufkeimende Viruserkrankung, die Ebola ähnelte, war plötzlich in Südfrankreich aufgetaucht und breitete sich in der Nähe des Wallfahrtsortes Lourdes aus, dem wundersame Heilkräfte nachgesagt wurden.

Der Feind war wie vorhergesagt gekommen.

Luzifers Armee war hier – gefallene Engel, Legionen von ihnen.

Ihre Zeit war gekommen.

38.

Newport, Rhode Irland.

Ich war mir Justins Nähe deutlich bewusst, als wir den Uferpfad entlangspazierten. Ich war mir auch bewusst, was für ein hübsches Paar wir waren, denn mehrere Leute, die an uns vorbeigingen, sahen uns von der Seite an. Wenn sie nur die Geschichte – unsere Geschichte – gekannt hätten. Ich war Nonne gewesen, und Justin war noch immer Priester.

Und wir waren kein Paar. Weit gefehlt! Es war so, als wäre eine dicke Wand starken elektrischen Stroms zwischen uns, der uns beide zugleich anzog und abstieß.

Wir waren in den vergangenen zwei Tagen dreimal zusammen spazieren gegangen oder weggefahren. Angeblich um über Kathleen Beavier zu sprechen. Justin war der Mittelsmann des Kardinals. Er nahm seinen Job sehr ernst und machte ihn gut. Ich wusste nicht, ob er an Kathleen glaubte, aber sein Geist stand allen Möglichkeiten offen.

Natürlich war zwischen uns viel mehr als nur das. Und ich dachte immer wieder: *Ich bin keine Nonne mehr und kann in jeder Weise, die mir gefällt, an Justin O'Carroll denken.*

Während unserer kleinen Wanderung erzählte ich ihm eine kurze, harmlose Geschichte über Cliff Walk, den schmalen, dreieinhalb Meilen langen Klippenweg am Meer, der sich wie ein enger Gürtel an Newports anmutige Südostküste schmiegte.

»William Backhouse Astor ging hier einst mit seiner Dame, der ›Königin der Vierhundert‹, spazieren«, sagte ich, womit ich vermutlich mein Verständnis fürs Triviale bewies. »John F. Kennedy soll Jacqueline hier auf dem Klippenweg den Hof gemacht haben, als er bei der Marine war und sie in die Newporter Gesellschaft eingeführt wurde.«

Ich dachte daran, dass Justin und ich nun den gleichen historischen Pfad benutzten, aber es gab einen wesentlichen Unterschied. Wir waren kein Liebespaar und würden es niemals sein. Außer einer Berührung seiner Hand vor drei Tagen in einem Café berührten wir uns nie. Ehrlich gesagt wünschte ich mehr als alles andere auf der Welt, ihn festzuhalten, aber ich wusste, dass ich es nicht tun würde.

Warum waren wir auf diese Weise wieder zusammengebracht worden? *Zusammengeprallt* war wohl der passendere Ausdruck. Es bewies mir, dass Gott ein Sadist war.

Wir folgten noch eine Weile dem windigen Klippenweg, den Brombeerbüsche überwucherten und zu dessen beiden Seiten historische Newporter Villen mit hohen Zäunen standen. Es war alles makellos. Wir gingen an den Millionärsvillen vorbei.

»Weißt du, Annie«, sagte Justin schließlich, »manchmal

glaube ich, dass du ein seltsames Bild von dir hast. Du scheinst sehr offen, sehr frei und unkompliziert zu sein. Und doch hältst du dich von Menschen fern.«

Ich blieb stehen und schaute ihn an. Was er gesagt hatte, verletzte mich, ob es nun stimmte oder nicht. »Ich weiß nicht, was du meinst. Ich habe viele Freunde. Ich liebe mein Leben sehr. Meinst du, ich wäre nicht ausgefüllt, nur weil ich nicht verheiratet bin?«

Er lächelte gezwungen. Er wollte sich nicht streiten. »Ich meinte es nicht so, wie es sich anhörte, Anne.«

»Wie denn?«

»Ach, Annie. Alles, was ich sagen wollte, ist, dass du dem Leben eine wundervolle und ganz besondere Liebe entgegenbringst. Ich habe dich in Boston und hier in Newport beobachtet. Du hast schon jetzt ein wunderbares Verhältnis zu Kathleen. Aber du verschließt dich vor dir selbst. Oje, ich sollte mein vorlautes Mundwerk halten, spazieren gehen und die vergoldete Fantasie der Jahrhundertwende Amerikas bewundern. Es ist herrlich hier. Da gebe ich dir Recht.«

Justin hatte jetzt Angst, mich anzuschauen. Als er es tat, sah er die dicken, glitzernden Tränen, die über meine Wangen rannen.

Er hatte mich verletzt, arg verletzt. Der Schlag hatte richtig gesessen. Er hatte kein Recht, mich so zu verletzen.

Ich ließ Justin O'Carroll einfach stehen. Hier konnte ich nicht länger bleiben. Wütend und vollkommen ziellos rannte ich den mit wildem Wein bestandenen Pfad hinunter. Auf jeden Fall konnte ich die Nähe von Justin O'Carroll nicht länger ertragen. Ich musste hier weg.

39.

Kathleen wurde im Haus ihrer Eltern schier verrückt. Sie wünschte sich verzweifelt, bei ihren Freunden, Sara, Fran und der unbezähmbaren Chuck zu sein. In diesen Wänden und der hohen Wölbung ihres eigenen Fleisches fühlte sie sich eingeengt.

Als sie vorsichtig die Treppe hinunterstieg, hielt sie sich an dem zierlichen Treppengeländer fest. Jeder einzelne Schritt knarrte unter ihrem Gewicht.

Es war noch immer schwer für sie, sich an die Veränderungen ihres Körpers zu gewöhnen. Ihre Brüste waren größer als die ihrer Mutter. Ihre Finger und Fußknöchel waren angeschwollen, und sie hatte rote Ränder unter den geschwollenen Augen. Es machte sie wütend, dass sie keine normale Kleidung mehr tragen konnte.

Würde die alte Kathleen wieder zum Vorschein kommen, wenn das hier vorbei war? Das wusste nur Gott allein.

Bis zur Geburt des Babys war ihr einziges Vergnügen der Strand. Gott sei Dank gab es den Strand!

Es war ein Wunder, dass Kathleen die Vorratskammer erreichte, ohne dass jemand sie hörte. Insbesondere wollte sie in diesem Moment nicht Mrs. Walsh begegnen. In den vergangenen Wochen schien ihre alte Freundin nicht mehr dieselbe zu sein. Auf einmal schien sie alles zu missbilligen, was Kathleen sagte oder tat.

Die Kammer für die nassen, schmutzigen Sachen neben dem Vorratsraum war verlassen. Eine Ansammlung von Schuhen stand unter der Bank. Kathleen quälte sich in ein Paar Docksiders und zog die gelbe Strickjacke ihres Vaters, die an einem Haken hing, über ihren Pullover.

Minuten später war sie am Ufer und sah und hörte dem

hypnotischen Brechen der Wellen zu. Gott, was für ein Tag! Es waren sicher zwanzig Grad. Bisher war der Herbst unglaublich mild gewesen. Sie zog die Strickjacke aus und hängte sie über ihren Arm.

Ihr schoss ein Gedanke durch den Kopf, der ihr ungeheuer gut gefiel. Sie hatte einmal etwas über das Wasser und die Schwerelosigkeit gelesen und schloss daraus, dass das Wasser dem Baby die Schwere nehmen würde. Sofort zog sie ihre Docksiders und ihren Pullover aus und ging auf die Wellen zu.

Das war so wagemutig, aber genau das Richtige. Das Wasser war an der Oberfläche warm, und es war ein wunderschönes Gefühl, als es gegen ihre geschwollenen Beine klatschte – als ob kleine Hunde ihre Füße ableckten.

Kathleen ging noch einige Schritte weiter. Noch war sie nur wenige Meter vom Ufer entfernt. Sie befand sich fast in einem Trancezustand, als wäre sie nicht mehr ganz bei Sinnen. Wagte sie es? Ja. Sie holte tief Luft und hockte sich hin, sodass das Wasser fast bis an ihr Kinn reichte. Es war ein unbeschreiblich schönes Gefühl.

Das ist wie im Himmel.

Die Wellen hoben sie ein wenig in die Höhe und ließen sie dann wieder los. Sie seufzte, und dann lachte sie. Das war die Schwerelosigkeit, nach der sie sich gesehnt hatte. Sie fühlte sich leicht und nicht mehr wie der schwerfällige Elefant, der sie geworden war. Seit Monaten hatte sie sich nicht so behaglich gefühlt und einen so großen Frieden empfunden.

Die nächste Welle zog sie mit ihrer starken, betörenden Kraft vom Strand weg. Sie ließ sich von der sanften Strömung treiben, streckte ihre Arme aus, legte ihren Kopf in den Nacken und schwamm einen Moment auf dem Rücken. Das Wechselspiel der Farben am Himmel war faszinierend: blau, rosa, lila, indigo ...

Kathleen verlor das Zeitgefühl. Wie lange trieb sie schon auf dem Wasser? Mühsam rollte sie sich auf den Bauch und blieb in dieser Lage liegen.

Sie war viel weiter draußen, als sie geglaubt hatte. Wie konnte das geschehen? *Das kann doch nicht wahr sein! Wie bin ich hierher gekommen?*

Nun ergriff sie die Angst. Sie schlug auf das Wasser und schwamm auf das Ufer zu.

Immer, wenn sie sich ein Stück dem Ufer näherte, zog sie die nächste Welle wieder zurück ins Meer.

Nur nicht in Panik geraten, beruhigte sie sich.

Schau einfach aufs Haus und schwimm.

Dennoch fragte sie sich, wie sie so dumm gewesen sein konnte. Sie kannte doch die Gezeiten. Sie kannte die Gezeiten schon ihr ganzes Leben! Etwas sehr Sonderbares war geschehen. *Es war so, als hätte sie das Zeitgefühl verloren. War sie verrückt?*

Ihre Arme schmerzten. Sie hatte Seitenstiche, und die Kälte raubte ihrem Körper die Kraft. Sie wollte um Hilfe schreien, aber dort draußen war niemand, überhaupt niemand, der sie hören konnte. Das Meer schlang seine Arme um ihre Taille, zog sie wie ein dicker, starker Mann ins Wasser und drückte sie unter die Wasseroberfläche. Die Klauen des Meeres machten ihr Angst.

Hab keine Angst, hörte sie. Es war die Stimme, sie klang beschwichtigend.

Nein! Sie schluckte Wasser und schaffte es dann, wieder an die Oberfläche zu kommen. Sie stieß einen langen, stummen Schrei aus.

Du musst nur mit der Strömung schwimmen, Kathy. Das Meer ist das Universum, und es ist ewig. Sei das Meer!

Sie schlug vergebens in die Luft, als zersplitterte Bilder vor ihr aufflackerten. Ihre Freunde, Mama, ihr Daddy, ihr Baby ...

Die nächste Welle zog sie wieder ins Wasser. Der starke Schmerz in den Lungen wurde unerträglich, und dann stillte das Meer ihre Schmerzen.

Sie ertrank und mit ihr das Baby.

40.

Erst als ich das Pflaster der wunderschönen, baumbestandenen Bellevue Avenue unter meinen Füßen spürte, hörte ich auf zu rennen.

Was ist los mit mir? Was ist los?

Ich wischte die lächerlichen Tränen mit dem Kleenextuch, das ich aus dem Ärmel meiner Jacke zog, von meinen Wangen. Dann stand ich neben dem turmhohen schwarzen Eisentor einer der Villen und schaute auf einen hellgelben Bus aus Batavia, New York, der mit »Pilgern« beladen war.

Nach einer Weile gelang es mir, meine Beherrschung zurückzugewinnen.

Ich wusste ganz genau, warum ich vor Justin davongelaufen war. Das war schon lange kein Geheimnis mehr für mich. Ich war noch immer in ihn verliebt, oder? Und nun war ich außerdem wütend auf ihn. *Ich war nicht vom Leben abgeschnitten!*

Er war es. Er war ein katholischer irischer Priester. Aber was hatte er denn eigentlich schon erlebt, auch wenn er so schlau und aufgeschlossen war?

Als ich wieder zu Atem gekommen war, ging ich hinter den Häusern zu einem Fußweg hinunter, der zum Strand führte, und spielte mit den schaumigen Lippen des Meeres »Fang mich doch«. Dieser Mann machte mich noch wahnsinnig! Vielleicht liebte ich Justin wirklich. Ich dachte ständig an ihn. Er wollte, dass ich heiratete und Mutter wurde. Hatte er vielleicht nur einen selbstlosen Gedanken geäußert? Oder erinnerte er mich an das, was ich schon wusste?

Ich wanderte am Strand entlang, und meine Gedanken kreisten nur um Justin und mich, bis die Dämmerung den Himmel mit immer dunkler werdenden blauen Streifen durchzog. Von einem blassen Aquamarinblau über dem Meer zu einem dunklen, mit Sternen besetzten Indigo am Himmelszelt. Ich ließ meinen Blick schweifen, um mich zu orientieren.

Etwas am Strand zog meine Aufmerksamkeit auf sich. Ein Körper lag reglos im Sand.

Der Körper einer jungen Frau.

»Kathleen!«, schrie ich.

41.

Ich rannte los und schrie noch einmal: »*Kathleen!*«

Als ich bei ihr war, ließ ich mich neben ihr in den Sand fallen. Ich rollte sie vorsichtig auf den Rücken, griff unter ihr Kinn und rief ihren Namen. Dann drehte ich ihr Gesicht zu mir und begann mit einer Mund-zu-Mund-Beatmung, aber das war anscheinend nicht nötig.

Kathleen war bewusstlos, aber Gott sei Dank atmete sie noch. Warum lag sie am Strand? Wie war sie so triefend nass geworden? War sie geschwommen?

»Mein Gott, Kathy! O mein Gott.«

Tragen konnte ich sie nicht, denn dazu war sie zu schwer, und wir waren ganz allein am dunklen Strand.

Was war Kathleen zugestoßen? Hatte sie wieder versucht, sich absichtlich Schmerzen zuzufügen? Was war mit dem Baby?

Auf jeden Fall atmete sie. Ich rief wieder ihren Namen und versuchte, einen klaren Gedanken zu fassen. Es gab zwei Möglichkeiten, die ich gegeneinander abwog.

Bei ihr bleiben.

Oder: So schnell ich konnte, Hilfe holen.

»Okay, Kathy. Kathy ... Es ist alles gut.«

Ich tätschelte ihre Wange.

Kathleens Haut war ganz kalt. Hatte sie eine Überdosis Tabletten genommen, ehe sie ins Wasser gegangen war? Ich wusste es nicht, aber ich war nicht weit davon entfernt zu glauben, dass sie noch einmal versucht hatte, Selbstmord zu begehen.

Und dann hörte mein Herz fast auf zu schlagen. Ich flüsterte: »O mein Gott. Kathy!«

Ich schrie immer wieder ihren Namen.

Kathleens Fruchtblase war geplatzt.

Als ich mich umdrehte, sah ich Justin, der, so schnell er konnte, auf uns zurannte.

»Justin«, rief ich. »Kathleen verliert ihr Kind!«

42.

Wir kamen mit heulenden Sirenen vor dem Krankenhaus an. Ein halbes Dutzend Ärzte und Krankenschwestern stürzten auf uns zu. Ich war in Justins Anorak und in eine Wolldecke gehüllt. Als ich versucht hatte, Kathleen zu helfen, war ich tropfnass geworden. Ich sah lächerlich aus, aber das war mir im Moment gleichgültig.

Jeder verfügbare Gynäkologe im Newporter Krankenhaus wurde zu Kathleen gerufen, um eine Diagnose zu stellen. Sie war bei Bewusstsein und ganz ruhig – ganz im Gegensatz zu allen anderen.

Die Ärzte waren einhelliger Meinung: Die Fruchtblase war geplatzt. Das Kind musste durch Kaiserschnitt geholt werden, bevor es zu spät war.

Kathleen weigerte sich strikt. »Dem Baby geht es gut«, sagte sie. »Lasst uns beide allein.«

Ihre Hausärztin, Dr. Armstrong, hatte sie angefleht, die Ärzte einschreiten zu lassen. Ihre Eltern hatte sich ihren Bitten angeschlossen. Tränen liefen über ihre Gesichter. Wenn die Ärzte das Baby nun holen würden, hätte es eine Chance. Wenn man wartete, könnte es sterben. Kathleen war noch minderjährig. Der Wille der Mehrheit hätte sich durchsetzen können. Doch es war keine Kleinigkeit, eine Frau zu einem Kaiserschnitt zu zwingen, die im Vollbesitz ihrer geistigen Kräfte war.

»Anne ... sag es ihnen. Ich habe die Jungfrau Maria gesehen. Sie sagte mir, ich brauche keine Angst zu haben.«

Ich erblasste sichtlich, als sie diese Bitte äußerte. Aus medizinischer Sicht war ein Kaiserschnitt der richtige Schritt. Kathy würde es schaffen, und das Baby hätte eine gute Überlebenschance. Das war die einzig vernünftige Entscheidung.

Aber dann wäre die Entbindung natürlich kein Wunder. Bei der Geburt würde der Geburtskanal umgeleitet werden. Und die Kirche würde niemals behaupten können, das Kind sei ein Wunder.

»Kathleen«, sagte ich, »ich möchte, dass du erst einmal allen zuhörst. Vertraue den Ärzten, höre sie an, und tu dann das, was du für das Beste hältst.«

Diese Nacht war der reinste Albtraum für mich, und das sage ich nicht leichthin. Wir blieben stundenlang im Krankenhaus. Eine der Krankenschwestern brachte mir trockene Sachen aus ihrem Spind.

Schließlich ließ ich mich vor Erschöpfung in einen Sessel fallen. Ich war fast eingeschlafen, als ich merkte, dass mich jemand rüttelte. Carolyn Beavier schluchzte und schlang ihre Arme um mich.

»Es geht ihr gut. Kathleen geht es gut«, sagte sie, »und dem Baby geht es auch gut. Das Loch in der Fruchtblase hat sich von allein wieder geschlossen. Es hat sich mit Fruchtwasser gefüllt. Kathleen hat ihr Baby noch. Es ist wirklich ein Wunder.«

Man sagte mir, dass es eigentlich kein Wunder sei, aber es war ungewöhnlich genug, um das ganze Personal des Newporter Krankenhauses in Erstaunen zu versetzen. Kathleen war die Einzige, die sich weder überrascht noch beeindruckt zeigte.

»Ich danke dir, dass du mir vertraut hast«, sagte sie zu mir. »Du warst die Einzige. Du bist einzigartig, Anne. Und darum bist du hier. Du und Justin. Ihr seid meine Schutzengel.«

Ich blieb bei Kathleen im Krankenzimmer, bis Justin gegen ein Uhr morgens ins Zimmer schaute. Er gab mir ein Zeichen, mit ihm auf den Flur zu gehen. Kathleen schlief, und daher folgte ich ihm.

Als ich auf den Flur trat, sah ich, dass Justin blass war und mich mit weit aufgerissenen Augen anschaute. Ich machte mir Sorgen um ihn.

»Was ist los? Ist alles in Ordnung?«, fragte ich.

»Hier im Krankenhaus ist etwas ganz Unglaubliches geschehen«, sagte er in einem leisen Flüsterton. »Anne, hier ist ein Fall von Polio aufgetreten. Es ist, als wäre die Seuche Kathleen hierher gefolgt.«

43.

Irland.

Colleen Galaher glaubte, dass ihr Kopf in tausend Stücke zerspringen würde, die niemals mehr zusammengefügt werden könnten, wenn sie noch länger in der Enge des Hauses bliebe. Sie überzeugte sich davon, dass es ihrer Mutter an nichts fehlte, schlich sich aus dem Haus und sattelte das Pferd.

Als sie den Berg hinunterritt, vergrub sie ihre Hand in der Mähne von Gray Lady, dem Pferd ihrer Mutter. Sie sang ihr Lieblingslied von der englischen Pop-Gruppe BoyZone und hielt mitten in der Strophe inne, um den Zigeunern unten auf dem Feld zuzuwinken. Wie gerne wäre sie wieder ein normales Schulmädchen gewesen! Sie wollte ihr altes Leben zurück.

Diese Zigeuner gehörten nicht zu dem dunkelhäutigen romanischen Typ aus Zentraleuropa, sondern sie waren Nachkommen von vertriebenen Iren, die ihren Besitz während der großen Hungersnot im Jahre 1845 verloren hatten. Seit Generationen wanderten sie von Grafschaft zu Grafschaft, bettelten, fuhren ihre Sulkys auf Jahrmärkten. Im Dorf hieß es, sie würden stehlen oder noch Schlimmeres tun.

Die Zigeuner werden ebenso wie ich verachtet. Das ist nicht fair. Es ist nicht richtig.

Sie erinnerte sich jetzt beschämt, dass auch sie die Zigeuner verachtet hatte. Vor sechs Monaten war dann etwas eingetreten, was ihre Meinung geändert hatte.

Wie heute war sie auf dem Weg zu ihrem idyllischen Platz, der rund um Maam Cross weithin als Liffey Glade bekannt war, über das Feld geritten. Eine Frau mit feuerrotem

Haar in einem lilafarbenen Samthemd und einer alten Tweedjacke hatte ihr zugewinkt.

Die Zigeunerin hatte sich ihr mit erstaunten Augen genähert, sich bekreuzigt und angefangen zu beten. Dabei hatte sie ihren Rosenkranz umklammert, als wäre er ein mit dem Himmel verbundener Rettungsanker.

Colleen hatte der Anblick schockiert und Angst eingejagt, aber dennoch seltsam mutig gemacht. Einen Augenblick später hatte sie die Einladung der Zigeunerin angenommen, im Wohnwagen eine Tasse Tee mit ihr zu trinken. Die Frau hieß Margot, und der Wohnwagen war ein Wunder an Ordnung. Auf sauberen Brettern lag Werkzeug. In Hutschachteln befand sich Papier, zum Auslegen der Regale. An Garderobenständern hing alles nach Farben sortiert, und erstaunlicherweise stand im Wohnwagen ein neues, teures, batteriebetriebenes Fernsehgerät.

Neben dem TV-Gerät war eine Heiligenfigur der Jungfrau Maria unübersehbar. Es war eine wunderschöne Porzellanmadonna, die ihre Hand hob, als spräche sie den Segen. Sie trug über ihrem lose herabhängenden Haar ein blauweißes Kopftuch, das mit richtigem Gold eingefasst war.

»Du hast *sie* leibhaftig und im Geiste gesehen«, sagte Margot. »Ich weiß es. Stimmt das?«

Colleen hatte sich verblüfft zu ihr umgewandt. Was wusste diese fremde Frau?

»Du liebst Kinder, Colleen«, sagte Margot dann mit demütiger, ehrfürchtiger Stimme, wobei sie ungeniert auf Colleens Bauch schaute, der damals kaum angeschwollen war. »Ich kenne dein Geheimnis, kleines Mädchen. Du bist wie *sie*. Dein Geheimnis wird die Welt verändern.«

44.

Ich kenne dein Geheimnis, kleines Mädchen.

Colleen ritt an diesem Tag langsam in den Norden der Stadt. Es war ein ziemlich weiter Weg, aber dort befand sich das große Krankenhaus der Grafschaft, und sie wollte es sich ansehen, bevor ihre Zeit gekommen war.

Sie band Gray Lady an einer alten Eiche auf einem üppigen Feld in der Nähe des Krankenhauses fest. Dann überquerte sie die Rasenfläche hinter dem Krankenhaus und betrat die kleine Eingangshalle. Colleen war schon im St.-Brendan-Krankenhaus gewesen, um kranke Verwandte zu besuchen, doch sie erinnerte sich nicht daran, je allein dorthin gegangen zu sein.

Sie kam sich vor wie eine Erwachsene, und vielleicht hatte sie auch das Gefühl, ein wenig unverfroren zu sein, als sie langsam die gewundene Treppe in den zweiten Stock hinaufstieg.

Colleen wusste, wohin sie gehen wollte – auf die Entbindungsstation. Diese befand sich im zweiten Stock auf der linken Seite des Hauptkorridors.

Sie stieß die Schwingtür auf und traf sofort auf eine Krankenschwester. Die Frau sah, in welchem Zustand sie war, und lächelte sie verständnisvoll an. »Hallo, meine Liebe.«

»Ich gehe nur ein wenig spazieren«, sagte Colleen. Das war eigentlich keine Lüge.

In einem der Zimmer stöhnte eine Frau laut, und dann fing sie an zu schreien.

Fast unmittelbar danach stieß eine zweite Frau weiter unten auf dem Korridor wie aus Sympathie einen durchdringenden Schrei aus.

Colleen lehnte sich gegen die Wand und versuchte sich

zu beruhigen. *Mein Gott, das hört sich ja furchtbar an. Werde ich in der Lage sein, es zu tun, wenn meine Zeit gekommen ist?*

Sie hörte den beiden Frauen zu, die noch immer stöhnten und schrien.

Eine von ihnen rief den Namen ihres Ehemannes, und fast im gleichen Atemzug verfluchte sie ihn.

Ich werde allein sein, dachte Colleen. *Ich muss sehr mutig sein.*

Sie hatte geglaubt, dieser Besuch im Krankenhaus vor der Entbindung sei eine gute Idee, doch das schien nicht der Fall zu sein. Jetzt war sie fast noch ängstlicher als zuvor.

Dennoch ging sie den Korridor in die entgegengesetzte Richtung hinunter. Was verbarg sich in den Zimmern dort?

Weitere Kreißsäle? Noch mehr Frauen mit unerträglichen Schmerzen?

Dann sah Colleen das Glasfenster und die winzigen Babys hinter der Scheibe. Einige weinten, aber die meisten schliefen oder schauten umher und erforschten die Welt.

Colleen lächelte, vermutlich das erste Mal seit Monaten. Alles wird gut, dachte sie, denn jetzt bin ich nie mehr allein. Bald wird mein Baby bei mir sein.

45.

Als Colleen nur noch einen halben Kilometer von zu Hause entfernt war, konnte sie die kalte, lieblich duftende Luft von Liffey Glade riechen. Sie freute sich darauf, die Grotte auf der Lichtung zu betreten, die lange vor dem Einzug des Christentums und sogar vor den Druiden eine heilige Stätte gewesen war. Wenn Colleen allein sein wollte, ging sie nach Liffey Glade.

Ein klarer Bach sprudelte auf seinem Weg nach Lough Corrib munter durch die Grotte. Kiefern und Fichten neigten sich über das Wasser.

Colleen hatte vor neun Monaten, am 23. Januar, in Liffey Glade das erlebt, was sie heute als mystisches Erlebnis betrachtete. Vor dieser Nacht hatte man sie in Maam Cross nur als ruhige, wohlerzogene Schülerin der Holy Trinity-Schule, der Mädchenschule der Heiligen Dreifaltigkeit, gekannt.

Colleen war in der Schule beliebt, aber sie wurde von den meisten Mitschülerinnen nie ganz akzeptiert. Von den Schwestern der Nonnenschule wurde sie hoch geschätzt, vielleicht weil diese sich selbst in dem ruhigen, nachdenklichen Mädchen wiederfanden, das meistens zu den Besten der Klasse gehörte.

Colleen war glücklich, wenn sie anderen helfen konnte, und war daher zu ihrer Entscheidung gekommen. Sie wollte Nonne werden.

Und dann änderte sich von einer Minute auf die andere alles in Liffey Glade. Colleen Galaher wurde nicht nur geistig die Braut Christi, sondern auch körperlich.

Und an diesem Oktobertag ritt Colleen am frühen Nachmittag auf dem Rücken von Gray Lady langsam über die durchnässten Kuhweiden.

In Liffey Glade band sie ihr Pferd an einem Baum fest und bahnte sich den Weg durch nasse, raschelnde Zweige. Das Mädchen kniete auf dem weichen, mit Kiefernnadeln übersäten Humusboden in der kleinen Privatkapelle im Freien nieder.

Sie senkte ihren Kopf mit dem leuchtenden, dunkelroten Haar.

»Lieber Vater im Himmel, ich bin deine demütigste Dienerin. Ich weiß, dass du meine Traurigkeit und meine Liebe zu dir spüren kannst. Lieber Vater, ich bin jetzt so allein. Ich bin so schrecklich allein in diesen neun Monaten.«

Aber Colleen Galaher war nicht allein.

Sie wurde beobachtet. Sie wurde ständig beobachtet.

46.

Ich kam immer mehr zu der Überzeugung, dass Kathleen Beaviers Baby auf gewisse Weise etwas Besonderes war, und das verwirrte mich mehr, als ich sagen konnte. Es beunruhigte mich maßlos, allmählich zu glauben, dass Kathleen die Wahrheit sagen und meine Objektivität schwinden könnte. Meine Einstellung hatte sich von »das ist eine Betrügerin« zu »es könnte ein Körnchen Wahrheit an der Sache sein« gewandelt.

Zum ersten Mal, seitdem ich ins Sun Cottage gekommen war, hatte ich ein paar Stunden Zeit für mich selbst. Kathleen machte im Wintergarten ein Nickerchen. Als ich in die Küche ging, um mir eine Kanne Tee zu holen, sah ich, dass Mrs. Walsh wie eine Verrückte Kuchen backte. Carolyn und Charles Beavier waren in die Stadt gefahren, um Einkäufe zu machen. Justin joggte irgendwo durch die Gegend.

Ich hatte mich darauf gefreut, die Bibliothek im Hause der Beaviers unter die Lupe zu nehmen. Sie war so groß wie einige Kleinstadtbibliotheken und daher ein Ort, an dem ich ernsthafte Recherchen durchführen konnte. Ich fand Geschichtsbücher, Biografien, meterweise Lesestoff über Segeln, Muscheln, Gartenarbeit, Vögel und Finanzen vor.

Und der Teil des Regals genau neben dem Kamin war mit Büchern über Theologie voll gestopft. Viele von ihnen waren erst kürzlich bei Barnes & Nobles, Lauriat und im Maryknoll-Buchladen gekauft worden, sodass noch die Kassenzettel zwischen den Seiten steckten.

Im Kamin prasselte ein Feuer. Ich goss eine Tasse Tee ein und legte dann einen Stapel Bücher, die sich mit der Jungfrau Maria befassten, auf den Mahagonitisch, der neben einem gemütlichen rosafarbenen Ohrensessel stand. Da ich schon fast alles Verfügbare über Maria gelesen hatte, war die Lektüre eine Wiederholung für mich. Ich wanderte mit meinen Händen über die Buchrücken von *Unsere Jungfrau im Evangelium, Unsere Jungfrau von Fatima, Frauenwunder: alte und moderne,* und dann schlug ich ein wundervolles Buch auf, das in den späten Siebzigern geschrieben worden war und *Maria, einzigartig unter ihresgleichen* hieß. Es war mir nicht möglich, dieses Buch zu lesen, ohne wieder große Bewunderung für Maria zu empfinden.

»Die Jungfrau, erhabenes Beispiel an Keuschheit«, schrieb die Autorin, »bleibt für mich das heiligste Wesen, das ich mir je vorstellen konnte. Ihr Zauber war so stark, dass ich einige Jahre lang keine Kirche betreten konnte, ohne Schmerz darüber zu empfinden, dass ich die Verlässlichkeit und Schönheit dieses Seelenheils aufgegeben hatte. Ich erinnere mich an einen Besuch von Notre Dame in Paris, als ich im Mittelschiff stand und mir Tränen in die Augen traten.«

Ich stimmte ihr aus tiefster Seele zu. Auf diese Weise wirkte der Glaube, so hatte ich ihn empfunden. Es war die Macht der Heiligen Mutter Maria, die viele Frauen verstanden. Etwas weiter hinten in ihrem Buch schrieb Marina Warner, dass die Jungfrau »eine der wenigen weiblichen Gestalten sei, die den Status eines Mythos erreicht haben.« Sie zitierte auch Henry Adams' Auffassung: »Das Studium unserer Jungfrau führt unmittelbar zu Eva zurück und legt das ganze Thema des Geschlechtes bloß.«

Eine ganz interessante Gegenüberstellung, fand ich. Und viele Millionen Menschen waren der Meinung, der Jungfrau solle die gleiche Bedeutung wie ihrem Sohn zuerkannt werden – und dann Eva, die vom Satan in Versuchung geführt worden war, den Apfel des verbotenen Baumes gegessen hatte und aus dem Paradies vertrieben worden war. Eva hatte Satan anerkannt. Unsere Jungfrau hätte ihn vernichtet.

Ich vergaß die Zeit, als ich über die Literatur nachdachte, und suchte nach Anhaltspunkten für die Situation in Newport. In der Bibel stand jämmerlich wenig über Maria, nur sechs kleine Hinweise. Und es gab auch nicht viele historische Belegstellen, die auf sie verwiesen.

Zwei wichtige Theorien, die auf dem basierten, was Gelehrte die »Christliche Tradition« nannten, wurden üblicherweise in theologischen Kreisen anerkannt. Die erste war, dass Maria selbst im Leib ihrer Mutter »unbefleckt« empfangen worden war – sie war ohne Ursünde geboren worden. Die zweite anerkannte Theorie besagte, dass der Körper und die Seele von Maria, die vermutlich in der antiken Stadt Ephesus in West-Kleinasien gestorben war, direkt in den Himmel aufgestiegen sei. Diese Gegebenheit wurde Mariä Himmelfahrt genannt.

Ich war nach all diesen Jahren noch immer erstaunt, dass Maria diejenige war, über die wir am wenigsten wussten und die bei weitem die Geheimnisvollste von allen großen biblischen Gestalten war.

Und warum?

Ich brauchte keine Feministin zu fragen, um eine Antwort zu bekommen. Maria war eine Frau und Mutter. Die Verfasser der Heiligen Schrift waren Männer.

Einige Dinge hatten sich seit der Geburt Christi geändert. Dieses moderne freudige Ereignis, dem die *Jungfrau* Kathleen Beavier entgegensah – wenn es denn so war –, würde die am vollständigsten dokumentierte Geburt in fast zweitausend Jahren sein. Es würde zweifellos Bücher und Filme geben.

Und ich – ich hoffte, dass es nicht zu eitel war, das zu hoffen – würde am Fußende des Bettes der Gebärenden stehen.

Vielleicht würde ich dann die ganze Wahrheit über die Jungfrau Kathleen erfahren.

47.

Es lag noch viel Arbeit vor mir, und endlich hatte ich ein wenig Zeit dazu. Nachdem ich meinen uralten grünen Mantel aus dem Garderobenschrank genommen hatte, ging ich schnell hinaus zu meinem Wagen. Wenige Minuten später fuhr ich über Newports berühmte Bellevue Avenue in Richtung Westen zum Memorial Boulevard.

Ich fuhr die eineinhalb Meilen am Sachuest Point vorbei, wo Kathleen offensichtlich mit einem Jungen vor fast neun Monaten im Januar geparkt hatte. Der geheimnisvolle und vielleicht mystische Abend des 23. Januar.

Mit der Entfernung vom Sun Cottage brachen meine latent vorhandenen Zweifel wieder hervor. Kathleen verwirrte mich eigentlich mehr denn je. Wenn ich genau darüber nachdachte, ergab nichts einen richtigen Sinn. Alles verlangte etwas Glauben von meiner Seite. Der Glaube. Es lief immer wieder darauf hinaus.

Kardinal Rooney schien die Tatsache der Jungfräulichkeit zu akzeptieren, und ich wusste, dass er sich nicht leicht zum Narren halten ließ. Der Kardinal war ein hervorragender Priester der alten Schule, der sarkastisch, zynisch und zugleich störrisch war. Und Rooney glaubte an Kathleen Beavier. Er war offensichtlich der Auffassung, dass die Geburt eines heiligen Kindes kurz bevorstehe. Justin glaubte das auch, und auch er ließ sich von niemandem in die Irre führen.

Warum? Was machte sie so sicher? Was wussten sie? Was sollte ich hier in Newport herausfinden? Welche Rätsel mussten noch gelöst werden?

Und wie war es um Kathleen selbst bestellt? Sie war Jungfrau, und sie war schwanger. So viel wusste ich ganz sicher. Kathleen sagte, sie habe die Heilige Jungfrau gesehen, und ich – wenn auch störrisch und zynisch – war gefühlsmäßig davon überzeugt, dass sie die Wahrheit sagte, zumindest die Wahrheit, wie sie sie verstand.

Keine Tatsachen, nur Gefühle, die mich jedoch in ihren Bann zogen, als ich durch Newport fuhr.

Es gab noch eine andere Tatsache: Kathleen hatte versucht, Selbstmord zu begehen, und der Versuch war gescheitert. Wenn sie mit dem heiligen Kind schwanger war, warum hatte sie dann versucht, sich und dem Baby das Leben zu nehmen? Oder sollte ich dic Kehrseite der Medaille betrachten? Wie kam es, dass in der Abtreibungsklinik, die abends bekanntlich geschlossen war, jemand sie entdeckte? Ein anderer Patient war noch spät über den Flur gegangen, Hilfe, die Kathleens Leben gerettet hatte.

Niemand hatte gewusst, dass Kathleen an diesem Tag dort war, noch nicht einmal ihre drei besten Freundinnen. Sie hatten gedacht, sie gehe am nächsten Tag dorthin. Es war so geplant gewesen.

Schließlich galt es, eine wichtige historische Perspektive zu betrachten. Das Christentum basiert auf dem Glauben an Wunder. Christen in der ganzen Welt glauben an die jungfräuliche Geburt und daran, dass Jesus Christus, der Sohn Gottes, Mensch wurde. Was ist Wahrheit und was ist Mythos?

Ich wollte *Fakten*. Ich war ausgehungert nach einer lumpigen, lausigen Tatsache, die bewies, was ich allmählich glaubte.

Als ich den Memorial Boulevard hinunterfuhr, sah ich ein goldblaues Schild, das genau hinter der Spring Street nach links wies: ROGERS HIGHSCHOOL.

Ich betätigte den Blinker. Es gab jemanden an der Schule, der mir das geben konnte, was ich haben wollte, und der ein wenig Licht in dieses fantastische Puzzle bringen konnte. Kathleens Verabredung vom Abend des 23. Januar.

Jaime Jordan.

Er war ein nüchterner, harter *Fakt*.

48.

Ich steuerte den Wagen durch die Allee von herbstlichbunt gefärbten Ahornbäumen, die Straße zur Schule, und trat auf das Gaspedal.

Auf meiner Uhr war es vierzehn Uhr siebenundfünfzig. Ich kam genau rechtzeitig zum Schulschluss.

Eine elektrische Klingel ertönte, und der Lärm von ausgelassenen Jugendlichen drang in die frische Herbstluft. Eine Gruppe Schüler stürzte aus einer der acht Schwingglastüren der Schule. Hupen kreischten und ein praller Fußball, dessen braune Farbe schon etwas verblasst war, flog aus dem ruhigen Schulgebäude im Kolonialstil heraus.

Ich starrte eine Weile auf den Schwarm zotteliger Jugendlicher und versuchte einen von ihnen auszuwählen.

Mein Blick blieb schließlich auf einem großen muskulösen Jungen mit einer hellblonden Mähne, die ihm über die Augen fiel, haften.

Er stolzierte inmitten der anderen einher, drängelte und ließ sich auf eine Rauferei mit einem Klassenkameraden ein, der ihm nicht gewachsen war.

Ich wusste, dass er es war, da ich in Kathleens Zimmer ein Bild von ihm gesehen hatte. Es konnte kein Irrtum sein. Jaime Jordan war ein großer Junge, fast ein Mann.

Er war schätzungsweise einsneunzig und wog an die hundert Kilo. Jaime sah unbestritten gut aus, aber irgendwie konnte ich ihn mir nicht mit Kathleen vorstellen.

Der Gedanke, dass es vielleicht verrückt war, eine Konfrontation erzwingen zu wollen, beunruhigte mich ein wenig, aber ich preschte vor. Ich weiß, dass in meinem Job eine übersteigerte Angst vor Gesprächen mit Unbekannten nicht angebracht ist.

»Hallo, Entschuldigung«, sagte ich, womit ich seinem unsinnigen Gerangel mit seinem Kumpel ein Ende bereitete. »Bist du Jaime Jordan?«

Er blieb stehen und drehte sich um. Es dauerte einen Moment, bis er mir ein cooles, abschätzendes Lächeln schenkte.

»Ich vermute, das bedeutet, du bist es«, sagte ich. Ich zwang mich zu lächeln, wonach mir gar nicht zumute war, während er sich aus einer rot-weißen Schachtel eine Zigarette nahm.

»Ich heiße Anne Fitzgerald. Ich bin eine Freundin von Kathleen.«

Jaime zündete sich die Zigarette an und warf seinen Freunden, die sich um ihn versammelt hatten, einen viel sagenden Blick zu. Sie kicherten, musterten mich und versuchten, sich so flegelhaft wie möglich zu benehmen.

»Ja, ich bin Jaime. Und du bist eine ›Freundin‹ von Kathy? Was denn für eine Freundin?«

»Ich möchte gern ein paar Minuten mit dir sprechen.«

Ich verzog keine Miene und schaute Jaime Jordan ruhig an. Auch zeigte ich keine Angst und ließ keinen Zweifel daran aufkommen, dass er mit mir sprechen würde.

Seine Neugier auf mich gewann die Oberhand und besiegte sein blödes Getue. Ich hatte es gewusst. Damit verdiene ich mein Geld.

49.

Seine Freunde scharrten mit den Füßen wie eine Herde gereizter junger Bullen. Sie waren mir zu sehr auf die Pelle gerückt und übertraten damit den unsichtbaren Sicherheitsabstand, den ich in der Regel versuchte, zu Fremden einzuhalten. Das wussten sie auch.

»Wer bist du? Bist du von *Hard Copy* oder so?«, fragte einer von ihnen.

»Nein«, erwiderte ich ganz cool. »Ich bin keine Reporterin der Boulevardpresse, nur eine Freundin.«

»Okay«, sagte Jaime nach einige langen Sekunden. »Gehen wir ein Stück und reden miteinander – *Freundin*. Ich schenke dir fünf Minuten meine volle Aufmerksamkeit.«

»Oh, danke, danke«, sagte ich und lächelte schließlich.

Und das tat Jaime auch. Ich konnte sehen, dass ich ihm

gefiel, und auch, dass er von sich glaubte, es gut mit Frauen zu können, selbst mit einer älteren wie mir.

Am Ende des Häuserblocks war eine Seitenstraße, in der hübsche kleine Häuser standen. Vor den Einfahrten parkten Jeeps und dergleichen, und an den Häuserwänden standen Fahrräder und Skateboards. Jaime Jordan war einen Kopf größer als ich und hatte ein Kreuz wie ein Holzfäller. Diesen Jungen hatte noch nie etwas aus der Fassung gebracht, oder zumindest wollte er mir das weismachen.

»Okay«, sagte er, als wir um die Ecke bogen. »Ich schenke dir immerhin meine Aufmerksamkeit. Also, wer zum Teufel bist du wirklich? Und was willst du? Du bist nicht Kathleens Freundin. So viel steht fest.«

»Ein Scheißdreck steht fest, Jaime«, sagte ich, »und das ist eine Tatsache.«

Ich sagte ihm, wer ich war, erzählte ihm aber wenig über meinen eigentlichen Auftrag. Außerdem legte ich ein eindeutiges »Lass dich nicht auf mich ein«-Verhalten an den Tag. Männlichkeitswahn kann ein zweischneidiges Schwert sein.

»Im letzten Januar«, fuhr ich fort, »bist du mit Kathleen Beavier ausgegangen. Das ist auch eine bewiesene Tatsache. Ihr beide habt euch mindestens einmal verabredet.«

Er schüttelte den Kopf. »Ich habe geahnt, dass dieser Scheiß kommen würde. Ihr seid alle so durchschaubar. Du bist noch so eine, die ein Buch schreibt, nicht wahr? Schreib doch! Ich bin *einmal* mit Kathleen Beavier ausgegangen. Wir hatten eine Verabredung. Außerdem sind wir noch ein paar Mal nach der Schule einen Big Mac oder etwas Ähnliches essen gegangen.«

»Warum habt ihr euch nur einmal verabredet?«

»Warum haben wir uns nur einmal verabredet? Na ja, ich

kann mich schließlich nicht zerreißen, nicht wahr?«, erwiderte Jaime.

Seine Selbstgefälligkeit wirkte unglaubwürdig. Mir drängte sich der Gedanke auf, dass dieser Knabe ein Herzensbrecher wie dieser Brad Pitt sein wollte. Er und Kathy hätten sicher ein bemerkenswertes Pärchen abgegeben, aber ich konnte mir die beiden einfach nicht zusammen vorstellen. Vielleicht war sie ein wenig in ihn vernarrt, aber sie konnte Großmäuler nicht leiden.

»Könntest du mal eine Minute ernst bleiben? Zurück zum 23. Januar. Du bist mit Kathy zu einer Tanzveranstaltung ihrer Schule gegangen. Dann ist *etwas* passiert. Das hat Kathy mir gesagt. Was ist passiert?«

Auf seinem Gesicht spiegelte sich ein Anflug von Wut. Ich sah, wie er als Erwachsener aussehen würde, und das gefiel mir nicht. »Verdammt noch mal, hör mir zu. Ist das denn nicht sonnenklar? Sie will es nicht sagen, weil wir es nach dem Tanzen gemacht haben. Ich gebe zu, dass jeder wusste, dass Kathy eine echte Mimose war, aber das macht aus ihr noch lange nicht die Heilige Jungfrau!«

Sein böser Blick schüchterte mich ein. Ich hätte gerne die Hand gehoben und gesagt: »Danke, Tschüss«, aber ich konnte nicht gehen – nicht jetzt.

»Ein Facharzt aus New York ist vorgestern hierher gekommen, ein Arzt, der keinen Grund hat zu lügen. Jaime, ich stand genau daneben, als er sie untersuchte. Kathleen ist *noch* Jungfrau. Sie hat es nie mit jemandem *gemacht*! Weder mit dir noch mit einem anderen.«

»Scheiße«, schrie er mich an. »Ich habe sie gehabt.« Er griff zwischen seine langen Beine. »Damit.«

Ich musste ihm meine Zweifel signalisiert haben, denn er machte ein böses Gesicht. Und ehe ich ausweichen konnte, versetzte er mir einen harten Stoß.

Ich fiel zu Boden und schlug die Hände vor die Brust. Meine Verlegenheit war größer als der Schock. Der Knabe hatte mich niedergestreckt. Mir tat die Seite weh, auf der ich gelandet war.

Aber ich stand sofort wieder auf und versetzte dem Arschloch einen Stoß und dann noch einen.

»Du bist ein richtig zäher Bursche, nicht wahr? Wie zäh bist du?«, brüllte ich ihn an. Ich ging immer wieder auf ihn los. »Beantworte meine Frage! Was ist in jener Nacht am Sachuest Point passiert? Es ist etwas passiert. Ich kann es in deinen verlogenen feigen Augen sehen. Ich durchschaue dich genau.«

Plötzlich drehte er sich um und rannte davon. Ich wollte hinterherlaufen, aber ich wusste, dass es keinen Zweck hatte.

Er log mich an – ich war ganz sicher.

Wenn das jedoch stimmte, dann sagte Kathleen die Wahrheit.

50.

Alles, was ich wollte, war die einfache, ungeschminkte Wahrheit, aber suchen wir nicht alle danach? An jenem Abend saß ich in einem alten Schaukelstuhl aus Kiefernholz neben Kathleens Himmelbett. Der Mond war gerade wie ein großer gelber Ball über dem Meer aufgegangen, aber heute Abend schaffte er es nicht, mich mit seiner Schönheit und Heiterkeit zu beeindrucken.

Ich war nach meinem Gespräch mit Jaime Jordan noch ganz durcheinander. Zugegebenermaßen stand ich allen

Dingen misstrauisch gegenüber. Was für eine schreckliche Sache war zwischen Jaime Jordan und Kathleen Beavier am Sachuest Point vorgefallen? Das musste ich in Erfahrung bringen.

Kathleen war schwach und erschöpft. Ich sah es ihr an. In dem dunklen Schlafzimmer brannte nur eine kleine Nachttischlampe. Ich stellte die Anlage auf dem weißlackierten Bücherregal an. Musik drang ins Zimmer. Ich erkannte Jewel. Eine bekannte Liebesballade, die sie mochte.

»Du fährst doch nicht auf dieses sentimentale Zeug ab, oder?«, fragte Kathleen.

»Ich dachte, es sei gute Musik zum Einschlafen«, erwiderte ich. Dann ging ich zurück zu meinem Schaukelstuhl und wippte ruhig hin und her. Mein Gespräch mit Jaime Jordan war ziemlich schlecht gelaufen, aber es wäre trotzdem der Mühe wert gewesen, wenn ich wenigstens etwas erfahren hätte, was mich weitergebracht hätte. Warum wollte keiner von beiden über diesen Abend sprechen?

»Kathy, ich muss dir eine Frage stellen«, sagte ich schließlich.

Ihr Blick verlor sich in der Ferne. Offensichtlich hatte sie mir nicht zugehört.

»Als meine Fruchtwasserblase platzte«, sagte sie unvermittelt, »hatte ich schreckliche Angst. Ich hatte noch nie in meinem Leben so schreckliche Angst. Ich liebe das Baby«, gab sie zum ersten Mal zu. »Ich kann es jetzt nicht verlieren.«

Und dieses Eingeständnis berührte mich. Eine ganze Weile schaukelte ich schweigend hin und her. Ich wollte mich von meiner Ergriffenheit jedoch nicht erweichen lassen.

»Vertraust du mir, Kathy?«

Kathleen schenkte mir ein unglaublich unschuldiges Lächeln und warf mir diesen charismatischen Blick zu, der ihr eigen war.

»Ich vertraue dir. Natürlich tu ich das. Du bist ehrlich und offen.«

Ich holte tief Luft. Kathleen konnte mir fast immer mit ein paar Worten den Wind aus den Segeln nehmen. Wie kam es, dass sie mich derartig rühren konnte? Fing ich an, ihr zu glauben?

»Kathy, bitte erzähl mir etwas über Jaime Jordan. Ich habe ihn heute an der Rogers Highschool gesehen. Ich habe mit Jaime gesprochen. Er sagte, dass ...«

»Er sagte, wir hätten es getan. Er erzählt das den Leuten, weil er glaubt, dass sie es gern hören wollen. Ehrlich gesagt, tut Jaime mir Leid. Sein ganzes Macho-Gehabe ist so albern.«

Ich konnte erkennen, dass Kathleen versuchte, ihre Kränkung zu verbergen. Sie presste eine alte zerfetzte Puppe an ihre Brust und sah jetzt noch jünger aus als sechzehn.

»Wir hatten keinen Sex, Anne. Jaime nahm mich mit zu einem Parkplatz an der Sachuest Park Road, aber ich wollte nichts mit ihm machen. Er drängte sich mir wie ein wildes Tier auf. Ich wollte es nicht tun. Ich habe gar nichts mit Jaime getan. Das ist alles, was es jetzt dazu zu sagen gibt«, sagte sie.

Ich sah sicher verdutzt aus, aber mein Gehirn arbeitete heftig.

»Glaubst du mir nicht?«, fragte Kathleen. »Bitte, glaub mir, Anne. Wenn mir niemand glaubt, was soll dann aus mir werden? Was wird aus meinem Baby?«

Ich legte den Zeigefinger auf meinen Mund, um sie zum Schweigen zu bringen, stand auf, streichelte ihr übers Haar und zog die Bettdecke bis ans Kinn. Sie hatte wiederholt gesagt, dass sie unschuldig sei, aber es nagte an mir, dass sie immer hinzufügte: »Das ist alles, was ich jetzt sagen kann.«

Ich wollte glauben, dass Kathleen ehrlich war, weil ich mich so sehr um sie sorgte. Aber ... ich schaffte es nicht. An jenem Abend am Sachuest Point war Kathleen etwas widerfahren. Man hatte mich nach Newport geschickt, um herauszufinden, was es war.

Bis jetzt hatte ich noch keinen Erfolg gehabt.

51.

Im Norden des Staates New York.

St. John of the Cross lag tief in den bewaldeten Bergen, neunzig Meilen nördlich von New York City am Hudson River. Nicholas Rosettis Wagen rumpelte über den ausgefahrenen Weg. Er hatte noch nie größere Angst um sein Leben oder seine Seele gehabt. Das aus einem burgähnlichen Landsitz und einem Dutzend aus Sandstein gebauten Landhäusern bestehende Anwesen war ein Erholungsheim für alkoholabhängige, geistesgestörte und depressive Priester des Erzbistums New York.

Aber hier war jemand, der Pater Rosetti ein wenig Hoffnung gab. Wenn auf der Welt überhaupt Hilfe möglich war, würde sie von Monsignore Bernard Stingley kommen. Dies war sein letzter Zwischenstopp, bevor er nach Newport fuhr, um die zweite Jungfrau aufzusuchen.

Auf dem fast mittelalterlich anmutenden Gutshof wurde Rosetti von einem schlanken Mönch mit einem Bürstenhaarschnitt empfangen, der den Besucher über steinerne Korridore führte. Ihre Schritte und Stimmen hallten wie Pistolenschüsse in einem Untergrundtunnel.

Am Ende des dritten oder vierten Korridors klopfte der

Mönch an eine schwarze Eichentür und stieß sie dann auf. Ein Priester in einer Robe stand am Fenster. Rosetti wurde ganz warm ums Herz, als er ihn sah.

Dann hörte er die Stimme, die obszön lachte und gackerte. *Du dummer, dummer Narr. Dieser eitle alte Mann kann dir nicht helfen. Niemand kann dir helfen.*

Monsignore Bernard Stingley war sein früherer Mentor und Beichtvater im Lateran in Rom. Der alternde Priester hielt sich schon seit den vergangenen sechs Jahren an sein Schweigegelübde. Er war ein großer Bibelgelehrter und berühmt wegen seiner Werke über die Apokalypse.

»Nicholas.« Stingley ging auf den viel jüngeren Priester aus dem Vatikan zu und umarmte ihn. »Ich kann es gar nicht glauben. Es ist sehr schön, dich zu sehen.«

»Bernard«, sagte Nicholas, der sein Gesicht im groben Stoff der Robe des älteren Mannes verbarg. Die Umarmung war ihm unangenehm, und als er zurücktrat, sah er mit Entsetzen die besorgte Miene in dem ausgemergelten, verhärmten Gesicht des Priesters mit den silbernen Haaren.

»Geht es dir gut?«, fragte er.

»Über *meine* Gesundheit solltest du nicht nachdenken«, erwiderte der ältere Mann.

Wieder lachte die Stimme laut in Rosettis Kopf. Er versuchte, sie zu ignorieren, aber es gelang ihm nicht.

Nicholas Rosetti schloss vorsichtig die Tür hinter sich und schaute auf die Bücherwände. Auf den Regalen auf der längsten Wand standen Stingleys Sammlungen chinesischer, griechischer und fernöstlicher Statuen, die alle christusähnliche Figuren darstellten. In einer Ecke stand ein ungemachtes Ruhebett, über dem ein einfaches Holzkruzifix hing. Unter einem der beiden Flügelfenster stand ein unordentlicher Arbeitstisch.

Die beiden Männer setzten sich an den Tisch am Fenster,

von dem aus man über den Hudson River schauen konnte, der wie eine breite gläserne Straße tief unten floss. Sie wechselten Beileidsbekundungen über das Verscheiden von Papst Pius.

Dann sagte Stingley: »Ich glaube, ich weiß, warum du gekommen bist, Nicholas. Ich habe ein ungutes Gefühl. Eigentlich habe ich es schon seit Wochen.«

Nicholas Rosetti zweifelte nicht daran. Die Trommeln mussten an dem Tag laut geschlagen haben, als er Rom verlassen hatte. Die Gemeinschaft des Vatikans war klein, fast inzestuös. Er schaute in Stingleys vertraute stahlblaue Augen. Natürlich wäre es ungerechtfertigt und unpassend gewesen, wenn sie noch länger unverbindlich miteinander geplaudert hätten.

»Bernard, ich *weiß*, dass du das Geheimnis von Fatima kennst. Pius sagte mir, dass du tatsächlich die Worte gelesen hast. Die Botschaft der Jungfrau: das Versprechen *und* die Warnung.«

Monsignore sagte noch immer nichts. Seinem Blick war nichts zu entnehmen. Er hörte kaum zu.

Rosetti fuhr fort, aber plötzlich war er sich der engen Verbundenheit seines alten Freundes nicht mehr ganz sicher. »Als Pius das erste Mal erkrankte, warst du die meiste Zeit bei ihm. Das war 1990. Er sprach über Fatima und du warst da. Du hast alles gehört. Und nun weiß ich alles, was du schon weißt.«

Auf Monsignore Stingleys Gesicht spiegelte sich Kummer. »Pius hatte kein Recht dazu, kein Recht, dich zu bitten.«

»Es ist zu spät, um sich gegenseitig zu beschuldigen oder etwas zu bedauern. Ich weiß von den beiden Jungfrauen. Die eine ist gut und die andere sehr böse.«

»Dann weißt du *nichts*«, ertönte Stingleys Stimme. »Das ist noch lange nicht alles. Gott erschafft nichts in Schwarz und

Weiß. So einfach ist es nicht. Die Wahrheit hat wenig mit dem logischen System der Menschen zu tun.«

Rosetti spürte, noch während Stingley sprach, dass sich das kleine Zimmer anfing zu drehen und ihn wieder auf den Bürgersteig in Rom schleuderte. Wieder drehte sich alles vor seinen Augen, und heiße Messer bohrten sich in sein Herz. Aus dem wogenden Bürgersteig wurde das kleine Flugzeug, das spiralförmig in die Tiefe stürzte, sich überschlug und in den Bäumen landete, wobei Metall und Knochen zersplitterten. Es war mehr als eine Erinnerung oder eine Halluzination. Er spürte die prasselnde Hitze rings um sich und den scharfen Geruch verbrannten Fleisches.

Die Vision war eine Warnung. *Verlass diesen Ort! Geh jetzt!*

Doch das wollte er nicht.

Er konnte es nicht!

Warum wurde er dennoch gewarnt? Warum war er dennoch verschont worden?

Er hörte seine eigene Stimme, als käme sie von weit her.

»Bitte, ich muss wissen, wie ich mich vorbereiten kann. Die Suche nach der richtigen Jungfrau. Was willst du damit sagen, *dass ich nichts wisse?* Ich möchte, dass du mir genau sagst, wie es sein wird. Ich fürchte, dass meine Fahrt in die Hölle schon begonnen hat.«

52.

Das hat sie, Nicholas. Du hast das ganz richtig begriffen. Du bist schon verloren! Du hast deinen Seelenfrieden verwirkt!

Die Stimme brüllte lachend in Rosettis Kopf. Es schienen Hunderte von Stimmen zu sein, und der Schmerz war unerträglich, als ob sein Schädel weggerissen würde.

Der alte Priester stand plötzlich auf und stieß einen großen Eichenstuhl um, der laut krachend zu Boden fiel.

»Sie sind *hier*! Du hast sie hierher gebracht!« Seine Augen waren vor Angst weit aufgerissen. »Die Legionen sind hier! Sie sind überall! Ich kann die furchtbaren Bastarde *sehen*! Nun warten sie darauf, freigelassen zu werden.«

Pater Rosetti versuchte, zu seinem früheren Mentor zu gehen, aber seine Arme und Beine wollten sich nicht bewegen. Er hatte das Gefühl, ihn drückten Steine nieder.

Was in Gottes Namen ist mit mir los? Habe ich einen Schlaganfall erlitten? Ist das wieder ein Anfall? Werde ich noch einmal überleben?

Nicholas sah mit Entsetzen, dass die gleiche Kraft Stingley niederdrückte. Der Priester fuchtelte mit den Armen durch die Luft, als versuche er, eine unsichtbare Gestalt wegzuschlagen. Er stolperte zu den überfüllten Bücherschränken und rang nach Atem. Dann sackte Monsignore Stingley zusammen.

Als er sprach, war seine Stimme leise und heiser, als ob es ihm Schwierigkeiten bereitete, die Worte auszusprechen.

»Zuerst wirst du die Gewalt über alles verlieren«, sagte er, während sein Kopf unkontrolliert von einer Seite auf die andere fiel. »Du wirst feststellen, dass dir *keine freie Wahl* bleibt.

Keine Gedankenfreiheit mehr.

Keine Handlungsfreiheit mehr.

Und das ist erst der Anfang!«

Das ist noch gar nichts! hörte Rosetti die Stimme in seinem Kopf. *Das Beste kommt noch.*

»Dann wirst du einen Zerfall deines Körpers, deines

Geistes und deiner Seele spüren, Nicholas. Du wirst alle Hoffnung verlieren. Und diese widerliche, moderige Hoffnungslosigkeit, dieses bittere Gefühl von Sinnlosigkeit und Nutzlosigkeit ist die vernichtendste aller menschlichen Erfahrungen.«

Das ist ein cleverer Mann, Nicholas. Für einen Priester! Hör auf ihn!

»Wenn es passiert und du nichts mehr hast außer dieser elenden schwarzen Hoffnungslosigkeit, dann weißt du, dass du die Schwelle zur Hölle überschritten hast.«

Monsignore Stingley stand am Fenster. Sein Rücken war gekrümmt. Das Licht brach sich um ihn und blendete den Priester aus dem Vatikan. Er fuhr mehrmals mit der Hand über seine Brust, als versuche er, die Beengtheit dort zu lindern, und dann sprach er weiter.

»Ich sollte Gott den Vater *anflehen,* unendliches Erbarmen mit dir zu haben, aber das würde bedeuten, dich mit eitler Hoffnung zu täuschen!«

Rosetti wollte sprechen, um Monsignore um seinen Segen zu bitten, als der alte Mann plötzlich aufschrie. Bernard Stingleys Gesicht war kalkweiß. Seine Lippen, die Ränder seiner Ohren und seine Fingerspitzen hatten sich blau verfärbt.

Ein tiefer, krächzender Atemzug drang aus seinem Mund, als er seine Hand mit aller Kraft gegen das Brustbein drückte. Schaumiger, weißer Schleim floss aus seinem Mund und seiner Nase.

Er schrie: »Überall sind *Legionen* von Teufeln und gefallenen Engeln. Schau bei den beiden Jungfrauen, Nicholas. Schau bei den Jungfrauen! Die Legionen sind genau vor deinen Augen.«

Rosetti versuchte zu ihm zu gehen, aber er konnte sich nicht von seinem Stuhl erheben.

Die dürren Beine des alten Mannes krümmten sich, und dann sank er auf die Knie. Er rollte mit den Augen. Noch immer quoll Schaum über seine Lippen hinunter auf sein Kinn, und er kämpfte wild gegen unsichtbare Mächte.

Mit unglaublicher Anstrengung erhob sich Nicholas Rosetti taumelnd von seinem Stuhl. Er wurde zu Boden gedrückt und kroch auf Händen und Füßen zu der Stelle, wo Bernard Stingley lag.

»Monsignore, nein! Lieber Gott, nein! Geht weg von ihm! Nehmt mich!«

Der alte Mann flüsterte, aber das Flüstern glich einem Donnern. »DU WIRST ERGRIFFEN UND FÜR ALLE EWIGKEIT IN DIE HÖLLE VERDAMMT. BEGREIFST DU DIE EWIGKEIT? SCHAU BEI DEN JUNGFRAUEN. DIE ANTWORT FINDEST DU DORT!«

Und in diesem entsetzlichen, bedrückenden Augenblick glaubte Nicholas Rosetti etwas verstanden zu haben.

Er war nun bei den Legionen. Sie waren die Hölle und aus dem Abgrund des Feuers auf die Erde gekommen.

Monsignore Stingley schrie wie am Spieß. »Jag sie weg von mir! Bitte, bitte! Sie fressen mich bei lebendigem Leibe auf!«

53.

Kathleen kam alles total gespenstisch vor. Das war genau das richtige Wort.

Wenngleich eigentlich gar nichts passiert war, spürte sie einen starken Druck in sich, und ihr Gefühl sagte ihr, dass bald etwas sehr Schlimmes im Sun Cottage geschehen werde, das jeden, der hier lebte, und besonders diejenigen, die versuchten, ihr zu helfen, betreffen würde.

Kathleen zog ängstlich die Chintzvorhänge in ihrem Schlafzimmer zurück. Zuerst sah sie das Spiegelbild ihres Gesichtes auf der Fensterscheibe.

Und obwohl ihr Atem das Glas beschlug, bemerkte sie goldene Lichter, die die Dunkelheit durchbrachen. Die Autolichter auf der Zufahrt warfen einen verschwommenen Lichtschein auf die Ocean Avenue.

Zwei private Sicherheitskräfte in dunklen Parkas mit Pelzkragen standen vor dem Haustor. Doch ihre Anwesenheit vermittelte Kathleen überhaupt kein Gefühl der Sicherheit.

Eine Bewegung fesselte plötzlich ihren Blick.

Unmittelbar unter ihrem Fenster wurde eine Autotür geöffnet, und ein Mann stieg aus dem Wagen.

Dieser Mann wirkte bedrohlich. Er trug einen schwarzen Anzug, einen schwarzen Hut mit einer tief herabgezogenen Krempe, und er hatte eine ausgebeulte, schwarze Aktentasche unter dem Arm.

Er sah *unheimlich* aus.

Sogar von oben konnte Kathleen erkennen, dass seine Schultern so stark gebeugt waren, als trüge er eine zentnerschwere Last auf seinem Rücken.

Und sie hatte einen sehr seltsamen Gedanken: *Sie* sind meinetwegen hier. Plural. *Sie* sind hier.

Plötzlich ertönten Stimmen. Die Haustür wurde geöffnet und Pater O'Carroll trat auf die Veranda. Er streckte der dunklen Person herzlich seine Hand entgegen, und jetzt wusste Kathleen ganz sicher, wer der Mann war.

Er war der andere Ermittler.

Der Priester aus Rom.

Kurz bevor er das Haus betrat, hob er den Blick.

Kathleen dachte mit einem Schaudern: *Er hat genau in meine Augen gesehen.*

Er kennt bereits die Wahrheit, aber ihm fehlt der Glaube an diese Wahrheit.

Diesem Priester fehlte der Glaube.

54.

Pater Rosetti war endlich angekommen. Damit wachten jetzt drei von uns über Kathy und versuchten, die Wahrheit herauszufinden. War seine Anwesenheit ein Beweis dafür, dass ich versagt hatte?

Hatte ich das?

Wir waren zu einem Meinungsaustausch gebeten worden. Ich nahm in einem der geschmackvoll eingerichteten großen Salons in der ersten Etage von Sun Cottage auf einem Stuhl mit gerader Rückenlehne Platz. Bei diesem Treffen war es nur meine Aufgabe, als Beobachterin teilzunehmen. Ich hatte große Angst um Kathleen, und darum klopfte mein Herz doppelt so schnell.

Sie saß neben mir in einem Lehnstuhl. Ihr vorstehender Bauch sah aus, als platzte er in der nächsten Minute. Ich hoffte, dass sie keine allzu große Angst haben und der Stress sie nicht zu sehr angreifen würde.

Charles Beavier bot allen etwas zu trinken an, und als er keine Abnehmer fand, goss er sich selbst einen starken Scotch ein. Mrs. Beavier wirkte geschwächt, als sie auf der anderen Seite ihrer Tochter in einen Sessel sank. Justin saß neben der Eichenschiebetür.

Im Salon trat sofort Ruhe ein. Wir warteten alle darauf,

was der Priester aus Rom erzählen würde. Er wusste mehr als wir, und er sah so verdammt geheimnisvoll aus.

Er war eine Furcht erregende Erscheinung. Ein ausgesprochen seltsamer Alien. Ein schwarzer Monolith mit einer unbekannten Tagesordnung. Ich beobachtete ängstlich, wie er seine großen Arbeiterhände nervös knetete.

Schließlich lächelte er, aber es wirkte gekünstelt.

Pater Rosetti hatte sich keineswegs so in der Gewalt, wie er uns glauben machen wollte. Er begrüßte uns mit einer zischenden Stimme, in der der melodische Klang seiner Muttersprache mitschwang.

Dann schritt er in die Mitte des Raumes und stellte sich gegenüber von Kathleen breitbeinig hin.

»Kathleen, der Vatikan schickt mich«, sagte Rosetti. »Mein offizieller Titel ist ›Chefermittler der Glaubenskongregation‹. Die Glaubenskongregation ist das Gremium der Kirche, das Wunder, alle Arten übernatürlicher Phänomene und Ansprüche auf eine Heiligsprechung untersucht.«

»Ich nehme an, Sie sind hier richtig«, antwortete Kathleen.

Der Priester mit dem breiten Gesicht lächelte. »Nichtsdestotrotz solltest du keine Angst vor mir haben, Kathleen. Lass dich von dem imposanten Titel nicht blenden. Ich bin letztendlich bloß ein Bürokrat. Eine Art Steuerfahnder des Übernatürlichen.«

Kathleen schüttelte den Kopf. »Ich habe keine Angst vor Ihnen, Pater.«

Ich war froh, als ich das hörte, aber ich war besorgt um sie. Sie sah blass und müde aus. Ich hatte Angst, dass die Wehen jeden Moment einsetzen könnten.

Pater Rosetti schien das nicht zu beachten. Er war keineswegs eitel. »Kathleen, ist die Heilige Jungfrau heute hier bei uns?« Er stellte diese seltsame einleitende Frage, als ob er sich nach der Uhrzeit erkundigte und sie ihm ganz nebenbei eingefallen wäre.

Kathleen holte tief Luft und strich eine Strähne ihres seidigen blonden Haares zur Seite.

»Ja, sie ist hier«, sagte sie mit leiser Stimme.

»Hier im Haus, genau in diesem Zimmer bei uns?«

»Ja, *genau hier* in diesem Zimmer, Pater. Sind Sie überrascht? Glauben Sie nicht an die Heilige Jungfrau?«

»Es tut mir Leid, Kathleen«, sagte Rosetti. Seine Hände waren wieder in Bewegung. Er presste sie immer wieder zusammen. »Ich bin es nur nicht gewohnt, unsere Heilige Mutter um mich zu haben. Ist sie sehr schön? Steht sie, Kathleen, oder sitzt sie vielleicht auf diesem blauen Stuhl?«

»Pater Rosetti«, entgegnete Kathleen, »mir ist klar, was Sie hiermit bezwecken, aber bitte versuchen Sie nicht, ein falsches Spiel mit mir zu treiben. Das ist gänzlich unter Ihrer Würde. Unsere Jungfrau ist hier bei uns. Sie hat das Aussehen einer schönen Frau. Sie glauben doch an sie?«

»Kathleen, ich beschäftige mich nur mit dem, was du glaubst«, sagte der Priester aus dem Vatikan in einem scharfen Ton. Ich hörte es, und ich sah, dass seine Gesichtsmuskeln zuckten.

Ich hatte nicht mehr den geringsten Zweifel. Der Priester aus dem Vatikan hatte schreckliche Angst vor Kathleen Beavier.

Warum hatte er Angst vor Kathleen?

Was wusste er, was wir nicht wussten?

Welche Nachforschungen sollte er hier anstellen?

55.

Pater Rosetti zog mich in seinen Bann, als er in einem kleinen Kreis in der Mitte des großen Raumes hin und her ging. Im Sun Cottage machte sich in immer stärkerem Maße Angst breit, aber vor allem schien sich die Atmosphäre mit Energie aufzuladen. Und an dem Zucken und Zappeln um mich herum erkannte ich, dass sich hier offensichtlich alle unbehaglich fühlten.

Rosetti benahm sich wie ein Panter im Käfig. Er schien fast besessen zu sein. Er hatte das Vertrauen, das nur mit absoluter Macht einhergeht.

»Ich habe einige außergewöhnliche Neuigkeiten«, sagte er schließlich. Es war offensichtlich, dass er über uns alle hinwegging und sich nur auf Kathleen konzentrierte. Er richtete seinen Blick starr auf sie.

»Eine Sache habe ich bisher enthüllt. Eines der wenigen Dinge, derer ich mir ganz sicher bin«, sagte der Chefermittler, »ist, dass es *zwei* Jungfrauen gibt. Kathleen ist nicht allein.«

Ich hielt den Atem an und schüttelte ungläubig den Kopf. Aber Kathleen zuckte nicht mit der Wimper. Das Mädchen war im Gegensatz zu uns tatsächlich äußerst gelassen. War das nur die Ruhe vor dem Sturm?

»Ich habe gespürt, dass es zwei gibt. *Mindestens zwei*«, sagte Kathleen so leise, dass ich mich anstrengen musste, um sie zu verstehen. Sie sah fast aus, als wäre sie in einem Trancezustand. »Alle Dinge, die jetzt geschehen, betreffen viele Menschen. Seuchen, Todesfälle, Krankheiten, und das trifft sogar auf die Jungfrauen zu. Es ist die unheimlichste Zeit, die es je auf Erden gab.«

Der Priester aus dem Vatikan kniff die Augen zusammen.

»Woher weißt du das, Kathleen? Du musst mir alles sagen was du weißt. *Sag es mir jetzt.*«

Es war so, als wäre auf der anderen Seite des Raumes ein Vulkan ausgebrochen. »Sprechen Sie nie mehr in diesem Ton mit meiner Tochter!« Charles Beavier, der seinen Zorn schweigend genährt hatte, kochte vor Wut.

Mit zwei Schritten war er bei dem kräftigen Priester.

Ich brüllte »Aufhören!«, als Justin versuchte, ihn von Pater Rosetti, der mit den Armen herumfuchtelte, wegzuziehen. Es entstand ein Handgemenge, und Mr. Beavier fluchte und drohte, den Priester aus dem Haus zu werfen. Ein Damm war gebrochen. Seine Tochter wurde schon wieder belästigt, und das konnte er nicht dulden.

Seine Frau und seine Tochter beugten sich über ihn. Er befreite sich und fing ziemlich laut an zu brüllen.

»Jetzt reicht's mir aber endgültig«, schrie Charles Beavier in scharfem, zornigem Ton. »Wie wäre es denn, wenn *Sie* mir einmal eine Frage beantworten würden? Und hören wir mit diesem Blödsinn vom Steuerfahnder auf. Was ist Ihre Aufgabe hier, Pater Rosetti? Warum sind Sie hier im Haus und versuchen, uns zu Tode zu erschrecken?«

Ich schaute Justin bestürzt an, der mir ebenfalls einen äußerst beunruhigten Blick zuwarf.

Kathleen beugte sich auf ihrem Stuhl vor. Ihre aufgerissenen blauen Augen wanderten von mir zum Priester und dann zu ihrem Vater.

»Ich kann diese Frage beantworten, Vater. Pater Rosetti ist hierher gekommen, um herauszufinden, welches der beiden Mädchen die richtige Jungfrau ist.«

56.

Als ich an jenem Abend schlafen ging, versuchte ich, die niederschmetternde Neuigkeit, dass es zwei Jungfrauen gab, zu begreifen, und überlegte, was das für die Kirche bedeutete. Es war halb fünf Uhr morgens, als ich von einem hartnäckigen Klopfen an der Tür aus meinem tiefen Schlaf gerissen wurde.

Mir schossen sofort ein Dutzend Katastrophen durch den Kopf, die passiert sein könnten, als ich aus dem Bett kroch und einem lächelnden Pater Rosetti, der aussah, als hätte er gar nicht geschlafen, die Tür öffnete.

»Was ist los? Ist mit Kathleen alles in Ordnung?«, fragte ich.

»Guten Morgen. Ich bedaure, Sie so früh wecken zu müssen«, entschuldigte er sich, wobei er allerdings nicht so aussah, als meinte er es ernst. »Kathleen schläft noch wie ein Murmeltier.«

Er bat mich zu einem Gespräch in die Bibliothek.

Um fünf Uhr gesellte ich mich zu Justin und dem anderen Priester. Ein Blick auf die beiden sagte mir, dass sie sicher schon eine Weile miteinander geredet hatten.

Justin fasste zusammen, was er bis jetzt wusste. »Die so genannte *zweite* Jungfrau ist ein junges Mädchen aus Irland. Sie heißt Colleen, was sich auf Kathleen reimt. Die Kirche versucht, ihre Schwangerschaft geheim zu halten. Es ist einfacher dort drüben als hier. Pater Rosetti hat sie befragt ...«

»Und ich hätte sehr gerne eine zweite Meinung gehört«, unterbrach ihn Rosetti. »Unbestritten sind Sie beide am besten dazu geeignet. Sie kennen Kathleen und können daher einen Vergleich anstellen. Kardinal Rooney und der Vatikan stimmen zu. Sie halten es auch für weise, unseren Kreis klein zu halten.«

Nun war ich hellwach. Was hatte er gesagt? Dass wir nach Irland fliegen sollten, um dieses Mädchen kennen zu lernen? Aber was würde aus Kathleen werden? Und aus Jaime Jordan? Was war mit jenem Abend am Sachuest Point? Ich musste hier in Newport und nicht in Irland ermitteln.

Als hätte der Priester meine Gedanken erraten, sagte er: »Ich habe schon mit dem Kardinal in Boston gesprochen. Ich werde hier bei Kathleen bleiben und auf Ihre Rückkehr warten. Brechen Sie gleich auf. Sie werden rechtzeitig zurück sein.«

Justin und ich schauten uns an. Mir schoss der Gedanke durch den Kopf, dass ich diesen Priester aus Rom nicht besonders mochte. Ich traute ihm nicht, und ich sorgte mich um Kathleen. Hier in Newport gab es außerdem eine Menge für mich zu tun.

Dann tat Rosetti etwas, was mich überraschte. Er kroch fast zu Kreuze. »Bitte. Ich brauche wirklich Ihre Hilfe«, sagte er. »Es hängt so viel davon ab ... für so viele Menschen in der ganzen Welt, und ich kann die Arbeit nicht allein machen. *Bitte, Sie müssen mir helfen.*«

Es berührte mich, dass er uns so inständig um Hilfe bat.

»Natürlich, wir werden nach Irland fliegen«, stimmte ich zu.

Rosetti war sichtlich erleichtert. Er lächelte wieder, und ich spürte einen Stich in der Magengrube, als ich erkannte, dass er keineswegs so alt war, wie ich geglaubt hatte. Er war Ende dreißig, höchstens vierzig. Ich fragte mich, was diesen Mann so hatte altern lassen. Was hatte er gesehen, bevor er nach Newport gekommen war? Was wusste er? Was würden Justin und ich in Irland sehen? Waren wir in Gefahr? Sollte ich meinen Revolver mitnehmen?

»Ich glaube, Sie werden Colleen Galaher ungeheuer interessant finden. Sie hat viele Eigenschaften, die Sie auch bei

Kathleen erkennen können«, sagte Rosetti. »Fahren Sie, und Sie werden es sehen. Bitte, fahren Sie. Die beiden könnten Schwestern sein.«

57.

Kaum zwölf Stunden später landeten wir in Irland, und ich tat mein Bestes, um mich auf eine Reihe ganz neuer Probleme zu konzentrieren.

Ich hatte mich von Kathleen und ihren Eltern verabschiedet und auch mit Kardinal Rooney gesprochen. Er hatte mich gebeten, so eng wie möglich mit Rom zusammenzuarbeiten. Nun stand ich also kurz davor, das zweite Mädchen kennen zu lernen, und ich fragte mich, was das alles bedeutete. Und ich *führte* meine Waffe bei mir.

Wir fuhren in einer kleinen Klapperkiste einen Feldweg hinunter. Justin schien sich in seiner Heimat wohl zu fühlen und genoss es offensichtlich in gewisser Weise, hier zu sein.

Seine Freude tröstete mich ein wenig, und ich bewunderte die Schönheit der Landschaft. Aber die meiste Zeit konnte ich mich nicht gegen meine Sorgen und Ängste wehren. Zu viele schlimme Dinge waren schon passiert.

Nachdem wir fast zwei Stunden durch eine flache, eindrucksvolle Hügellandschaft gefahren waren, die in Hunderten von Grüntönen schimmerte, kamen wir an ein hölzernes, graues Straßenschild, das den Weg zur Stadt wies. Neben dem Namen stand in dicken, schwarzen Buchstaben: *Gottes Land*. Zu einem anderen Zeitpunkt hätte ich über diese Ironie des Wortes gelächelt, aber nicht jetzt.

Als wir in eine enge gepflasterte Gasse einbogen, steuerten wir auf eine Schar fast anachronistisch anmutender Druiden zu: zwanzig Dörfler, die alle erdbraune Anzüge, Schottenhüte und schwarze Stiefel trugen, die offensichtlich von demselben Schuster stammten.

Zwanzig Augenpaare warfen misstrauische Blicke in unseren Wagen, als wir an ihnen vorbeifuhren.

»Was für eine sehr seltsame Gruppe von Männer«, meinte ich.

»Das letzte richtige Bauernvolk in ganz Westeuropa«, sagte Justin mit einem gezwungenen Lächeln, das entweder Stolz oder leichte Verlegenheit ausdrückte. »Wir befinden uns jetzt offiziell in Maam Cross.«

»Ich komme mir vor, als hätten wir einen mittelalterlichen Weiler betreten«, sagte ich.

»Das haben wir auch«, erwiderte er.

Auf der Hauptstraße des Dorfes standen ein paar eingeschossige Geschäfte. Rußbefleckte Werbeplakate klebten an den Wänden: *Player's Please, Guinness for Greatness.* Ein Mietstall und eine Garage waren in einem Gebäude untergebracht. Eine Reihe Bauernhäuser war neu gedeckt und gestrichen worden.

Justin erklärte mir, dass es in jedem Bauernhaus ein neun Quadratmeter großes Wohnzimmer gäbe, das mit Andenken, einem Fernsehgerät und zahllosen frommen Bildern voll gestopft sei. Die Schlafzimmer seien alle eng und winzig. Das Innere sei schlecht beleuchtet und rieche stark nach Torffeuer.

Ich wusste, dass Justin mir diesen regelrechten Ortskundevortrag nur hielt, um seine Nervosität zu überspielen. Das Geplapper hörte abrupt auf, als wir die Wandschmiererei an dem Fast-Food-Laden sahen, der hier im Zentrum des Dorfes fehl am Platze wirkte.

Die Buchstaben waren böse, rote Pinselstriche hoch oben auf einer frisch getünchten Wand.

COLLEEN LUTSCHT AN SCHWULEN SCHWÄNZEN!

»Ah, das erklärt alles«, sagte Justin grinsend, als wir weiterrasten.

58.

Das Haus der Galahers lag etwas weiter östlich, ungefähr eineinhalb Meilen von der Dorfmitte entfernt. Justin und ich fuhren auf direktem Wege dorthin, fast als wären wir schon einmal dort gewesen.

Ich wurde das Gefühl nicht los, dass wir über nichts mehr die Kontrolle hatten, und das machte mir große Angst. An diesem Morgen hatte die *Herald Tribune* Berichte über eine schreckliche Hungersnot in Indien, eine Seuche in Mexiko und den Ausbruch von Polio in den Vereinigten Staaten gebracht. Die Artikel erinnerten mich an ein unheimliches Buch mit dem Titel *Die heiße Zone,* das ich vor Jahren gelesen hatte. Es hatte fast so ausgesehen, als wäre Ebola das Werk des Teufels.

Als wir auf den mit Kies bestreuten Parkplatz fuhren, hüllten Wolken die Sonne ein und warfen Schatten auf das winzige strohgedeckte, getünchte Bauernhaus. Nichts an dem Haus, dem Hof oder auch dem Fußweg wirkte einladend.

»Was du hier riechst, ist ein Torffeuer«, sagte Justin, als wir aus unserem Mietwagen stiegen. »Es riecht so richtig torfig und muffig. Du wirst diesen Geruch nie mehr vergessen.«

Was ich nie mehr vergessen würde, war, wie ich mich fühlte, als wir auf das Haus zugingen. O Gott, wir waren in Irland. Wir standen kurz davor, die zweite Jungfrau kennen zu lernen, und unsere Meinung war wichtig, um Licht in ein großes Geheimnis zu bringen.

»Colleens Vater ist vor Jahren gestorben. Er war ein waschechter Ire«, sagte Justin. »Ihre Mutter hatte einen Schlaganfall. Sie ist mit vierzig Jahren fast senil und liegt meistens im Bett. Die Ärzte hier draußen sind nicht sehr beschlagen. Für das Mädchen ist es nicht die beste Situation. Es ist nicht so wie das Leben der Beaviers.«

»Kathleens Leben ist nicht einfach«, sagte ich, da ich das Gefühl hatte, sie aus bestimmten Gründen ein wenig verteidigen zu müssen. »Das ist es ganz und gar nicht.«

»Ich weiß, Anne«, antwortete Justin. »Ich mag Kathleen sehr. Aber nun müssen wir etwas über Colleen herausfinden.«

»Wie konnte die Kirche in Irland es geheim halten?«, fragte ich.

Justin zuckte mit den Schultern. »Das überrascht mich nicht, denn ich kenne die irische Kirche. Wäre Jesus Christus in Irland geboren worden, wäre die Nachricht auch noch nicht nach draußen gedrungen.«

In der Steinmauer, die das Bauernhaus umgab, war ein verrostetes Eisentor, das knarrte, als Justin es öffnete.

Im gleichen Moment wurde auch die blau gestrichene Haustür geöffnet. Eine Nonne, eine große Frau mit ernstem Gesicht, deren schwarze Tracht in der sanften Brise flatterte, stand vor uns.

»Ich bin Schwester Katherine Dominica«, erklärte sie kurz. »Und wer sind Sie?«

Wir stellten uns vor, und die Nonne nickte. Sie sagte, sie habe uns erwartet. Dunkle Haare guckten unter ihrer steifen weißen Haube hervor. Sie schaute uns misstrauisch an, bat uns aber ins Haus.

Die Schwester sah tatsächlich so abstoßend aus wie eine Krähe. Doch ich vergaß sie, sobald sich meine Augen an das schwache Licht im Hause gewöhnt hatten.

Ich sah, dass sich neben dem Kamin jemand bewegte. Ein junges Mädchen stand von einem niedrigen Hocker auf, um uns zu begrüßen.

Sie trug ein bedrucktes Hauskleid unter einer ausgefransten Spitzenschürze, und über ihren Rücken fiel eine dunkelrote Lockenpracht.

»Hallo!«, sagte sie, offensichtlich erfreut und überrascht. »Ich bin so froh, dass Sie hier sind. Das bedeutet, dass die Kirche mir glaubt.«

Die Sonne, die draußen von den Wolken verdeckt worden war, schien hier in diesem Raum aufzuleuchten. Das Lächeln dieses Mädchens erhellte das düstere, trostlose Innere des Bauernhauses.

Obwohl ich nicht unhöflich sein wollte, starrte ich Colleen unentwegt an. Sie hätte überall die Blicke auf sich gezogen.

Colleen Galaher hatte dieses Aussehen, das wir für typisch irisch halten: durchscheinende weiße Haut, frische Wangen, klare grüne Augen und natürlich ihr wunderschönes tizianrotes Haar. Doch ihre strahlenden Gesichtszüge übertrafen das Klischee bei weitem.

Sie beeindruckte mich sehr. Sie war ein reizendes Mädchen, ein außergewöhnlich reizendes Mädchen, das hochschwanger war.

Ich musste immer wieder daran denken, dass sie vierzehn Jahre alt war. *Das ist genau das Alter der Maria von Naza-*

reth, als Jesus geboren wurde. Pater Rosetti hatte uns beiden das nachdrücklich erklärt. Glaubte er, dass dieses Mädchen die richtige Jungfrau war?

»Darf ich Ihnen eine Tasse Tee anbieten?«, fragte das Mädchen sehr freundlich, aber schüchtern. »Und etwas selbst gebackenes Brot nach der langen Reise aus Amerika?«

Ich stellte fest, dass ich Colleen Galaher auf den ersten Blick mochte. Jeder hätte sie gemocht. Und das gab mir das Gefühl, Kathleen zu verraten.

Kein Wunder, dass Pater Rosetti Hilfe braucht, dachte ich. Wir stehen vor einem unglaublichen Problem.

Beide Mädchen schienen ohne jeglichen Makel zu sein.

59.

Colleen sagte uns sofort ausdrücklich, dass sie auf jede erdenkliche Weise mit uns zusammenarbeiten wolle. Sie habe gehofft und gebetet, dass endlich jemand vonseiten der Kirche zu ihr kommen möge.

Wir gingen im Gänsemarsch über einen abgelegenen schlammigen Pfad, der sich hinter dem Bauernhaus der Galahers entlangschlängelte. Sie meinte, es sei ein guter Ort, um zu reden und *zuzuhören*.

»Es ist sehr schön hier draußen«, sagte ich zu dem Mädchen.

»Danke«, erwiderte es. Colleen schien stolz auf ihr Land zu sein. »Das finde ich auch. Die Menschen hier sagen, es sei Gottes Land.«

Colleen übernahm die Führung. Ich folgte ihr, und Justin bildete die Nachhut auf unserem Gang über diesen eintönigen, hügeligen Pfad am Rande dieser ansonsten strahlend grünen Landschaft.

Meine Aufmerksamkeit galt Colleen und dem, was sie uns erzählen wollte. Sie wollte unbedingt, dass wir uns ihre Geschichte anhörten.

»Was möchten Sie wissen?«, fragte sie in einem äußerst sanften, freundlichen Ton, während sie sich zu uns umdrehte.

Sie war so liebenswürdig, dass ich fast an ihrer Glaubwürdigkeit zweifelte. Aber war das nicht bei Kathleen ebenso?

Zwei tadellose Mädchen – ein perfektes Rätsel.

»Warum erzählst du nicht von Anfang an«, schlug ich vor. »Welches ist das allererste Ereignis, an das du dich erinnerst, das mit deiner Schwangerschaft zusammenhängt?«

»Das kann ich Ihnen sagen. Es war sicher zu spät, um allein hinauszugehen«, sagte sie, »aber ich gehe oft nach Liffey Glade. Und das ist an jenem Abend, als alles begann, passiert.«

Die Felder machten zuerst spärlichen Waldungen Platz und dann dichtem Gestrüpp. Als es um uns herum ganz düster wurde, standen wir plötzlich mitten im Wald vor einer Grotte.

Colleen zeigte auf einen flachen Felsstein, der den Rand eines schmalen Baches überragte. »Es war genau dort drüben«, sagte sie. »Ich betrachtete das Mondlicht, das im Wasser glitzerte, als ich ihre Stimmen hörte.«

»Was hast du gehört, Colleen?«, fragte Justin. »Was für Stimmen?«

Ein Schatten glitt über ihr Gesicht, als hätte sie aufgrund einer sehr unangenehmen Erinnerung ihren Seelenfrieden eingebüßt. Sie zögerte einen Moment. Offensichtlich verschlug ihr das Entsetzen die Sprache. Doch dann fuhr sie fort.

»Dort an der Biegung des Baches standen zwei Männer und ein Junge. Ich dachte, sie stellen Fallen für Kaninchen auf oder angeln im Bach. Als ich sie ansprach, erschraken sie. Sie taten etwas Unrechtes«, sagte sie in so rauem Ton, dass es kaum zu verstehen war. »Sie wollten nicht von mir gesehen werden.«

»Was taten sie Unrechtes?«, fragte ich. »Hast du es gesehen? Was taten die Männer?«

Colleen hustete und räusperte sich dann. Ihre Stimme war nur noch ein nervöses Wispern. »Sie hatten ihre Hosen heruntergezogen, und einer von ihnen, ein Mann, der so dick war wie ein Bär, berührte den Jungen mit seinem Mund ... dort unten. Der Junge geht in die gleiche Schule wie ich. Den anderen Mann kannte ich auch. Es war ein Priester aus einer anderen Stadt. Er berührte mit seinen Händen den Körper des Jungen.«

Die Erinnerung an all das musste schrecklich für Colleen sein, denn sie fing an zu weinen. Dicke Tränen rollten über ihre Wangen. Sie wischte sie mit ihrem kleinen Handrücken weg.

»Er erkannte mich und kam auf mich zu. Ich rannte weg, doch sie liefen hinter mir her. Ich konnte hören, wie sie atmeten. Ich konnte sie riechen. So schnell wie möglich rannte ich davon.

Der dicke Mann ergriff mich jedoch an der Taille und zog mich auf die Erde. Ich verletzte mich. Der Priester hielt mir Mund und Nase zu, so dass ich nicht schreien konnte. Ich bekam keine Luft mehr! Plötzlich hatte ich das Gefühl, als wimmelte es nur so von Männern. Es sah aus, als wären es zwanzig oder dreißig gewesen – mehr als ich zählen konnte.

Dann hörte ich einen lauten Knall, lauter als der lauteste Donnerschlag. Dicke Lichtstrahlen färbten den Himmel gelb und weiß!

Die Männer verschwanden. Alle miteinander. Sie kletterten das Geröll hinauf. Meine Haut war aufgescheuert, und ich blutete, doch sie ließen mich einfach dort allein im Regen liegen, der plötzlich auf die Lichtung fiel.«

Colleen zeigte auf die Lichtung. Dort stand eine riesige, gespaltene Eiche. Der Schaden sah frisch aus. Die Hälfte des Baumes stand noch, während die andere auf der Erde lag. Ich konnte die Spuren des Blitzes sehen, der den Baum der Länge nach gespalten hatte.

»Es ist nicht dazu gekommen«, sagte das junge Mädchen in nachdrücklichem Ton. »Die Geschichten über mich sind alle falsch. Es sind alles Lügen. Ich bin ihnen unberührt entkommen. Ich bin Jungfrau. Ich schwöre es«, sagte Colleen, die ihren Bauch mit beiden Händen umspannte.

»Was ist mir widerfahren? Wie kann das passiert sein?«, fragte sie uns nach einer kleinen Pause.

Als wir im Zwielicht dieses »Tals der Schwulen« standen, bemerkte ich, dass das Kind von einem schwachen, rosafarbenen Lichtschein umgeben war, den ich manchmal bei Kathleen beobachtet hatte. Konnte Justin es sehen? Konnte es ein Glorienschein sein?

Ich drehte mich zu ihm um und sah zu meinem Entsetzen, dass Tränen über seine Wangen rannen. Er konnte den Lichtschein auch sehen. Mein Gott, was hatte das zu bedeuten? Was war das für ein seltsames Licht?

»Wenn Sie mir nicht glauben, fragen Sie bitte meinen Arzt«, sagte Colleen. »Er wohnt hier in Maam Cross. Er wird Ihnen die Wahrheit sagen.«

Ich glaubte ihr. Ich glaubte jedes Wort, und das tat Justin auch.

Wir brauchten die Aussage von Dr. Murphy nicht.

Gestern früh hatte Pater Rosetti mir Colleens Akte in die Hand gedrückt. Sie enthielt auch ihren Krankenbericht vom Trinity Hospital in Cork. Auf Veranlassung des Vatikans hatten sie einen Arzt geschickt, der Colleen untersuchen sollte.

Ich hatte den Bericht gelesen; Justin ebenso.

Colleen Galaher war im achten Monat schwanger.

Und sie war eindeutig Jungfrau.

»Bitte helfen Sie mir«, flüsterte sie. »Ich bin ein anständiges Mädchen.«

60.

Portsmouth, Rhode Island.

Es war halb zehn, als die drei Freunde ein paar Drinks in Neelys verrufener Lawn Bar zu sich nahmen. Jaime Jordan kam von der Toilette zurück und schlenderte auf die volle Theke zu, an der Chris Raleigh und Peter Thompson sich über kaltes, schäumendes John Adams beugten, Bostons feinstes Gebräu, wenn man der Werbung Glauben schenkt. Auf dem Farbfernseher über ihnen nahmen die Rangers in den blauroten Trikots den hiesigen Lieblingsverein, Boston Bruins, auseinander.

Jaime erkannte an den unsicheren Blicken, die ihm seine Freunde zuwarfen, dass sie über jenen Abend am Sachuest Point gesprochen hatten. Worüber sonst? Diese Scheiße kotzte ihn an. Er strich mit der Hand durch sein langes blondes Haar.

»Ich habe euch gesagt, dass wir nicht über diesen Abend sprechen. Das bedeutet, *dass wir nicht darüber sprechen.* Das bedeutet, dass ihr beiden Dickköpfe *nicht darüber sprecht,* während ich auf dem Lokus bin.«

Chris Raleigh rollte seine dunklen Augen. »Du blödes Arschloch. Du bist doch blau. Du bist betrunken.«

Jaime Jordans Wangen färbten sich dunkelrot. »Thompson, habt ihr über diesen Abend gesprochen oder nicht? Wenn nicht, zahle ich die nächste Runde.«

»Schnaps oder Bier?«, fragte Thompson, der versuchte, die schrecklichen Bilder des schlimmen Vorfalls, so gut er konnte, aus seinem Gedächtnis zu streichen.

Die drei waren seit der Grundschulzeit in Newport unzertrennlich. Daher waren die Freunde besorgt. Sie kannten Jaime. Noch nie hatte ihn etwas derartig mitgenommen. Und jetzt nahm ihn *alles* mit.

»Habt ihr darüber gesprochen oder nicht?«, fragte Jaime noch einmal. Die Adern auf seiner Stirn traten hervor.

»Wir *müssen* darüber sprechen, Alter. Diese ganze Sache ist außer Kontrolle geraten, falls du es noch nicht bemerkt hast«, sagte Thompson, der mit dem Finger auf seinen Freund zeigte. »Weißt du, in welchem Maße sie außer Kontrolle geraten ist? Wir müssen etwas tun. Wir brauchen einen Plan.«

Ohne Vorwarnung schlug Jaime Jordan seinem Freund seine geballte Faust mit voller Wucht in die Brust. Der dunkelhaarige Junge fiel vom Stuhl und stürzte auf den verzogenen Linoleumboden.

Der Wirt, Tom Neely, griff nach einem dicken Spazierstock und fuchtelte damit über der Theke herum. »Ihr kleinen Rowdys, macht sofort, dass ihr wegkommt, oder ich schlage euch den Schädel ein.«

In Neelys Kneipe herrschte Totenstille. Die älteren Arbeiter schauten zu der Ecke hinüber, in der der Krawall ausgebrochen war. Die drei jungen Männer waren groß und muskulös und mussten so um die zwanzig sein. Sie trugen gefälschte Ausweise bei sich, womit sie sich zu fast allen Kneipen in der Gegend Zugang verschafften.

Jaime Jordan wandte sich von seinen Freunden ab und stürzte auf die Eingangstür zu. Er rempelte ein paar verknöcherte Stammgäste an, die darauf nicht reagierten.

Als er draußen war und ihm die Meeresbrise ins Gesicht wehte, dachte Jaime Jordan daran, sofort zurückzugehen und Thompson und Raleigh fertig zu machen. Oh mein Gott! Er ballte seine rechte Hand zur Faust und schlug sie mit voller Wucht in seine linke Hand. Kathleen war diejenige, die er hätte fertig machen müssen.

Jaime erinnerte sich daran, wie er praktisch auf die Knie gefallen war und die Eiskönigin um eine Verabredung gebeten hatte. Er war vier Mal nachmittags zur Salve Regina Schule gefahren, um die katholische Schülerin nach dem Unterricht abzuholen, und hatte sogar seine beste Jacke getragen und seine schwarze Kordhose gebügelt.

Er musste zugeben, dass es mit Kathleen Beavier anders war. Sie war etwas Besonderes. Jaime begehrte sie mehr, als er je ein anderes Mädchen begehrt hatte. Und es ging ihm noch nicht einmal nur um Sex, obwohl die blonde Schlampe *sexy* war. Jaime wollte nur mit Kathleen zusammen sein. Sie hatte das gewisse Etwas. Er hatte geglaubt, sie zu lieben.

Bis zu jenem Abend am Sachuest Point.

Wo etwas Schlimmes passiert war.

61.

Jaime Jordan startete seinen teuren Mercedes SLK, stellte das Radio auf volle Lautstärke und verließ in dem sauberen gelben Sportwagen den Parkplatz vor Neelys Kneipe. Er brüllte den Text eines Smashing Pumpkins Songs. Seine

Freunde hatten in einem Punkt Recht: Er war nicht mehr vollkommen bei Sinnen.

Als er den steilen Hügel hinter Neelys Kneipe auf dem Kopfsteinpflaster herunterfuhr, dachte er verärgert an jenen Abend des 23. Januar zurück, als er mit Kathleen zur Tanzveranstaltung in die Salve Regina Schule gegangen war. Seine Eltern waren ziemlich reich, aber er war dennoch eingeschüchtert, als er vor dem großen Haus der Beaviers anhielt. Er hatte einen schwarzen Smoking getragen und gewusst, dass er großartig aussah, aber er war trotzdem verunsichert. Charles Beavier hatte die Haustür geöffnet und ihn ins Haus gebeten. Er war beschäftigt gewesen und hatte ihn ziemlich unhöflich behandelt, indem er einfach weitertelefonierte und Jaime kaum zunickte.

Jaime hatte sich wieder beruhigt, als er im Salon saß, und versucht, die Kränkung nicht persönlich zu nehmen. Wenige Minuten später kam Kathleen. Sie ließ ihn nicht so wie viele andere Mädchen eine halbe Stunde warten. Er war froh darüber, und seine schlechte Stimmung hellte sich auf.

Eigentlich hatte der Anblick von Kathleen Jaime den Atem verschlagen. Kathleen war nicht nur irgendeine hübsche Schülerin. Sie war einfach umwerfend.

Sie trug ein figurbetontes, blassgrünes Kleid anstatt eines dieser weiten Gewänder, in denen die Mädchen auf den Schulbällen so lächerlich aussahen. Ein silbernes Stirnband zierte ihr langes blondes Haar. Jaime fand, dass sie fast wie eine Königin aussah.

Unglücklicherweise war die Tanzveranstaltung in der Schule noch schlimmer, als er es sich vorgestellt hatte. Die Band, ein steifes Quartett mittleren Alters, spielte ausschließlich jämmerliche Stücke, die sonst nur im Newport Club und bei Tanzteeveranstaltungen zu hören waren. Außerdem gab es eine altmodische Holzbahn, die die Tanzfläche in der Turnhalle umschloss. Von dort beobachtete eine Herde Karmeliterinnen von Anfang bis Ende den Tanz wie die Geier. Die Nonnen schienen ein Geschick dafür zu haben, immer im falschen Augenblick zu lachen und mit den Füßen zu trommeln.

Er wollte den Ball unbedingt nach den ersten fünf Minuten verlassen. Vielleicht war Kathleen es jedoch wert, diese ganze Qual zu ertragen.

Nach dem Tanz sollte noch ein Kostümfest stattfinden. Es waren gedruckte Einladungen verschickt worden: *»Kommt zu einer großen Party in Elaine Scaparellas Haus.«* Kathleen hatte sich die ganze Nacht über an ihn gepresst und ihn mit ihrem Parfüm und der herrlichen Andeutung ihres Brustansatzes unter ihrem Ausschnitt fast verrückt gemacht.

Als Kathleen beim letzten Tanz ihren Kopf auf seine Schulter legte, konnte er sie fast schmecken. Jaime wusste, dass sie ihn auch wollte. Es bestand kein Zweifel daran.

Er konnte kaum glauben, wie leicht es gewesen war, Kathleen zu überreden, die blöde Party zu verlassen und zur Second Beach Road am Sachuest Point zu fahren. Jetzt wünschte er bei Gott, dass sie nie dorthin gegangen wären. Er wünschte, dass er niemals ein Auge auf Kathleen Beavier geworfen und sie vor allem nie berührt hätte.

62.

Als Jaime jetzt den Second Beach passierte, bohrte sich das helle Fernlicht seines Mercedes wie ein glühendes Schwert in den dicken, dunklen Nebel. Er war ziemlich berauscht, passte aber seine Fahrweise den äußeren Bedingungen an. Es war nicht das erste Mal, dass er stinkbesoffen hinter dem Steuer eines Wagens saß.

Er fuhr zurück zum Sachuest Point, wohin er vor fast neun Monaten mit Kathleen gefahren war, an jenem Abend, der nicht nur ihr, sondern auch sein Leben verändert hatte.

Etwas Schlimmes *war* dort passiert. Etwas Wahnsinniges.

Er wusste es.

Auch Thompson und Raleigh wussten es.

Und auch Kathleen, diese falsche Schlange. Diese gottverdammte Lügnerin.

Merkwürdig war, dass Jaime sich nicht ganz sicher war, warum er wieder dorthin fuhr. Er hatte das Gefühl, als habe er nicht die Kontrolle darüber. Er *musste* heute Abend hinfahren.

Während er den Sportwagen sanft durch eine S-Kurve lenkte, bemerkte er, dass sein Blick verschwamm. Es war verdammt seltsam. Und ein dumpfer Schmerz wanderte von seinem linken Ohr zu seinem Auge.

O Gott, nicht schon wieder, dachte Jaime.

Er schaute auf das Armaturenbrett seines Mercedes. Die Leuchtuhr zeigte 21:54. Das Tachometer stand bei über sechzig Meilen. Und das Klingeln im Kopf setzte ein. Das bedeutete, dass er gleich ein schmerzhaftes Hämmern auf seiner Schädeldecke spüren würde. Gleichzeitig Geräusche und Schmerzen.

Der Memorial Boulevard wurde schmaler und ging in eine schnurgerade, zweispurige asphaltierte Straße über, als er sich Sachuest Point näherte. In seinem Rückspiegel konnte Jaime die verblassten Lichter vom südöstlichen Teil Newports und den prächtigen Häusern an der Küste sehen.

Plötzlich überkam ihn der Wunsch, den Wagen über die Höchstgeschwindigkeit zu treiben. Es wäre wie Fliegen.

Er runzelte die Stirn und schüttelte dann betrübt den

Kopf. Das war wirklich ein blöder Gedanke. Aber er *war* doch kugelsicher. Er war drei Meter groß. Er war Teflon J.J. – aber er wusste, dass das Auto nicht fliegen konnte.

Noch ein unerwünschter Gedanke kreiste durch seinen Kopf und belästigte ihn. *Kathleen*. Und als er ihren Namen leise nannte, setzte ein schrilles Todesgeschrei in seinem Schädel ein.

Allein die Erinnerung schmerzte ihn grenzenlos. Doch er konnte die Zeit nicht zurückdrehen. Er konnte es nicht ungeschehen machen, dass er am Tag nach dem Tanz allen erzählt hatte, er habe es mit Kathleen getrieben. *Ich habe eine Vagina von Salve Regina geknackt.* Er hatte großspurig dahergeredet und geprahlt wie das Arschloch, das er manchmal sein konnte.

Jaime hob seine Hand und drückte sie gegen seinen Kopf. Er hatte so stechende Schmerzen, dass ihm übel wurde.

Darum wollte er das Steuer herumreißen – jetzt herumreißen –, genau rein in die Betonmauer.

Räder quietschten. Gummi brannte sich in den Asphalt.

Er legte beide Hände auf das Lenkrad und drängte den Wagen zurück in die Mitte der Straße. War er verrückt geworden? Er hatte das Gefühl, seine Schädeldecke würde abheben. Unglaubliche Schmerzen quälten ihn.

Besiege den Schmerz, hörte er. *Du weißt, dass du es kannst. Es liegt in deiner Hand. Außerdem weißt du, dass du es verdienst, zu sterben. Du weißt, was du getan hast.*

Der gelbe Mercedes brach nach links aus und überquerte erneut die weiße Doppellinie. Das Lenkrad glitt ihm aus der Hand. Er konnte es nicht festhalten. Jaimes Hände ließen das Lenkrad los und legten sich auf seine Ohren.

Schau, du kannst es! Du kannst fliegen. DU KANNST FLIEGEN!

Der Sportwagen geriet außer Kontrolle und verfehlte knapp einen entgegenkommenden Jeep mit Angelgerät auf dem Dach, das nun wild hin und her rutschte. Es waren vielleicht zwanzig Zentimeter. *Gott, das war knapp.*

Chromgelbe Scheinwerfer blendeten ihn eine Sekunde. Eine wütende Autohupe verlor sich in dem immer dichter werdenden Nebel.

Er hielt sich fest, als sein Wagen unaufhaltsam über die glatte dunkle Straße glitt. Plötzlich *flog* er in den dicken, grauen Nebel. Die Vorderräder hoben von der Erde ab und schossen wie eine Rakete vorwärts.

Die Scheinwerfer des Wagens richteten sich vergebens auf den Orion, ehe sie die abwärts führende Kurve auf der Flugbahn des Wagens beleuchteten.

Jaime Jordans Schreie übertönten die Rockmusik, die aus dem Autoradio drang: »Es tut mir leid, Kathy! O Gott, es tut mir so leid, was ich getan habe. Es tut mir soooo leid!«

63.

Kathleen hatte ein komisches Gefühl. Ihr sechster Sinn sagte ihr, dass etwas passiert war.

Die Digitaluhr auf ihrem Nachttisch zeigte 23:24, dann 23:25 und dann 23:26 an. Die Ziffern klickten unerbittlich. Aber Kathleen konnte nicht schlafen.

Ich will nicht, dass du schläfst, hörte sie die Stimme sagen. *Du wirst nie mehr schlafen. Und das ist nicht gut für das Baby!*

Das Telefon neben ihrem Bett klingelte.

Sie schob ihre Hand langsam unter den warmen Decken

hervor, die über den Hügel ihres Bauches fielen, und streckte ihre Hand nach dem Telefon aus. Irgendwie hatte sie *gewusst,* dass es läuten würde. Woher hatte sie es wissen können? Hatte sie übersinnliche Kräfte? Wie konnte das sein?

»Hm ... Hallo? Hier ist Kathleen.«

Sie hörte die unsichere Stimme ihrer Freundin Sara Petrie, die sie in letzter Zeit kaum noch gesehen hatte, aus der Ferne.

»Oh, Kathy, entschuldige, dass ich dich noch so spät anrufe. Ich hätte es nicht getan, wenn es nicht schrecklich wichtig wäre. Es ist etwas Furchtbares passiert.«

»Sara, was ist los? Was ist geschehen?«

»Es ist entsetzlich, Kathy. Jaime Jordan hat seinen Wagen am Sachuest Point zu Schrott gefahren. Ich habe es gerade auf WPRO gehört.« Sara fing an zu weinen. Sie verlor vollkommen die Beherrschung. Dann legte sie den Hörer auf.

Auch Kathleen legte benommen den Hörer zurück.

Sie zog ihre Jeans an, die auf der Vorderseite einen Gummizug hatte, und zwängte sich in ein Flanellhemd, ohne die Knöpfe zu öffnen. Als sie sich hinunterbeugte, um ihre Socken und Stiefel anzuziehen, hätte sie sich am liebsten übergeben. Ihr war so übel. Sie hatte Magenschmerzen, aber noch schlimmer war, dass sie so tief betrübt war. Die Trauer, die sie über diesen Verlust empfand, war schlimmer als jeder Kummer, den sie je empfunden hatte.

Ein dämmeriger, gelber Lichtkegel schimmerte am Ende des Korridors im oberen Stockwerk. Kathleen ging auf das einladende Licht zu, und das Haus knarrte unter ihren Schritten wie ein altes Schiff.

Sie durchquerte ein kleines, schwach beleuchtetes Vorzimmer, das zum Schlafzimmer ihres Vaters führte. Die Tür war angelehnt, und sie konnte hören, dass er friedlich schnarchte. Seine Schlüssel lagen in dem Lederetui auf seinem Schreibtisch.

Kathleen griff danach, lief die Stufen so leise sie konnte hinunter und nahm ihren marineblauen Parka vom Garderobenhaken.

Sie musste hinausgehen und sich um Jaime kümmern.

Tief in ihrem Herzen glaubte sie, dass es irgendwie ihre Schuld war.

64.

Kathleen fuhr mit dem Lincoln ihres Vaters den Kiesweg hinunter, der parallel zum Strand verlief. Dann bog sie eine halbe Meile südlich vom Haupthaus hinter dem Dornengestrüpp ab.

Ihr Herz pochte und ihr Blick war getrübt, als sie in die Ocean Avenue einbog, die der Regen in eine spiegelglatte Fahrbahn verwandelt hatte. Die Uferstraße schlängelte sich wie ein glänzendes schwarzes Glasband am Meer entlang. Sie gab sich große Mühe, um nicht selbst einen Unfall zu verursachen, aber der Wunsch, alles hinter sich zu bringen, war unglaublich stark.

Doch es stand mehr auf dem Spiel als nur ihr eigenes Leben. Sie musste an das Baby denken. Sie musste für die Sicherheit des Babys sorgen.

Deshalb umklammerte Kathleen mit beiden Händen das Lenkrad und richtete ihren Blick auf den deutlich erkennbaren gelben Mittelstreifen der Straße.

Während der Fahrt kehrte die Erinnerung an das, was an jenem Abend im Januar passiert war, allmählich zurück.

Endlich erinnerte sie sich wieder daran. Sie war der Wahrheit ganz nah ...

Aber dann entglitt sie ihr wieder!

Verdammt! Verdammt! Verdammt!

Sie erreichte kurz nach Viertel vor zwölf den Sachuest Point.

»O mein Gott«, flüsterte sie, als sie den Unfallort sah.

Der trostlose, kahle Hang, der den Beginn des Naturschutzgebietes markierte, wurde von den Scheinwerfern unzähliger Autos, die von der Stadt gekommen waren, beleuchtet. Polizeiwagen aus Newport und Portsmouth parkten auf dem Hügel wild durcheinander. Zwei leuchtend rote Feuerlöscher wurden vorsichtig die Klippe hinunter zum Unfallort getragen.

Sie hätte die Lichter des Rettungswagens nicht gebraucht, um zu wissen, wo sie anhalten musste. Sie wusste ganz genau, wohin sie den Wagen zu steuern hatte. Hier war es passiert! Hier hatte im Januar alles begonnen!

Sie konnte sich fast erinnern –, aber die Erinnerung verblasste immer wieder.

Es war ihre Schuld, denn sie sperrte sich gegen die Wahrheit. Das wusste sie ganz genau.

Warum? Warum? Warum?

Ein eisiger, nasser Wind wehte vom Meer herüber. Wellen brachen sich unmittelbar hinter der Straße an den Felsen.

Dicker, bläulich-grauer Nebel lag über dem Gebiet.

Mindestens hundert Menschen lungerten neben ihren Autos herum und versuchten, einen optimalen Blick auf den Unfallort zu erhaschen. Sie wollten das Neuste im Fall Kathleen Beavier erfahren. Kathleen bahnte sich ihren Weg durch die Menge der Schaulustigen zum Autowrack. Der Leiter der Newporter Polizei erkannte sie. Er schüttelte betrübt den Kopf, um sie aufzuhalten.

»Ich muss weitergehen«, sagte Kathleen. »Ich muss. Sie können mich nicht aufhalten.«

Captain Walker Depew zog seine schwarze Schirmmütze ab und schlug sie nervös gegen sein Bein.

»Das ist keine gute Idee, Miss Beavier. Es ist ein schrecklicher Anblick. Er ist tot. Jaime Jordan ist tot. Es tut mir Leid. Gehen Sie nicht dorthin.«

Kathleen fing an zu schluchzen, als sie die letzten Neuigkeiten über Jaime erfuhr. Sie drängte sich an dem verlegenen Polizeiinspektor vorbei, als stände er nicht dort. Als sie durch den Nebel starrte, konnte sie sehen, wo der gelbe Mercedes frontal gegen die Felsen gerast war.

Wie in Trance setzte sie auf ihrem Weg über den felsigen Abhang einen Fuß vor den anderen. Aufgrund ihres gewölbten Bauches war es schwierig für sie, das Gleichgewicht zu halten.

Dein Liebhaber ist tot! hörte sie eine Stimme in ihrem Kopf kreischen. *Es ist Zeit, die Wahrheit über dich und Jaime zuzugeben. Sag die Wahrheit, du Schlampe!*

Kathleen wollte es tun, aber sie konnte sich nicht mehr daran erinnern, was passiert war.

»Ich weiß nicht, was passiert ist!«, flüsterte sie mit zusammengepressten Lippen. *»Ich erinnere mich nicht.«*

In der Menschenmenge, die sich auf der Straße gebildet hatte, erhob sich ein gedämpftes Stimmengewirr, das sich ausbreitete.

»Sie ist es! Die Jungfrau.«

»Sei gegrüßt, Maria, voller Gnade!« Die Stimme einer Frau drang durch den Nebel und den Sprühregen. Kathleen empfand es fast als Gotteslästerung.

»Nein, bitte«, sagte sie und gab den Betenden ein Zeichen, innezuhalten. »Gehen Sie fort. Bitte, gehen Sie fort.«

Sie ging weiter auf den grellen blauen Lichtschein zweier

Polizeiwagen zu, die neben dem umgekippten Wagen standen.

Ein Newporter Polizist, ein junger Mann in einer schwarzen Lederjacke, versperrte ihr mit seinem Arm den Weg, um sie aufzuhalten.

»Weiter können Sie nicht, junge Frau.«

Sie stahl sich an ihm vorbei, ohne ihn auch nur eines Blickes zu würdigen. Keiner von ihnen konnte sie aufhalten. Kathleen war jetzt weniger als zehn Meter von Jaime Jordan entfernt. Sie sah den cremigen Schaum, der auf den Motor des Wagens sprudelte, eine Vorsichtsmaßnahme, um eine weitere Explosion zu verhindern.

Sie musste immer wieder daran denken: *Was auch immer im Januar geschehen war, es war schlimm, wirklich schlimm.*

65.

Les Porter von den New Yorker *Daily News* saß hier auf dem Hang in Neuengland in seinem Mietwagen. Es war eine kalte Nacht. Er konnte nicht ganz begreifen, was passiert war. Außerdem konnte er gar nicht glauben, dass er als Augenzeuge dabei war. Die Batterie seines Handys war schwach, sein Kaffee war kalt, und ihm schossen tausend unbeantwortete Fragen durch den Kopf.

Er war diesbezüglich nicht der Einzige. Die Nachricht hatte sich vom Mittelpunkt des Geschehens, dort, wo der gelbe Mercedes in die Felsen gerast war, innerhalb von Sekunden explosionsartig in der ganzen Menschenmenge verbreitet. Innerhalb weniger Minuten kannte jeder die allerneusten

Einzelheiten. Auch die Gäste der Strandhotels und einiger Campingplätze, die rings um Newport für die so genannte »Beobachtung der Jungfrau« errichtet worden waren. Bevor es »Live aus Newport« hieß, hatten die Fernsehreporter, Fanatiker und gewöhnlichen Schaulustigen nichts Besseres zu tun, als zum umnebelten Ort des verhängnisvollen Unfalls zu laufen.

Jetzt näherte sich Kathleen Beavier dem Unfallort. Porter war in all den Jahren, die er schon als Reporter arbeitete, selten Augenzeuge einer dramatischeren Szene gewesen. Sie hatte mittlerweile das noch schwelende Autowrack erreicht, in dem der tote junge Mann lag, und kniete nieder, um zu beten.

Dann leuchtete plötzlich ein helles Licht über der Menschenmenge auf, die sich am Ufer gebildet hatte. Jemand schrie: »Ein Wunder. Es ist ein Wunder.«

Fanatiker, dachte Porter. Aber das seltsame Licht sah aus wie ein Heiligenschein. Es kam immer näher und näher, direkt auf Kathleen Beavier zu.

Porter schaltete sein Radio ein und suchte die Nachrichten – die Konkurrenz. Andrew Klauk vom Sender WNPO in Newport berichtete von der Second Beach Road. Laute, störende Geräusche gingen seiner Schilderung voraus.

Schließlich war die Stimme eines jungen Mannes klar zu hören, der in dem selbstbewussten Ton redete, wie er für eine lokale Radioreportage charakteristisch ist.

»Kathleen Beavier kniet an dem Ort von Jaime Jordans tragischem Unfall. Für die meisten von uns in der Menschenmenge ist es eine rührende, bewegende Geste.

Das junge Mädchen ist ungefähr fünfzehn Meter vom Autowrack entfernt. Über dem ganzen Gebiet am Sachuest Point liegt Nebel wie auf einem Friedhof, wodurch der Unfallort noch unheimlicher wirkt.

Ein paar Leute beten laut mit Kathleen Beavier. Man muss einfach an die Macht und den Ruhm der alten Kirche und die Rolle, die die Religion einst im Leben so vieler spielte, denken.

Ein helles Licht bewegt sich jetzt direkt auf die kleine Beavier zu. Einige Leute werden hysterisch. Sie scheinen zu glauben, dass dem Licht etwas Mystisches oder Göttliches anhafte.

Doch warten Sie. Da ist noch etwas anderes. Es gibt eine Erklärung dafür ... Das Licht kommt von einem Boot draußen auf dem Wasser. Das Such- und Rettungsboot der Castle Hill Küstenwache Nummer einundvierzig wurde vermutlich durch den Lärm und die Wagenlichter ans Ufer gelockt. Der Schiffsrumpf war in Nebel gehüllt, bis das Boot das Ufer erreichte. Die Lichter, die wir alle sahen, waren die beiden kreisenden Suchscheinwerfer auf der Steuerbordseite des Rettungsbootes Nummer einundvierzig.

Es ereignet sich heute Abend *kein Wunder* am Sachuest Point. Das Licht stammt nur von einem Boot.«

Les Porter schaute den Hügel hinunter und beobachtete Kathleen Beavier, die sich langsam von dem schwelenden Autowrack des jungen Mannes entfernte. Ist das eine Falschmeldung? dachte er. Natürlich ist es das; es muss so sein.

66.

Als wir am Unfallort in unmittelbarer Nähe des Meeres anhielten – unsere Rückkehr aus Irland war erst kurz zuvor erfolgt –, fiel mein Blick auf Kathleens Freundinnen.

Francesca, Sara und Chuck waren starr vor Schreck. Wieder einmal wurden sie hinter den Barrikaden der Polizei abgefangen und konnten nicht zu Kathleen gelangen.

Auf dem Weg zu Kathy kam ich an den Mädchen vorbei. Ich war sicher, dass Kathleen über das, was Jaime Jordan passiert war, zutiefst betrübt war.

»Alles in Ordnung bei euch?«, fragte ich die Mädchen.

»Es ist so furchtbar!«, sagte Francesca, der Tränen in den Augen standen. Autounfälle, bei denen junge Menschen ums Leben kommen, sind die schlimmsten Tragödien. Es scheint immer sinnlos und absurd, doch auf diesen Unfall traf das besonders zu.

»Ich werde Kathy sagen, dass ihr hier seid«, versprach ich den Mädchen.

»Er hätte sich niemals selbst umgebracht«, sagte Chuck zu mir. »Er hing viel zu sehr an seinem gottverdammten Leben. Das hätte er nie getan.«

Ich stieg weiter den steilen Hügel zum Autowrack hinunter. Was wollte Chuck mir damit sagen? Dass Jaime Jordan irgendwie ermordet worden war?

»Ich bin Kathleens Vormund«, sagte ich, ehe jemand versuchte, mich aufzuhalten, denn ich hatte das Gefühl, ein Recht darauf zu haben, hier zu sein.

Justin blieb in meiner Nähe. Er behauptete, dass er zum Erzbistum Boston gehöre und daher mit den Beaviers sprechen müsse.

Als Kathleen uns kommen sah, kletterte sie mir entgegen. Ich hatte plötzlich Angst um sie. Wir hielten uns eng umschlungen, und ich konnte spüren, wie verstört sie war. Sie zitterte, und mit den roten Rändern unter den Augen sah sie aus, als hätte sie stundenlang geweint.

»Hier ist wirklich etwas geschehen, Anne. Nicht nur heute Abend – sondern im Januar. Ich *kann mich nicht* daran erinnern! Ich versuche es mit aller Kraft, aber es gelingt mir nicht. Darum jedoch ist Jaime gestorben. Oh, Anne, Anne, es ist alles meine Schuld. Ich bin keine Heilige. Ich bin eine kleine Hure! Was geschieht nur mit mir?«

67.

Wie ein großes Ungeheuer packte die Angst Kathleen Beavier an der Kehle und riss sie am nächsten Morgen aus dem tiefsten Schlaf. Sie wachte fast immer mit dem Gefühl auf, dass sie etwas Unrechtes getan habe und dass man sie dafür bestrafen würde. Aber heute *wusste* sie, dass es die Wahrheit war.

Jaime Jordan war tot. Mit diesem Gedanken konnte sie sich immer noch nicht abfinden. Wenngleich sie auch wusste, dass es den Tatsachen entsprach, konnte sie es einfach nicht glauben. Sie hatte das Gefühl gehabt, Jaimes Gewicht in dem schweren Leichensack zu spüren, so als hätte sie selbst zu der Bergungsmannschaft gehört, die ihn unsicheren Schrittes den Felsen heruntergetragen hatte. Und die Gewissheit, dass er tot war, nahm ihr die Kraft.

Kathleen trat ans Fenster. Der stürmische Wind der vergangenen Nacht hatte sich noch nicht ganz gelegt, und noch immer fegten Windböen durch die Luft. Blätter waren von den Bäumen gerissen worden, und die See war aufgewühlt.

Allem haftete ein unangenehmer Geruch an, der schwer zu beschreiben war. Wie ein Kühlschrank, den man sauber machen musste. Oder alte Wäsche, die man den Sommer über im Kofferraum liegen gelassen hatte.

Als ob etwas verfault.

Kathleen fragte sich, ob *sie* den Geruch ausströmte. Sie war bestürzt und fühlte sich schrecklich allein.

Mit steifen Gliedern quälte sie sich aus dem Bett, um ins Badezimmer zu gehen.

Sie ging zur Toilette, putzte sich die Zähne, und während sie ihr vom Schlaf geschwollenes Gesicht im Spiegel betrachtete, bedrängte sie eine Vision, die Schuldgefühle bei ihr hervorrief und die immer wiederkehrte.

Sie stellte sich ihr Baby mit einem grotesk verdrehten Körper und einem missgebildeten Schädel vor. Als es weinte, hörte sich seine Stimme wie die eines Kalbes an, das von seiner Mutter weggezerrt wird, um zum Schlachten geführt zu werden. Es war eine gruselige Vorstellung, aber Kathleen empfand es genau so. Da die Gedanken regelmäßig wiederkamen, war es schwer, sie abzuschütteln.

Kathleen hatte auch noch andere Zweifel. Es waren Sorgen ganz praktischer Art. Sie fragte sich, was sie nach der Geburt ihres Babys machen und wie ihr Leben dann verlaufen würde.

Diese Menschenmenge gaffender Schaulustiger in der vergangenen Nacht! Die Menschen benahmen sich, als ob sie ihr Eigentum wäre. Das höhnische Lachen, als sich herausgestellt hatte, dass die Lichter zu einem Küstenwachboot gehörten, hallte noch in ihren Ohren. Einige hatten ihren Namen gerufen.

Wie würde sie jemals wieder ein normales Leben führen können? Sie hatte nicht um dieses Leben gebeten und nichts getan, womit sie das verdient hatte.

Sie wollte alles über diesen Abend des 23. Januar sagen! Es einfach preisgeben. *Wenn sie sich nur erinnern könnte.*

Gestern Abend waren zum ersten Mal einige Dinge in ihre Erinnerung zurückgekehrt. Sie sah sich in dem Tanzkleid. Viele Männer hatten sich am Sachuest Point um sie versammelt. Es kam ihr eher unwahrscheinlich vor, aber das war es, an was sie sich erinnerte. *Viele Männer, die sie umringten* und sie nicht gehen ließen. Und was war dann passiert?

Kathleen hörte plötzlich, dass die Kieferndielen in ihrem Schlafzimmer laut knarrten.

»Oh, liebe Mrs. Walsh.« Sie presste ihre Faust auf ihre Brust. »Sie haben mich vielleicht erschreckt. Puh! Hallo!«

Kathleen lächelte die Haushälterin an, die sie mit ernsten grünen Augen musterte. Sie sagte kein vergnügtes »Guten Morgen«. Kein einziges Wort. *Was war los mit Mrs. Walsh?*

68.

Alles war so fürchterlich. Schlimmer konnte es kaum noch werden. Jetzt war auch Mrs. Walsh gegen sie.

Kathleens Herz klopfte heftig. Sie schloss die Augen, um Mrs. Walsh nicht mehr ansehen zu müssen, denn sie wollte nicht, dass die Haushälterin bemerkte, was für einen Schrecken sie ihr eingejagt hatte.

Schnell hockte sie sich auf die Bank vor ihrem Toilettentisch, fummelte an ihren Wollsocken herum und begann mit der äußerst schwierigen Angelegenheit, ihre Füße in die Socken zu stopfen. Es war eine reine Ablenkung.

War das alles Einbildung? Oder hatte sich Mrs. Walsh ihr gegenüber in letzter Zeit wirklich seltsam benommen? War die Haushälterin gekommen, um jetzt darüber zu sprechen? Vielleicht um zu klären, was zwischen ihnen nicht in Ordnung war?

In der oberen Etage des Hauses war es seltsam ruhig. Kathleen hatte das Gefühl, als würden die Spannungen zwischen Mrs. Walsh und ihr dadurch noch verstärkt. Die Wollsocke leistete Widerstand, verhedderte sich, durchkreuzte ihre Anstrengungen und weigerte sich, *eine Socke* zu sein.

»Ich bin in einer Minute fertig. In zwei Sekunden«, sagte sie.

Warum spricht Mrs. Walsh nicht mit mir? dachte Kathleen, die zu schwitzen begann. *Mein Gott, was habe ich ihr nur getan? Mrs. Walsh war immer eine liebe Freundin gewesen. Sie ist mir gegenüber mütterlicher gewesen, als es die eigene Mutter jemals sein kann.*

Ein Flackern im Spiegel zog ihre Aufmerksamkeit auf sich.

Kathleen blickte wieder zu der älteren Frau hoch. Es dauerte eine Ewigkeit, bis sie verstand, was sie sah.

Mrs. Walsh hielt ein doppelschneidiges Messer in der rechten Hand. Es war ein ekelhaft aussehendes Filetmesser der Sorte, mit denen früher in der Küche der Beaviers Fisch geschnitten und ausgenommen worden war.

Mrs. Walshs Kehle entfuhr ein raues Räuspern, und darauf rief sie: »Im Namen des Heiligen Vaters. Ich treibe ihr den Teufel und ihr teuflisches Kind aus!«

Dann schlug sie mit Wucht auf den gewölbten Hügel von Kathleens Bauch.

Kathleen hatte es ihrem Schock und ihren guten Reflexen zu verdanken, dass sie der blitzenden, rasiermesserscharfen Klinge entkam.

Mrs. Walsh rammte die lange Klinge in den hölzernen Toilettentisch und verfehlte sie nur um wenige Zentimeter.

Während sich die wahnsinnige Haushälterin wütend abmühte, das Messer wieder herauszuziehen, sprang Kathleen zur Seite.

Sie huschte schnell ins Schlafzimmer.

»Mrs. Walsh, hören Sie auf! Ich bin es, Kathleen. Was machen Sie da?«

»Du bist kein Geschöpf Gottes! *Du bist noch nicht einmal Kathleen!*«, schrie Ida Walsh, so laut sie konnte. »Du *bist* der Teufel.«

Ihr bleiches Gesicht war verzerrt, und ihre Augen funkelten hasserfüllt. Die Muskeln ihrer Arme waren angespannt und traten hervor. Kathleen erkannte die Frau, die seit ihrer Kindheit im Hause war, kaum wieder.

»Mrs. Walsh, nein. Bitte. Ich *bin* Kathleen! Schauen Sie doch, schauen Sie, ich bin Kathleen. Ich bin es. Und mein Baby!«

Die Schreie des Mädchens hallten von den pinkfarbenen Wänden des Schlafzimmers wider.

»So helfe mir doch jemand! O Gott. Bitte, helft mir.«

Kathleen wollte zur Treppe rennen, doch sie prallte unbeholfen gegen den Türpfosten. Gerade erwischte sie noch das Treppengeländer.

Mit einem Fuß stand sie sicher auf der oberen Stufe, als sie einen gewaltigen Stoß im Rücken spürte. Dann folgte das schreckliche, entsetzliche Gefühl der Schwerelosigkeit.

Ihre Stimme, die sie kaum wiedererkannte, überschlug sich, als sie einen lang gezogenen Schrei ausstieß. Sie schrie und schrie.

Hilflos streckte sie ihre Hand nach dem Treppengeländer aus, aber das Gewicht ihres Körpers, der zu Boden gezogen wurde, war zu schwer für ihren schwachen Griff. Sie hing mit ihrem Arm so unglücklich am Geländer, dass sie es loslassen musste.

O Gott, nein. Das Baby.

Da sie sich nicht halten konnte, stürzte sie und schlug mit der Schulter gegen das harte Holz. Dann zog die Schwerkraft sie nach unten. Der Schmerz in ihrem Arm war unerträglich.

Die steile Treppe kam ihr wie eine mit Geröll überschüttete Rutsche vor. Kathleen rollte erbarmungslos abwärts. Sie schlug gegen jede Stufe und spürte deutlich jeden Aufprall. Stechende Schmerzen zuckten durch ihre Ellbogen und ihre Schienbeine.

Sie bekam kaum noch Luft, als sie einen kräftigen Schlag in den Bauch erhielt. Angst um ihr Baby kroch in ihr hoch.

Lieber Gott! Oh bitte, lass es nicht so enden.

Die Schmerzen, die der Aufprall verursacht hatte, strahlten zu ihrem rechten Ohr aus.

Kathleen wusste genau, was hier vor sich ging. Sie durfte die Besinnung nicht verlieren. Der Boden erhob sich und schlug mit Wucht gegen ihre geschwollenen Brüste, doch sie kümmerte sich nicht darum. Mrs. Walsh durfte sie auf keinen Fall wieder zu fassen kriegen. Sie schaffte es mühsam, sich zu erheben und hinzuknien.

Kathleen wusste es, ohne hinzusehen.

Ida Walsh atmete schwer, als sie die Treppe hinunterstolperte und im nächsten Moment hinter ihr stand. Sie hielt das mörderische Messer noch in der Hand.

»Satan!«, kreischte sie. »Er ist in dir! Es ist der Satan. Du kannst es nicht länger leugnen.«

69.

Zwischen den kleinen hügeligen Dünen, die sich hinter dem Sun Cottage am Strand entlang zogen, hatte ich mir ein gemütliches, windgeschütztes Plätzchen gesucht.

Ich lag auf dem Rücken auf einer bunt karierten Wolldecke und spürte die milden Strahlen der Spätsommersonne auf meinem Gesicht.

Entspannt atmete ich die saubere, klare Oktoberluft ein, die über das Gras und das dunkelblaue Wasser wehte, und hörte dem fernen Schrei einer Möwe zu.

Herrlich, einfach herrlich.

Dieser eigenartige klagende Schrei, den die lachenden Möwen ausstießen.

Ich empfand diesen Moment als ungetrübt und staunte, wie perfekt die Natur sein konnte. Dann dachte ich an Justin, und von diesen Gedanken wurde mir ganz warm ums Herz.

Ich hatte nicht die geringste Ahnung, wohin »wir beide« steuerten – wenn überhaupt irgendwohin –, aber ich spürte, dass wir diesmal den richtigen Weg einschlugen. Es war nicht zu leugnen, dass ich ihn immer unwiderstehlicher fand, je öfter ich ihn sah. *Was er wohl denkt,* fragte ich mich. Ist er in mich verliebt? Stellt Justin sein Priestergelübde infrage? Oder ist es unser Schicksal, für immer getrennt zu bleiben?

Glücklich genoss ich den Luxus, mich einen Augenblick meinem Wohlgefühl hinzugeben, in meinen Kleidern sonnenzubaden und mich von der Meeresbrise erfrischen zu lassen. Es war noch sehr früh, aber ich wollte gleich in die Stadt fahren, denn ich hatte mich mit zwei von Jaime Jordans besten Freunden verabredet.

Ich lauschte wieder dem fernen Schrei einer Seemöwe und vernahm das Tuten eines Schiffshorns.

Aber mit dieser Möwe stimmte etwas nicht. Schlagartig wurde es mir klar. Ich sprang sofort auf.

Plötzlich war ich nervös und ängstlich und schaute mich um.

Der Schrei ertönte wieder.

Ein durchdringender Schrei, der vom Sun Cottage zu kommen schien. Er wurde immer lauter und verstummte dann abrupt.

Ein kühler Wind löschte in einem meilenweiten Umkreis alle Wärme aus.

Diesen Schrei hatte kein Vogel ausgestoßen.

Es war Kathleen!

Und dann sah ich sie. Sie kletterte aus einem Seitenfenster auf das Dach des Sun Cottage.

70.

Kathleen rannte barfuß weiter. Sie hatte überall blaue Flecke und blutete aus Verletzungen von ihrem Sturz. Von Panik erfasst, stieß sie das klappernde Schlafzimmerfenster im ersten Stock weit auf. Sie hatte keine Zeit, darüber nachzudenken. Ida Walsh war ihr dicht auf den Fersen, mit einem seltsamen Funkeln in den Augen – und mit einem Messer. Es war eine unheimliche, grausame Situation. Die Haushälterin war verrückt geworden.

Kathleen stieg unbeholfen auf das steile Dach über dem großen Esszimmer.

»Du bist kein Geschöpf Gottes!«, hörte sie Mrs. Walsh hinter sich rufen. »Du bist der Teufel! Ich durchschaue dein falsches Spiel. Deine Verkleidung!«

»Gehen Sie weg!«, schrie Kathleen. »Lassen Sie mich in Ruhe. Ich *bin* Kathleen. Mrs. Walsh, bitte, ich bin es!«

Sie baumelte zwei Stockwerke über der mit Steinplatten ausgelegten Terrasse, die im Rhythmus ihres Herzens zu beben schien. Dann setzte sie ihre nackten Füße vorsichtig auf die kalten Dachschindeln.

»Hilfe! So hilf mir doch jemand«, rief sie in den schneidenden, kalten Wind.

Ihre Stimme stieg wie Rauch aus einem Schornstein vom Dach in die Luft. Niemand schien sie zu hören. Wo waren die anderen alle?

Als sie Geräusche hinter sich hörte, wandte sie den Kopf und sah, dass Ida Walsh sich durch das Schlafzimmerfenster gezwängt hatte und nun über das steile, schräge Dach krabbelte und versuchte, Kathleen zu ergreifen. Ihre Arme, Beine und Hände schienen übermäßig kräftig und stark zu sein.

»Du bist nicht Kathleen!«, brüllte sie. Ihre Stimme klang fast wie die eines Mannes. Zwei Arbeiter, die unten standen, starrten erschreckt und ungläubig aufs Dach.

»Helfen Sie mir bitte!«, schrie Kathleen ihnen zu. »Sie ist verrückt. Sie hat ein Messer!«

Kathleens einziger Gedanke war, *dass sie das Kind beschützen musste. Das Kind beschützen.* Nichts zählte, außer dem Kind.

Nicht Satans Kind. Mein Baby!

Sie starrte die Frau an, die sie einst geliebt hatte. Diese Frau hatte ihr Haar geflochten, mit ihr gebetet und sie in den Schlaf gesungen. Wo war diese liebe Frau geblieben?

»Du bist nicht Kathleen! Ich kenne Kathleen! Ich habe Kathleen geliebt!«

Mrs. Walsh kroch langsam über die Dachziegel, während Kathleen, verletzt und unbeholfen, versuchte, ihr zu entkommen.

Ida Walshs Augen waren weit aufgerissen, ausdruckslos und strahlten unwirklich. Dicke Strähnen ihres weißen Haares flatterten im Wind.

Endlich sah Kathleen Anne, die aufs Haus zurannte, schrie und wild mit den Armen fuchtelte.

»Hier bin ich, Anne. Bitte, hilf mir«, rief sie vom Rand des Daches herunter. Sie hätte nun ganz leicht fallen können. Sie war nahe davor.

Aus dem Augenwinkel sah sie ihre Mutter, die sich aus einem anderen Fenster lehnte. Mrs. Beavier traute ihren Augen nicht und versuchte nun auch, hinauszugelangen. Die arme Carolyn. Häufig besorgt, aber niemals eine wahre Hilfe. Sie würden alle zu spät kommen. Es gab kein Entrinnen vor Mrs. Walsh und ihrem Messer.

Kathleen wagte sich so weit hinaus, wie sie konnte, und zwar bis zu der Stelle, wo das Dach in einem Hundertachtzig-Grad-Winkel um die Hausecke bog. Sie konnte keinen weiteren Schritt mehr machen, ohne zu fallen. Ziegel rutschten und klapperten unter ihren Füßen.

Plötzlich schrie sie die Haushälterin an. »Ich befehle Ihnen, stehen zu bleiben! Ich befehle es Ihnen!«

Ida Walsh streckte ihren nackten weißen Arm nach Kathleen aus. Ihre Hand kratzte übers Dach. Die Augen der Frau waren hasserfüllt auf sie gerichtet. Das Messer blitzte im Sonnenlicht.

»Ich kenne die Wahrheit über dich. Ich kenne dein schmutziges Geheimnis!«

Unter dem Dach lief eine Gestalt in die Einfahrt. Kathleen hatte Angst, ihren Blick von Mrs. Walsh und dem Messer abzuwenden. Sie glaubte, Anne aus dem Augenwinkel dort unten zu erkennen. Aber wie konnte sie ihr helfen? Wie konnte ihr überhaupt jemand helfen?

Ein lauter Knall ertönte, der sich dröhnend vom Sun Cottage entfernte.

Kathleen riss ungläubig und entsetzt den Mund auf.

Blut strömte aus Ida Walshs Hals. Die Frau stöhnte. Ihr

Gesicht war vor Hass erstarrt. Ihr Körper fiel wie ein schwerer Stein vom Dach. Der Leichnam der Frau prallte auf der Betonterrasse auf und blieb dann reglos liegen.

Abgesehen von dem fernen Bersten und Tosen des Meeres war es still.

Kathleens Blick fiel auf die Stelle, an der Anne stand. Sie hatte ihre Beine wie ein Schütze gespreizt und hielt eine Pistole in der Hand.

Anne hatte ihr Leben und das ihres Babys gerettet.

71.

Ich wollte nicht, dass der Schock mich übermannte; das konnte ich nicht zulassen. Endlich begriff ich, warum ich im Sun Cottage war. Mir drängte sich der Vergleich mit einem Soldaten auf. Auch dieser musste, wenn er in einem Krieg kämpfte, schließlich begreifen, dass das Töten einfach unumgänglich war.

In diesem Augenblick erinnerte ich mich daran, dass John Rooney mich gefragt hatte, ob ich einen Waffenschein habe. Damals dachte ich, er mache einen Scherz. Jetzt wusste ich es besser. Das war kein Scherz. Ich war nicht nur hier, um im Fall Kathleen Beavier zu ermitteln, sondern ich war hier, um sie zu beschützen.

Es wurde schwerer und schwerer, an etwas zu glauben. An Kathleen? An Colleen? An das Gute? An das Böse? Das, was sich heute Morgen zugetragen hatte, war tatsächlich geschehen. Ich hatte geschossen und jemanden getötet, eine zweiundsechzig Jahre alte Frau namens Ida Walsh. Es war entsetzlich und widerlich. Es war der Geist des Bösen.

Und jetzt verstand ich auch das Böse auf eine ganz neue Weise.

Kathleen und ich saßen eng aneinander geschmiegt im Wintergarten und starrten mit leeren Blicken auf das unruhige Meer.

Ich wiegte eine noch immer weinende Kathleen in meinen Armen, als ich das Telefon unten läuten hörte. Wer war das? Die Newporter Polizei war schon hier gewesen, um mich zu vernehmen. Sanitäter hatten Mrs. Walshs Leichnam weggebracht.

Ich habe sie getötet. Der ganze Vorfall war mir unbegreiflich.

Kurz vor ein Uhr berief Pater Rosetti ein weiteres seiner berühmten Treffen ein. Die Familie Beavier, Justin und ich versammelten uns in der Bibliothek, wo Rosetti enthüllte, dass er soeben Anweisungen aus Rom erhalten habe. Der Tod von Mrs. Walsh hatte den Vatikan offensichtlich elektrisiert. Oder sollten wir noch etwas anderes erfahren, was uns noch nicht mitgeteilt worden war?

Kathleen sollte Newport mit wenigen Begleitpersonen sofort verlassen. Sun Cottage war nicht mehr sicher genug, was für mich kaum etwas Neues war. Gab es für sie denn überhaupt irgendwo Sicherheit?

Um ein Uhr dreißig hielten drei schwarze Lincoln-Limousinen vor der mächtigen Toreinfahrt des Sun Cottage. Als das vordere Tor geöffnet wurde, stürmte eine Horde schreiender Journalisten zu Fuß auf den langen Zufahrtsweg.

Auf ein Zeichen hin wurden sieben von uns aus dem Haus zu den drei wartenden Autos geführt.

Fenster wurden geschlossen, Türen verriegelt, Sitzgurte angelegt, und dann sauste unsere kleine Kolonne zum Tor und verließ, von den durchdringenden Sirenen der Polizeieskorte begleitet, den Landsitz. Wir rasten unmittelbar an den überraschten Reportern vorbei.

Der ohrenbetäubende Lärm und die hohe Geschwindigkeit passten ausgezeichnet zu meiner Stimmung.

Wir steuerten die Route 140 an, und kurz darauf fuhren wir mehr als achtzig Meilen pro Stunde. Ich drehte mich um.

Mit verzweifelten Reportern voll gestopfte Transporter waren nur noch wenige Autolängen von unserer Stoßstange entfernt.

Ich klammerte mich an die Armlehne und hoffte, dass Kathleen in einem der anderen Wagen in Sicherheit war. Meine Angst galt ihr. Die Erschütterungen und Straßenkurven hätten die Wehen einleiten können. Oder das Lenkrad hätte dem Fahrer aus der Hand rutschen können, so dass der Wagen an einen Baum oder eine Steinwand raste.

Vor uns lag eine Kreuzung, an der sich vier Straßen gabelten. Bei unserer Geschwindigkeit sah das gefährlich aus. Die drei Fahrer, die ständig in Funkverbindung standen, wussten, was sie zu tun hatten. Das hoffte ich zumindest.

Ein Wagen schlug die westliche und ein anderer die östliche Richtung ein.

Der dritte Wagen, unser Wagen, steuerte auf den internationalen Logan Airport von Boston zu.

Während der Fahrt lehnte ich mich auf meinem Sitz zurück und schloss die Augen. Im Geiste sah ich immer wieder vor mir, wie Mrs. Walsh vom Dach des zweiten Stockes fiel.

»Kathleen, Kathleen«, schrien die Reporter, die unseren Wagen am Logan Airport bestürmten und an den Bordstein drängten.

Ich stieg aus dem Wagen und schlug das schwarze Kopftuch, das meinen Kopf bedeckte, zurück. Dann warf ich das

Kissen, das ich unter mein Kleid gestopft hatte, auf den Rücksitz.

»Nein, das bin ich leider nicht. Ich bin nicht Kathleen Beavier«, sagte ich, wobei ich mir ein Lächeln nicht verkneifen konnte.

Die enttäuschten Presseleute brüllten vor Wut über diese List. Der Trick mit der Verkleidung, der sie von Kathleens Spur abbringen sollte, hatte funktioniert. Sie hatten keine Ahnung, dass Kathleen auf einem anderen Flughafen ein anderes Flugzeug bestieg.

Justin und ich reisten wieder zusammen. Ich fragte mich, warum. Aber dann gab ich mich dem Schlaf hin, den ich bitter nötig hatte. Um zehn Uhr fünfundvierzig erreichten wir den Flughafen Orly in Paris.

Kaum hatten wir Boden unter den Füßen, bemerkte ich auf den Fernsehgeräten über unseren Köpfen im Terminal flüchtig ein Bild von Kathleen.

Ich blieb stehen, um mir den CNN-Bericht anzuschauen.

Auf dem Bildschirm wurden in schneller Folge Bilder von Kindern mit starken Schmerzen und hohem Fieber gezeigt, die in hellen Scharen ins Broussair-Universitätskrankenhaus in Paris strömten. Es war wieder Kinderlähmung. Die Epidemie hatte den Atlantischen Ozean überquert und sich auf Westeuropa gestürzt.

Ich fühlte mich schwach und musste mich hinsetzen. Immer wieder erinnerte ich mich an das, was ich im Cedars-Sinai Medical Center in L.A. gesehen hatte.

Kinder starben. Es gab keine logische Erklärung dafür. Aber es geschah. Und es schien auf mysteriöse Weise mit Kathleen oder dem Kind, das sie unter ihrem Herzen trug, zusammenzuhängen.

72.

Colleen Galaher erwachte mit einer Depression oder irgendeiner anderen psychischen Krankheit, die sie sich nicht erklären konnte. Es wurde von Tag zu Tag und von Stunde zu Stunde schlimmer, viel schlimmer, als sie es sich je hätte vorstellen können.

Sie wollte zur Beichte gehen, um ihre Seele rein zu waschen. Sie brauchte die Absolution. *Jetzt.*

Einen Segen. *Jetzt.*

Sie wollte es für das Kind tun, das in ihrem Leib heranwuchs. Sie wollte es tun, um Gott zu ehren und um zu zeigen, dass ihre Liebe und ihre Hingabe unerschütterlich waren.

»Ich möchte in die Kirche gehen. Ich möchte beten. Bitte.« Sie trug Schwester Katherine ihre Bitte auf eine so schlichte und doch nachdrückliche Weise vor, dass die Nonne nicht ablehnen konnte.

An diesem Vormittag schimmerten die Hügel, die das irische Dorf Maam Cross umringten, durch einen zarten, nebeligen Regenschleier. Auf einem von einer Steinmauer eingefassten Pfad, der sich die Hügel hinunterschlängelte, gingen die Jungfrau und die Nonne in ihrer schwarzen Tracht. Ihre Köpfe wippten vor einem Meer von üppigem Grün hin und her. Gottes Land.

Nach etwa dreißig Minuten erreichten sie die öde, holprige Straßenkreuzung am Dorfeingang. Dort standen fünf irische Urtypen, derbe Produkte des beschwerlichen Lebens in dieser Gegend, die auf den städtischen Milchwagen aus Costelloe warteten.

In die Männer kam Leben, als die beiden Frauen sich näherten.

»Ist der Vater einer von uns, Colleen?«, fragte einer der Dorfbewohner mit seiner grausamen, seltsamen Vogelstimme.

»Willst du uns nicht das wenigstens sagen, Kleines? Wer ist der Vater von dem Kind?«, fragte der Mann mit dem faltigen Gesicht, der einen zerknitterten Hut trug.

»Ich sag, die gehört doch ins Abbey-Theater, wie die hier schauspielert.«

»Ich sag, sie ist der Antigott!«, schrie ein riesiger, unangenehmer Typ mit einer Stimme wie ein Megafon. »Antigott, sag ich!«

Als sich Colleen und Mutter Oberin Katherine Dominica auf der Straße mit dem Kopfsteinpflaster ein paar Schritte entfernt hatten, schlug vor ihren Füßen ein sehr schwerer Stein auf der Erde auf und wirbelte eine Menge Dreck auf. Der Stein hätte jede von ihnen leicht niederstrecken können.

»Wir wollten niemanden verletzen«, rief einer der Männer lachend. »Stöcke und Steine werden dich nicht verletzen.«

»Du kleine Hure!«, schrie ein anderer. »Colleen, du Flittchen!«

Colleen drehte sich ungestüm um und schaute den Männern ins Gesicht. Sie warf ihnen einen bösen, vernichtenden Blick zu, wobei sie ihre Hände schützend über ihren Bauch legte.

»Ihr alten Feiglinge«, rief sie. »Schurken und Banditen. Ich bin eine Jungfrau! Das bin ich! Ich bin ein anständiges Mädchen. Schon immer gewesen.«

Die irischen Männer lachten noch immer laut, bis einer, dann zwei und dann alle ihren Blick gen Himmel richteten.

So weit das Auge reichte, waren große schwarze Vögel zu

sehen, die sich wie eine riesige, dunkle Wolke zusammenballten. So etwas hatten sie noch nie erlebt.

Grabesstille legte sich über die Gruppe der irischen Männer.

73.

Von einer Minute auf die andere war der geheimnisvolle Vogelschwarm wieder verschwunden, und Colleen setzte ihren Weg in die Stadt ohne weitere Zwischenfälle fort. Sie fühlte sich jedoch besser. Jetzt fühlte sie sich beschützt.

Die St.-Josephs-Kirche war ein ehrwürdiges steinernes Gebäude, das von einer hübschen Mauer umgeben war. Sie lag in der Mitte des Dorfes, und ihre Schönheit stand in starkem Kontrast zu den anderen, meist verfallenen Gebäuden.

Colleen tauchte ihre Fingerspitzen in das Weihwasserbecken am Eingang und bekreuzigte sich. Ungeduldig brannte sie darauf, die Worte der Heiligen Schrift und die Kirchenlieder zu hören, um mit Gott in Kontakt zu treten. Sie hoffte, dass die Predigt sie stärken, sie weiterbringen würde. Dieser Gedanke gab ihr Kraft.

In dem Moment wurden die Kirchentüren geöffnet, und Pater Flannery, der junge Priester des Dorfes, erschien im wuchtigen steinernen Torbogen. Er war erst ein paar Monate im Pfarrbezirk. Der Priester starrte Colleen lange an, und auch sie starrte ihn an. Sein schwarzes, frisch gewaschenes Haar war ordentlich zur linken Seite gekämmt. Colleen zitterte. Er war der hübscheste Mann, den sie je gesehen hatte.

Aber der Priester, der aus Amerika gekommen war, Pater Justin O'Carroll, übertraf ihn noch. Wo ist Pater O'Carroll jetzt? fragte sie sich. Wo war Hilfe, wenn sie sie dringend brauchte? Warum hatte man sie in diesem armen, rückständigen Dorf allein zurückgelassen? Gott musste einen guten Grund dafür haben.

»Colleen Galaher, ich möchte ein paar Worte mit dir sprechen«, sagte der Priester in zärtlichem Ton. »Bitte, komm mit ins Pfarrhaus. Es ist wichtig, dass ich mit dir rede.«

Er drehte sich um, verabschiedete die Nonne mit einem Nicken, bat das Mädchen ins Pfarrhaus und schloss die wuchtige Holztür hinter sich.

»Um was geht es, Pater? Haben Sie eine Nachricht aus Rom erhalten? Ist eine Entscheidung getroffen worden?«

Colleens Herz schlug schneller, als sie den muffigen, düsteren Raum betrat. Sie hob den Blick zum Priester und wartete ängstlich auf seine Unterweisung. Ihre Liebe zu Gott erfüllte sie. In diesem Augenblick, da sie auf das Wort Gottes wartete, war sie sehr verletzbar.

Der Priester streckte seine schmale Hand aus und strich mit seinen langen Fingern über ihre Wange. *Seine Berührung brannte auf ihrer Haut.*

»Du hast nichts Unrechtes getan, mein Kind. Du bist jetzt eine wunderschöne Frau. Das ist nichts Unrechtes.«

Pater Flannery streckte beide Hände aus und legte sie auf ihre Brust.

Colleen keuchte und wich hastig zurück. Sie stolperte dabei über ein Betkissen und fiel fast hin.

»Nein«, flüsterte sie. »Gehen Sie weg! Gehen Sie weg! Sie sind Priester. Ich bin schwanger.«

»Aber ich liebe dich«, sagte Pater Flannery, der schneller war als die unbeholfene, schwangere Colleen. Noch einmal streckte er seine Hände aus, zog sie an sich und drückte seine Lippen auf ihren Mund. Wieder brannte ihre Haut unter seiner Berührung, als seien seine Lippen glühende Eisen.

»Neiiiiin!«

Sie starrte ihn an. Sie starrte ihn nur an. Der Priester hielt jäh inne, und dann fing er an zu stöhnen und zu winseln.

Colleen befreite sich aus seiner Umklammerung, drehte sich um und stürzte durch die schmale Türöffnung hinaus auf den staubigen Dorfplatz.

Wieder drangen böse Rufe an ihr Ohr. Die Spötteleien prasselten wie Hagelkörner auf sie nieder. Ungefähr ein halbes Dutzend Dorfbewohner hatte sich schon draußen versammelt. Die Nachricht, dass sie im Ort war, hatte sich herumgesprochen.

»Sie hat kein Recht, in die Kirche zu gehen!«, rief eine Frau. Sofort fielen alle in das Geschrei ein. »Nicht in unsere Kirche! Nicht in unsere Kirche!«

Ein kleiner Junge hob einen Stein von der Erde auf und warf ihn auf sie.

Colleen versuchte wegzulaufen, aber sie konnte es nicht. Es war zu gefährlich, und sie würde niemals riskieren, das Baby zu verletzen. Dennoch stolperte sie weiter und taumelte durch die gewundenen Gassen.

Es war so unfair, so ungerecht. Sie fragte sich, ob Maria von Nazareth die gleichen Beleidigungen und Grausamkeiten hatte erleiden müssen. Und Colleen war sicher, dass es so war. Sogar Joseph, Marias Verlobter, hatte ihr zuerst nicht geglaubt.

»Es ist so, wie ich sage«, schluchzte sie. »Ich bin eine Jungfrau mit Kind.«

Und auf dem Heimweg kreisten die Vögel wieder am Himmel – und beschützten sie.

74.

Ich ließ mich in den tiefen ledernen Rücksitz der von einem Chauffeur gesteuerten Limousine fallen. Meine Anspannung war so groß, dass ich das Gefühl hatte, eine Faust würde sich in meinen Rücken graben. Und meine Kopfschmerzen, die mich schon den ganzen Tag quälten, pochten wütend hinter meinen Schläfen.

Unzählige Katastrophen ereigneten sich. Die Polioepidemie war nur eine weitere Tragödie, die mit den nahe bevorstehenden jungfräulichen Geburten zusammenzuhängen schien. Ich fragte mich, wie das alles zusammenpasste, wenn es denn tatsächlich der Fall sein sollte.

Dann dachte ich wieder an Colleen Galaher, die in dieser Bruchbude, die sie ihr Zuhause nannte, wartete. Kathleen – wo auch immer sie mit Pater Rosetti war – zählte ebenfalls die Stunden. Was würde nach den Geburten geschehen?

Als unser Wagen durch die dunkle, stille Landschaft zum Dorf Chantilly raste, sah ich noch einmal im Geiste vor mir, wie der Körper von Ida Walsh in die Tiefe stürzte. Ich hatte ihre letzten Schreie weiterhin im Ohr. Noch nie in meinem Leben hatte ich jemanden getötet, und ich hätte nie vermutet, dass es jemals so weit kommen würde, noch nicht einmal, als ich bei der Bostoner Polizei arbeitete.

Es ließ mich nicht los, das Bild ihres leblosen Körpers auf dem Hof von Sun Cottage. Dann dachte ich über Pater Rosettis Erklärung nach. »Der Teufel«, hatte er zu mir gesagt, »fühlt sich unwiderstehlich zu Kathleen hingezogen. Ich weiß nicht, warum das so ist. Noch nicht. *Satanas Luciferi excelsi.*«

Was meinte er damit, dass »der Teufel gelobpreist« werde?

Wieso? Wann? Woher wusste er das? Der Vatikan war bekannt für seine Verschwiegenheit, und Rosetti war offensichtlich ein geschickter Praktiker dieser Kunst. Welche Geheimnisse kannte er?

Ich wandte meinen Blick von dem aschgrauen Highway ab, der mich hypnotisierte. Dickes Glas trennte Justin und mich vom Fahrer, einem schweigsamen Mann mit Stiernacken und der traditionellen schwarzen Schirmmütze. Wer war *dieser* Mann? Konnten wir ihm vertrauen? Es lag nahe, nun alles argwöhnisch zu betrachten. Wenn Mrs. Walsh plötzlich verrückt werden konnte, dann konnte es jedem passieren ... selbst Justin oder mir.

Satanas Luciferi excelsi.

»Ich weiß, was heute passiert ist«, sagte Justin, der aus seiner Träumerei erwachte. »Ich habe jedoch das Gefühl, als wäre alles nur ein Traum. Es kann nicht geschehen sein, aber *ich habe es mit eigenen Augen gesehen.*«

»Ja«, sagte ich. »Es ist alles sehr bizarr. Fünfzig Mal am Tag habe ich den gleichen Gedanken. Ständig. Ich wurde eingeschaltet, um als bezahlte Skeptikerin einen möglichen Betrug oder einen Schabernack aufzudecken, aber ich stelle fest, dass ich nicht mehr weiterweiß. Ich kann nicht abstreiten, was ich mit eigenen Augen gesehen und mit meinen Händen getan habe.«

Justin strich sich mit der Hand über die Bartstoppeln an seinem Kinn. Seit gestern hatte er sich nicht rasiert, was mir irgendwie gefiel. Er hatte dunkle Ränder unter den Augen, und ich war sicher, das ich nicht besser aussah. Ich konnte mir niemanden vorstellen, mit dem ich jetzt lieber zusammen gewesen wäre. Wir hatten schlimme Zeiten durchgemacht und waren uns in kürzester Zeit sehr nahe gekommen.

»Das, was passiert ist, erinnert mich an meine Kindheit in

Cork. Keiner der *Erwachsenen* wollte je unsere Fragen beantworten. Was immer wir auch fragten, wir wurden immer im Ungewissen gelassen.«

Ich nickte zustimmend. »Kinder erleben das Leben oft als Zauberei – aber auch wie eine Drohung.«

»Leben ist beides«, sagte Justin.

Ich nahm seine Hand und hielt sie fest, bis wir ankamen.

Und ich dachte – *die Hand eines Priesters.*

75.

Ich schreckte aus dem Schlaf hoch und fragte mich, wo ich war, und dann erinnerte ich mich, dass wir wieder in einer Limousine der Beaviers saßen. Es war dunkel draußen. Der Nebel hatte sich verdichtet und hüllte die Welt hinter den Scheinwerfern in Finsternis, als wir durch die ländliche Gegend Frankreichs rasten. Was machten wir hier? Was war passiert?

Wir fuhren sehr schnell, zu schnell, und ich grub meine Fingernägel in Justins Arm. Er schaute teilnahmslos aus dem Fenster, als wäre er mit seinen Gedanken sehr weit weg. Ich nahm mir einen Moment Zeit, um sein Gesicht zu studieren, und wieder überschwemmte mich eine Woge der Zärtlichkeit. Welche Rolle spielten wir beide in dieser rätselhaften Geschichte? Das fragte ich mich immer wieder.

Wir wurden in ein Haus gebracht, in dem wir in Sicherheit waren. Dieser Ort war ursprünglich für Kathleens Entbindung gewählt worden. Es war ein Landgut, das Henri Beavier gehörte, Charles' jüngerem Bruder, der dort mit seiner Frau und seinen Kindern lebte. Wir sollten auf die Anweisungen von Pater Rosetti warten, sobald wir dort waren. Es war offensichtlich, dass Rosetti und der Vatikan jetzt die Verantwortung übernahmen.

Der Wagen verlangsamte das Tempo, als wir uns einer hohen, dunklen Hecke näherten, und hielt dann genau vor dem schwarzen Eisentor an, das langsam aus dem Nebel auftauchte. Ich war erleichtert, dass wir endlich das Ziel erreicht hatten, aber sogar dieser kurze Moment der Freude wurde von Angst überschattet. Die große Villa wirkte zu dieser Stunde bedrohlich.

Als die automatischen Tore geöffnet wurden, tauchte ein weißer Transporter mit quietschenden Bremsen aus dem Nebel auf. Dann erklang das schleifende, metallische Geräusch von Schiebetüren.

Ich sah stahlblaue Buchstaben auf der Längsseite des Transporters: GDZ-TV.

Man hatte uns aufgelauert, und das empörte mich.

Pressefotografen mit kleinen Rucksäcken auf dem Rücken sprangen hastig aus dem Transporter. Im gleichen Augenblick stürmte aus dem Dickicht schattiger Nadelbäume ein Knäuel wartender Reporter auf uns zu.

»Sie sind hier! Sie sind hier«, rief jemand auf Französisch.

Der Karosserie unseres Wagens wurde ein lauter, dumpfer Schlag versetzt.

Jemand drückte sein verzerrtes Gesicht mit einem zotteligen Bart gegen das Fenster auf meiner Seite. Ein anderer starrte ins hintere Fenster.

»*Warum* sind Sie nach Frankreich gekommen? Nein, nein, Sie sind ja gar nicht Kathleen! Wo ist Kathleen Beavier?«

Scheinwerfer und die Außenbeleuchtung auf dem Hof hinter den Toren leuchteten auf. In diesem großen Tumult ertönte eine heulende Polizeisirene.

Unser Fahrer drückte das Gaspedal durch, und der Wagen machte einen Satz. Ein Reporter, der sich an die Motorhaube geklammert hatte, wurde in die Büsche geschleudert.

Ich schaute umher und suchte nach dem unbekannten Feind. Mein Blick fiel auf einen Mann, der ruhig in der Dunkelheit stand. Er hatte langes schwarzes Haar und trug eine Metallgestellbrille sowie einen khakifarbenen Mantel, der im Licht der Scheinwerfer hell leuchtete.

Ich sah, dass er eine Zigarette auf die Straße schnippte. Sie beschrieb einen langen, anmutigen Bogen. Seine ruhige, berechnende Miene schrie zum Himmel. Der unverschämte Blick, den er uns zuwarf, bereitete mir Unbehagen.

Wer war dieser Mann? Warum beobachtete er das Landhaus? Seine Anwesenheit gefiel mir ganz und gar nicht. Mein Gefühl sagte mir, dass er dort eigentlich nichts zu suchen hatte. Auch die Reporter sollten nicht hier sein. Wer hatte die Informationen durchsickern lassen?

Eine Minute später stand unser Wagen vor der Eingangstür der Villa, und wir wurden in aller Eile ins Haus gebracht.

Fremde nahmen uns unsere Mäntel ab und führten uns in eine riesige Landhausküche, in der es herrlich duftete. Dort trafen wir auf Charles und Carolyn Beavier, die vor uns angekommen waren. Wir umarmten uns wie Freunde, die sich lange nicht gesehen hatten; wir gaben uns gegenseitig Kraft. Wir waren wie eine Familie.

Meine ständige Angst machte mich verrückt. Ich wünschte mir verzweifelt Sicherheit, Wärme und Normalität. Ein solcher Wunsch war in dieser Situation unrealistisch, aber dennoch verständlich. Doch ich vergaß die Dunkelheit und den Nebel. Ich vergaß die Bedrohung dort draußen.

Meine Gedanken drehten sich nur noch um Kathleen und Colleen und ihre Babys.

76.

Pater Rosetti beugte sich tief zu Kathleen herunter. »Hör mir zu, Kathleen. Hörst du mir zu? Du *musst* mir jetzt ganz genau zuhören. Nichts in deinem Leben hat dich auf diese Situation vorbereitet. Auch mich hat nichts in meinem Leben auf diese Situation vorbereitet.«

»Das ist ein Trost«, war alles, was Kathleen erwiderte.

»Nun«, sagte Pater Rosetti mit einem verhaltenen Lächeln, »obwohl dein Verhalten sicherlich nachvollziehbar ist, ist es für mich kein großer Trost.«

»Es tut mir Leid«, sagte Kathleen schließlich. »Ich weiß nicht, wo wir sind, oder warum wir hier sind. Ich bin vollkommen verwirrt.«

»Das ist verständlich. Wir sind dort, wo man uns am wenigsten vermutet und wo dich hoffentlich niemand suchen wird. Wir sind zusammen hier, weil es sehr wichtig ist, dass ich ein wenig Zeit mit dir verbringe.«

»Weil Sie mich beobachten und auf die Probe stellen wollen?«

»Ja, so in etwa. Ich will dir sagen, dass wir auf dem Weg nach Rom sind.«

Kathleen und Pater Rosetti saßen im Zweite-Klasse-Abteil eines Zuges, auf dem Weg von Frankreich nach Italien. Wenn seine Rechnung aufging, hatte niemand davon erfahren. Es war ein Zug der französischen Eisenbahngesellschaft SNCF. Als der Zug in einen düsteren Tunnel einfuhr, flackerte das Oberlicht kurz auf und erlosch gleich darauf.

Die Dunkelheit hinderte Rosetti nicht daran, weiterzusprechen. Er schien sie noch nicht einmal zur Kenntnis zu nehmen, und Kathleen fragte sich, ob er wohl in der Dunkelheit sehen konnte. Sie wusste, dass er versuchte, einen wichtigen Punkt mit ihr zu besprechen. Doch sie war so müde und hatte so große Angst.

Kathleen bereitete ihr Heimweh großen Kummer. Sie war von zu Hause fort und gleichzeitig heimatlos. Wo lebte sie jetzt? Wohin gehörte sie? Und was war mit dem Baby?

»Kathleen, bitte erlaube mir, dir eine Sache zu erklären«, sagte Rosetti. »Es ist etwas, was ich glaube und was die Kirche in Rom glaubt. Und ich möchte, dass du versuchst, es auch zu glauben.«

»Was ist es, Pater? Ich bin so müde«, sagte Kathleen matt. Sie musste ihm ihre volle Aufmerksamkeit schenken, weil es aufgrund seines Akzentes schwierig war, alle Wörter zu verstehen.

»Ich glaube, dass das Böse eine starke, spürbare Macht auf Erden ist. Das Böse ist so real wie du und ich. Auch heute gibt es den Teufel noch. Der Teufel ist ein glänzender Imitator, Kathleen. Ein Meister perverser Nachäffung. Es kann so aussehen, als wäre er nirgends, aber er ist *überall!*

Diejenigen, die die Existenz des Bösen leugnen – angeblich auf verstandesmäßiger Ebene –, leugnen, was sie in der Welt sehen, was sie über die Welt hören und was sie fast jeden Tag ihres Lebens denken und fühlen. Sie bestreiten, was sie in Zeitungen lesen. Glaube mir, Kathleen, das Böse ist auch in diesem Augenblick überall in unserer Nähe. Ich weiß, dass es wahr ist.«

»Sie machen mir wirklich große Angst«, sagte sie, »und ich habe schon so große Angst. Ich kann es wirklich nicht mehr ertragen. Ich kann Ihnen nicht länger zuhören.«

»Ja, ich verstehe.« Er nickte. »Aber nicht aus den richtigen Gründen, Kathleen. Du musst den Teufel fürchten und nicht ein wenig harmlose Dunkelheit oder die *Worte,* die ich sage.«

Die Deckenlichter gingen mit einem Jaulen an, als sie wieder mit Strom versorgt wurden. Kathleen starrte in die dunklen Augen des Priesters. Sie glaubte ihm, denn sie hatte das Böse gesehen, gerochen und in der Luft gespürt. Das Böse war jetzt immer in ihrer Nähe. Ständig. Und sie fühlte sich dem ausgeliefert, was oder wer auch immer Anspruch auf sie erhob.

Zum ersten Mal in ihrem Leben hatte Kathleen große Angst vor dem Teufel. Sie wusste, dass er in der Nähe war, genau hier im Zug. *Er wollte nicht, dass sie ihr Baby bekam.*

77.

Jemand musste vor dem Haus sein. Colleen hörte die Hunde bellen und quälte sich aus dem Schaukelstuhl, in dem sie saß und in einem Geschichtsbuch las. Sie hatte seit dem ersten Schuljahr immer eine glatte Eins gehabt, und sie sah nicht ein, dass ihre Noten schlechter werden sollten – auch jetzt nicht. Colleen stellte fest, dass sie sogar mehr lernte, wenn sie den Unterrichtsstoff gründlich alleine studierte, ohne dass sich die Lehrer mit ihren Ansichten einschalteten.

Es dauerte einen Moment, bis sie die Haustür erreicht hatte, aber als sie die Tür öffnete, bekam sie den Mund nicht mehr zu.

Ein leuchtend orangefarbener Schulbus, auf dem *Dublin Tours* stand, parkte in der Zufahrt.

Viele Leute – größtenteils Frauen, aber auch einige Männer und Kinder – kletterten aus dem Bus.

Eine blonde Frau in einem grünen Ölmantel schritt voraus, während die anderen zurückblieben.

Colleen öffnete die Haustür und trat zögernd auf die kleine steinerne Veranda.

»Ja? Kann ich Ihnen helfen?«

Die blonde Frau lächelte freundlich. »Entschuldige bitte, wenn wir hier eindringen.«

Colleen verstand nicht, was los war. »Verzeihen Sie, ich verstehe nicht: Warum sind Sie hier?«

Die blonde Frau machte ein verlegenes Gesicht. »Liebes Kind, wir haben versucht, vorher anzurufen. Wir stellten jedoch fest, dass ihr kein Telefon habt.«

Colleen zuckte mit den Schultern und lächelte schließlich. »Eigentlich haben wir ein Telefon, aber wir haben kein Geld, um die monatlichen Gebühren zu bezahlen.«

Die blonde Frau lächelte wieder. »Wir sind den ganzen Weg von Dublin hierher gereist, um Colleen Galaher zu sehen. Bist du Colleen?«

»Ja, die bin ich. Und warum sind Sie den ganzen Weg von Dublin hierher gekommen, um mich zu sehen?«, fragte sie.

Noch eine Frau löste sich aus der Gruppe, die neben dem Bus stand, und kam auf sie zu. »Meine Mutter und meine Schwester wohnen hier im Dorf. Sie erzählten mir von deiner ›besonderen Situation‹. Schwester Eleanor ...«, die Frau zeigte auf die blonde Frau, »sprach mit einer ihrer Freundinnen an deiner Schule. Wir sind gekommen, weil wir glauben, dass hier in Irland eine ganz besondere Geburt bevorsteht. Wir haben gehört, dass ein Priester vom Vatikan an deiner Schule war.«

Colleen schüttelte immer wieder den Kopf, aber sie konnte den freundlichen Leuten aus Dublin nicht böse sein. Außerdem sehnte sie sich nach ihrer Gesellschaft und vielleicht sogar nach der Aufmerksamkeit, die sie ihr schenkten.

»Ich würde Sie ins Haus bitten, aber ...« Sie zeigte auf das kleine Haus.

Schwester Eleanor schüttelte den Kopf. »Das ist nicht nötig. Es reicht uns, dich zu sehen, Colleen. Das ist unsere ganze Reise wert. Dich zu sehen und deine Stimme zu hören, ist unsere Belohnung.«

Plötzlich traten Tränen in Colleens Augen. Sie fing an zu weinen.

Es glaubte ihr jemand – endlich glaubte ihr jemand.

78.

Als ich aus einem tiefen Schlaf erwachte, stellte ich fest, wie erschöpft ich immer noch war und dass ich meine Arme und Beine kaum bewegen konnte.

Ich lag in einem bequemen Bett in einem Haus auf dem Lande in Frankreich. Immer wieder dachte ich an Kathleen und Colleen und hoffte, dass sie die Nacht auch gut überstanden hatten.

Beide standen kurz vor der Entbindung, und ich fragte mich, ob sie ihre Babys vielleicht am gleichen Tag, in der gleichen Stunde und vielleicht sogar im gleichen Augenblick bekommen würden. Eigentlich hielt ich nichts mehr für unmöglich.

Mein Gott, dachte ich. *Ich glaube, ich glaube.*

Und genau in diesem Augenblick hörte ich eine Stimme, nicht im Zimmer, sondern irgendwo in meinem Kopf. Ich kannte diese Stimme aus früheren Zeiten, als ich jünger gewesen war, fester im Glauben und häufiger gebetet hatte.

Es war eine Stimme, mit der ich sprach und mit der ich in meinen Gebeten Zwiegespräche führte. Manchmal schien es eine männliche und manchmal eine weibliche

Stimme zu sein, aber sie war immer verständnisvoll, nett und liebevoll.

Ich brauche deine Hilfe, sagte ich zu dieser Stimme in meinem Kopf. *Bitte, hilf uns allen hier auf Erden, aber vor allem diesen beiden armen Mädchen.*

Dann erhielt ich eine einfache Botschaft: *Du musst jetzt sehr mutig und stark sein, Anne. Darum bist du hier. Du bist die Tapferste von allen. Du bist aus einem ganz bestimmten Grund hier.*

Ich lauschte den Worten und ließ mich von ihnen trösten, obwohl ich nicht ganz genau verstand, was sie bedeuteten.

Zum ersten Mal seit langer Zeit glaubte ich wieder, und dieses Empfinden machte mich unheimlich glücklich.

Und ich glaubte, ich wurde geliebt.

79.

Rom.

Ein stämmiger alter Mann in einem Dufflecoat und mit einer Baskenmütze auf dem Kopf ging langsam eine schmutzige Nebenstraße der Universitätsstraße hinunter. Die Stazione Termini – ein Stadtbezirk, benannt nach dem Bahnhof hier in der Nähe – war ein ruheloser Irrgarten von Straßen und engen Gassen. Es war ein Ödland billiger Zimmer, die mit Feldbetten ausgestattet waren und in denen mittellose Einwanderer wohnten.

Überall streunten Katzen herum, die mit ungerührten Blicken unter parkenden Autos und aus den Ruinen der antiken Bäder des Diokletian hervorschauten. Sie waren so gerissen und wachsam wie Überlebende einer Katastrophe oder eines Krieges. Und sie *beobachteten* den gebeugten alten Mann.

Die umliegenden Gebäude waren wuchtig und deprimierend, wie der hässliche Zementfriedhof mit seinen modernen Grabmälern. Es war schwer vorstellbar, dass irgendjemand tatsächlich aus freien Stücken in diesem Viertel lebte.

Der Fremde blieb vor einem der grauen Gebäude stehen. Sein Blick wanderte über die verrußten Fenster. Er sah eine verbogene Fernsehantenne auf dem Dach, eine verblichene Reklametafel für Cynar und Katzen. Der alte Mann stieg schwerfällig die zerfallene Treppe hinauf und zog an einer Glocke, die an der Haustür hing.

Schleppende Schritte näherten sich der Tür, und eine korpulente Frau mittleren Alters öffnete schließlich. Sie trug eine Katze auf dem Arm.

»Buon giorno, signora. Per favore. Desidero una camera tranquilla.« (Guten Tag, gnädige Frau. Ich suche ein ruhiges Zimmer.)

Signora Ducci musterte den großen, ärmlich gekleideten Mann mit einem schnellen Blick. Sie vermutete, dass er Ende fünfzig oder sechzig war. Eine ganze Weile schaute sie ihn ungerührt an.

Zweifellos ein Handwerker. Es ist auf jeden Fall unwahrscheinlich, dass er im Laufe des Winters verstirbt, dachte die italienische Hausfrau.

»Ich habe ein Zimmer. Sie müssen einen Monat im Voraus bezahlen.« Die Frau schob ihre Unterlippe vor, um ihrer Unnachgiebigkeit in diesem Punkt Nachdruck zu verleihen. Ihre Katze fauchte leise.

»Ich möchte nur ein oder zwei Wochen bleiben, Signora. Ich habe nicht viel Geld.«

»Einen Monat im Voraus. Das ist meine Bedingung. Es gibt viele andere Zimmer in Rom.«

Der Mann sagte seufzend: »Ich werde bezahlen, was Sie verlangen.«

Eine Stunde später sah Signora Ducci, dass der Mann mit einem jungen Mädchen an seiner Seite die Haustreppe hinaufstieg. Das Mädchen trug bauschige Kleider, und ein flüchtiger Blick in ihr Gesicht verriet, dass sie hübsch war. Sie wird sich dem Mann nicht verweigern, dachte Signora Ducci.

Sie lächelte. Das Wort *Kindbraut* schoss ihr durch den Kopf. Sie hatte in den Augen des Mannes etwas seltsam Furchtsames entdeckt, aber jetzt wusste sie, was es war: Begierde.

Oben in dem alten Gebäude zog Nicholas Rosetti zuerst die schmutzigen Vorhänge zu und öffnete dann seinen Mantel.

Anschließend verriegelte er die Tür.

Rosetti glaubte, ein perfektes Versteck für sich und Kathleen gefunden zu haben. Er war hier, um sie auf die Probe zu stellen und zu beobachten, aber auch, um das Mädchen zu beschützen, soweit es in seiner Macht stand.

80.

Drei Stockwerke über der dunklen, dunstigen Straße in diesem zerfallenen römischen Stadtviertel leuchtete ein helles gelbes Lichtquadrat, so hell wie ein rechteckiger Stern.

Kathleen saß an dem Fenster. Als sie ihren pochenden Bauch mit den Armen umfing, konnte sie den Herzschlag ihres Babys fühlen. Sie hatte seit dem Besuch in der Abtreibungsklinik nie mehr so große Angst gehabt.

Alles Mögliche kann mir jetzt passieren. Menschen sind gestorben und ermordet worden. Seuchen und Krankheiten brechen wie in längst vergessenen Zeiten aus. Ich fühle mich, als wäre ich in die Seiten der Bibel gestiegen.

Sie versuchte, diese Gedanken zu verdrängen.

Ich werde in Kürze Mutter sein. Nichts außer meinem Kind ist von Bedeutung. Ich werde es nicht loslassen. Ich liebe dieses Baby. Mein Baby wird alles in Ordnung bringen.

Auf der gegenüberliegenden Seite des kleinen Zimmers, in dem überall Zeitungen und Fast-Food-Behälter vom Mittag- und Abendessen herumlagen, flüsterte Rosetti kaum hörbar ein Gebet. Der Priester war so vertieft und konzentriert auf das Unsichtbare und Unbekannte, dass er ihr Angst machte.

Sie drehte sich zu dem billigen, flimmernden Schwarzweißfernseher um, der auf einer Kiste stand. Ein Reporter sprach auf Italienisch, während Video-Clips die andauernde Jagd nach ihr durch Westeuropa schilderten. Ein Bericht traf ein, dass sie in Frankreich gesehen worden sei, und ein anderer, dass sie zurück in Amerika sei.

»Sie sagten, ich solle Ihnen Bescheid sagen, wenn ich bereit bin, Pater«, sagte Kathleen schließlich mit zittriger Stimme. »Ich glaube, ich bin bereit«, flüsterte sie.

Letztes Jahr um diese Zeit hatte sie sich als Steuerfrau eines Bootes versucht, war in der Easton Bay gesegelt und für die Newport Newts angetreten. Jetzt saß sie in einem kleinen, düsteren Zimmer in Rom und beugte sich über ihren großen Bauch. Ungläubig stand sie ihrem eigenen Leben gegenüber.

Rosetti öffnete seinen schwarzen Seesack und nahm

mehrere Dinge heraus: ein Kreuz, eine Stola, einen silbernen Rosenkranz, eine kleine Flasche Weihwasser und zwei dicke schwarze Bücher. Durch Kathleens Blickfeld schienen Schatten zu huschen. War dort noch jemand?

»Ich werde dir sagen, was jetzt geschieht, Kathleen. Zuerst werde ich dir daraus vorlesen.« Rosetti hielt ein in Leinen gebundenes Buch mit einem blutroten Kreuz auf dem Cover hoch. »Es wird das ›römische Ritual‹ genannt. Einige der wirkungsvollsten Gebete, die je geschrieben wurden, sind in diesem Buch enthalten.«

»Sagen Sie mir die Wahrheit, Pater. Hören Sie bitte auf mit diesem Hokuspokus. Folgt jetzt eine Teufelsaustreibung?«, fragte sie schließlich.

»Nein, keine Teufelsaustreibung. Aber ich glaube, Kathleen, dass der Teufel hier in diesem Zimmer ist. Der Teufel ist zweifellos ganz in der Nähe. Etwas schützt uns vor ihm.«

»Bis jetzt«, sagte Kathleen.

»Ja, bis jetzt. Wir wollen nun diesen Weg beschreiten. Wir werden den Teufel besiegen. Er kann besiegt werden. Er ist alles in allem nur ein gefallener Engel.«

Rosetti küsste feierlich die violette Stola und warf sie dann über seine breiten Schultern. Kathleen konnte sehen, dass seine großen Hände zitterten.

Auch seine Stimme bebte. »Die Gegenwart des Bösen wird manchmal Moloch genannt. Wusstest du das, Kathleen? Oder Mormo – was König der Ghuls bedeutet. Oder Beelzebub – was Herr der Fliegen bedeutet. In Teilen Afrikas nennen die Menschen es noch immer Damballa, die Bestie. Aber in Europa und in Amerika hat es keinen Namen mehr. Das ist der Grund, warum so viele Menschen hier im Westen nicht mehr an Satan glauben. Er scheint unsichtbar zu sein, aber er ist überall.«

Rosetti bekreuzigte sich andächtig. Dann ging der breitschultrige Mann langsam durch das Zimmer auf Kathleen zu. Er ließ sie nicht aus den Augen. Sie wollte weglaufen, tat es aber nicht. Sie konnte es auch gar nicht. Ihr Körper schien auf dem Stuhl festgenagelt zu sein.

Das zitternde Mädchen fing mit lauter Stimme an zu beten. »Herr im Himmel, beschütze das Kind in mir. Bitte beschütze mein Baby.«

81.

Pater Rosetti stöhnte, und dann verstummte er, als wollte er noch nicht mit dem heiligen Ritual beginnen. *Er wusste, was er zu erwarten hatte.* Zuerst das Spüren des gefürchteten, alles durchdringenden unsichtbaren Geistes. Dann die kalte, unvergessliche *Stimme.* Anschließend vielleicht das Erscheinen des *Bösen* selbst.

Er erinnerte sich lebhaft an den Tag, an dem er im Vatikan zusammengebrochen war. Das hatte ihm bewiesen, dass der Teufel überall war, sogar am Heiligen Stuhl. Er erinnerte sich, dass er nicht nur einen, sondern eine Menge Teufel gesehen hatte. Jetzt fühlte er, dass sie ihn in diesem kleinen Zimmer umzingelten. Sie waren wie ein Meer von Ungeziefer.

»Lieber Gott, bitte gib uns ein Zeichen.« Rosetti begann mit dem wichtigsten Gebet seines Lebens. Er empfand große Hoffnungslosigkeit im Angesicht des Abgrundes. Gewiss machte er nun den ersten Schritt in die ewige Hölle.

Er hielt eine silberne Taschenuhr in der Hand. Seine Eltern in Mailand hatten ihm die Uhr am Tag seiner Ordination geschenkt. Er zeigte Kathleen das Zifferblatt der antiken Uhr. »Viertel vor zwölf«, sagte er zu ihr.

»Welche Jungfrau wird unseren Erlöser gebären? Welche Jungfrau wird die abscheulichste Bestie unserer Zeit gebären?«, fragte er mit einer seltsamen Stimme, die sich in Kathleens Ohr eher wie die eines anderen anhörte.

Fast im gleichen Moment konnte sie den gefürchteten bösen Geist selbst spüren. Sie sah die Liebhaber aus ihren Träumen, aber jetzt waren sie hier bei ihr in diesem kleinen Zimmer. So etwas hätte sie nie für möglich gehalten, aber die Gestalten waren zweifellos hier.

»Können Sie sie sehen, Pater?«, fragte sie. »Bitte sagen Sie ja.«

»Geht weg!«, rief er plötzlich und sprenkelte Weihwasser über die Liebhaber.

Als das Wasser sie berührte, verwandelten sie sich schnell in Tiere – wilde Hunde und heulende Wölfe und Bären, die auf ihren Hinterbeinen standen. Kathleen starrte sie ungläubig an, als sie sich in Vögel und dann in Katzen verwandelten, die genauso aussahen wie die dort draußen im Bahnhofsviertel.

Und dann nahmen sie wieder die Gestalt der Liebhaber aus ihren Träumen an. Sie lächelten Kathleen und den Priester selbstgefällig an.

»Sie sind Teufel, nicht wahr?«, fragte sie. »Sind es die gefallenen Engel?«

Rosetti sagte nichts, sondern hörte und schaute nur zu. Einige der Liebhaber waren nackt, andere trugen enge Hosen oder enge Unterwäsche, und sie alle starrten das Mädchen mit der gleichen widerlichen *Besitzgier* an. Sie beobachteten sie aufmerksam.

Ungerührt schauten sie auf ihren *Bauch*. Sie sahen hungrig, fast ausgehungert aus. Würden sie versuchen, das Kind zu fressen?

»Können Sie sie noch sehen?«, fragte Kathleen Rosetti.

»Ich kann alles sehen, was du siehst, Kathleen. Wer sind sie? Kennst du sie?«

»*Nein*«, sagte sie. »Nun ja, aber nur aus Träumen. Sie sind nicht wirklich. Das kann nicht sein.«

»Was geschieht in den Träumen?«, fragte Pater Rosetti. »Du musst mir alles sagen, was du weißt. Behalte nichts für dich.«

Kathleen zitterte. Sie hatte wieder den Wunsch, sich zu töten, um von hier wegzukommen. Die Liebhaber warfen ihr so vulgäre, scheußliche Blicke zu. Noch nie hatte sie jemand mit einem solchen Hass und solcher Verachtung angesehen. Sie hatten sogar diesen abscheulichen Blick, als sie sich in Tiere verwandelt hatten.

»Sie kommen fast jede Nacht zu mir ... und lieben mich«, gestand sie schließlich. »Manchmal machen sie es *wie Tiere*.«

»Wie fühlst du dich, wenn sie es mit dir treiben?«

»Ich hasse es! Nein, das ist nicht ganz richtig, Pater. Manchmal empfinde ich ein großes körperliches Vergnügen. Es erstaunt und verwirrt mich.«

Während der Priester sprach, beobachteten die Liebhaber sie weiter und umkreisten sie langsam. Kathleen wusste genau, dass sie ihr wehtun würden, wenn sie gekonnt hätten. Warum fielen sie nicht über sie her? Es war so unheimlich und widerlich. Sie beäugten immer wieder ihren Bauch und schauten einfach nicht weg.

Schließlich redete der Anführer, und sie erkannte die Stimme wieder, die so viele Monate in ihrem Kopf gewesen war.

»Ich will nur das, was mir gehört, was Gottvater, dieser listige, verlogene Bastard, mir *versprochen* hat. Ich will das Kind. Mein Kind.«

»Sag mir, wie du dich fühlst, wenn sie zu dir kommen«, fuhr Pater Rosetti fort, Kathleen zu befragen.

»Vergewaltigt«, sagte Kathleen. »Aber, ach Pater, ich hatte auch mein Vergnügen daran. Und dann empfand ich die schlimmste Scham«, sagte sie.

»Warum?«

»Ich bin keine Jungfrau mehr ... und ich bin schwanger.«

»Kathleen«, fragte der Priester, »hast du je einen Mann *gehabt*? Hast du diese Männer gehabt?«

In diesem Augenblick stürzten alle auf sie zu, jeder einzelne Liebhaber. Sie knurrten, stöhnten und stießen groteske tierische Laute aus, doch sie zischten auch eine Lautfolge, die sich anhörte wie das Wort jaaaaa, jaaaaa, jaaaaa! Sie musste heftig würgen. Sie drangen überall, wo sie konnten, in sie ein. Ihre Penisse waren wie Messer, die ihre Haut an dutzenden Stellen durchbohrten.

Sie empfand wieder große Scham und Schuldgefühle. Doch sie wollte nicht, dass der Priester es sah. Sie wusste, dass sie hier waren, um das Baby zu verletzen.

»Es ist unser Kind«, schrie die Stimme. »Wir haben dich gevögelt, und du hast das Kind empfangen. Sag es dem Priester! Gesteh es! Sag es Gott! Sag die Wahrheit!«

Kathleen stieß einen Schrei aus, einen ganz unheimlichen Laut. Sie warf ihre Arme hoch und fuchtelte durch die Luft. Ihre Beine zappelten wild hin und her. Ihr Kopf wackelte vor und zurück. Sie rollte fürchterlich mit den Augen, sodass ihre Pupillen fast ganz in den Augenhöhlen verschwanden.

Plötzlich waren sie weg. Einfach so.

Im Zimmer herrschte Schweigen.

Kathleen blinzelte mit den Augen. Sie verstand nicht, was ihr gerade widerfahren war.

Dort stand nur Rosetti mit seiner silbernen Taschenuhr.

»Was ist passiert?«, flüsterte sie, während sie sich mit vor Entsetzen weit aufgerissenen Augen im leeren Zimmer umschaute.

»Ich habe dich hypnotisiert«, sagte er. »Vielleicht hast du dir das alles nur eingebildet, Kathleen.«

82.

Schwester Katherine Dominica klopfte an dem Abend, als der Bus aus Dublin wieder weggefahren war, an Colleens Haus. Die schon etwas ältere Nonne setzte sich dem Mädchen gegenüber in das kleine Wohnzimmer, in dem ein Torffeuer brannte.

»Und deine Mutter? Schläft sie schon?«, fragte die Nonne leise.

»Sie ist wach. Aber Sie würden es fast nicht bemerken. Meistens weiß sie nicht, wer ich bin.«

Die Nonne nickte. »Das muss sehr schwer für dich sein, Colleen.«

»Wir kommen gut zurecht«, sagte das Mädchen. »Wir behelfen uns.«

»Wir haben von diesem Priester aus Rom nichts mehr gehört, nicht wahr?«

Colleen wunderte sich. »Ich nicht – und Sie auch nicht?«

»Hm«, sagte die Nonne nur und fragte: »Heute war ein Bus in der Stadt. Weißt du etwas davon?«

Darum ging es also. Jetzt verstand Colleen, aus welchem Grund die Frau zu ihr gekommen war. Im ersten Moment wollte sie Schwester Katherine belügen und sagen, dass sie den Bus nicht gesehen habe, aber das konnte sie nicht. Sie konnte nicht lügen. Auch die neugierige Schwester konnte sie nicht belügen.

»Ja, der Bus hat hier gehalten. Es saßen Nonnen im Bus und auch Laienbrüder. Ein pensionierter Priester. Sie sind gekommen, um mich zu sehen, Schwester. Sie haben von meiner besonderen Situation erfahren.«

Die Nonne schnalzte leise mit der Zunge. »War das jetzt alles?«

Colleen dachte über die Antwort nach. »Sie sagten, sie glaubten, der Erlöser komme in Irland zur Welt. Ist das nicht eine wundersame Sache? Sie glauben an eine jungfräuliche Geburt, Schwester. Sie auch?«

83.

Ich hörte den lauten Klang eines Gongs, und mein Blick wanderte zu der dunklen, mit Marmor durchsetzten Holzverkleidung. Die Uhr hatte Mitternacht geschlagen. Es war der 11. Oktober. Zwei Tage vor dem Fest der mysteriösen Erscheinung der Jungfrau von Fatima. Zwei Tage vor der voraussichtlichen Geburt der Babys.

Kathleens Baby.

Colleens Baby.

Justin und ich hatten die Villa seit dem Frühstück nicht mehr verlassen. Wir hatten auf den Teppichen und den Tischen Zeitungen verstreut und hatten in unserem dringenden Bedürfnis nach Wissen in dem Zimmer das reinste Chaos verbreitet. Was passierte in der Welt? Wo war Kathleen? Die Presse in ganz Europa und den Vereinigten Staaten wusste nichts über ihren Aufenthaltsort. Der Vatikan hatte sich geweigert, eine Erklärung abzugeben. Und man erlaubte uns nicht, mit Pater Rosetti oder Kathleen in Verbindung zu treten.

Justin griff nach der *International Herald Tribune* und starrte noch einmal auf die Berichte.

»Ich fühle mich so hilflos, Anne, und das bin ich nicht gewohnt. Wird von uns erwartet, einfach hier herumzusitzen und auf die Geburt, die Geburten zu warten? Hat Pater Rosetti nicht *irgendetwas* gesagt? Hat Kathleen vielleicht irgendwann etwas darüber gesagt? Wo zum Teufel könnten sie sein?«

Ich sah von den unzähligen Zeitungen hoch und schüttelte den Kopf. Wir hatten so oft über diese verworrene Situation gesprochen, dass ich das Gefühl hatte, eine zerknüllte Straßenkarte in meinem Kopf zu haben.

Wenn ich einmal nicht an den Schrecken dachte, der außerhalb dieser vier Mauern seinen Lauf nahm, beschäftigte mich der Gedanke, dass ich hier mit Justin zusammen war. Ich konnte nichts dagegen tun. Auch dafür musste es einen Grund geben. Es gab einen Plan, und wir wussten nur noch nicht, welchen.

»Ich mache einen Spaziergang. Ich brauche frische Luft«, sagte ich. »Möchtest du mitkommen?«

In der letzten Stunde hatte sich der Nebel in weichen, dichten Regen verwandelt. Die Autos, die an den Mauern um den Park vorbeisausten, machten Geräusche, als würde ein riesiges Klebeband von dem schnurgeraden Highway gerissen. Die Presse wartete noch immer vor den Toren unseres Gefängnisses. Sie war genauso frustriert und verwundert über Kathleens Verschwinden wie wir.

Vor der Tür stand ein großer Regenschirm, den Justin jetzt aufspannte. Ein frischer, sauberer Geruch schwebte durch die Nachtluft, die ich tief einatmete.

Wir gingen zwischen gestutzten Buchsbaumhecken über einen Kiesweg. Unsere Schritte knirschten im Gleichschritt.

Aber ich schaffte es nicht, mich zu entspannen. Ich war Justin gegenüber nicht ganz ehrlich gewesen, und dieser Gedanke machte mich traurig. Wie viel gemeinsame Zeit bleibt uns wohl noch, fragte ich mich.

Ich musste mit ihm sprechen und ihm die Wahrheit sagen. Wie heißt es doch so schön? *Wer nicht wagt, der nicht gewinnt.*

»Ich muss immerzu an dich denken«, gab ich schließlich zu. Wahrscheinlich waren dies die mutigsten Worte, die ich je in meinem Leben gesagt hatte. So lange hatte ich mich vor Gefühlen der Zuneigung und Liebe in Acht genommen, doch jetzt verschlangen sie mich. *Warum jetzt?*

Als Justin seinen Schritt verlangsamte, drückte ich seinen Arm an meinen Körper und zog ihn weiter.

»Ich habe mich seit dem Tag, als ich dich zum ersten Mal getroffen habe, vor dir zu schützen versucht. Aber es hat nicht viel genutzt, nicht wahr? Mein Leben erscheint mir neuerdings wie ein buntes Durcheinander aufregender Augenblicke, in dessen Mittelpunkt du stehst.«

Ich musste über mich selbst lachen. Wenigstens das gelang mir noch. Auch Justin lächelte.

»Das ist nicht lustig«, sagte ich, wobei ich noch lächelte.

Wir gingen Arm in Arm, was ich sehr genoss. Der Kiesweg führte zu einem schönen Gemüsegarten.

Spalierobstbäume standen an den Mauern. Prächtiges Wintergemüse – unter anderem Grünkohl, Porree und Rosenkohl – spross aus den geraden Reihen hervor. Es sah aus wie ein Wandteppich vom Garten Eden. Regen tropfte vom Schirm auf meine Schuhe.

Ich schaute hoch und blickte genau in Justins Augen. Seine Pupillen waren so groß und schön, sein Blick so ehrlich und liebevoll, dass ich das Gefühl hatte, geradewegs in seine Seele sehen zu können.

Meine Stimme bebte. »Nächste Woche werden sich unsere Wege wieder trennen. Und ich möchte dir nur sagen – ich *muss* dir sagen –, dass ich dich mehr liebe, als ich es je für möglich gehalten hätte. Ich weiß nicht, warum ich dir das jetzt sage ...«

Sein Kuss war so zärtlich, dass ich am liebsten geweint hätte. Ich gab mich dem Augenblick ganz hin, genoss die Berührung seiner Lippen und versuchte mir jede Empfindung einzuprägen. Mit meinen Lippen wollte ich ihm meine starken Emotionen übermitteln, um mich für all die Male zu entschuldigen, die ich ihn zurückgewiesen hatte, und um zu erfahren, was es für ein Gefühl war, eine Person von ganzem Herzen zu küssen.

Ich bemerkte, dass der Schirm zu Boden fiel, und hörte, wie er den felsigen Pfad hinuntergeweht wurde. Doch ich rannte ihm nicht hinterher.

Justin riss mich stürmisch in seine Arme, und wir küssten uns wieder. Dieser Kuss war fordernder und weckte in mir den Wunsch, mich ganz hinzugeben. Ich fühlte mich so wunderbar, so lebendig. Schon seit langer, langer Zeit hatte ich mir jemanden gewünscht, der mich so liebte. Plötzlich begriff ich, warum es nie passiert war. Ich war einfach unfähig gewesen, die Liebe eines Menschen zu erwidern. Jetzt konnte ich es.

Während wir uns küssten, hatte ich meine Augen geschlossen, und als ich sie jetzt öffnete, sah ich jemanden, der uns beobachtete. Was zum Teufel will er? fragte ich mich. Wer steht dort?

Zuerst stieg ein Anflug von Scham in mir auf. Aber dann

überkam mich dieses herrliche Gefühl, das ich verspürt hatte, als ich Justin küsste, und es war *etwas anderes* bei dem Beobachter, was mich störte.

Ich erkannte, wer uns bespitzelte. Es war der dunkelhaarige Mann im khakifarbenen Regenmantel vom letzten Abend – derjenige, der mir Angst eingejagt hatte, als wir angekommen waren.

»Justin, dort ist jemand. Er steht hinter dir. Ich habe ihn gestern Abend schon gesehen.«

Justin drehte sich um und rief dann in schneidendem Ton: »Was machen Sie hier? Hallo, Sie da!«

Der Mann wollte sich davonstehlen, doch wir dachten nicht daran, ihn einfach so gehen zu lassen. Ich vermute, dass wir beide uns nach Antworten sehnten – überhaupt nach irgendwelchen Antworten.

Justin und ich liefen los. Wir jagten den Mann, der zurück in den Hain der Apfelbäume lief, der sich unmittelbar hinter dem Gartenhaus befand. Wir holten ihn ein. Endlich würden wir unsere Antwort bekommen.

Der Mann erkannte wohl ebenfalls, dass er uns nicht entfliehen konnte, denn er lief nicht weiter. Er blieb stehen und wartete. Als wir durch den Regen auf ihn zugingen, starrte er uns an und musterte uns. Dann brach er in ein verächtliches Gelächter aus.

»Sie *kennen* mich«, sagte er schließlich, als wir nur noch wenige Meter von ihm entfernt waren. »Sie wissen ganz genau, wer ich bin. Ich verkörpere Ihre Wünsche.«

Und dann war er auf einmal nicht mehr da. Er verschwand vor unseren Augen.

»Habe ich das nur geträumt?«, fragte ich Justin.

»Nein, wir haben ihn beide gesehen. Er stand genau *dort*. Und jetzt ist er verschwunden.«

Eine aufdringliche Stimme rief uns, als wir mit ungläubigem Blick auf die Stelle starrten, an der der Mann noch vor einem Augenblick gestanden hatte.

»Pater O'Carroll! Miss Fitzgerald! Sind Sie dort draußen? Wo sind Sie?«

Es war Mrs. Beavier. Sie hatte eine Taschenlampe und ein Handy in der Hand.

»Es ist Kathleen«, sagte sie. »Mein Gott, Kathleen hat angerufen. Sie ist in Sicherheit.«

Sofort nahm ich das Telefon und drückte es ungeduldig an mein Ohr. Ich konnte es kaum erwarten, ihre Stimme zu hören.

»Anne, kommst du bitte zu mir? Kommst du *jetzt* zu mir?«, schluchzte Kathleen. »Ich werde nun das Baby bekommen.«

84.

Justin und ich flogen am nächsten Morgen mit der ersten Maschine nach Rom, um Kathleen und Pater Rosetti zu treffen. Nun, da die Geburten unmittelbar bevorstanden, war ich ununterbrochen in Sorge. Rosettis geheimnisvolle Spielchen halfen mir auch nicht weiter.

Der italienischen Polizei und den Soldaten der italienischen Armee gelang es, die Paparazzi von dem Gate fern zu halten, an dem wir ankamen. Wir sahen eine Schlange klobiger kleiner Taxen. Rechts davon stand unsere Limousine.

Ich umklammerte Justins Hand, als der Wagen über die regennasse Via Cristoforo Colómbo ins Zentrum von Rom sauste. Dann raste der Fahrer mit uns in das trostlose Bahnhofsviertel mit seinen verfallenen Gebäuden.

»Warum sind sie hier und nicht im Vatikan?« Ich fasste

meine Gedanken in Worte, obwohl ich wusste, dass auch Justin keine Antwort darauf hatte. »Die ganze Sache erinnert mich an Horrorfilme. Rosetti ist besessen davon, alles unter Kontrolle zu haben.«

Justins Augen wanderten über die trostlosen Straßen der Stadt. »Neuerdings habe ich immer das Bild der Schlacht zwischen dem Erzengel Michael und Luzifer mit seinen Legionen vor Augen. Eine heldenhafte Schlacht zwischen Gut und Böse.«

Ich schaute ihn an. »Bist du Michael?«, fragte ich halb scherzhaft.

Justin lächelte. »Wahrlich nicht!«

»Wir brauchen Michael und all seine Engel«, sagte ich. »Wir scheinen zahlenmäßig weit unterlegen zu sein. Die Mächte der Dunkelheit werden siegen.«

Unser Wagen bremste am Bordstein einer besonderes schäbig aussehenden Straße in dem Viertel. Wir stiegen aus und rannten die steile Treppe zu einem heruntergekommenen alten Gebäude empor.

Die Haustür war nicht verschlossen. Die düstere Treppe im Haus wand sich spiralförmig nach oben.

Justin und ich stiegen schnell über zerfallene Stufen zum Korridor des obersten Stockwerks hinauf, der drei schmutzige, graue Türen und ein mit Drahtgeflecht überzogenes, verrußtes Dachfenster aufwies. Eine schwarze Katze sprang aus einer dunklen Ecke und jagte uns beiden einen Schrecken ein.

Justin drehte sich zu mir um und meinte: »Es wird immer unheimlicher.«

»Dies ist die Stelle im Film, an der das Publikum schreit: ›Geh nicht weiter!‹«

»Aber wir gehen natürlich weiter«, sagte er.

Als Nicholas Rosetti plötzlich eine der Türen auf dem Flur

aufriss, machte mein Herz einen Sprung. Weißes Licht fiel auf den Korridor und die Treppe.

»Pater O'Carroll! Miss Fitzgerald! Gott sei Dank. Bitte, kommen Sie herein. Danke, dass Sie gekommen sind.«

Rosetti versuchte zu lächeln, doch er konnte nicht verbergen, dass er ausgemergelt und erschöpft war. Es war vollkommen unbegreiflich, aber der Ermittler aus dem Vatikan schien in weniger als einer Woche fast zwanzig Pfund abgenommen zu haben. Er hatte eine gelbliche Gesichtsfarbe, und die Haut auf seinen Wangen und rund um seine Augen war erschlafft. Pater Rosetti sah aus, als ob er vor unseren Augen sterben würde.

»Ist mit Ihnen alles in Ordnung?«, fragte ich ihn.

»Natürlich, natürlich.« Er tätschelte meine Schulter und führte uns ins Zimmer. »Ich bin zäher, als ich aussehe, und ich *sehe zäh aus*.«

Auf der anderen Seite des düsteren Zimmers lag Kathleen auf einer kleinen Couch, die schon arg durchgesessen war. Sie quälte sich hoch und watschelte unbeholfen auf uns zu. Auch sie war aschgrau und sah erschöpft aus.

Sie schlang ihre Arme um mich und brach in Tränen aus. »Ich bin so froh, dich zu sehen«, schluchzte sie. »Ich habe so große Angst. Es ist alles so schrecklich. Schwanger zu sein und *hier* zu sein. Wir müssen miteinander reden, Anne.«

»Was geht hier vor?«, schrie ich ärgerlich, während ich mich zu Rosetti umdrehte. »Was haben Sie ihr angetan? Warum sind Sie hier? Kathleen braucht eine ärztliche Versorgung.«

Er fuchtelte mit der Hand durch die Luft, als wären meine Sorgen zu banal, um mir eine Antwort zu geben. »Ich habe einfach keine Zeit, Ihnen jetzt alles zu erklären.« Er sprach in einem schneidenden Ton zu mir, der meinem glich. »Kathleen wäre nirgendwo in Sicherheit gewesen außer hier bei mir. Wenn Sie das nicht verstehen, kann ich nichts dafür. Und jetzt muss ich sie wieder wegbringen. In den heiligen Schutz des Vatikans, wo das Baby zur Welt kommen muss.«

85.

Justin war groß und kräftig gebaut, und er ging wie ein wütender Bär auf Rosetti zu. Einst war er ein hart gesottener irischer Fußballspieler gewesen, der keinem Zweikampf aus dem Weg gegangen war, und das sah man ihm auch heute noch an. »Sie gefährden *ihr* Leben und das des Kindes«, brüllte er.

»Nein, das tu ich nicht. Ich würde niemals das Leben eines Menschen gefährden. Sie verstehen diese Situation einfach nicht.«

»Dann erklären Sie uns mal *diese Situation*. Sprechen Sie mit uns«, schrie Justin, wobei die Adern auf seinem Hals hervortraten. Er sah immer noch so aus, als sei er im Begriff, Pater Rosetti einen Faustschlag zu verpassen. »Was wissen Sie? *Sagen Sie es uns.*«

Als ich meine Hand auf Justins Arm legte, um ihn zu beruhigen, spürte ich seine Anspannung und seine Kraft. »Ich bin der gleichen Meinung, Pater Rosetti. Wir sind es überdrüssig, im Dunkeln zu tappen«, sagte ich. »Sie sagen, dass Sie Hilfe brauchen, aber Sie sagen uns nie den Grund. Wir sollen *glauben,* sagen Sie. Was sollen wir glauben?«

»Ich bedaure alles sehr«, erwiderte Rosetti in einem rauen Ton, der seine Müdigkeit offenbarte. »Ich vertraue Ihnen beiden. Es ist eine sehr schwierige Sache für mich, aber ich tu es. Ich weiß, wie sehr Sie sich um Kathleen sorgen. Ich weiß, dass Sie beide gut sind. Und darum sind Sie hier. Aber ich kann nicht mehr sagen. Ich habe es versprochen. Oh mein Gott ...«

Pater Rosetti sprach nun über die grenzenlose Angst eines Heiligen Vaters, der ein schreckliches Geheimnis kannte. »Und dann«, schloss Rosetti, »erlitt der Papst im Schlaf einen tödlichen Schlaganfall! Ich hatte meine Mission schon übernommen. Vorher war ich ein normaler Priester, der der Glaubenskongregation angehörte. Meine Fähigkeiten in meinem Beruf machten aus mir einen gründlichen Ermittler und einen guten Priester. Ich bin als Detektiv für die Kirche tätig.

Wenn Sie mir jetzt helfen«, fuhr Pater Rosetti fort, »werden Sie bald alles erfahren. Jede kleinste Tücke und jeden höllischen Winkelzug und Trick der abscheulichen Bestie! Sind Sie sicher, dass Sie wissen wollen, was ich tun muss? Sind Sie darauf vorbereitet, dem Bösen gegenüberzutreten? Sind Sie beide im Stand der Gnade?«

»Und *Sie?*«, fragte ich Rosetti in herausforderndem Ton. »Sie sehen aus wie ein Verrückter. Sie erwarten von uns, dass wir tun, wie Sie sagen, weil Sie aus dem ach so allmächtigen Vatikan kommen und der Heilige Stuhl persönlich Sie schickt. Sagen Sie uns die Wahrheit. *Sagen Sie uns jetzt die Wahrheit.*«

Rosetti seufzte, schüttelte den Kopf und gab dann nach oder tat zumindest so. Er flüsterte, sodass nur wir ihn verstehen konnten.

»Der Teufel soll in Kürze als Menschenkind geboren werden. Nur dann können sich die Legionen vervielfachen und die Herrschaft über die Erde übernehmen. Doch ein Erlöser soll ebenfalls geboren werden. Eine der beiden Jungfrauen wird den Erlöser gebären. Ich weiß noch immer nicht, welches der beiden Mädchen es ist. Sie müssen mir helfen, es herauszufinden.«

86.

In den frühen Morgenstunden des nächsten Tages saßen wir in einem kleinen, düsteren Café im Bahnhofsviertel. Ich war so nervös, dass ich meine Hände nicht stillhalten und meine Gedanken nicht auf den unbeschreiblichen Augenblick richten konnte.

Wollte ich wirklich erfahren, was Rosetti zu wissen behauptete? Wollte ich mich nach seinen Spielregeln richten?

War ich darauf vorbereitet, dem Bösen gegenüberzutreten, als was es sich auch immer herausstellen könnte?

Die Fragen schienen vollkommen absurd und melodramatisch, und doch musste ich die Antworten wissen. Ich merkte, dass ich mich seit dem Tag, da ich in Newport angekommen war, sehr verändert hatte. Etwas Außergewöhnliches würde geschehen, da war ich sicher, doch ich wusste nicht was.

Unser winziger Metalltisch war zwischen einem Heizkörper, einer pistaziengrünen Wand, an der Notenblätter hingen, und einem großen Mann, der seinen Pinscher mit Leckerbissen fütterte, eingeklemmt. Es war schwierig, sich in diesem Getöse von frühstückenden Leuten zu unterhalten, aber irgendwie waren die Geräusche und Gerüche beruhigend. Es hatte etwas von *Normalität*. Die wirkliche Welt existierte noch.

Wir hatten die Nacht auf dem Boden des Zimmers verbracht, das Rosetti für sich und Kathleen gemietet hatte. Er hatte die ganze Nacht über gebetet, und seine Gesichtszüge waren verzerrt, als hätte er schreckliche Schmerzen.

Ich bildete mir ein, Rosetti dort in der Finsternis, die nur durch den schwachen Schein einer Straßenlaterne erhellt wurde, stehen zu sehen. Ein einsamer Wachposten, der auf das Nahen von *was* horchte? Noch eine Seuche? Dämonen? Seinen eigenen Tod?

Gegen Morgen hatte er zu uns gesprochen, fast eine Stunde lang. Wir erfuhren, was wir zu tun hatten und aus welchem Grund. Rosetti machte uns klar, dass wir zwei Möglichkeiten hätten: fortgehen oder das Risiko eingehen, dass er Recht hatte, und ihn bei seiner Suche zu unterstützen.

Justin schaute mir in die Augen. »Wir müssen nicht tun, um was uns Rosetti bittet, Anne.«

Ich nickte. Mir war bewusst, dass Justin hierbei seinen Glauben infrage stellte, aber merkwürdigerweise war meiner gefestigt. »Justin, ich tu es. Pater Rosetti *ist* von der Glaubenskongregation. Er ist ein Mensch aus Fleisch und Blut, und das sind Kathleen und Colleen auch. Wir müssen ihm helfen.«

Wir waren beide durcheinander, ängstlich und sehr, sehr müde. Wir mussten uns in wenigen Minuten trennen. Einer von uns sollte mit Kathleen in den Vatikan gehen. Der andere musste nach Irland fliegen, um bei Colleen zu sein. Einer von uns könnte in schrecklicher Gefahr sein. Vielleicht waren wir es sogar beide.

Hier ging es nicht um alltägliche, normale Schmerzen und Leiden, sondern um ewige Schmerzen und Leiden der ganzen Welt.

Ohne dass es mir bewusst war, hatte ich mein Frühstückshörnchen vollkommen zerkrümelt. Justin schob seinen Teller beiseite und warf ein paar Münzen auf den Tisch. Wir standen auf und bahnten uns unbeholfen den Weg aus dem Café zur Straße.

Unmittelbar vor der Tür blieb ich stehen und streckte meine Hand nach ihm aus. Ich spürte, dass mich jemand auf dem schmalen Bürgersteig streifte und »Entschuldigung« murmelte, aber ich blickte nicht hoch. Es war alles so seltsam und unheimlich, und es wurde immer schlimmer, immer unverständlicher.

Als ich mein Gesicht an Justins Pullover presste, legte er seine Arme um meinen Körper. Tränen flossen über meine Wangen. Ich konnte sie nicht aufhalten. Ich hatte mich in letzter Zeit so sehr verändert, dass ich mich selbst kaum wieder erkannte. Seitdem ich mir erlaubte, Gefühle zuzulassen, konnte ich sie nicht mehr zügeln. Die Gefühle überschwemmten mich in großen, Schwindel erregenden Wogen. Ich fragte mich, ob ich überhaupt noch die Kontrolle über mich hatte.

»Ich liebe dich«, schluchzte ich. »Warum konnte ich dir etwas so Einfaches nicht sagen?«

»Vielleicht weil es nicht so einfach ist«, erwiderte er.

Er hielt mich eng umschlungen, legte seine Wange auf mein Haar und wiegte mich sanft hin und her, während die Italiener an uns vorbeigingen. Er war so stark und so gut. Wie hatte ich ihn je aufgeben können? Was würde nun aus uns werden?

»Ich werde zurückkommen«, sagte er. »Ich verspreche es dir.«

Zwei dunkelblaue Limousinen fuhren vor dem trostlosen Haus vor, in dem wir die letzten vierundzwanzig Stunden verbracht hatten. Endlich kamen Kathleen und Rosetti herunter. Ich schaute ihr ins Gesicht. Sie sah noch immer blass und elend aus. Bald würden die Wehen einsetzen.

Und dann?

Gestern Abend war sie so schnell eingeschlafen, dass wir keine Möglichkeit mehr gehabt hatten, miteinander zu sprechen. Und heute Morgen hatte es fast so ausgesehen, als ob Rosetti Kathleen von mir fern hielte.

Es war Zeit zu gehen, Zeit für Justin und mich, aufzubrechen.

Ich würde Kathleen begleiten.

Und Justin würde zu Colleen fahren.

Wir umarmten uns ein letztes Mal, und mir schoss der furchtbare Gedanke durch den Kopf, dass ich Justin O'Carroll vielleicht niemals wiedersehen würde.

87.

Nachdem Justin abgefahren war, standen Pater Rosetti und ich von Angst erfüllt auf dem Bürgersteig. Der Priester umfasste meine beiden Hände überraschend zärtlich. Er schien fast menschlich.

Er flüsterte: »Miss Fitzgerald, das, worum ich Sie jetzt bitten werde, wird Sie entsetzen und abstoßen. Es wird sich allem widersetzen, für das Sie eintreten. Aber ich muss Ihr Versprechen haben.«

Mein Mund war trocken, als ich ihm zuhörte. War ich wirklich stark genug? Ich hatte keine Ahnung, in welche Richtung es gehen sollte, aber ich wusste, dass es mir kein bisschen gefallen würde.

Rosetti fuhr fort: »Ich hoffe und bete, dass ich bald endgültig Aufschluss über die beiden Jungfrauen erhalten werde. Die Botschaft von Fatima hat einen Pfad vorgezeichnet, dem wir folgen müssen. Die Bibel liefert Hinweise in der Apokalypse.«

Rosetti kniff die Augen zusammen, als hätte er plötzlich einen Schlag erhalten. »Aber ich bin nicht sicher. Letztlich wird es eine Glaubensfrage sein. Es wird nicht einfach sein, die Wahrheit herauszufinden. Nichts ist je einfach.«

Rosettis Stimme wurde eindringlicher. »Sie müssen nach einem deutlichen Zeichen Ausschau halten, und zwar von dem Zeitpunkt an, da die Geburt vorhergesagt wurde. Wir werden erfahren, welches Kind die Bestie und welches der Erlöser ist. *Sie* werden es wissen.«

Ich fühlte mich, als ob ich mich selbst wie in einem Traum beobachtete; alles schien so unwirklich.

»Ich höre, was Sie sagen, Pater. Aber was soll ich dann tun?«

Er wirkte entschlossen und unerschütterlich. »Miss Fitzgerald, die Bestie muss getötet werden. Das Kind des Teufels muss vernichtet werden. Und das Kind Gottes muss um jeden Preis beschützt werden. Um *jeden* Preis.«

Als Rosetti mein Entsetzen sah, bekreuzigte er sich. »Sie werden wissen, was Sie tun müssen, wenn die Zeit gekommen ist«, flüsterte er. »Darum sind Sie hier.«

Ich glaubte an Gott, aber Ihm zu vertrauen war die eine Sache, und einen Säugling zu töten die andere. Konnte ich das? Ich hatte das Gefühl, dass es mir nicht möglich sein würde, je wieder einen Menschen zu töten.

»Ich weiß nicht, Pater«, stammelte ich.

»Ich glaube an Sie, Miss Fitzgerald«, sagte Rosetti. »Sie sind ein guter Mensch. Sie sind die Stärkste von uns allen. Sie können die Bestie vernichten.«

88.

Sollte ich darum Kathleen begleiten? Weil ich angeblich ein starker Mensch war? Und warum fuhren sowohl Justin als auch Rosetti nach Irland? Weshalb wurde Colleen plötzlich die meiste Aufmerksamkeit gezollt?

Ich stieg in das kühle Innere der wartenden Limousine. Kathleen streckte ihre Hand nach mir aus, und ich umarmte sie. Gleichzeitig war ich todunglücklich. Musste ich sie und ihr Kind verraten? Musste ich noch etwas Schlimmeres tun?

Der Wagen war vom Vatikan geschickt worden. Es war eine Sonderanfertigung eines Fiats mit einem amtlichen Nummernschild. Zwei Soldaten der Schweizer Garde saßen im Auto. Ein Mann lenkte den Wagen, während der andere zu unserem Schutz als Beifahrer mitfuhr. Ich überlegte, was Rosetti und Kathleen wohl in den vergangenen Tage getrieben hatten. Ich hatte schon immer gewusst, dass die Kirche seltsame und mysteriöse Wege beschritt.

Als der Wagen anfuhr, erschreckte ich, denn urplötzlich tauchte ein Schwarm uniformierter Polizisten auf Motorrädern auf und flankierte unseren Wagen. Innerhalb weniger Minuten begriff ich, warum diese außergewöhnlichen Sicherheitsvorkehrungen notwendig waren. Kathleens Aufenthaltsort war an die Öffentlichkeit gedrungen.

Auf den Bürgersteigen standen dicht gedrängt, laut schreiend die Menschen. Tausende von Gläubigen, aber auch Schaulustige schoben sich auf beiden Seiten der schmalen Fahrbahn. Auch aus den Fenstern der benachbarten Häuser hingen die Leute, um einen Blick auf das Mädchen zu erhaschen.

Kathleen umklammerte meinen Arm so fest, dass sie mir

fast die Blutzufuhr abschnitt. Ich bekam kaum noch Luft, als wir uns den Toren des Vatikans näherten.

»Mein Gott, Kathleen«, flüsterte ich leise. »Alles deinetwegen.«

»Nein, Anne«, entgegnete sie. »Es ist überhaupt nicht meinetwegen. Nichts. Es ist für das Baby. Für das Kind unter meinem Herzen.«

Wir warfen einen flüchtigen Blick auf die hohen Türme des Vatikans, die mit Stuck verzierten Paläste und die Goldkreuze, die überall unter dem blauen Himmelszelt erstrahlten. Gegenüber von den kleinen Geschäften und Restaurants auf der Via Merulana stand eine zwei Meilen lange Schlange Pilger, die die Jungfrau begrüßen wollten.

In gebrochenem Englisch berichtete unser Fahrer: »Man spricht von zweihunderttausend Menschen, und das ist erst der Anfang.«

Blumen regneten auf unseren Wagen, als wir durch die riesige Menschenmenge fuhren. Freudige Schreie der wogenden, von Emotionen ergriffenen Menge überfluteten uns.

Der Teil von mir, der noch immer ein guter Christ war, verstand das vollkommen. Diese Leute wünschten sich verzweifelt, an etwas glauben zu können. Das majestätische, eindrucksvolle Schauspiel, das sich vor unseren Augen abspielte, war ergreifend. Die Hingabe und die ehrliche Liebe in den Augen der Menschen waren beschämend. Ich erschauerte, als ich daran dachte, welche Reaktionen ein Wunder in diesem angeblich so rationalen, aber eigenartig anfälligen Zeitalter auslösen könnte. Selten war ich dermaßen aufgeregt und verwirrt gewesen.

Zum ersten Mal in meinem Leben betrat ich den Vatikan. Ich saß neben einem jungen Mädchen, das angeblich den Messias gebären würde.

Meine Zweifel waren verflogen.

Ich glaubte wieder, und das war das beste Gefühl, das ich mir vorstellen konnte.

89.

Ich fühlte mich wie verwandelt, als wir auf das Meer von Gesichtern schauten. Ein seltsames Kribbeln breitete sich in meinem Körper aus. Ich schaute Kathleen an.

»Du wolltest mit mir reden, Kathy«, sagte ich.

»Ja, Anne. Ich habe mich in den letzten Tagen, die ich mit Pater Rosetti verbracht habe, an etwas erinnert. Warte, bis wir im Krankenhaus sind und uns dort ein wenig eingewöhnt haben. Dann werde ich es dir erzählen. Es ist noch Zeit.«

»Haben wir noch Zeit?«, fragte ich. »Bist du sicher?«

»Ja, das bin ich. Es ist noch Zeit.« Ihr Blick wandte sich wieder der Straße zu. »Mein Gott, schau dir all diese Leute an.«

Kathleen hatte zweifellos keine Ahnung, warum sie für diese Sache ausgewählt worden war, aber sie wusste eines: Sie kannte ihr Ziel. Sie wusste, warum sie auf Erden war. Ich war so gerührt wie sie. In meinen Augen glitzerten Tränen.

Als der Wagen vor dem Krankenhaus, in dem die Entbindung stattfinden sollte, anhielt, sah ich die bunte Mauer der Schweizer Garde, die auf unsere Ankunft wartete. Sie bildete sofort einen schützenden Kreis um unseren Wagen. Die Soldaten hielten die Menschenmasse zurück, die mit Taschentüchern winkte.

Zahlreiche Priester in weißen Chorröcken und wehenden schwarzen Soutanen knieten nieder und bekreuzigten sich. Sie schienen in Verzückung geraten zu sein. Ihre Liebe gab mir Kraft, und das war ein überwältigendes Gefühl.

Ich stieg aus und reichte Kathleen die Hand. Als sie aus dem Wagen kletterte und ihre Füße den Boden berührten, ging ein lautes, donnerndes Gebrüll durch die Straße.

Plötzlich rannen Tränen über Kathleens Wangen. Ich weinte nicht, war aber nahe davor. Rosettis Worte schossen mir durch den Kopf: *Sie sind die Stärkste von uns allen* ... Warum musste ich stark sein?

Meine Augen wanderten über die farbenprächtige, wogende Menschenmenge. Ich entdeckte in der Mauer der Wachen und Polizisten eine Lücke. Eine schnelle Bewegung dort drüben.

Und dann sah ich ihn! Angst durchfuhr mich.

Der Mann hatte uns beobachtet.

Ich übertönte den Lärm und schrie, so laut ich konnte: »Da drüben! Haltet ihn!«

Ich zeigte auf jenen Mann in dem khakifarbenen Regenmantel mit glatten schwarzen Haaren und einer Brille. Den Mann, den ich auf dem Lande in Frankreich gesehen hatte und der vor meinen Augen plötzlich verschwunden war. Der Teufel? Einer der gefallenen Engel? Ein Attentäter?

Er huschte durch die Lücke und bewegte sich schnell auf Kathleen zu. In seiner Hand glitzerte etwas.

»Er hat eine Waffe!«, schrie ich. »Eine Waffe!« Ich war nicht die Einzige, die das sah.

Mein Herz pochte. Ich hatte meine Pistole nicht bei mir. Sie war noch in meiner Tasche. Der Mann lief in gebückter Haltung und näherte sich jetzt schneller. Dann streckte er seinen rechten Arm aus und rannte direkt auf uns zu.

»Er hat eine Waffe!«, schrie ich wieder.

Ohne darüber nachzudenken warf ich mich zwischen den Mann, der auf uns zurannte, und Kathleen.

Sekunden wurden zur Ewigkeit. Mein Hals wurde ruckartig nach rechts gedreht. Meiner Brust wurde ein so harter Schlag versetzt, dass ich kaum noch Luft bekam.

Dann verschwand ich im Gedränge der Soldaten und Polizisten, die sich über mich warfen. Ich hatte das Gefühl, in ein Loch gezogen zu werden.

In der Mitte der dichten Mengenmenge war ein lauter Knall zu hören und eine helle, weiße Explosion zu erkennen. Kathleen stieß einen lauten, langgezogenen Schrei aus. Auch ich schrie auf.

Die entsetzten Polizisten schlugen mit ihren Schlagstöcken wild in die Menge.

Ich konnte Kathleen hören, aber ich konnte sie nicht sehen. »Anne«, hörte ich sie jammern. »Anne!«

Ich lag auf der Erde und sah, dass der Mann im Regenmantel an Kopf und Hals blutete. Als er zu einem Polizeiwagen gezerrt wurde, heftete er seinen Blick auf mich. Er sprach Englisch. Aus seinem Mund sprudelten hasserfüllte Worte.

»Kathleen Beavier ist kein Kind Gottes! Sie müssen sie vernichten. *Sie* müssen das Kind vernichten. *Sie* müssen es tun.«

Plötzlich war ich nicht mehr sicher, ob es der gleiche Mann war, den wir in Frankreich gesehen hatten. Mein Blick war getrübt, und in meinem Kopf drehte sich alles. Es war alles so schnell gegangen. Ich rappelte mich gegen den eindringlichen Rat der italienischen Polizisten mühsam auf.

»Kathleen!«, rief ich, als ich sah, dass sie ins Krankenhaus gebracht wurde. Sie rief meinen Namen und wartete auf mich. Dann eilten wir beide durch die schweren Türen. Wir hielten uns eng umschlungen.

»Ich dachte, du seiest tot. Erschossen«, schluchzte sie. »Oh, Anne, ich hatte solche Angst um dich.«

»Es geht mir gut. Es geht mir sehr gut«, flüsterte ich. Ich dachte immer wieder, dass sie ein gutes Mädchen war. Der Teufel konnte nicht in dieser jungen Frau stecken. Nicht in Kathleen. Colleen Galaher musste diejenige sein.

Und doch schien auch sie ein gutes Mädchen zu sein.

Dritter Teil

Die Geburt

90.

Colleen fühlte sich in Anbetracht der Tatsache, dass sie kurz vor der Entbindung stand, überraschend gut. *Sehr bald werde ich eine richtige Mutter sein! Ich werde ein kleines, winziges Baby zur Welt bringen,* dachte sie. Es erstaunte sie noch immer und schenkte ihr Hoffnung und Freude, um die Tage und die langen Nächte zu Hause zu überstehen.

Colleen kochte Kräutertee für sich, ihre Mutter und Schwester Katherine. Dann schnitt sie einen dunklen Laib selbst gebackenes Brot auf, in das das traditionelle Kreuz eingeritzt war.

Die schlichte Handlung, Tee zu kochen, lenkte sie von all den Dingen ab, die jetzt geschahen, von den Dingen, die für sie keinen Sinn ergaben und es sicher auch nie tun würden.

Wie werde ich mich um meine Mutter und den Säugling kümmern können?

Werde ich wieder die Schule besuchen können?

»Ich bin erst vierzehn Jahre alt«, flüsterte sie. Ihre kleinen, mit Sommersprossen übersäten Hände zitterten so stark, dass der Deckel der Teekanne klapperte. »So hilf mir doch jemand. Ich bin ein gutes Mädchen.«

Sie brachte den Tee und das dampfende Brot ins winzige Wohnzimmer. Wo war Schwester Katherine? Sie hatte noch vor wenigen Minuten dort gesessen.

Colleen rief nach ihr. Keine Antwort. Ihre Mutter war wieder eingeschlafen und würde nun stundenlang schlafen. Daher drückte sie die Türklinke herunter und ging hinaus.

Schwester Katherine war nirgends zu finden.

Eine dunkle Gestalt kam hingegen den Weg hinauf. Colleen erkannte sofort, dass es ein Priester war! O Gott, es war Pater Flannery aus der Stadt. Wie konnte er es wagen, hierher zu kommen?

Colleen kauerte sich hinter einen Stechginsterbusch, dessen stachelige Zweige eine dicke Barrikade bildeten. *Hat er mich gesehen?* Sie glaubte nicht.

Sie könnte es nicht ertragen, in seiner Nähe zu sein. Mit dem Gemeindepfarrer war etwas nicht in Ordnung, das stand fest. Warum hätte er sie sonst in seinem Pfarrhaus berührt und geküsst.

Colleen zwang sich, so schnell sie konnte, die etwa zwanzig Schritte bis zur Scheune zu laufen. Dort warf sie sich mit ihrem ganzen Gewicht gegen die Schiebetür.

Als sie in den Schuppen huschte, keuchte sie schwer. Sie war erschöpft und außer Atem. Und sie hatte entsetzliche Angst.

Jetzt rief der abscheuliche Priester auch noch ihren Namen: »Colleen, ich bin gekommen, um dich zu segnen, mein Kind.«

»Gebe Gott, dass Sie es nicht tun werden«, murmelte sie.

Das Mädchen ließ seinen Blick durch die düstere Scheune wandern. Ihr war, als wirbelte das Stroh auf dem Boden um ihre Füße herum, und ein warmer Luftzug strich über ihre Wange. Gray Lady wieherte zur Begrüßung. Eine unsichtbare Macht schien sie zu beschützen. Etwas oder jemand, der sie liebte.

Ganz hinten in der Scheune war ein Verschlag, ein kleiner Stall. Dort war es dunkel, und ein stechender Lanolingeruch schwebte in der Luft. Nur ein altes Mutterschaf, das der Wolle wegen gehalten wurde, stand dort.

»Pst, Bridey«, flüsterte Colleen dem Schaf zu und schob es

zur Seite. Sie schlich in die hinterste Ecke und deckte sich mit Heu zu. Der Geruch zog tief in ihre Nase, so dass sie fast niesen musste.

Pater Flannerys Stimme, die sie vor der Scheune hörte, nahm jetzt einen schmeichelnden, jaulenden Ton an. »*Colleeeen*. Komm her zu mir. Ich bin dein Priester.«

Dann wurde seine Stimme wütend. »Komm heraus, Colleen. Ich bin in Gottes Auftrag hier.«

Nein, das glaube ich nicht. Gott streichelt und küsst keine jungen Mädchen. Gott ist kein Schwein!

Colleen schloss fest die Augen. Schließlich war das einzige Geräusch, das sie hörte, das der stampfenden, kauenden Tiere. Es roch gut hier, und es war friedlich. Ein Sonnenstrahl, ein langer, heller Lichtstrahl, fiel durch den Heuboden.

Plötzlich dämmerte es ihr. Es passte alles haargenau. Es war perfekt. Hier würde sie das Kind gebären.

Wie in Bethlehem hatte Gott sie zu einer Krippe geführt.

91.

Nicholas Rosetti war in Maam Cross angekommen. Die gefürchtete, abscheuliche Stimme begleitete ihn noch immer unablässig und versuchte, ihn vom Abschluss seiner Mission abzuhalten und ihn zum Wahnsinn zu treiben. Er war Justin O'Carroll ins Hotel vorausgegangen. Justin wollte sich mit einem Arzt, der Colleen in Dublin untersucht hatte, treffen.

Niemand hat das Recht, dies von dir zu verlangen. Niemand kann verlangen, dass du dich selbst für alle Ewigkeit zur Hölle verdammst, sprach die Stimme in sein Ohr. *Die Ewigkeit ist eine lange, lange Zeit, Nicholas. Du hast keine Vorstellung davon, aber ich!*

Pater Rosetti quälte sich in das kleine Zimmer hinauf und warf seine Tasche mit einem lauten Knall auf den klebrigen, dünnen Teppichboden. Er machte sich nicht die Mühe, die Deckenlampe einzuschalten.

Ja, gewöhne dich an die Dunkelheit. Weißt du, dass in der Hölle dunkle Feuer brennen? Das wusstest du nicht, nicht wahr? Aber ich.

Er ging zum Fenster, auf dem der Regen seine Spuren hinterlassen hatte, und schaute auf das Bild der kühlen, schweigenden Stadt. Wahrscheinlich war er der Wahrheit über die beiden Jungfrauen ganz nahe. Und doch fürchtete er, dass er sich der Sünde des Hochmuts schuldig machte, das zu glauben.

Er schwitzte nun am Tage wie in der Nacht. Sein großes Herz schien sich ohne Vorwarnung aus seiner Verankerung zu lösen und in seinem Brustkorb einen verrückten Tanz aufzuführen. Aber er hatte noch immer einen scharfen Verstand. Die Bestie hatte sich der List, der Sinnestäuschung, der Imitation, der Störung und Fehlinformation bedient. Nicholas Rosetti durchschaute das Spiel, oder zumindest glaubte er es.

Er lebte noch immer, oder? Er war noch nicht zur Hölle verdammt worden.

Bald, Nick, spottete die Stimme. *Du bist den ewigen Toren des Schicksals ganz nahe. Pass auf, wohin du trittst. Sei vorsichtig, Nick. Es ist ein langer, langer Fall.*

In seiner Aktentasche waren die Dokumente, die enthüllten, was er wusste. Ehe er wegging, um Colleen Galaher aufzusuchen, würde er die Dokumente in den Hotelsafe schließen lassen.

Kein Ort ist vor mir sicher, Nick. Weißt du das noch nicht?

Ein Klopfen störte seine unangenehmen Träumereien. Ein Klopfen an der Tür. Das wird Justin O'Carroll sein, Gott sei Dank.

Dort auf dem Korridor stand jedoch nicht Justin O'Carroll! Dort stand ein hagerer Mann, der nicht größer als einssiebzig war und einen teuren Anzug trug. Er schien Mitte vierzig und gut situiert zu sein.

»Ich bin Dennis Murphy. Deirdre unten sagte mir, dass Sie angekommen seien«, sagte der Mann vor der Tür. »*Dr.* Dennis Murphy«, fügte er hinzu. »Vor vierzehn Jahren brachte ich die kleine Colleen Galaher zur Welt. Ich dachte mir, dass Sie sich das hier ansehen sollten.« Er hatte einen starken irischen Akzent.

Rosetti stand sprachlos im Türrahmen, als Dr. Murphy ihm einen verknitterten braunen Umschlag in die Hand drückte. Oben in der rechten Ecke war mit Bleistift ein Name vermerkt. Die fein säuberliche Schrift ließ auf eine Erziehung in einer katholischen Schule schließen.

Rosetti nahm den Umschlag und las den Namen. *Colleen Galaher.*

Dann riss er den Umschlag auf und überflog das, was er enthielt.

Ein lautes Klingeln ertönte in seinen Ohren, und seine Brust war wie zugeschnürt, so dass er kaum noch Luft bekam.

Sein Blickfeld verengte sich. Seine Haut wurde eiskalt. Das war es, was er wissen musste, nicht wahr? Das war das Zeichen, nach dem er gesucht hatte. Das *musste* das Zeichen sein.

Als er den Blick hob, stand Dr. Murphy nicht mehr da. Sofort rannte er hinaus auf den Flur, aber dort war auch niemand. Er rief an der Rezeption an, und dort meldete sich tatsächlich eine gewisse Deirdre.

»Das verstehe ich nicht, Pater«, sagte sie. »Ich kannte Dennis Murphy, aber er ist vor über zehn Jahren gestorben. Dr. Murphy ist tot.«

Rosetti hängte den Hörer auf und vernahm unmittelbar darauf ein Lachen in seinen Ohren.

Na, wo ist denn dein wertvolles Zeichen, Nicholas? Wie willst du die Wahrheit erfahren? Die Antwort ist ganz einfach: Du wirst sie nicht erfahren.

92.

In jener Nacht standen bewaffnete Soldaten der Schweizer Garde vor der Tür zu Kathleens Zimmer. Sie bewachten den Korridor, doch ich musterte jeden, der den Raum betrat.

Es waren so viele fremde, neue Gesichter im Krankenhaus, und jeder Fremde war eine mögliche Bedrohung für das Baby.

Es sind vermutlich Legionen von Teufeln hier, aber warum können sie uns nicht einfach überwältigen? Was hält das Böse in Schach? Es musste einen Grund geben, den ich nicht kannte.

Ich saß auf einem Stuhl mit einer harten Rückenlehne neben Kathleens Bett, und wir sahen uns die Nachrichten an. Der Mordversuch leitete die Nachrichten ein. Ein Reporter mit einem grimmigen Gesicht sagte, dass Kathleen Beavier ins Salvatore-Mundi-Krankenhaus eingeliefert worden sei, ein exklusives Privatkrankenhaus, in dem Kardinäle und sogar Päpste die beste medizinische Versorgung von ganz Italien erhielten. Ein Team italienischer und amerikanischer Ärzte würde bei der Geburt assistieren. Die Wehen könnten jeden Moment einsetzen.

Der erste offizielle Bericht aus dem Salvatore-Mundi-Krankenhaus stammte von dem italienischen Chefchirurgen. Wir schauten die Sendung auf CNN an.

Dr. Leonardo Annunziata war ein eleganter, dunkelhaariger Mann Anfang vierzig. Er setzte seine Autorität bei dem Treffen mit den Journalisten in einem strahlend weiß gestrichenen Konferenzsaal mühelos durch.

»Miss Kathleen Beavier ist in bester Verfassung.« Der Arzt sprach Englisch und wandte sich in einem wohlwollenden Ton an die Presse. »Die Geburt des Kindes wird in den nächsten zwölf bis vierundzwanzig Stunden erwartet. Wir rechnen nicht mit Komplikationen.«

Kathleen und ich schauten uns an und lachten zum ersten Mal seit Tagen.

»Vielleicht steht Dr. Annunziata noch eine Überraschung bevor«, sagte sie.

CNN meldete an diesem Abend nur schlechte Nachrichten. Die Naturkatastrophen weiteten sich in der ganzen Welt aus und schienen immer größere Ausmaße anzunehmen.

Kathleen und ich hielten uns bei den Händen, als wir uns die Nachrichten ansahen. Es gab offensichtlich keinen Bezug zwischen den Seuchen, Krankheiten und Hungersnöten und den Ereignissen, die in Rom und Maam Cross in Irland stattfanden, aber mein Gefühl sagte mir, dass es einen Zusammenhang geben müsse und wir ihn bald erkennen würden.

»Vielleicht ist das Ende der Welt gekommen«, überlegte Kathleen laut. »Oder vielleicht kann mein Baby diese Katastrophen beenden.«

Oder Colleens Baby, schoss es mir durch den Kopf.

93.

Unsere übergroße Angst schien stündlich einen neuen, unvorstellbaren Höhepunkt zu erreichen. Ich hatte das Gefühl, die Zeit gehe zugleich zu schnell und zu langsam vorbei. Das qualvolle Warten würde bald ein Ende haben, aber ich war auf das Unbekannte noch immer nicht vorbereitet.

Kathleen schlief schließlich ein, und ich brauchte unbedingt eine Ablenkung, um wieder einen klaren Kopf zu bekommen. Ich konnte kaum ihr Fels in der Brandung sein, wenn ich mich selbst so unsicher und schwach fühlte.

Geh ein wenig spazieren, hörte ich. *Du hast es verdient.*

Hatte ich zu mir selbst gesprochen? Komisch, aber wer sollte es sonst gesagt haben?

Ich informierte den Wachposten vor der Tür, was ich vorhatte, und ging dann den verlassenen, mit Marmor- und Steinplatten ausgelegten Flur hinunter, auf dem es nach Desinfektionsmitteln stank. Zwischen den Heiligenstatuen, die an einer Wand aufgereiht waren, stand ein junger italienischer Polizist mit einem Gewehr und schaute mich an.

»Signorina«, sagte er und tippte mit der Hand grüßend an seine Schirmmütze. Er wusste, dass ich die Begleiterin der Jungfrau war. »Geht es ihm gut? Dem jungen Mädchen Kathleena?«

»Ja, es ist alles in Ordnung«, versicherte ich ihm. »Sie schläft jetzt.«

Meine Schuhe quietschten auf dem tadellos sauberen Boden, als ich weiterging, und meine Schritte hallten laut in der frühmorgendlichen Stille wider. Ich fragte mich, was Justin und Rosetti wohl machten. Sie waren jetzt sicher in dem Bauernhaus von Colleen Galaher.

Immer wieder dachte ich voller Zuneigung an Colleen. Sie war jünger als Kathleen und möglicherweise unschuldiger, wenn man das überhaupt sagen konnte. Ich erinnerte mich an ihre fast durchscheinende weiße Haut und die rosafarbene Aura, die sie auszustrahlen schien.

Beide Mädchen schienen für die Rolle, die das Schicksal ihnen auferlegt hatte, ausgezeichnet geeignet zu sein. Welches Mädchen war die Schauspielerin? Welches könnte eine Lügnerin sein?

Als ich um die nächste dunkle Ecke bog, stellte ich fest, dass ich das andere Ende des Gebäudes erreicht hatte. Ich hatte mich zu weit entfernt.

Plötzlich ergriff mich panische Angst. Ich kehrte um und rannte wie eine Verrückte zurück zu dem Zimmer, in dem Kathleen schlief. War sie in Sicherheit? Wie konnte ich nur so weit weggehen? Was hatte ich mir dabei gedacht?

Besorgt stürzte ich in den kleinen Raum. Kathleen schlief friedlich. Atemlos schaute ich auf sie hinunter und bewachte eine ganze Weile zärtlich ihren Schlaf.

In der letzten Zeit hatte ich viele Bücher über Schwangerschaft und Geburt gelesen. In Kathleens Mutterleib hing ein Kind wie ein Zirkusakrobat mit dem Kopf nach unten. Das Baby hielt sich leicht mit einer Hand an der Nabelschnur fest.

Der Kopf war in ihrem Gebärmutterhals eingeklemmt. Die Gliedmaßen, die Finger, Zehen, Nägel, Augenbrauen und Wimpern waren voll entwickelt. Der Herzschlag war ruhig und gleichmäßig. Die Sinne: Sehen, Hören und Tasten, waren noch nicht entwickelt, aber darauf vorbereitet, sich schnell zu entfalten, sobald sie Reizen ausgesetzt wurden.

Das Baby maß wahrscheinlich rund fünfzig Zentimeter und wog etwas über sieben Pfund, entsprach also in dieser Hinsicht vollkommen dem Durchschnitt. Jede winzige Hirnzelle enthielt all die Liebe und Güte, die Fähigkeiten, Glück und Traurigkeit zu empfinden, Begabung, Verstand, all die Liebe zur Schönheit und den Willen des menschlichen Geschlechts zu überleben.

Auch in dieser Hinsicht war es ein Kind wie jedes andere.

Ich betete, dass Kathleens Baby das Glückslos gezogen hatte, weil ich von ganzem Herzen bezweifelte, dass ich, selbst wenn es teufelsgleich mit Hörnern und Schwanz zur Welt käme, stark genug sein würde, um ihm sein wertvolles Leben zu nehmen.

Wie sollte ich ein Kind töten können? Irgendein Kind? Wie konnte irgendjemand so etwas tun? Aber wie könnte vor allem eine Frau so etwas tun?

Ich saß auf meinem Stuhl, wippte leicht zurück, schaute aus dem Fenster von Kathleens Zimmer und sah einen glühenden Feuerball über dem Trastevere aufgehen.

Es war ein wunderschöner Sonnenaufgang.

Das war sicherlich ein Zeichen.

94.

Ich musste wohl auf meinem Stuhl neben dem Bett eingeschlafen sein, denn plötzlich hörte ich Kathleen vor Schmerzen laut stöhnen und erwachte sofort.

»Es ist soweit, Anne«, flüsterte sie in dringlichem Ton.

Es war vier Uhr morgens. Wir waren allein in dem Zimmer 401-401A im Salvatore Mundi International Hospital. Die Situation flößte uns Angst ein, aber wir gaben beide vor, an all die Sicherheitsmaßnahmen zu glauben, als hätten wir nichts zu befürchten.

Das vierstöckige Krankenhaus bestand aus einfachen strohfarbenen Ziegelsteinen, hatte breite Kirchenfenster und stand im Schatten und Schutz hoher Kiefern. Das Grundstück wurde von hohen Backsteinmauern eingeschlossen.

Es hieß, dass sich außerhalb dieser Mauern achtzigtausend Menschen versammelt hätten. Hunderttausende sollten auf dem Petersplatz zusammengefunden haben.

Immer wieder fragte ich mich, was wohl zur Zeit in dem winzigen Ort Maam Cross in Irland vor sich ging.

Neben mir in dem ruhigen, blassblauen Krankenhauszimmer umklammerte Kathleen ihren Bauch. Sie schrie und stöhnte gleichzeitig. Dann entspannte sie sich wieder.

»Nicht pressen, Kathy«, sagte ich. »Noch nicht pressen.« In gewisser Weise fühlte ich mich fast, als ob ich selbst das Kind gebären würde. »So ist es recht. Atme ... und ruh dich jetzt aus.«

»O Gott, es tut so weh«, stöhnte Kathleen. Ihr langes, blondes Haar war nass und strähnig. Ihr Gesicht war von der Anstrengung gerötet. Wir wussten beide, dass sie das Kind noch nicht gebären würde, aber sie stand kurz davor.

Als ich ein feuchtes Tuch auf ihre Stirn legte, bemerkte ich, dass Kathleen an mir vorbeisah. Ich folgte ihrem Blick und entdeckte, dass wir nicht mehr allein waren. Im ersten Moment bekam ich Angst.

Ein Mann stand in dem Steinbogen, der ins Krankenzimmer führte. Ein ernster älterer Herr, den ich sofort erkannte.

Papst Benedikt XVI. war zu Kathleen gekommen.

Die schrägen Strahlen der Morgensonne, die durch das Fenster fielen, umschlossen seine schmalen Schultern und riefen den Eindruck hervor, er sei eine Ikone aus reinem Gold. Er sah überhaupt nicht wie ein Mensch aus.

Wir starrten uns gegenseitig an. »Hast du irgendetwas zu

sagen, Kathleen? Irgendetwas zu beichten?«, fragte der Papst Kathleen schließlich in eindringlichem Ton. »Ich bin hier, um dir zu helfen.«

Kathleen erblasste.

Plötzlich erstarrte sie, als hätte sie einen heftigen Anfall erlitten. Ihre Pupillen waren kaum noch zu sehen. Ihre Nasenflügel bebten. Sie riss ihren Mund weit auf, und dann fing sie an zu schreien und schrie und schrie. Noch nie in meinem Leben war ich erstaunter und ängstlicher gewesen. In diesem Augenblick hatte ich das Gefühl, Kathleen überhaupt nicht zu kennen.

Ich schaute wieder zur Tür und sah, dass Papst Benedikt fortging. Er drehte sich nicht ein einziges Mal um.

95.

Ein junger, gut aussehender Priester mit dunklem Haar stand auf der großen Terrasse des Apostolischen Palastes auf Beobachtungsposten. Mehr als vierhunderttausend Menschen hatten sich hier versammelt. Der große imposante Petersplatz war schwarz vor Menschen. So weit sein Auge reichte, erstreckte sich die Menge.

Er sprach in das Mikrofon, das er in der Hand hielt. Seine volle Baritonstimme dröhnte über das Meer von Köpfen auf dem Platz. *Aus diesem Grunde* hatte er die Priesterwürde angestrebt, aufgrund dieser glorreichen Macht, dieser Erhabenheit.

Die Menschenmenge in Rom antwortete mit lauter Stimme auf sein Gebet.

In Mexiko City besuchten nahezu eine dreiviertel Million

Gläubige eine ebenso ergreifende Messe in und rund um die Basilika von Guadalupe, dem Ort, an dem die Heilige Jungfrau im sechzehnten Jahrhundert einem Indio erschienen war.

In ganz Spanien, Holland, Frankreich, Belgien, Polen, Deutschland, Irland und England füllten sich die großen alten Kathedralen noch einmal bis auf den letzten Platz. Die Menschen in Europa wünschten sich etwas, an das sie glauben konnten. Nun hatten sie es gefunden.

Bei Sonnenaufgang strömten lange Menschenschlangen in die Kirchen von Amsterdam, München, Paris, Brüssel, Frankfurt, London, Madrid, Hamburg, Warschau und Berlin. Die Klänge des »Ave Maria« stiegen majestätisch in die Herbstluft empor.

In den Vereinigten Staaten konnte man die Geburt über Fernsehsatellit live verfolgen – von New York über den Mittleren Westen bis nach Kalifornien. Jeder, der die Möglichkeit dazu hatte, schaltete sich zu.

Im Hollywood Bowl Amphitheater in Los Angeles, einem Bau des Architekten Frank Lloyd Wright, fanden sich zu Tränen gerührte Menschen in hellen Scharen zusammen. Das zwanzigtausend Quadratmeter große Rund fasste mehr als siebzigtausend Menschen. Weitere fünfzigtausend drängten sich außerhalb. Da die umliegenden Berge eine natürliche Akustik lieferten, benötigten die Gastgeber aus Kirche und öffentlichem Leben keine Mikrofone.

An diesem Vormittag fand auch für die zahllosen Angehörigen und Freunde der von Kinderlähmung befallenen Kinder ein Gottesdienst statt. Sie beteten zusammen den Rosenkranz und baten um ein großes Wunder. Die Familien beteten zur Heiligen Jungfrau, die Opfer in ihrer Barmherzigkeit zu heilen.

Im Petersdom hallte noch immer die Stimme des jungen

Priesters in den Säulengängen und von den turmhohen, alten Säulen wider. »Lasst uns beten, jetzt und in der Stunde unseres Todes. Amen.«

»Wir vertrauen dem Willen Gottes!«, brüllten die Menschen im Chor. Nach all den schweren Jahren, in denen der Hang zur Spiritualität immer weiter und weiter zurückgegangen war, hielten doch noch immer so viele Menschen auf der ganzen Welt an ihrem Glauben fest.

Aber die Seuchen, die Hungersnöte und die unerklärlichen Krankheiten – besonders bei Kindern – breiteten sich unvermindert aus. Überall sprachen die Menschen von der Apokalypse, vom Ende der Welt.

Und das erklärte vielleicht, warum auf einmal eine solche Menge an diesen Ereignissen teilnahm.

96.

Justin und Rosetti befanden sich in der Nähe des Hauses der Familie Galaher, und keiner von beiden hatte je so viele Vögel gesehen. Der Wald und ebenfalls der düstere Himmel waren voll von ihnen.

Als der Ford über die leicht hügelige Landstraße holperte, spürte Justin das Gewicht des schweren, metallisch glänzenden Himmels über seinem Kopf. Er wurde jetzt auf die Probe gestellt. In seinem Kopf ertönte eine kräftige Stimme.

Du weißt, dass du nicht hier sein solltest. Dein Glaube ist nicht stark genug. Du wünschst jetzt noch nicht einmal mehr, Priester zu sein.

Du möchtest bei ihr sein. Das ist die einzige Sache, die dir jetzt wichtig ist. Du liebst Anne Fitzgerald mehr als Gott. Verlass diesen Ort.

Geh zu Anne.

Oder sterbe!

Justin konnte den Wirrwarr der Gedanken nicht stoppen. Ob Pater Rosetti seine innere Qual wohl spürte? Er steuerte den Wagen in die Zufahrt. Sie hatten das Haus der Galahers außerhalb von Maam Cross endlich erreicht.

Wie seltsam, dachte Justin, als er auf den mit Stuck verzierten Bungalow und die Scheune schaute, die vor der staubigen Windschutzscheibe des Autos auftauchten.

Es sah alles nicht mehr so aus wie bei seinem ersten Besuch. Etwas hatte sich verändert.

»Das ist merkwürdig«, murmelte er, als er den Motor ausschaltete. »Es kommt mir alles vollkommen unbekannt vor.«

Rosetti sagte nichts. Er hatte fast während der ganzen Fahrt geschwiegen.

Justin schaute prüfend auf das kleine Haus. Er entdeckte eine Fernsehantenne, an die er sich nicht erinnern konnte. Sie sah aus wie ein knorriger Zweig, der sich im Strohdach verfangen hatte, und lag lose auf dem Dach, als hätte der Sturm sie abgerissen. Das Gras war nun blass und leuchtete nicht mehr in dem kräftigen Grün. Das Haus schien sich zu einer Seite zu neigen.

Das ist merkwürdig, und Justin war sich fast ganz sicher, dass ihm seine Phantasie keinen Streich spielte. Alles sah anders aus, oder bildete er es sich doch nur ein?

Streiche! dachte er wieder. *Der Teufel spielt mir einen Streich. Ist der Teufel hier in Maam Cross?*

An der Haustür verfiel Rosetti plötzlich in große Hektik. Er drückte die schwere Holztür auf, ohne anzuklopfen. Dann durchsuchte er das Haus innerhalb weniger Sekunden und stürzte wieder hinaus. In seinen weit aufgerissenen Augen spiegelte sich Entsetzen.

»Die Mutter des Mädchens ist tot, Justin. Sie ist erhängt, oben unterm Dach. Und die Nonne aus der Klosterschule ebenfalls! Wir müssen Colleen finden. Helfen Sie mir, Pater.«

Als sie zur Scheune gingen, tauchte ein kräftiger junger Priester auf. Sein Gesicht war von dicken, roten Haaren umrahmt, die in der Brise flatterten. Der Mann versperrte ihnen den Zugang zur Scheune. Er hatte seine Fäuste geballt und starrte sie mit großen Augen an.

»Colleen ist hier«, sagte der Priester in energischem Ton. »Ich bin Pater Flannery aus der Gemeinde. Ich kümmere mich jetzt um sie. Wir kümmern uns hier selbst um uns.«

»Hinweg mit dir, Satan«, brüllte Rosetti den Priester an. »Du hast keine Macht über mich. Du hast keine Macht über Pater O'Carroll. Du hast keine Macht hier auf Erden! Noch nicht jedenfalls.«

Rosetti stieß den rothaarigen Priester mit seinem Arm kräftig zur Seite. Flannery gewann schnell sein Gleichgewicht zurück, stürzte sich auf Rosetti und zwängte sich wieder zwischen den Priester und den Eingang zum Schuppen.

»Sie können nicht hineingehen! Das geht Sie nichts an. Dieses Mädchen ist eine von uns.«

»Nein!«, schrie Rosetti mit lauter Stimme. »Niemals! Du hast keine Macht über dieses arme, unschuldige Mädchen.«

Justin sah, dass Rosetti nach einer Heugabel griff, die an der Scheune lehnte. »*Hinweg*«, warnte er den Rothaarigen mit gefährlich dröhnender Stimme. »Geh weg, oder ich werde dein teuflisches Herz durchbohren.«

»Es ist mein Kind«, zischte der Priester plötzlich. Sein Gesicht war vor Wut verzerrt. »Ich bin der Vater dieses Kindes.

Ich bin einer der Väter des Kindes«, sagte er und fing dann laut an zu lachen.

»Du bist nicht der Vater«, sagte Rosetti. Er umklammerte die Heugabel mit beiden Händen und hielt sie Flannery vor die Brust. »Du kommst aus der Hölle und dorthin wirst du zurückkehren.«

Mit einem kräftigen Stoß jagte Nicholas Rosetti die Heugabel in die Brust des Paters, woraufhin dieser rücklings in den Dreck des Vorhofes fiel.

Sein leerer Blick war gen Himmel gerichtet.

»Fahr zur Hölle«, brüllte Rosetti.

97.

Nicholas Rosetti zog das junge Mädchen aus der Scheune und schloss es in seine Arme. Colleen schmiegte sich an seine Brust. Sie schien sich ihm vollkommen anzuvertrauen. Die Geburt stand unmittelbar bevor.

»Er hat gelogen«, sagte Colleen. »Ich weiß nicht warum, aber er hat gelogen. Er ist nicht der Vater des Kindes. Ich schwöre es. Sie müssen mir glauben.«

»Ich weiß, Colleen. Mach dir keine Sorgen. Du musst jetzt um des Babys willen stark sein.«

Rosetti wandte sich Justin zu. »Schwester Katherine war nicht stark genug«, sagte er, während sie den Hof vor der Scheune überquerten. »Wir müssen stark sein, Pater O'Carroll. Gestern haben Sie mich gebeten, Ihnen zu vertrauen. Ich vertraue Ihnen. Ich traue nur Ihnen und mir. Schauen Sie auf den Leichnam von Pater Flannery. Es ist notwendig, *dass Sie Pater Flannery noch einmal töten!*«

Als sie das Haus betraten, überkam Justin ein Schwindelgefühl. Die ganze Welt schien sich unkontrolliert zu drehen. Das Wohnzimmer sah anders aus als in seiner Erinnerung. Eine große Mahagoni-Standuhr, die bis zur Decke reichte, tickte unheilvoll. Sie hatte früher nicht dort gestanden.

Mein Gott, er hatte gerade den Mord an einem Priester beobachtet. Und er hatte nichts getan, um es zu verhindern. Warum?

Weil er an den Teufel glaubte? Weil er von ihm umzingelt war? Weil die Hölle genau hier auf Erden war?

»Kathleen Beavier sollte ihr Kind auch unbehelligt zur Welt bringen können. Fern von den Blicken der Öffentlichkeit, genau wie dieses hier«, klagte Rosetti. »Die Menschenmengen in Rom sind ein schrecklicher Fehler.«

»Warum sind wir hier?«, fragte Justin. »Warum bei Colleen?«

»Ich stelle mir dieselbe Frage, Pater. Wir werden es bald verstehen.«

Rosetti und Justin beugten sich tief hinunter, um den rohen Holzbalken an der Decke auszuweichen, und betraten die kleine Küche. Justin drehte die abgewetzte Bettdecke um und legte das schwangere Mädchen behutsam in das Bett.

»*Ooooh*, ich habe so schreckliche Schmerzen«, schrie Colleen. Sie umklammerte das Kruzifix, das an einer Kette um ihren Hals hing.

Rosetti schaute Justin an. »Würden Sie mir bitte meine Stola bringen? Und das Handbuch.«

Es war offensichtlich, dass bei Colleen die Wehen eingesetzt hatten. Ihr kleines, mit Sommersprossen übersätes Gesicht war fast schneeweiß und mit Schweißperlen bedeckt. Justin konnte unter der Bettdecke sehen, wie sich ihr gewölbter Bauch bewegte.

»Wo ist der Arzt?«, fragte er plötzlich. »Warum ist der Arzt noch nicht hier?«

Rosetti kniff die Augen zusammen. »*Wir* werden das Kind zur Welt bringen«, flüsterte er.

98.

Der Himmel über Rom war noch nie so dunkel gewesen. Das verhieß nichts Gutes. Dann zuckten Blitze über der Stadt, und es goss in Strömen.

Der Kreißsaal in Roms Salvatore-Mundi-Krankenhaus war ruhig, groß und schneeweiß getüncht. Auf Kathleen wirkte er möglicherweise so unheimlich wie ein Leichenschauhaus; auf mich hatte er diese Wirkung.

Kathleen schien es wieder besser zu gehen. Beim Anblick des Papstes hatte sie geschrien und die Beherrschung verloren, aber nun war sie wieder sie selbst und konnte sich an seinen Besuch oder ihre entsetzte, fast gewalttätige Reaktion auf ihn nicht mehr erinnern.

Eine Gruppe nervöser Schwestern in weißen Kitteln und gestärkten, schleierähnlichen Hauben war eifrig bei der Arbeit und assistierte dem Spezialteam der Ärzte. Kathleen bekam Besuch von ihrer Mutter und ihrem Vater, aber beide schienen sich in dem Saal unbehaglich zu fühlen, und auch Kathleen wollte offensichtlich nicht, dass einer von ihnen bei der Geburt dabei wäre.

»Bleibst du bei mir, Anne?«, fragte sie, nachdem ihre Eltern fortgegangen waren.

»Natürlich, solange du willst.«

Als zwei Nonnen Kathleen mühelos von der Tragbahre

auf den sterilen weißen Tisch hoben, schloss sie die Augen. Die Nonnen legten ihre Füße vorsichtig in kalte Metallgurte. Das war alles.

Anschließend drehten sie einen Spiegel in eine Position, die es Kathleen ermöglichte, alles zu sehen. Sie schaute sich in die Augen, und ich fragte mich, was sie dort sah.

»Nein! Bitte!«, schrie Kathleen plötzlich in dem Raum auf, in dem geschäftiges Treiben herrschte.

»Es ist alles in Ordnung, Kathleen. Bisher ist alles nur Spaß«, hörte sie eine beruhigende männliche Stimme sagen.

Wir drehten beide unseren Kopf herum, um zu sehen, woher die Stimme kam.

Dort stand ein gut aussehender Mann in einem leger sitzenden schneeweißen Anzug. Seine dunkelbraunen Augen funkelten vergnügt. Hinter ihm schien ein grelles Licht. Es sah fast so aus, als flimmerte es aus dem rechten Auge des Arztes.

»Ich bin Dr. Annunziata. Erinnerst du dich? Wir haben uns gestern Abend in deinem Zimmer kennen gelernt. Ich möchte dir etwas geben, damit die Geburt leichter wird, Kathleen. Wir nennen das Epiduralanästhesie. Okay?«

Kathleen antwortete mit einem Stöhnen, das tief aus ihrem Bauch kam. »Ich fühle mich nicht gut. Irgendetwas scheint nicht in Ordnung zu sein. Ich habe ein seltsames Gefühl im Bauch. Es ist wirklich schlimm. Es kommt mir fast so vor, als wären es mehrere Babys.«

Dr. Annunziata nickte mitfühlend. »Ich versichere dir, dass es nur ein Baby ist. Glaube mir oder nicht, aber bisher verläuft alles ausgezeichnet. Deine Gesundheit und dein Zustand sind bestens, um heute ein wundervolles Baby zu bekommen.«

»Ich hoffe es«, murmelte Kathleen.

Ein zweiter Arzt stach eine lange, spitze Nadel in Kathleens Körper. Schon der Anblick dieser Nadel, die in Kathleen hineingestoßen wurde, tat mir weh.

Dann sah sie, dass ich hinter meinem weißen Mundschutz aufsah. »Und du wirst nicht gehen? Egal, was passiert?«

»Egal, was passiert«, sagte ich, wobei ich sie liebevoll tätschelte. Ich hätte gar nicht gehen können, selbst wenn ich gewollt hätte, denn ich musste hier meinen Job machen.

»Du wirst ein wundervolles Baby bekommen, Kathleen«, wiederholte Dr. Annunziata. »Dies ist mein viertausenddreihundertvierundsechzigstes Baby. Wusstest du das? Es stimmt hundertprozentig.«

»Es ist kinderleicht«, flüsterte der Arzt Kathleen in einem betörenden Ton zu. »Es kann eigentlich nichts schief gehen.«

99.

Es konnte unmöglich jemand verstehen, wie sie sich fühlte. Kathleen konnte noch immer nicht glauben, was mit ihr geschah. In dieser Hinsicht hatte sich seit der Abtreibungsklinik in Boston nichts geändert. Sie kniff die Augen ganz fest zusammen.

Hinter ihren Augenlidern war es heller und lebendiger als in dem Kreißsaal der Klinik. Sie hatte das Gefühl, hochgehoben und aus dem Salvatore-Mundi-Krankenhaus weggetragen zu werden. Vor dem Universum und der Unendlichkeit war ihr Baby bedeutungslos.

Ich schwebe weit über meinem Kopf. Es ist so schrecklich. Ein Albtraum.

Was geschieht hier? O mein Gott, sterbe ich? dachte sie. *Bitte, lass mich aus diesem Albtraum erwachen.*

»Press«, hörte sie Anne sagen, und das holte sie für einen Augenblick in die Realität zurück. Pater Rosetti hatte zu ihr gesagt, sie müsse Anne vertrauen, egal, was geschehe. Das tat sie. Anne war die Einzige, der sie vertraute. Anne war der beste Mensch hier, der verlässlichste, vielleicht der heiligste.

Kathleens Augenlider waren nur einen Spalt geöffnet, als sich ihr ein Bild aufdrängte. *Es war vor neun Monaten. Es war der Tanzabend am 23. Januar.*

Sie erinnerte sich an alles, als ob alles noch einmal geschähe.

Ihr Kleid, das blassgrüne Satinkleid, das ihre Mutter ihr in Boston gekauft hatte, war unter ihrem Busen zerknittert. Auf ihrer Brust lag eine schreckliche Last, die sie kaum atmen ließ.

Sie sah sich in dem schnellen gelben Mercedes. Ja, sie erinnerte sich daran. Jaime saß am Steuer, und er sah umwerfend aus. Sie hatte jede Einzelheit seines Gesichtes und seines Haars vor Augen und die Art, wie er sie anschaute. Sein gutes Aussehen machte ihr Angst, gefiel ihr jedoch gleichzeitig.

Der Wagen hatte ein düsteres, glänzendes Inneres und ein leuchtendes Armaturenbrett. Aus dem Radio drang kreischende Rockmusik, eine Gruppe nach der anderen: Matchbox 20, Silverchain, Green Day, *NSYNC.

Dann hatte sich alles geändert, einfach so.

Sie hielten an, und er wollte aufs Ganze gehen. Er erwartete es. Jaime fing plötzlich an, sie anzuschreien, wobei er die lauten Klänge der Musik übertönte. Er gebrauchte derbe, zweideutige Worte aus dem Bereich der Sexualität. Kathleen hielt sich mit beiden Händen die Ohren zu.

Sie waren in dem düsteren, pechschwarzen Sachuest Park, und es war sehr spät am Abend. Es war niemand in der Nähe, nur sie zwei.

»Ich habe *nein* gesagt!«, schrie sie ihn schließlich an. »Nein heißt *nein*. Bitte, Jaime. Bitte hör zu, was ich sage. Wage nicht, mich anzufassen! Bring mich nach Hause. Ist das deutlich genug?«

Dann spielte Jaime völlig verrückt. Kathleen spürte, dass er wie ein Wilder mit seiner Hand ihre Brust zerquetschte und zwischen ihre Beine fasste. Jaimes Stimme war auf einmal tiefer und unheimlicher. Er war hundert Pfund schwerer als sie, und er war kräftig.

Schreckliche Angst kroch in ihr hoch. Sie war so hilflos in dem dunklen, einsamen Park.

Wie konnte sie ihm entkommen? Sie wusste es nicht und biss kräftig in die dunkle ausgestreckte Hand. Jaime schrie vor Schmerzen.

Er riss die Tür auf ihrer Seite auf und stieß sie grob hinaus. Jaime schrie die schlimmsten Obszönitäten, die sie je gehört hatte. Selbst in der Schule war ihr so etwas noch nicht begegnet. Sein Gesicht hatte sich dunkelrot verfärbt.

»Geh nach Hause, Eiskönigin! Hau ab, du Fotze!«

Plötzlich fuhr ein anderer Wagen den Liebespfad hoch. Zwei Jungen stiegen aus. Sie taumelten und sahen aus, als seien sie betrunken oder voll gekifft oder beides. Sie kannte sie. Es waren Peter Thompson und Chris Raleigh. Waren sie dem Mercedes gefolgt?

Kathleen fiel auf den knirschenden, gefrorenen Straßenrand. Der nasskalte Geruch des eisigen Meeres stieg ihr in die Nase. Es war bitterkalt, und sie zitterte am ganzen Körper.

Jaime und die beiden anderen Jungen standen plötzlich neben ihr. Jaime stürzte sich auf sie. Sie hatte noch nie in ihrem Leben jemanden gesehen, der dermaßen die Beherrschung verloren hatte und so wütend war. Die beiden anderen Jungen wirkten fast ebenso böse.

Sie wollte sich an gar nichts mehr erinnern.

Sie wollte nicht an Jaime Jordan und das, was wirklich am Sachuest Point geschehen war, denken.

»Press, Kathleen«, hörte sie.

100.

Schweiß triefte von Justins Stirn und lief in kleinen Rinnsalen seine Wangen hinunter. In dem Schlafzimmer war es heiß und feucht und eng. Es war die intimste Erfahrung, die Justin je gemacht hatte: bei einer menschlichen Geburt dabei zu sein und zu sehen, wie dieses junge Mädchen das Baby gebar.

Er hörte immer und immer wieder die Worte in seinem Innern: *Wenn du nicht glauben kannst, dass jetzt ein Wunder geschehen kann, eine göttliche Geburt, wie kannst du dann sagen, dass du je geglaubt hast?*

Colleen Galahers Becken hatte sich geweitet, und sie strengte sich sehr an, um das Kind zu gebären. Und er war hier bei ihr.

Justin fragte sich, ob das vierzehnjährige Mädchen auf irgendeine Weise auf die starken Schmerzen vorbereitet worden war. Er verstand es nun ein wenig, was es für eine Frau bedeutete, ein Baby zu bekommen. Diese Erfahrung erfüllte ihn mit Demut. Er empfand auch Zärtlichkeit und Liebe für das geduldig leidende Mädchen, und vor allem fühlte er sich selbst gesegnet, auserwählt.

Wenn du nicht glauben kannst, dass jetzt ein Wunder geschehen kann.

Aber er konnte ja, mein Gott, er glaubte!

Ab und zu wanderten seine Gedanken aus dem Zimmer des Bauernhauses in Maam Cross hinaus, nach Rom. Er fragte sich, was dort wohl geschah. Er hatte große Angst um Kathleen und Anne. Wenn ihnen etwas zustieße, würde er sich das niemals verzeihen.

In den letzten Minuten war eine tiefe Veränderung in ihm vorgegangen. Er glaubte allmählich, dass Colleen die richtige Jungfrau und ihr Kind das richtige war. Wenn dem so war, was würde dann in Rom geschehen? Was *geschah* dort? War Anne von Pater Rosetti einer Gefahr ausgesetzt worden?

In dem kleinen Bett mit den zerlumpten Decken schrie das irische Mädchen leise und versuchte, tapfer zu sein. Sie war viel hübscher, als er sie in Erinnerung hatte. Die Geburt des Kindes fand in einer angespannten, unheimlichen Atmosphäre statt, aber es war das Schönste, was Justin je erlebt hatte.

»Seien Sie auf alles gefasst«, hörte er Rosettis Warnung von der anderen Seite des Bettes. »Sie lassen sich treiben. Bleiben Sie hier bei uns, Pater O'Carroll.«

»Ich bin voll und ganz hier, Pater. Ich bin vorbereitet.«

»Sind Sie *darauf* vorbereitet?«, fragte Rosetti.

Justin schaute hoch und sah, dass plötzlich ein winziges Köpfchen zwischen Colleens dünnen Beinen hervorguckte. In diesem Augenblick begriff er Leben auf eine Weise wie nie zuvor. Er begriff etwas über die Ehe, die Liebe und Sexualität, was er nie zuvor verstanden hatte.

Justin streckte die Hand aus und legte sie vorsichtig unter den winzigen Kopf des Kindes. Es hatte dickes, schwarzes Haar wie Jesus, als er ein Mann war. Justin war vor Ergriffenheit wie erstarrt.

»Er ist hier«, verkündete Colleen mit leiser, ehrfürchtiger Stimme. »Er ist gekommen.«

101.

Press«, hörte Kathleen.

Sie *presste*. Gott, wie sie *presste*. Sie *presste* Jaime Jordan weg und versuchte, so schnell sie konnte, die Straße hinter dem Sachuest Point zu erreichen.

Das Unterteil ihres Satinkleides war eng und zwängte sie ein. Sie zog es bis zur Taille hoch und rannte. Jaime war wahnsinnig geworden, weil er nicht bekam, was er wollte. Was dachte er sich dabei? Was tat er? Und was war mit den anderen Jungen? Warum waren sie hier?

Sie hörte hinter sich, wie die beiden Wagen Gas gaben. Kies, weißer Rauch, Sand und Dreck wirbelten durch die Luft. Fuhren Jaime und die anderen Jungen ohne sie zurück nach Newport?

O mein Gott, ist es kalt, dachte Kathleen, die in Panik geriet. *Er kann mich doch nicht hier zurücklassen. Wie kann er so verrückt sein? Ich gehöre ihm doch nicht. Er hat kein Recht dazu. Ich habe ihm nichts vorgemacht. Ich habe ihm nichts versprochen.*

Tränen trübten Kathleens Blick. Der starke, raue Wind, der vom Meer kam, pfiff durch ihre Kleider und wehte ihr das schöne, silberne Stirnband vom Kopf. Schneegestöber wirbelte um ihre dünn besohlten Schuhe herum.

Er muss doch zurückkommen. Ich werde hier draußen erfrieren. Ich könnte sterben. Ich werde sterben!

Kathleen lief über die schmutzige Straße. Sie hatte keine andere Wahl. Es war der einzige Weg zurück zur Stadt, und es war meilenweit bis dorthin.

Sie richtete ihren Blick auf das ferne Lichtermeer der Stadt Newport. Überall auf der Erde, wohin sie auch sah, schimmerte ein schwacher, unheimlicher Lichtschein. Aus allen

Richtungen hörte sie das Donnern des Meeres. Es klang, als würde ein Fluggeschwader über ihren Kopf hinwegfliegen. Niemand würde ihre Hilfeschreie hören.

Und dann stieß sie auch noch mit dem Fuß gegen einen spitzen vorstehenden Felsen und fiel auf den harten Boden. Sie stöhnte und schluchzte laut. Wahrscheinlich hatte sie sich den Fuß verstaucht. Kathleen rollte sich zu einem kleinen Knäuel auf der Erde zusammen. Das war sicherer und besser; besser als der eisigen Kälte ausgesetzt zu sein.

Sie fragte sich, ob sie hier schlafen könnte. Vielleicht wäre am nächsten Morgen alles wieder gut – einfach einschlafen. Nein, sie würde sterben. Sie würde erfrieren.

Wie konnten Jaime und die anderen sie nur hier draußen zurücklassen?

Dann hörte Kathleen Autos, die über die lange, einsame Parkstraße rasten. Helle Lichter leuchteten durch die kahlen Bäume und fielen auf den pechschwarzen Asphalt. Das Licht tanzte vor Kathleens Augen. Sie sah spiralförmige rote und violette Ringe. Flatternde Silberstreifen wie in einem verträumten Tanzpalast.

Kathleen zwang sich, sich hinzuknien. Spitze Steine stachen ihr in die Hände. Sie strich über ihr zerknittertes, beflecktes Kleid, das so schön gewesen war.

Dann erhielt sie einen heftigen Schlag auf den Hinterkopf.

Indem sie zu Boden sank, erkannte sie Jaime. Er hatte ihr den harten Schlag versetzt.

Wo war sie? Sie fiel und fiel und fiel in die Dunkelheit.

»Sie kommt zu sich«, hörte sie. Es war Chris Raleigh. Er hockte über ihr. Die anderen auch.

Peter Thompson zerquetschte brutal ihre Brust. Dann zerrte er beide Brüste aus ihrem Kleid. Seine Hände waren eiskalt.

»Nein, bitte«, flüsterte sie. »Bitte, fass mich nicht an. Bitte.«

Durch den Dunst und Nebel sah Kathleen Jaimes Gesicht undeutlich über sich. Er hielt etwas in der Hand. Sein Gesicht war rot. Er keuchte vor Anstrengung.

Etwas Weißes spritzte aus seiner Hand!

Kathleen wusste, was es war. Sie sah seinen geschwollenen Penis. Jaime Jordan stieß sein Sperma über ihr aus. Es war unglaublich widerlich zu spüren, wie sein warmes Sperma auf sie niederregnete.

»Press«, hörte sie. *»Du musst pressen, Kathy!«*

Kathleen schrie. Sie war nicht in Newport! Sie begriff, dass sie in dem Kreißsaal in Rom lag. Weiße Masken beugten sich tief über sie. Ärzte und Krankenschwestern. Sie kamen immer näher.

»Es ist alles in Ordnung, Kathleen. Press noch einmal. Press.«

Was geschah hier? Sie wanderte zwischen zwei Welten hin und her – dem Krankenhaus in Rom und dem Strand außerhalb von Newport. Sie konnte die Aufeinanderfolge der Bilder nicht steuern.

»Lass mich los! Lass mich los! Geh weg mit dem Ding!«, schrie sie.

Ihr Slip war bis zu ihren Knien heruntergezogen. Jaime verrieb sein Sperma zwischen ihren Beinen. Sie war dort unten ganz klebrig und nass.

Jaime! Jaime hatte es getan. Jetzt wusste sie es. Endlich erinnerte sie sich! Jaime hatte sie in jener Nacht am Strand geschwängert.

Sie *war* Jungfrau, aber die Geburt des Kindes konnte nicht göttlich sein. Oder doch? Jaime Jordan hatte sie geschwängert. Sie war sich ganz sicher. Sie erinnerte sich an alles, als sei es eben erst geschehen.

Sie hörte einen Schrei!

Wessen Schrei war das?

Wo war sie?

Kathleen riss die Augen plötzlich weit auf. Natürlich. Sie war in dem Krankenhaus in Rom. Ihr Körper wurde von einem harten Stoß erschüttert, fast, als hätte sie einen Schlag erhalten. Ihr Becken zog sich zusammen. Sie war so erschöpft wie noch nie in ihrem Leben.

Über ihrem Kopf kreisten grelle, runde Lichter. All die Ärzte und Krankenschwestern und Anne standen neben ihrem Bett.

Dann sah sie, wie der Kopf des Babys hervorkam. Sie erblickte ein Gesicht, und dann verlor Kathleen Beavier das Bewusstsein.

102.

Colleen Galaher schluchzte laut, als sie über ihrem zitternden Bauch eine scharfe Nähschere schweben sah.

Was machten die beiden Priester jetzt mit ihr? Sie nahm wahr, dass Pater O'Carroll die Nabelschnur vorsichtig durchschnitt. Und dann machte der erschöpfte, schwitzende Priester einen Knoten in die Nabelschnur. Pater Rosetti hielt ihr Baby fest.

Die junge Mutter fühlte sich bestätigt. Sie war eine richtige Jungfrau, und hier war ihr Kind. Und was würde nun mit ihnen geschehen?

Wie ein schönes, kleines Lamm, wie einen Kelch bei der Feier des heiligen Abendmahls hielt der Priester den Säugling mit seinen starken Händen empor.

Sie wollte das Gesicht des Babys sehen. Im Gedanken daran lächelte sie.

Dann streckte sie ihre Arme aus, die stark zitterten, denn sie war unglaublich schwach. Noch nie in ihrem Leben hatte sie sich so schwach gefühlt. Natürlich nicht. Sie war ja auch noch nie zuvor Mutter geworden.

»Bitte, Pater, darf ich das Baby sehen?«

Colleen hatte den Eindruck, als legte das Licht, das schräg durch das Schlafzimmerfenster einfiel, eine goldene Robe um die Schultern des Kindes.

Tränen traten ihr in die Augen. *Ich bin Mutter.*

»Ich möchte mein Baby sehen. Mein Baby? Darf ich?«

»Gleich, Colleen.«

Pater Rosetti strich mit seinem Daumen über die Kehle des Babys und wischte den Schleim mit einem kleinen desinfizierten Leinentuch weg. Dann schlug er leicht auf die Fußsohle des Babys, um sicherzustellen, dass es atmete.

»Es lebt und ist gesund«, sagte er leise zu dem jungen Mädchen. »Es geht ihm sehr gut.«

»Bitte, geben Sie es mir«, bat sie noch einmal. »Ich möchte mein Baby halten.«

Pater Rosetti verließ indessen wortlos mit dem Baby das Schlafzimmer. Er erlaubte der Mutter nicht, den Säugling zu berühren. Er erlaubte Colleen Galaher nicht, das Gesicht ihres kleinen Sohnes einmal zu sehen.

Colleen, die noch immer nicht verstand, was hier geschah, schrie, aber Rosetti ließ sie einfach schreien.

»Bitte, mein Baby. Warum darf ich mein Baby nicht sehen?«

103.

Die beiden Priester eilten aus dem einsamen Bauernhaus. Wir sehen sicher wie Kidnapper aus, dachte Justin. Im Grunde waren sie es ja auch.

»Pater, warten Sie«, rief er ihm zu. »Was ist mit dem Mädchen? Mit der armen Colleen?«

Doch Rosetti lief mit dem Kind in seinen Armen davon. Er rannte zum Wagen und setzte sich schnell auf den Rücksitz.

»Sie fahren, Pater. Woodbine Priesterseminar. Fahren Sie einfach geradeaus.«

»Und das Mädchen? Colleen?«, beharrte Justin.

»Wir werden in Woodbine Hilfe für sie holen. *Fahren Sie!* Tun Sie, was ich Ihnen sage.«

Der Wagen fuhr schnell die felsige, schmutzige Straße hinunter, die von dem einsamen Bauernhaus wegführte. In dem Wagen saß Pater Justin O'Carroll. In dem Wagen saß auch der Chefermittler der Glaubenskongregation, der den Säugling scheinbar zärtlich wiegte.

Justin wurde von Fragen bestürmt, und sein Gefühl sagte ihm, dass dies hier ganz und gar unrecht war. Was würde mit dem Kind geschehen? Welchen Plan hatte Pater Rosetti?

Was war die ganze Wahrheit über Colleen Galahers Baby? Und die über Kathleens in Rom? Er hatte ein ungutes Gefühl bei dieser Sache, ein schreckliches Gefühl.

Justin steuerte den Wagen in angespanntem Schweigen. Er fühlte sich wie benommen. Es war wie ein nicht endender Albtraum. Warum saß er hier in diesem Wagen? Warum er? Er *kidnappte* das Baby einer Jugendlichen. Er hatte das arme Mädchen kurz nach der Geburt seines Kindes einfach allein gelassen.

»Pater Rosetti! Das kann ich nicht machen.«

»Fahren Sie, verdammt noch mal! Sie handeln auf Befehl des Heiligen Vaters von Rom. Gehorchen Sie ihm. Gehorchen Sie mir. *Fahren Sie!*«

Sie fuhren auf dem Weg nach Costelloe an düsteren, zerfallenen Bauernhöfen vorbei. Zu beiden Seiten der Straße lagen große, abgeerntete Gersten- und Kartoffelfelder. Dann sahen sie eine Gruppe rothaariger Männer in einem ramponierten Eselkarren und eine junge Frau in einem Regenmantel mit Plastikhaube – ein Mädchen, das Justin an Colleen erinnerte.

Er drehte sich zu Pater Rosetti um. »Pater?«, fragte er noch einmal. »Was ist mit dem armen Mädchen?«

Aber Rosetti weigerte sich zu antworten. Er schien in seiner eigenen Welt versunken, und er wollte seine Augen offensichtlich nicht von dem Gesicht des Babys abwenden.

Sie fuhren über eine kurvenreiche Straße auf ein ausgetrocknetes Moor zu. Von der Erde stiegen Nebelschleier hoch, die zerfetzt wurden, als der Wagen hindurchsauste. Der Himmel war tief dunkel. Ein böses Omen?

Schreckliche Angst kroch in Justin hoch. Er bekam kaum Luft. Als er sich umdrehte, versuchte er einen Blick in die Decke auf dem Schoß des Priesters zu werfen. Er sah nichts außer den dunklen Locken des Babys.

»Wo ist dieses Woodbine-Seminar, zu dem wir fahren, genau?«, fragte Justin.

»Immer geradeaus. Ganz in der Nähe. Ich sage Ihnen Bescheid. Fahren Sie und halten Sie bitte den Mund.«

Genau in diesem Moment beschrieb die Straße eine Kurve und führte nun auf die Irische See zu. Er sah ein kleines Holzschild: WOODBINE 7 KM.

»Woodbine«, sagte er erleichtert. Diesen Ort gab es also tatsächlich.

Justin steuerte den Wagen nervös an den Kalksteinklippen über dem Meer entlang. Er hörte, dass Rosetti auf dem Rücksitz in lateinischer Sprache betete. Seine Hände umklammerten fest das Lenkrad.

Er hörte die Worte ganz deutlich ...

»Requiem aeternam dona eis.«

Er schauderte, und die Nackenhaare sträubten sich ihm.

Das war das heilige Gebet der gesalbten Kranken.

Das römisch-katholische Gebet für ernsthaft Kranke oder soeben Verstorbene.

Gebete für Menschen, die in Lebensgefahr waren.

Justin trat kräftig auf die Bremse.

Das Heck des kleinen grauen Wagens rutschte langsam wie ein Pflug nach links. Der Kühlergrill mähte mühelos eine Reihe kleiner buschiger Kiefern um. Die Reifen quietschten bedrohlich.

Der Wagen drehte sich noch immer um seine eigene Achse, holperte über knorrige Büsche und Felsen und landete schließlich in einer ausgewachsenen Tanne.

Justins Stirn prallte gegen die Windschutzscheibe. Sein Kopf rollte zur Seite und sackte dann auf seine Brust.

Aus dem Winkel seines blutunterlaufenen Auges sah Justin eine hastige Bewegung.

Rosetti sprang aus dem Wagen. Er hielt ein kleines rosa Bündel in seinem Arm. Das Baby jammerte; Justin musste es retten.

104.

Justin taumelte aus dem Wagen und stolperte Rosetti und Colleen Galahers Baby hinterher. Die kalte Seeluft peitschte gegen seinen Körper und in sein Gesicht. Der Himmel wurde immer dunkler. Der Wind heulte wie eine Sirene. »Pater! Pater, bleiben Sie bitte stehen! Wohin gehen Sie? Pater Rosetti!«, schrie Justin. »Bleiben Sie stehen, Sie Dreckskerl. Sie Mörder.«

Er rannte weiter, spannte seine Muskeln an und umklammerte seine schmerzende Brust. Das Baby vor ihm schrie noch immer.

Die Irische See breitete sich vor seinen Augen aus, als er die Spitze eines kahlen, schwarzen Felsens erreichte, der von Geröll überzogen war und wie ein schmaler Steg übers Meer ragte. Justin stockte der Atem, als er sah, wie hoch und steil die dunklen Klippen waren.

Es ging mindestens einhundert Meter steil hinunter. In der Tiefe donnerten große Wellen über spitze Felsen, die wie Grabsteine aussahen.

Über dem Wasser flogen Vögel, Tausende von Vögeln, die unvorstellbar laut kreischten.

»O mein Gott!«, schrie er. »Was geht hier vor?«

Justin wankte über einen schmalen Vorsprung auf den nächsten Felsen zu, der mit Flechten überzogen war. Der raue Wind pfiff durch seine Kleidung. Er zog sich mühsam über ein lockeres Stück Schiefer hoch, das in einem Sechzig-Grad-Winkel in die Klippen ragte.

Kalter Schweiß glänzte auf seiner Stirn. Er hatte das Gefühl, als würden seine Lungen platzen. *Gott, gib mir Kraft.*

Zehn Meter über ihm hockte die schwarz gekleidete Gestalt Rosettis auf einem anderen verwitterten Felsen. Der

Himmel hoch über seinem Kopf war voller Vögel. Unter ihnen war alles unglaublich schwarz. Es war so dunkel wie in der tiefsten Nacht, dabei war es mitten am Tage.

Justin sah einen kurzen Augenblick die rosafarbene Decke. Das Kind. Das Baby schrie noch immer.

»Pater, bitte, bleiben Sie stehen – bitte. Sie können nicht sicher sein. Oder sind Sie sich ganz sicher?«

»Sie *glauben* nicht mehr«, hallte Rosettis kräftige Stimme über den steilen Klippenhang. »Niemand von Ihnen glaubt! Nicht an unseren Herrn! Nicht an Satan! An nichts, was von Bedeutung ist!«

Rosetti hielt das Kind locker in seinem kräftigen Arm. Sie waren beide dem Felsrand bedenklich nahe.

Justin hatte einen furchtbaren Gedanken. Er machte ihn krank. *Rosetti könnte selbst der Satan sein. Wie soll ich das wissen? Vielleicht hält Satan in diesem Moment den Erlöser der Menschheit in Händen.*

Er musste das Gesicht des Kindes mit eigenen Augen sehen. Das war seine Mission. Darum war er doch hier, nicht wahr?

Mit Entsetzen sah er, wie Rosetti den Säugling mit beiden riesigen Händen hoch in die Luft hob. Die Augen des Priesters wirkten wie leere schwarze Löcher, als er zu Justin herabschaute.

Über den Klippen schossen die Vögel umher. Tausende flogen wild durcheinander. Der Lärm ihres Kreischens und Schreiens war ohrenbetäubend. Der Wind heulte fast ebenso laut.

Justin hatte so große Angst, dass er keine Luft mehr bekam. Hier geschah etwas Unheimliches. Seine Ohren klingelten und fingen an zu schmerzen.

Nicholas Rosettis Stimme war rau und kaum wiederzuerkennen.

»Dies ist die Bestie! Zweifeln Sie nicht daran, Justin. Alle Zeichen der Vorhersage von Fatima sind eingetroffen. Die Jungfrau hat mich mit diesem Kind genau an diesen Ort geführt. Dies ist die Bestie! Satan ist so weise und so clever. Das Mädchen selbst wusste es niemals. Ist es so schwer für Sie, das zu glauben? Ist es Ihnen nicht möglich, an irgendetwas zu glauben? Glauben Sie an Gott, Pater? Nur Ihr Glaube wird Sie nun retten, denn Sie sind in großer Gefahr. All diese verrückten, schwarzen Vögel sind Teufel. Gefallene Engel. Das *Kind* befehligt sie. Das *Kind* hat sie hierher gerufen.«

Justin konnte seinen Blick nicht von dem armen hilflosen Kind abwenden. Er konnte es einfach nicht glauben. Er musste es *sehen*.

»Wer sind Sie?«, rief er Rosetti zu.

»Und wenn ich Ihnen sage, ich sei der Erzengel Michael? Würde Sie das zufrieden stellen? Schön, dann bin ich *Michael!* Ich bin Michael. Glauben Sie es, wenn Sie müssen.«

»Lassen Sie mich das Kind sehen. Sie sagten, Sie vertrauen mir. Lassen Sie es mich sehen, Pater.«

Über ihnen ragten die Felsen noch weitere fünfzig Meter in die Höhe. Die obersten Felsen schienen die Wolken zu durchbohren. Noch mehr schwarze Vögel kreisten langsam am Himmel. Sie kreischten böse. Sie schrien Rosetti an. Waren das die Legionen? Sagte Rosetti die Wahrheit über die Teufel und das Kind, das sie befehligte?

Justin beschirmte seine Augen und sprach Rosetti wieder an. »Wie kann ich sicher sein? Woher wissen Sie, dass Sie kein unschuldiges Kind in den Armen halten? Pater? Ich sehe kein Zeichen.«

»Sie sind wie der ungläubige Thomas. Müssen Sie immer *sehen,* um zu glauben? Wie können Sie sicher sein, dass Jesus Christus ein Mensch wurde?« Rosettis Stimme klang böse. »Wie können Sie sicher sein, dass Jesus unsere Seelen von dem ewigen Feuer der Hölle erlöst hat?«

»Hat er das?«, rief Justin zurück. »Hat er uns von der Hölle erlöst? Es sieht so aus, als wären die Tore zur Hölle gerade jetzt weit geöffnet.«

»Es ist ihre Zeit. Sie sind an der Reihe, es sei denn, wir halten sie auf. Sie haben noch keine Macht auf Erden. Sie können nur durch Menschen handeln. Dieses Kind ist ein Mensch.«

Die Vorstellung war grauenhaft, doch sie stimmte mit allem überein, was Justin je über die gefallenen Engel gelesen hatte.

Ihn überkam Schwindel. Große Wogen von Übelkeit überschwemmten ihn. Hatte er sich auf ein Gespräch mit dem Teufel eingelassen? Oder ergriff er Partei für Satan gegen alles Gute und Heilige in der Welt? Was wusste Pater Rosetti? Was hatte er gesehen? Was hielt er in seinen Armen?

Er wusste, dass er nicht hinunterschauen durfte in den Schwindel erregenden Strudel, der ihn in Versuchung führen und von den Klippen in die Tiefe ziehen wollte.

Noch einmal übertönte er mit seinem Geschrei das tosende Meer und die durchdringenden Schreie der Möwen und Krähen und Tölpel, die sich über den Klippen zusammenrotteten. Er übertönte die Schreie der Teufel.

»Wir können ins Woodbine-Seminar gehen! Wir können eine Teufelsaustreibung durchführen. Pater! Wir können reden. Sie wissen, dass es das Beste ist.«

Als Justin gen Himmel schaute, sah er, dass Rosettis breite Schultern nach vorn sackten. Der Priester trat vorsichtig einen Schritt von der Felskante zurück. Dunkelgelbe Galle tropfte aus seinen Mundwinkeln. Blut rann aus seiner Nase. Starb er nun?

»Kommen Sie hierher, Pater«, sagte der Priester des Vatikans in einem seltsam ruhigen Ton. »Wenn Sie müssen, kommen Sie zu mir. Schauen Sie sich das Kind selbst an.«

Justin machte auf dem lockeren, rutschigen Felsen einen Schritt vorwärts. Der Seewind peitschte ihm ins Gesicht. Etwas warnte ihn, nicht höher zu steigen, *nicht näher zu Rosetti und dem Kind zu gehen, nicht höher auf die dunklen, rutschigen Felsen zu klettern.*

Doch er stieg Schritt für Schritt die steilen Felsen hinauf. Er hatte das Gefühl, als wären seine Arme zentnerschwer. Er hatte Angst, dass er nicht in der Lage sein würde, das Baby festzuhalten, wenn er Rosetti erreicht hatte. Er hatte Angst, dass er sterben könnte, ohne die Wahrheit über die jungfräulichen Geburten erfahren zu haben.

Justins bleischwere Füße gingen weiter hinauf, als geschähe es gegen seinen Willen.

Als er schließlich noch einmal den Blick hob, sah er in die funkelnden Augen von Nicholas Rosetti.

»Sie möchten es sehen? Dann schauen Sie, Justin O'Carroll. Weiden Sie Ihre Augen an dem Anblick. Schauen Sie sich das Kind an! Schauen Sie! *Schauen Sie*!«

105.

Kathleen stieß die Worte wie das leiseste, kaum hörbare Flüstern aus. »Ist mit meinem Baby alles in Ordnung? Ist mein Baby gesund, Doktor?«

Es war die Stimme eines ängstlichen, im Innern sehr aufgewühlten sechzehnjährigen Mädchens, das soeben Mutter geworden war.

Kathleen schaute auf das dunkelhaarige, runzelige Kind.

Der Arzt stand mit dem Säugling am anderen Ende des Tisches im Kreißsaal. Sie bemühte sich, sein Gesicht zu sehen.

»Ist etwas nicht in Ordnung?«, fragte ich Dr. Annunziata flüsternd, damit Kathleen es nicht hören konnte.

»Nein, nein. Keine Sorge«, flüsterte er, aber ich war nicht sicher, ob ich ihm glauben sollte. Er benahm sich seltsam.

Inzwischen schauten die anderen Ärzte und die Krankenschwestern des Salvatore-Mundi-Krankenhauses Mutter und Kind in ehrfürchtigem, fast andächtigem Schweigen an.

Die Soldaten der Schweizer Garde warteten schweigsam. Sie wirkten noch immer angespannt. Was hatten sie erwartet? Welche Order hatten sie erhalten? Mir fiel auf, dass sie bewaffnet waren. Waren sie da, um Kathleen und das Kind zu beschützen? Oder gab es einen anderen Grund für ihre Anwesenheit?

Der Geburtshelfer versetzte dem Baby einen leichten Klaps auf den Po. Der winzige Säugling fing sofort an zu schreien. Es war eindeutig ein qualvoller, ängstlicher *menschlicher* Schrei.

Dr. Annunziatas Gesichtszüge erhellten sich endlich. Alle Ärzte und Geistlichen in diesem Zimmer lächelten über die natürliche Antwort des Kindes. Sogar einige Soldaten der Schweizer Garde lockerten ihre Haltung und grinsten.

Auch ich versuchte, positiv zu denken. Das Baby war wie wir. Das Baby war ein Mensch. Es war schön und gesund. Ein neues Leben war in die Welt gekommen, und das war immer ein Wunder.

Aber war die Geburt auch ein *Zeichen?* War sie vor mehr als achtzig Jahren in Fatima vorhergesagt worden?

Ich näherte mich Dr. Annunziata. »Gibt es ein Problem, Doktor?«

Er schaute mich an. »Nein, nicht direkt ein Problem. Aber, na ja, wie soll ich sagen, eine besondere Situation.«

106.

Nicholas Rosetti war plötzlich ganz ruhig, und er fragte sich, ob ihm wieder ein Streich gespielt wurde. Bald würde er zum ersten Mal, seitdem er Papst Pius getroffen hatte, von einer schweren Last befreit sein. Er hatte seine Arbeit getan und seine Ermittlungen durchgeführt. Jetzt glaubte er, die Wahrheit gefunden zu haben.

»Ich muss es wissen«, rief Justin O'Carroll so laut, dass er den heulenden Wind und die schaurigen Schreie der Seevögel übertönte. »Ich komme zu Ihnen hoch, Pater.«

Nur aus Liebe und Mitleid richtete Rosetti seine Worte an den jungen Priester: »Wenn Sie keinen Glauben haben, so glauben Sie dies«, sagte er. »Glauben Sie der *Medizin*. Glauben Sie der *Wissenschaft*. Hören Sie mir zu. Colleen Galaher wurde auf den männlichen Vornamen *Colin* getauft. Das Kind wurde mit zwei verschiedenen Geschlechtsorganen geboren. Ihr Arzt im Ort tat, was er konnte.«

»Ich verstehe nicht«, sagte Justin, der seine Hand nach dem Kind ausstreckte. »Was sagen Sie da?«

»Colleen Galaher hat *keine Gebärmutter*«, erwiderte Rosetti mit heiserer Stimme. »Sie wurde entfernt.«

Rosetti hielt das Baby in die Höhe. Er sprach mit verzweifelter, fast unverständlicher Stimme. »Dieses Kind ist des Teufels. Dieses Baby wird die Welt verändern.«

Ein gedämpfter Schrei drang aus der rosafarbenen Decke und erschreckte Justin. Der Schrei eines *Babys*.

Zweifel bestürmten seinen Geist. Wem konnte er jetzt noch glauben? Der Teufel war gerissen, und er war überall.

Der Wind und die Vögel, die über Pater Rosetti kreisten, verschluckten sofort die Stimme des Kindes. Sie sahen aus, als ob sie herabstoßen und es forttragen wollten.

Justin hörte einen gequälten Ausruf über sich. »Beten Sie für mich, Pater O'Carroll.«

Mit zitternden Händen schlug der Priester des Vatikans die Wolldecke zurück. Seine Lippen sprachen unhörbar ein Gebet, als er die Stirn des Babys mit dem Daumennagel bekreuzigte. Das Baby heulte vor Schmerzen auf und zappelte wütend.

Dann neigte sich Pater Rosetti herunter und zeigte Justin den Kopf und das Gesicht des Säuglings.

Justin starrte in die Augen des Kindes, und tausend Augen starrten zurück. Er konnte deutlich unzählige Augen in den Augen des Kindes sehen. Genau dort waren die Legionen des Bösen.

Justin wich zurück und verlor fast den Halt auf dem Felsen. Sein Herz pochte. Zuerst hatte er in das Gesicht eines Kindes geblickt, doch nun veränderte es sich vor seinen Augen. Was er sah, war grotesk. Es verwandelte sich in das wildeste Tier, aus mehreren Tieren zugleich, und brüllte ihn zornig an. Es versuchte, ihn zu verjagen, was ihm auch beinahe gelang.

Der Schrei war scheußlich und unheimlich. Das Tier zappelte wild, und da der Priester den Griff nicht lockerte, biss es ihn mit seinen langen, scharfen Zähnen in die Wange. Das Tier, die Bestie, schrie und schrie. Alle Teufel in dem Kind schienen auf einmal zu schreien.

Er ließ es nicht los. Nicholas Rosetti hielt die Bestie genau vor sein Gesicht.

»Sie haben es gesehen, Pater O'Carroll. Die Augen, die Legionen. Sie wissen es nun. Kehren Sie wieder nach Rom zurück. Die wahre Jungfrau ist dort. Beten Sie für mich, Pater.«

Er machte von der hohen Klippe einen Schritt nach vorne, ins Leere. Der Priester und das Kind fielen gemeinsam in die Tiefe. Sie schienen ein paar Sekunden lang an einer unsichtbaren Schnur zu hängen. Das Kind kämpfte weiter und hatte sich mit seinen Zähnen in Rosettis Wange verbissen.

Die Vögel umkreisten den Priester. Ihre Flügel surrten wie Tausende von Rotorklingen. Begleitet von schrillen Schreien schienen sie zu versuchen, Pater Rosetti aufzufangen und seinen Fall zu stoppen.

Schließlich klatschten Rosetti und das Kind auf dem kalten Wasser auf und verschwanden unter den dunklen, tosenden Wellen. Eine dicke Rauchsäule stieg aus dem Meer auf. Das Wasser zischte laut.

Die Vögel, die über den Bergen kreisten, kreischten lauter als zuvor, als sie sich in riesiger Anzahl aufs Meer herabsenkten. Sie veränderten ihre Gestalt, verwandelten sich in fliegende Wölfe, stießen in die Wellen und tauchten nie mehr auf.

Nach einer Weile stieg Justin unbändig schluchzend die hohen Felsklippen hinab. *»Requiem aeternam dona eis.«* Er betete für das ewige Seelenheil von Nicholas Rosetti und ebenso für sein eigenes Seelenheil.

Er hatte in das Gesicht des Satans geblickt.

107.

Ich war mir der fast unnatürlichen Stille, die sich auf das Krankenzimmer gelegt hatte, deutlich bewusst. Zuerst die Stille, dann das Gelächter und dann – wieder Stille.

Die Ärzte, die Krankenschwestern und das Fachpersonal standen schweigend da und beobachteten mit ehrfurchtsvollen Gesichtern die ersten unbeholfenen Bewegungen des Säuglings. Sie sahen aus, als erlebten sie den wichtigsten und schönsten Moment ihres Lebens.

Niemand konnte gerührter sein als ich. Ich hatte angefangen zu zittern, als wäre der Raum sehr kalt, wohingegen er jedoch tatsächlich sehr warm war.

Sie werden wissen, was Sie tun müssen, wenn die Zeit gekommen ist. Darum sind Sie hier. Sie sind die Stärkste von uns allen. Immer und immer wieder hörte ich die Worte, die Pater Rosetti zu mir gesprochen hatte, als wir uns zum letzten Mal sahen.

Miss Fitzgerald, ich hoffe und bete, dass ich jetzt endgültig Aufschluss über die beiden Jungfrauen erhalten werde ... Aber die Bestie muss getötet werden.

Mir war schwindelig, und ich stand kurz davor, in Panik zu geraten, als ich plötzlich hörte, dass mein Name genannt wurde. Die Stimme war tief und volltönend. Was sollte ich tun?

Ich schaute den Arzt an, der neben mir stand. *Er hatte meinen Namen nicht gesagt.*

Ich drehte mich zu dem dunkelhaarigen Techniker um, der das EKG-Gerät überwachte. *Es war auch nicht seine Stimme.*

Die Stimme ertönte wieder. Lauter. Sicherer. Näher.

Anne, rief sie mich. *Es muss sterben, oder wir werden sterben. Eine Ewigkeit des Leidens für die Menschheit. Töte die Bestie, Anne! Töte das Kind jetzt!*

Ich näherte mich dem Arzt und dem Kind. Mein Körper bebte.

Im Namen des Vaters, töte das Kind des Bösen!

»Uns wurde ein deutliches Zeichen für den Moment der göttlichen Geburt versprochen«, hatte Pater Rosetti gesagt. Er hatte hinzugefügt, es sei eine Sache des Glaubens. Besaß ich diesen Glauben? Warum ich? Warum war ich dazu auserwählt worden, in Rom zu sein?

Ich sprach einfache Gebete aus meiner Kindheit. *Gegrüßet seist du, Maria. Ehre dem Vater im Himmel.* Ich fühlte mich schrecklich allein in diesem Krankenzimmer.

Wieder hörte ich die tiefe Stimme.

Im Namen des Vaters und des Sohnes und des Heiligen Geistes: TÖTE DAS KIND!

Meine Hände zitterten, und ich fühlte mich ganz schwach auf den Beinen. Ich konnte kaum noch stehen, aber ich ging einen Schritt näher an das Kind heran.

Mein prüfender Blick wanderte über einen Tisch mit scharfen Metallinstrumenten, die während der Entbindung benutzt worden waren. Dort lag ein Skalpell, das ich benutzen könnte.

Bei dem Gedanken verlor ich fast die Besinnung. Der Gedanke war abstoßend.

Du musst, Anne. Darum bist du hier.

»Geben Sie mir das Kind«, sagte ich schließlich mit einer Stimme, die sich anhörte, als gehöre sie einem anderen. »Lassen Sie mich das Kind halten. Ich möchte es Kathleen in die Arme legen.«

Als ich meine Arme ausstreckte, wandte sich Dr. Annunziata abrupt ab und übergab das Kind einer Krankenschwester.

Etwas im Blick des Arztes ließ mich innehalten.

Bildete ich mir das ein? Oder war Dr. Annunziata etwas bei Kathleen aufgefallen? Etwas, das ich wissen musste.

Er sprach ruhig und vertrauensvoll zu mir. »Dieses Mädchen ist nicht mehr unversehrt. Kathleen Beavier ist keine Jungfrau.« Ich hörte das Bedauern in seiner Stimme. »Dies ist nicht das heilige Kind, aber es ist dennoch ein Kind Gottes.«

Die Stimme in meinem Kopf hörte augenblicklich auf zu sprechen. Dieses Kind war nicht der Erlöser, sondern es war ein unschuldiges Baby – ein normales Menschenkind.

Die Krankenschwester, die das Baby auf dem Arm hielt, wickelte es mit geübter Hand in eine saubere Decke. Dann gab sie Kathleen das Kind.

Kathleen nahm es in ihre Arme. Ihr stiegen sofort Tränen in die Augen. Ich sah, dass das Baby die gleichen blauen Augen hatte wie sie.

Sie schaute in das süße Gesicht des Babys, und ich konnte sehen, wie die Liebe einer Mutter sie erfüllte. »Mein Sohn«, sagte Kathleen. »Mein kleiner, kleiner Sohn.«

Ich glaubte das. Ich glaubte an die Mutter und das Kind. Und ich glaubte, dass meine Ermittlungen zu Ende seien.

108.

Endlich war es für mich vorbei. Und das Leiden war offensichtlich für Unzählige andere vorbei.

In dieser Nacht kam die Nachricht, dass in Teilen Indiens, die monatelang nichts außer strafender Hitze und Sonne gekannt hatten, der Regen eingesetzt habe. In Krankenhäusern in Boston, Los Angeles und anderswo wurden keine Kinder mehr mit Kinderlähmung eingeliefert. Die Seuchen, die in Asien und Mexiko grassierten, endeten plötzlich wie durch ein Wunder.

Es würde die Arbeit eines anderen sein, alles, was passiert war, zu entschlüsseln und die Wahrheit ans Licht zu bringen. Nicht meine.

Ich wusste noch immer nicht, was sich in Irland zugetragen hatte. Weder Justin noch Colleen konnte ich erreichen. Soweit mir bekannt war, hatte niemand von dort aus in Rom angerufen.

In einem nahe gelegenen Hotel war für mich ein Zimmer reserviert worden, und ich entschloss mich, vom Krankenhaus dorthin zu gehen. Ich war hundemüde, aber ich glaubte nicht, dass ich würde schlafen können.

Weil ich Angst hatte, von Presseleuten erkannt zu werden, versuchte ich, den Hauptstraßen fernzubleiben. Ich kannte noch nicht einmal den Namen der schmalen, düsteren Straße, über die ich ging, aber es war auch nicht wichtig. Ich wollte allein sein, und das war ich.

Plötzlich erhielt ich einen harten Schlag auf die Brust und fiel auf die Knie. Ich hatte schreckliche Schmerzen, aber als ich mich umsah, sah ich niemanden.

Mein Körper fing an zu zittern und hörte nicht mehr auf.

Eine tiefe Stimme sprach ununterbrochen, und ich konnte heißen, stinkenden Atem spüren und riechen.

Du hast deine Kirche enttäuscht, Anne. Du hast wieder versagt.

Ich konnte auf der Straße niemanden sehen.

»Das glaube ich nicht«, widersprach ich. »Ich habe nicht versagt!«

Ich erhielt einen weiteren Schlag, der noch kräftiger war als der erste. Dann wurde ich hinunter auf das Kopfsteinpflaster gedrückt. Ich schmeckte den Schmutz und mein eigenes Blut. Panische Angst kroch in mir hoch, doch ich weigerte mich, es zu zeigen.

Du bist eigensinnig und ungehorsam. Und nun bist du an der Reihe zu sterben. Du kannst dich mit Pater Rosetti und Pater O'Carroll vereinen. Sie sind schon tot. Sie erlitten einen qualvollen Tod in Irland.

»Nein!«, schrie ich, so laut ich konnte, während meine

Nase und mein Mund noch immer auf die Straße gedrückt wurden. »Sie sind nicht tot. Lass mich in Ruhe.«

Mich traf ein weiterer harter Schlag. Es war, als hätte ein Baseballschläger meinen Kopf und meinen Nacken getroffen.

Ich berührte die Stelle, an der ich getroffen worden war. *Kein Blut!*

»Du kannst mich nicht verletzen!«, schrie ich noch lauter.

Ich rappelte mich auf und starrte herausfordernd in die Richtung, aus der die Stimme gekommen zu sein schien.

»Wo bist du? Warum zeigst du dich nicht? *Feigling!*«, brüllte ich.

Plötzlich stand Nicholas Rosetti vor mir, wo soeben noch niemand gewesen war.

Er hielt sich aufrecht, aber ich konnte erkennen, dass er tot war. Seine Haut war wächsern und blass und stellenweise blau. Seine Augen waren leblos. Aber die *Stimme* kam aus seinem Mund. Es sah aus wie der billige Trick eines Bauchredners.

Ich habe dir ja gesagt, dass Rosetti tot ist. Glaubst du nun an meine Macht? Glaubst du noch immer, ich könnte dich nicht verletzen?

Ich schaute bekümmert und erschüttert auf den armen Pater Rosetti, und dann stand plötzlich Justin dort, wo soeben der Priester gestanden hatte. Justin wirkte lebendiger als Rosetti. War er am Leben?

Glaubst du noch immer, ich könne dich nicht verletzen, Anne? fragte die Stimme wieder.

»Ja, ja. Das glaube ich«, schrie ich. »Du kannst es nicht!«

Ich ging auf Justin zu, und Tränen strömten aus meinen Augen. Als ich ihn erreicht hatte, streckte ich langsam meine Hand aus.

Ehe ich Justin berühren konnte, war er verschwunden.

»Du hast keine Macht über mich!«, schrie ich wie eine Wilde auf der verlassenen Straße. »Hinweg! Du kannst mich nicht verletzen! Geh weg! Verdammt, geh weg!«

Ich behauptete meinen Standpunkt. Ich *war* stark. Pater Rosetti hatte in diesem Punkt Recht.

Und dann fiel ich in Ohnmacht. Ich sank wie ein nasser Sack auf die Straße. Aber es war stärker als ein Kollaps. Mein ganzes Bewusstsein war ausgelöscht. So etwas hatte ich noch nie erlebt.

Ich hatte Angst zu sterben.

109.

Mir war, als hätte ich tatsächlich meinen Körper verlassen und wäre in ein verworrenes Bild getaucht. Alle Details waren jedoch deutlich zu erkennen. Ich versuchte, weiterhin die Skeptikerin und Detektivin zu sein, aber es gelang mir nicht. Das Bild war zu mächtig, zu überwältigend. Mir blieb keine andere Wahl. Ich musste mich dieser Situation stellen.

Hoch über einem belebten Marktplatz sah ich eine einfache Lehmhütte. Die Luft war heiß und trocken, und ich wusste ganz genau, dass ich in einer Stadt namens Nazareth war. Ich hatte keine Ahnung, woher ich es wusste, aber ich wusste es. Eine blutjunge Frau stieg die Stufen der Lehmhütte, in der sie wohnte, hinunter.

Und dann ging sie an meiner Seite und schaute mich mit strahlenden blaugrünen Augen an. Sie war jung, und sie war hochschwanger. Ich wusste, dass diese Frau, die mich anlächelte, die Jungfrau Maria war. Es war die Mutter Christi.

Ich schaute tief in Marias Augen und sah dort die Wahrheit über alle Frauen und die Wahrheit über mich selbst. »Du hast Recht, Anne. Er kann dich nicht verletzen. Nicht hier auf Erden – nur in der Hölle. Du bist zu stark. Du bist ein besonderer Mensch. Gott segne dich und schütze dich.«

Dann wechselten die Bilder vor meinen Augen in schneller Folge. Sie kamen und gingen im Bruchteil einer Sekunde. Ich stellte fest, dass ich alle Einzelheiten leicht erkennen konnte. Es war fast so, als hätte ich alles vorher gewusst, und als wäre das Bild eine Erinnerung.

In der Ferne, auf der anderen Seite eines langen Strandes, sah ich Jesus ganz deutlich vor mir. Er war an ein rohes Holzkreuz genagelt, und seine Gliedmaßen waren grotesk verzerrt. Ich war bei ihm und schaute in sein Gesicht über mir und schrie, als ich ihn auf diese grausige, widerliche Weise leiden sah.

Jesus war ein wunderschöner, dunkelhaariger Mann. Seine Augen waren geschlossen. Sein Körper war gegeißelt und an vielen Stellen verwundet. Unzählige spitze Dornen durchstachen seinen Kopf, und ich konnte sehen, dass einige der Dornen in Wahrheit Nägel waren. Ich hatte über die Kreuzigung im Evangelium gelesen. Jetzt verstand ich das Ereignis zum allerersten Mal wirklich.

Das Bild bewegte sich. Einen kurzen Augenblick lang befand ich mich wieder in der Gegenwart. Ich wusste, wer ich war und wo ich war. Ich fragte mich, *was es mit diesem Bild auf sich habe.* War ich verrückt?

Ich dachte wieder an Justin. Lebte er?

Dann erschien das Kloster, in dem ich mein Gelübde als Nonne abgelegt hatte, vor meinem inneren Auge.

Ich erinnerte mich an Pater Rosetti und seine eindringlichen Fragen, und ich wusste nun, dass er wirklich tot war.

Die Bilder wechselten schnell. Ich hatte das Gefühl, von

einem starken Erdbeben erschüttert zu werden. Eine Flutwelle überschwemmte die belebten Straßen einer Hauptstadt. Gebäude stürzten ein. Tausende ertranken in einem Augenblick des Entsetzens und des Bösen. Ich spürte die allmächtige, starke Gegenwart der Bestie. Die Stimme rief wieder meinen Namen. Ich konnte sie ganz deutlich hören. Ich betete. *Ich widersage dem Bösen mit all meiner Kraft. Ich widersage dem Bösen. Ich widersage dem Bösen.*

Dann öffnete ich die Augen.

In meinem Körper bewegte sich etwas. Es war schmerzhaft, aber dann durchströmte mich friedliche Ruhe. Ich wusste, dass ein Wunder geschehen war.

Es war mir geschehen.

Und ich wusste endlich, warum ich gerufen worden war, um in diesem Fall zu ermitteln, und ich wusste, warum ich hier war.

Ich war schwanger, und ich war Jungfrau.

110.

Am nächsten Morgen erwachte ich früh von dem Klingeln des Telefons, das neben dem Bett in meinem Hotelzimmer stand. Ich nahm den Hörer ab und hörte: »Ich bin hier. Kann ich hochkommen, Anne?«

Tränen schossen mir in die Augen. Ich zitterte. »Ja. Komm schnell«, sagte ich zu Justin.

Er lebte, und er war in Rom.

Es dauerte ein paar Minuten, bis Justin die Treppe hinaufgestiegen war, Zeit genug, um etwas Wasser in mein Gesicht zu spritzen und schnell mit einem Kamm durch meine Haare zu fahren. Ich hatte ein komisches Gefühl im Bauch, und mittlerweile war ich ganz sicher, dass ich schwanger war. Am vergangenen Abend hatte ich einen Schwangerschaftstest gekauft, und das Ergebnis war positiv.

Es klopfte an der Tür, und auf dem Weg dorthin stellte ich fest, dass ich barfuß war und ein altes Nachthemd trug, aber im Moment war mir das alles auch nicht wichtig.

Schnell öffnete ich die Tür und fiel Justin in die Arme. Ich ließ mich gehen, brach sofort in Tränen aus. Wir umarmten uns, und dann küssten wir uns, und wenn es nur den geringsten Zweifel gegeben haben mochte, ob ich ihn liebte, so war er nun verflogen.

Ich trat einen Schritt zurück, damit ich ihn besser ansehen konnte. Es war ein ungeheuer schönes Gefühl, in seiner Nähe zu sein. Eigentlich war es unglaublich, dass ich dreißig Jahre alt geworden war, ohne gefühlt zu haben, was ich jetzt fühlte. Es war eine so lange Zeit, um keine Liebe zu erleben. Dafür musste es einen Grund geben, und nun glaubte ich, ihn zu kennen.

»Ich habe dich mehr als alles auf der Welt vermisst«, flüsterte Justin. »Anne, ich hatte große Angst, dass ich dich niemals wieder sehen würde. Das fürchtete ich mehr, als in Irland zu sterben.«

»Erzähl mir alles«, sagte ich. »Kathleens Kind ist nicht der Erlöser, Justin. Kathleen ist nicht die jungfräuliche Mutter.«

»Ich weiß«, sagte er. »Pater Rosetti sagte mir in unseren letzten gemeinsamen Stunden alles, was er wusste. Er ist tot. Er ist auf schreckliche Weise gestorben und Colleens Kind ebenso. Ihr Kind war die Bestie.«

Ich berichtete Justin, was ich in der Nebenstraße zwischen meinem Hotel und dem Salvatore-Mundi-Krankenhaus erlebt hatte. Dann erzählte ich ihm alles über meine Schwangerschaft.

Justin starrte mich an. »Rosetti sagte, dass die wahre Jungfrau hier in Rom sei. Er meinte dich, Anne. Er sagte, die Botschaft von Fatima lautete, dass es mehr als eine jungfräuliche Mutter geben und eine Frau den Erlöser und eine die Bestie gebären würde.«

»Und Colleen?«, fragte ich. »Lebt sie? Geht es ihr gut?«

»Ich habe sie ins Woodbine-Seminar gebracht. Dort wird für sie gesorgt. Ich habe den Satan gesehen, Anne. Die Augen von Legionen gefallener Engel waren in den Augen von Colleens Kind. Tausende von Augen wie winzige Stecknadelköpfe, die hasserfüllt und böse funkelten. So etwas kann man sich noch nicht einmal vorstellen.«

»Halt mich fest«, flüsterte ich. Und Justin nahm mich in die Arme, und ich fühlte mich sicher. Ich fühlte mich vollkommen akzeptiert und geliebt.

»Ich liebe dich so sehr, Anne.« Er sprach aus, was ich bereits deutlich spürte.

»Ich liebe dich auch, Justin. Was werden wir nun tun?«

Er kniete vor mir nieder und neigte leicht seinen Kopf. »Ich liebe dich von ganzem Herzen und ganzer Seele. Ich weiß, dass ich dich bis in alle Ewigkeit lieben werde. Ich muss den Priesterstand verlassen. Und ich bitte dich, mich dann zu heiraten«, sagte er.

Ich kniete gegenüber von Justin nieder, denn ich wollte ihm so nahe sein wie möglich und in seine wunderschönen Augen sehen.

»Ja, ich will deine Frau werden«, sagte ich zu ihm.

111.

Neun Monate später. Kinderkrankenhaus in Boston, Massachusetts.

Wer kennt Gottes Wege? Wer kann sie wahrhaftig verstehen? Ich kann es sicherlich nicht.

Das winzige, kostbarste Baby lag in meinen Armen. Das Kind war erst wenige Augenblicke alt. Seine Augen waren geöffnet. Sie schauten genau in meine und hielten tatsächlich meinem Blick stand. Keine tausend Augen, sondern nur zwei wunderschöne blaue Augen. Es war ein vollkommenes Kind, aber das brauchten die Ärzte mir nicht zu sagen.

Ich wusste es. Ich wusste es ganz einfach.

Doktor Maria Ruocco beugte sich über mich. Sie war eine reizende Frau, aber nicht von der Kirche beauftragt, um hier zu sein. Sie strich zärtlich das Haar aus meinem Gesicht. In ihrem Blick fiel mir etwas auf. Diese Ärztin, die vertrauensvoll Tausende von Kindern zur Welt gebracht hatte, war verwirrt.

Schließlich sprach sie zu mir. »Anne«, sagte sie in leisem, ehrfürchtigem Ton. »Sie sind noch immer unversehrt.«

»Ich weiß«, erwiderte ich.

Das Baby wimmerte, schrie und zupfte dann an mir herum. Es war wunderschön. Freudentränen rannen über meine Wangen. Dann schob ich das Nachthemd hoch und stillte das Kind. Ich dankte Gott. Alles verstand ich nicht, aber ich wusste, dass es gut und richtig war. Es war neun Monate her, seitdem ich plötzlich auf geheimnisvolle Weise das Geschenk der Schwangerschaft erhalten hatte. Ich war schwanger geworden, ohne Geschlechtsverkehr gehabt zu haben. Und nun war ich von einem gesunden Kind entbunden worden.

Justin stand neben mir. Der Mundschutz hing von seinem Hals, und sein hübsches Gesicht strahlte. In seinen Augen spiegelte sich seine Liebe zu mir und zu dem Kind. Er hatte sich während meiner Schwangerschaft tausendfach bewährt. Ich liebte ihn noch mehr als an jenem Tag in Rom.

Und er glaubte, wir beide glaubten an dieses Wunder vor unseren Augen.

Noch wusste ich nicht, was die Zukunft mir bringen und wie das Leben des Kindes oder meines verlaufen würde. Aber an diesem Tag erlebte ich ungetrübtes Glück. Ich wünschte, es würde niemals enden.

Ich schaute auf das Kind, dieses heilige Kind, dieses winzige Mädchen – Noelle.

Unser aller Erlöser war ein Mädchen.

Epilog

Noelle, Noelle

112.

Noelle war achtzehn Jahre alt, als sie Zeugin eines schrecklichen Autounfalls auf der Vandemeer Avenue wurde. Sie lebte mit ihren Brüdern, Schwestern und Eltern – dem O'Carroll-Clan – in einer kleinen Stadt in Maine.

Sie war Studentin und wollte Ärztin werden, um viel Gutes tun zu können. Das hatte sie von ihren Eltern gelernt, die beide gute Menschen waren. Ihre Mutter und ihr Vater lehrten an der Universität Maine und leiteten außerdem ein Heim für verwahrloste junge Frauen. Sie waren immer liebevolle, verantwortungsvolle Eltern gewesen.

Bis zu ihrem achtzehnten Lebensjahr hatte Noelle niemals so etwas Schreckliches wie den Autounfall an der normalerweise ruhigen Kreuzung gesehen. Sie erlitt einen Schock, und Tränen traten in ihre Augen. In diesem Moment empfand sie große Angst. Überdies spürte sie, wie verletzbar sie war.

Und plötzlich erlebte sie gewaltige Zweifel und sogar Wut über die unergründlichen Wege Gottes. Ihr Blick wanderte zurück zu dem Autowrack auf der Vandermeer Avenue.

Der große gelbe Volvo war in einen Kastanienbaum gerast. Der stämmige Baum hatte den Wagen aufgerissen und war durch die Motorhaube, die Frontscheibe und die Beifahrersitze gedrungen.

Der Fahrer und seine junge Frau waren auf der Stelle tot. Drei kleine Kinder schienen tot zu sein. Es war so sinnlos.

Ein viertes Kind, ein entzückendes kleines Mädchen in einem Strampelanzug, war aus dem Wagen geschleudert worden. Es lag schwer verletzt auf einem Rasen.

Das Mädchen wimmerte leise. Männer und Frauen aus der Nachbarschaft, die an den Unfallort geeilt waren, kümmerten sich um das Kind.

Noelle konnte das furchtbare Leid nicht länger ertragen. Es machte sie wütend, dass die Menschen gestorben waren. Sie wandte sich von der unerträglichen Traurigkeit und dem ohrenzerreißenden Heulen der sich nähernden Polizei- und Krankenwagen ab.

Noch nie in ihrem Leben war sie so erregt gewesen. Ihr Kopf schmerzte. Es war kaum auszuhalten. Sie musste etwas tun, um der Familie zu helfen.

Noelle betete mit der ganzen Kraft ihres Herzens, um die Familie wieder zusammenzuführen. Ob sie das konnte, wusste sie nicht. In ihrem Geiste *sah* sie die Familie lebendig und gesund vor sich.

Sie schaute auf das Mädchen auf dem Rasen. Nichts war geschehen.

Lass die Familie leben. Sie verdient eine zweite Chance. Gib sie ihr, betete sie.

Kehrt ins Leben zurück. Kehrt ins Leben zurück, Kinder. Kehrt ins Leben zurück, Mutter und Vater.

Kurz darauf hörte sie Schreie, die aus nächster Nähe des Unfallortes kamen. »Sie leben. Alle. Sie leben.«

Sie hatte die Familie genauso ins Leben zurückgeholt, wie Jesus den Lazarus mit Liebe und Mitgefühl von den Toten auferweckt hatte. Dies war Noelles erstes Wunder, und als sie die Kinder, die Mutter und den Vater sah, klopfte ihr Herz vor Freude und Entschlossenheit.

Noelle eilte schnell davon, damit sie nicht bemerkt wurde. Sie konnte nicht wissen, dass sie *beobachtet* wurde.

Gierige Blicke folgten Noelle die schöne Eichenallee

hinauf. Den ganzen Weg bis nach Hause. Es waren die unergründlichen Augen eines Jungen, der kalt und hungrig vor neunzehn Jahren an einem Strand an Land geschwemmt worden war. Ein Junge, der in die kalte Irische See geworfen worden war und überlebt hatte.

Auf seiner Stirn zeichnete sich eine verblasste, rote Narbe, ein Kreuz, ab, das ein Mann Gottes mit seinen Fingernägeln in seine Stirn geritzt hatte.

Die Narbe brannte ständig, und darum war sein Denken immer von Wut beherrscht.

All die Jahre hatte er gewartet. Er war geduldig gewesen. Aber als er Noelle und ihre Familie jetzt beobachtete, nahm er sich vor, sich zu holen, was von Rechts wegen ihm gehörte.

Er beobachtete sie aus tausend hasserfüllten, rachedurstigen Augen.

JAMES PATTERSON

DER TAG AN DEM DER WIND DICH TRÄGT

ROMAN

Aus dem Amerikanischen von
Edda Petri

BASTEI LÜBBE

Vorwort

Als ich mit diesem Buch begann, hatte ich keine Ahnung, wie nahe die Geschichte der Realität kommen würde. Mehr als dreißig Ärzte und Forscher haben mir im Entwurfsstadium geholfen und auch später nochmals, als das Manuskript nahezu abgeschlossen war. Ein Arzt von den National Institutes of Health, der auch in Philosophie promoviert hat, sagte: »Die meisten Menschen würden nicht glauben, welche Durchbrüche in naher Zukunft auf sie zukommen.«

Diese Ärzte und Forscher gingen sehr ins Detail, doch möchte ich nicht die Überraschungen und Spannung dieses Buches verderben, das Sie jetzt lesen werden.

Mein besonderer Dank gilt Maxine Paetro, die fast von Anfang an das Buch intensiv mitbetreut hat und bei den mühsamen Recherchen, beim Schreiben und Redigieren eine große Hilfe war.

24. Februar 1998

Prolog

Der erste Flug

I

»Bitte helft mir! Ist da jemand? Kann mich jemand hören?« Die Schreie von Max durchdrangen die klare Bergluft. Hals und Lungen brannten und schmerzten.

Das elfjährige Mädchen rannte, so schnell es konnte, weg von der abscheulichen, widerwärtigen Schule. Max war kräftig, doch jetzt begann sie zu ermüden. Beim Laufen flatterte ihr langes blondes Haar hinter ihr wie ein Seidentuch. Sie war hübsch, selbst wenn jetzt dunkle Ringe unter ihren Augen lagen.

Und sie wusste es: Die Männer waren gekommen, sie zu töten. Sie konnte ihre Schritte im Wald hören.

Ein stechender Schmerz durchzuckte ihren Nacken, als sie den Kopf drehte, um über die Schulter zu sehen. Das Bild ihres kleinen Bruders Matthew stieg vor ihr auf. Wo war er? Beide hatten sich vor der Schule getrennt und waren schreiend losgerannt.

Vielleicht war Matthew schon tot. Bestimmt hatte Onkel Thomas ihn erwischt. Thomas hatte sie verraten, und das tat so weh, dass sie es nicht ertragen konnte, daran zu denken.

Ihre Wangen waren tränenüberströmt. Die Jäger kamen näher. Sie konnte ihre schnellen, harten Schritte durch die Erde fühlen.

Die Sonne versank schwer und orangerot am Horizont. Bald würde es hier am Beginn der Rocky Mountains stockdunkel und kalt sein. Das Mädchen trug nur ein einfaches ärmelloses Kleid aus weißer Baumwolle, am Hals und an der Taille ein wenig zusammengezogen, und an ihren Füßen dünnsohlige Ballettschuhe.

Weiter. Sie trieb den schmerzenden, müden Körper an. Sie konnte schneller laufen, das wusste sie.

Der gewundene Weg verengte sich und schlängelte sich dann um eine moosbegrünte Felsnase. Max kämpfte sich weiter durch Äste und Buschwerk.

Plötzlich blieb das Mädchen stehen. Es kam nicht mehr weiter.

Drohend ragte über den Büschen ein mindestens drei Meter hoher Zaun auf. Oben waren kreuz und quer mehrere Reihen rasiermesserscharfer Stacheldraht gespannt.

Ein Metallschild trug die Warnung:

LEBENSGEFAHR! ELEKTRISCHER ZAUN! LEBENSGEFAHR!

Max beugte sich vor und legte die Hände auf ihre nackten Knie. Pfeifend stieß sie die Luft aus und unterdrückte das Weinen.

Bald würden die Jäger da sein. Sie konnte ihre schreckliche Gegenwart mit allen Sinnen spüren.

Mit einem plötzlichen Schwung entfaltete das Mädchen seine Flügel. Sie waren weiß mit silbernen Spitzen und schienen irgendwie eigenständig zu sein. Ihre Spannweite betrug drei Meter. Die untergehende Sonne ließ das entfaltete Federkleid glänzen.

Max rannte wieder los und schlug schnell mit den Flügeln. Ihre Füße in den Ballettschuhen verließen den harten, zerfurchten Boden.

Wie ein Vogel überflog das Kind den hohen Zaun mit dem Stacheldraht.

II

Ruhig und leichtfüßig durchquerten die fünf bewaffneten Männer das Dickicht aus alterslosen Felsbrocken, Espen und Ponderosafichten. Noch sahen sie das Mädchen nicht, doch sie wussten, bald würden sie es eingeholt haben.

Sie liefen schnell; hin und wieder markierte der Anführer ein oder zwei Stellen. Sie waren alle kompetente Spürhunde und gut in ihrem Job. Doch er war der Beste, ein geborener Führer. Er hatte mehr Überblick, mehr Kontrolle – der beste Jäger.

Äußerlich schienen die Männer ruhig, doch in ihrem Inneren sah es anders aus. Die Situation war kritisch. Das Mädchen musste gefangen und zurückgebracht werden. Es hätte schon gar nicht erst nach draußen gelangen dürfen. Diskretion war der kritische Punkt, das war von Anfang an so gewesen, doch nie war sie so wichtig wie heute.

Das Kind war erst elf, aber es hatte gewisse »Gaben«, und diese könnten in der Außenwelt ein großes Problem darstellen. All seine Sinne waren geschärft. Für ihre Größe, ihr Alter und ihr Geschlecht war Max unglaublich stark. Und natürlich gab es da die Möglichkeit, dass sie versuchen würde zu fliegen.

Dann plötzlich konnten sie das Mädchen vor sich sehen; klar stach es ab gegen den blauen Hintergrund des Abendhimmels.

»Tinkerbell. Nordwest, fünfzig Grad«, rief der Anführer.

Sie nannten sie Tinkerbell – Glöckchen –, aber er wusste, dass sie den Namen hasste. Der einzige Name, auf den sie reagierte, war Max, der aber weder für Maxine noch Maximilian stand, sondern für Maximum. Vielleicht weil sie immer alles gab. Sie ging immer an ihre Grenzen, genau wie jetzt.

Da war sie in all ihrer Pracht. Max rannte, so schnell sie konnte, und näherte sich dem Zaun. Sie konnte nicht wissen, was sie tat, denn nie zuvor war sie so weit von zu Hause weg gewesen.

Die Augen der Männer hingen wie gebannt an dem Mädchen. Keiner konnte auch nur für eine Sekunde wegschauen. Ihr langes Haar wehte, und es schien förmlich den steilen, steinigen Abhang hinaufzufliegen. Max war wirklich gut in Form, und für ein Kind ihres Alters hatte sie ein ungewöhnliches Bewegungstalent. Hier draußen war sie eine Kraft, mit der man rechnen musste.

Harding Thomas, der Anführer, hielt plötzlich an. Mit einer Armbewegung befahl er den anderen, es ihm gleichzutun. Zunächst verstanden sie es nicht, denn sie waren sich sicher, das Mädchen nun bald zu erwischen.

Und dann – fast als hätte er es vorausgesehen – hob Max ab. Sie flog. Überflog den drei Meter hohen Stacheldrahtzaun.

Die Männer standen in stummer Bewunderung und folgten ihr mit den Blicken. Blut stieg ihnen in den Kopf und trommelte in den Ohren.

Mit einer eleganten, mühelos scheinenden Bewegung öffnete das Kind die Flügel ganz weit. Es war zum Fliegen geboren. Auf und ab bewegten sich die silberweißen Schwingen, und die Luft schien Max zu tragen wie ein Blatt im Wind.

»Ich wusste, dass sie es versuchen würde.« Thomas drehte sich zu den anderen und spuckte die letzten Worte fast aus. »Pech gehabt.«

Dann hob er sein Gewehr an die Schulter und legte an. Das Mädchen war schon beinahe über die Kante des Canyons verschwunden. Noch ein oder zwei Sekunden und es würde außer Sicht sein.

Er drückte auf den Abzug.

III

Kit Harrison flog von Boston nach Denver. Sein Äußeres brachte ihm so manchen Blick im Flugzeug ein: gut gebaut, ein Meter fünfundachtzig, rotblondes Haar. Er war Absolvent der juristischen Fakultät der University of New York. Und dennoch fühlte er sich wie ein Verlierer.

Er schwitzte heftig. Die 747 der American Airlines war so voll, dass er auf dem Mittelplatz fast Platzangst bekam. Dies war so offensichtlich, dass die freundliche Stewardess ihn fragte, ob es ihm gut gehe. Ob er etwa krank sei?

Kit erwiderte, es ginge ihm ausgezeichnet. Doch das war eine Lüge, die Mutter aller Lügen. Seinen Zustand bezeichnete man gemeinhin als posttraumatischen Stress. Manchmal traten dabei heftige Panikattacken auf, die ihn wünschen ließen, er würde sterben. *Auf der Stelle.* Seit nahezu vier Jahren litt er darunter.

Nun ja – ich bin krank, Madame Stewardess. Nur ist es noch ein bisschen schlimmer als das.

Sehen Sie, ich sollte gar nicht nach Colorado fliegen, sondern Urlaub in Nantucket machen. Ich soll Urlaub machen, um wieder einen klaren Kopf zu bekommen, und mich an den Gedanken gewöhnen, nach zwölf Jahren wahrscheinlich meinen Job zu verlieren.

Mich daran gewöhnen, kein FBI-Agent mehr zu sein, kein Aufsteiger in der Firma, eigentlich überhaupt nichts mehr.

Der Name auf seinem computergedruckten Flugticket lautete Kit Harrison, aber das war nicht sein richtiger Name. In Wahrheit hieß er Thomas Anthony Brennan. Hochrangiger FBI-Agent Brennan, früher einmal ein Senkrechtstarter. Jetzt war er achtunddreißig und spürte zum ersten Mal in seinem Leben das Alter.

Doch von jetzt an würde er seinen früheren Namen vergessen und den alten Job auch.

Ich bin Kit Harrison. Ich fliege nach Colorado, um in den Rocky Mountains zu jagen und zu fischen. An dieser schlichten Geschichte werde ich festhalten. Eine einfache Lüge.

Kit, Tom oder wer zum Teufel er auch war, hatte seit fast vier Jahren kein Flugzeug mehr bestiegen. Nicht seit dem 9. August 1994. Doch daran wollte er jetzt nicht denken.

Während Kit der Schweiß über Gesicht und Nacken lief und sich die Angst in ihm aufstaute, tat er, als schliefe er. Nicht einmal für ein paar Minuten konnte er das Gehirn ausschalten. Er *musste* in diesem Flugzeug sein.

Er *musste* nach Colorado fliegen.

Alles war eng mit dem 9. August verknüpft, oder etwa nicht? Natürlich. An jenem Tag hatte das Stresstrauma begonnen. Alles wegen Kim und Tommy und Michael – dem kleinen Lausbuben Mike.

Ach ja, und es geschah, um fast allen anderen Menschen auf diesem Planeten eine Wohltat zu erweisen. Bizarr – gerade diese letzte wahnwitzige Überlegung war schrecklicherweise wahr. Seiner Meinung nach gab es auf der Welt nichts Wichtigeres als das, was er nun untersuchen wollte.

Es sei denn, er war verrückt.

Auch das war durchaus eine Möglichkeit.

Buch Eins

Genesis

1.

Der Tag fing an, aus dem Gleis zu geraten, als Keith Duffy und seine kleine Tochter das arme angefahrene Reh zum *Inn-Patients* brachten. So heißt meine kleine Tierklinik in Bear Bluff, Colorado, ungefähr fünfzig Minuten nordwestlich von Boulder auf dem »Peak-to-Peak«-Highway.

Aus der Stereoanlage erklang Sheryl Crows rauchige Stimme. Doch ich drehte ihr den Saft ab, als Duffy die arme Ricke hereintrug und wie ein Idiot vor *Abstraction, White Rose II*, meinem derzeitigen Lieblingsposter Georgia O'Keefes, stehen blieb.

Ich konnte erkennen, dass die schwer verletzte Ricke trächtig war. Ihre Augen zeigten Panik, und als Duffy sie auf den Tisch legte, schlug sie aus. Aber nur noch mit halber Kraft, denn Duffys Allrad-Chevy hatte ihr wohl die Wirbelsäule in der Mitte gebrochen.

Das kleine Mädchen weinte, und der Vater war vollkommen fertig. Ich hatte den Eindruck, auch er würde gleich losheulen.

»Geld spielt keine Rolle«, sagte er.

Um Geld ging es tatsächlich nicht, da mir klar war, dass nichts mehr die Ricke retten konnte. Aber vielleicht würde das Kitz überleben, wenn die Mutter kurz vor dem Werfen stand und es nicht zu sehr durch die Räder des schweren Wagens zerquetscht worden war. Und es gab noch weitere Wenns.

»Ich kann die Ricke nicht retten. Es tut mir Leid«, sagte ich zu dem Vater des Kindes.

Duffy nickte. Er ist ein hiesiger Baulöwe und außerdem Jäger. Meiner bescheidenen Meinung nach ein Volltrottel. *Rücksichtslos* beschreibt ihn wohl am ehesten, und das ist noch eine seiner besseren Eigenschaften. Ich konnte nur erahnen, was er jetzt fühlte. Dieser Mann, der jeden Abschuss an die große Glocke hängte. Hier, in Gegenwart seiner kleinen Tochter, die mich anflehte, das Leben des Tiers zu retten. Zu seinen schlechten Angewohnheiten gehörte es auch, mich anzumachen. Auf seiner Stoßstange prangte ein Sticker: UNTERSTÜTZ DAS WILDE LEBEN. GIB 'NE PARTY!

»Und das Kitz?«, fragte er.

»Vielleicht. Hilf mir, die Mutter zu betäuben, und wir werden sehen.«

Vorsichtig legte ich die Maske über das Maul der Ricke. Ich betätigte das Pedal, und Gas zischte durch den Schlauch. In den braunen Augen der Ricke sah ich Panik, aber auch unvorstellbare Traurigkeit. Sie wusste Bescheid.

Das kleine Mädchen schlang die Arme um den Bauch der Ricke und weinte herzzerreißend. Ich mochte die Kleine sehr. Ihre Augen strahlten Mut und Charakter aus. Wenigstens einmal in seinem Leben hatte Duffy etwas Gutes hingekriegt.

»Verdammt noch mal!«, sagte er. »Ich habe sie erst gesehen, als sie auf der Motorhaube lag. Gib dein Bestes, Frannie.«

Behutsam zog ich das kleine Mädchen von dem Reh weg. Ich legte die Hände auf seine Schultern und zwang es, mich anzuschauen. »Wie heißt du, Schätzchen?«

»Angie«, stieß die Kleine schluchzend hervor.

»Angie, hör mir jetzt zu. Das Reh spürt nichts mehr, verstehst du? Ich verspreche dir, dass es keine Schmerzen mehr hat.«

Angie vergrub ihr Gesicht in meinem Kittel und klammerte sich mit aller Kraft an mich. Ich streichelte ihren Rücken und erklärte ihr, dass ich dem Reh den Gnadentod geben müsse, dass aber, falls ich das Kitz würde retten können, eine Menge Arbeit zu tun sei.

»Bitte, bitte, bitte«, flehte Angie.

»Für die Milch werdet ihr eine Ziege brauchen«, sagte ich zu Duffy. »Vielleicht auch zwei oder drei.«

»Kein Problem«, antwortete er. Hätte ich Elefantenammen verlangt, hätte er sie auch besorgt. Er wollte nur seine kleine Tochter wieder lächeln sehen.

Dann bat ich die beiden, das Untersuchungszimmer zu verlassen, damit ich ungestört arbeiten konnte. Was mir bevorstand, war eine blutige, schwierige und hässliche Operation.

2.

Um sieben Uhr abends waren die Duffys in die Klinik gekommen, und seitdem waren ungefähr zwölf Minuten vergangen. Die arme Ricke war ohne Bewusstsein, und sie tat mir unendlich Leid. Frannie, das Weichei – so nennt mich meine Schwester Carole. Auch mein Mann David benutzte diesen Spitznamen oft.

Vor fast eineinhalb Jahren war David auf dem Ärzteparkplatz des Gemeindekrankenhauses von Boulder erschossen worden. Ich hatte mich noch nicht davon erholt, noch nicht genug getrauert. Wenn die Polizei wenigstens Davids Mörder gefasst hätte, wäre es eine Hilfe gewesen. Aber das war nicht geschehen.

Mit dem Skalpell öffnete ich die Bauchdecke, holte die Gebärmutter unversehrt heraus, legte sie auf die Ricke und schnitt sie auf. Dann zog ich das Kitz heraus und betete innerlich, es nicht töten zu müssen.

Das Baby war ungefähr vier Monate alt, fast ausgetragen und, soweit ich es beurteilen konnte, unverletzt. Mit den Fingern säuberte ich vorsichtig die Atemwege des Kitzes und legte eine winzige Sauerstoffmaske über das Maul.

Dann stellte ich den Sauerstoff an. Die Brust des Kitzes erzitterte. Es begann zu atmen.

Und dann schrie es. O Gott, was für ein wunderbares Geräusch. Ein neues Leben. Mann o Mann. Ein derartiges Wunder lässt mein Herz immer noch höher schlagen. Frannie, das Weichei.

Während der Operation war Blut auf mein Gesicht gespritzt. Ich wischte es mit dem Ärmel ab. Das Baby wimmerte in die Sauerstoffmaske, und einige Momente lang ließ ich es sich an die Mutter schmiegen. Vielleicht hat auch das Wild eine Seele. *Lass die Mutter sich von ihrem Kind verabschieden.*

Dann durchtrennte ich die Nabelschnur, füllte eine Spritze und erlöste die Ricke. Es ging schnell. Sie spürte den Übergang vom Leben zum Tod nicht.

Im Kühlschrank war eine Büchse mit Ziegenmilch. Ich füllte ein Fläschchen und ließ es in der Mikrowelle einige Sekunden warm werden.

Dann nahm ich dem Baby die Sauerstoffmaske ab und schob ihm den Sauger der Flasche ins Mäulchen, und es begann zu trinken. Das Kitz war wirklich wunderschön mit seinen sanften braunen Augen. Manchmal liebe ich meine Arbeit sehr.

Als ich herauskam, saßen Vater und Tochter eng aneinander geschmiegt auf dem antiken Diwan in meinem Wartezimmer. Ich legte Angie das Kitz in die Arme.

»Herzlichen Glückwunsch. Es ist ein Mädchen«, sagte ich.

Dann ging ich mit der kleinen Familie zu ihrem verbeulten Wagen. Ich gab ihnen die Büchse Ziegenmilch und meine Telefonnummer und winkte zum Abschied. Nur ganz kurz dachte ich über die Ironie des Schicksals nach, dass das Kitz im selben Wagen nach Hause fuhr, der seine Mutter getötet hatte.

Und dann wünschte ich mir nur noch ein dampfendes heißes Bad, ein kühles Glas Chardonnay und vielleicht eine gebackene Kartoffel mit Wisconsin-Cheddar – das sind die kleinen Annehmlichkeiten des Lebens. Irgendwie war ich stolz auf mich. So hatte ich mich lange nicht mehr gefühlt, nicht, seit Davids Tod mein Leben vollkommen verändert hatte.

Ich wollte gerade ins Haus gehen, als ich auf dem Parkplatz einen schwarz glänzenden Jeep Cherokee bemerkte.

Die Tür des Wagens öffnete sich, und ein Mann stieg langsam aus. Von hinten wurde er von Scheinwerfern angestrahlt, und einen Moment lang glich er einer Lichtgestalt.

Er war groß, schlank und durchtrainiert, mit einem Schopf rotblonder Haare. Schnell erfasste er seine Umgebung: die große Veranda behängt mit Kolibri-Futterstellen und ein paar Windsäcken. Mein treues schmutziges Mountainbike. Und überall Wildblumen – Berglupinen, Gänseblümchen, scharlachrote Kastilea.

Doch was dann passierte, war mehr als merkwürdig. Ich hatte den Mann nie zuvor gesehen, aber mein Gehirn, ein unnützes kleines Organ und so primitiv, dass es imstande ist, jedes logische Denken außer Acht zu lassen, wurde vollkommen in seinen Bann gezogen. Ich starrte ihn an und hatte unvermittelt das Gefühl, ihn irgendwie zu kennen. Und mein Herz, das in den letzten Jahren eiskalt gewesen war, erwachte für ein paar Sekunden zu neuem Leben und klopfte heftig. Irgendwie störte mich das.

Doch wer immer der geheimnisvolle Fremde auch sein mochte, offensichtlich hatte er sich verfahren.

»Die Sprechzeit ist schon vorbei«, sagte ich.

Er starrte mich an, ohne sich für sein Eindringen auf meinen Privatgrund zu entschuldigen. Dann sprach er mich mit meinem Namen an.

»Dr. O'Neill?«

»Schuldet sie Ihnen Geld?«, fragte ich zurück. Gut, das ist ein alter Comedygag, aber ich mag ihn. Außerdem musste ich mich nach der Tötung der Ricke wieder etwas aufmuntern.

Er lächelte. Seine blauen Augen strahlten, und ich konnte meinen Blick nicht mehr von ihnen lösen. »Sind Sie Frances O'Neill?«

»Ja, aber Frannie ist mir lieber.«

Ich sah in ein Gesicht, das ausdruckslos sein wollte, jedoch einen Anflug von Wärme nicht unterdrücken konnte. Die Offenheit seines Blicks hielt mich förmlich fest. Er hatte eine schmale Nase und ein ausgeprägtes Kinn. Ein bisschen Tom Cruise mit einem Schuss Harrison Ford. Jedenfalls sah es im Scheinwerferlicht des Jeeps so aus.

Er schob seinen zerknautschten Hut in den Nacken, und ein Schopf glänzenden rotblonden Haars wurde sichtbar. Dann stand der Mann schließlich in voller Größe direkt vor mir, ein Meter fünfundachtzig, wie ein Bild aus einem L. L. Bean-Katalog oder vielleicht einem von Eddie Bauer. Dennoch wirkte er seriös.

»Ich komme von Hollander und Cowell.«

»Sie sind Immobilienmakler?«, krächzte ich.

»Wenn ich ungelegen komme, tut es mir Leid«, sagte er. Wenigstens war er höflich.

»Was bringt Sie darauf?«, fragte ich, wohl wissend, dass meine Jeans blutüberströmt waren und mein Sweatshirt aussah wie ein Gemälde von Jackson Pollock.

Er warf einen kurzen Blick auf mein Äußeres. »Ich hasse es, den Verlierer eines Kampfes zu treffen. Oder betreiben Sie etwa Hexerei?«

»Manche Menschen nennen es Veterinärmedizin«, gab ich zurück. »Also, worum geht es, und warum schicken Hollander und Cowell Sie zu dieser späten Stunde hierher?«

Er zeigte mit dem Daumen nach Bear Bluff, wo das Maklerbüro lag.

»Ich bin Ihr neuer Mieter. Heute Nachmittag habe ich die Papiere unterzeichnet. Man hat mir gesagt, dass Sie der Agentur die Angelegenheit übergeben haben.«

»Ist das ein Witz? Haben Sie wirklich die Hütte gemietet?«

Ich hatte fast vergessen, dass ich die Hütte zur Vermietung ausgeschrieben hatte. Sie liegt eine Viertelmeile hinter der Tierklinik in den Wäldern. Bevor David und ich einzogen, war es eine Jagdhütte gewesen. Nach seinem Tod schlief ich dann in einem kleinen Zimmer in der Praxis. Damals hatte sich sehr viel für mich verändert und nichts davon zum Besseren.

»Also, was ist? Kann ich die Behausung jetzt sehen?«, fragte L. L. Bean.

»Folgen Sie einfach dem Weg hinter der Praxis«, antwortete ich. »Ungefähr vier bis fünf Minuten. Es lohnt sich. Die Tür ist nicht abgeschlossen.«

»Bekomme ich keine Führung?«, fragte er.

»So gern ich das auch tun würde, aber ich muss noch ein paar Hühner töten und etliche Zauberformeln murmeln, bevor ich zu Bett gehe. Ich hole Ihnen eine Taschenlampe.«

»Ich habe eine im Auto«, lautete die Antwort.

Ich blieb in der Tür stehen und schaute ihm nach, als er über den knirschenden Kies zu seinem Wagen zurücklief. Er hatte einen schönen Gang. Selbstsicher, aber nicht angeberisch.

»He!«, rief ich ihm nach. »Wie heißen Sie eigentlich?«

Er drehte sich um, zögerte einen Moment.

»Kit«, sagte er dann. »Ich heiße Kit Harrison.«

3.

Was dann geschah, werde ich nie vergessen. Für mich war es ein Schock, wie ein Schlag in die Magengrube oder auf den Kopf.

Kit Harrison griff ins Innere seines Jeeps und tat das Unbeschreibliche. Aus einem silber-metallenen Gewehrständer zog er ein Jagdgewehr. So ein Scheißkerl!

Ich traute meinen Augen nicht und bekam eine Gänsehaut.

Dann schrie ich ihn an. Sehr laut, wie es sonst gar nicht meine Art ist. »Warten Sie! He, Sie! Bleiben Sie hier, Mister!«

Er drehte sich zu mir um. Seine Miene war genauso ruhig und ausdruckslos wie vorher. »Was ist?«, fragte er. Wagte er etwa, mich herauszufordern?

»Hören Sie.« Ich ließ die Fliegenschutztür geräuschvoll hinter mir zufallen und ging schnell und entschieden über den kiesbestreuten Hof. Auf keinen Fall duldete ich jemanden mit einem Jagdgewehr auf meinem Land. Auf gar keinen Fall! Nur über meine Leiche.

»Ich habe es mir anders überlegt. Es geht nicht. Es wird

nicht funktionieren. Sie können nicht hier bleiben. Keine Jäger. Auf keinen Fall!«

Harrison wandte sich wieder dem Inneren des Jeeps zu, ließ das Handschuhfach zuschnappen und verschloss es. Er schien mir gar nicht zuzuhören.

»Verzeihung«, sagte er, ohne sich umzuwenden. »Wir haben einen Vertrag.«

»Der Vertrag ist ungültig! Haben Sie mir eben nicht zugehört?«

»Nein. Ein Vertrag ist ein Vertrag.«

Er schnappte sich eine Taschenlampe aus dem Fach an der Innenseite der Autotür, ergriff eine rötliche Sporttasche und nahm dann das grässliche Gewehr in die andere Hand. Ich war wie gelähmt und stotterte nur: »Aber ... aber hören Sie doch.« Doch er ignorierte mich, schien mich gar nicht zu hören.

Mit dem Fuß schloss Harrison die Wagentür, knipste die Taschenlampe an und ging ganz ruhig den Weg zum Wald hinunter, der das Licht und das Geräusch seiner Schritte langsam verschluckte.

In meinen Schläfen pochte das Blut.

Ein gottverdammter Jäger wohnte in meiner Hütte!

4.

Es war fast dunkel, und die Jäger hatten den Körper des Mädchens immer noch nicht gefunden. Sie froren, waren hungrig und unheimlich frustriert. Und sie hatten Angst. Falls sie versagen sollten, drohten unangenehme Konsequenzen.

Sie mussten das Mädchen finden.

Und auch den Bruder – Matthew.

Zu fünft liefen die Häscher durch das dicht bewaldete Gebiet, in dem sie das Mädchen vermuteten. Eigentlich musste es genau hier sein! Versuchsobjekt Tinkerbell musste gefunden und ausgelöscht werden, wenn der Schuss und der anschließende Sturz es nicht schon getötet hatten.

Schläfere Tinkerbell ein, dachte Harding Thomas, während er die Suchmannschaft weiterführte. Es war ein Euphemismus, ein beschönigender Ausdruck, den er benutzte, um Augenblicke wie diesen erträglicher zu machen. *Jemanden einschläfern. Wie bei Tieren. Kein Tod, kein Mord – nur friedlicher Schlaf.*

Er glaubte, die genaue Stelle zu kennen, an der das Mädchen wie ein Stein vom Himmel gefallen war. Doch er sah keinen zerschmetterten Körper auf dem Boden. Auch hing niemand in den Zweigen der riesigen Fichten.

Sie konnten das Kind nicht hier draußen zurücklassen, das Risiko nicht eingehen, Wanderer oder Camper könnten seinen Körper finden. Das wäre eine Katastrophe, vergleichbar dem Untergang der Titanic.

»Tinkerbell, kannst du mich hören? Bist du verletzt, Süße? Wir wollen dich doch nur nach Hause bringen, das ist alles.« Thomas setzte seine sanfteste Stimme ein. Es fiel ihm nicht schwer, denn er hatte Max und Matthew immer gern gemocht.

Tinkerbell war ein Codename, und so hatte er sie immer genannt. Matthews Codename lautete Peter Pan. Und er selbst war *Onkel Tommy.*

»Tinkerbell, wo bist du? Komm raus, komm schon. Wir werden dir nicht wehtun, Liebling. Ich bin dir noch nicht mal böse. Hier ist dein Onkel Tommy. Du kannst mir vertrauen. Wenn du mir nicht vertraust, wem dann? Kannst du mich hören? Komm schon, Kindchen. Ich weiß, dass du hier bist. Vertrau deinem Onkel Thomas. Niemand sonst kann dir helfen.«

5.

Sie lebte. Erstaunlich, wirklich äußerst erstaunlich. Aber Max hatte eine Schussverletzung, deren Schwere sie nicht beurteilen konnte. Vielleicht war es gar nicht so schlimm, denn bisher hatte sie weder das Bewusstsein verloren noch allzu viel Blut.

Seit Stunden kauerte das Mädchen versteckt zwischen den dicken Ästen einer Baumkrone. Wenigstens *hoffte* es, gut verborgen zu sein. Max versuchte, unbeweglich, ruhig und möglichst unsichtbar zu sein.

Sie zitterte, irgendwie geriet die ganze Sache außer Kontrolle.

Wenn nur Matthew bei ihr wäre. Sie würden sich gegenseitig Kraft und Hoffnung geben und Weisheiten austauschen. So war es bei ihnen immer gewesen. In der Schule waren sie unzertrennlich. Mrs. Beattie, die einzige nette Person dort, nannte sie die »Unzertrennlichen« oder »Bobsey Zwillinge« – wer auch immer das gewesen sein mochte. Als Mrs. Beattie starb, wurde alles schlimmer. Wirklich schlimm. *Sehr* schlimm.

Dort im Wald waren die Männer. Schlechte Männer – die schlimmsten Kreaturen, die man sich vorstellen konnte. Und sie waren mindestens zu sechst. *Jäger–Killer.* Sie suchten verzweifelt nach ihr und Matthew. Und sie hatten Gewehre und Lampen.

Einer von ihnen war Onkel Thomas, er war der Schlimmste. Er hatte vorgegeben, ihr Freund zu sein ... doch er war derjenige, der sie einschläfern würde. Er war ein Lehrer gewesen, ein Wissenschaftler, und jetzt war er nur noch ein Mörder.

»Wir werden dir nicht weh tun, Liebling.« Max ahmte seine Stimme und sein aufgesetztes falsches Gehabe nach.

Ihr Vorteil war, dass sie die Männer im Wald nicht zu *sehen* brauchte. Sie hatte ein überdurchschnittlich ausgeprägtes Gehör. Es konnte Geräusche wahrnehmen, die nur ein Tausendstel einer Sekunde auseinander lagen. Eine wirklich gute Gabe. Max konnte das leise Summen ferner Mücken hören, das ärgerliche Zwitschern eines Zaunkönigs und das Rascheln von Espenblättern, die eine halbe Meile entfernt waren. Ob Matthew wohl irgendwo in der Nähe war? Lauschte auch er?

»Tinkerbell, kannst du mich hören?«

Ja, sie konnte sie hören, diese abartigen Typen, die nach ihr suchten. Schon als sie noch weit entfernt gewesen waren, hatte Max sie gehört. Jeden Schritt, jedes Hüsteln oder Schnauben, jeden einzelnen ihrer heißen, übel riechenden Atemzüge, von denen sie wünschte, er möge ihr letzter sein.

Einer von ihnen sagte etwas, und sie erkannte einen besonders gefühllosen Aufseher von der Schule. »Wir hätten Hunde mitnehmen sollen.«

»Hätten, könnten, würden.« Ein Kumpan äffte ihn nach und lachte. »Es ist doch nur ein Kind. Beide sind Kinder. Wenn wir noch nicht mal ein kleines Kind finden, dann können wir gleich einpacken.«

Hunde! Max unterdrückte ein Schluchzen. Hunde würden sie finden, sie waren darin besser als Menschen. Auch Hunde hatten besondere Gaben. Die Menschen waren die schwächste Spezies, vielleicht waren sie deshalb auch die gemeinste.

Zornig und heulend frischte der Wind wieder auf, und dem Mädchen wurde bewusst, wie kalt es hier draußen war. Fest umschlang es den Baum und lauschte angestrengt, bis die Jäger nicht mehr zu hören waren. Erst einmal waren sie fort.

Langsam und unter Schmerzen rutschte Max die Fichte hinunter und schlich sich vorsichtig in den Wald.

Und dann rannte sie. Sie musste Sichtschutz finden und Matthew ... bevor es zu spät war.

6.

Sein dreijähriger Sohn, der kleine Mike, hatte oft gesagt, er sei »schlimm ängstlich vor der Dunkelheit«. Kit hatte diesen Ausspruch sehr geliebt.

Wann immer sein Sohn das sagte, hatte Kit schallend gelacht und Mike, den Lausbuben, ganz fest in den Arm genommen. Auch jetzt noch konnte er diese kleinen liebevollen Umarmungen spüren. Allein der Gedanke daran ließ ihn sich krank und leer fühlen, als sei er nur noch eine schlaffe Hülle, deren Kern herausgeschleudert worden war.

Eigentlich war klar, dass seine Gefühle im Moment völlig durcheinander waren. Er untersuchte einen Fall, von dem er glaubte, dass es der wichtigste seiner gesamten Laufbahn war – und sollte eigentlich gar nicht hier sein. Man hatte ihm die Sache entzogen. Gab es diesen Fall überhaupt noch? Er war sich dessen nicht sicher.

O ja, er war »schlimm ängstlich«.

In der Hütte räumte Kit seine Bergsteigerausrüstung und seine Kleidung ein. Vor allem, weil alles normal aussehen musste, sollte er beobachtet werden oder jemand den Raum durchsuchen. Es war möglich, sogar sehr wahrscheinlich, dass Frannie O'Neill oder irgendjemand anders ihm nachspionierte.

Die Hütte war bescheiden eingerichtet, ohne jeden Schnickschnack, jedoch überraschend gemütlich und warm. Es gab einen Rumfordkamin aus hiesigem Granit mit gehämmerten Zinnlaternen auf dem Sims. Auf dem Bett lag eine Überdecke aus warmem Schaffell.

Kit ließ die Jalousien runter und zog sich schnell aus. Dann knipste er das Licht aus und legte sich ins Bett. Das Gewehr schob er darunter. Es war ein Teil der Jägergeschichte, und auch sonst war er nicht unglücklich darüber, es als zusätzlichen Schutz in seiner Nähe zu haben. Schaden konnte es nicht.

Angeblich bin ich in Nantucket und mache Urlaub. Entspanne mich und bringe wieder Ordnung in meinen Kopf. Vielleicht hätte ich dorthin fahren sollen. Doch ich habe es nicht getan. Zum zweiten Mal habe ich auf diese Art etwas vermasselt.

Am 9. August 1994 war es das erste Mal gewesen.

Kit schloss die Augen, aber er konnte nicht einschlafen. Er wartete.

Die Augen fest geschlossen, erinnerte er sich an ein privates Gespräch mit dem stellvertretenden Direktor des FBI. Um dieses Treffen überhaupt möglich zu machen, hatte er seinen Vorgesetzten übergangen.

Als wäre es erst gestern gewesen, erinnerte er sich an die wichtigsten Punkte.

Die Miene des stellvertretenden Direktors war unglaublich überheblich gewesen, als ob er es kaum fassen könne, dass er seine Zeit an einen einfachen Agenten verschwendete.

»Ich werde reden, und Sie werden zuhören, Agent Brennan.«

»Das würde wohl den Grund des Zusammentreffens in Frage stellen«, hatte Tom geantwortet.

»Nur weil Sie den Grund des Treffens nicht begriffen haben.«

»Nein, Sir, vielleicht nicht.«

»Wegen der Tragödie in Ihrem Privatleben versuchen wir, Ihnen zu helfen. Doch Sie machen es uns nicht leicht, sogar fast unmöglich. Und jetzt hören Sie mir gut zu: Geben Sie auf! Beenden Sie diese sinnlose Hexenjagd noch heute. Entweder Sie kümmern sich nicht mehr um den Fall der verschwundenen Ärzte, oder wir werden uns von Ihnen trennen. Haben Sie mich verstanden?«

Kit lag im Dunkeln und erinnerte sich an den Tenor des Gesprächs – nicht an den genauen Wortlaut. Doch er hatte verstanden.

Jetzt war er also in Colorado. Er hatte seine Wahl getroffen. Bewusst hatte er sein Gewissen über seine Karriere gestellt.

Er war weg vom Fenster.

7.

In der gleichen Nacht um Viertel nach elf warf Kit die Schaffelldecke zur Seite und stand auf.

Eilig zog er sich im Dunkeln an. Schwarzes T-Shirt und

schwarze Trainingshosen über seine einundachtzig Kilo Lebendgewicht. Eine schwarze Baseballkappe. Knöchelhohe Converse-Sportschuhe – Larry Birds Marke. Und seine eigene Marke, seit er sich mit zehn Jahren auf den Straßen und Spielplätzen von South Boston herumgetrieben hatte.

Es war Vollmond. Prüfend betrachtete er vom Schlafzimmerfenster aus die hohen Fichten, ließ den Blick immer wieder von links nach rechts schweifen, bis er ganz sicher war, dass niemand draußen war – niemand, der auf ihn wartete.

Kit öffnete die Eingangstür und huschte hinaus in die frische, kühle Nachtluft. Irgendwie fühlte er sich ein bisschen wie Mulder aus der Serie *Akte X*. Nein, eigentlich fühlte er sich genau wie Mulder – und Mulder war wirklich ein ziemlicher Spinner.

Harrison ging auf dem gewundenen Waldweg zur Tierklinik zurück. Er wusste, dass Frances O'Neill seit dem Tod ihres Mannes David dort wohnte. Auch über Dr. David Mekin wusste er alles, mehr noch als über seine Witwe. Mekin hatte in den achtziger Jahren Embryologie am M.I.T. studiert und dann in San Francisco gearbeitet. Kit hatte mindestens zwölf Seiten Notizen über Dr. Mekin.

Er hatte seine Hausaufgaben gemacht und wusste auch einiges über Frannie.

Sie hatte am Colorado State Teaching Hospital in Fort Collins ihren Abschluss als Tierärztin mit Doktortitel gemacht. Dort war auch das nationale Zentrum für Biologie der Wildtiere und -pflanzen, worin Frances einen zweiten akademischen Grad erworben hatte. Die Klinik hatte besonders für Chirurgie einen sehr guten Ruf. Frannie hatte im Ort eine »Suchgemeinschaft für vermisste Haustiere« gegründet. Die Praxis war bis zum Tod ihres Mannes sehr gut gelaufen und hatte die Familie ernährt. In der letzten Zeit ließ sie das Geschäftliche etwas schleifen.

In weniger als drei Minuten war er beim »Inn-Patients«. Dort begann seine Mission.

Die vordere Veranda war hell erleuchtet, und aus einem der Fenster schien gedämpftes gelbliches Licht. Nicht weit davon entfernt saß eine Manxkatze auf einem Fensterbrett und beäugte ihn äußerst misstrauisch.

Kit blieb stehen, um Atem zu holen, aber vielleicht auch, um sein rasendes Herz zu beruhigen. Wieder überprüfte er, ob ihm jemand folgte.

Er musste sich in der Tierklinik umsehen – aber sicherlich nicht heute. Weniger als drei Meter entfernt von einem der erleuchteten Fenster versteckte er sich hinter zwei großen Fichten.

Plötzlich fuhr Kit zusammen.

Guter Gott! Sie hatte ihn zu Tode erschreckt.

Dort im sanften Licht des erleuchteten Fensters stand Frannie O'Neill. Sie war so nackt wie am Tag ihrer Geburt. Er atmete tief durch. Darauf war er nicht vorbereitet gewesen, es traf ihn wie ein Blitz.

Zum Glück sah sie ihn nicht, denn sie trocknete ihr langes braunes Haar mit einem weißen Handtuch. Schönes Haar. Überhaupt ein schöner Anblick.

Die Frau war sehr viel attraktiver, als sie sich nach außen hin gab. Sehr schöne lebendige Augen. Schlank und wohlgeformt. Auf Grund seiner Notizen erinnerte er sich, dass sie dreiunddreißig Jahre alt war. Dr. David Mekin, ihr Mann, war achtunddreißig gewesen, als er starb. Als er ermordet wurde.

Kit wandte sich zum Gehen. Frances war noch wach, also gab es für ihn keine Möglichkeit, die Praxis zu erkunden. Und er wollte auch nicht vor Dr. O'Neills erleuchtetem

Fenster stehen bleiben. Dabei hätte er sich wie ein Scheißkerl gefühlt. Er mochte sein, was er wollte, doch ein Spanner war er nicht.

Auf dem Rückweg zur Hütte begleitete ihn Frannies Bild. Es schien auf seiner Netzhaut eingebrannt. Ihre Augen hatten ein ganz spezielles Glitzern, das auf einen Sinn für Humor hinwies, von dem er bei ihrem ersten Treffen nichts bemerkt hatte. Außerdem war sie viel hübscher, als er zunächst gedacht hatte.

Und vielleicht war sie eine Mörderin.

8.

Der Dienstagmorgen war endlich gekommen.

Annie Hutton hatte es vor Ungeduld kaum ausgehalten, doch jetzt fühlte sie sich wohl und merkwürdig entspannt.

Eigentlich ging es Annie Hutton immer gut, wenn sie die In-Vitro-Abteilung des Gemeindekrankenhauses von Boulder besuchte. Man schien dort an alles gedacht zu haben, um negative Einflüsse von den werdenden Müttern fern zu halten. Alle waren so nett, und sie hatte Glück, von ihnen betreut zu werden.

Der warme gelbe Anstrich mit weißen Applikationen verlieh dem Warteraum eine angenehme Atmosphäre. Auch gab es immer frische Blumen, genauso wie eine Auswahl der richtigen neuesten Zeitschriften: *Mirabella, AD Town & Country, Eltern, Kind.*

Doch am besten war das hochmotivierte Team um ihren Arzt John Brownhill. Er sprach gerade mit ihr und stellte alle nötigen Fragen für den Acht-Monats-Check-up. Wie aufmerksam er doch war. Hatte sie bereits Wehen gehabt, gab es ungewöhnliche Beschwerden?

»Nein, alles ist in bester Ordnung. Ich klopfe auf Holz«, erwiderte Annie. Sie lächelte zuversichtlich und spiegelte damit das Vertrauen wieder, das auch der Arzt und seine Mitarbeiter ausstrahlten.

Auch Dr. Brownhill lächelte. Nicht zu aufdringlich, nicht herablassend oder so – einfach ganz natürlich. »Das ist großartig. Jetzt machen wir ein paar Tests, und bis zur Roseanne-Show sind Sie wieder zu Hause.«

Obwohl Annie sich ausgezeichnet fühlte, wusste sie, dass sie eine Risikopatientin war. Dr. Brownhill hatte ihr gesagt, dass ihre Plazenta unzureichend sei. Bei dem heutigen Termin würden Dr. Brownhill und seine Assistentin Jilly mit einem Monitor den Herzschlag des Fötus während der Wehen überprüfen. Der Gedanke daran machte Annie ein bisschen nervös, aber sie wollte genauso positiv wirken wie ihr Arzt und die Schwester.

Jilly spritzte vorgewärmtes Gleitgel auf Annies Bauch. Man dachte hier wirklich an *alles*. Dann legte sie ihr behutsam zwei breite Plastikgurte um den Bauch.

»Alles bequem? Können wir noch etwas für Sie tun?«, fragte Dr. Brownhill.

»Mir geht es gut. Das Gel hat genau die richtige Temperatur.«

Doch dann geschah alles so plötzlich wie in einem bösen Traum.

»Die Herzfrequenz des Babys sinkt«, sagte Dr. Brownhill. Seine Stimme klang unsicher. »Einhundert, neunundneunzig, fünfundneunzig.« Er drehte sich zu Jilly um. »Wir müssen eine Notentbindung vornehmen. Keine Angst, Annie. Alles wird gut.«

Danach lief alles sehr schnell und professionell ab. Es wurde dunkel um Annie. Sie verlor das Bewusstsein.

Weniger als vierzig Minuten später, früher als erhofft, brachte Dr. John Brownhill persönlich das Neugeborene in die Abteilung für Frühgeburten. Obwohl der Junge den Tests aus dem Kreißsaal zufolge bei bester Gesundheit war, wollte man kein Risiko eingehen.

Eine sterilisierte Sonde wurde in die Luftröhre des Kindes eingeführt, sein winziges Köpfchen mit einer Druckhaube umhüllt. Dies war notwendig, um die noch etwas schwachen Lungen laufend mit Sauerstoff zu versorgen.

Mittels eines Plastikröhrchens wurde der Nabelschnur eine Blutprobe entnommen.

Ein elektronisches Thermometer maß auf der Haut des Säuglings die Temperatur.

Eine Sonde durch die Nase versorgte den kleinen Jungen mit Muttermilch, sollte er nicht von allein trinken können.

Überwacht wurde Annie Huttons kleiner Sohn von einem Spezialisten der Abteilung für Frühgeburten.

»Es geht ihm gut. Ganz ausgezeichnet. Der Junge ist in guter Verfassung, John«, sagte einer der anderen anwesenden Experten zu Dr. Brownhill. »Ach, übrigens, der Kopfumfang beträgt einundvierzig Zentimeter. Ganz schön groß.«

»Das entspricht meinen Erwartungen.«

Schließlich verließ John Brownhill die Abteilung für Frühgeburten und ging zwei Etagen höher zu dem Zimmer, in dem Annie Hutton sich von ihrem Kaiserschnitt erholte.

Die vierundzwanzigjährige Mutter war keinesfalls in so guter Verfassung wie ihr Sohn. Ihr aschblondes Haar klebte in kleinen Löckchen an ihrem Kopf. Der Blick war ausdruckslos. Sie entsprach in jeder Hinsicht dem Bild einer Frau, die gerade einen unerwarteten Kaiserschnitt durchgemacht hatte.

Dr. Brownhill ging direkt auf ihr Bett zu. Er beugte sich hinunter, sprach mit seiner üblichen Vertrauen erweckenden Stimme und nahm dabei ihre Hand.

»Annie, es tut mir so Leid. Wir konnten ihn nicht retten«, flüsterte er. »Ihr kleiner Junge ist tot.«

9.

Das Hutton-Baby wurde nur wenige Stunden nach seiner Geburt von der Boulder-Klinik in die Schule gebracht. Ein Team, alle in einer Art Astronautenanzug, erwartete den Krankenwagen. Eilig wurde das Kind hereingebracht. Anspannung, Aufregung und beinahe Freude bestimmten die Atmosphäre.

Der Chefarzt der Schule war anwesend, überwachte alles und gab Ratschläge.

Herzfrequenz, Atmung, Hautfarbe, Muskeln und Reflexe wurden überprüft. Baby Hutton bekam eine glatte Zehn, die Bestnote.

Größe und Gewicht wurden ermittelt. Dann folgten Tests für Herzgeräusche, Herzvergrößerung, Bindehautblutungen, Gelbsucht, Asexualität, Hüftdysplasie, Schlüsselbeinbruch und Hautverfärbungen.

An der rechten Hüfte befand sich ein kleines Muttermal, das als »Mangel« registriert wurde.

Die meisten Tests überprüften die Motorik des Kindes und seine Fähigkeit, sich der Umgebung anzupassen. Der Chefarzt blieb bei jedem Versuch im Labor und kommentierte die Resultate.

»Der Kopfumfang beträgt bereits einundvierzig Zentimeter. Das ist eigentlich normal für ein vier Monate altes Kind. Darum war der Kaiserschnitt notwendig. Auch das Herz ist größer und leistungsfähiger. Die Herzschlagfrequenz liegt unter hundert. Es ist wundervoll. Wir haben einen kleinen Champion.

Aber überwachen Sie Baby Hutton gut. Das ist wichtig, und dort liegt die Gefahr. Er hört uns zu und *passt genau auf*. Sehen Sie es? Schauen Sie in seine Augen. Neugeborene können weder fokussieren noch etwas mit den Augen verfolgen – niemals. Aber dieses Kind beobachtet jeden einzelnen von uns. Verstehen Sie, was das bedeutet?

Säuglinge erinnern sich nicht mehr an Dinge, wenn sie verschwunden sind. Doch er tut es. Er beobachtet uns. Schauen Sie seine kleinen Augen an. Sein Gedächtnis funktioniert bereits. *Es ist ein Superbaby!*«

10.

Ich erwachte, versuchte, Luft zu holen, und weinte leise wegen eines furchtbaren Traumes, in dem mein Mann David vorkam. In den letzten Tagen war ich fast jeden Morgen so aufgewacht.

Ich vermisste David unendlich, und das hatte sich nicht geändert seit dem Abend vor eineinhalb Jahren, als ihn ein Verrückter auf dem einsamen Parkplatz in Boulder erschossen hatte.

Bis zu seinem Tod waren David und ich unzertrennlich gewesen. Wir waren in ganz Colorado und allen westlichen Staaten Ski gefahren. Viele Sonntage hatten wir gemeinsam in einer Klinik für Wanderarbeiter in Pueblo verbracht. Wir hatten so viele Bücher gelesen, dass unsere beiden kleinen Häuser als Leihbibliotheken durchgehen konnten. Oft hatten wir mehr Freunde als Zeit für sie. Wir liebten jede Minute unseres Lebens und kosteten alles aus.

Ich hatte eine gut gehende Praxis für Groß- und Kleintiere. Früh am Tag fuhr ich zu den Bauernhöfen und Ranchen, um mich um Pferde und andere größere Tiere zu kümmern. Menschen aus dem ganzen Bezirk brachten ihre Haustiere zum Inn-Patients. Die *Denver Post* hatte mich zur »Tierärztin der Neunziger« ernannt. Was immer das auch bedeuten sollte.

Jetzt war alles anders, und meine Lebenskurve schien sich unaufhaltsam in die falsche Richtung zu bewegen. Ständig musste ich an Davids Tod denken. Ich ging der Polizei von Boulder so auf die Nerven, dass die Beamten mich baten, nicht mehr zu kommen. Nur noch selten machte ich Hausbesuche, doch noch immer kamen Patienten zu mir.

Mit einem Satz sprang ich aus dem Bett. Ich zog meinen alten, treuen blaukarierten Bademantel über und schlüpfte in die Hausschuhe, die ich zu Weihnachten von zwei Kindern bekommen hatte, deren Hundebaby ich zusammengeflickt hatte, nachdem Kojoten es angefallen hatten.

Die Hausschuhe hatten die Form von Cockerspanielköpfen mit riesigen verträumten Augen, hängenden rosa Zungen und Schlappohren. Richtig gut.

Ich schaltete den Kassettenrecorder ein. Rauchig und unverwechselbar erklang Fiona Apple. Achtzehn Jahre jung, leicht verrückt und voller Kraft und kreativer Energie. Das mochte ich bei einer Sängerin.

Von meinem Schlafzimmer ging ich direkt ins Labor. Dort erwartete mich mein Poster des Monats: *Bei der Fuchsjagd verfolgt das Unaussprechliche das Ungenießbare. – Oscar Wilde.*

Doch jetzt zu den wichtigsten Dingen. Ich füllte eine Spezialmischung Haselnuss-Vanille-Kaffee in die Maschine, und während das Wasser heiß wurde, begann ich, mich um meine Patienten zu kümmern.

Frannie O'Neill – das ist dein Leben!

Krankenstation eins war ein Raum von vier mal vier Metern, mit einem Waschbecken, einem Fenster und zwei Reihen sauberer Käfige. Die untere Reihe war von drei Patienten belegt: zwei Hunde und der Zimmergenosse des einen, ein ganz normales Leghornhuhn.

Einer der Hunde, ein großer Pudel, hatte trotz des Schutzkragens den Katheter herausgezogen. Ich hielt ihm mit meinem gesamten französischen Wortschatz, sämtlichen sechzehn Wörtern, eine Standpauke, die sich gewaschen hatte. Dann setzte ich den Katheter wieder ein. Ich strich dem Tier über den Kopf und verzieh ihm. »Je t'aime«, sagte ich.

Krankenstation zwei ist ein etwas kleineres Ebenbild von Nummer eins, jedoch ohne Fenster. Dort waren meine »Exoten« untergebracht. Ein Kaninchen mit Lungenentzündung, das wohl nicht überleben würde; ein Hamster, den mir UPS ohne ein Wort der Erklärung geliefert hatte.

Und dann gab es da noch einen Schwan namens Frank, den meine Schwester Carole aus einem See bei der Rennbahn gerettet hatte. Sie hält sich für die Mutter Theresa der wilden Tiere. Im Moment zeltet sie mit ihren Töchtern in einem Nationalpark. Fast wäre ich mitgefahren.

Mein Kaffee war fertig. Ich goss die heiße Flüssigkeit in eine Tasse und fügte Milch und Zucker hinzu. Mmmm ... mmm ... gut.

Und da war auch schon Pip. Er ist ein Jack-Russell-Terrier, ein lustiger kleiner Kerl, der als Streuner abgegeben wurde; meiner Ansicht nach hatte man ihn jedoch ausgesetzt. Er führte den kleinen Tanz auf den Hinterbeinen auf, den ich so gern mag. Ich gab ihm einen Kuss, füllte eine Schale mit Trockenfutter und tat ein paar Reisflocken dazu.

»Schmeckt's?«

»Wau.«

»Schön, das zu wissen.«

Ich schlenderte zur Vorderfront des Hauses. Und da war er wieder, der pechschwarze Macho-Jeep, der L. L. Bean-Typ. Kit sonst wer. Der Jäger war wieder auf meinem Hof. Das Gewehr über der Schulter stand er neben dem Wagen.

Dann erblickte ich ein schlaffes Ding auf der Kühlerhaube.

Mein Gott, nein! Er hat schon etwas getötet! Auf meinem Land hat er ein Tier erschossen. Dieser Scheißkerl! Dieser Schweinehund!

In den hiesigen Wäldern hatte ich schon viele tote Tiere und Gerippe gesehen. Aber dies hier war mein Land, mein Besitz, und ich hatte es bis jetzt immer als eine vor dem Wahnsinn der Welt geschützte Enklave betrachtet.

»He, Sie!«, schrie ich. »He, Sie da!«

Schäumend vor Wut hatte ich schon die halbe Veranda überquert, als er zurückwich und die Tür des Jeeps öffnete. Und dann wurde mir klar, dass das Ding auf der Kühlerhaube die falsche Farbe für ein Tier hatte.

Burgunderrot, eher wie eine Sporttasche.

Er hörte mich und drehte sich um, winkte und lächelte sein fast unwiderstehliches Lächeln. Der Blick, den ich ihm zuwarf, hätte ihn eigentlich auf der Stelle zu Asche verbrennen müssen.

»Guten Morgen«, rief er herüber. »Mein Gott, ist das herrlich hier, himmlisch, finden Sie nicht?«

Ich hielt meinen Bademantel an der Vorderseite zu und

hob die Morgenzeitung mit ihrer Ansammlung schlechter Neuigkeiten auf.

Dann drehte ich mich auf meinen Spanielhausschuhen um und stapfte wieder ins Haus.

11.

Vorsicht war wichtig.

Es war schwül an diesem Nachmittag in Boulder, aber das traf nicht zu auf den Garten hinter Dr. Frank McDonoughs Haus, wo mächtige Fichten Schatten spendeten. Und bestimmt auch nicht auf den zweiundzwanzigeinhalb Meter langen Pool, dessen Temperatur wie immer bei einundzwanzig Grad lag.

Um das Schwimmbecken herum gruppierten sich schmiedeeiserne, weiße, verschnörkelte Sessel, große, bequeme Liegen und ein breiter Diwan mit Blumenbezug. Riesige Vasen und Marktsonnenschirme vervollständigten das Ensemble.

Frank McDonough schwamm seine Bahnen. Es erstaunte ihn, dass er immer noch den Kick der Stoppuhr genoss, obwohl es zwanzig Jahre her war, dass er aktives Mitglied der Schwimmmannschaft der Universität von Berkeley in Kalifornien gewesen war.

Dr. McDonough lebte ausgesprochen gern in Boulder. Sein weitläufiges Haus im Ranchstil bot einen fantastischen Blick auf die Stadt und die Ebenen nach Osten. Er schätzte die Frische der Luft, den schneidenden Wind und das einzigartige Blau des Himmels.

Einmal war er sogar zum National Center for Atmospheric Research gefahren, um herauszufinden, woher das Blau des Himmels kam. Vor sechs Jahren war er aus San Francisco hierher gekommen und wollte nie wieder dorthin zurück.

Besonders an einem Tag wie heute. Nicht weit entfernt ragte das Massiv der Flatiron Mountains auf, und in weniger als einer Stunde würde seine Frau Barbara von der Arbeit kommen.

Voraussichtlich würden sie im Innenhof Schwarzbarsch grillen, eine Flasche Zinfandel öffnen und eventuell die Solies dazu einladen. Vielleicht konnten sie auch Frannie O'Neill von ihren Tieren in Bear Bluff weglocken. Auch Frannie war in der Schwimmmannschaft der Universität gewesen, und Frank McDonough hatte sie immer sehr gemocht. Außerdem machte er sich seit Davids Tod Sorgen um sie.

Mitten in der Bewegung hielt er inne. Gerade vor seiner einundneunzigsten Wende an diesem Nachmittag. Im Innenhof neben dem Grill hatte sich etwas hastig bewegt.

Er war nicht allein.

Nein, da war nicht nur eine Person, sondern mehrere. Ein leises Angstgefühl stieg in ihm auf. Was zum Teufel ging hier vor?

Frank McDonough streckte den Kopf aus dem Wasser und nahm die tropfende Schwimmbrille ab. Vier Männer in Jeans und Polohemden liefen auf ihn zu.

»Kann ich euch helfen, Leute?«, rief er. Für Frank war es ganz normal, freundlich zu sein. Er hatte keine Vorurteile, war stets höflich und zuvorkommend und glaubte an das Gute in jedem seiner Mitmenschen.

Die Männer antworteten nicht. *Eigenartig. Etwas beunruhigend.* Stattdessen gingen sie weiter auf den Pool zu. Pötzlich begannen sie zu rennen.

Ein Tisch kippte um, Windlichter zerbrachen, Zeitungen und Zeitschriften flogen auf den Boden.

»He, was soll das?« Ungläubig starrte er die Männer an.

Alle vier sprangen zu Frank McDonough ins flachere Ende des Pools.

»Was zum Teufel soll das werden?« Jetzt brüllte Frank die Männer wirklich an. Er war irritiert und hatte Angst.

Wie ein Rudel wilder Hunde griffen sie ihn an. Sie packten seine Arme und Beine und drehten sie brutal um. Er hörte ein Knacksen und war sicher, dass sein linkes Handgelenk gebrochen war. Die gewaltsame, schnelle Bewegung tat unglaublich weh. Er erkannte, dass die Männer stark waren, denn auch er war kein Schwächling, doch sie hatten ihn mühelos niedergezwungen wie ein Fliegengewicht von vierzig Kilo.

»He, he!«, schrie er wieder und erstickte fast an dem Wasser in seiner Nase. Die Männer hatten Franks Kopf zurückgezerrt, sodass er genau in das unergründliche Blau des Himmels blickte.

Dann drückten sie seinen Kopf nach unten. Er rang nach Luft, bekam aber nur einen Mund voll Wasser und Chlor. Frank musste husten.

Sie hielten ihn unter der Wasseroberfläche fest und ließen ihn nicht mehr hochkommen. Arme und Beine steckten wie in Schraubstöcken. O Gott! Man ertränkte ihn. Doch warum? Er konnte sich keinen Reim darauf machen.

Frank versuchte, um sich zu schlagen.

Versuchte, sich zu befreien.

Sich zu beruhigen.

Dann hörte Frank McDonough ein kurzes Krachen in seiner Halswirbelsäule. Er konnte sich nicht mehr wehren. Seine Lebenskraft verließ ihn.

Schemenhaft konnte er die gestikulierenden Gestalten in

ihrer nassen Kleidung vor sich sehen. Seine Augen und sein Mund waren weit aufgerissen. Wasser drang durch seine Kehle ein und füllte in rasender Schnelle seine Lungen. Seine Brust schien implodieren zu wollen, und Frank sehnte sich danach. Er wollte nur noch eines – der furchtbare innere Druck und die Schmerzen sollten enden.

Und plötzlich verstand Dr. McDonough. Genauso klar wie seinen bevorstehenden Tod erkannte er jetzt die Wahrheit.

Es war wegen Tinkerbell und Peter Pan.

Während seiner Wache waren sie entkommen.

12.

Fast vierzig Minuten dauert die Fahrt von Bear Bluff nach Boulder, aber nur wenn man mit Bleifuß fährt, wenn man fast schon fliegt.

Ich versuchte, die Strecke so normal und ruhig wie möglich zu bewältigen, aber es gelang mir überhaupt nicht. Die Fahrt und die Nacht waren wie ein Teil eines gespenstischen Traums.

Ständig sah ich Frank McDonough vor mir, wie ich ihn in den letzten sechs Jahren gekannt hatte – lächelnd und voller Lebensfreude. Ich hatte Bear Bluff nicht oft verlassen – wenigstens nicht während der letzten vierhundertdreiundneunzig Tage. Doch jetzt *musste* ich nach Boulder fahren.

Frank McDonough war tot. Unter Tränen hatte mich seine Frau Barb angerufen. Ich konnte es nicht glauben. Allein der Gedanke war zu schmerzlich, zu furchtbar.

Erst David und jetzt Frank. Es schien einfach unmöglich zu sein.

Ich hatte versucht, meine beste Freundin Gillian im Gemeindekrankenhaus von Boulder anzurufen, aber nur ihren Anrufbeantworter erreicht. Ich hatte eine Nachricht hinterlassen und hoffte, dass sie einigermaßen verständlich war.

Bei meiner Schwester Carole hatte ich es auch versucht, doch während ihres Campingurlaubs mit ihren zwei Töchtern war sie nicht erreichbar. Verdammt – gerade jetzt brauchte ich sie.

Noch bevor ich bei Frank und Barb McDonough in Boulder ankam, hörte ich bereits das furchtbare Heulen der Polizeisirenen. Das Haus der McDonoughs liegt in der Nähe des Gemeindekrankenhauses von Boulder. Irgendwie logisch, denn beide arbeiten dort. Barb ist Operationsschwester und Frank der leitende Kinderarzt.

Er *war* Kinderarzt gewesen. O Gott, Frank war tot. Mein Freund, Davids Freund. Wie konnte das nur geschehen?

Die Polizeisirenen heulten schmerzhaft weiter, und irgendwie schien darin eine geheime Botschaft für mich zu liegen.

Ihr Ton brachte so viele schmerzvolle Erinnerungen zurück. Monatelang war ich der Polizei in Boulder auf die Nerven gegangen, um den Mord an David aufzuklären. Verdammt, sogar ich selbst hatte etwas unternommen. Ich hatte die Parkplatzwächter befragt und die Ärzte, die nachts dort zu tun hatten.

Und jetzt kamen all diese furchtbaren Erinnerungen an Davids Tod zurück. Ich konnte es nicht mehr ertragen.

13.

Ich bin Dr. O'Neill«, sagte ich und bahnte mir einen Weg vorbei an dem großen und kräftigen Polizisten, der vor der vertrauten weißen Veranda Wache stand. »Ich bin eine Freundin von Frank und Barb. Sie hat mich angerufen.«

»Kein Problem, Madam. Gehen Sie rein«, sagte er und nahm die Schirmmütze ab.

Weder das großzügige Ranchhaus noch Franks sehr spezielle Gartenanlage interessierten mich heute. Anstelle tiefgrünen Rasens gab es bei ihm Hunderte kleiner bunter Blumen. Frank hatte sich schon immer mit dem Wassersparen beschäftigt. So war er eben. Immer dachte er an andere, immer voraus.

Ich war wie taub, und irgendwie konnte ich das alles nicht fassen. Die McDonoughs waren unsere engsten Freunde gewesen, als David im Krankenhaus arbeitete. Als er erschossen wurde, waren sie sofort zu mir gekommen. Barb, Carole und eine andere Freundin, Gillian, waren die Nacht über bei mir geblieben. Und jetzt war ich unter den gleichen Umständen in Boulder.

Als ich die Treppe hinaufstürmte, öffnete sich die Haustür. Doch es war nicht Barb McDonough.

»O Gott, Gillian«, flüsterte ich. Gillian ist meine beste Freundin. Wir nahmen uns auf der Veranda in die Arme. Beide weinten wir, hielten uns aneinander fest und versuchten, die Tragödie zu begreifen. Ich war froh, dass sie da war.

»Wie konnte er nur ertrinken?«, flüsterte ich.

»Mein Gott, Frannie. Ich weiß auch nicht, wie das geschehen konnte. Franks Genick war gebrochen. Er hatte wohl einen Sprung in zu seichtes Wasser gewagt. Geht es dir gut?

Natürlich nicht. Genauso wenig wie Barb. Es ist alles so furchtbar.«

Ich weinte an der Schulter meiner Freundin und sie an meiner.

Gillian ist Wissenschaftlerin im Forschungsbereich des Boulder-Gemeindekrankenhauses. Und sie ist wirklich ein Ass. Sie ist so gut, dass sie mit gutem Grund rebellieren kann. Ständig kämpft sie gegen Bürokraten, Schreibtischhengste und andere Verwaltungsidioten. Auch sie ist Witwe und hat einen kleinen Sohn, Michael, den ich anbete.

Gillian trug noch Krankenhauskleidung und ihren Laborkittel mit dem Namensschild, demnach war sie direkt von der Arbeit hierher gekommen. Ein langer, furchtbarer Tag für sie. Für uns alle.

»Ich muss zu Barb«, sagte ich. »Wo ist sie?«

»Komm rein. Ich bringe dich zu ihr.«

Gillian und ich betraten das vertraute Haus, das nun so ungewohnt dunkel, ruhig und verlassen wirkte. Barb war mit einer anderen Freundin, Gilda Haranzo, in der Küche. Gilda arbeitet als Kinderkrankenschwester in der Klinik und gehört auch zu unserer Clique.

»O Barb. Es tut mir so Leid, so entsetzlich Leid«, flüsterte ich. In Situationen wie dieser scheinen Worte immer so sinnlos zu sein.

Wir umarmten einander ganz fest. »Damals habe ich das mit David nicht verstanden. Frannie, nichts habe ich begriffen.« Barb schluchzte heftig. »Ich hätte viel mehr für dich da sein sollen.«

»Du warst fantastisch. Ich liebe dich, ich liebe dich sehr.« Das war die Wahrheit, und darum schmerzte dieser schreckliche Moment so sehr. Ich fühlte Barbs Verlust, als wäre es mein eigener.

Dann umarmten und trösteten wir uns alle vier so gut wir

konnten. Es schien erst gestern gewesen zu sein, als wir alle noch Ehemänner hatten und zusammen zu Grillfesten, Schwimmveranstaltungen und Wohltätigkeitspartys gingen oder einfach nur stundenlang zusammensaßen und redeten.

Dann löste sich Barb von uns und öffnete einen Schrank über der Spüle. Sie holte eine Flasche Crown Royal hervor, machte sie auf und schenkte vier große Whiskeys ein.

Ich blickte aus dem Fenster und sah im Hof Mitglieder der Stadtverwaltung Boulders in der Nähe des Pools stehen. Auch der bekannteste Rechtsanwalt, Rich Pollett, war anwesend. Er war ein guter Freund von Frank gewesen. Beide waren oft gemeinsam zum Fliegenfischen gegangen. Und dann sah ich Henrich Kroner, den Direktor des Krankenhauses. Rick für seine Freunde. Henrich war ein elitärer Snob, er glaubte, seine Engstirnigkeit mache ihn zu etwas Besonderem. Dass er einfach nur Durchschnitt war, begriff er nicht. Irgendwie berührte es mich eigenartig, dass er jetzt hier war. Dafür gab es eigentlich keinen Grund, außer, dass das Haus der McDonoughs nicht weit vom Krankenhaus entfernt lag. Aber schließlich hatte jeder Frank gemocht ...

Plötzlich durchzuckte mich eine schmerzliche Erinnerung. Vor einigen Jahren waren David und ich mit Frank und Barbara beim Wildwasser-Rafting. Danach waren wir in ruhigeren Gewässern geschwommen. Wasser war Franks Element gewesen. Ich erinnerte mich an seinen kraftvollen Freistilarmzug.

Wie konnte er nur in diesem Pool gestorben sein?

Warum waren Frank und David beide tot?

Selbst der stärkende Whiskey ließ mich keine Antwort darauf finden. Ich fühlte mich wie ein Kreisel, der nicht aufhören konnte zu rotieren. Ich nahm einen zweiten Drink und dann noch einen, bis endlich eine gewisse Betäubung eintrat.

Gillian schien sich wegen mir fast ebenso große Sorgen zu machen wie wegen Barbara. So war sie seit Davids Tod, besonders weil ich den Mord einfach nicht akzeptieren konnte. Sie behandelte mich wie ihr Adoptivkind. Irgendwie erinnert sie mich an die Schauspielerin Emma Thompson: klug, einfühlsam, aber auch witzig.

»Bitte, komm heute Abend mit zu mir, Frannie«, sagte sie flehend. »Ich mache Feuer im Kamin, und wir reden bis zum Umfallen.«

»Und das wird ziemlich bald sein. Gil, ich kann nicht«, sagte ich kopfschüttelnd. »Morgen früh erwartet mich ein verletzter Collie, und die Klinik ist schon voll belegt.«

Gillian rollte mit den Augen, doch dann lächelte sie.

»Also dann am Wochenende. Und keine Ausflüchte ... du kommst!«

»Versprochen. Ich werde da sein.«

Wir brachten Barbara zu Bett. Dann gab ich Gillian und Gilda einen Abschiedskuss und machte mich auf den Heimweg.

14.

Aus dem wabernden blaugrauen Nebel tauchte endlich das vertraute Schild auf: NÄCHSTE AUSFAHRT BEAR BLUFF.

Ich betätigte den rechten Blinker, bog in die Ausfahrt und spürte die bekannten zwei Höcker auf der Fahrbahn.

Dann kam ich auf die 4th-of-July-Mine-And-Run-Road,

eine enge, zweispurige Straße, die fünfeinhalb Meilen lang durch den Wald bis nach Bear Bluff führt. Der Ort ist eigentlich nur zum Durchfahren geeignet. Es gibt eine Tankstelle, einen Supermarkt, eine Videothek und mich. Wenn es dunkel wird, schließen wir alle. Ein hiesiges Sprichwort sagt: *Glück ist, wenn du Bear Bluff im Rückspiegel siehst, aber du musst verdammt schnell hinschauen!*

Ich konnte es kaum erwarten, nach Hause zu kommen und mich in einen tiefen Schlaf zu flüchten. Irgendwie kam ich mir entrückt, wie nicht ganz von dieser Welt vor. Außerdem hatte ich zu viel getrunken.

Die unbeleuchtete Straße wand sich um Felsnasen durch den Wald, der der schmalen Betonstraße nur unwillig den Weg freigab und auch das Scheinwerferlicht meines Autos behinderte.

Ich verlangsamte das Tempo, denn ich wollte heil zu Hause ankommen.

Wild könnte vor mir über die Straße preschen, und ich war nicht in der Verfassung für schnelle Entscheidungen über Leben und Tod.

Ohne Vorwarnung tauchte wie ein Blitz etwas Weißes rechts von mir auf.

Ich bremste ein wenig ab, fuhr noch langsamer und starrte in den schattendunklen Wald.

Vielleicht irrte ich mich, aber der weiße Blitz hatte ausgesehen wie ein kleines rennendes Mädchen. In der Nacht hatte ein Kind hier nichts zu suchen.

Dann machte ich eine Vollbremsung. Sollte die Kleine sich verlaufen haben, könnte ich sie bestimmt nach Hause bringen. Aber ich hatte so ein Gefühl, dass irgendetwas nicht stimmte. Wurde sie vielleicht von jemandem verfolgt, oder hatte sie sich verirrt?

Ich ließ den Motor laufen und stieg aus dem Auto. Der

Bodennebel löste sich langsam auf, und ich ging einige Meter tiefer in den Wald hinein. Beklemmung stieg in mir hoch.

Bleib stehen!

Augen auf!

Lausche!

Mit sanfter, lockender Stimme rief ich: »Hallo! Wer ist da? Ich bin Frannie O'Neill. Dr. O'Neill, die Tierärztin.«

Dann sah ich den weißen Blitz wieder. Diesmal schoss er hinter einer riesigen blaugrünen Fichte hervor. Ich konzentrierte mich, blinzelte angestrengt.

Ja, es war ein kleines Mädchen!

Es musste ungefähr elf oder zwölf Jahre alt sein, hatte langes blondes Haar und trug ein loses Kleid. Der Stoff war zerrissen und fleckig. Ging es dem Kind gut? Von meinem Standort aus hatte ich nicht den Eindruck.

Es musste mich gehört und gesehen haben. Trotzdem lief es vor mir davon. Es wirkte verängstigt, als hätte es Schwierigkeiten. In den Nebelschwaden hatte ich die Kleine aber nicht so deutlich sehen können.

»Warte!«, rief ich ihr nach. »Du solltest nicht allein hier draußen sein. Was machst du hier? Bitte, warte!«

Das Kind wartete nicht, sondern rannte noch schneller, stolperte über einen Baumstamm, fiel auf die Knie und rief etwas, das ich von meinem Standort aus nicht verstehen konnte.

Mein Herzschlag beschleunigte sich. Irgendetwas stimmte hier nicht. Ich lief auf das Kind zu. Vielleicht war es verletzt oder hatte Drogen genommen ... die letztere Möglichkeit leuchtete mir ein.

Aus der Entfernung konnte man sich leicht irren, was das Alter anging, und die Nebelstreifen machten die Sache auch nicht einfacher.

Die dünne Mondsichel lieferte nur schwaches Licht, sodass es schwer zu sagen war, aber ich hatte den Eindruck, dass irgendwie die Proportionen nicht stimmten. Die Arme des Kindes schienen von etwas bedeckt zu sein.

Abrupt blieb ich stehen. Mein Herz schlug wie eine Trommel. Ich konnte es hören.

Das konnte nicht wahr sein.

Selbstverständlich nicht.

Fast hätte ich geschrien. Ich schnappte nach Luft und lehnte mich gegen eine große Fichte.

Das kleine Mädchen schien silberweiße Flügel zu haben.

15.

Was ich sah, überstieg meine Vorstellungskraft, mein Verständnis, jeden Glauben und vielleicht auch meine Fähigkeit, es zu schildern. Die Arme des kleinen Mädchens waren auf eine kuriose Weise nach hinten gefaltet, doch wurden sie angehoben – wurden Federn sichtbar.

Das war menschenunmöglich, doch dort lag es – *ein Mädchen mit Flügeln.*

Funkelnde rote und gelbe Punkte tanzten vor meinen Augen. Natürlich war ich ein bisschen beschwipst von dem Whiskey, aber ich war nicht betrunken. Oder war ich vielleicht doch volltrunken? Hatte mich Frank McDonoughs Tod so mitgenommen, dass ich Halluzinationen hatte?

Mach die Augen zu, Frannie!

Und jetzt öffne sie wieder, ganz langsam ...

Das Mädchen war immer noch da! Keine zwanzig Meter entfernt. Und es beobachtete mich.

Fall jetzt nicht in Ohnmacht, Frannie. Wage es nicht, befahl ich mir selbst.

Nun ganz behutsam. Mach kein Geräusch, keine falsche Bewegung, die dem Kind Angst einjagen könnte.

Unbeholfen kam das Mädchen wieder auf die Füße. Ein Flügel war ordentlich gefaltet auf seinem Rücken, der andere hing ein wenig herunter. War das Kind verletzt?

»He!«, rief ich leise. »Alles wird gut.«

Das blonde Mädchen drehte sich zu mir um. Meiner Schätzung nach war es einen Meter fünfzig groß. Aus seinen großen, weit auseinander liegenden Augen warf es mir einen wütenden Blick zu. Ich stand in dem milchigen Mondlicht, um mich herum nur wabernde Schatten. Verwirrt und außer Atem starrte ich in die Richtung des Kindes und fragte mich, wer von uns beiden wohl mehr Angst hatte.

Grimmig und zugleich entsetzt sah die Kleine mich an und rannte dann wieder in die Nacht. Tiefer in die Wälder, bis ich nur noch einen verschwommenen Fleck sah.

Ich folgte ihr, bis es in dem dichten Waldgebiet zu dunkel wurde. Dann lehnte ich mich gegen einen Baum und versuchte, die letzten Minuten zu rekonstruieren. Es war unmöglich, in meinem Kopf drehte sich alles.

Irgendwie kam ich zu meinem Wagen zurück, stieg ein und saß dort im Dunkeln.

»Ich kann nicht soeben ein kleines Mädchen mit Flügeln gesehen haben«, flüsterte ich hörbar.

Das war nicht möglich.

Aber ich war mir dessen sicher.

Als ich mich so weit gefasst hatte, dass ich fahren konnte, steuerte ich die Polizeiwache im nahen Clayton an, ein Städtchen mit ungefähr dreitausend Einwohnern. Eigentlich ist die Wache ein Ableger der Hauptstelle in Nederland. Weniger als einen Block von der Wache entfernt hielt ich auf der Miller Street an.

Ich wollte diese friedliche Straße hinunterfahren, konnte es aber nicht. Irgendetwas in mir sträubte sich dagegen.

Ich *hatte* getrunken ... und war Auto gefahren. Es war schon nach zwei Uhr morgens, lange nach der Sperrstunde.

Jetzt, wo ich das Mädchen nicht mehr leibhaftig vor Augen hatte, begann ich zu zweifeln. Ich konnte den hiesigen Polizisten diese Geschichte einfach nicht erzählen. Jedenfalls nicht heute Nacht. Vielleicht morgen.

Ich fuhr nach Hause, um darüber zu schlafen ... oder besser gesagt, um es im Schlaf zu vergessen.

16.

Kit schwitzte genau wie auf dem American-Airlines-Flug von Boston. Verdammt, er hatte immer noch gewaltige Probleme mit dem Fliegen. Doch es musste sein.

Der Hubschrauberpilot warf ihm einen kurzen Blick zu. Er versuchte nicht einmal, das hämische Grinsen zu verbergen. »Alles in Ordnung? Waren wohl noch nie in so einem Luftquirl, oder? Sie sehen gar nicht gut aus, Mr. Harrison. Sollten wir nicht doch vielleicht umkehren?«

Der Typ brachte Kit beinahe aus der Fassung. Dieser Pilot war wirklich ein Arschloch erster Güte. Kit war schon oft mit Hubschraubern geflogen, in Schneestürmen, durch Regenschauer und während gefährlicher Missionen. Bis zum August 1994 war das nie ein Problem gewesen.

Bis dahin war er ein guter Agent gewesen, einer der besten. Einfallsreich, klug, fleißig und belastbar. Das war auch in seiner Personalakte verzeichnet. Was zum Teufel war nur mit ihm geschehen?

»Meine Gesichtsfarbe hatte immer schon einen leicht grünen Ton. Mir geht's prima, alles bestens.« Er versuchte es mit etwas Selbstironie.

»Was immer Sie wünschen, Kermit. Es ist Ihr Geld.«

Ja, natürlich war es sein Geld. Und so viel Geld hatte er eigentlich nicht, dass er sich teure Erkundungsflüge leisten konnte. Aber er musste einfach einen Überblick gewinnen, die Gebietsstruktur in sich aufnehmen. Und dieser Überblick hatte mit einem so erhabenen und wichtigen Thema zu tun wie dem Überleben der menschlichen Rasse. Er glaubte daran, sonst würde er hier nicht auf eigene Faust arbeiten.

Kit versuchte, wieder auf die Baumkronen zu blicken. Meilenweit erstreckten sich die Ponderosafichten, unterbrochen von einigen Espenhainen. Hin und wieder eine Lichtung mit im Winter umgewehten Baumstämmen. Und dann natürlich die verschneiten Gipfel des Continental Divide.

Irgendwo hier in der Nähe der Berge musste ein Labor sein. So viel wusste Kit. Wo zum Teufel konnte es nur sein?

Der Hubschrauber überflog Gross Reservoir, und man konnte das Skigebiet von Eldora und die Kleinstadt Nederland sehen. Danach kam ein weiterer malerischer Stausee ... sicher der Barkersee, wenn Kit die Karten richtig las. Weit entfernt erkannte er Flagstaff Mountain. Etwas näher waren Magnolia Road und der Sunshine Canyon zu sehen.

Kit wusste, was er suchte ... das Ende der Zivilisation, wie wir sie kennen. Eine schöne neue Welt. Mehr nicht. Und irgendwo hier draußen war es.

Er dachte wieder an Dr. Frank McDonough, der auf seiner Liste gestanden hatte. McDonough und auch David Mekin mit seiner Frau. Kit hatte vorgehabt, sich mit Dr. McDonough zu treffen ... ein Kinderarzt mit einer Spezialausbildung in Embryologie.

Das Schicksal hatte gewollt, dass er einen Tag zu spät hier angekommen war. Alles die Schuld von Peter Stricker, seinem Chef. Nein, zum Teufel ... seine eigene Schuld.

Dr. McDonough war Opfer Nummer vier. Soweit Kit wusste, waren bisher vier Ärzte ermordet worden. Vier Ärzte mit unklarer Vergangenheit, zweifelhafter Gegenwart und jetzt ohne jegliche Zukunft.

In der Ferne sah Kit ein paar Gleitschirmflieger. Sie schienen sich von ganz allein in den Lüften zu halten, wirkten so frei.

»Okay, landen wir«, sagte er dann zu dem Piloten des Miethubschraubers. Den Überblick hatte er sich verschafft, die Landschaft hatte sich ihm eingeprägt. Es war richtig gewesen, dies als ersten Schritt zu unternehmen.

Der Pilot grinste und zeigte mit dem Daumen nach unten. Was für ein Ekel! »Halten Sie Ihre Gedärme fest ... Kermit.«

Leck mich, König der Lüfte!, dachte Kit. Er wollte nichts sagen, keinen Streit anfangen. Besonders nicht hier oben.

Der Hubschrauber setzte zum steilen Sturzflug an. Kit wusste, dass es unmöglich war, doch sein Magen samt Inhalt schien sich vor dem Hubschrauber der Erde zu nähern.

Unzufrieden und nervös verließ er gegen halb elf Uhr vormittags den winzigen Flughafen *High Pines.* Er brauchte Hilfe, wusste jedoch, dass er das FBI nicht darum bitten konnte. Er war auf sich allein gestellt, und das war Wahnsinn.

17.

Glaube und strebe nach dem Unbekannten. Nach dieser Maxime von Oliver Wendell Holmes hatte Kit immer gelebt. Und tat es auch jetzt noch, denn wäre er sonst in den Rocky Mountains? Er strebte dem Unbekannten zu und versuchte verzweifelt, den Glauben zu behalten.

Kit brauchte Antworten oder vielleicht auch nur den Klang einer bekannten Stimme. Er rief Peter Strickers Büro in Washington an. Es würde heikel werden, doch er glaubte, es meistern zu können. Vielleicht bekam er doch etwas Hilfe vom FBI.

Peter Stricker war beim FBI verantwortlich für den Nordosten. Sie waren noch ziemlich gute Freunde. Bis vor zweieinhalb Jahren hatte Peter für ihn gearbeitet.

Dann brach Kits Welt zusammen, und Peter wurde sein Vorgesetzter. In der vergangenen Woche hatte Peter sogar gedroht, ihn zu entlassen, sollte er seine persönlichen Prioritäten nicht mit denen des FBI vereinen können. Und das auch noch *schriftlich*.

Doch auch schon vor dieser offiziellen Verwarnung hatte es gewisse Anzeichen gegeben. Seit dem Unfall vierundneunzig war er bei Beförderungen übergangen worden. Doch war dies wirklich der Grund gewesen? Eher hatten seine Dickköpfigkeit und seine Aufsässigkeit die Karriere beim FBI beendet. Dazu gehörte auch seine Besessenheit für Fälle, die ihn faszinierten oder zu Tode ängstigten. Genau wie der Fall, der ihn jetzt nach Colorado geführt hatte. Kit sah potenzielle Hinweise, drohende Probleme und deren mögliche Lösung, die andere nicht erkannten.

Er war immer ein »außergewöhnlicher« FBI-Agent gewesen. Teufel noch mal, genau deshalb hatte man ihn ja von der juristischen Fakultät von New York weggeholt. Während der Vorgespräche war ihm gesagt worden, das Büro wolle ihn, weil es durch seine Tradition in den Aktionen schon sehr vorhersehbar geworden sei. Er sollte den neuen, modernen Agenten darstellen. Und das hatte er auch getan. Jedenfalls eine Zeit lang.

Die Idee, aus dem Alltagstrott auszubrechen, hatten sie gut verkauft, doch als Kit erst einmal die Organisation von innen kennen gelernt hatte, entdeckte er, dass das FBI sich eigentlich nicht verändern wollte. In Wirklichkeit wollte es *ihn* verändern. Und weil er sich nicht unterwerfen wollte, hasste man ihn. Einer seiner Vorgesetzten hatte gesagt: »Wir haben uns nicht bei Ihnen beworben, Tom, sondern Sie sich bei uns. Also, warum vergessen Sie nicht einfach Ihre Prima-Donna-Allüren und treten ins Glied wie wir alle?«

Aber er war anders. Er *sollte* anders sein. So war es ausgehandelt worden ... und ein Abkommen ist ein Abkommen.

Nur hielt das FBI seinen Teil der Abmachung nicht ein.

Die Kordjacketts, Baseballmützen ohne Logo, Jeans und Freizeitschuhe, die er nicht nur am Freitag trug, stießen auf Ablehnung. Genau wie seine Lektüre, »gute« Bücher wie *Underworld* oder *Mason and Dixon*. Dazu noch alles von Tony Morrison. An manchen Tagen fuhr er in Boston sogar auf seinem Rennrad ins Büro und zurück.

Sie störten sich an seinem etwas längeren Haar, und dass er sich nur jeden zweiten Tag rasierte, sowie an dem leicht wiegenden Gang. Aber er lief eben gern mit Musik im Kopf herum.

Doch am meisten störte man sich daran, wie lässig er mit Disziplin umging. Von Anfang an war er als Querulant verschrien.

Im Grunde *war* er auch einer. Schon als verbissener Mittelgewichtsboxer bei den Boston Golden Gloves und dann als kritischer und unangepasster Absolvent von Holy Cross und der juristischen Fakultät der New Yorker Universität. Verdammt noch mal, er war der Sohn eines Busfahrers, einer von fünf Söhnen. Er hatte eigentlich keine Berechtigung, an der Uni zu sein oder überhaupt nur an der Holy Cross. Warum sollte er also nicht seine Meinung sagen?

Während der Ausbildung war er damit durchgekommen, aber nicht beim FBI. Querulanten waren dort nicht erwünscht. Nicht einmal jene, die in den letzten fünf Jahren mindestens zwei »unlösbare« Mordfälle aufgeklärt hatten.

Ach, lass doch den Mist, sagte sich Kit letztendlich. Er steckte in Schwierigkeiten, weil er in den vergangenen eineinhalb Jahren dem Fall der »Experimente an Menschen« nachgegangen war. Gegen jede Anweisung. Wieder und wieder hatte er Befehle aus den höchsten Rängen missachtet. Und diesmal tat er es wieder und zwar schlimmer als je zuvor.

»Hier ist Tom Brennan. Könnte ich bitte Agent Stricker sprechen?«, fragte er, als sich Strickers überfreundliche und übertüchtige Sekretärin am Telefon meldete. »Wie geht es Ihnen, Cindy? Ist Peter für mich zu sprechen?«

»Ach, wie schön, von Ihnen zu hören, Tom. Einen Moment, bitte.«

Wie immer war Cindy auch überhöflich. »Ich schaue mal nach, ob er an seinem Schreibtisch ist. Einen Moment, bitte.«

Überraschenderweise nahm Stricker sofort ab. Er sprach mit leiser Stimme – *wie immer*. So war man einfach gezwungen, ihm genau zuzuhören. Dazu kamen die typischen Strickerschen Zischlaute.

»Tom, wie schön. Wie geht's denn so im Paradies? Wie ist Nantucket? Du solltest doch segeln, surfen und am

Strand rumhängen. Hände weg vom Telefon, verdammt noch mal.«

»Ich rufe vom Strand aus an.« Kit schaffte ein glückliches, kumpelhaftes Lachen. »Ich mache mir hier wirklich ein schönes Leben und werde langsam zum perfekten Gammler. Aber da ist noch etwas ...«

»Ja, so ist es immer. Immer noch etwas, immer irgendein Haken. Du solltest dir endlich angewöhnen, dich nicht an Einzelheiten festzuklammern«, sagte Stricker mit seiner sanften Stimme. »Hatten wir da nicht eine Vereinbarung?«

»Okay. Ich weiß, ich weiß. Und wirklich, ich genieße die Wochen hier. Es ist nur ... heute früh war ich ein bisschen im Internet und habe dabei zufällig erfahren, dass in Colorado gestern ein Dr. Frank McDonough ertrunken ist. Ich hatte ein komisches Gefühl bei der Sache. Hast du davon gehört, Peter?«

Stricker konnte seinen Ärger keine Sekunde länger verbergen, und sein Flüstern wurde etwas lauter. »Tom, bitte, lass diesen Phantomfall, der keiner ist. Lass auch das Internet in Ruhe. Guter Gott, soll deine Karriere denn ganz den Bach runtergehen?«

»Eigentlich nicht. Aber auf jeden Fall war ein Dr. McDonough in der ursprünglichen Expertenkommission aus Berkeley. Da bin ich mir sicher. Kann sich vielleicht jemand darum kümmern, Michael Frescoe oder Manny Patino? Es ist nur zu meiner Beruhigung. Bitte prüft doch mal nach, ob es derselbe Frank McDonough ist.«

Unüberhörbar war Stricker mit dem Verlauf des Gesprächs nicht zufrieden. »Okay, Tom. Ich werde mich für dich nach dem Toten erkundigen. Es geht um Dr. Frank McDonough, nicht wahr? Inzwischen versuch du aber, deine Dämonen zu vertreiben. Arbeite an deiner Bräune. Reiß eine Kleine aus Nantucket auf. *Make love, not war.*«

»Wenn es derselbe McDonough ist, dann ist es Arzt Nummer vier, Peter, nach Kim, Heekin und Mekin.«

»In Ordnung, ich kenne die Einzelheiten des Falls, Tom. Ich weiß auch, dass du nach einem fehlenden Glied in der Kette suchst. Aber die Leute in Quantico sehen das nicht so. Widme dich Sonne und Meer.«

»Danke für deine Hilfe, Peter. Du bist Spitze. Kann ich vielleicht morgen wegen McDonough anrufen?«

Strickers Seufzer war deutlich hörbar. Wenn überhaupt möglich wurde seine Stimme noch leiser. »Gib mir deine Nummer auf der Insel. Ich rufe dich an.«

»Nein, schon in Ordnung. Kein Problem. Ich rufe dich morgen zurück. Jetzt locken Sonne und Meer. Ich habe sogar jemanden getroffen, den ich ganz sympathisch finde, jedenfalls ihr Äußeres. Noch mal vielen Dank für deine Hilfe, Peter.«

Strickers Antwort war nur schwer zu verstehen.

»Kein Problem. Aber versprich mir, dich auszuruhen, Tom. Du brauchst dir keine Sorgen mehr zu machen. Kein Unruhestiften mehr! Darüber hatten wir uns ja geeinigt. Ich besorge dir die Informationen über Dr. McDonough, aber nur, weil wir Freunde sind.«

In der Telefonzelle legte Kit den Hörer auf und atmete tief durch. Er hasste es, Peter anzulügen ... doch darauf gründete sich jetzt seine Existenz. Plötzlich hatte sich sein ganzes Leben in eine einzige Lüge verwandelt.

18.

Hör auf, Matthew! *Spiel jetzt nicht mit meinen Gedanken. Das ist jetzt nicht der richtige Zeitpunkt.*

Max hatte gerade an einen von Matthews dummen Witzen denken müssen.

Warum tragen Kamikazepiloten eigentlich Schutzhelme? Sie konnte noch Matthews Lachen hören. Hä, hä, hä. Er liebte solche Scherze, dieser lästige Zwerg.

Bis jetzt hatte sie ihren kleinen Bruder nicht gefunden und wusste auch nicht mehr, wo sie noch suchen sollte. Vielleicht in diesem durchgestylten Haus direkt vor ihr? Möglicherweise konnte sie dort wenigstens etwas zu essen bekommen. Oder Wasser?

Essen war der beherrschende Gedanke.

Ah, oh, Spaghettios! Einer ihrer beliebtesten Werbespots. Sie kannte fast alles im Fernsehen. Jede Show, jede dumme und saublöde Werbung und alle Personen in den Seifenopern. Das Fernsehen war für sie Babysitter, Eltern und Schulfreunde zugleich.

Max blieb stehen und verdrängte die unnützen Gedanken. Vorsichtig beobachtete sie das Haus vor ihr. *Pass auf! Mach bloß keinen Fehler!*

Das Haus war dunkel und ruhig und erweckte irgendwo tief in ihr Misstrauen und Verzweiflung. Eine Dornenhecke umgab es. O bitte, lass mich nicht in die Dornen fallen.

Das Mädchen suchte sich einen Weg entlang der Hecke und erklomm die steile Einfahrt zu dem modernen Bau aus dickem Glas und Holz.

Lass niemand zu Hause sein! Bitte, bitte, bitte ... und lass dort Essen sein!

Klopfenden Herzens stieg Max auf Zehenspitzen die hölzerne Treppe zur Hintertür empor. Sie spähte durch die Schiebetür aus Glas, die es wirklich einmal nötig hatte, geputzt zu werden. Ständig fielen ihr solche Dinge auf. Lag das Genie nicht im Detail?

Verboten, verboten, verboten, dachte sie.

Niemand durfte sie sehen. Niemals. Jeder, der sie sah, würde auch sterben müssen.

Max legte ihre Hände auf die Flügel der Schiebetür und zog. Ihr Dula-Daumen war zu einer Hand gebildet worden. Die Finger arbeiteten vorzüglich. So war sie eben.

Die Tür gab nach, ging auf. Sie war drin!

Eine Falle!, durchzuckte es sie. Doch es war bereits zu spät.

19.

Es war keine Falle. Niemand wartete in dem Haus. Offenbar waren die Besitzer dumm oder ganz einfach schlampig, denn sie hatten die Hintertür unverschlossen und ungesichert gelassen. Doch jedenfalls war niemand hier, um sie zu fangen oder gar zu töten.

Im Haus herrschte ein heilloses Durcheinander. Die herumliegenden Fahrräder, Rollerblades und Videospiele verrieten Max, dass hier eine Familie wohnte.

»Matthew«, flüsterte sie. Obwohl es äußerst unwahrscheinlich war, hoffte sie, dass auch er vielleicht dieses Haus gefunden hatte. Versteckte er sich hier irgendwo? »Wo bist du, Brüderchen? Ich bin's, Max!«

Auf Zehenspitzen schlich sie sich in die Küche. Laut summte der Kühlschrank. Ein Kühlschrank – tatsächlich. Sie öffnete die Tür und genoss die frostige Luft und das kühle Licht. Hungrig überflogen ihre Augen den Inhalt.

Zuerst eine Dose Limonade.

Sprite. Hör auf deinen Durst!

Das tue ich.

Für einen kurzen Moment hatte sie ein schlechtes Gewissen, denn es war falsch, Limonade und Essen zu stehlen. Man durfte das nicht tun.

Ach, vergiss es. Ich bin angeschossen worden. Man jagt mich. Mein Körper braucht Nahrung und Flüssigkeit. Das ist alles.

Max trank und fing an, sich vollzustopfen. Fliegen machte einen wirklich hungrig. Es verbrauchte extrem viel Energie.

Sie zog die Frischhaltefolie von einer Glasschüssel ab.

Ah, oh, Spaghettios! Sie stopfte sich kalte Spaghetti in den Mund. Es war ihr egal, dass sie kalt waren, Hauptsache, es gab Essen. Kein gutes Essen, keine ausgezeichnete Mahlzeit, nur Nahrung – einfach Nahrung.

Milch! Juhu! Milch war auch vorhanden. Sie roch daran – es ging gerade noch – und trank gierig direkt aus der Tüte.

Max fand ein Messer und schnitt ein großes, klebriges Stück Apfelkuchen ab.

Es war der beste Apfelkuchen, den sie je gegessen hatte. Ohne Frage. Clever war sie, wirklich clever. So hatte man sie ja auch erschaffen.

Max durchstöberte das große Gefrierfach nach weiteren Leckerbissen.

Oh ... schau mal her! Klondike-Eis-Lollys – ein ganzes Paket! Was würdest du für ein Klondike-Eis tun?

Sie aß zwei, eins für jede Hand. Zucker war ein dringendes Bedürfnis.

Plötzlich überliefen sie eisige kleine Schauer einer bösen

Vorahnung. Die winzigen Federn in ihrem Nacken sträubten sich. Sie zog die Schultern zusammen und horchte.

Lauerten die Jäger da draußen? Wartete Onkel Thomas darauf, sie zu erwischen? Vielleicht würde er sie mit zurücknehmen – oder sie einfach einschläfern.

Max brannte darauf, das Haus genauer anzuschauen.

Neugier bringt die Katze um, dachte sie. *Aber nicht das Mädchen*.

Geräuschlos schlich sie den Korridor entlang. Sie konnte nicht widerstehen – ein richtiges Haus. Niemand da!

Was für ein Spaß!

»Krabbelkatze. Katzenpfötchen«, wisperte sie. Das war ein Wortspiel aus der Schule, als sie noch klein war, als sie noch Kleinkindergedanken hatte. Sicherlich hatte Mrs. Beattie es ihr beigebracht, die erst ihre Kinderfrau, dann ihre Lehrerin gewesen war. Alles Schöne in ihrem Leben war vor Mrs. Beatties Tod geschehen.

Hinter einer Jalousientür am Ende des Korridors befand sich ein Badezimmer. Heftig! Es war ganz in Schwarz gehalten.

Schwarz die Toilette, die Badewanne, sogar die Seife. Sehnsüchtig blickte Max auf die glänzend schwarze Duschkabine hinter einem hellen Vorhang.

Max klebte vor Schweiß und Dreck. Ekelhaft! Fast noch mehr als Schlaf wünschte sie sich eine Dusche. Sie wollte das heiße Wasser auf ihrem Körper und ihrem verletzten Flügel spüren. Er war genau über dem zweiten Gelenk getroffen worden, aber wohl nicht sehr schlimm. Sicher nur ein Streifschuss.

Max strich ihr langes blondes Haar zurück hinter ihre Ohren und lauschte angestrengt in das stille Haus.

Niemand war da. Sie war sich sicher. Ihre Finger ertasteten den Lichtschalter. Streichelten ihn. Drückten ihn.

Plötzlich durchflutete Licht das schwarze Badezimmer. Irgendwie unheimlich.

Schon wollte sie wegrennen – doch das erschien ihr töricht. Sie war allein hier. Also betrat Max das Badezimmer, schloss die Tür und verriegelte sie.

Dann sah sich das Mädchen im Spiegel.

Ein Meter fünfundvierzig groß und die schönsten Flügel, die jemals ein Lebewesen gehabt hatte.

Max streckte den Kopf vor und strich sich übers Haar.

»Ich bin schön«, flüsterte sie. »Bin ich wirklich, oder? Ich bin ein liebes Mädchen, und ich bin hübsch. Warum wollen sie mich töten?«

20.

Gillian rief schon in aller Frühe an. »Ich *hasse* es, dass du da ganz allein in den Bergen sitzt. Geht es dir gut, Frannie?«

»Alles in Ordnung. Wie spät ist es? Wo bist du?«

»Im Krankenhaus, wo sonst. Es ist acht Uhr. Hast du gut geschlafen?«

»Wie ein Baby, Gil.«

»Lügnerin.«

»Du kennst mich so gut«, sagte ich und lachte. Ich war jetzt fast wach. Das Wetter sah herrlich aus.

»Und das ist auch gut so«, stellte Gillian fest. »Für uns beide.«

Ich ließ sie wieder arbeiten, und dann stieg plötzlich ein Gefühl in mir auf – ein furchtbares. Es war diese vollkommen unsinnige, aber überwältigende Angst, dass Gillian etwas passieren könnte, der Gedanke, dass vielleicht alle meine Freunde in Gefahr schwebten.

Mein Verstand sagte mir das Gegenteil, dennoch fühlte ich so.

Einen Teil des Vormittags verbrachte ich damit, dorthin zurückzufahren, wo ich gestern Nacht angehalten hatte. An die Stelle, an der ich etwas gesehen oder nicht gesehen hatte – *aber was?*

Ich war vollkommen überreizt, vielleicht ein bisschen verkatert und auch ein wenig abgehoben. Es war der Kater, der mir die meisten Zweifel bescherte. War ich letzte Nacht betrunken gewesen?

Hatte Frank McDonoughs Tod mein bereits angeschlagenes seelisches Gleichgewicht wirklich so beeinträchtigt?

Der einzige Haken an der Sache war: Je mehr ich mir versuchte einzureden, das Mädchen *nicht* gesehen zu haben, desto mehr war ich vom Gegenteil überzeugt.

Blitzartig überwältigten mich zwei Gedanken.

Angeborene Geburtsfehler.

Und die schöne neue Welt der Biotechnologie.

Ich kannte mich auf beiden Gebieten etwas aus und ließ meine Gedanken schweifen, während ich mit meinem staubigen blauen Suburban auf der Suche nach meiner gefiederten Freundin der letzten Nacht durch die Gegend fuhr. In Gedanken machte ich eine kleine Reise durch die Welt der genetischen Abnormitäten; Behinderungen, Störungen, Syndrome. Dabei erinnerte ich mich, mit David an einem Nachmittag über dieses Thema gesprochen zu haben. Wir hatten sogar mit dem renommierten Mutter-Museum der medizinischen Fakultät von Philadelphia Kontakt aufgenommen.

Gern hatte uns das Museum dokumentierte Beispiele von Missbildungen zur Verfügung gestellt, mit denen es in den letzten Jahren zu tun gehabt hatte. Da gab es mexikanische Jungen mit affenähnlicher Körperbehaarung, Kinder mit doppelten Gliedmaßen, auf eine Dysfunktion der Hirnanhangdrüse zurückgehende Missbildungen wie Zwergen- und Riesenwuchs und Hauterkrankungen, die Menschen wie Echsen aussehen ließen.

Ich weiß nicht mehr, wie David und ich auf das Thema gekommen waren, aber wir hatten zwei Wochenenden damit verbracht. In seiner großen Sammlung medizinischer Werke fand sich auch das Buch *Anomalien und Kuriositäten der Medizin*. Es müsste noch irgendwo im Haus sein, aber heute früh hatte ich es nicht gefunden. Vielleicht war es in der Hütte bei dem Neandertaler der Neuzeit, Kit Harrison.

Während ich in Bluff und dem nahen Clayton herumfuhr, ließ ich meinen Gedanken freien Lauf. Ich schloss nichts aus und hatte sogar die Möglichkeit von *außerirdischen Besuchern* in Erwägung gezogen. Letztendlich verwarf ich die Idee eines E.T., aber vielleicht hätte ich das nicht tun sollen.

Mein Gedächtnis ist ziemlich gut. In der High-School war ich immer die Beste gewesen, und mein Gehirn barg mehr Informationen, als ich gedacht hatte. Ich hatte einen echten Hermaphroditen untersucht, ein Kind, das sowohl männliche als auch weibliche Fortpflanzungsorgane besaß. Auch Menschen und Tiere mit fehlenden oder doppelten Körperteilen waren mir begegnet, darunter ein kleines Mädchen mit zwei Ohren auf derselben Kopfseite, ein Junge mit sechs Zehen und ein Mädchen mit vier Brüsten. Während meiner Ausbildung zur Tierärztin wurde ich auch Zeuge, wie Giftstoffe und Pestizide die Natur verändern können. Kein schöner Anblick und keiner, den man leicht vergisst.

So weit Bilder das überhaupt vermitteln können, hatte ich Fotos von verformten Überbeinen auf einem menschlichen

Kopf gesehen, die wie Hörner wirkten. Einen verkrüppelten Pferdekörper, angewachsen an einen perfekten. Ein zweiter Kopf auf einem normalen Kalbskopf. Irgendwoher aus den Tiefen meiner Erinnerung kam mir ein altbabylonischer Spruch in den Sinn: *Kommt ein Kind zur Welt mit einem Löwengesicht, hat der König Rivalen nicht.* Ich hatte einmal ein Kind mit Löwenohren gesehen.

Aber noch nie war mir ein hübsches, normal wirkendes Mädchen mit einem Paar wunderschöner silberweißer Flügel begegnet! Vielleicht waren tatsächlich Außerirdische im Spiel.

Selbstverständlich gab es noch die Biotechnologie und die Gentechnik, in der es noch viele Geheimnisse zu erforschen gab. Ich erinnerte mich, dass das Davids Domäne gewesen war.

Meine Erinnerungen an sein Spezialgebiet waren unvollständiger, als ich gedacht hatte. Wir hatten so gut wie alles geteilt, aber über seine Arbeit hatte er nie gern gesprochen.

Komisch, dass mir das gerade jetzt einfiel. David sprach nur selten zu Hause über dieses Thema. Im Gegensatz dazu war ich immer bereit, über die Klinik zu reden oder das wunderschöne Fohlen, das ich um vier Uhr morgens auf irgendeiner Pferdefarm entbunden hatte.

Also, wie stand es um meine Kenntnisse in Biotechnologie? Ganz allgemein gesagt, machte sie sich die komplizierten natürlichen biologischen Prozesse von Mikroben und Tier- und Pflanzenzellen zu Nutze. Spezieskreuzungsforschung und -experimente bezogen auch die Molekularbiologie mit ein. David war ein guter Molekularbiologe gewesen, hatte aber als Wissenschaftler nie sehr viel verdient.

Einige Dinge, über die er geredet hatte, fielen mir jetzt wieder ein. Vielleicht gab es einen Zusammenhang mit einem kleinen Mädchen mit silberweißen Flügeln. Als der

Film *Jurassic Park* in Boulder lief, hatte David gesagt, dass die Idee von genetischen Kreuzungen verschiedener Spezies gar nicht so weit hergeholt sei, wie die erstaunlichen Filmsaurier es vermuten ließen. Derartige Experimente würden bereits in einer ganzen Reihe unabhängiger Labors durchgeführt. Zum Teil seien diese Versuche illegal. Biotechnologie war auf jeden Fall ein Gebiet der Wissenschaft, auf dem Pionierarbeit geleistet wird. Sie kann und will zweifellos die Evolution weiter und schneller vorantreiben als alles, was es bisher gab. Doch bleibt die Frage, ob wir gefühlsmäßig und moralisch bereit sind für das, was wir in einer sehr nahen Zukunft werden erschaffen können. David hatte auch gesagt, dass ein *Großteil* der ernsthaften Forschung sich noch immer auf Fruchtfliegen beschränke. Für mich war das sehr beruhigend gewesen.

Doch David hatte dann noch eine Bemerkung gemacht, die mir im Licht der Ereignisse der letzten Nacht jetzt sehr interessant erschien. Er bezog sich auf das Feld der genetischen Manipulation.

»Irgendetwas geht immer schief. So ist das, Frannie. Das liegt in der Natur der Sache.«

Irgendetwas geht immer schief!

21.

Für Kit war es ein arbeitsreicher und produktiver Tag gewesen. Er war endlich wieder ein richtiger FBI-Agent. Er fühlte sich gut, ganz ausgezeichnet. Zwar arbeitete er völlig allein, aber wenigstens hatte er die lange einschränkende Leine des Büros abgestreift.

Er war das Risiko eingegangen und hatte die Witwe Frank McDonoughs befragt. Barbara McDonough schien auch nicht mehr zu wissen als das, was offensichtlich war, doch je länger sie sich unterhalten hatten, desto sicherer war er, dass Dr. McDonough ermordet worden war. Erstens war der Arzt ein ausgezeichneter Schwimmer gewesen, ein ehemaliger College-Champion. Zweitens sollte er sich bei einem Sprung in zu flaches Wasser das Genick gebrochen haben, doch seine Frau behauptete, dass er nie kopfüber in den Pool sprang.

Kit hatte sich auch mit den drei Partnern von McDonough im Gemeindekrankenhaus von Boulder unterhalten. Und dann hatte er noch einen guten Freund in Quantico um einen Gefallen gebeten. McDonoughs Name wurde jetzt auf Kontakte zu jedem in der Gegend von Boulder praktizierenden Arzt überprüft. Er suchte nach den richtigen Verbindungen, und das war so ungefähr alles, was er an seinem ersten Tag tun konnte.

Auf dem Rückweg von Boulder sah Kit Frannie O'Neill in dem Waldstück hinter seiner Hütte. Es war fast fünf Uhr nachmittags.

Frannie wirkte nervös und beunruhigt. Natürlich kannte er sie nicht sehr gut, aber das war jedenfalls sein Eindruck. *Wohin wollte sie, verdammt?*

Sie bewegte sich schnell, wie eine Frau mit einer Mission. Aber welche Mission? Vielleicht lohnte es sich, das zu überprüfen, er hatte die nächsten paar Stunden sowieso nichts Besseres zu tun.

Die junge Frau trug khakifarbene Shorts und ein rot kariertes Flanellhemd, doch er konnte den Anblick der letzten Nacht nicht vergessen. Ihr Bild schien wie eingebrannt in seinem Gedächtnis. Ein schönes Bild, vielleicht wollte er ja auch gar nicht so schnell vergessen.

Kit folgte Dr. Frannie O'Neill in sicherer Entfernung durch den Wald. Sie schaute sich nicht um, doch schien sie nach etwas zu suchen. Sie bewegte sich so schnell, dass er sie schließlich aus den Augen verlor.

Verdammt!

Er hob seinen Rangemaster-Feldstecher an die Augen und suchte die Gegend nach ihr ab. Die Bilder wechselten sprunghaft, vermittelten ihm extreme Nahaufnahmen von Kiefernrinde, Blättern, einem Stück blauem Himmel.

Endlich entdeckte er das rot karierte Flanellhemd wieder. Immer noch durchquerte sie den Wald mit schnellen Schritten, mit entschlossenem Gesichtsausdruck, auf ihrem Rücken ein hellblauer Rucksack. Sie schien so in Gedanken versunken, dass sie ihren Verfolger nicht bemerkte.

Was zum Teufel machte sie hier? Hatte es irgendetwas mit der Arbeit ihres Mannes zu tun? Oder mit seinem Tod? Oder dem von McDonough?

Sie verschwand hinter einer scharfen Rechtskurve.

Nicht da entlang, Frannie! Scheiße! Scheiße! Sie verschwand wieder zwischen Kiefern, Espen und Straucheichen. Die Viertelstunde, die Kit ihr nun schon über Berg und Tal folgte, hatte ihn gelehrt, dass er sich stets oben halten musste. Also stieg er weiter auf und hoffte, sie würde unterhalb von ihm auftauchen.

Nur Sekunden später war Frannie O'Neill wieder zu sehen. Die untergehende Sonne erleuchtete ihr Gesicht. Sie war wirklich hübsch; eine richtige Schönheit aus dem Mittleren Westen, wie er sie mochte. Ihre blaugrünen Augen funkelten in der Sonne und schienen immer noch nach etwas zu suchen.

Der enge Pfad, den sie benutzt hatte, wurde breiter und mündete dann in eine Art Schotterstraße. Wohin führte sie? Gab es etwas Wichtiges hier draußen? Ein Gebäude? Vielleicht ein verstecktes Laboratorium in den Wäldern? Arbeitete Frannie O'Neill dort?

Sie marschierte weiter, wurde sogar noch schneller. Sie kannte sich im Wald gut aus, wusste genau, wohin sie ging.

Kit glaubte, Verkehrsgeräusche zu hören. Er war sich dessen fast sicher.

»Was soll das? Hier oben Autos?«, murmelte er in sich hinein.

Die Schotterstraße endete am Ende eines geteerten Parkplatzes, ein dunkles Rechteck hinter einem Kleinstadt-Supermarkt. Offensichtlich hatte sie durch die Wälder eine Abkürzung nach Clayton genommen. Sie war in der nächsten Ortschaft herausgekommen. Was wollte sie hier?

Kit schaute ungläubig zu, als sie neben einem flachen Felsen am Waldrand stehen blieb. Frannie schnallte den Rucksack ab, öffnete ihn und holte kleine Schachteln, Büchsen und Pappteller hervor, die sie auf den Boden stellte.

Was zum Teufel tat sie da? Er begriff überhaupt nichts mehr. Es ergab keinen Sinn.

Er korrigierte die Feineinstellung des Fernglases und betrachtete den Inhalt des Rucksacks genauer. Er konnte Frannies Stimme bis zu ihm hinauf hören. Er mochte ihren melodischen Klang, selbst unter diesen mysteriösen Umständen.

»Party!«, rief sie.

Party? Party für wen? Party aus welchem Anlass? Dies war kein Moment für eine Party.

»Kommt, Kiddies, kommt!«

Kiddies? Kinderchen?

Während er noch zuschaute, füllte sie die Papierteller mit dem Inhalt der Büchsen.

Plötzlich erschien eine Unzahl von Katzen. Sie tauchten unter Autos und hinter den Kisten an der Rückseite des Geschäfts auf, stiegen aus dem hohen Gras. Mit hocherhobenen Schwänzen kamen sie angelaufen und schienen Frannie willkommen zu heißen.

»Partytime. Gute Kitties!«

Nicht Kiddies – *Kitties,* Kätzchen, wurde ihm schlagartig klar.

Durch das Fernglas erblickte er eine enorme Anzahl verwilderter Katzen: pechschwarze, orangefarbene, gefleckte, getigerte, eine dreibeinige und ein lahmes Kätzchen. Sie alle versammelten sich bei Frannies Suppenküche. Sie war gut zu ihnen. Sie wirkte überhaupt sehr lieb und nett. Sie benahm sich genauso wie sie aussah: wie ein anständiger, rechtschaffener Mensch.

»Hierher, Mami«, hörte er sie rufen. Sie lächelte – ein strahlendes, großzügiges, gutherziges Lächeln. »Schneeball. Big Boy. Spinner. Wie geht's, Susie Q?«

O ja, diese Frannie O'Neill war schon einen Blick wert.

Zweifellos war sie der Schlüssel zu allem.

22.

Dann lachte Kit. Zum ersten Mal, seit er in Colorado angekommen war. Er hatte schon immer gut über sich selbst lachen können. Einen Moment lang beobachtete er die sich aneinander reibende, schnurrende, mampfende Meute und erfreute sich an der »Party«.

Falsch, er beobachtete eigentlich Frannie O'Neill; bewunderte ihre Art, mit Tieren umzugehen, horchte auf den melodiösen Klang ihrer Stimme, erinnerte sich an ihren in seinen Augen perfekten Körper. Herrgott, er hatte sich doch nicht wie ein Schuljunge in sie verknallt, oder? Doch, es gab keinen Zweifel daran. Natürlich war das alles vollkommen harmlos, aber es war weder die richtige Zeit noch der Ort dafür.

Entschieden drehte Kit sich um und eilte durch die Wälder zurück. Jetzt war die ideale Gelegenheit, ihr Haus zu durchsuchen, sie zu überprüfen. Jetzt dachte und handelte er wieder wie ein FBI-Agent. Und Frannies Vertrauen zu missbrauchen war ein gutes Mittel, um die Gefahr einer drohenden Schuljungen-Verliebtheit zu überwinden.

Natürlich hatte sie ihre Tür nicht verschlossen. Also durchsuchte er ihr Zimmer in der Klinik, und er war gut darin. Sie würde nie merken, dass jemand hier gewesen war. Trotzdem fühlte er sich schuldig dabei, in ihr Haus eingedrungen zu sein. Vielleicht wusste sie gar nicht, worin ihr Mann verstrickt gewesen war. Und wenn doch? War sie vielleicht sogar selbst darin verwickelt? Er kannte Frannie O'Neill nicht gut genug, um diese Möglichkeit auszuschließen. Sie könnte ihn überraschen und sich als besonders gefährlich erweisen.

Während der Durchsuchung machte Kit sich Notizen. Er ging streng nach Lehrbuch vor, obwohl er es nicht länger musste.

Bescheidene Kleidung und Bedürfnisse. Jeans, Cowboystiefel, T-Shirts. Es gab keine Anzeichen, dass sie viel Geld für sich ausgab.

Aber ein guter Geschmack. Schlicht, attraktiv, klassisch – so ungefähr hatte er es erwartet.

Er entdeckte eine kleine Sammlung von Vogelhäuschen. Warum Vogelhäuschen?

Hochzeitsfotos, eins von ihr und David, wie sie sich unter einem blauen Regenschirm küssten. Eine Mac Performa 575 Kamera. Ein altes Modell und nicht teuer.

Hier und da ein bisschen Luxus: ein elegantes schwarzes

Chiffonkleid, ein Ring mit Diamanten und Saphiren, ein kleines Fläschchen Eau d'Hermès.

Kit würde sie gern einmal in dem schwarzen Kleid sehen und das Parfüm an ihr riechen.

Keine Papiere – weder wissenschaftliche noch andere. Nichts, was auf Davids Arbeit hinwies. Das war ein bisschen merkwürdig. Wo waren Davids Papiere? Sie würde sie doch nicht wegwerfen, oder?

Bücher – ein paar von ihnen lagen geöffnet im Schlafzimmer: *Lehrbuch für Tierärzte, Tierärztliche Epidemiologie, In dünner Luft, Auf der Suche nach den Anfängen der Menschheit, Mitternacht im Garten von Gut und Böse.* Absolut nichts Verdächtiges, eher das Gegenteil.

Und dann ein rührendes Erinnerungsstück. Ein Modellboot, das ihr Mann gebaut, signiert und datiert hatte: »Davids Schiff, 22. März 1969«.

Eine Kinderzeichnung, die ein kleines Mädchen und einen glücklichen Hund zeigte, hing am Kühlschrank: *»Für Dr. Frannie. Wir lieben Dich. Deine Freunde Emily und Buster«.*

Schließlich steckte Kit das Notizbuch ein, warf einen letzten Blick auf alles und machte, dass er rauskam, ehe Frannie O'Neill zurückkehrte. Die Durchsuchung hatte ihn eigentlich nicht weitergebracht, auf gewisse Weise war die Durchsuchung sogar schlecht für ihn ausgegangen. Er glaubte nicht mehr, dass sie mit der Sache zu tun hatte.

Trotzdem fühlte er, dass er nahe an etwas dran war. Er spürte es in seinem Inneren, und das war von Anfang an so gewesen.

Warum hatte ihm niemand geglaubt?

23.

Es war kurz nach zehn Uhr abends. Wälder und Berge schienen für die Nacht geschlossen zu haben, doch ich wusste es besser. Ich dachte wieder über das geflügelte Mädchen nach.

Zum x-ten Mal überlegte ich ernsthaft, entweder den Sheriff in Clayton oder sogar die Staatspolizei von Colorado zu informieren. Aber was sollte ich ihnen sagen? »Hallo. Ich wohne seit kurzem allein oben in Bear Bluff und bin eigentlich geistig und körperlich gesund. Doch das Problem ist, ich bin mir ziemlich sicher, ein kleines Mädchen mit Flügeln gesehen zu haben. In der Nacht hatte ich ein bisschen was getrunken, weil ich wegen des Todes eines Freundes niedergeschlagen war. Kommen Sie doch mal her, und sehen Sie selbst. Vergessen Sie nicht, ein großes Netz mitzubringen – *für mich!*«

Ich arbeitete trotz der späten Stunde noch in der Klinik und überlegte, was ich tun sollte, ging noch mal alle Möglichkeiten durch. Über mein Handy hatte ich bereits mit Barb McDonough und Gillian gesprochen. Gerade hatte ich eine streunende Katze betäubt, die ich von einer meiner Fütterungsmissionen in Clayton mitgebracht hatte.

Vorsichtig rasierte ich den Bauch des Tieres, damit ich es sterilisieren konnte. Ich konzentrierte mich ganz auf die elektrische Schere, als plötzlich jemand hinter mir rief: *»Hallo? Jemand da?«*

Vor Schreck sprang ich fast an die Decke. Mir war ohnehin schon komisch zumute. Ich hatte das Gefühl, in meinem Oberstübchen seien ein paar Schrauben locker.

»Hallo? Dr. O'Neill?«

Ich drehte mich zur Tür um, und da stand niemand anders als Kit Harrison. Der Blick, den ich ihm zuwarf, sollte töten oder wenigstens schwer verletzen.

»Sehen Sie, was Sie getan haben? Sie haben mich zu Tode erschreckt. Bitte, gehen Sie jetzt.«

Er kam näher und schaute sich meine Patientin an.

»Nein, was ist denn passiert?«, fragte er.

»Ihretwegen habe ich ihr eine Brustwarze abgeschnitten.«

Er zuckte zusammen und sagte, es tue ihm wirklich Leid. Das war wenigstens etwas. Wegen seiner verdammten blauen Augen war ich versucht zu glauben, dass er es ehrlich meinte. Er entschuldigte sich und erklärte, die Tür sei offen gewesen, er habe gerufen, aber keine Antwort bekommen.

»Wie schlimm ist es?«, fragte er mit einem Blick auf die Katze.

»Nun, als Oben-ohne-Tänzerin wird sie keine Karriere mehr machen«, erwiderte ich, ohne ihn anzuschauen.

Die Verletzung war wirklich nicht so schlimm, denn die Katze würde ihre Brustwarzen sowieso nicht mehr brauchen. Ich zog die Gurte um das Tier etwas fester und rieb es kräftig mit Antiseptikum ein. Dann bedeckte ich seinen Rumpf mit einem sterilen Tuch, das an der Stelle eine kleine Öffnung hatte, an der ich den Eingriff durchführen würde.

»Drehen Sie das Licht hierher«, sagte ich. »Bitte.« Überraschenderweise tat er es. Vielleicht rechnete er sich Chancen bei mir aus. Er sah aus wie ein Typ, der oft bekam, was er wollte.

Mit einem Skalpell öffnete ich die Bauchdecke der Katze, anschließend die Beckenhöhle. Ein kurzer Seitenblick, um zu sehen, wie Mr. Kit Harrison die Operation verkraftete. Zu meiner Enttäuschung schien er in Ordnung zu sein. Ich hatte gehofft, er würde in Ohnmacht fallen.

Sein blondes Haar war noch feucht, als sei es gerade gewaschen worden, und er duftete so wie man es von einem guten, altmodischen amerikanischen jungen Mann erwartete – nach Ivory-Seife. Kein Typ für *Hermès Equipage*.

»Also, was liegt an?«, fragte ich, während ich weiterarbeitete. »Genug Handtücher? Ausreichend Heißwasser? Zimmerservice okay?«

»Die Hütte ist in Ordnung«, erwiderte er. »Sie gefällt mir sehr gut und verdient meiner Ansicht nach vier Sterne, fünf Diamanten, die höchste Einstufung.«

Schade.

Er fuhr fort. »Drüben in Clayton soll man ganz gut essen können. Mindestens zwei Sterne.«

»Ja, das stimmt. Wahrscheinlich in fünfzig Prozent der Häuser, wenn man Sie zum Abendessen einlädt, was nicht sehr wahrscheinlich ist. Die Leute hier haben für Stadtmenschen nicht viel übrig. Aber es gibt noch *Danny's Grill*. Und das *Villa Vittoria,* das gibt's recht gute Pizza und Pasta.«

»Gehen Sie doch mit mir etwas essen, wenn Sie hier fertig sind. Ich wette, wir könnten auch in eines dieser Häuser eingeladen werden«, schlug er vor.

»Nein, danke«, sagte ich, mein Skalpell zwischen Daumen und Zeigefinger drehend. »Aber wenn Sie mir eine echte Freude machen wollen, dann packen Sie Ihr Gewehr ein und zischen ab.«

Er räusperte sich, bevor er antwortete. »Ich glaube, dass wir beide einen schlechten Anfang hatten, Dr. O'Neill. Sie wissen gar nichts über mich und wer ich bin«, sagte er direkt hinter mir.

Ich wandte mich wieder der Katze zu, untersuchte die Bänder ihrer Gebärmutter und begann dann, die Wunde zu schließen. Das Tierchen schnurrte jetzt, was bedeutete, dass es bald aufwachen würde. Aber dann würde es vor Angst halb verrückt sein.

Auch ich war jetzt ein bisschen ängstlich, und das gefiel

mir überhaupt nicht. Ganz plötzlich erschauerte ich. Ich hatte die Tür offen gelassen. Hinter mir saß ein Mann, von dem ich – wie er selbst gesagt hatte – überhaupt nichts wusste.

Ich drehte mich um, aber der Hocker war leer.

Harrison war genauso leise gegangen, wie er gekommen war.

24.

Max hatte wirklich gut geschlafen in dem Haus, wem auch immer es gehören mochte. Dem erstaunlichen, wunderbaren Haus voller Leckerbissen einer unordentlichen, sorglosen Familie. Schon bei Tagesanbruch war das Mädchen auf der Veranda. Der Himmel war ein Feuerwerk verschiedenster Rosa- und Rottöne, die ins Bläuliche übergingen.

»Guten Morgen, Wald! Guten Morgen, wunderschöner Himmel! Guten Morgen, Sonne! Ich könnte heute ganz weit in die Berge fliegen. Wer täte das nicht gerne? Vielleicht finde ich heute Matthew.«

Max stand in perfekter Balance auf der hölzernen Balustrade der Veranda. Immer noch trug sie das weiße Baumwollkleid, in dem sie geflüchtet war, und die gleichen Ballerinas. Sie war schrecklich aufgeregt. Es war ein perfekter Tag für einen Flug.

Matthew? Matthew? Wo zum Kuckuck bist du? Flieg mit mir! Komm zu mir, Matthew! Bitte, sei nicht tot.

Geräuschvoll brach sich der Wind an dem steilen Hügel hinter dem Haus. Sie spürte den kühlen Aufwind um die

Beine. Max hob die Flügel, nur ein ganz klein bisschen. *Sie probierte, sie zu bewegen: eins, zwei, drei, vier.*

Sie wollte nur sehen, ob noch Schmerzen da waren, und wenn ja, ob sie auszuhalten waren; doch eigentlich fühlte sie sich ganz gut. Die Verletzung war nicht so schlimm. Sie würde leben, zumindest vorläufig.

Luft fing sich in den Federn, die leise rauschten. Vorfreude ließ ihr Herz schneller schlagen.

Max atmete tief die süße Bergluft ein, den Duft der Fichtennadeln und Wildblumen, und bevor sie es sich noch anders überlegen konnte, hob sie ab.

Der Schwindel und das Gefühl, der Magen würde sich in die Brust heben, waren ihr nun nicht mehr fremd. Jetzt setzte der Instinkt ein. Kräftig schlug sie die Flügel in der Luft. *Flattern überwindet die Schwerkraft!,* erinnerte sie sich. Mrs. Beattie hatte ihr in der Schule alles über das Fliegen beigebracht. Aber es war ihr nicht erlaubt. Fliegen war verboten.

Als sich ihre Oberarme streckten, drehten sich ihre Schultergelenke leicht und natürlich in ihren Pfannen. Die Ellbogengelenke klappten von selbst auf, die Handgelenke schienen sich auszudehnen, die Federn breiteten sich aus.

Und plötzlich wurde ihr bewusst, dass sie ohne Anstrengung höher stieg! Es war unglaublich still hier oben. Sie wurde von der Luftströmung getragen, und es war hundert Mal leichter als Schwimmen. Selbst einfacher als Laufen.

Max stieg mit einer thermischen Strömung auf. Die Luft wirkte auf sie wie lebendig, eine unsichtbare Kraft, die sie nach oben drückte. Sie wusste ein bisschen über Thermik Bescheid. In der Schule hatte sie alles Lesbare verschlungen und das meiste davon behalten. Nach den Schulstandards war sie ein Genie, genau wie Matthew natürlich. Wo in aller Welt war er?

Sie hörte die Vögel zwitschern, konnte aber noch nicht viele sehen. Kreisend schraubte sich das Mädchen mühelos höher.

Fliegen war das Höchste. Auf jeden Fall. Kein Wunder, dass man es Matthew und ihr verboten hatte.

Normale Menschen müssten im Drogenrausch sein, um auch nur annähernd ein gleichartiges Gefühl zu erleben. Jede einzelne Feder war direkt mit dem Nervensystem verbunden, sodass das Gehirn ihre exakte Ausrichtung kannte.

Als Max schon so hoch war, dass sie das Haus unter einer Fingerspitze verstecken konnte, erlebte sie ein weiteres kleines Wunder.

Der Hügel hinter dem Haus war mit anderen Bergen verbunden, die eine Kette bildeten, deren Ende sie nicht sehen konnte. Der Wind konnte hier nur nach oben steigen und bildete so einen steten Luftstrom an dem Höhenzug.

Max streichelte die Luft mit den Flügeln und erwischte die Luftströmung. Der Wind blies ihr langes blondes Haar nach hinten, sodass es wie ein goldenes Band wirkte.

Stumm glitt die Erde unter ihr hinweg. Außer den leisen Flügelgeräuschen war es hier oben vollkommen still. Als seien die Gesetze der Schwerkraft aufgehoben, stieg sie höher und traf auf andere Lebewesen, die auch die Luftströmung ausnutzten.

Ein rotschwänziger Habicht, etliche Geier und kleinere Krähen glitten genauso mühelos durch die Lüfte wie sie. Der Habicht kam näher und beobachtete sie. Max erwiderte den Blick seiner dunklen, harten Augen.

»Hau ab«, empfahl sie dem Vogel.

Sie näherte sich den Baumwipfeln, sank dann etwas tiefer und tauchte schließlich ein in die dunkelgrünen Schatten des Waldes. Leicht berührten die Flügelspitzen die Äste.

Max umflog die Bäume in engen Schlangenlinien.

Was für ein Flug! Sie fühlte sich unglaublich eins mit der Natur und dem Rest des Universums.

Dafür war sie geschaffen!

Plötzlich verlangsamte sie ihr Tempo. Der Boden schien mit rasender Geschwindigkeit auf sie zuzukommen. Max landete zu hart, zu schnell. Schmerz durchzuckte ihren Körper und sammelte sich dann in der verletzten Schulter. Das Mädchen sah nach vorne und traute seinen Augen nicht.

Da stand wieder diese Frau.

Und sie war nur ein paar Meter entfernt.

25.

»Sei verdammt, wer immer das getan hat! Fahr zur Hölle!« Ich fluchte laut, und meine Stimme hallte im Wald wider.

Ich zerrte eine schreckliche Fußangelfalle unter einer Schicht nasser welker Blätter aus einem Graben hervor. Zum Glück hatte sich noch kein armes Tier darin verfangen.

Plötzlich hörte ich, wie sich etwas Großes im Wald bewegte. Das Geräusch war *ganz nahe*. Bestimmt ein großes Tier. Oder vielleicht der elende Fallensteller selbst?

Ich stand wie erstarrt mit der Falle in der Hand. Dann drehte ich mich langsam um.

»O mein Gott«, flüsterte ich atemlos. Das Vogelmädchen stand ungefähr zwanzig Schritte entfernt. Es war dasselbe Kind. Es starrte mich unentwegt an. Was ich sah, war völlig unmöglich. Aber das Mädchen stand da und hatte wirklich Flügel.

Das Gesicht und möglicherweise das lange blonde Haar erinnerten mich an Jessica Dubroff. Die erst siebenjährige

Pilotin war vor einigen Jahren bei einem Absturz mit ihrem Flugzeug auf tragische Weise ums Leben gekommen. Das junge Mädchen vor mir strahlte den gleichen Pioniergeist und Mut aus. Es wirkte eigentlich ganz normal – bis auf das Gefieder, die wundervollen Flügel.

Ich zitterte heftig, und meine Beine waren so wackelig wie die meines alten Küchentisches. *Das ist nicht möglich. Das kann nicht sein. Reiß dich zusammen, und atme tief durch.*

Das Mädchen stand still im Wald. Das weiße Kleid, eher ein Kittel, war zerrissen und starrte vor Schmutz, das blonde Haar war zerzaust.

Wie ein Habicht starrte die Kleine mich an. Hatte ich sie gefunden, oder war es andersherum? Verfolgte sie mich?

Diesmal war ich vollkommen nüchtern, und es war heller Tag.

Das alles geschah wirklich. Sie existierte wie ich – und war höchstens fünfundzwanzig Meter von mir entfernt.

Einen endlos scheinenden Augenblick lang starrten wir uns gegenseitig an. Das Mädchen hatte hellgrüne Augen, deren Iris gelb umrandet waren. Ich sah keine Furcht in diesen Augen, doch die Körpersprache drückte Vorsicht aus.

»Hey«, sagte ich leise. »Geh nicht weg. Bitte.«

Ihr Blick wanderte zu meinen Händen.

Ich hielt noch immer die Tierfalle umklammert. Hässliche Metallzähne und Klemmbacken an einer rostigen Kette. Das Gerät, zum Verstümmeln bestimmt, machte einen bösartigen Eindruck.

Plötzlich war dem Mädchen Angst anzumerken, große Angst. Es drehte sich um und lief in den Wald.

Das Kind musste glauben, die Falle gehöre mir. Kein Wunder, dass es sich erschreckt hatte.

»Das Ding gehört mir nicht!«, rief ich der Fliehenden nach. »Bitte, warte.«

Ich ließ die verdammte Falle los und kletterte den steilen Abhang hoch, um ihr zu folgen. Sie bewegte sich schnell. Weit entfernt sah ich etwas Weißes aufblitzen.

Wo um alles in der Welt kam das Mädchen her? Eine grässliche Missbildung? Ein Experiment? *Irgendetwas geht immer schief.*

Der Boden schien mich zu bekämpfen, während ich kletterte. Schieferplatten lösten sich und stürzten in den Abgrund. Ich befahl mir, nicht zu rennen. Das Kind würde denken, ich verfolgte es. Aber trotzdem rannte ich. Ich durfte es nicht aus den Augen verlieren.

»Ich werde dir nicht weh tun«, rief ich. »Ich bin Tierärztin, ein Doktor.«

Zu meiner Überraschung lief das Mädchen noch schneller. Warum? Weil ich gesagt hatte, ich sei Ärztin? Ich folgte der Kleinen in dem dichten Wald, so schnell ich konnte, stellte jedoch bald fest, dass ich sie verloren hatte.

Ich fühlte mich schlecht und vollkommen niedergeschlagen. Ich hatte zwei gute Chancen gehabt, Kontakt aufzunehmen. Und wenn ich sie nun nicht wiedersehen würde? Hatte jemand anders in der Gegend sie gesehen?

Dann hörte ich das Geräusch krachenden Holzes.

Direkt über mir.

Ich blickte nach oben.

Das Mädchen hockte auf einem kräftigen Ast einer mächtigen Eiche. Ich schätzte sein Alter auf höchstens elf oder zwölf. Es beobachtete mich. Hatte es mich aus irgendeinem Grund ausgewählt? Und wenn ja, warum gerade mich? Ich dachte ständig an David und wusste nicht, warum. Was für eine Verbindung konnte es zwischen David und diesem Kind geben?

»Bitte, lauf nicht weg. Ich werde dir nicht wehtun. Die Falle gehörte nicht mir – ich wollte sie nur entfernen. Ich hasse solche Dinge auch. Ich heiße Frannie. Und wer bist du?«

Ich erhielt keine Antwort und fragte mich, ob die Kleine überhaupt sprechen *konnte* und wenn ja, wie. Stattdessen breitete sie ihre wundervollen Flügel aus; sie glichen Adler- oder vielleicht auch Engelsschwingen.

Unvermittelt löste sie sich von dem hohen Ast. Es war unglaublich. Sie sah aus wie ein Turmspringer, der beste, den ich je gesehen hatte und je sehen würde.

Und dann flog sie vor meinen Augen. Wie ein Vogel. Nein, wie ein junges Mädchen, eine Frau oder ein Mann fliegen würde, wenn Menschen fliegen könnten. Sie schwang sich in die Lüfte.

Und das veränderte mein Leben für immer.

26.

Der neunjährige Matthew konnte nicht aufhören zu zittern wie diese blöden Metallspiralen auf einer steilen, kalten Steintreppe zu einem Verlies. Seit er und Max aus der Schule geflohen waren und sich aus Sicherheitsgründen getrennt hatten, zitterte er.

Max, lauf nach rechts!

Matthew, lauf nach links!

Lauf, lauf!

Eines Tages sehen wir uns wieder.

Würde er seine große Schwester je wiedersehen? Er konnte es jetzt schon kaum noch aushalten, seit zwei vollen Tagen ohne sie zu sein.

Nie zuvor waren sie länger als einige Stunden voneinander getrennt gewesen. Sie zu trennen war in der Schule eine Form der Bestrafung gewesen und für beide die absolute Hölle. Onkel Thomas, der fiese Verräter, wusste das genau. Er hatte vorgegeben, ihr Freund zu sein, doch jetzt war er hier draußen und suchte nach ihnen. Er war es, der sie *einschläfern* würde.

Matthew musste versuchen, sich abzulenken. Er durfte nicht nur hier in diesem dunklen, glitschigen Versteck liegen und Max vermissen. Das Schlimmste war, dass es in seiner Vergangenheit nichts anderes zu vermissen gab. Höchstens vielleicht den Fernseher im Aufenthaltsraum, aber nicht sehr. Vielleicht auch das schlechte Essen in der Schule, aber das nur, weil er jetzt verdammt hungrig war. Vielleicht auch noch Mrs. Beattie, doch sie war tot. Wahrscheinlich ermordet.

Der kleine Junge versuchte, sich durch einen Witz, ein dummes Rätsel abzulenken: *Wie kommen ein Narr und sein Geld am Anfang zusammen?* Er lachte nicht, nicht heute, nicht hier im kalten Dunkel, sein Gesicht in den Schmutz gepresst.

Er und Max hatten einander versprochen, sich irgendwo zu treffen, und das trieb ihn voran. Wie er ihr Lächeln vermisste und sogar ihr ewig plapperndes Mundwerk.

Matthew spitzte die Ohren und konzentrierte sich. Unten, ganz nah am Boden hörte er Geräusche. Raschelnde Blätter? Schritte?

Nein, es war nur das Rauschen der Bäume im Wind. Sonst nichts. Er stieß einen erleichterten Seufzer aus. Doch dann ... – »Matthew der Große? Komm raus, Kindchen. Komm raus da. Ich weiß, dass du hier bist. Ich habe die Fußabdrücke gesehen. Mein Gewehr ist auf dich gerichtet, Junge. Ist deine hübsche Schwester bei dir?«

Das war Onkel Thomas, und jetzt schüttelte es Matthew wirklich. Ihm war schlecht, er konnte kaum atmen und hatte das Gefühl, als ob er mit seinen neun Jahren an einem Herzanfall sterben würde.

»Du bist immer ein guter Junge gewesen. Das wissen wir beide, mein Sohn. Komm von allein raus, und ich werde nicht zu hart mit dir umgehen. Fingerschwur, versprochen.«

Er *war* immer brav und gehorsam gewesen, das wusste Matthew. Der Junge hasste es, dass Onkel Thomas »Fingerschwur« sagte. Das gab es nur zwischen Max und ihm. Sie hakten ihre kleinen Finger ineinander und versprachen sich etwas. Nur Max und er.

Doch jetzt war er geliefert. Es gab keinen Ausweg. Mit unsicheren Beinen stand Matthew auf. Mann, alles an ihm zitterte – Beine, Arme, Gesichtsmuskeln, selbst sein Hintern. Außerdem war er dreckig, roch schrecklich und schämte sich deshalb.

Er lugte aus dem Versteck hervor.

Da stand Onkel Thomas mit einigen seiner Häscher. Matthew wollte ihnen so gern trauen, und irgendwie wollte er auch nach Hause.

»Ah, da bist du ja, Matthew. Da bist du endlich«, sagte Onkel Thomas. Es klang nett genug, fast wie ein Freund.

Onkel Thomas betrachtete den erstaunlichen blonden Jungen, der langsam auf ihn zukam. Matthew sah gut aus, genau wie seine Schwester. Seine Flügel waren gedeckt weiß mit silbernen und marineblauen Stellen. Ein außergewöhnliches Exemplar.

Matthew liebte es, Witze zu erzählen, und das tat er auch jetzt. Immer wenn er nervös oder ängstlich war, machte er das. »Wenn man auf einen Pantomimen schießt«, sagte er, »sollte man dann einen Schalldämpfer benutzen? Hä, hä, hä.«

Onkel Thomas gab nur einen Schuss ab. Er brauchte keinen Schalldämpfer. Matthew, der gute Junge, schlug hart auf dem Waldboden auf.

Buch Zwei

Tinkerbell Lebt

27.

Harding Thomas saß neben dem neunjährigen Matthew auf dem Boden. Er sprach leise, fast zärtlich. »Es tut mir Leid, dass ich das Betäubungsgewehr benutzen musste. Du weißt doch, dass ich dich und Max lieb habe.«

Matthews Augen waren rot, und die Tränen flossen immer noch. Es war schwer, kein Mitleid mit dem kleinen Jungen zu haben, aber Thomas wusste, dass dies nicht die richtige Zeit für Sentimentalitäten war. Er hatte eine Aufgabe zu erledigen.

»Ich glaube dir nichts mehr«, flüsterte Matthew.

»Du hast mir doch immer vertraut, Matthew. Wir waren Freunde. Und weil ich dein Freund bin, bin ich jetzt hier. Man hat in Erwägung gezogen, dich einzuschläfern. Ich war damit nicht einverstanden. Das konnte ich dir nicht antun, Junge. Nun möchte ich, dass du mir hilfst, Max zu finden. Du musst mir helfen, sie zu retten.«

Matthew sprach so leise, dass es kaum zu verstehen war. »Was kann ich tun? Wie kann ich meine Schwester retten?«

Thomas nickte beifällig und lächelte den Jungen an. »Ich möchte, dass du fliegst und dann nach Max rufst. Du bist der einzige, der Max retten kann.«

Er zeigte ihm etwas, das wie eine Angelschnur auf einer großen Rolle aussah.

»Hör mir gut zu«, sagte er, »diese Schnur kann unmöglich reißen. Damit fängt man im Pazifik Tunfische von fast tausend Pfund. Ich gebe dir knapp hundert Meter Spiel. Verstehst du mich?«

»Ja, Onkel Thomas.«

»Du bist ein guter Junge und hilfst mir, Max zu retten. Nur du kannst es tun. Vergiss das nicht.«

Onkel Thomas befestigte die Leine an Brust und Taille an Matthews khakifarbener Weste. Das andere Ende wurde um eine dicke Eiche geschlungen, die weit oben am Abhang des Berges stand. So weit, so gut. Die Falle für Max war vorbereitet.

Thomas überprüfte die Befestigung, um sicherzugehen, dass sie hielt. Er war auf dem Land aufgewachsen und kannte sich mit Tieren, also auch mit Vögeln aus. Er wusste, wie er mit ihnen umzugehen hatte.

»Nun flieg los. Du hast meine Erlaubnis. Du darfst auch nach deiner Schwester rufen. Flieg jetzt! Los, flieg, Matthew!«

Der Junge tat, wie ihm geheißen wurde. Er konnte es nicht erwarten, den Boden zu verlassen. Mit einer plötzlichen Bewegung entfaltete er seine Flügel. So schnell wie möglich rannte er fort von der dicken Eiche, bis er meinte, genug Geschwindigkeit für den Start zu haben.

Er schlug heftig mit den Flügeln, und es schien, als würden sie sich verselbstständigen. Dann war Matthew in der Luft. Er segelte in langsamen Kreisen mit einer schwachen Luftströmung der aufgehenden Sonne entgegen.

Ein paar atemberaubende Sekunden lang fühlte er sich so frei, dass er fast vergaß, warum er hier oben war.

Aber dann hörte er Onkel Thomas von unten aus seinem Versteck. Er hatte ihm kein Wort geglaubt. Thomas und die anderen Wächter hatten Gewehre. Sie waren ein Erschießungskommando – Mörder – und würden Max abschießen, sobald sie auftauchte.

»Ruf nach ihr! Ich höre dich nicht, Matthew!«

Der Junge flog, so weit er konnte, weg von Thomas, den

Lügen und dem mächtigen Baum, an den er gebunden war.

Kannst du mich sehen, Max? Siehst du mich fliegen? Bist du in der Nähe?, dachte er.

Schließlich schrie er mit aller Kraft: »Max! Max! Max! Kannst du mich hören? Hörst du mich?«

Und dann strengte sich der Junge noch mehr an. Er wusste, was er tun musste, um Max zu retten. Er brüllte noch lauter.

»Bleib weg! Bleib weit weg von mir. Max! Es ist eine Falle! Onkel Thomas und die anderen sind hier. Geh weg von hier, Max! Sie haben Gewehre!«

28.

Max war nicht in der Nähe des Ortes, an dem ihr kleiner Bruder seine Warnungen schrie. Ein neuer Morgen war angebrochen. Sie hatte die Nacht überstanden, ohne gefunden oder von Bären oder Berglöwen gefressen zu werden.

Sie frühstückte ausgiebig und beschäftigte sich dann mit dem Computerspiel *Tomb Raider II*. Sie *liebte* Lara Croft, die Heldin des Spiels. Gern wäre sie Lara Croft gewesen.

Gegen halb acht verließ sie ihr sicheres Versteck, um auf Entdeckungsreise zu gehen.

Max spähte durch die verschlungenen Zweige und Blätter eines mit dicken reifen Heidelbeeren bedeckten Busches. Sie entdeckte etwas, das sie interessierte und gleichzeitig ängstigte. Ihre Augen blinzelten, und ihr Puls raste.

Durch den Heidelbeerbusch sah sie zwei kleine Kinder.

Sie waren ihr und Matthew sehr ähnlich. Offensichtlich machten auch sie einen frühmorgendlichen Ausflug in den Wald. Ob sie sie schon gesehen hatten?

Das Mädchen trug einen Overall aus Jeansstoff, ein rotes T-Shirt und knöchelhohe Freizeitschuhe. Das rote Haar war zur Hälfte zu einem Pferdeschwanz gebunden, der Rest lockte sich um das Gesicht. Die ausgefallene Farbe des Nagellacks passte genau zu den Beeren.

Der Junge war ungefähr vier oder fünf und erinnerte Max an Matthew, als dieser im gleichen Alter war. Mit einem Stock schlug er rhythmisch gegen einen Aluminiumeimer und sang ein Lied, das sie noch nie zuvor gehört hatte.

A-Rumpty-rump-dump

A-Rumpty-rump-dump

Ihre Haut kribbelte. Eine innere Stimme befahl ihr wegzufliegen, aber sie konnte nicht. Sie musste hier bleiben und mit den Kindern reden. Sie brauchte verzweifelt Hilfe und hatte Geheimnisse zu teilen. O ja, sie hatte *riesige* Geheimnisse zu erzählen. Was würde Lara Croft in dieser Situation tun?

A-Rumpty-rump-dump

Auf jeden Fall hatte Max Angst, aber sie fragte sich, wovor eigentlich. Sie war größer und sehr viel stärker als die beiden Kinder. Gar kein Vergleich. Sie besaß spezielle Gaben und war bestimmt auch intelligenter. Vielleicht nicht viel, aber es würde reichen.

Der kleine Junge blickte von seinem Trommeleimer auf, und seine blauen Augen trafen direkt auf ihre grünen. Er stolperte ein paar Schritte zurück und rief: »He! Ich kann dich sehen! He! Wer bist du?«

Max war so nervös, dass sie anfing zu schreien, und die beiden Kinder stimmten ein.

Das Mädchen beruhigte sich zuerst. Es packte die Hand seines Bruders und rüttelte sie fest.

»Hör auf, Bailey«, befahl es. Die beiden blieben auf Distanz, entfernten sich aber nicht weiter. Die Augen des Mädchens waren angstgeweitet. »Wer bist du? Dieses Land gehört *unserer* Familie. Es ist Privatbesitz. Das steht überall an den Bäumen. Du musst die Schilder gesehen haben.«

Das Mädchen war ungefähr acht Jahre alt. Es atmete heftig und war im Gesicht knallrot geworden. Aber die Rolle der großen Schwester zog es ganz gut durch.

Max war beeindruckt. Herrgott, wie sie sich danach sehnte, mit diesen Kindern zu sprechen und mit ihnen zu spielen. Sie wollte unbedingt mit jemandem *sprechen.*

»Wer bist du?«, fragte das Mädchen noch einmal.

Das, dachte Max, war eine gute Frage. Während sie noch überlegte, sprach das Mädchen weiter mit ihr. Es war nervöses Geschnatter, aber das war Max egal.

»Ich bin Elizabeth Ellers, und das hier ist mein kleiner Bruder Bailey. Er ist fünf, ich bin neun. Was machst du hier? Sag endlich was.«

Der kleine Bailey starrte Max unverwandt an. Dann löste er sich von Elizabeth, kam näher und begann, sie zu umkreisen.

Amüsiert drehte sich Max gemeinsam mit ihm, um zu verhindern, dass er ihre Flügel zu genau sah.

»Was ist mit deinen Armen los?«, stieß er hervor.

Max zögerte. Was würden diese kleinen Kinder von ihren Flügeln denken? Sollte sie es wagen? Sie wollte es, sehnte sich so danach.

Sie ruckte mit den Schultern und brachte ihre Ellbogen in Position. Dann streckte sie langsam ihre Unterarme aus, und die Gelenke verlängerten sich. Mit einem verführerischen, wispernden Geräusch richteten sich die Federn auf.

Baileys und Elizabeths blauverschmierte Münder klappten weit auf – sehr weit. Bailey stammelte etwas und stopfte seine Finger in den Mund.

Max wusste, dass ihre Flügel sehr schön waren. Die Handschwingen waren in drei Stufen schneeweißer Schäfte angeordnet; die Fahnen jedes Schaftes schmiegten sich eng an den folgenden und formten so eine luftdichte Fläche. Auf der Unterseite der Flügel waren die kleineren Armschwingen, an denen ihre Haut durchschien. Sie war wegen des sauerstoffreichen Bluts rosig.

Wow!

29.

Tsching! Caramba!«, rief Bailey. Was sollte das denn bedeuten? Tsching! Caramba! Sprachen die Kinder hier so? Musste wohl so sein. *Tsching! Caramba! Okay, warum nicht?*

Max streckte ihre Zeigefinger aus und entfaltete die Flügel in ihrer vollen Pracht. Ihre Spannweite war eineinhalbmal so groß, wie sie selbst war.

»Ooohh!«

Bailey flüchtete sich zu seiner Schwester. Seine blauen Augen waren größer denn je. Eigentlich war er ganz niedlich.

»Sind die echt?« Elizabeth Ellers hatte endlich ihre Sprache wiedergefunden. »Es sieht nämlich ganz so aus.«

Max grinste. Sie wollte, dass die Kinder sie mochten. »Klar sind die echt.«

»Tu es«, flüsterte Bailey. »*Bitte,* tu es. Flieg für uns.«

Elizabeth schaute Max an. Auch sie flüsterte, als wären sie in einem Freiluft-Gottesdienst oder so ähnlich. »Wir werden es niemandem erzählen. Versprochen.«

Der kleine Junge nickte ernsthaft. Auf und ab, auf und ab und dann seitwärts. Er bekreuzigte sich schnell über seinem Herzen. »Wir schwören es bei unserem Leben. Wir schwören es beide. Bitte. Mach es. Tu es.«

»Wenn ich es tue, dann dürft ihr es nicht verraten. Das muss unter uns bleiben«, sagte Max. »Und schwört nie bei eurem Leben, ihr könntet es verlieren.«

»Wir werden nichts erzählen«, sagte der Junge.

»Wenn ihr es tut, werde ich euch finden!«

»Bist du ein Vampir oder so was?«, fragte Bailey. Wieder sah er nervös und ängstlich aus. Seine Augen huschten unruhig hin und her.

»Na klar bin ich ein Vampir. Nein, natürlich bin ich keiner. Bist du etwa ein kleines grünes Männchen vom Mars? Kommst du vom Mars?«

Da brach Elizabeth plötzlich in lautes Lachen aus, und Max hätte sie dafür umarmen können. »Da hast du recht. Er kommt ganz bestimmt vom Mars. Wie heißt du?«

»Oh ... *Tinkerbell.*«

Dann lachten sie alle. Max wollte einerseits den Clown spielen, aber sie wünschte sich auch, sie könnte ihre Sorgen mit anderen teilen. Es war ihr wichtig, Glück und Leid zu teilen, und sie war immer ein nettes Mädchen gewesen, einfühlsam und lieb zu anderen. Sie glaubte, dass das zu einem guten Leben gehörte. Es gab eine unumstößliche Wahrheit, die sie auf der Schule gelernt hatte: Was man gibt, bekommt man zurück.

Der Weg vor ihr war flach und frei von Felsen und Wurzeln. Max lief los.

Sie brauchte nur vier oder fünf Schritte, bis sich die Luft

an den festen Flügelspitzen zu teilen schien. Die Luftströme erfassten sie, trugen sie nach oben.

»Tsching! Caramba!«, schrie sie und fragte sich, ob die Kinder den Witz verstanden.

Sie flog hoch hinauf – und kam dann im Sturzflug auf Bailey und Elizabeth zu. Instinktiv duckten sie sich, und Max lachte aus voller Kehle. Mit anderen Kindern zu spielen war für sie das Schönste auf der Welt.

Und vor allem wollte sie den beiden ihre Geheimnisse erzählen. Nur, dann würden auch ihre neuen Freunde in Gefahr sein.

Max bewegte die Flügel und segelte durch die Lüfte. Sie zog die Konturen einer Wolke nach, schwenkte nach links, dann nach rechts.

Elizabeth und Bailey Eller schauten in stummer Bewunderung zu ihr auf. Die Augen mit beiden Händen gegen die blendende Sonne schützend, starrten sie mit weit aufgerissenen Augen nach oben.

Bald waren die Kinder unter ihr winzig klein, doch noch konnte sie genau ihre nach oben gewandten Gesichter mit den offenen Mündern erkennen. Max wusste, dass von ihnen keine Hilfe zu erwarten war. Sie waren zu klein und selbst hilflos – wehrlos und ahnungslos. Außerdem könnte sie nicht ertragen, wenn ihnen durch ihre Schuld und ihr Wissen etwas zustieße.

Sie winkte ihnen zum Abschied zu. Bailey und Elizabeth winkten zurück.

»Wir verraten nichts!«, brüllte Bailey. »Wir schwören ... ach, nichts.«

»Komm wieder«, rief Elizabeth Ellers. »Wir können Freunde werden.«

Kaum waren die Kinder außer Sicht, vermisste Max sie schon schmerzlich. Bailey und Elizabeth. Nette Kinder. Gute

Menschen. Vielleicht wären sie Freunde geworden, wenn sie ein bisschen länger hätte bleiben können.

Und natürlich vermisste sie Matthew, ihren eigenen kleinen Bruder. Ein großes, schmerzhaftes Loch schien ihre Brust zu zerreißen.

Sie flog hoch oben über den goldglänzenden Feldern, die an die Wälder grenzten, und fühlte sich schmerzhaft allein. Tief in ihrem Innersten wusste Max, dass sie nicht zum Alleinsein bestimmt war.

Sie war doch selbst nur ein kleines Mädchen.

A-Rumpty-rump-dump

A-Rumpty-rump-dump

30.

Davids Arme hingen schlaff über meinen Schultern, und ich schleppte ihn durch eine trostlose, knochenweiße Wüste, die mir bekannt vorkam. Wie eine riesige Uhr stand die Sonne am Himmel, und der Sekundenzeiger zählte im Countdown die letzten Sekunden zwischen Leben und Tod hinunter. Ich war schon einmal hier gewesen.

»Beeil dich, Frannie. Bitte«, stöhnte David. Seine Stimme klang rau. »Es tut mir Leid, Schatz, aber du musst dich beeilen. Wir haben nicht viel Zeit.«

Ich war müde, unsäglich müde, Davids unbeweglichen Körper zu ziehen, aber dennoch konnte ich ihn nicht loslassen. »Halte durch«, sagte ich zu David. »Bitte.« Ich fühlte sein warmes, klebriges Blut auf meinem Nacken, meine Haare sträubten sich. Tränen rannen über meine Wangen.

»Ich bin da«, sagte er. »Ich werde immer für dich da sein.«

Seine Füße schleiften im Sand. Er war so schwer. Ich verstärkte meinen Griff, blieb aber nicht stehen. Meine Armmuskeln schmerzten unglaublich. An meinem Rücken fühlte ich seinen immer schwächer werdenden Herzschlag.

Wie so oft begann David, mir Geschichten aus unserer Ehe zu erzählen. Fröhliche, amüsante Episoden, die mich daran erinnerten, wie erfüllt unser Leben gewesen war. Zwei erfolgreiche Praxen, konkrete Pläne für ein Kind, vielleicht auch zwei oder drei, wenn wir Glück hatten.

»Wir hätten Kinder haben sollen, Frannie. Warum haben wir gewartet?«

»Sprich nicht davon«, sagte ich. »Bitte nicht, David. Ich will das nicht hören.«

Aber er ließ nicht davon ab. »Erinnerst du dich an unseren fünften Hochzeitstag? Wir waren in diesem gemütlichen kleinen Hotel in Vermont, weißt du noch? Den ganzen Tag über haben wir uns geliebt, Frannie. Frühstück, Mittag- und Abendessen im Bett.«

»Natürlich erinnere ich mich, David. Ich werde Vermont nie vergessen.«

Er begann zu summen. Es war die schöne, schwermütige Musik aus dem Film *Ein Mann und eine Frau*. Er liebte diesen Film, genau wie ich. Wir hatten ihn fünf- oder sechsmal gesehen. Plötzlich blieb ich stehen.

»Sind wir da?«, fragte David.

Ich schaute in die Ferne und sah nur die gleißende und flimmernde Hitze der endlosen Wüste.

»Ja«, erwiderte ich. »Wir sind da.«

Ich ließ David von meinem Rücken herunter und bettete ihn sanft auf den Boden. Dann legte ich seine kräftigen Arme an seine Seiten. Hände und Füße bluteten, genau wie die offene Schusswunde neben seinem Herzen.

»Was ich getan habe, tut mir Leid«, sagte David. »Es tut mir so Leid, Frannie.« Ich verstand nicht, was er meinte und was er bedauerte. Aber ich nickte, als ob ich es wüsste.

Ich zog alle meine Kleider aus und machte daraus ein weiches Kissen. Sanft schob ich es unter seinen Kopf. Es war für mich das Herzzerreißendste, das ich je getan habe.

»Danke«, sagte David. Er schaute mich mit seinen hellen Augen voller Liebe an. »Ich wusste, du würdest mich nicht sterben lassen.«

Und wieder starb David – genau wie er es immer tat, jeden Morgen.

Der Wecker auf der Fensterbank klingelte, und ich erwachte aus diesem Albtraum. Es schien alles so echt gewesen zu sein, aber natürlich war David auf einem Parkplatz in Boulder gestorben, nicht in irgendeiner mysteriösen Wüste.

In meinem winzigen Schlafzimmer in der Tierklinik öffnete ich die Augen. Meine nackten Arme waren ausgestreckt, und die Hände umklammerten das Kopfteil des Bettes. In meinen Augen standen Tränen, die Wangen waren nass. Meine Brust schmerzte, als hätte ich einen Schlag mit einem Hammer abbekommen. Ich erinnerte mich, dass ich vor gar nicht so langer Zeit ein schönes Leben gehabt hatte. Es hatte jemanden gegeben, den ich liebte und der mich liebte.

Ich stieß die zerwühlten Decken fort. Mein Traum, dieser schreckliche Albtraum, löste sich langsam auf, und ein neues Bild stieg in mir auf, das mich irgendwie erschreckte. Schamgefühl überfiel mich.

Ich sah einen Mann mit blondem Haar und einem Jeanshemd. Sein Lächeln war warm wie die Sonne. Und ich sah mich, wie ich mich ihm zuwandte.

Schnell verließ ich mein zerwühltes Bett. Warum sollte ich mich schämen?

Das unerwünschte Bild von Kit Harrison verscheuchend

ging ich zum Fenster, das zum Wald hinausging. Ich öffnete es und atmete tief durch. Man konnte die Fichten und das Gras förmlich schmecken.

Ein leichter Morgenwind streichelte meine feuchte Haut. Langsam fühlte ich mich besser. Gerade wollte ich mich umdrehen, als ich einen grauenvollen Laut hörte, der mir das Blut in den Adern gefrieren ließ.

31.

Der lange jammervolle Schrei kam aus dem Wald. Ich brauchte nur eine Minute, um Jeans, Stiefel und das T-Shirt von gestern überzustreifen.

In meinem kleinen Laboratorium füllte ich eine Spritze mit Ketamin Hydrochlorid und steckte ein Narkosemittel in den Rucksack. Pip verlangte lautstark nach seinem Frühstück, doch er würde warten müssen. Ich hatte keine Zeit zu verlieren.

»Ich bin gleich wieder da!«, rief ich, rannte zur Tür und nach draußen.

Das schrille Geschrei ließ beinahe mein Trommelfell platzen. Tau durchdrang meine Schuhe, und ein paar Mal rutschte ich aus, aber ich rannte weiter, so schnell ich konnte.

Ich folgte den Mitleid erregenden Lauten und war fast sicher, dass ich wusste, woher sie kamen und was passiert war.

Die Wälder hinter meiner Klinik erstrecken sich hinab zu einem tiefen Bach, fast ein kleiner Fluss. Die Schneeschmelze hatte tiefe Rinnen in den Waldboden gegraben. Im Sommer sind sie ausgetrocknet und streckenweise voller Bruchholz. Bevorzugte Stellen für Raubtiere, um Beute zu finden.

Und auch für Wilderer, um ihre illegalen Fallen zu legen.

Das hohe Jaulen wurde lauter und hörte abrupt auf, als das verletzte Tier nach Luft schnappte. Dann setzte es wieder ein und brach mir fast das Herz.

Ich bahnte mir einen Weg, und endlich sah ich den Fuchs. Das schöne rotbraune Tier hing an einem Vorderlauf am Rand des Abhangs, mit dem anderen verzweifelt Halt suchend. Es war ein schrecklicher, herzzerreißender Anblick.

Ich erkannte, was geschehen war.

Der Fuchs war in die Falle getappt. Das Tier hatte versucht, sich zu befreien, und war dabei nach hinten den Abhang hinuntergestürzt. Der Lauf war zwischen den Zähnen und der Kette eingeklemmt, und der Körper des Tieres pendelte hilflos am Abgrund und streifte an der Felswand entlang.

Mein Magen zog sich zusammen. Was für eine unnötige, schreckliche Tortur. Und wofür? Für jemanden in Aspen oder Denver, der Lust auf einen teuren Mantel hatte. Die Füchsin litt unbeschreibliche Qualen, sie verlor fast den Verstand und hatte allen Grund dazu.

»Durchhalten«, sagte ich mit leiser und sanfter Stimme zu dem Tier. »Ich komme.«

O Gott, ich werde dir nicht wehtun, kleines Füchslein.

Die doppelte Kette war um einen Baum geschlungen. Ich rüttelte mit aller Kraft am Schloss, aber es öffnete sich nicht.

»Verdammt noch mal.«

Ich überlegte, die Füchsin an der Kette hochzuziehen, aber sie würde mich beißen. Außerdem hatte ich meine Handschuhe vergessen, und sie könnte Tollwut haben.

Hastig suchte ich nach einer Stelle, an der ich absteigen konnte. Die Wand der Schlucht bestand aus losen Schieferplatten. Ich fand einen vermeintlich guten Platz und entschied mich, es zu versuchen. Schlechte Wahl. Die Platten gaben nach, und ich rutschte auf meinem Hintern drei Meter den Abhang hinunter.

Mein lautstarker Annäherungsversuch hatte die Angst der Füchsin noch gesteigert. In Panik schnappte ihr Kiefer, und Schaum lief ihr aus dem Maul. Ich konnte sehen, wie eng die Falle den Lauf umschlossen hielt. Die Zähne der Eisenklammer hielten den nackten Knochen.

»Alles wird gut, Mädchen.«

Ich stand unter dem Tier und suchte nach einer Möglichkeit, ihm das Ketamin zu spritzen. In Schulterhöhe war ein Vorsprung, doch er war offensichtlich zu dünn und zu schmal. Ich traute mir nicht zu, mich daran festzuhalten und gleichzeitig die Nadel in den Hinterlauf zu stechen.

Das anhaltende schrille Jammern der Füchsin machte mich langsam wahnsinnig. Bald würde sie ins Koma fallen und dann ganz schnell sterben.

Ich musste mir eingestehen, dass ich sie allein nicht retten konnte.

32.

Kit schlug gerade einen langen bogenförmigen Home-Run hoch über die berühmte »Grünes Monster«-Mauer im Fenway Park von Boston. Seine beiden Söhne schauten ihm von Plätzen bei der ersten Baseline aus zu. Unvermittelt wurde er aus seinen heroischen Baseballträumen gerissen, den letzten Ausläufern seines nächtlichen Schlafs.

Jemand klopfte laut und nachhaltig an die Tür der Hütte.

Er ergriff das unter dem Bett versteckte Gewehr und holte es nach vorne.

»Ja? Wer ist da?«, rief er und setzte sich auf, um aus dem Fenster zu schauen.

Kit schob rasch die Vorhänge beiseite und erblickte Frannie O'Neill mit derselben verärgerten Miene, die sie immer für ihn parat hatte. Trotzdem schaffte sie es in seinen Augen immer, gut auszusehen.

Was war los? Was wollte sie?

Er schlüpfte in seine Jeans, knöpfte sie zu. Ein weiteres ungeduldiges Klopfen an der Tür. *Wo war ein sauberes Hemd? Zur Hölle mit dem Hemd!*

»Ich komme.«

Kit öffnete die Tür, aber bevor er noch fragen konnte, welche Untat er jetzt wohl wieder begangen hatte, ergoss sich ein Strom schneller, kaum verständlicher Worte aus Frannies Mund.

»Ich brauche Ihre Hilfe«, stammelte sie. »Bitte. Ich brauche *wirklich* Ihre Hilfe, Mr. Harrison.«

Mr. Harrison? »Natürlich. Kein Problem. Schuhe«, sagte er und schnappte sich seine Sportschuhe.

Frannie rannte vor ihm her auf eine felsige Schlucht in den Bergen zu. Kit folgte ihr mit nacktem Oberkörper und konnte kaum Schritt halten. Sie setzte ihre langen Beine wirklich gut ein. *Jetzt war er auf einmal Mr. Harrison!*

»Was zum ...« Der Satz blieb unvollendet.

Kit brauchte nur ein paar Sekunden, um zu erkennen, was da an hässlichen Eisenklammern und Ketten hing.

»O Gott, Frannie!«

Der Fuchs war ein schrecklicher Anblick, und endlich verstand Kit, warum sie Jäger so hasste und warum sie so unfreundlich zu ihm gewesen war seit seiner Ankunft – mit einem Gewehr im Gepäck.

Das rotbraune Fell des armen Tieres war mit Blut getränkt. Fell und Fleisch des Vorderlaufs waren von den Zähnen der Falle von der Elle an bis zur Pfote geschoben worden. Der Atem der Füchsin kam nur noch stoßweise, das Heulen wurde rauer und schwächer.

»Ich komme nicht an sie ran«, hechelte Frannie. »Ich habe es versucht, aber es hat nicht geklappt.«

Sie sah aus, als würde sie gleich zusammenbrechen, und Kit fühlte das gleiche Gefühl in sich aufsteigen. Der jungen Füchsin war etwas Grausames und Erschütterndes zugestoßen, und das machte auch ihn wütend. Wie konnte jemand einem Tier so etwas antun?

»Was soll ich tun? Wie kann ich helfen?«

Frannie hielt eine Spritze umklammert. »Ich muss das in ihr Bein reinkriegen.«

»In Ordnung. Verstanden.«

Kit rutschte den steilen, lehmigen Abhang hinunter, um einen Überblick zu gewinnen. Dann stieg er wieder hoch.

Er kauerte sich oberhalb des Fuchses hin, der ungefähr einen Meter unter der Kante hing, und schätzte Gewicht und Größe des Tieres mit den Augen ab. Dann suchte er im Unterholz nach einem Ast.

»Mit dem könnte es gehen«, rief er Frannie zu.

Der Ast war etwa einen Meter lang und hatte einen Durchmesser von ungefähr sechs Zentimetern.

Sie schaute ihn verblüfft an. »Was haben Sie vor? Was soll der Stock?«

Vorführen war leichter als Erklären. Kit beugte sich hinunter, bis Gesicht und Schultern über dem Abgrund hingen.

»Seien Sie vorsichtig«, hörte er sie sagen.

Er führte den Ast vorsichtig an das Maul der Füchsin heran. Mit jedem Atemzug stieß sie Schaum aus, und ihre Augen wurden trübe. Kit fragte sich, ob sie ihn überhaupt wahrnahm.

Er berührte die Lefzen des Tieres mit dem Holz.

Es schnappte wild, schlug die Zähne kräftig in den Ast und versuchte, ihn zu zerbeißen.

Würde der verdammte Ast halten? Langsam, ganz langsam zog Kit die Füchsin hoch, höher ... und endlich über den Vorsprung.

»Stechen Sie zu, jetzt«, keuchte er.

Frannie war sofort zur Stelle. Sie rammte die Nadel in den Hinterlauf des Tieres. Drückte den Kolben hinunter. Die Füchsin strampelte und verlor dann das Bewusstsein, als die Droge anfing zu wirken.

Kit fing das Tier auf, als es wie leblos und ausgestopft in seine Arme sackte.

»Gut gemacht«, sagte Frannie. »Wir haben es geschafft.«

Sie nahm ihm die Füchsin ab und legte sie sanft auf den Boden. Kit riss die Schnappvorrichtung der Falle auf, und ganz vorsichtig nahm Frannie den Lauf des Tieres heraus.

»Wirklich toll gemacht. Vielen Dank. Sie sind ein ausgesprochen guter Hilfssanitäter.«

»Gern geschehen. Es war nett, mit Ihnen zusammenzuarbeiten. Wir sind ein gutes Team. Ich bin froh, dass wir der Fuchs-Lady helfen konnten.«

Und dann geschah das Wunder – Frannie O'Neill schenkte ihm ein Lächeln.

Das Warten hatte sich gelohnt.

33.

»Juhu! Im Frühtau zu Berge ...«

Max flog wieder. Sie konnte den Wattewolken, dem Pfeifen des Windes und dem strahlend blauen Himmel über den Rockies nicht widerstehen. *Wer könnte das schon?* Ruhig und mühelos trieb sie dahin, betrachtete den See und die bewaldeten Berghänge.

Die schieferschwarze Oberfläche des Sees zog sie magisch an. Max konnte die Wärmeströme aus dem Wasser hochsteigen sehen. Mrs. Beattie, ihre Lehrerin, ihre Freundin, hatte ihr alles über Windströmungen erklärt und auch, wie Hitze und Kälte das Fliegen beeinflussen konnten. Max erinnerte sich noch an sämtliche Informationen, das gehörte zu ihren besonderen Gaben.

Ihre ausgebreiteten Flügel warfen einen breiten Schatten auf die dunklen Baumwipfel unter ihr. Sie beobachtete den Schatten, spielte mit ihm. Sie machte rudernde Bewegungen. Schneller und schneller flog sie auf den Horizont zu.

Mrs. Beattie, dachte sie. *Die Schule, ihr altes Zuhause.*

Sie konnte sich ganz genau an alles erinnern, nur meistens verdrängte sie es. Doch gewisse Dinge kamen immer wieder hoch – vor allem die schlechten, und von denen gab es einige.

Eines Tages war Mrs. Beattie frühmorgens in das kleine Zimmer gekommen, in dem Max und Matthew schliefen. Drei Jahre lang war Mrs. Beattie ihre Lehrerin gewesen. Vor ihr hatte es Kinderfrauen gegeben und andere Lehrer, die immer wieder ausgewechselt wurden. Keiner von denen hatte je Liebe oder Mitgefühl gezeigt. Das war in der Schule nicht erlaubt. Nur Wissenschaft, Arbeit, Disziplin und Tests, Tests, Tests.

»Max ... Matthew«, hatte Mrs. Beattie geflüstert. Max war aufgewacht, noch ehe die Lehrerin ihr Bett erreicht hatte.

»Wir sind wach«, piepste Matthew. »Wir haben Sie kommen hören.«

»Natürlich, Liebes. Doch jetzt hört mir genau zu und sagt nichts, bevor ich fertig bin.«

Schlechte Nachrichten – Max wusste es. Weder sie noch Matthew sagten etwas.

»Manchmal passieren guten Menschen böse Dinge«, flüsterte Mrs. Beattie. Sie war nicht nur Lehrerin sondern auch Ärztin. Zu ihren Aufgaben gehörte vor allem die Durchführung von Intelligenztests – Stanford-Binet, WPPSI-R, WISC III, die Beery-Tests, Akt III und alle anderen.

»Sie werden uns einschläfern, töten, nicht wahr? Darauf waren wir vorbereitet.« Matthew konnte nie lange ruhig bleiben.

»Nein, Liebes. Ihr beide seid absolut außergewöhnlich. Ihr seid Wunderkinder. Habt keine Angst. Aber meine Kleinen, letzte Nacht hat man Adam eingeschläfert. Es tut mir so Leid, euch das sagen zu müssen.«

»O nein. Nicht Adam! Nicht Adam!«, stöhnte Matthew.

Max und er umarmten Mrs. Beattie ganz fest. Sie konnten nicht aufhören zu weinen und zu zittern. Adam war noch ein Baby gewesen. Er hatte wunderschöne blaue Augen gehabt und war so intelligent gewesen.

»Ich muss jetzt gehen, Kinder. Ich wollte nur nicht, dass ihr es von Mr. Thomas erfahrt. Ich liebe dich, Max. Ich liebe dich, Matthew.« Noch einmal drückte sie die Kinder an ihr Herz. »Denkt nicht schlecht über mich.«

Bald danach war auch Mrs. Beattie fort. Sie kam eines Tages einfach nicht mehr zur Schule. Sie hatten nie wieder etwas von ihr gehört oder gesehen. Max war sicher, dass man auch sie eingeschläfert hatte.

Unvermittelt wurde ihr klar, dass sie viel zu schnell flog und ohne auf die Umgebung zu achten. Die Erinnerung an die Schule hatte sie verstört.

Max korrigierte die Richtung und begann, steil zur Sonne aufzusteigen. Die Helligkeit blendete sie, sodass nur noch unendlich viele farbige Punkte vor ihren Augen flimmerten. Sie war fast blind, doch sie stieg immer höher und sog die Luft, die kühler und dünner wurde, in ihre Lunge ein.

Dann endlich, als sie es kaum noch aushalten konnte, drehte sie einen Looping und setzte zum Sturzflug an.

Sie raste auf die blauschimmernde Oberfläche des Sees zu.

Die Flügel schienen an ihrem Körper zu kleben. Luft dröhnte in ihren Ohren, ihre Lunge brannte. In einem perfekten Winkel setzte sie auf dem Wasser auf.

Eine Wasserlandung!

Unglaublich!

O Gott, wie sie das Fliegen liebte.

34.

Harding Thomas hielt beim »Quick Stop« in Bear Bluff an, um sich Kaffee und etwas Süßes zu kaufen. »Kaffee, so schwarz wie meine Seele«, bestellte er bei der Bedienung an der Theke.

Und dann hörte er, was die großäugigen rothaarigen Kinder bei der Kühltruhe mit Eis ihrer Mutter erzählten.

Thomas hörte eigentlich nicht richtig zu, während sein Kaffee serviert wurde, doch dann kam es. »Sie war wie ein großer schöner Vogel, Mami. Wie aus den Power-Rangers, nur dass sie echt war.«

Dieser kleine Satz ließ Harding Thomas aufschrecken. Ihm fiel fast der Kaffeebecher aus der Hand, und ein bisschen heiße Flüssigkeit tropfte auf seine Wanderstiefel.

Die Mutter der Kinder steuerte auf die Kasse zu, vollkommen versunken in die neueste Ausgabe des People-Magazins. Ihre weiten Ledersandalen schlurften über den ausgetretenen schmutzigbraunen Linoleum-Fußboden. Die Frau war ungefähr fünfunddreißig, Speckrollen waren über dem Bund ihrer ausgeleierten Champions-Shorts zu sehen. Aber die Kinder waren niedlich und auf jeden Fall sehr aufgeweckt.

Thomas schnappte sich einen Schokoriegel aus dem kleinen Aufsteller auf der Theke und steuerte auf die Kasse zu, wo er sich hinter die Mutter mit den Kindern stellte.

Die Mutter hatte ihren Kindern offensichtlich nahe gelegt, in der Öffentlichkeit den Mund zu halten. Ein guter Rat, doch zu spät.

»Ich habe Ihren Kindern zugehört. Ein fliegendes Mädchen aus dem Weltraum«, sagte er mit einem gewinnenden Lächeln. »Genau wie aus diesem verrückten Heft.« Sein Daumen deutete auf eines der Sensationsmagazine in der Nähe der Theke.

»Wir haben *wirklich* ein fliegendes Mädchen gesehen«, beharrte der kleine Junge und ließ alles auffliegen. »Nicht wahr, Elizabeth?«

Seine Schwester warf ihm einen warnenden Blick zu, aber der Kleine scherte sich nicht darum. Thomas setzte eine skeptische Miene auf, was ihm nicht schwer fiel. Er hoffte, noch mehr aus den Kindern herauszukriegen. Und er konnte ausgezeichnet mit Kindern umgehen.

In diesem Augenblick betraten zwei Mountainbiker das

Geschäft. Sie waren mit Schlamm bedeckt, trugen Helme und Fahrradschuhe. Thomas hoffte, dass sie nichts mitbekommen würden. Glücklicherweise marschierten sie zum hinteren Teil des Ladens.

»Bailey, Bailey«, sagte die Mutter. »Was soll ich nur mit dir anfangen?«

Sie fuhr mit der Hand durch ihr hennagefärbtes Haar und schien ein wenig eingeschüchtert von seinem Blick. »Neulich haben sie *Hook* auf Video angeschaut. Und was sieht er jetzt? Tinkerbell, die in den Wäldern herumfliegt. Jedenfalls erzählt er das.« Sie lächelte. »Ich denke, das ist ganz gut. Er hat so unglaublich viel Fantasie, und man sagt, dass sich das später in Kreativität umwandelt.«

»Ich denke mir das nicht aus! Das Mädchen war im Wald bei dem Heidelbeermoor. Es hat gesagt, es würde Tinkerbell heißen, und dann ist es ganz hoch über den Bäumen geflogen. Ich schwöre es.« Vor Empörung überschlug sich seine Stimme.

Harding Thomas glaubte die Gegend zu kennen, um die es ging. Mit der Suchmannschaft war er ein paar Mal da gewesen, hatte aber keine Spur von Max gefunden. Er warf zwei Dollar auf den Tresen bei der Kasse und rief ein »Bis später« in Richtung der Frau mit den Kindern.

35.

Thomas folgte dem alten verbeulten Pick-up der Familie in seinem cremefarbenen Range Rover. Die Mutter hatte es nicht eilig, vom »Quick Stop« nach Hause zu kommen, und die Verfolgung stellte kein Problem dar.

Während Thomas hinter dem Pick-up herfuhr, dachte er über sein Leben nach. Vor langer Zeit hatte er Naturwissenschaften an der Air-Force-Akademie gelehrt. Er hatte den Rang eines Captains innegehabt. Dann war Dr. Peyser an ihn herangetreten und hatte ihm eine Stellung angeboten. Harding Thomas hatte Peysers Traum sofort verstanden und daran geglaubt. Er war nicht der Einzige. Und er war davon überzeugt, dass der Traum, die Zukunftsvision, geschützt werden musste. Also folgte er der Familie Ellers.

Als der Pick-up die zerfurchte, unkrautübersäte Einfahrt hinauffuhr, begriff Thomas, warum die Familie es nicht eilig hatte, nach Hause zu kommen. Das Haus war eine einzige Katastrophe.

Überall blätterte die gelbliche Farbe ab. Die vordere Veranda war abgesackt und sah fast zu gefährlich aus, um darauf zu gehen. Das Gras stand fast einen halben Meter hoch, und auf dem Briefkasten konnte man den Namen Ellers kaum noch lesen.

Die kleine Familie stieg gerade aus dem Wagen aus, als Thomas noch mal Gas gab und dann hinter ihnen zum Stehen kam. Die Frau und die beiden Kinder wirkten ängstlich.

Harding Thomas sprang aus dem Range Rover, hielt seine Hände in die Luft und zeigte ein breites, freundliches Grinsen. Für sie spielte er Onkel Thomas. Wenn es nötig war, konnte er jedermanns Freund sein.

»Hallo, Kinder! Erinnert ihr euch an mich? Habt keine Angst. Lächeln – hier ist die versteckte Kamera! Ich habe gerade darüber nachgedacht, was die Kinder im Wald gesehen haben. Es könnte wichtig für sie sein.«

»Ich habe nie gesagt, dass ich was gesehen habe«, protestierte das Mädchen, »weil nämlich nichts zu sehen war. Mein außerirdischer Bruder hat auch nichts gesehen. Er ist einfach nur ein riesengroßer Lügner. Das ist alles.«

»Mister, ich glaube nicht ...«, fing die Mutter an.

»Die Kinder haben ein elfjähriges *Mädchen mit Flügeln* gesehen«, unterbrach Harding sie. »Ich glaube, was der Junge sagt. Mal ganz ehrlich: Ich habe das Mädchen auch schon gesehen. Ich möchte euch erzählen, was ich weiß, dann könnt ihr das gleiche für mich tun. Darf ich für einen Moment reinkommen? Ich schwöre, es ist wirklich wichtig. So unglaublich es auch klingen mag, aber Ihre Kinder sagen die Wahrheit.«

Harding Thomas zog seine Brieftasche hervor und zeigte eine Karte, die ihn als Anwalt bei einer Justizbehörde auswies. Er war nicht bei der Justiz, aber die Visitenkarte wirkte Wunder.

Die Familie Ellers musste befragt werden und dann leider verschwinden.

Sie hatten Tinkerbell gesehen.

Alle gingen ins Haus, und Thomas versuchte, bei der Befragung möglichst wenig einschüchternd zu wirken.

»Ich weiß, dass es unheimlich und ein bisschen beängstigend ist, Kinder«, sagte er. »Auch ich habe einen kleinen Schock.«

»Möchten Sie vielleicht Kaffee, Sir?«, fragte die Frau. Er war nicht sicher, wie die falsche Karte bei den Kindern angekommen war, aber bei ihr hatte sie Wunder gewirkt.

»Ich heiße Thomas«, sagte er, »Kaffee wäre fantastisch. Ich habe zwar gerade einen getrunken, aber unter diesen Umständen bin ich einem zweiten nicht abgeneigt.«

Die Mutter ging Kaffee kochen – bestimmt würde es löslicher sein, aber wenigstens war sie eine Zeit lang aus dem Weg.

»Ihr könnt mich Onkel Tommy nennen«, sagte er zu den beiden erstaunten Kindern.

»Wir haben nichts gesehen«, erklärte das Mädchen unerschütterlich. »Mein Bruder gehört in die Irrenanstalt.«

»Wir haben ein Mädchen mit Flügeln gesehen. Und es ist geflogen!«, beharrte der kleine Junge mit vorgestrecktem Kinn.

»Nein, das ist nicht wahr«, konterte seine Schwester und warf ihm einen bösen Blick zu.

Harding Thomas schlug mit der geballten Faust hart auf den Wohnzimmertisch.

»Doch, es ist wahr! Ihr habt das Mädchen gesehen, und ihr habt es auch fliegen sehen. Jetzt erzählt mir alles – oder ich tue euch und eurer Mutter sehr weh. Schaut mir in die Augen, und ihr werdet sehen, dass es mir ernst ist.«

Die beiden Kinder blickten ihn an, und sie verstanden. Dann erzählten sie alles, was sie über das Mädchen mit den Flügeln wussten.

36.

Kit fuhr die vierzig Meilen von Bear Bluff nach Boulder. Langsam fühlte er sich wieder wie ein richtiger FBI-Agent, wie der alte Tom Brennan.

Er parkte den schwarzen Jeep in einer überfüllten Nebenstraße einige Blocks vom Gemeindekrankenhaus entfernt. Auf dem Weg dorthin konnte er eine der Besonderheiten der Stadt bestaunen: eine Mischung aus Hippies der Sechziger, Granolas der Achtziger und Leuten, die der Generation X zuzurechnen waren. Dazu kamen noch ziemlich normal aussehende Rocky-Mountains-Eingeborene.

Kit schaute sich oft um. Er fürchtete, verfolgt zu werden. Vielleicht hatte man ihn bereits erkannt.

Er musste mit einem Dr. John Brownhill von der Abteilung für künstliche Befruchtung sprechen. Dr. Brownhill hatte zu beiden ermordeten Ärzten in San Francisco und in Cambridge, Massachusetts, Verbindung gehabt. Das wusste Kit aus den FBI-Akten.

Im Wartezimmer fiel ihm auf, wie patientenfreundlich die Klinik eingerichtet war. Die Wände strahlten in einem sanften Gelb, und auf den Zeitungstischen standen frische Blumen. Das war wohltuend für die werdenden Mütter und auch für ihn. Er brauchte alle Entspannung, die er kriegen konnte.

»Der Doktor wird Sie jetzt empfangen, Mr. Harrison«, sagte die sehr große und überaus freundliche schwarze Empfangsdame. Jeder hier in der Klinik schien äußerst beruhigend und hilfsbereit zu sein.

»Das Ordinationszimmer des Doktors ist hier den Gang entlang, die erste Tür rechts. Sie können es nicht verfehlen.«

Entschlossen ging Kit über den weichen beigefarbenen Teppichboden auf Dr. Brownhills Tür zu. Bevor er eintrat, atmete er noch einmal tief durch. *Auf in den Kampf!*

Dr. Brownhill war eine imposante Erscheinung. Sein langes rotbraunes Haar war von einigen silbernen Strähnen durchzogen, sein Teint makellos, und er schien in ausgezeichneter körperlicher Verfassung zu sein. Sein fast kindliches Lächeln war entwaffnend. Kit kam der Gedanke, dass er an einem Krankenbett bestimmt einen ungemein beruhigenden Einfluss haben musste.

»Ich bin ein wenig neugierig, Mr. Harrison. Sie sind allein gekommen. Geht es um Ihre Frau? Oder vielleicht Ihre Freundin?«

Kit war sich noch nicht darüber im Klaren, wie er dieses schwierige Gespräch anfangen sollte. Es gab viele Möglichkeiten.

»Ich bin leitender Agent beim FBI«, sagte er in einem selbstherrlichen Ton, den er nur selten anwendete. »Ich ermittle in Colorado in einem Mordfall.«

Es war fast unsichtbar, dauerte nur den Bruchteil einer Sekunde, aber Kit bemerkte ein leichtes Zucken unter John Brownhills rechtem Auge. »Ich verstehe nicht ganz«, erwiderte der Doktor. »Ein Mordfall?«

Kit verzog keine Miene. »Sie sind von San Francisco hierher gekommen, nicht wahr? Dort waren Sie am Universitätskrankenhaus. Ebenfalls in der Abteilung für künstliche Befruchtung.«

Brownhill nickte. »Das war vor fünf Jahren, und ich habe den Wechsel nie bereut. Aber ich kann mir nicht vorstellen, was das FBI von mir will. Ermittlungen in einem Mordfall? Ich helfe Paaren, Babys zu bekommen, die sie sonst nie haben würden.«

Kit sah dem Arzt direkt in die Augen. »Kannten Sie in San Francisco einen Dr. James Kim?«

»Ja, ich kannte James Kim, aber nicht sehr gut. Wir waren ungefähr zur selben Zeit in Kalifornien. Bitte, sagen Sie mir endlich, worum es geht. Eine schwangere Frau wartet auf mich.«

Kit nickte verständnisvoll. »Ich habe im Mai mit Dr. Kim gesprochen. Er war in illegale Experimente in der Bay-Area verstrickt. Er sagte mir, ein Arzt namens Anthony Peyser würde sich hier in Colorado verstecken, und auch, dass er selbst und Sie mit diesem Doktor Peyser zusammengearbeitet hätten.«

Dr. Brownhill schüttelte den Kopf. »Moment mal. Das ist einfach nicht wahr. Ja, Dr. Peyser wurde beschuldigt, in seinem Labor in Berkeley unethische Versuche durchgeführt zu haben. Aber ich hatte weder mit dem Labor noch mit den Experimenten etwas zu tun. Man hat mir nie etwas vorgeworfen, und es kann gar keine Rede davon sein, dass ich mich hier verstecke.«

Kit senkte seine Stimme. »Wissen Sie, dass James Kim tot ist? Er wurde vor einer Woche in Kalifornien ermordet. Das ist einer der Gründe, warum ich hier bin.«

John Brownhill schien ehrlich erstaunt zu sein. »Das wusste ich nicht. Es tut mir Leid um Dr. Kim. Trotzdem weiß ich nicht, wie ich Ihnen behilflich sein könnte. Ich habe keine Ahnung, was aus Dr. Peyser geworden ist.«

Der Arzt wollte aufstehen. Kit hob die Hand.

»Da gibt es noch etwas anderes. Es ist wichtig, Doktor. Was können Sie mir über Dr. David Mekin erzählen? Sie haben mit ihm sowohl hier als auch in San Francisco zusammengearbeitet. Soviel ich weiß, waren Sie beide Freunde. David Mekin wurde ermordet. Ist das auch ein Zufall?«

Dr. Brownhill erhob sich aus seinem Schreibtischsessel.

»Sie müssen mich jetzt entschuldigen. Ich muss mich um meine Patientinnen kümmern. David Mekin war mein Freund, und ich habe keine Lust, seinen Tod noch einmal durchzugehen.«

Kit stand langsam auf. Er verließ die Klinik für künstliche Befruchtung mit der Gewissheit, etwas erreicht zu haben. Dem Arzt war nicht wohl gewesen, er war ihm ausgewichen und hatte wahrscheinlich auch gelogen. Kit hatte einiges in Bewegung gesetzt, und das war ein guter Anfang.

37.

Dunkelheit hatte sich über die östlichen Ausläufer der Rocky Mountains gelegt. Der blauschwarze Himmel war mit glitzernden Sternen übersät. Die Leute vom Sicherheitsdienst versteckten sich am Rand einer Lichtung in der Nähe des Sommerhauses.

Alle trugen Nachtsichtbrillen, sie glichen einem angriffsbereiten Armee- oder Polizeieinsatzkommando.

Sie hatten sie. Sie hatten das Mädchen in der Nähe des Heidelbeermoors erspäht.

Das Haus war ein typisches Wochenend-Quartier für Yuppies. Ein modernes Gebäude in A-Form mit riesigen Fensterfronten in Richtung Berge. Es gehörte neureichen Kaliforniern, die nur an den Wochenenden dort waren.

Harding Thomas registrierte alle Einzelheiten. Es war jetzt kurz nach zehn Uhr abends, und das Haus war fast dunkel, außer einem graublauen Schimmer in einem der Räume im Erdgeschoss. Dann erschien ein helleres, fast weißes Licht.

Ein Fernseher lief, und Max *liebte* fernsehen. In der Schule hatte sie den Apparat als »Mami und Papi«, »Babysitter« und »Freund« bezeichnet.

»Los jetzt, ergreift sie«, flüsterte Thomas in Richtung der anderen. »Sie ist zwar erst elf, aber sie ist kräftig«, setzte er warnend hinzu. »Sie ist stärker als viele Männer. Ihr Brustkorb und ihre Schultern wurden speziell kreiert.«

»Ist sie etwa Supergirl?«, fragte einer aus der Truppe.

»Das trifft es ungefähr«, entgegnete Harding Thomas. »Du wirst es sehen, wenn was schief geht. Du darfst sie nicht wie ein elfjähriges Mädchen behandeln.«

Die Stufen zur ersten Veranda waren ziemlich neu und knarzten. Harding Thomas konnte gerade noch verhindern, dass ein Topf mit Geranien von der Brüstung fiel. Auf dem Boden lagen drei Paar Inline-Skates.

Die Häscher stellten ihre Nachtsichtgeräte ein. Eilig erklommen sie die nächsten Stufen, die ebenfalls knarzten. Dann, noch schneller werdend, schlängelten sie sich zwischen den Gartenmöbeln durch. Dieselbe Mannschaft hatte auch Dr. Frank McDonough in seinem Pool überrascht.

Das Licht im Fenster flimmerte immer noch. Es stammte ganz bestimmt von einem Fernseher. Thomas spähte in den Raum. Das Wohnzimmer.

Überall Halogenlampen. Ein Teleskop auf einem Stativ. Ein Videorecorder. Designersessel mit leinenen Bezügen aus Kaffeesäcken, »Product of Guatemala, 50 lbs« und »Product of Yemen, 50 lbs«.

Auf einem mit Kissen überladenen Sofa gleich unter dem Fenster lag Max. In ihre Schwingen gekuschelt schlief sie.

»Gott sei Dank«, flüsterte Harding Thomas.

38.

Max hörte das Knarzen. Es kam von der Veranda. Sie versuchte sich vorzustellen, was draußen vor sich ging. Da stimmte etwas nicht.

Sie hatte die Augen geschlossen, war aber hellwach und auf der Hut. Vor dem Haus ging etwas vor sich, was ihr überhaupt nicht gefiel. Sie war unter einer muffigen alten indianischen Decke eingedöst. Jetzt fühlte sie, wie sich ein kalter Schatten vor den Mond schob.

Max öffnete die Augen, setzte sich auf und sah ihn – Onkel Thomas hatte sie gefunden. Dieser Verräter, dieser gemeine Lügner.

Er stand vor dem Panoramafenster und hatte seine Häscher mitgebracht. Drei oder vier Männer. Spürhunde! Jäger! Mörder!

Ihr Geist und ihr Körper schienen gleichermaßen zu schreien: Flieg, flieg, flieg weg von hier!

Doch sie konnte nicht fliegen, jedenfalls nicht in diesem Wohnzimmer mit der niedrigen Decke und den schweren Möbeln.

Du bist stark! Unglaublich stark!

Sei jetzt stark!

Blitzschnell rollte sich Max vom Sofa. Ein Tisch stürzte um. Zeitschriften fielen herunter – *Los Angeles, Variety, Hollywood Reporter, Details.*

Durch das Fenster kam ein Metallstuhl geflogen. Instinktiv schützte sie ihr Gesicht mit den Armen. Scherben und Glassplitter flogen um sie herum und verletzten sie, doch glücklicherweise nicht schlimm.

»Nein!«, schrie Max, so laut sie nur konnte. »Lasst mich in Ruhe! Haut ab!«

Der lange Korridor zwischen Wohnzimmer und Schlafzimmer lag verführerisch vor ihr.

Sei stark! Du musst fliehen!

Durch die angelehnte Tür des Schlafzimmers am Ende des Korridors schien bleiches Mondlicht. Gleich daneben konnte sie einen Whirlpool mit limonengrüner Mosaikeinfassung sehen. Mit aller Kraft und so schnell wie möglich rannte Max auf das Schlafzimmer zu.

Schau nicht zurück! Lauf einfach weiter! Du bist viel schneller, als sie glauben. Und vielleicht – ganz vielleicht – wollen sie dich gar nicht töten!

Das Schlafzimmerfenster stand offen – ihr Fluchtweg. Sie

hatte es so gelassen – nur für den Fall. Und nun war der Fall eingetreten.

Auf halbem Weg hob Max ab. Sie flog wirklich schnell, und zwar *im Haus*, und das war mehr als schwierig, mehr als clever, mehr als normal.

Sie war nicht sicher, ob sie es schaffen würde. Würde es funktionieren? War es überhaupt möglich?

Doch plötzlich schoss sie durch das geöffnete Fenster wie eine Rakete, die ihren Silo verließ. Nur dass der Silo etwas zu schmal war für die Rakete. Einer ihrer Flügel blieb am Fensterrahmen hängen. Holz splitterte! Schmerzen durchzuckten ihre verletzte Schulter! »Aua!«, schrie Max.

Doch sie flog wieder – und zum zweiten Mal schoss jemand auf sie. Versuchten sie, sie zu töten? Oder wollten sie sie nur gefangen nehmen?

»Leck mich, Onkel Thomas!«, brüllte sie, so laut sie konnte, ohne sich umzudrehen. »Fahr zur Hölle!«

Er schrie zurück: »Ich habe Matthew! Ich habe ihn erwischt, deinen Bruder. Komm zurück! Ich habe Peter Pan!«

39.

Max zitterte schrecklich, versteckt in der Krone der höchsten und dichtesten Fichte, die sie hatte finden können. Sie glaubte, wenn sie die Jäger nicht sehen konnte, konnten diese sie ebenfalls nicht erspähen. War das richtig? Sie betete, dass ihre Vermutung zutraf.

Was hatte ihr Onkel Thomas nachgeschrien? Was genau hatte er gesagt? *Ich habe Matthew ... oder ... ich habe Matthew erwischt?*

Waren sie hier, um sie zu töten? Oder wollte man sie nur in die Schule zurückbringen?

Sie erinnerte sich gut. »Besucher« waren in die Schule gekommen, um Matthew und sie anzuschauen. Sie sorgfältig zu untersuchen, über sie zu reden ... und dann?

Max konnte das Zittern nicht mehr unterdrücken und auch nicht das Zähneklappern. Sie fing an zu weinen und konnte nicht mehr damit aufhören. Sie weinte wie ein Baby.

In ihrer Verzweiflung machte sie sich über sich selbst lustig. *Kleines Baby! Heulsuse! Heul dir doch deine Babyaugen aus!*

Max lag auf dem Bauch, die Arme fest um einen kräftigen Ast geschlungen. Bald wurde sie von Erschöpfung übermannt, und die Augen fielen ihr zu. Jetzt lief ihr Organismus nur noch auf Sparflamme.

Max schlief. Wenigstens war sie nicht eingeschläfert worden. Man hatte sie nicht geschnappt – noch nicht.

Als sie erwachte, war sie vollkommen durcheinander. Wie hatte sie nur einschlafen können? Wie viel Zeit war vergangen? Minuten? Stunden? Wo waren Onkel Thomas und die anderen Sicherheitsleute? Seine kleine Killertruppe?

Es war immer noch dunkel, und immer noch umschlang Max den dicken knorrigen Ast, als wäre er ihr bester und einziger Freund auf der Welt. Ungefähr eine Meile entfernt konnte sie im Mondlicht die Silhouette des Hauses sehen, das ihr Schutz geboten hatte. Alle Lichter waren gelöscht worden.

Im Wald waren keine Bewegungen oder Geräusche festzustellen. Keine Jäger. Kein Onkel Thomas.

Erst jetzt, nachdem die unmittelbare Gefahr vorbei war, fühlte Max schmerzlich den Verlust. Das Haus war nicht mehr sicher für sie. Sie war wieder heimatlos. Wenn nur

Matthew hier wäre! Allein der Gedanke an ihn ließ Tränen in ihre Augen steigen.

Ich habe Matthew ... oder ... ich habe Matthew erwischt. Sie musste nachdenken, sich die genauen Worte ins Gedächtnis rufen.

Welcher Satz stimmte? Lebte ihr kleiner Bruder noch, oder hatten sie ihn eingeschläfert? War der arme Matthew tot?

Ein eigentümliches hohes Summen unterbrach ihre Gedanken.

Max schaute auf und sah winzige Lichter, die sich am Himmel bewegten. Sie kamen näher, und das Geräusch wurde lauter.

Es ist ein Vogel, vielleicht ist es auch ein Flugzeug, es ist ... *ein Flugzeug!*

Hin und wieder hatte sie Flugzeuge über der Schule gesehen. Große Fluglinien wie American Airlines, America West, United, aber auch kleinere Jets und Propellerflugzeuge. Wann immer sie eines sah, regte sich in ihr der Wunsch zu fliegen. Doch das war verboten. *Wenn du fliegst, stirbst du.* So lautete das Schulmotto. Leicht zu behalten.

Überall glänzten und funkelten Sterne, und der Vollmond wirkte irgendwie freundlich. Es war, als blickte der Mann im Mond höchstpersönlich auf sie herab. Er schien ganz nett zu sein, aber im Moment traute Max *niemandem!*

Ein Gedanke schoss ihr durch den Kopf. Vielleicht war er verrückt. Hol das Maximum raus, dachte sie. Das war ihr Motto, und im Moment lebte sie es voll aus.

Das Mädchen stellte sich auf den ausladenden, kräftigen Ast, wippte ein bisschen auf den Fußspitzen. Sie trug immer noch die treuen Ballettslipper, obwohl die Sohlen langsam dünn wurden.

Max breitete die Flügel aus, hob sie hoch über den Kopf.

Sie atmete langsam und tief ein. Stieß die Luft wieder aus. Nahm noch einen tiefen Atemzug.

»Wenn du fliegst – stirbst du«, flüsterte sie.

Dann stieß sie sich ab und flog.

40.

Unglaublich!

Die Nachtluft war kühl, feucht und undurchdringlich, als Max wie eine Rakete hindurchschoss. Sie schmerzte auf ihren Wangen, machte ihre Nase gefühllos, trieb ihr Tränen in die Augen.

Gott, Fliegen war wunderbar, unübertrefflich. In ihren kühnsten Träumen hätte sie es sich nicht so schön vorgestellt. Niemand konnte das, wenn man es nicht erlebt hatte. Aber wer außer ihr war schon dazu im Stande? Die Lust am freien Flug überdeckte alle Gedanken, alle körperlichen Gefühle. Sie ließ es einfach geschehen. Max breitete die Flügel noch weiter aus, und die Luft schien sie von allein nach oben zu tragen, als ob sie einen eigenen Willen hätte.

Die Daumen an ihren Händen, die so genannten Bastardfedern, bewegten sich instinktiv. In einem Reflex spreizte sie sie nach außen ab, und sofort verhielten sie sich wie Klappen, ließen die Luft durch die Zwischenräume, stellten den Luftstrom über den Flügeln wieder her und trugen Max in die Höhe.

Sie stieg höher und höher, weiter, als sie je gewesen war. Alles unten war so weit weg und winzig klein. Sie war jetzt fast auf einer Höhe mit einem sich nähernden, lärmenden kleinen Flugzeug.

Dann legte Max die Flügel an und vollführte einen akrobatischen Looping, der sie von dem Flugzeug wegbrachte und jegliche Kollisionsgefahr ausschloss.

Ich brauche kein Flugzeug, um zu fliegen. Ich brauche nur ein bisschen Platz am Himmel.

Ich wurde fürs Fliegen geschaffen.

41.

Ich klopfte an die Tür der Hütte; der Hütte, die mir *gehörte.* Das kleine Haus, in dem David und ich vor langer Zeit gemeinsam gelebt hatten. Es war eines der verrücktesten Dinge, die ich seit langem getan hatte; und dabei darf man nicht vergessen, dass ich mich gelegentlich auch mit Gänsen und Backenhörnchen unterhalte.

Aber weil Kit Harrison sich im übertragenen Sinn ein Bein für mich ausgerissen hatte und er zudem sündhaft gut aussah, musste ich einfach seine Einladung zum Essen annehmen. Er hatte versprochen, selbst zu kochen.

Ich trug ein altes Cambrai-Shirt und saubere Jeans. Saubere, fast ordentlich gebügelte Sachen – Wahnsinn. Ich hatte sogar einige Tropfen von dem Hermès-Parfüm aufgelegt, das ich mal in Aspen gekauft hatte. In der Hand hielt ich eine Flasche guten Pinot Noir.

Eigenartig, wirklich eigenartig. Mit einer Flasche Wein als Geschenk stand ich vor meinem eigenen Haus.

Als Kit Harrison die Tür öffnete, bemerkte ich drei Dinge sofort: die sorgfältige Rasur, den neuen Haarschnitt und den Geruch guter alter Ivory-Seife.

»Wer hat Ihnen denn die Haare geschnitten?«

»Gefällt es Ihnen nicht?«, fragte er und sah ein bisschen verletzt aus.

Seine Empfindlichkeit überraschte mich. Er war nicht der Typ dazu. Ich muss zugeben, dass er mich in vieler Hinsicht erstaunte. Von Anfang an war ich ziemlich hart mit ihm umgegangen, und selbst das hatte er weggesteckt.

»Bobs Friseursalon in der Stadt«, sagte er. »Sieht es wirklich so schlimm aus?«

»Nein, es gefällt mir. Wirklich gut. Sie sehen echt toll aus. Bob Hatfield hat sich selbst übertroffen.«

»Danke«, antwortete er mit seinem leicht abgewandelten Tom-Cruise-Lächeln. Ungefähr so wie Cruise in dem Film *Jerry McGuire:* frech und gleichzeitig verletzlich. Er nahm mir die Weinflasche ab, entkorkte sie energisch und schenkte zwei Gläser ein.

»Sie sehen auch wunderbar aus. Wirklich.«

»Danke.« Plötzlich war ich es, die schüchtern und verletzlich war. In meinem eigenen Haus.

Kit gab mir eines meiner Weingläser, die ich irgendwann mal in Chicago gekauft hatte, wenn ich mich recht erinnerte. Ich nippte an dem Wein, ging zum Kühlschrank und tat Eis in das Glas.

»Wasser«, sagte er grinsend. »Wir wollen doch nicht, dass die Situation außer Kontrolle gerät.«

»Darum geht es nicht. Ich trinke Wein immer so.« Das war eine dreiste Lüge. Es hatte Zeiten gegeben, als David und ich viel gefeiert hatten. In Boulder, hier in Bear Bluff, in Denver. Das Leben hatte es gut mit uns gemeint, jedenfalls eine Zeit lang.

Dies war das erste Mal seit eineinhalb Jahren, dass ich mich zusammen mit einem Mann in diesem Raum aufhielt. Davids Bild und seine Aura waren überall. Die überfüllten Regale, die allzu bekannte Couch, die Aquarelle in gedeckten Farben an den Wänden. Ich hatte so viel Zeit damit verbracht, mich mit Davids sinnloser Ermordung zu beschäftigen. Ich hatte Angst, aber ich konnte mit Kit nicht darüber reden. Und ich fühlte mich ein bisschen schuldig, obwohl es dafür keinen Grund gab. Oder?

Ich plapperte über die Füchsin und wie es ihr ging. Dann fragte ich, ob er Hilfe in der Küche brauchte.

»Alles unter Kontrolle. Aber trotzdem vielen Dank«, sagte er. Es war mehr als nur Kontrolle. Die Hähnchenbrustfilets und die grünen Bohnen mit Knoblauch, die gegrillten roten Kartoffeln und der Salat waren ein Meisterwerk. Allein der Geruch machte mich schon schwach.

Kit stand mit dem Rücken zu mir, und das war auch gut so. Ich atmete ganz tief durch. Ich war nervös, aufgeregt, und meine Gefühle tanzten Can-Can. Ich konnte es kaum fassen.

Als ich das Besteck aus der Schublade nahm, streifte meine Hand versehentlich seinen Hintern. Fest, knackig und sehr angenehm zu berühren. Und wieder musste ich tief durchatmen. »Wo haben Sie kochen gelernt?«, fragte ich.

»Meine Frau hat mir beigebracht, was meine Mutter versäumt hatte. Sie war nur auf italienische Küche spezialisiert. Nachdem ich gelernt hatte, diese kulinarische Grenze zu überschreiten, haben wir uns jeden Abend abgewechselt. Es hat Spaß gemacht.«

Damit hatte ich nicht gerechnet. Ich hatte ihn nie verheiratet oder in sonst irgendeiner Verbindung mit jemandem gesehen. Eine italienische Mutter? *Sie wissen gar nichts über mich,* hatte er gesagt.

»Meine Frau ist tot«, sagte Kit dann.

»Das tut mir Leid.« Es war die Wahrheit. Allein schon die Sache mit dem abwechselnden Kochen hatte mich gerührt. David hätte sich darauf nie eingelassen.

»Ja. Es ist jetzt fast vier Jahre her.« Ich konnte den Schmerz in seinem Gesicht lesen. Er hatte sie geliebt, das war offensichtlich.

»Was ist geschehen, Kit? Möchten Sie darüber sprechen?«

»Nein, es geht mir gut«, sagte er mit einem gezwungenen Lächeln. »Gelegentlich spiele ich gern den Märtyrer.«

»Aua. Sie sind hart zu sich selbst.«

»Vielleicht. Es war einfach ein Absturz. Der eines kleinen Flugzeugs.« Seine Stimme war so leise, dass ich ihn kaum verstehen konnte. Es war, als spräche er mit sich selbst. »Meine Frau. Und meine beiden kleinen Söhne.« Er stieß einen tiefen Seufzer aus, und zu meinem Entsetzen brach er beinahe zusammen.

Es war so still in der Hütte, dass das Geräusch des brutzelnden Hühnerfleisches und das Heulen des starken Windes am Fenster fast Explosionen gleichkamen. Ich hatte das Bedürfnis, den Mann zu umarmen, eine menschliche Nähe herzustellen, die schreckliche Trauer aus seinen blauen Augen zu vertreiben.

»Wir wollten alle nach Nantucket fliegen. Ein längst überfälliger Familienurlaub, den wir uns wirklich verdient hatten. Doch ich musste arbeiten. Ich war damals sehr mit meiner Karriere beschäftigt. Deshalb sind sie ohne mich geflogen.« Sein Gesicht fiel zusammen. »Das Flugzeug stürzte zwischen Rhode Island und Nantucket ab. Das war am neunten August vierundneunzig.«

»Das tut mir so Leid«, sagte ich.

Jetzt fühlte ich mich wirklich schuldig, ihn von Anfang an falsch eingeschätzt zu haben. Was Kit Harrison betraf, hatte ich vollkommen danebengelegen, und ich fühlte mich deswegen ziemlich schlecht.

42.

Kit lehnte es ab, sich allzu lange mit der Vergangenheit zu beschäftigen; und zumindest in dieser Nacht ging es mir genauso. Eineinhalb Stunden lang lachten wir viel und sprachen über Gott und die Welt. Ich genoss seine Gesellschaft, seine weit reichenden Kenntnisse: Oper, Rockabilly, Kindererziehung, Profihockey, Romane, Sachbücher, Antiquitäten und so weiter …

Auch sein Leben war sehr interessant. Er erzählte mir gerade so viel, um mich neugierig zu machen. Sein Vater war Ire und hatte in Boston als Busfahrer gearbeitet; seine Mutter war Italienerin und ehemalige Kinderkrankenschwester. Mike und Maria lebten jetzt zufrieden in Vero Beach, Kalifornien. Kit hatte vier Brüder. »Jeder von ihnen klüger und besser aussehend als ich.« Mit Hilfe eines Stipendiums hatte er das Holy Cross College in Worcester, Massachusetts besuchen können. Dann Dartmouth Law »wie durch ein Wunder«. Und letztlich ging er zum FBI. Kit war ein FBI-Agent auf Urlaub in Colorado.

Irgendwie hatte ich den Eindruck, dass er mir gewisse Dinge verschwieg, aber vielleicht irrte ich mich auch; und außerdem, warum sollte er mir auf einen Schlag alles über sich erzählen, nur weil wir jetzt wie normale Menschen miteinander sprachen.

»Machen wir doch eine Mondscheinfahrt«, sagte ich nach dem Essen, das den Menüs in den teuren Restaurants von Denver in nichts nachstand. Um ehrlich zu sein, ich hatte noch keine Lust, *nach Hause* zu gehen. »Sie haben doch neulich etwas von einem Drink in Clayton erwähnt. Lassen Sie uns dahin fahren. Ich lade Sie ein.«

Kit hielt das für eine gute Idee, und wir fuhren mit seinem

Jeep zur »Villa Vittoria«. Das ist ein ganz guter Italiener mit einer gemütlichen Bar, wo gestresste Einheimische und noch gestresstere Touristen abends relativ harmonisch zusammensitzen.

Ausgerechnet an diesem Abend mitten unter der Woche spielte einer der älteren Kellner auf dem Klavier und sang dazu, wenn man es so nennen konnte. Ich kannte Angelo. Er war ein wirklich netter Kerl und ausgezeichneter Oberkellner, aber als Sänger war er entsetzlich. Der Besitzer des Lokals war sein Neffe, und das erklärte wohl, warum Angelo an besucherschwachen Abenden singen durfte.

Kit und ich saßen so weit wie möglich von ihm entfernt an der Bar. Wir versuchten trotz der fürchterlichen Schnulzen, uns zu unterhalten. Doch der Sänger hatte ein Mikrofon und wir deshalb keine Chance. Schließlich mussten wir lachen, achteten aber darauf, Angelo nicht merken zu lassen, dass es sein Gesang war, der unsere Heiterkeit ausgelöst hatte. »Er stirbt gleich da oben«, flüsterte ich. »Es tut mir so Leid für ihn.«

»Auf jeden Fall leert er die Bar sehr gut. Dieser Effekt der Live-Unterhaltung war mir bisher unbekannt«, sagte Kit. Dann erhob er sich von seinem Barhocker. »Halten Sie die Stellung. Ich bin gleich zurück.«

Ich beobachtete mit wachsender Neugier, wie Kit zu Angelo ging und mit ihm sprach. Dann lachten beide verschwörerisch und schauten in meine Richtung.

Was ging da vor sich? Das gefiel mir nicht. Was hatten Kit und Angelo vor?

»Wir haben einen Wunsch aus dem Publikum: das Lied ›Nel Blu Dipinto di Blu‹, auch als ›Volare‹ bekannt«, verkündete Angelo. Ich stellte mir vor, was er aus diesem schönen alten Lied machen würde, und erschauerte. »Und um mir mit dem Text zu helfen, haben wir hier Mr. Kit Harrison direkt vom Musikkonservatorium New England.«

Direkt vom Konservatorium New England?

Angelo spielte ein kleines Intro für den alten Schlager von Domenico Mudugno, und mir fiel auf, dass sein Klavierspiel eigentlich gar nicht so schlecht war. Ich war gespannt auf Kits Stimme. Und auf das Duett.

Kit beugte sich zum Mikrofon, und es sah ganz so aus, als wüsste er, was er tat. Er wirkte vollkommen selbstsicher. »Dieses Lied ist für Dr. Frannie O'Neill. Sie ist eine wundervolle Tierärztin, eine echte Lebensretterin. Ich hoffe, dass der folgende Vortrag ihr ein wenig gerecht wird.«

Ich senkte bescheiden den Kopf und lächelte nervös. Ehrlich, ich wusste nicht, was ich sagen oder denken sollte. Über Kit Harrison und besonders darüber, hier von ihm und Angelo mit einem Ständchen beglückt zu werden.

Kit stimmte *Volare* an. Und er wurde mir nicht nur irgendwie gerecht, sondern er war sogar sehr gut. Er hatte einen schönen Tenor und wusste ihn während des ganzen Songs perfekt einzusetzen.

Musikkonservatorium Neu England? War das ein Witz oder die Wahrheit? Wer war dieser Mann? Im Restaurant und in der Bar hörten alle aufmerksam zu. Kit konnte das Lied wirklich rüberbringen, und jeder nahm es ihm ab, sogar die hiesigen Arbeiter und ihre Mädchen.

Als Kit und Angelo geendet hatten, applaudierten fast alle, und es gab sogar einige Bravorufe. Sie machten ein paar lustige Verbeugungen, und dann saß Kit wieder bei mir an der Bar.

»Hat es der reizenden Signora gefallen?«, fragte Kit. »War es zu ertragen?«

Ich konnte nicht einmal spöttisch sein. »Danke. Sie waren

fantastisch, magnifico. Ich bin sehr gerührt. Was war das mit dem Konservatorium Neu England?«

»Eigentlich handelte es sich eher um eine Bar neben dem Konservatorium. ›Sparks‹ hieß sie. Dort habe ich mir den Weg durch das College und später das Jurastudium erspielt und ersungen. Und in den Sommermonaten habe ich am Cape gearbeitet.«

Ich ließ den letzten Tag noch mal an mir vorüberziehen. Kit und ich arbeiteten Seite an Seite, um die Füchsin zu retten. Er lud mich zum Abendessen ein. Kleine großzügige Gesten, durch die ich mich umsorgt fühlte, aber auch verletzlich. Ging das nicht alles viel zu schnell? Meine Kehle schmerzte von dem plötzlich aufsteigenden Gefühl der Zärtlichkeit. Mir war gleichzeitig bewusst, dass ich im Moment sehr leicht verletzt werden konnte.

»Sie sind wieder so still«, sagte Kit. »Bitte nicht. So hatte ich mir das nicht vorgestellt.«

»Ich denke nur nach«, erwiderte ich. Aber ich konnte ihm nicht sagen, dass ich über ihn nachdachte und über die Wirkung, die er auf mich ausübte. Also erzählte ich ihm etwas anderes. *Vertrauen Sie mir*, hatte er gesagt, als er mir bei der Füchsin geholfen hatte. Und aus irgendeinem Grund vertraute ich Kit jetzt.

»Neulich habe ich im Wald etwas Merkwürdiges gesehen«, fing ich an. »Etwas, das Sie bestimmt verrückt finden werden. Ich kann kaum glauben, dass ich es erzähle. Ihnen oder überhaupt irgend jemandem.«

Ich hielt inne. Kit sah etwas beunruhigt aus, aber ich hatte eindeutig seine ungeteilte Aufmerksamkeit.

»Was haben Sie gesehen, Frannie? Reden Sie doch weiter.«

Ich schaute in Kits tiefblaue Augen.

Lieber Gott, steh mir bei.

Ich biss mir auf die Lippen.

Was, wenn ich mich irrte?

Sie wissen gar nichts über mich, hatte er gesagt.

»Ich habe ein kleines Mädchen gesehen ... es war ungefähr elf oder zwölf. Ein wildes Mädchen. Und jetzt kommt der verrückte Teil, Kit. Es hatte Flügel – dieses Mädchen hatte Flügel wie ein Vogel.«

Seine Miene versteinerte, und sein Mund öffnete sich.

Ich wünschte, ich könnte meine Worte zurücknehmen, aber dazu war es zu spät.

»Ich weiß«, sagte ich. »Es klingt unglaublich. Aber Kit, ich habe dieses Mädchen gesehen, so wahr ich hier sitze. Ich habe wirklich ein kleines Mädchen mit Flügeln gesehen. Und es ist geflogen.«

43.

Kit fühlte sich, als hätte man ihm soeben das Gehirn weggeschossen. Er versuchte, sich nichts anmerken zu lassen. Verdammt, er war ein Profi, ein FBI-Agent, clever und im Vollbesitz seiner geistigen Kräfte.

Also hatte er Recht gehabt, dass hier irgendetwas Seltsames vor sich ging. Es war richtig gewesen, diesen Fall bis nach Colorado zu verfolgen und wo immer er ihn noch hinführen würde. Warum zum Teufel hatte ihm das FBI die Sache entzogen? Es ergab keinen Sinn. O Gott, Frannie O'Neill hatte ein kleines Mädchen mit Flügeln gesehen. Und gerade hatte sie ihm davon erzählt. Auch das war ein entscheidender Punkt. Sie konnte demnach nicht darin verwickelt sein, oder etwa doch?

»Wann ist das passiert?«, fragte er. Er wollte Frannie nicht verhören, aber er musste wissen, was genau sie gesehen hatte. Ein kleines Mädchen mit Flügeln? Experimente an Menschen? Was für Experimente? Was geschah hier draußen?

»Sie glauben mir?«, fragte Frannie nach kurzem Zögern. Sie wirkte überrascht und dann erfreut.

Wenn sie ihn so anschaute, war Kit bereit zu glauben, die Erde sei eine Scheibe, der Mond aus blauem Käse, dass es so etwas gab wie bedingungslose Liebe auf den ersten Blick, Happy Ends und ... kleine Mädchen, die fliegen konnten.

»Ja, ich glaube Ihnen, Frannie«, sagte er voller Überzeugung.

»Das ist gut, denn ich habe das Mädchen *zwei Mal* gesehen.«

Frannie machte auf ihn selbst den Eindruck eines kleinen Mädchens, als sie engagiert und gefühlvoll die beiden Begegnungen in allen Details schilderte. Sie bewegte sogar die Arme, wenn sie das Mädchen beschrieb, und berichtete, wie es geflogen war. Ihre Augen waren riesengroß, und sie sprach noch schneller als gewöhnlich. Und nicht ein einziges Mal warf sie ihm einen bösen Blick zu.

Ihre Unschuld und naive Begeisterung lösten in Kit den Wunsch aus, ihr alles zu erzählen, was er wusste. Dinge, die er niemandem sagen durfte und vor allem nicht einer Frau, deren Ehemann vielleicht in den Fall verstrickt gewesen war.

Aber ich sollte Frannie nicht anlügen. Nie wieder. Frannie anzulügen ist wirklich falsch, dachte er.

»Hören Sie zu«, sagte Kit schließlich. »Morgen gehen wir ganz früh los und suchen das Mädchen. Gemeinsam werden wir das Kind schon finden.«

»Also glauben Sie mir tatsächlich?«, fragte Frannie. Sie sah immer noch ungläubig und vielleicht ein wenig hilflos aus.

»Ja, wirklich«, sagte Kit und zwinkerte ihr zu. »Außerdem bin ich darin ausgebildet worden, Lügen von Wahrheit unterscheiden zu können.«

Und dann, in ihrer ruhigen Ecke an der Bar, nahm Kit Frannie in die Arme und küsste sie sanft, ganz sanft.

Und Frannie O'Neill verblüffte ihn erneut: Sie erwiderte seinen Kuss.

Buch Drei

Vierundzwanzig Amseln in einer Pastete

44.

Das Geräusch von splitterndem Glas unterbrach die Ruhe des Hauses in einem der besseren Vororte von Denver. Der plötzliche Lärm riss Dr. Richard Andreossi aus seinem friedlichen Schlaf.

Baby Sam schlief quer über seiner Brust. Sie machten beide einen Mittagsschlaf, begleitet von süßen Träumen.

Noch mehr Glas regnete auf den Holzboden. *O Gott, der Krach kam aus dem Arbeitszimmer!*

Vorsichtig, ohne es zu wecken, legte Dr. Andreossi das Baby in ein Nest aus Sofakissen.

»Ich bin gleich wieder da, Sam, kleiner Mann«, flüsterte er. »Schlaf weiter. Schlaf, Kindchen, schlaf.«

Eigentlich hatte Richard Andreossi vorgehabt, den Ast abzuschneiden, der gegen das Fenster seines Arbeitszimmers schlug. Aber er war zu überarbeitet, zu erschöpft wegen des Neugeborenen und seiner väterlichen Pflichten. *Dafür sind siebenundvierzigjährige Softies einfach nicht gemacht.* Er wusste das, doch Megwin hatte sich sehnlichst ein Baby gewünscht, und jetzt gab es kein Zurück mehr.

Richard zog die blau karierten Boxershorts auf seine umfangreiche Taille hoch und schlüpfte in die abgewetzten weißen Treter. Wieder hörte er etwas zerbrechen, es könnte eine Lampe gewesen sein. Was zum Teufel war da los?

War ein Tier ins Haus eingedrungen? Ein Eichhörnchen, ein kleiner Vogel? Richard lief den Korridor entlang und schaute in das Zimmer.

Er versuchte, die Situation so schnell wie möglich zu erfassen, aber es gelang ihm nicht so recht.

Ein sehr großer, muskulöser Mann in einem Jogginganzug mit Kapuze und Nike-Sportschuhen warf methodisch alles auf den Fußboden und verwüstete das Arbeitszimmer. Er schien es mit Absicht zu tun. Dr. Andreossi erkannte ihn.

»Was zum Teufel machen Sie hier?«, fragte er schließlich. »Warum sind Sie hier? Was wollen Sie?«

Der Eindringling hatte mittlerweile fast alle Bücher und Papiere von dem antiken Sekretär geworfen. Dr. Andreossi fühlte, wie ihm der Schweiß über den Körper lief.

Er versuchte, die Entfernung zwischen ihm und dem Mann abzuschätzen. Richard war zwar um seine Sicherheit besorgt, aber noch mehr um die des kleinen Sam.

»Es wird nicht funktionieren«, sagte der Einbrecher. »Sie sind nicht schnell genug.« Plötzlich zog er wie ein Westernheld eine Pistole und richtete sie auf den Kopf des Arztes.

»Was wollen Sie von mir?« Dr. Andreossi überflog im Geist alle denkbaren Möglichkeiten. Er war ein intelligenter Mann, und sein Gehirn funktionierte perfekt.

»Nichts. Gar nichts«, erwiderte der Mann mit der Waffe, einer halbautomatischen Smith & Wesson. »Sie können jetzt nichts mehr tun. Zwei Kinder sind aus der Schule entkommen. Sie haben uns im ungünstigsten Moment im Stich gelassen, Doktor.«

Plötzlich wusste Dr. Andreossi, dass er sterben würde. Ihm wurde kalt. Sein Kopf schien leichter zu werden. In seinem Inneren formte sich ein Schrei: *Sam, Sam, Sam!*

»Was ist mit meinem Baby?«, flüsterte er. »Es liegt auf der Couch.«

»Keine Sorge. Megwin wird bald nach Hause kommen«, sagte der bewaffnete Mann mit den kalten Augen. »Ihrem

Kind wird nichts geschehen. Wir sind schließlich keine Monster.«

Und dann drückte Harding Thomas drei Mal ab.

45.

Max hatte schreckliche Angst, aber sie war entschlossen, sich dadurch nicht aufhalten zu lassen, das Richtige zu tun. Sie musste jetzt handeln wie eine Erwachsene. Sie musste an den Ort des Grauens zurückkehren; sie musste *nach Hause* und herausfinden, ob Matthew dort gefangen gehalten wurde. Und ein paar andere unangenehme Dinge mussten auch geklärt werden. Sie konnte das nun nicht mehr umgehen, musste sich den Realitäten stellen. *Nach Hause, wieder nach Hause!*

Natürlich war das Fliegen bei Nacht ohne Radar und Autopiloten ausgesprochen gefährlich und bestimmt nicht das Klügste, was sie je in ihrem Leben getan hatte. Es war stark bewölkt, Regen drohte, und Max wünschte, das Licht wäre besser.

Pass doch auf! Fast wäre sie mit dem Kopf gegen einen Felsen geknallt, als sie aus den Nebelschwaden herausflog. Schnell wandte sie sich nach links und schlug heftig mit den Flügeln. Dann stieg sie höher. Das war knapp gewesen, sehr knapp.

Max konnte jetzt nur noch an die Schule denken. »Onkel« Thomas hatte ihr erzählt, dass sie nach dem Modell von Militärakademien aufgebaut war. Sie wusste, dass Thomas einst Soldat gewesen war und an der Air-Force-Akademie gelehrt hatte, sogar dass er selbst erwachsene Kinder hatte. Matthew und sie waren in einem kleinen Schlafraum untergebracht gewesen. Ein enger Terminplan ohne Zugeständnisse hatte ihr Leben bestimmt: Frühstück, Lernen, Tests, Sport, Essen, Projektarbeit, Lernen, noch mehr Tests, Abendessen, Lernen und dann Schlafen. Und am nächsten Tag alles von vorne. Und wieder und wieder.

So war es gewesen, bis Mrs. Beattie kam. Auch sie lernte mit ihnen und machte die lästigen Tests, aber sie führte etwas ganz Neues ein: Spielzeit. Mrs. Beattie war *nie* beim Militär gewesen. Max und Matthew hatten sie sehr geliebt. Dann war Mrs. Beattie eingeschläfert worden.

Mit Mrs. Beattie war es auch noch zu anderen Verbesserungen gekommen. Ein Spielauto wurde angeschafft, außerdem ein Apple Computer. Und an den Wochenenden beschäftigten sie sich mit Holzbearbeitung und gingen in ein Kunstatelier. Max glaubte, dass der Bereich »Kunst« auch ein Teil der ständigen Tests war, aber das war ihr egal. Wären die Tests unterhaltsamer, hätte sie auch nichts gegen sie.

Die Schule war mit modernster Technologie ausgestattet – alles war ordentlich, praktisch und rationell. Das galt selbst für die Beleuchtung, die Thermostate und Schließanlagen. Sie wurden durch ein Videosystem überwacht. Die Wächter brauchten einfach nur ihr Handy zu benutzen, um Türen zu öffnen, ein Bad einlaufen zu lassen oder eine Dusche anzustellen.

Vielleicht gefiel ihr auch deswegen die neuerworbene Freiheit so gut.

Plötzlich konnte sie die Schule unter sich sehen. Max war fast wieder zu Hause. Sie flog ganz unverkrampft, die Flügel bewegten sich ruhig. Dann setzte sie zum Landeanflug auf das Gelände mit den bekannten Gebäuden an. Jetzt oder nie! Zieh es durch, oder lass es sein, Maximum.

Sofort bemerkte sie, dass etwas nicht stimmte. Sie brach den Landeanflug ab, flatterte, stürzte fast ab, landete dann aber doch noch sicher im Wald.

Max fühlte Angstprickeln im Nacken und auf dem Rücken. Sie keuchte, verschluckte sich, bekam kaum noch Luft. Gott, ihre schlimmsten Ängste hatten Gestalt angenommen.

Sie beobachtete, wie mehrere Männer in dunklen, bedrohlich wirkenden Jogginganzügen in die Gebäude hinein- und wieder herausliefen. Sie trugen schwere Kisten in große graue Lastwagen, die fast so unheimlich wirkten wie sie selbst. Es schien, als wäre ein Umzug im Gang, als würde die Schule geschlossen.

Es trieben sich einfach zu viele dieser Idioten hier herum. Max sah keine Möglichkeit, sich zu nähern, geschweige denn, in die Schule einzudringen.

Selbst im Wald konnte sie die Aufseher hören, also entfernte sie sich vorsichtig noch weiter von den Gebäuden. Es musste sein – man durfte sie nicht finden. Tränen stiegen ihr in die Augen, doch Max wollte jetzt nicht schlappmachen.

Sie dürfen mich nicht erwischen. Auf gar keinen Fall. Ich bin die einzige Rettung. Nur ich kann erzählen, was geschehen ist.

Wut stieg in ihr hoch. Das machte sie stärker. Es war schon immer so gewesen und hatte auch immer gewirkt.

Max flüchtete noch tiefer in den Wald.

Erst mal in Sicherheit. Sie hatte keine Ahnung, wie spät es war, aber bald musste der Tag anbrechen. Es war gerade hell genug, um diese widerlichen Kerle *zu sehen, aber auch, um von ihnen gesehen zu werden.*

Direkt hinter sich hörte Max Geräusche. Jemand näherte sich, und zwar schnell.

Sie drehte sich um – und bemerkte zu spät, dass sie sich geirrt hatte. Es war viel schlimmer, als sie gedacht hatte. Das war das Ende. Es gab keinen Ausweg.

Der Puma war einfach zu nahe, weniger als drei Meter entfernt. Sein Fell war grau und goldbraun, er maß vom Kopf bis zur Schwanzspitze bestimmt eineinhalb Meter und wog leicht zweihundert Pfund. Als sie sich umgedreht hatte, war er stehen geblieben.

Sie starrten sich an und begannen ein Spiel auf Leben und Tod. Wer wagte es, sich zuerst zu bewegen; überhaupt etwas zu tun; nur nicht ängstlich werden und es in den Augen zeigen.

Der Berglöwe knurrte böse, und Max konnte kräftige, gelbbraun gefärbte Zähne sehen. Sie wusste nicht, ob das Tier Angst vor ihr hatte oder sogar ihre Andersartigkeit spürte. Jedenfalls hatte es sie noch nicht angegriffen.

Vielleicht schaffte sie es, loszurennen und dann vom Boden abzuheben. Erst einmal in der Luft, wäre sie gerettet und würde die Geschichte noch erzählen können.

Der Puma knurrte immer noch leise. Sein Maul war leicht geöffnet. Ansonsten verharrten beide regungslos und starrten sich weiter in die Augen. Max konnte sich nicht vorstellen, auf welche Weise sie unbeschadet aus dieser Pattsituation herauskommen könnte.

Sie musste unbedingt einmal tief durchatmen, denn sie glaubte, gleich zu ersticken. Sie musste es einfach wagen.

Ganz langsam begann sie, die Luft einzuziehen – da sprang das Tier sie schnell wie ein Pfeil an. Es *wusste* genau, wann es anzugreifen hatte. Instinkt!

Max schrie, aber erstaunlicherweise war es ein Schrei des Zorns und der Wildheit, nicht der Angst.

Sie wirbelte herum – schneller, als sie es je von sich vermutet hätte, schneller, als sie je gewesen war.

Ich bin schnell – genau wie diese Raubkatze, dachte sie, hoffte, betete und *wusste* sie dann.

Die große Katze hielt inne und drehte sich mit einer flüssigen, kraftvollen Bewegung. Ihre riesigen Tatzen wirkten wie Bremsen auf dem Boden. Doch sie schien ein wenig überrascht.

Mit einem kräftigen Schlag traf Max den Kopf des Berglöwen. Er taumelte seitwärts, fing sich jedoch sofort wieder.

Max spannte blitzschnell einen Flügel auf und zog ihn ebenso schnell wieder ein. Noch einmal landete sie so einen Treffer, diesmal auf dem Kiefer des Tieres. Unglaublich, wie gut sich das anfühlte. Der Puma verlor die Kontrolle über seine Bewegungen.

Dadurch gewann sie die Zeit, um ein paar Schritte zu laufen und abzuheben. Wutentbrannt über den Verlust seiner Beute rannte der Puma hinter ihr her und sprang in die Luft, als hätte auch er Flügel. Er schnappte nach ihr, doch alles, was er zwischen die Zähne bekam, war Luft.

Max stieg höher, bis sie in Sicherheit war. Dann drehte sie sich um und schaute auf den frustrierten Puma hinunter. Sie schnitt eine Grimasse und formte ein »Miau« mit den Lippen, als sie wegflog.

46.

Kit und ich durchstreiften die dichten, hügeligen Wälder hoch über dem »Peak-to-Peak«-Highway. Dieser verläuft über die ersten Hügel der großen Berge nach Westen. Im Grunde war es sinnlos. Wir waren wie Bluthunde, die ihre Fährte verloren hatten.

Ich hatte so etwas noch nie zuvor getan. Für uns beide war es eigenartig, und noch seltsamer war es, dass wir es zusammen taten.

Zumindest sahen wir ziemlich gut dabei aus. Kit trug grüne Wandershorts und ansonsten nichts. Sein T-Shirt von der juristischen Fakultät in Dartmouth hatte er wegen der schwülen Hitze bereits ausgezogen. Ich hatte mich für khakifarbene Shorts, Bergstiefel und mein Glücksbringer-Arbeitstop entschieden. Doch bis jetzt hatten wir kein Glück gehabt.

Das Mädchen musste hier irgendwo sein, aber wo? Wo würde ich mich verstecken, wenn es nötig wäre? Wie denkt ein elf- oder zwölfjähriges Mädchen?

Meine Neugier trieb mich voran. Ich war in der Landjugend aufgewachsen, hatte das Westinghouse-Wissenschaftsstipendium gewonnen, mein Biologiestudium mit Auszeichnung abgeschlossen. Ich hätte auch Humanmedizinerin werden können, wenn ich es gewollt hätte. Ich wollte alles, jedes Detail über das Mädchen mit den Flügeln wissen. Wer nicht? Wer könnte da widerstehen?

Die angenehme Morgenkühle hatte dem typischen heißen Sommernachmittag Platz gemacht. Mein Rucksack war ziemlich voll und schwer, und ich sehnte mich danach, ihn mal eine Zeit lang loszuwerden.

Neben mir hörte ich Kit laut atmen und war froh, dass ich gerade nicht in seine blauen Augen schaute.

Gestern Nacht hatte ich ihn geküsst, mein Herz berstend vor Glücksgefühlen und der Rest von mir high vom 60-Dollar-Brandy. Etwas war anders an ihm. Eine Empfindsamkeit, die ich bei den meisten Männern meines Bekanntenkreises nicht kannte und die ich am Anfang einfach nicht hatte bemerken wollen.

Vielleicht kam es durch den Unfall seiner Frau und der

beiden Kinder, aber irgendwie glaubte ich, dass Kit schon immer so gewesen war. Aber hatte er nicht selbst gesagt: *Sie wissen gar nicht, wer ich bin.*

»Wie geht es jetzt weiter?«, fragte er, als wir eine Stelle des Weges erreichten, von der wir einen guten Überblick hatten. »In welche Richtung gehen wir? Hast du einen Vorschlag?«

Natürlich hatte ich einen. »Ich bin für die Südseite dieses Bergs«, sagte ich. »Wenn ich ein Ausreißer wäre, würde ich mich möglichst an einem Ort verstecken, von dem aus ich das Tal gut überblicken könnte.«

»*Dieser* Steilhang?«, fragte er und verdrehte die Augen.

»Von hier sind es nur zwei oder drei Meilen«, erwiderte ich.

»Nur zwei oder drei?!«

Süß. Lustig. Das war er auf jeden Fall, aber eigentlich mochte ich seine ernsthafte Seite noch mehr. Gestern hatte er mir eröffnet, er sei gar kein Jäger, aber *was* er war, wusste ich auch nicht.

»Wir können in ungefähr zwei Stunden da sein, wenn wir uns ein bisschen ranhalten«, sagte ich. »Du wirst überrascht sein.«

»Zu Befehl, Boss. Was immer du sagst.«

»Das ist die richtige Einstellung, Kit Carson. So wurde der Westen erobert.«

Nach zwei weiteren Stunden, in denen wir immer wieder ausrutschten und uns über Felsen quälten, erreichten wir endlich die Seite des Hügels, nach dem die Stadt benannt ist: Bear Bluff.

»Lass uns eine kleine Pause einlegen«, sagte ich zu dem schwitzenden Mann neben mir. Eigentlich sah Kit schweißglänzend noch besser aus. Ich glaube, er wusste es auch. Er hatte eine Art, die leicht anmaßend wirkte, ohne je unangenehm zu werden. Er hatte Selbstvertrauen, doch war ihm eine Form von Bescheidenheit eigen, die mir gut gefiel.

»Du brauchst mich nicht zu schonen«, sagte er lächelnd. »Ich bin ganz gut in Form – für einen Kerl aus der Stadt.«

Ich musste lachen. *Ja, du bist tatsächlich gut in Form*, dachte ich. *Großstädter oder nicht*.

Ich legte meinen Rucksack ab und schaute auf die Uhr. Es war kurz vor fünf Uhr nachmittags. Ich holte zwei Orangen heraus und warf ihm eine davon zu. Es war ein ziemlich schlechter Wurf, aber er fing sie trotzdem auf.

»Gut gefangen«, sagte ich und grinste wie ein weiblicher Dorftrottel. Irgendwie genoss ich es, mich bei ihm leicht schwachsinnig aufzuführen. Ich vertraute ihm schon so sehr, dass ich meine verrückte Seite vor ihm herausließ.

Während wir die süßen, saftigen Orangen verspeisten, schaute ich mich um, bemerkte aber nichts Außergewöhnliches. Niedergedrückte Gräser, wo wohl ein Tier geschlafen hatte; eine kleine Höhle, zu eng für einen Menschen. Geier zogen ihre Kreise über uns, die wir uns wie Geier benahmen.

Was erwartete ich eigentlich?

Ein kuscheliges kleines Vogelmädchennest mit einem Himmelbett und einer umfangreichen Sammlung von Barbie-Puppen?

Kit stand hinter mir. Ich roch Orangenduft und Schweiß.

»Frannie«, sagte er leise. Er hatte wirklich eine tolle Stimme. Weich und dunkel. Ich konnte ihm stundenlang zuhören und hatte es gestern auch getan.

»Ja?«

Er zeigte auf das steilste Stück des Abhangs. »*Schau!* Da oben. Ist da nicht was?«

Ich folgte seinem Finger mit den Augen.

Genau über einer Gruppe von Bäumen und Büschen auf halbem Weg über uns sah ich ein großes fliegendes Etwas.

Kein Habicht. Kein Bussard. Aber da *war* etwas.

Das Mädchen mit den Flügeln.

Es schwebte über uns wie ein majestätischer Adler, nur noch viel eindrucksvoller.

»O Gott«, sagte Kit immer wieder, als er das Kind seine langsamen, weiten Kreise über uns ziehen sah. »Es gibt das Mädchen wirklich.«

47.

Kit war immer noch geschockt, in Ehrfurcht erstarrt, und doch wollte er gleichzeitig eigentlich nicht akzeptieren, was er da sah. Wie Frannie blickte er fasziniert einem jungen Mädchen nach, das vollkommen normal aussah, außer dass es Flügel hatte und diese zu gebrauchen wusste.

Das Mädchen flog ungefähr hundertfünfzig Meter über ihren Köpfen.

Sie kletterten auf Hügel.

Sie schlitterten felsige Hänge hinab.

Und schnell wurde ihnen klar, die kürzeste Distanz zwischen zwei Punkten war – die *Luftlinie.*

Kit starrte die spiegelglatte Oberfläche der Felsen an und fragte sich, wie Frannie darauf Halt für die Zehen finden konnte, während er nur unbezwingbare Steine und den möglichen Tod sah oder mindestens ein paar schlimme Knochenbrüche. Er hatte sein T-Shirt wieder angezogen, als ob ihn das bei einem Sturz schützen könnte.

Er war kein Neandertaler. Es störte ihn nicht, wenn eine

Frau in manchen Dingen besser war als er. Aber langsam wurde es geradezu lächerlich. Frannie war nicht nur gut in Form. Sie war in einer Superform. Ihre Leistung bei diesem Berg-und-Tal-Marathon war nahezu olympiareif.

Kit wusste es zu schätzen, dass sie nicht allzu sehr darauf herumritt. Eigentlich hatte sie sich die ganze Zeit über hilfreich und aufbauend verhalten.

»Sieh nicht nach unten«, sagte Frannie. »Schau lieber mich an.«

»Das kriege ich hin«, erwiderte er. »Ich mag es sogar gern.«

Er dankte ihr insgeheim für den Tipp. Es half wirklich. *Schau Frannie an, mach es wie Frannie.* Verstanden? Frannie stürzt nicht in den Tod, also tust du es auch nicht.

Er zog sich auf den Vorsprung hoch, auf dem sie stand. Seine Hand umschloss eine dicke Wurzel und klammerte sich fest. Mit seinen Zehenspitzen fand er eine enge Spalte und zwängte sie hinein. Alles ging gut.

Dann rutschte er ab.

Er fiel mehrere Meter in Richtung einer felsigen Schlucht. *Nein, mein Gott, nein.*

Kit ergriff den Ast eines Baumes, der unter seinem Gewicht fast brach.

Zum Glück hielt er.

»Streng dich an, L. L. Bean, du schaffst es«, rief Frannie von oben. »Beweg dich ganz vorsichtig, und konzentrier dich.«

Keuchend, immer mit der Angst im Nacken, da unten als ein Haufen zerfetzten Fleisches und zerbrochener Knochen zu enden, kroch er zentimeterweise wieder nach oben. Das war die Maxime von Kit/Tom ... er gab sich niemals so schnell geschlagen. Er schob sich über die Kante des Vorsprungs. Normalerweise hätte er jetzt einen Spruch auf Lager gehabt, aber ihm blieb einfach keine Luft mehr, um zu kontern.

»Wie hast du mich eben genannt?«, keuchte er schließlich.

»Was meinst du?«

Kit gelang es, zunächst auf die Knie und dann auf die Beine zu kommen. Er stolperte in die Richtung, wo Frannie auf einem Felsen saß. Sie massierte ihre Zehen. Hübsche, lange, schlanke und biegsame Zehen.

»Warum hast du mich L. L. Bean genannt?«

Sie blinzelte zu ihm hinauf und zuckte mit den Schultern. »Deine Klamotten, glaube ich. Sie sind nagelneu, typisch Großstadt. Eben so wie bei einem L. L. Bean-Typ im Katalog.«

»Du verletzt meine Gefühle.«

Das gab Frannie endgültig den Rest. Sie hielt sich die Seiten und lachte, bis ihr die Tränen kamen. Kit betrachtete sie und ließ sich schließlich davon anstecken. Weil er noch außer Atem war, wurde aus dem Lachen aber nur ein hysterisches Keuchen.

»*So* komisch war es nun auch wieder nicht«, sagte Frannie, als sie wieder sprechen konnte.

»Ich weiß«, stieß er hervor. »Es war eigentlich gar nicht komisch. Aber schau uns beide doch an.«

Wieder wurden beide von hysterischem Gelächter überwältigt.

Frannie erholte sich zuerst. Mit dem Handrücken wischte sie sich das Gesicht ab. Dann wühlte sie in ihrem Rucksack, zog einen kleinen Erste-Hilfe-Kasten heraus und warf ihn in Kits Richtung.

»Dein Bauch. Auf deinem T-Shirt ist Blut. Huch, ich kann kein Blut sehen.« Sie lachte.

Kit rieb die Abschürfung auf seinem Bauch mit Alkohol ab, ohne einen Schmerzenslaut von sich zu geben. Frannie sah ihm scheinbar desinteressiert zu. Nach der Behandlung sagte er »Au!« und grinste.

Er drehte sich um und ließ seinen Blick über die umliegenden Berge schweifen.

»Na ja, eingeholt haben wir sie nicht. Sie ist wieder verschwunden.«

»Ich frage mich ständig, wer ihre Eltern sind«, sagte Frannie. »Wo zum Teufel kommt sie her? Wo ist ihr Zuhause?«

Kit antwortete nicht. Absolute Stille.

Frannie starrte ihn an.

»Moment mal. Du weißt etwas über sie, nicht wahr?«

Kit atmete hörbar aus. »Ich wusste, dass hier irgendetwas los ist. Ich – äh – ich bin FBI-Agent. Das habe ich dir gestern Abend erzählt. Darum bin ich auch in Colorado. Seit drei Jahren arbeite ich an diesem Fall.«

Frannie erbleichte und begann zu stottern. »Was für ein Fall ist das? Bin ich jetzt Teil deines *Falls*?«

»Dreh jetzt nicht durch, bleib ruhig und hör mir zu. Alles begann in Cambridge, Massachusetts, jedenfalls glaube ich das. Ein Arzt namens Anthony Peyser unternahm Experimente, um die menschliche Entwicklung zu beschleunigen. Jedenfalls nehmen wir das an.«

»Du meinst also, dass er in die menschliche Evolution eingreifen wollte, Kit? Willst du mir das sagen?«

»Etwa in der Art. Das FBI weiß nichts Konkretes, auch ich nicht. Peyser und ein Team von ihm ausgewählter Studenten hatten etwas Wichtiges entdeckt. Dann gab es irgendeinen Durchbruch. In Boston kam es zu großen Schwierigkeiten. Man warf ihnen Versuche an Menschen vor – an Obdachlosen, Vagabunden, hin und wieder einem Studenten, der Geld brauchte. Im Sinne von ›Der Zweck heiligt die Mittel‹. Du hast bestimmt in letzter Zeit Berichte über kleine Institute oder sogar Forschungszentren an Universitäten gelesen, denen vergleichbare Vorwürfe gemacht wurden. Die Armee hat in dieser Richtung auch ziemlich üble Dinger gedreht.«

»Ja. Ich habe davon gehört. Wer nicht? Also wusstest du die ganze Zeit Bescheid über diese kriminellen Ärzte. Darum hast du mir auch die Geschichte mit dem Mädchen geglaubt, nicht wahr?«

»Ich vertraue dir. Punktum. Deshalb habe ich dir geglaubt. Wie wär's, wenn du mir jetzt ein bisschen vertrauen würdest?«, fragte er schließlich. »Abgemacht?«

»Wir werden die Nacht hier verbringen«, erklärte Frannie. Wenn es sein musste, konnte sie hart sein. Aber er mochte das irgendwie.

48.

Ich musste noch ein bisschen darüber nachdenken, doch eigentlich war ich zufrieden mit dem, was Kit mir bisher erzählt hatte. Im Grunde vertraute ich ihm wirklich. Was ich in seinen Augen lesen konnte, gefiel mir.

»Ich gehe einkaufen«, sagte ich und machte mich auf in den Wald hinter unserem Lager. »Brauchst du was?«

»Die *Denver Post*, M & Ms mit Erdnüssen und Prozac«, meinte er grinsend.

»Du kümmerst dich um das Feuer.«

Kit nickte und grunzte wie ein Höhlenmensch. Danach schenkte er mir wieder eins seiner unwiderstehlichen Lächeln, die er sich patentieren lassen sollte. Irgendwie war ich immer noch überrascht, wie gut wir miteinander auskamen.

Keine hundert Meter von unserem Lagerplatz entfernt verlief ein Bach. In meinem Rucksack hatte ich eine Teleskopangelrute, die ich jetzt auswarf. Der Wildbach schäumte und plätscherte über die Felsen. Er mündete in einen kleinen Teich, den ich von früher kannte. Vielleicht von einem Ausflug mit David.

In dem von fauligem Laub bedeckten Boden am Bachufer gab es jede Menge dicker Würmer. Ich steckte einen auf den Haken und warf die Schnur ins dunkle Wasser. Dann wartete ich auf das vorbeischwimmende Abendessen.

Wenige Minuten später hatte ich eine Regenbogenforelle von beachtlicher Größe gefangen. Ich kappte die Schnur und verknotete sie, ließ den Fisch im Wasser. Dann bestückte ich die Schnur erneut.

Eine halbe Stunde später hatte ich immer noch nicht mehr gefangen, und bald würde es dunkel werden.

Also musste der eine Fisch als Abendessen reichen. Außerdem hatte ich noch Tomaten und ein paar Kartoffeln dabei, so schlimm würde es also nicht werden.

War es der sechste Sinn? Irgendwie hatte ich das Gefühl, dass das Mädchen ganz in der Nähe war. Als es sich uns vorher gezeigt hatte, schien es fast, als wollte das Kind uns anlocken, uns hierher führen. Warum? Wollte es gefunden werden? Uns etwas zeigen? Aber was? Wo wohnte die Kleine? Wie lebte sie? Gab es ein Geheimnis, das sie mit jemandem teilen wollte?

Ich holte die Forelle aus dem kalten Gebirgsbach, tötete sie schnell mit einem Stein, füllte die Wasserflasche und ging zurück.

Kit war im Lager. Der FBI-Agent. Er arbeitete an einem wichtigen Fall, doch er wollte wohl nicht darüber sprechen. Natürlich konnte jemand ein Labor hier oben verstecken.

Zugekiffte Hippies hatten sich jahrelang in diesen Hügeln verborgen.

»Schönes Feuer«, sagte ich. Es war wirklich großartig.

»Und ganz ohne Feuerzeug.«

Er hatte die Kartoffeln aus meinem Rucksack genommen, und sie garten schon auf dem Feuer. Ein gezähmter Mann – welch ein Spaß! Ich gab ihm die Flasche mit Wasser und zeigte ihm den Fisch. Kit pfiff anerkennend. Eine echte Pionierin, wie lustig.

Auf einem flachen Stein nahm ich den Fisch mit meinem Schweizer Armeemesser aus, und Kit leckte sich schon seine hübschen Lippen, als ich sagte: »Vielleicht bin ich gewillt, meine Forelle mit dir zu teilen – aber nur unter einer Bedingung.«

Er war ganz Ohr, und auch sein Lächeln war wieder da. Zumindest fand er mich amüsant.

»Du erzählst mir die ganze Wahrheit, dann bekommst du zu essen.«

»Fein«, antwortete er. »Du hast gewonnen, Dr. O'Neill. Aber ehe ich irgendetwas sage, will ich die Hälfte des Fisches auf meinem Teller sehen.«

»Einverstanden«, erwiderte ich.

Ich legte die Forellenfilets in eine Pfanne und stellte sie aufs Feuer. Der Duft war unbeschreiblich lecker. Mir lief das Wasser im Mund zusammen.

Ich ging zu Kit hinüber und kauerte mich neben ihn, um das Panorama zu genießen. Wie auf ein Stichwort ging die Sonne unter. Fantastische lachsrosa, pflaumenblaue und bernsteinfarbene Streifen erschienen am Himmel, wie von der Hand eines Malers.

»Unglaublich«, flüsterte Kit. »In der Gegend von Boston gibt es so was nicht.«

Ich war so zufrieden, als hätte ich den Sonnenuntergang

höchstpersönlich gemalt. Zumindest in diesem Augenblick war alles ein großes Abenteuer, wirklich fantastisch. Alles war perfekt.

Der Fisch war schnell gar. Ich holte die Kartoffeln aus der Glut und schnitt die Tomaten auf. Kit richtete alles auf Tellern an.

Wir aßen und betrachteten das atemberaubende Schauspiel. Dabei unterhielten wir uns leise, aber fast ununterbrochen. Schließlich verschmorten die Fischgräten im Feuer, und wir tranken heißen Kaffee. Kit erzählte mir wie versprochen, was er wusste.

Er wiederholte, was er mir bereits erzählt hatte, fügte aber einige Informationen hinzu. Er ging nicht bis ins letzte Detail, meinte aber, das könne er auch nicht. Der äußerst komplizierte Fall hatte in einem illegalen Biologielabor seinen Anfang genommen. Es war von Studenten vom M.I.T. und einigen Professoren Ende der achtziger Jahre gegründet worden. Schon damals waren nachweislich Experimente an Menschen durchgeführt worden. Der Anführer dieser radikalen Wissenschaftler hieß Anthony Peyser. Ich sagte Kit, dass ich noch nie etwas von ihm gehört hätte, sonst wäre mir der Name sicher im Gedächtnis geblieben. Außerdem glaubte ich nicht, jemanden zu kennen, auf den die Beschreibung passte, die Kit mir gab.

»In Boston wurde Anklage erhoben, doch die Behörden hatten keine stichhaltigen Beweise. Die Gruppe zog nach San Francisco, dann nach New Jersey. Es folgte ein kurzer Aufenthalt in England, vielleicht um Gelder aus Europa zu bekommen. Dann kamen sie zurück nach Boston.

Als sie das zweite Mal in Boston waren, konnte ich sie festnageln, zumindest dachte ich das. Sie führten Experimente mit Obdachlosen durch, die tödliche Krankheiten hatten – die ihnen vielleicht auch nur eingeredet wurden.

Einige von ihnen starben auf jeden Fall früher als nötig. Doch auf irgendeine Weise wurde jeder, der in die Affäre verwickelt war, auf Kaution freigelassen – und dann verschwanden sie von der Erdoberfläche.«

»Bis jetzt?«

»Jemand aus der Gruppe nahm Verbindung mit ein paar früheren Kollegen auf. Es kann auch sein, dass sie die ganze Zeit über Kontakt gehalten hatten. Ich glaube, dass er – wer immer es auch war – vielleicht einen Anfall von Moral und Menschlichkeit hatte. Ich frage mich, *warum*. Wie auch immer – Dr. James Kim in San Francisco und Dr. Heekin in Cambridge, Massachusetts, wurden kontaktiert, und eines Tages waren sie tot. Diese Leute mögen *in der Tat* keine Zeugen, Frannie. Sie sind sehr gründlich, wie man es von Wissenschaftlern erwarten kann.«

Das, was er sagte, gefiel mir nicht, aber ich begriff, was er mir klar machen wollte.

Plötzlich hörte Kit auf zu sprechen. Er betrachtete einfach nur noch die am Horizont verschwindende Sonne. Ich wusste, dass seine Geschichte damit noch lange nicht zu Ende war.

Es kam mir komisch, eigenartig, *seltsam* vor, aber ich musste mir eingestehen, dass ich verloren war. Einfach so! Ich liebte es, sein Gesicht mit den ausgeprägten Wangenknochen und dem energischen Kinn zu betrachten. Mir gefiel die Sanftheit in seinen Augen. Etwas Derartiges war mir bisher noch nie passiert, nicht einmal mit David. Ich konnte es so viel analysieren, wie ich wollte, eins war klar: Ich war auf Kit Harrison hereingefallen – oder vielleicht geflogen?

Ich war nicht sicher.

»Und ist das alles, was du weißt?«, fragte ich ihn. »Schwörst du das?«

»Das sind die Fakten, die gesichert sind, Frannie. Und genug für eine *halbe* Forelle zum Abendessen.«

»Gut, ich glaube, das ist fair. Wie geht es dem Kratzer auf deinem Bauch?«, fragte ich.

»Ich habe in Holy Cross Rugby gespielt und später in den Freizeitligen in Boston und Washington, D.C. Ich werde es also überleben.«

Sein Harter-Mann-Gehabe ging mir ein wenig auf die Nerven. »Hast du die antibakterielle Salbe aufgetragen?«

»*So* schlimm ist es nun auch nicht, Doktor. Es ist nur ein kleiner Kratzer.«

In der einbrechenden Dunkelheit schwirrten Glühwürmchen umher. Ich hatte einmal einiges über sie gewusst, konnte mich im Moment aber an nichts mehr erinnern. Ich dachte vielmehr an die goldenen Haare auf Kits Brust und an die Abschürfung, die seine glatte Haut aufraute. Ich erinnerte mich an seine sanften Lippen und seine behutsamen Berührungen.

Das machte mich scharf. *Er* machte mich scharf. O Mann!

Hier gab es keine kranken Tiere, die mich ablenkten. Nichts, weswegen ich aufspringen oder was ich aufräumen müsste. Ich hätte gern eine Zigarette gehabt, obwohl ich nicht rauchte. Ein Drink wäre auch nicht schlecht gewesen.

»Ich glaube, ich sollte mir das mal ansehen«, sagte ich schließlich. Ich wusste nicht, warum ich eigentlich flüsterte.

Ich wartete auf eine Antwort, doch Kit schwieg. Dann räusperte er sich.

»Wäre das in deiner Funktion als Ärztin?«

»Nein, nur als Wanderkumpel«, brachte ich mühsam über die Lippen.

»Also gut«, sagte er. »Ich übergebe mich deinen fähigen Händen. Ich ziehe schon mal das T-Shirt aus.«

»O toll!«

Seine blauen Augen strahlten. »Dr. O'Neill? Haben Sie gerade ›O toll!‹ gesagt?«

»Du kannst Frannie zu mir sagen, das weißt du doch. Und ja, ich habe ›O toll!‹ gesagt.«

49.

Max beobachtete die beiden aus sicherer Entfernung, wenigstens hoffte sie, sicher zu sein. Ihre Gedanken rasten mit einer Turbogeschwindigkeit durch ihr Gehirn.

Warme Tränen liefen ihr über das Gesicht, und sie konnte sie nicht zurückhalten. Das ärgerte Max. Sie hasste es, irgendeine Form von Schwäche zu zeigen, und hatte es fast niemals getan. Aber es war zu viel passiert in so kurzer Zeit. Sie floh. Nein, sie *flog*.

Die dummen Tränen flossen immer weiter, Max konnte nicht aufhören zu weinen. Ein ganz bestimmtes Bild beherrschte ihre Gedanken. Sie hatte einen Schock bekommen, als der Stein den Kopf des armen Fisches getroffen hatte. Die *Ärztin* hatte so kalt ausgesehen, als sie es getan hatte. Genau wie in der Schule. *Kälte. Kälte. Kälte.*

Wie konnte sie nur den Fisch töten? *Ihn einschläfern?*

Er war doch ein lebendiges Wesen.

Wahrscheinlich hatte der Fisch auch Kinder und einen hübschen Platz zum Leben in dem schönen Fluss.

Nun war er tot, weil die Ärztin ihn eingeschläfert hatte.

Max saß auf einem Ast, zitterte und weinte leise. Sie würde in dieser Welt hier draußen nie sicher sein. Sie war unbeschreiblich traurig und fühlte sich vollkommen verlassen. Sie vermisste Matthew so sehr, dass allein schon der Gedanke an ihn unerträglich war. Die Welt außerhalb der Schule war tatsächlich so Angst einflößend wie Onkel Thomas es ihr immer gesagt hatte. Nur hatte sie sich in seiner Nähe nicht mal halb so viel gefürchtet wie während der letzten Tage hier draußen.

Wenigstens hatte sie einen sicheren hohen Platz gefunden, von dem aus sie den Mann, die Frau und das hell flackernde Lagerfeuer sehen konnte. Sie wollte es sich kaum eingestehen, aber der Fisch auf dem Feuer roch wirklich gut. Ihr Magen rumorte und erinnerte sie daran, dass sie seit langem nichts Ordentliches mehr gegessen hatte.

Wenn sie nur jemanden zum Reden hätte.

Die Ärztin und ihr Freund saßen auf einem großen Felsen und betrachteten den Sonnenuntergang. Max erschien er wie eine Mischung aus Orangenmarmelade und Traubengelee.

E-S-S-E-N, konnte sie nur denken. G-E-L-E-E.

Die Tatsache, dass sie denselben Sonnenuntergang betrachtete wie die beiden, gab ihr das Gefühl, zu ihnen zu gehören. Vielleicht war ihr Eindruck falsch? Wenn sie hinüberginge und höflich fragte, würden die beiden ihr helfen? Max wünschte sich so sehr, dass das Leben so wäre. Aber nein, sie wusste es besser.

Sie beobachtete heimlich weiter den Mann und die Frau, wie sie beim Feuer saßen und sich unterhielten. Sie bemerkte, dass die beiden sich mochten.

Ihre Gedanken über die Ärztin waren zwiespältiger Natur. Eigentlich wollte sie ihr trauen, das sagte ihr ihr Instinkt. Nur konnte sie einfach nicht begreifen, wie man an all diese süßlichen, beruhigenden *Keine Sorge, ich werde dir nicht wehtun!,* glauben soll.

Dann verspeisten die beiden ihr Abendessen, und dieser Anblick ließ Max vor Hunger fast vergehen. Sie hörte zu, wie sie sich unterhielten und lachten, konnte sogar ein paar Wörter aufschnappen.

»... Dorn in der Seite ... hinter dem Hügel ... antibakterielle Salbe ...«

Sie wünschte, sie könnte bei ihnen sitzen und wenigstens eine gebackene Kartoffel essen. Zwar waren auch Kartoffeln Lebewesen, doch damit konnte sie noch umgehen.

Max beugte sich nach vorne, um besser sehen zu können. *Was war denn jetzt los? Was machten sie da?*

Sie beobachtete, wie die Ärztin sich neben dem Mann hinkniete. Dann begann sie ihn auszuziehen, zuerst das T-Shirt. Der Mann war größer als die Frau und überwältigte sie! *Was machte er mit ihr?*

Er legte sich auf die hübsche Ärztin, aber sie stieß ihn nicht fort, wehrte sich überhaupt nicht. Sie lachten, lächelten sich an, und dann küssten sie sich.

»Sie paaren sich«, flüsterte Max.

50.

Ich hatte den Erste-Hilfe-Kasten dabei, als ich mich neben Kit hinkniete. Vorsichtig öffnete ich die Knöpfe am Kragen seines T-Shirts. In Taillenhöhe musste ich das verknitterte Shirt aus dem Hosenbund ziehen. Der Stoff rieb auf der abgeschürften Haut, und er stöhnte leise auf.

»Tut mir Leid«, sagte ich. »Verzeihung.«

»Schon gut, Frannie. Schmerzen sind mein Lebenselixier.«

Ich sah den Widerschein des Feuers auf seinen kräftigen Brustmuskeln und dem blonden Haar. Mit unsicheren Fingern griff ich nach der Tube mit der Salbe und ließ sie beinahe fallen. Der Verschluss rollte in den Staub.

Ich verteilte die Salbe mit den Fingern und berührte vorsichtig seinen Körper. Eigenartig, meine Hände zitterten ein bisschen. Ich hörte meinen Atem, und er schien mir zu laut. Ich konzentrierte mich auf das, was ich zu tun hatte.

So sehr, dass ich zusammenfuhr, als Kit mein Handgelenk ergriff.

»Habe ich dir wehgetan?«, fragte ich.

Er schüttelte den Kopf. »Nein, aber du bringst mich um, Frannie.«

Kit legte seinen freien Arm um meine Taille, hob mich mit einer einzigen geschmeidigen Bewegung hoch, legte mich sanft auf den mit Gras und Fichtennadeln gepolsterten Boden und bedeckte mich halb mit seinem Körper. Er war kräftig, ungefähr achtzig Kilo meiner Schätzung nach, Aber ungemein zärtlich.

Meine Arme lagen um seinen Hals. Er zog mich ganz nah an sich, und ich fühlte ihn, *alles von ihm*, an meinem Schenkel. Mich plagten weder Angst noch Zweifel. Das überraschte und schockierte mich gleichermaßen, aber so war es eben.

Ich wollte seine Lippen spüren, und plötzlich waren sie da, so frisch und angenehm, wie ich es mir vorgestellt hatte. Sein leicht salziger Geschmack, das Gefühl seiner Hände auf meinem Körper, das sanfte Kratzen seines unrasierten Gesichts – ich verlangte danach. Ich wollte Kit so sehr – mehr, als ich es mir je vorgestellt hatte.

Ganz sanft ließ er seine Hände über meine Brust gleiten, doch es war zu viel Stoff zwischen uns. Aus meiner Kehle kamen kleine, stöhnende Laute, die ich nicht von mir kannte. Ich versuchte, Kit dabei zu helfen, mich auszuziehen. Ich zerrte an meinem Oberteil und kämpfte gleichzeitig mit seinen Shorts. Es war lange her, dass ich mich so gefühlt hatte.

Kit schaute mich an, sein Blick war liebevoll, aufrichtig und vor allem ehrlich. Ich kannte diesen Blick, und plötzlich begriff ich, wie viel ich ihm bedeutete und wie sehr ich ihn mochte. Es hatte mich getroffen wie ein Blitzschlag, auf den ich nie und nimmer vorbereitet gewesen war. Ich hatte nicht geglaubt, dass dies noch mal passieren könnte. Irgendwie war es beängstigend, aber auch unglaublich aufregend und wundervoll.

Zwei Jahre Trauer und Verdrängung gipfelten in einem ganz außergewöhnlichen Moment. Ich fühlte, wie seine Hand an meinem Gürtel nestelte. Ich hörte das Geräusch des sich öffnenden Reißverschlusses meiner Shorts. Ich wollte es geschehen lassen. Ich schmolz dahin – weil ich es wollte.

Als er meine Shorts herunterzog, umspielte kühle Luft meine Schenkel. Ich erschauerte und liebte alles an diesem Moment. Unser erstes Mal. So plötzlich und so überraschend.

Ich griff nach Kits Gürtel. Das Leder war hart und unnachgiebig. Während ich noch mit der Schnalle kämpfte, hörte ich, wie er meinen Namen aussprach. Ich erzitterte beim Klang seiner Stimme. Ich wollte ihn in mir – jetzt.

»Frannie, Frannie. Warte. Halt.«

Warte? Halt?

Ich zwang mich, Kit ins Gesicht zu sehen. Es kam mir vor, als wären helle Scheinwerfer angeschaltet worden. Ich blinzelte. *Warte? Halt?*

»Wir sind beide verrückt«, keuchte er. »Ich habe keine Ahnung, wo ich nächste Woche sein werde.« Er seufzte tief. »Ich weiß noch nicht einmal, wo ich *morgen* sein werde.«

Na und?, wollte ich sagen. Doch stattdessen überfiel mich

ein Gefühl unsäglicher Trauer. Ein kleiner Rest von Verstand war wohl noch intakt und sagte mir, dass ich nicht einfach mit Kit schlafen und es locker wegstecken würde. Diese Nacht in den Bergen und diesen Mann würde ich nie vergessen.

Ich nickte. »Okay«, sagte ich.

»Wirklich?«

»Ja. Du hast Recht. Ich habe nicht darüber nachgedacht. Lass uns aufhören, ehe wir einen großen Fehler begehen.«

»Es tut mir so Leid«, flüsterte er in mein Haar. Wieder ein Seufzer. »Ich will es wirklich. Ich bin so gern mit dir zusammen. Es ist nur ...«

Ich legte meinen Zeigefinger auf seinen Mund. »Nicht«, sagte ich. Wir hielten uns lange in den Armen. Lange genug, damit sich unser Herzschlag verlangsamen konnte. Ich schmolz nicht mehr dahin – nein, das stimmte nicht.

Wieder küssten wir uns. Dieses Mal zärtlicher, nicht mehr so wild. Wie um uns zu beweisen, dass wir trotzdem Freunde sein konnten. Dann stand ich auf und zog meine Shorts hoch.

Ich fand meinen Schlafsack und zog ihn auf die andere Seite des Feuers. Wie war es möglich, dass ich mich gerade eben noch so fantastisch gefühlt hatte und nun so unerträglich schlecht?

»Frannie«, sagte Kit.

»Ja?«, flüsterte ich. Meine Stimme klang belegt. *Ja?*

»Komm mit deinem Schlafsack rüber zu mir.«

Ich zögerte und schüttelte dann stumm den Kopf. Vielleicht war es mein Stolz, der eine gewisse Entfernung wollte. *Warte? Halt?*

»Komm«, sagte er. Dann zärtlicher: »Bitte. Ich bin G-Mann, du bist Zivilistin. Ich habe ein Gewehr. Du bist sicherer, wenn ich dich sehen kann.«

Aha! Er hatte doch das Gewehr mitgenommen.

Zum Teufel mit meinem Doktortitel in Tiermedizin. Ganz egal, dass ich besser laufen und klettern konnte als er und schon oft ohne Mann oder Gewehr in diesen Bergen übernachtet hatte. Ich hob meinen Schlafsack auf und rollte ihn neben dem seinen aus. Ich tat, worum Kit mich gebeten hatte.

»Es tut mir Leid«, flüsterte er, ehe ich einschlief. »Es tut mir wirklich Leid.«

Sehr edel von dir, Kit.

51.

Kit traute seinen Augen nicht. Die Kinder flogen. Die beiden sahen so schön und frei aus wie Engel.

Sie flogen zusammen eine graziöse Schleife, aber plötzlich hatte er den Eindruck, dass sie in Ungnade fallen könnten. Sie waren in einer Höhe, in der auch kleine Flugzeuge ihre Bahnen zogen.

Er schaute sich nach Frannie um, aber sie war nicht da. Er wusste nicht, wohin sie gegangen war.

Er schrie laut und hoffte, dass die Kinder ihn hören konnten.

»Kleiner Mike, Tom! Kommt herunter. Bitte, kommt herunter, bevor ihr abstürzt. Hier ist euer Papa, und er möchte, dass ihr herunterkommt.«

Aber sie konnten ihn in der Höhe nicht hören, sie waren zu weit weg.

Dann, ganz plötzlich, stürzten die beiden Jungen wie Steine auf die Erde zu.

Keiner von ihnen hatte Flügel. Sie befanden sich im freien Fall.

Er wollte beide Söhne retten, konnte aber nur einen auffangen. Er musste wählen, doch das war unmöglich. Er musste einen Sohn auswählen.

Er sah hilflos mit an, wie der kleine Mike und Tom auf dem Boden aufschlugen und zerschmettert wurden. Keinen der beiden hatte er retten können. Aus dem Nichts erschienen plötzlich Krankenwagen, Polizeiautos aus Rhode Island und die Trümmer eines kleinen Flugzeugs.

Er selbst befand sich mittendrin in der albtraumhaften Absturzszene. Er war in dem rauchenden Flugzeug und suchte zwischen den verbogenen, verbrannten Sitzen und den toten Passagieren.

Dann fand er seine zwei kleinen Söhne und seine Frau in dem Wrack. Er streichelte sie zärtlich und konnte nicht glauben, dass sie tot waren.

In diesem Moment erwachte Kit. Der Morgen begann zu dämmern, schon färbten lachsfarbene Streifen das Dunkelblau des Nachthimmels. Er war in Colorado, in den Bergen.

Frannie O'Neill beugte sich über ihn. »Schsch ...«, flüsterte sie. »Das Mädchen ist da oben. Ich kann es sehen.«

52.

Max schreckte aus dem Schlaf auf.

Sie wusste nicht, wie viel Zeit vergangen war, aber offensichtlich war sie eingeschlafen. Es war wieder hell. Ihre Wangen waren tränennass, und sie zitterte von der nächtlichen Kälte.

Max fühlte sich klein, allein und vollkommen verlassen auf dem Berg. Sie vermisste Matthew und ein bisschen sogar die schreckliche, widerwärtige Schule.

Nein! So darf ich nicht denken. Ich darf gar nicht erst anfangen, wie ein Verlierer zu handeln. Verlierer verlieren!, redete sie sich selbst ein. *Ich bin kein Verlierer!*

Max wollte sich mit der Hand ihre Wangen abwischen und traf auf eine Substanz ähnlich wie Spinnweben. Scheußlich! Sie versuchte, dieses grässliche haftende Zeug wegzubekommen. Es bewegte sich, doch es ließ sich nicht aus ihrem Gesicht entfernen.

Was war das? Was geschah mit ihr? Sie öffnete die Augen weit. *O Gott!*

Gestalten beugten sich über sie. Menschen! Sie konnte nicht sagen, wie viele.

Sie standen zwischen ihr und der Sonne. Sie brauchte ein bisschen Zeit, um zu begreifen, was mit ihr geschah. Als sie es begriffen hatte, füllte sie ihre Lunge mit Luft und schrie.

Max schrie wie eine Irre! Das erschreckte die anderen, die Gestalten entfernten sich ein Stückchen und wurden dadurch zu der Ärztin und dem Mann. Sie war im Schlaf überrascht worden. Arschlöcher! Widerliche Typen!

Wieder schrie Max, lauter als je zuvor in ihrem Leben. Ihr Gehirn war vor Angst völlig blockiert. Sie konnte nicht mehr logisch denken, sondern nur wild mit den Armen das Netz bekämpfen. Aber dadurch wickelte es sich nur noch fester um ihre Finger, Flügel, Beine und Füße.

O Gott, was ging hier vor? Was konnte sie tun? Sie musste sich befreien.

Sie hatten eine Art stabiles Tiernetz über sie geworfen. Sie hatten sie gefangen, diese widerwärtigen Kreaturen.

Max rutschte auf dem Boden entlang, bis sie den Stamm einer Espe erreicht hatte. Die Blätter raschelten, als sie versuchte, auf die Beine zu kommen. Das Mädchen weinte, schrie, versuchte, mit den Flügeln zu schlagen. Es tat sich selbst weh, wollte aber eigentlich den anderen wehtun. Doch es gelang ihm nicht. Sie waren zu listig – zu menschlich.

Die Ärztin redete mit ihr, aber Max konnte, *wollte* nicht zuhören.

Sie wollte nicht eingeschläfert werden! Sie konnte jetzt nicht aufgeben. Sie war kein Verlierer.

Der Mann griff nach ihr, sie schlug seine Hand weg. Sie schlug hart zu, rief sich ins Gedächtnis, wie Onkel Thomas sie angepackt hatte, wenn er seinen Willen durchsetzen wollte, um die Angriffe des Mannes vorauszusehen.

Wieder kam die Hand des Mannes auf sie zu. Täuschte sie und griff dann zu. *Schlauer, hinterlistiger Kerl!*

Er wollte sie ergreifen und *den Kampf gewinnen*. Sie biss in seine Hand, tat ihm wirklich weh und hörte, wie er einen Fluch ausstieß.

Max trat mit ihren kräftigen Beinen heftig zu. Verfehlte den Mann. »Ganz ruhig«, sagte er. »Sei ganz ruhig. Mein Gott, sie ist stark, Frannie.«

Wieder kamen seine Hände auf sie zu, ganz nah an ihr Gesicht, dann griffen sie nach ihren Flügeln.

Sie dachte an Onkel Thomas. Konnte sein widerliches Gesicht sehen. *Igitt! Pfui!*

Max senkte den Kopf, beugte sich nach vorn, machte sich ganz rund und versuchte, sich wegzurollen, doch sie konnte dem schrecklichen Netz nicht entkommen. Es faltete sich immer mehr um sie zusammen, und sie verhedderte sich noch mehr.

Oh, ich habe einen furchtbaren Fehler gemacht. Ich hätte die beiden nicht beobachten, sondern mich ausruhen sollen.

Die Ärztin sprach mit ihr. Versuchte es jedenfalls. Der typische Arztunsinn. Immer leise, immer geflüstert kamen die Lügen so einfach und sanft über die Lippen. Genau wie bei Onkel Thomas und den anderen Ekeltypen.

»Alles wird gut. Bitte, vertraue uns. Bitte, Kleines. Wir werden dir nicht weh tun.«

Lügner! Ihr tut mir weh. IHR TUT MIR JETZT GERADE IM MOMENT WEH!

Max schrie wieder, diesmal sogar noch lauter. Keine Wörter, nur Schreie.

Durch die Morgenluft kam ihre Stimme zu ihr zurück, als würde das Echo sie auslachen.

Es war so unfair. So gemein!

Die Ärztin kam langsam näher. Max sah, dass sie etwas in ihrer Hand hielt. Es war kein Gewehr, aber genauso schlimm.

Nein, es war schlimmer.

Sie wusste, um was es sich handelte.

Es war eine Spritze!

Max wollte sich nicht einschläfern lassen.

Nein! Nein! Nein! Geht weg von mir! Ich beiße euch! Ich werde euch töten!

Mit allem Hass und aller Wildheit, die sie aufbringen konnte, starrte sie die Ärztin an. Dann richtete sie ihren Blick wieder auf den Mann, der sich hinter ihr anschlich. Sie wusste nicht mehr, wen sie zuerst beobachten sollte. Wer von beiden war gefährlicher für sie?

Sie schaute zu der Ärztin, dann wieder auf den Mann. Es wurde immer schwieriger, ihre Bewegungen zu überwachen.

Dann schrie die Ärztin: »Drück sie auf den Boden runter, Kit. Jetzt!«

Max wollte nach Hilfe rufen, aber es war klar, dass ihr

niemand zu Hilfe kommen würde. Niemand war in der Nähe, der ihr beistehen könnte. Außer vielleicht Matthew. O Gott, wo war ihr tapferer kleiner Bruder?

Sie atmete noch einmal ganz tief ein und öffnete den Mund zu einem Schrei. Er kam nie über ihre Lippen.

53.

Wir hatten das Mädchen mit zwei Nebelnetzen gefangen. Diese Netze benutzt man, um große Wildvögel zum Beringen einzufangen.

Das Material war leicht genug, um Flügel und Federn so wenig wie möglich zu beschädigen. Es fesselt nicht wirklich, sondern *verheddert* sich nur und lässt keine andere Wahl, als um sich zu schlagen. Und das tat die Kleine!

Mir war, als bekäme ich meinen dritten – oder vielleicht auch schon vierten – Herzanfall innerhalb der letzten zwei Tage.

Ich war dem Mädchen so nah, dass ich es berühren konnte. Ganz schnell tat ich es. Ja, es war Realität. Das Kind existierte wirklich. Es war aus Fleisch und Blut, und meine Finger hatten gerade seine wunderbaren Flügel berührt. Irgendwo unter den Flügeln waren die Arme. Das Mädchen war *doppelgliedrig,* und alles sah gut aus und schien auch zu funktionieren.

Die Gefangene wurde nicht müde, im Gegensatz zu mir. Immer noch wehrte sie sich verzweifelt gegen das Netz. Ihre wunderschönen weißen und silberblauen Federn wirbelten um uns herum, und ich befürchtete, sie würde sich verletzen. Sie war in blinder Wut.

»Alles wird gut«, sagte ich. »Wir werden dir nicht wehtun. Ich bin Ärztin. Es ist alles in Ordnung.«

Entweder verstand mich das Kind nicht, oder es glaubte mir nicht, denn es riss den Mund noch weiter auf und fing wieder an zu schreien. Dieser Schrei war das Schlimmste, was ich je gehört hatte. Er war so schrill und gellend wie der eines Tieres, aber mit einem menschlichen Unterton. Er erinnerte mich an die Schreie von Robben- oder Walmüttern, die die sie ausstoßen, wenn ihre Familie in Gefahr ist.

Ich fragte mich, ob dieses Wesen einen menschlichen Kehlkopf hatte, die Syrinx der Vögel oder vielleicht beides. Die Syrinx hat keine Stimmbänder, sondern ist ein weiter unten gelegener Kehlkopf, eine Art Sack unter der Luftröhre, der sich zusammenzieht, um die Luft dann auszustoßen. Und genau das hatte ich vielleicht gerade mit der höchsten Lautstärke gehört.

Das ewige Geschrei schmerzte in meinen Ohren, doch ich konnte mich an dem Anblick des Mädchens nicht satt sehen.

Genau wie ich es gedacht hatte, war fast alles an ihm menschlich – aber die Proportionen waren anders. Die Augen waren rund, forschend, schienen intelligent, auf jeden Fall sehr aufmerksam. Das Haar war hellblond, ziemlich lang und reichte bis weit über die Schultern herunter. Auch einige der Federn waren blond, was logisch erschien, denn sowohl Federn als auch Haare bestehen aus demselben Grundstoff, Keratin.

Während ich das Mädchen ganz genau betrachtete, schlug es nach Kit.

Vor allem faszinierten mich diese geheimnisvollen, fantastischen Gliedmaßen. Sie hatten Muskeln und Gelenke wie menschliche Arme, aber die Unterarme waren kürzer.

Die Finger waren verlängert und bis zum letzten Glied in Federn gekleidet.

Weil sie fürs Fliegen gemacht sind, Frannie!

O Gott, dieses Wesen war ein Wunder. Es konnte nicht wahr sein – doch ich sah es hier direkt vor mir. Wie konnte das passiert sein? Wo kam das Kind her? Warum war ich hier?

Die wunderschönen Flügel glänzten strahlend weiß im Licht des frühen Morgens. Vereinzelt entdeckte ich Schimmer von Blau und Silber. Dann überfiel mich ein eigenartiges Gefühl – ich glaube, ich beneidete das Mädchen fast. Es war so schön und hatte eine so fantastische Gabe.

Es konnte etwas, was wir uns fast alle wünschen – dieses kleine Mädchen konnte fliegen. Wie in aller Welt war es dazu gekommen? War es ein Wunder? Ein Engel? Nein, Engel können verschwinden, sich aus einem Netz befreien.

Ich zwang mich dazu, wieder auf den Boden der Tatsachen zurückzukehren. Es war jetzt die falsche Zeit und der falsche Ort für solche Überlegungen.

Das Mädchen war in Panik. Es könnte seine Flügel beschädigen und vielleicht auch in einen Schockzustand verfallen. Ich habe schon Tiere vor Angst sterben sehen. Die Herzen schienen einfach zu bersten.

Als Kit versucht hatte, das Kind anzufassen, war es offensichtlich vor seiner Hand zu Tode erschrocken. Als ich einen Versuch gewagt hatte, hatte es zwar auch panisch reagiert, aber lange nicht so gewalttätig. Das war ein Zeichen – aber wofür? War das Mädchen von Männern misshandelt worden? Wo? Von wem?

»Halt das Netz fest«, sagte ich zu Kit. »Bleib bei ihr.«

Dann lief ich, so schnell ich konnte, zurück zu unserem Camp. Ich musste das geflügelte Mädchen beruhigen, aber nur Gott allein wusste, wie ich die Nadel in eine ihrer Venen bekommen konnte. Ich war ratlos.

Als ich wenige Minuten später zurückkam, hatte sich die Situation nicht verändert; Angst, Hysterie, das Gesicht des Kindes war noch röter geworden. Seine Venen traten gefährlich hervor. Ich sagte Kit, er müsse das Mädchen unbedingt auf den Boden bekommen.

Er murmelte irgendwas von einem »Endspurt«, und ich hatte sonntagnachmittags gerade genügend Footballspiele gesehen, um den Sinn zu verstehen.

Wieder sprach ich auf das Mädchen ein, das völlig panisch war. Eigentlich machte ich eher Musik mit Worten, beruhigende Geräusche. Die Art Laute, die man von sich gibt, wenn man sich einem angsterfüllten, augenrollenden Pferd nähert, um das Halfter zu ergreifen. Dann war ich jetzt wohl der Vogelflüsterer.

Kit war hinter dem Mädchen. Gut, sehr gut. Hoffentlich hielt es die Augen weiter auf mich gerichtet.

Ich wartete bis zum letzten Moment, um die Spritze hervorzuziehen.

Als das Mädchen sie sah, fing es wieder an, zu schreien und mit den Flügeln zu schlagen. Dann sprang Kit in einem letzten verzweifelten Versuch auf es zu. In einer Angriffsaktion, die auch einem Champion der Green Bay Packers zur Ehre gereicht hätte, griff er nach dem Mädchen und hob es hoch. Dann rollte er mit dem Mädchen sicher in seinen Armen auf den Boden.

Wir hatten es! Wir hatten es!

Und was nun?

54.

Es war, als ob ich mich mitten in einem beängstigenden und zugleich faszinierenden Traum befand, an dem ich teilnahm, obgleich ich es nicht so recht glauben konnte. Das Mädchen kämpfte mit Kit wie ein erwachsener Mann. Es war unglaublich kräftig und mutig, aber auch hartnäckig und wild entschlossen, uns zu entkommen. Vielleicht war das ein Hinweis auf die Herkunft des Kindes oder zumindest die Art, wie es sich hatte befreien können.

Glücklicherweise war Kit außergewöhnlich stark und auch einer der wenigen Menschen, die ihre eigene Stärke einzuschätzen vermochten. Er unterwarf das Mädchen, ohne ihm wehzutun. Die Kleine *war* kräftig, aber ich fragte mich, ob sie nicht trotzdem ein Leichtgewicht war – wegen des Fliegens. Waren womöglich ihre Knochen hohl?

Ich sprang vor und stach die Nadel in eine Vene. Das Medikament wirkte sofort. Die durchdringenden Schreie hallten zwar noch von den Bergen wider, aber sie wurden schwächer.

Dann war das Mädchen ohnmächtig.

Ich wusste nicht, dass das Kind Kit gebissen hatte, bis ich ihn mit seiner Hand in der linken Achselhöhle auf dem Boden hocken sah. Das war nicht gut, ganz und gar nicht. Ich ergriff seine Hand und betrachtete die Bisswunde. Ein perfekter Abdruck der oberen und unteren Zähne war zu erkennen – aber Gott sei Dank war die Haut nicht verletzt worden. Hatte sie ihn absichtlich nicht schwerer verletzt? Wenn ja, warum?

»Du siehst nicht gut aus«, sagte ich zu Kit.

»Ich bin in Ordnung, Frannie. Kümmere dich um sie.«

Ich atmete tief durch und machte mich dann ans Werk.

Wir befreiten das kleine Mädchen von einem Großteil des Netzes, und ich überprüfte seinen Puls. Mit vierundsechzig Schlägen pro Minute war er normal. Das Mädchen schlief tief und fest, aber für wie lange?

Ich strich die langen, nassen Haarsträhnen aus seinem Gesicht. Unter den Augen des Kindes waren dunkle Ringe, und die Lippen waren ausgetrocknet. Wieder überkam mich das unheimliche Gefühl, dass mit diesem Kind experimentiert worden war. Allein der Gedanke machte mich krank.

»Wie lange wird das Mädchen ohnmächtig sein?«, fragte Kit.

»Das kann ich nicht genau sagen. Doch wenn der Stoffwechsel ähnlich funktioniert wie zum Beispiel bei einem großen Hund, dann wird es ungefähr zwei Stunden dauern. *Verdammt, wer konnte das schon wissen?*

Er nickte, und stumm betrachteten wir wieder das Kind. Wir konnten nicht anders. Ich fragte mich, was Kit wohl dachte, was er *wusste*. Er schien tief in Gedanken versunken zu sein oder vielleicht in stummem Erstaunen. Ich legte ihm die Hand auf die Schulter.

»Lass uns das Mädchen vom Berg herunterbringen«, schlug ich vor.

Ich hatte eine Vision, wie sie in der Sonntagsschule verkündet wurde: Vielleicht *war* dieser kleine Engel ein Gottesbote? Aber wenn ja, wie lautete die Botschaft? Und an wen war sie gerichtet?

55.

Harding Thomas war wütend, in absoluter Rage. Er trat in die Asche des Lagerfeuers. Staub wirbelte auf.

Die Feuerstelle war kalt, und es gab keine Möglichkeit mehr festzustellen, wann es erloschen war oder wer hier campiert hatte.

Aber er hatte eine lange weiße Feder auf dem Boden gefunden. Max war hier gewesen, und das vor gar nicht langer Zeit.

Er wandte sich an Matthew, seinen Köder, doch sein Plan schien nicht aufzugehen. »Sie verliert ihre kostbaren Federn.«

»Ja und wie«, höhnte Matthew, aber in seinen Augen war Angst. Er *wusste,* was ihn erwartete. »Sie ist hundertmal schlauer als du.«

»Vielleicht, aber wir werden sie bald finden. Sie kann nicht weit von hier sein.«

Thomas schob die weiße Feder unter den Rand seiner Kappe und nahm sein Handy aus dem Lederetui an der Hüfte. Er hatte keine Lust auf diesen Anruf, doch es musste sein. Das war seine Aufgabe. Er tippte einige Zahlen ein, und kurz danach stand die Verbindung.

Der Empfang war so klar wie die Bergluft. Thomas wägte vorsichtig seine Worte ab, während er mit der Person am anderen Ende sprach.

»Sie ist immer noch hier draußen, wir haben sie zwar im Moment aus den Augen verloren, doch wir sind nahe dran. Unglücklicherweise hat sie vielleicht Unterstützung bekommen. Jemand könnte sie in den Wäldern gefunden haben oder umgekehrt ... Nein, ich weiß nichts Genaues, und ich weiß auch nicht, wer es sein könnte. Vielleicht Camper oder

Rucksacktouristen. Doch wir werden das bald klären, und das wird diesen Arschlöchern verdammt schlecht bekommen, ganz gleich, wer sie sind.«

56.

Die Wirkung des Ketamins hatte nachgelassen, und das Mädchen ging buchstäblich die Wände hoch. Meine Hütte stand sehr isoliert, und niemand hörte das heftige Klopfen und Hämmern. Doch ich konnte es hören und auch Kit. Der Lärm war uns egal, wir hatten nur Angst, das Kind könne sich verletzen.

Ich saß neben der Tür zum Gästezimmer. Ich sprach, so hoffte ich wenigstens, beruhigend auf das Mädchen ein.

Natürlich wusste ich nicht, was ich sagen sollte, wie beginnen und wie überhaupt mit dem Kind in Verbindung treten. Doch irgendwie war mir klar, dass ich jetzt möglicherweise die wichtigste Unterhaltung meines Lebens führen würde.

»Ich heiße Frannie«, setzte ich an und versuchte, unter den herrschenden Umständen so wenig bedrohlich wie möglich zu klingen. »Ich möchte gern deine Freundin sein. Ich will dir helfen. Es tut mir Leid, was auf dem Berg geschehen ist.«

Das Hämmern hatte kurz aufgehört und begann dann erneut, lauter, wilder, böser.

»Es tut mir wirklich Leid, was da oben passiert ist, Kleines. Hier bist du in Sicherheit, selbst wenn es dir im Moment nicht so vorkommt. Wir mussten dich fangen, um dir helfen zu können. Mir macht es auch keinen Spaß, dich gegen deinen Willen festzuhalten.«

Die Tritte, das Hämmern und die schrillen Schreie der

Hilflosigkeit hielten an. Ich wusste nicht, ob das Mädchen überhaupt ein Wort verstanden hatte. Jedenfalls machte es nicht den Eindruck.

Nichtsdestotrotz redete ich weiter.

Ganz langsam und ruhig erzählte ich, dass ich Tierärztin war, ein Doktor, der sich nur um Tiere kümmert. Die Wahrheit schien mir ein guter Anfang zu sein.

»Ich wünschte, ich wüsste etwas mehr über dich«, sagte ich. »Schon seit ich dich damals in der Nacht auf der Straße gesehen habe, habe ich mir Gedanken um dich gemacht. Ich war sicher, dass du hungrig warst. Habe ich recht? Gibt es vielleicht Menschen, die dich lieben und sich jetzt Sorgen um dich machen?«

Für einen Augenblick war Ruhe. Ich stieß einen Seufzer der Erleichterung aus. Hatte das Kind mich endlich verstanden?

Dann begann der Lärm aufs Neue. Es trat gegen die Wände, und ich hatte Angst, die Hütte würde einstürzen. Wenn ich vorher geglaubt hatte, der Höhepunkt sei erreicht, dann hatte ich mich getäuscht. Jetzt war das Mädchen wirklich in Höchstform. Es stieß einen Schrei aus, der Glas hätte zersplittern lassen können. *Welch eine Syrinx!*

Ich sprach noch leiser. Ich wusste nicht, ob mich mein Gast überhaupt hörte, aber ich machte weiter. »Bist du hungrig?«, fragte ich. »Mein Freund ist ein sehr guter Koch, und er macht gerade Mittagessen. Es gibt Spaghetti mit Tomatensauce. Magst du das?«

Ich hörte auf zu sprechen und hielt die Luft an.

Dann hörte ich ein leises Geräusch – *Schluchzen.* Das war nicht mehr das hysterische Schreien, eher ein erschöpftes, herzzerreißendes Weinen. Der Klang trieb mir die Tränen in die Augen.

Verstand mich das Kind? Manchmal hatte ich den Eindruck, dass es so war, aber ich war mir nicht sicher. Ich wollte ihm wirklich helfen. Und – seltsamerweise wünschte ich mir, dass auch das Mädchen mich mochte.

Ich wusste, was ich jetzt zu tun hatte. Ein tiefer Atemzug. Dann sagte ich: »Ich werde jetzt die Tür öffnen. Ich verspreche, dir nichts zu tun. Und versprochen ist versprochen ... tu mir bitte auch nicht weh, okay?«

Ich öffnete die Tür nur einen Spalt und spähte in den Raum. Die Kleine lag quer über dem Bett an der Wand. Sie machte einen überaus nervösen, angespannten Eindruck. War sie bereit, mich anzuspringen? Mein Gott, sie schien mir größer als mancher Puma zu sein.

Hab keine Angst vor ihr. Zumindest lass dir nichts anmerken!

Ganz vorsichtig glitt ich in das Zimmer. Meine Beine zitterten und flößten mir wenig Vertrauen ein. Mein Mund war ausgetrocknet.

Dann tat ich das Unglaubliche: Ich machte die Tür hinter mir zu.

Frannie, das Weichei.

Ich ging in die Hocke, um nicht größer als das Kind zu sein. Tiere fühlen sich dadurch normalerweise weniger bedroht. Mir war klar, dass ich einem Angriff jetzt völlig ausgeliefert war, glaubte aber nicht, dass das Mädchen auf mich losgehen würde.

Tränen strömten über seine Wangen. Das Mädchen sah furchtbar aus, unglaublich traurig und ausgebrannt. Es wirkte nur noch menschlich und schien Schmerzen zu haben.

Nur ein kleines Mädchen, mutterseelenallein und offensichtlich tieftraurig. Was war ihm widerfahren?

»Ach, Kleines«, sagte ich leise. »Ich würde so gern etwas für dich tun, Liebes. Ich werde dir ganz bestimmt nicht wehtun und Kit auch nicht.«

Das Mädchen wischte sich mit dem Arm die Tränen ab. Diese Geste war so vertraut und beruhigend, so ungemein menschlich und kindlich. Es starrte mich immer noch an. Seine hellgrünen Augen waren wunderschön, aber mit Tränen gefüllt.

Dann öffnete meine Besucherin ihren kleinen Mund. Ihr Ausdruck verriet, dass sie etwas sagen wollte. Aber was?

»Ich hätte gern Spaghetti, bitte.«

57.

Ich hätte gern Spaghetti, bitte.

Das kleine Mädchen konnte sprechen.

Das musste Kit sehen. Sofort. Ich wollte, dass er es sah und hörte. Großer Gott! Ich wünschte, die gesamte zivilisierte Welt würde es hören.

Gerade in diesem Moment rief Kit: »Frannie, die Suppe ist fertig.«

Ich weiß nicht, wie ich in diesem Moment ausgesehen habe. Doch ich rang nach Fassung und sagte dann zu dem Mädchen: »Wollen wir zu Tisch gehen? Das eben war Kit. Ich glaube, die Spaghetti sind fertig.«

»Ich möchte mir erst noch die Hände waschen«, flüsterte das Kind.

Hände waschen? Führten wir tatsächlich gerade so etwas wie eine Unterhaltung? Mein Gott, ja, so war es.

»Einen Moment noch«, rief ich Kit zu. Er wusste ja von nichts. Meine Stimme glich eher einem gequetschten Quieken, doch er hatte mich wohl gehört.

Ich öffnete dem kleinen Mädchen die Tür, und es ging an

mir vorbei hinaus. Ich hatte darum gebeten, mir zu vertrauen; jetzt musste ich Vertrauen beweisen. Das Kind ging ein paar Schritte, drehte sich dann um.

Es zögerte. In seinen Augen stand eine Frage.

»Ach ja«, sagte ich lächelnd. »Einfach rechtsherum.«

Es lächelte zurück. Das Mädchen *lächelte* mir zu, und *ich schmolz dahin*. Das Kind war so schön und reizend. Es war einfach nur ein kleines Mädchen, es konnte nicht älter als elf oder zwölf sein.

Ich gab der Kleinen ein Handtuch und einen Waschlappen. »Danke«, sagte sie und schloss die Tür des Badezimmers. Ich hörte, wie sie die Toilette benutzte, und irgendwie schien mir alles so unwirklich. Der Wasserhahn lief und wurde dann abgestellt. Kit würde mir das nie und nimmer glauben.

Kurze Zeit später drehte sich der Türknopf, und das Mädchen öffnete die Tür. Es kam ganz langsam heraus und spähte zuerst vorsichtig hinter der Tür hervor. Es war wirklich außergewöhnlich! Die Augen blickten aufmerksam und prüften mich. Das Gesicht war nun rosa und sauber. Eine richtige kleine Schönheit. Wie zum Teufel war es zu diesem Wunder gekommen? Wie hatte das geschehen können?

»Komm mit. Lass uns essen«, sagte ich.

»Spaghetti? Oder doch *Suppe?*«, fragte die Kleine und grinste schelmisch.

Auch ich lächelte.

Ich hatte verstanden. Sie hatte einen kleinen Witz gemacht.

»Sehr lustig. Du bist clever.«

»Ja, ich bin ein ziemlich heller Kopf. Das sagen sie alle.«

Sie? Wer zum Teufel waren »sie«?

Ich zeigte mit dem Finger nach vorne. »Hier den Korridor entlang.«

58.

Wir betraten gerade die kleine Essecke, als Kit eine volle Karaffe mit Eistee zum Tisch balancierte. Er zuckte zusammen, fing jedoch geschickt den Krug auf, der um ein Haar auf den Boden gefallen wäre. *Zuverlässige Hände.*

Kit gewann seine Fassung bewundernswert schnell zurück. *Der G-Mann.* Vorsichtig stellte er den Tee auf den Tisch und wischte sich die nassen Hände an den Jeans ab.

»He, Leute«, sagte er. »Wie ich sehe, sind unsere Differenzen bereinigt.«

»Vielleicht«, antwortete das Mädchen. »Wir werden sehen.«

Ich sah, wie Kits Unterkiefer mindestens fünf Zentimeter herunterklappte. »Oh. Das hört man gern.«

Unglaublich, dass die wilde Kreatur, die vor wenigen Stunden noch versucht hatte, ihm die Knochen zu brechen, und ihn gebissen hatte, jetzt mit ihm redete. Sie schien Witz und Humor zu haben. Wo hatte sie gelernt, so zu reden und sich so zu benehmen? Wo kam sie her?

»Das ist mein Freund Kit«, machte ich bekannt.

»Hallo«, sagte das Mädchen leise. »Du bist der Koch, nicht wahr?«

Wieder blieb Kit der Mund offen stehen. Er nickte. »Ja, das bin ich. Chefkoch und Tellerwäscher.«

Ich rückte einen Stuhl zurecht, und unsere Besucherin setzte sich. »Danke.« Obendrein war sie auch noch *höflich*.

Dann ging ich in die Küche, als wäre dies ein ganz normaler Tag. Als ich allein war, bemühte ich mich, nicht zu hyperventilieren und mich in den Griff zu bekommen. Ich holte eine Salatschüssel, Besteck, Servietten und einen zusätzlichen Teller für das Mädchen und stellte alles auf den Tisch.

Meine Arme, Beine und Hände schienen ein Eigenleben zu führen und nicht mehr zu mir zu gehören. Die Hände waren feucht, mein Körper schien schwerelos. Außerdem litt ich an einer kleinen Gesichtsfeldeinengung. Aber ansonsten hatte ich keine Probleme.

Ich konnte die Augen nicht von dem Mädchen lassen, während ich den Salat mischte.

»Kit«, sagte ich.

Er sah mich verständnislos an. »Ja, Frannie?«

»Die Spaghetti. Wir sind am Verhungern.«

»Ach ja.« Er stieß fast einen Stuhl um, stellte ihn wieder gerade hin und ging in die Küche. Gleich darauf kam er mit einer dampfenden Schüssel Pasta zurück.

Die ganze Zeit über hatte das Mädchen jede unserer Bewegungen beobachtet. Ich gab mir Mühe, lässig zu wirken, fragte mich aber, ob die beiden hörten, dass mein Herz so laut wie eine alte Ölpumpe schlug. Vertraute uns das Mädchen wirklich? Würde es vielleicht plötzlich vom Tisch aufspringen und versuchen zu fliehen?

Kit sprach mit der Kleinen und machte dabei einen unglaublich ruhigen Eindruck. »Kann ich deinen Teller haben?«, fragte er.

Das Mädchen nickte. Er nahm den Teller und füllte ihn mit Spaghetti und Tomatensauce. Dann setzte er sich neben mich, bediente mich und schließlich sich selbst.

Die Kleine sah ihn mit ihren runden hellgrünen Augen unverwandt an. Sie wartete auf etwas. *Worauf?* Wir hingen an ihren Lippen. Wir mussten es einfach. Was würde sie uns als Nächstes erzählen? Was würden wir erfahren?

»Na los«, ermunterte Kit sie mit seinem warmen Lächeln. »Iss doch bitte.«

»Iss die Suppe«, sagte sie, ohne eine Miene zu verziehen.

Kit verstand den Witz nicht, aber das Mädchen und ich

lachten wieder. Es war nicht nur aufgeweckt, sondern wusste sich auch in Gesellschaft zu benehmen. Wo war ihm das beigebracht worden? Wo war es aufgewachsen? Es war klar, dass es viel mit Erwachsenen zu tun gehabt hatte.

Das Kind faltete die Hände auf dem Tisch und schloss die Augen. Seine Stimme war kaum lauter als ein Flüstern.

»Danke, Gott, für dieses gute Essen, diese herrlichen Spaghetti. Amen.«

Tränen liefen mir über die Wangen.

59.

Max schaukelte in dem alten Schaukelstuhl auf der Veranda hin und her, genau wie irgendein anderes normales kleines Mädchen an einem schönen Sommermorgen.

Sie hatte Kopfhörer auf und hörte das Lied »Bitch« von Meredith Brooks. Sie war ruhig – jedenfalls *ruhiger*. Max wollte den beiden gern vertrauen, aber noch hatte sie Angst, war ein bisschen paranoid und verwirrt.

Du hast Angst vor deinem eigenen Schatten, nicht wahr, Maximum?

Kit, der große blonde Mann, war im Haus und telefonierte mit jemandem. Sie fragte sich, wer es wohl war. Kit machte wirklich gute Spaghetti – die besten, die sie jemals gegessen hatte. Aber das musste ja noch lange nicht heißen, dass sie ihm ihr Wissen anvertrauen konnte, ihre dunklen Geheimnisse, die Wahrheit und nichts als die Wahrheit über die Schule.

Frannie machte einen kleinen Spaziergang. Sie hatte gesagt, sie würde in zehn Minuten wieder da sein, vielleicht auch eher. Außerdem hatte sie versprochen, eine Überraschung mitzubringen. Sie würde ja sehen. Aber was für eine Überraschung?

Max wusste, dass nicht alle Überraschungen Freude machten. Das war sogar die Untertreibung des Jahres! Die meisten Überraschungen in ihrem Leben waren alles andere als angenehm gewesen.

Sie wollte die Hilfe von Kit und Frannie annehmen, aber zuerst musste sie herausfinden, ob sie auch wirklich gute Menschen waren und ihr Vertrauen verdienten. Auf jeden Fall war es schön, dass die beiden ihr vertrauten. Frannie hatte gesagt, sie könne sich im und ums Haus völlig frei bewegen.

Frannie schien wirklich sehr nett und umgänglich zu sein, und für Kit galt das gleiche.

Das Außentor der Schule war immer verschlossen gewesen, kam Max in den Sinn. Es durchfuhr sie wie ein Messerstich. Ihr Kopf war voll mit bösen Erinnerungen.

Matthew und sie hatten sie die Flugschule genannt. Dafür gab es zwei gute Gründe: Erstens wünschten sich beide sehnlichst, von dort wegzufliegen, und zweitens war es ihnen verboten, in der Schule zu fliegen, darum: die Flugschule. Aus Protest.

Es war ihr strikt untersagt gewesen, das Schulgelände zu verlassen. Als Strafe dafür drohte das Einschläfern.

Jetzt aber war sie hier. Wach. Lebendig. Hörte »Bitch«.

Das einzige Mal, als die Wachleute eine Tür offen gelassen hatten, das allereinzige Mal, dass sie nachlässig gewesen waren, hatten Matthew und sie das Weite gesucht. »Die Fliege gemacht«, wie Matthew geschrien hatte.

Max zog die Beine an und legte das Kinn auf die Knie. Sie bewunderte ihre Beine in den schwarzen Stretchhosen, die Frannie ihr gegeben hatte. Auch das weite blaue Hemd von Kit mit dem Aufdruck »FBI« gefiel ihr.

Doch dann kam ihr ein Verdacht. *Das blaue Hemd bedeckte ihre Flügel, sodass sie nicht fliegen konnte.*

Aber es war sauber und roch so gut. Außerdem wollte sie nicht fliegen, wenigstens nicht jetzt. Sie wollte in dem knarrenden alten Schaukelstuhl sitzen, Rock 'n' Roll hören und Schokoladenplätzchen essen, bis sie ihr aus den Ohren kamen. *Himmel – Plätzchen ohne Ende, welch ein Traum!*

Die Musik lief immer noch, der Rhythmus gefiel ihr. Er passte irgendwie zu ihrem Herzschlag. Das war der Trick dabei, nicht wahr?

Max überlegte, dass, wenn Frannies »Überraschung« gut wäre, sie ihr vielleicht ein Geheimnis aus der Schule erzählen würde.

Aber nur eins.

Vielleicht von Matthew.

Oder von Adam? Oder lieber von der armen Eve? Von der schrecklichen, schrecklichen Nacht, in der die beiden eingeschläfert wurden.

Möglicherweise konnten Kit und Frannie ihr helfen, Matthew zu finden.

Ihre Hände ballten sich instinktiv zu Fäusten. Eine Sache war ihr wieder und wieder eingeimpft worden: Sie würde riesengroßen Ärger bekommen, wenn sie etwas ausplauderte.

Menschen würden sterben, sie selbst zuallererst und dann alle, mit denen sie gesprochen hatte.

60.

Pip zog mich durch den Wald, als wäre er eine kleine Lokomotive. Zikaden zirpten überall. Es schien wie ein Traum, doch es war keiner.

»Langsam, du Dummchen«, brüllte ich, aber Pip ignorierte mich völlig.

Ich trug allerlei Sachen bei mir: Kleidung für das Mädchen, eine kleine schwarze Tasche, eine Fünfunddreißig-Millimeter-Kamera. Pip aber wollte unbedingt zur Hütte – *und zwar jetzt auf der Stelle.*

Plötzlich entglitt mir die Leine, und der Hund war weg. Er rannte voraus, zog die Leine hinter sich her und bellte sich die Seele aus dem Leib.

»Pip! Du kleiner Racker!«

Mit den verdammten Kopfhörern in den Ohren hatte das Mädchen keine Chance, ihn zu hören. Ich ließ alles fallen und rannte los, aber es war zu spät. Er sprang wie wild um das Mädchen herum. Du lieber Gott! Würde es begreifen, dass Pip nur ein kleiner übereifriger Hund war? Dass er keine Gefahr darstellte?

Dann hörte ich das Kind lachen, und der Hund bellte verspielt. Für mich die schönsten Laute der Welt.

Kit stürmte aus der Eingangstür, gerade als ich an der Verandatreppe der Hütte ankam. Er sah beunruhigt aus – bis er die Situation durchschaut hatte.

»Ist das etwa meine Überraschung?«, fragte das Mädchen, während das verrückte kleine Tier es überall ableckte.

»Pip, benimm dich«, sagte ich. »Ja, das ist die Überraschung.«

»In der Schule haben wir auch Hunde. Bandit und Gomer.«

Kit und ich wechselten einen Blick. Wir registrierten diese kleine Information für später.

»Das ist Pip«, stellte ich vor. »Er ist ein lieber kleiner Hund.«

Das Mädchen lächelte. »Hallo, Pip.«

Es hob einen Zweig auf, und Pip drehte fast durch; er sprang in die Luft, wackelte mit seinem Stummelschwanz und kläffte wie verrückt.

Einen Moment lang dachte das Kind nach, dann sprach es.

»Ich bin Max.« Sie hatte uns ihren Namen verraten. Dann warf sie das Stöckchen. »Los, hol es, Pip!«

61.

Ich musste Max auf Verletzungen und mögliche Unterernährung untersuchen und konnte es kaum erwarten. Die Spannung war unerträglich. Die meisten Ärzte würden für so eine Gelegenheit einen Mord begehen, und vielleicht hatten es einige auch getan.

Ich stand vor der vertrauten und normalerweise keinerlei Angst einflößenden Tür zum Gästezimmer meines Hauses und tat wohl den tiefsten Atemzug meines ganzen Lebens. Kit und ich hatten gerade darüber gesprochen, ob wir Max den Behörden überstellen sollten, wie etwa der hiesigen Polizei oder sogar der Universität von Colorado in Boulder.

»Ich *bin* die Polizei«, hatte Kit argumentiert. Er war eindeutig dagegen. »Außerdem bin ich nicht sicher, wem wir im Moment trauen können. Ich arbeite daran, Frannie. Gib mir noch ein oder zwei Tage, um einige Dinge zu überprüfen.«

Seine Reaktion war nicht gerade sehr beruhigend, aber auch ich selbst hatte Zweifel wegen der Behörden in Nederland oder in Boulder. Ich hatte von Anfang an nicht das Gefühl gehabt, dass sie der Sache gewachsen wären.

Hinter dieser Tür war nun Max und wartete, dass ich sie ausführlich untersuchte. Sie hatte mir bereits erzählt, dass es ihr nichts ausmachte – sie war es gewöhnt.

Nun, für mich war es wie ein Hauptgewinn.

Kit war auf der vorderen Veranda und telefonierte ein bisschen herum. Er besaß ein paar Notizbücher mit Informationen über die verbrecherischen Wissenschaftler, die sich vielleicht hier in der Gegend niedergelassen hatten. Er hatte bereits Dutzende von Ärzten befragt, die jemanden aus der Gruppe kannten. Die Ermittlungen in diesem Fall kamen ihm vor, als müsse er ein Land durchqueren, in dem es nur Sackgassen gab. Er schenkte mir heute auch nicht sein unvergleichliches Lächeln. Und er gab zu, dass er frustriert und nervös war, was die zukünftigen Ereignisse betraf. Wir hatten beide keine Ahnung, worin wir verstrickt waren. Wie konnten wir auch?

Leise klopfte ich an die Tür. Max sagte: »Komm rein.«

Ich trat mit meiner schwarzen Arzttasche ein und bemühte mich, nicht zu zeigen, wie nervös ich war.

Max legte das *People*-Magazin weg. Sie hatte mir erzählt, dass sie es jede Woche las. Die Untersuchung hatten wir vorher abgesprochen, daher zog sie sich ohne Aufforderung aus. Ich fragte mich immer noch, *wer* sie bis jetzt untersucht hatte.

Was ich zu sehen bekam, verschlug mir den Atem. Ich war in einer Art Hochstimmung, doch zugleich sehr nervös und ängstlich. Mir war, als hätte man mich überraschend in das Komitee für Biologische Ethik berufen. Denn das hier war auf jeden Fall Medizingeschichte. Es war ein Wunder.

Das junge Mädchen, das vor mir stand, hatte keine Brustwarzen, nicht mal einen Anflug von Brust. Die Breite ihres Brustkorbs war unglaublich. Der Kittel, den sie vorher getragen hatte, und dann Kits Hemd hatten einen Brustkorb verdeckt, der fast doppelt so breit war wie meiner.

Das war verständlich, dachte ich, als ich die Untersuchung vorbereitete. Max musste ungeheuer viele Muskeln hineinpacken, um fliegen zu können. Auch mussten die Flugmuskeln solide verankert sein. Vielleicht in einem überdimensionalen Brustbein oder einem Y-förmigen Schlüsselbein. Wie war das erreicht worden? Wer hatte Max erschaffen – und warum? Ich fühlte mich schwindelig und hatte weiche Knie.

Ich näherte mich ihr. »Stethoskop«, sagte ich, und sie nickte zustimmend.

Max' Schultern waren breit, und ihre Brustmuskeln waren in einem übergroßen Brustknochen, Brustkamm genannt, verankert. Ausgesprochen ungewöhnlich. Wenn ich mein Stethoskop an ihren Rücken oder ihren »Brustkiel« anlegte, atmete sie tief ein und wieder aus.

Sie wusste genau, was sie zu tun hatte, war an medizinische Untersuchungen gewöhnt. Durch wen? Warum? Was für eine Art Schule war das?

»Ist das Stethoskop zu kalt?«, fragte ich Max.

»Nein«, antwortete sie. »Warm wie ein Toaster.«

Für ein so junges Mädchen drückte sie sich gut aus. Ihre Sprache war bildhaft und anschaulich. Ich hatte sie sowohl Humor als auch Ironie verwenden hören. Sie war intelligent. Warum? Wie? Wer hatte sie sprechen gelehrt? Sich zu benehmen? Sie verhielt sich so höflich und rücksichtsvoll.

»Atme noch mal tief ein, bitte«, sagte ich. Max nickte. Sie tat, was man von ihr verlangte. Sie war sehr kooperativ und fast immer höflich. Max war wirklich ein liebes junges Mädchen.

Was ich in ihrem Brustkorb hörte, konnte ich kaum glauben. Ihre Lunge arbeitete nicht nach dem Blasebalgprinzip der Säugetiere. Das Organ war ziemlich klein und, nach dem zu schließen, was ich hören konnte, vorn und hinten mit Luftsäcken verbunden. Was für eine Lunge! Allein darüber könnte ich ein Buch schreiben. Mann o Mann! Vor Aufregung blieb mir selbst fast der Atem weg.

Ich war mir nicht sicher, aber die logische Folgerung war, dass ihre Knochen hohl und die Luftsäcke mit ihnen verbunden waren.

»Danke, Max. Das war super.«

»Schon in Ordnung. Ich verstehe. Ich bin eine Missgeburt.« Sie zuckte mit den Schultern.

»Nein, du bist nur etwas Besonderes.«

Ich drehte sie zu mir um und setzte das Stethoskop auf ihr Herz. Himmel! Es klopfte regelmäßig mit vierundsechzig Schlägen pro Minute, aber wie es *dröhnte!*

Max hatte das Herz eines Sportlers, eines Leistungssportlers. Das Organ war riesig. Ich schätzte sein Gewicht auf mehrere Pfund. Es war das Herz eines ausgewachsenen Pferdes.

Ein so großes und kräftiges Organ konnte sehr viel Blut durch den Körper pumpen. Die miteinander verbundenen Luftsäcke wiesen auf einen einbahnigen Luftfluss hin. Eine große Pumpe und viel Platz für Luft ergaben ein sehr leistungsfähiges System für den Austausch von Kohlendioxid und Sauerstoff. Das machte Sinn. So bekam sie die Ausdauer, die sie brauchte, um lange Strecken zu fliegen und auch die Sauerstoffversorgung ihrer Zellen in großer Höhe sicherzustellen, wo die Luft dünner war.

Als hätte sie meine Gedanken gelesen, begann Max, mit den Flügeln zu schlagen.

62.

Du hast das schon mal mitgemacht«, sagte ich lächelnd. Ich konnte einfach nicht anders. Sie war so ein cooles kleines Mädchen. Entspannt, gut erzogen und witzig.

»Millionen Mal«, erklärte Max.

Sie hob ein wenig vom Boden ab und blieb da.

Ich stieg auf einen Hocker, legte wieder das Stethoskop auf ihre Brust und lauschte ihrem Herzen, das nun viel schneller schlug, als ich zählen konnte. Ich hörte auf und schaute sie an. Sie war ein Wunder. So langsam verlor ich den Verstand.

»Ich kann ohne Anstrengung bis auf zweihundert Schläge pro Minute kommen«, erzählte sie. Dann zwinkerte sie mir zu. »Ganz schön cool, nicht wahr?«

»Allerdings«, bestätigte ich. Ich legte beide Hände auf ihre Hüften. »Okay«, flüsterte ich. »Das reicht für heute. Danke.«

»Gern geschehen.«

Max hörte auf, mit den Flügeln zu schlagen, und setzte wieder auf dem Boden auf. Ich maß sie von Kopf bis Fuß und versuchte, mein seelisches Gleichgewicht wiederzufinden.

»Ein Meter zweiundvierzigeinhalb«, belehrte mich Max.

Das stimmte genau. Ihre Arme und Beine waren etwas disproportioniert, die Beine waren länger. Ringfinger und kleiner Finger beider Hände waren teilweise zusammengewachsen, aber das fiel nur auf, wenn man genau hinschaute. Zwischen ihren Zehen waren kleine Häute.

Durch diese Veränderungen konnte sie ihre Hände und Füße anstelle eines Schwanzes als eine Art Steuerungsmechanismus benutzen. Auch auf der Rückseite ihrer Beine waren Federn. Das half beim Fliegen und unterstützte das Steuern.

Ihr Hals war sehr beweglich und ihre Reflexe sehr viel besser als meine – oder die eines anderen Menschen. Ihre Sehkraft, sowohl fern als auch peripher, war sehr gut ausgebildet. Nein, sie war sogar außergewöhnlich. Das Mädchen war in jeder Beziehung überlegen – das Beste vom Menschen, das Beste vom Vogel.

Wie ich schon vermutet hatte, waren ihre Flügel vollständig mit Gelenken versehen. Mit verbundenen Augen hätte ich geglaubt, sie gehörten einem großen Vogel, der öfter lange Distanzen fliegt; zum Beispiel einem Falken oder einem Vogel, der im Ozean fischt. *War Max teils Mensch, teils Falke? Wie konnte es dazu kommen?*

Ich legte mein Maßband an einer Flügelspitze an, und ohne jede Aufforderung breitete Max schon die Schwingen aus.

»Zwei Meter und fünfundsiebzig Zentimeter«, sagte sie stolz. Ihre leise Stimme hatte einen rauen Klang, wie wenn der Wind über trockene Kornfelder streicht.

»Danke. Eine Flügelspanne von knapp drei Metern.«

Die größten Flügel, die ich je an einem elfjährigen Mädchen gesehen hatte.

Ich bat Max, sich auf das Bett zu legen, und tastete den Bauchbereich ab. Ihre Organe waren klein, aber an den üblichen Stellen.

Auch das war logisch und sinnvoll. Fliegen war nur möglich, wenn die Flügel den Körper heben konnten. Das bedeutete starke Brustmuskeln, kleine Organe und, wenn ich mich nicht irrte, leichte, hohle Knochen, die aber sehr widerstandsfähig sein mussten, um den erheblichen Druck des Fliegens auszuhalten.

Perfektes Design, dachte ich.

Denn sie war schließlich künstlich erschaffen worden, oder nicht?

»Willst du auch eine Unterleibsuntersuchung machen?«, fragte Max.

Hatte man ihr das angetan? Ich war schockiert, zeigte es aber nicht.

»Nein, möchte ich nicht«, erwiderte ich.

»Oh. Na ja, ich kann's dir ja auch sagen«, grinste sie und zog ihre Hose wieder an. »Ich bin *ovipar*.«

Tatsächlich ovipar. Das erklärte, warum Max keine Brüste hatte. Wenn Fortpflanzung möglich war, dann würde sie keine lebenden Babys zur Welt bringen. Und sie auch nicht stillen.

Ihre Babys würden aus Eiern schlüpfen.

63.

Während dieser Untersuchung rasten meine Gedanken durcheinander. Ich war vollkommen verwirrt. Wie sehr hatte ich mir gewünscht, herauszufinden, wer oder was diese zauberhafte Kreatur war. Nun, da ich sie untersucht hatte, konnte ich die erworbenen Informationen kaum verarbeiten. Sie war wirklich ein Supermädchen.

Perfektes Design.

Aber wer waren der oder die Designer?

Ich brauchte ein Röntgengerät sowie Apparate für Blutuntersuchungen. Außerdem medizinische und zoologische Experten, die mit mir die Daten auswerteten. Ich hatte mehr Fragen als je zuvor.

»So, nun erzähl mir mal, wo du herkommst, Max«, forderte

ich sie auf, während ich mein Stethoskop zurück in die Tasche packte.

Sie lächelte schelmisch. »Aus einem Kohlfeld«, antwortete sie. »Ein Storch hat mich dorthin gebracht.«

Dann verengten sich ihre grünen Augen. »Wie kommt es, dass ich Flügel habe und du nicht?«

»Ich weiß es nicht. Das ist die große Frage.«

Max wirkte enttäuscht. Dachte sie, ich würde sie belügen, ihr etwas verschweigen? Der verletzte Ausdruck in ihrem Gesicht bewies mir, dass sie von mir eine ehrliche Erklärung erwartet hatte. »Sie« hatten ihr wohl nichts darüber erzählt.

»Ich will versuchen, das herauszufinden«, sagte ich. »Gib mir etwas Zeit. Dies alles ist noch zu neu und überwältigend für mich. Bitte, vertrau mir ein wenig, Max.«

»Ich traue niemandem«, zischte sie. In ihren Augen sah ich Zorn, Bitterkeit und sehr viel Leid.

Hatte sie bei Wissenschaftlern gelebt? Jungen Leuten? Laborfreaks? Sie konnte sehr umgangssprachlich reden und benutzte teilweise die typische Ausdrucksweise von jungen Leuten. Ich testete sie, indem ich gängige Redensarten verwendete.

»Du denkst wohl auch, dass die Erwachsenen sie nicht mehr alle haben, nicht wahr?«

Max zuckte die Schultern. »Ist mir egal. Ich spiele jetzt mit Pip, okay? Darf ich? Erlaubst du es? Oder muss ich drinnen bleiben – jetzt, wo du hast, was du wolltest?«

»Nein, Max. Geh spielen.«

Sie rannte aus dem Zimmer. Sie war ärgerlich. Über mich oder über etwas, das ich gesagt hatte. Was auch immer es gewesen sein mochte, sie fing an zu weinen. Max konnte weinen, und das erschien mir unfassbar. Ich stellte mir vor, wie ein Adler über das Land flog, das der Mensch so sichtbar ausgebeutet hatte, und es ihm möglich wäre, deshalb zu *weinen*. Oder eine Rotkehlchenmutter, die weinte, weil sie ihrem verletzten Jungen nicht helfen konnte.

Kit war noch immer auf der Veranda. Als er mich kommen sah, schaltete er sein Handy aus.

»Was ist passiert? Ich hatte den Eindruck, dass sie weinte.«

»Nun, sie hat mir nicht erzählt, wo sie herkommt«, sagte ich leise. »Doch was ich bei der Untersuchung gesehen habe, macht mich vollkommen fertig. Kit, sie ist Medizingeschichte. Wie immer es auch zu Stande kam!«

»Erzähl mir davon«, bat er. Seine Augen waren eindringlich, flehend. *Ich bin die Polizei*.

»Ich weiß nicht, wo ich anfangen soll. Für mich ist sie ein zum Fliegen geschaffener Mensch, denn Max ist ohne Zweifel menschlich. Ihr Gehirn und ihre Gefühle sind menschlich, aber der Rest des Körpers ist eine Mischung aus Mensch- und Vogelteilen. Der menschliche Teil scheint zu dominieren. Und diese *Schule,* über die sie geredet hat – was immer da auch vorgeht – dort müssen Wissenschaftler an der Sache arbeiten.«

Kits Miene war grimmig. »Warum bist du dir da so sicher?«

»Sie ist daran gewöhnt, untersucht zu werden. Max kennt eine ganze Menge medizinischer Fachausdrücke. Ich weiß nicht, wie genau und warum. Sie sagte mir, dass sie ovipar sei. Sie legt Eier.«

Dann herrschte Stille zwischen uns, nur unterbrochen durch die Geräusche von Max und Pip beim Spielen.

»Willst du mir erzählen, dass sie wirklich eine Art Kreuzung zwischen Mensch und Vogel ist? Kann das möglich sein?«, fragte Kit.

»Nein, eigentlich kann ich das nicht glauben. Doch da gibt es ein kleines, aber überzeugendes Detail ...«

Kit beendete den Satz für mich. »Das wir gerade sehen«, sagte er. »Mein Gott.«

Wir beobachteten, wie Max Pip in ihre Arme nahm.

Dann kam das Geräusch des Flügelschlagens, und sie war in der Luft. Mit Pip in den Armen flog sie über die Baumwipfel, und ihm schien es nicht das Geringste auszumachen.

64.

Diskretion war der entscheidende Punkt. Von jetzt an durfte nichts mehr schief gehen. Die schweren Fehler der Vergangenheit waren bereits korrigiert worden. Schadensbegrenzung hieß die Devise.

Die wichtigen »Besucher« waren so unauffällig wie möglich in der weiteren Umgebung von Denver eingetroffen. Sorgfältige Vorbereitung und Planung waren auf jedes Detail ihrer jeweiligen Reise verwendet worden. Wichtig war vor allem, ihre Anwesenheit geheim zu halten, nicht nur vor dem Rest der Welt, sondern auch vor ihren Geschäftspartnern und sogar vor ihren Familien.

Jeder von ihnen wusste, was auf dem Spiel stand. Jedem von ihnen war bewusst, wie wichtig dieser Moment war und wie privilegiert sie waren, daran teilhaben zu dürfen, selbst bei ihren hohen Standards. Und jeder von ihnen kannte auch das enorme persönliche Risiko, das er einging, sollte er erwischt werden. Zwar könnten sie alles abstreiten, doch am Ende würden sie mit dem Leben bezahlen.

Zwei der wichtigsten »Besucher« kamen als Ehepaar. Das war die einfachste und beste Tarnung. Die größte Gruppe bestand aus vier deutschen Männern, die vorgaben, als passionierte Angler am Continental Divide Fliegenfischen zu wollen.

Zwei Reisende kamen von einem großen Konzern in Tokio. Sollte jemand nach dem Grund ihres Aufenthalts fragen, waren sie hier, um das Colorado Shakespeare Festival zu besuchen. Sie wohnten im »Victoria Historic Inn« in Boulder und verknipsten unzählige Filme, genau wie gewöhnliche Touristen. Ein anderer Gast repräsentierte eine der größten und wichtigsten Firmen Frankreichs. Der offizielle Grund seines Hierseins waren das Musikfest in Chautauqua und das Ragtime-Festival in Niwot. Die Besucher hatten sich einverstanden erklärt, in kleinen umliegenden Städten wie Lafayette, Nederland, Louisville, Longmont und Blackhawk Quartier zu beziehen.

Das Ehepaar aus London zeltete. Sie praktizierten naturnahes Leben im amerikanischen Stil im Rocky-Mountain-Nationalpark, ungefähr 50 Meilen nordwestlich von Boulder.

Ein Konzernboss aus Bernardsville, New Jersey, wohnte in der luxuriösen und sehr schönen Gold-Lake-Mountain-Ferienanlage.

Jedem Besucher war eine bestimmte Stadt in Colorado *zugewiesen* worden. Sie sollten sich kleiden und benehmen wie normale Feriengäste und auch möglichst in kleinen Quartieren übernachten, wie der »Black Dog«-Frühstückspension, dem Hotel »Boulderado«, dem »Briar Rose«. Wie einflussreich die Gäste auch auf ihren Spezialgebieten waren – hier taten sie genau, was ihnen gesagt wurde.

Sie kannten die großen Zusammenhänge: Die Geschichte der Menschheit war an einem entscheidenden Wendepunkt angelangt.

65.

Es durfte keinerlei Beweise geben. Es durfte keine Zeugen geben.

Harding Thomas führte ein Dutzend Jäger durch das »Raster« von der Rough-Rider-Road zum »Peak-to-Peak«-Highway. Jetzt hatten sie Hunde bei sich, die auf den Geruch des geflügelten Mädchens angesetzt waren. Die aus jeweils einem Mann und einem Hund bestehenden Paare gingen in einer Entfernung von drei Metern voneinander. Während sie auf diese Weise durch die Wälder streiften, durchsuchten sie parallele Streifen. Die meisten von ihnen waren ehemalige Armeeoffiziere. Sie zogen es vor zu glauben, dass diese Übung im Sinne der Landesverteidigung stattfand und vielleicht sogar für das Überleben Amerikas wichtig war.

War ein Rasterfeld erforscht, verließen sie es. Dann wurde die nächste Sektion markiert. Methodisch wurde das gesamte Gebiet nach dem vermissten Mädchen durchkämmt.

Heute sprachen sie nicht, machten keine Witze und rauchten nicht einmal. Das einzige Geräusch war das ihrer schweren Stiefel im Unterholz und das ständige Schnüffeln der gierigen, übereifrigen Hunde.

Auf der anderen Seite des »Peak-to-Peak«-Highways sah man das eindrucksvolle Vorgebirge der Rockies. Dort oben warteten bereits zwei Hubschrauber. Sie hatten Infrarotsuchgeräte an Bord, mit denen sie weite Teile des Geländes absuchen konnten. Auf einem Bildschirm wurde jeder Warmblüter angezeigt, der sich in dem Gebiet aufhielt. Wild, Mäuse, Bären, Hasen, Vögel – alle Kreaturen, ob groß oder klein.

Das Mädchen konnte jetzt nicht mehr entkommen. Es hatte keine Chance, keine Fluchtmöglichkeit. Es konnte sich nicht länger verstecken vor den Infrarotstrahlen, dem methodischen Suchtrupp, den ausgebildeten Hunden.

Doch irgendwie schien es ihm zu gelingen. Das Mädchen schien sich in Luft aufgelöst zu haben.

Die Truppe war schon lange draußen, und die Sonne ging allmählich unter. Doch das machte nichts. Wenn nötig würde die intensive Suche die ganze Nacht andauern. Man hatte außerdem schon Verstärkung in Form von sehr beunruhigten und besorgten Ärzten und Wissenschaftlern aus der Region um Denver und Boulder angefordert. Männer und Frauen, die an der Schule arbeiteten und denen man die Wahrheit offenbaren konnte.

Natürlich hatten sie eine gute Legende ausgearbeitet, die den Vorteil hatte, auch noch fast der Wahrheit zu entsprechen – sie suchten nach einem kleinen Mädchen, das sich in den Wäldern verlaufen hatte.

Max war nun eine Bedrohung für das Ganze.

66.

Ich litt unter Atemnot. Ich bekam einfach nicht richtig Luft. Kit hatte vorgeschlagen, ich solle mich eine Zeit lang um meine übliche Arbeit kümmern, eine Pause machen, was die andere Sache betraf. Ich hielt das für eine gute Idee.

Gillian und ich hatten ohnehin vereinbart, uns bald einmal zu treffen. Das hatten wir an dem Tag ausgemacht, als Frank McDonough in seinem Pool ertrunken war. Ich musste es ihr sogar versprechen. Die Umstände von Franks Tod bewegten mich noch immer sehr. Ich konnte mir einfach nicht vorstellen, dass ausgerechnet Frank ertrunken war.

Einer der Gründe, warum ich Gillian nicht so oft besuche, ist, dass ihr Haus ungefähr eine Autostunde entfernt liegt. Auf dem Weg dorthin überkamen mich einige wirklich unangenehme Gedanken. Erst war David gestorben, dann Frank, und jetzt machte ich mir irgendwie Sorgen um Gillian. Es gab keine logische Begründung, doch ich hatte das sichere Gefühl, sie sei in Gefahr.

Während der Fahrt überfielen mich albtraumhafte Vorstellungen, ich käme bei ihr an und fände Polizei- und Rettungswagen vor. Natürlich war das unwahrscheinlich, doch andererseits waren Davids und Franks Tod auch überraschend gekommen.

Ich lenkte meine Gedanken in positivere Bahnen. Nur nicht der Panik erliegen. Die Besuche bei Gillian waren immer die Höhepunkte meiner Woche gewesen. Niemand hatte mich nach Davids Tod mehr unterstützt, niemand war liebevoller gewesen als sie, nicht einmal meine Schwester Carole. Selbst am Telefon konnte ich stundenlang mit Gillian sprechen, aber von Angesicht zu Angesicht war es immer noch am besten. Sie hatte ihren Mann vor zwei Jahren verloren. Das verband uns anfangs – und mittlerweile war es noch viel mehr.

Als ich bei ihrem Haus in den Hügeln ankam, war ich viel panischer und ängstlicher, als ich gedacht hatte. Es gab ein Problem: Kit hatte mir das Versprechen abgenommen, nichts von dem Mädchen zu erzählen. Obwohl ich wusste, dass er Recht damit hatte, die Existenz von Max als Geheimnis zu bewahren, würde es doch schwierig werden, Gillian zu treffen und ihr nichts von diesem außergewöhnlichen Mädchen zu erzählen. Darüber zu schweigen erschien mir fast wie eine Lüge.

Eigentlich wollte ich auch versuchen, einige Informationen von ihr zu bekommen. Gillian ist ein »guter Mensch«

und steht mit beiden Beinen fest auf dem Boden. Sie hatte an der U.C.L.A. Medizin studiert *und* in Biologie in Stanford promoviert. Sie ist ein wandelndes Lexikon, und das nicht nur im Bereich Naturwissenschaften, sondern auch für Wirtschaft, Astronomie, die Denver Nuggets, die Colorado Rockies. Wenn man eine Frage hat, Gillian weiß die Antwort.

Außerdem ist sie eine wunderbare Mutter, und vielleicht schätzte ich das am meisten an ihr.

Jetzt entdeckte ich sie. Es ging ihr gut. Ich konnte auch ihren kleinen Sohn Michael im Pool spielen sehen, als ich aus dem Auto stieg. Sofort ging es mir besser.

Atme. Rein mit dem Guten. Raus mit dem Bösen, redete ich mir gut zu. Doch das war leichter gesagt als getan.

»Hast du einen Badeanzug mitgebracht?«, fragte Gillian. Sie trug einen schwarz-blaugestreiften Einteiler und sah mit ihren einundfünfzig Jahren wirklich fantastisch aus. Seit dreißig Jahren läuft sie jeden Tag fünf Meilen. Als sie Mitte Vierzig war, hat sie sogar einmal am Marathon in New York teilgenommen.

»Tatsächlich, ich habe daran gedacht«, sagte ich und zog zum Beweis Shorts und Bluse aus. Ich trug einen rot-weiß gestreiften Badeanzug, den ich ganz gern mochte.

Gillian pfiff und klatschte in die Hände. Sie ist ein mitreißender Cheerleader. »Aber hallo, Frannie! Du siehst großartig aus.«

Ich wackelte mit dem Kopf hin und her und zeigte meine beste James-Stewart-Imitation. »Bin gewandert und so, weißt du. Viel Arbeit mit den Biestern in der Klinik. Nehme mal an, dass hier und da ein Pfund verloren gegangen ist.«

»Hör mal. Da ist doch noch etwas anderes«, sagte Gillian lachend. Sie hat ein strahlendes Lächeln mit weißen Zähnen, das ich ausgesprochen anziehend finde. »Hast du dein Haar getönt, Dr. O'Neill? Wenn ja, ist es dir gelungen. Irgendetwas geht bei dir vor.«

Das kannst du laut sagen, Gil. Nur kann ich dir leider nichts darüber erzählen.

Aus dem Pool krabbelte ein übermütiger blonder Junge. Er lief auf seine Mutter zu und unterbrach damit unsere Unterhaltung, aber auf eine so unschuldige Art, dass es wirklich süß war. Michael war erst zwei Jahre alt gewesen, als sein Vater in seinem Büro im Gemeindekrankenhaus von Boulder an einem Herzinfarkt gestorben war. Trotzdem entwickelte sich das Kind prächtig.

»Was gibt's, mein kleiner Krabbelkäfer?«, fragte Gillian. »Sag Tante Frannie hallo.«

»Hallo, Tante Frannie!« Michael strahlte. Ich beugte mich zu ihm hinunter, und er gab mir einen Kuss. Er ist ein wundervoller kleiner Krabbelkäfer.

»Ich spiele *Seehund*«, verkündete er. »Mein Seehundname ist Schwarznase. Und das ...« – er zeigte auf das unsinkbare Floß – »... das ist Island. Cool, oder?«

»Island ist wirklich cool«, bestätigte ich lachend.

Wir sahen zu, wie Michael von dem untersten Brett in den Pool sprang. »Er ist so niedlich«, sagte ich.

Wieder schaute Gillian mich an. Sie blickte mir in die Augen, und irgendwas machte *klick*. Ich konnte förmlich sehen, wie ihr Gehirn arbeitete. »Du bist verliebt«, sagte sie dann anklagend. »Natürlich! Ich bin mir ganz sicher.«

»Nein. Ich sage nichts. Hör auf damit«, erwiderte ich mit einer Grimasse.

»Und es ist doch wahr. Du sagst mir sofort ... was ist, Michael? In Ordnung, ich stoppe deine Zeit. Geh bloß nicht weg!« Das war an mich gerichtet. »Ich bin dir auf der Spur.«

Gillian ging zum tiefen Teil des Schwimmbeckens. Sie

war wirklich in einer Superform. Sie hielt eine Stoppuhr in der Hand. »Auf die Plätze, fertig, los!«

Schwarznase, der Seehund, sprang erneut ins Wasser. Er schwamm fast bis zur Hälfte des Pools unter Wasser, genau unter Island hindurch. Dann kam er prustend wieder an die Oberfläche.

Ich fühlte mich ein bisschen komisch. Ich hatte so viele Neuigkeiten, wollte sie hinausschreien: *Willst du was über ein außergewöhnliches Kind hören? Ein unglaubliches kleines Mädchen. Ich kann dir von einem Mädchen berichten, das lieb ist und lustig – und das Baumwipfel berühren kann, ohne aus der Puste zu geraten.*

»So, Frannie, jetzt erzähl alles. Sag mir, was es bei dir Neues gibt«, bohrte Gillian, als sie wieder auf dem Liegestuhl neben mir saß. »Denn ich werde es sowieso herausfinden, das weißt du genau. Gestehe.«

»Na gut, ich gebe ja schon auf. Es *könnte* sein, dass ich ein bisschen verliebt bin.«

Ich erzählte ihr alles über Kit, zumindest was ich *durfte*. Natürlich verschwieg ich den Teil mit Max. Und außerdem erwähnte ich nicht, dass Kit beim FBI war.

67.

Kit war beunruhigt, mehr als je zuvor, und er hatte Probleme mit dem Magen.

Er litt unter dem FBI-Magen, wie er es spaßig bezeichnete. Ein Unwohlsein, eine Schwäche und allgemeines Kribbeln, das seine Widerstandskraft Lügen strafte. Den ganzen Tag über war er mit Max draußen gewesen und hatte versucht, so locker wie möglich zu wirken. Er hatte gehofft, sie würde etwas über ihre Herkunft erzählen, doch das war bis jetzt nicht geschehen.

Kit hatte noch einmal Peter Strickers Büro angerufen, aber auch er hatte nicht viele Informationen über Dr. Frank McDonough, außer dass er in Kalifornien mit Dr. James Kim zusammengearbeitet hatte, was Kit bereits wusste. Er hatte fast alle Leute angerufen, die ihm in Washington oder Quantico einen Gefallen schuldeten, doch es hatte ihn nicht viel weiter gebracht.

Das war schlecht. Er war jetzt in einer schwierigen Situation. Er müsste Stricker über Max informieren, doch etwas in seinem Inneren hielt ihn davon ab. War es der sechste Sinn? Oder kalkulierter Wahnsinn? Vielleicht auch einfach nur der Versuch, seine Karriere endgültig zu beenden.

Wie auch immer man es bezeichnete, es war ein Gefühl, von dem das FBI bestimmt nicht so viel hielt wie er. Es war Kit klar, dass viele Menschen seine Überlegungen nicht teilen würden, doch hatten sie auch nicht miterlebt, wie das Büro diesen Fall behandelt hatte. Sie waren nicht dabei gewesen und hatten Peter Strickers abwertenden Blick nicht gesehen, den Zynismus in seiner Stimme nicht gehört.

Nachdem Frannie von dem Besuch bei ihrer Freundin Gillian zurückgekehrt war, hatten sie mit Max noch Pasta gegessen. Später am Abend waren sie dann zu einem Mondscheinspaziergang in die Wälder aufgebrochen. Max kannte die Namen der meisten Bäume, Blumen und Büsche. Wenn sie einmal angefangen hatte, schien sie gern zu reden.

»Eindrucksvoll«, gab Frannie zu. »Du weißt mehr über diese Wälder als ich.«

»Ich lese viel«, antwortete Max mit einem Schulterzucken. »Und ich kann Informationen ziemlich gut speichern.«

»Hast du in der Schule Unterricht bekommen?«, fragte Kit,

als sie auf verschlungenen Wegen auf die Hütte zustrebten. Der Mond stand wie eine riesige weiße Scheibe über den dunklen Baumwipfeln.

»Was glaubst du denn?«, kam die Gegenfrage von Max. Dann rannte sie vor ihnen her – zu Fuß, ohne zu fliegen.

»Ich habe eine Idee«, sagte Kit plötzlich, als sie in der Nähe der Hütte waren. »Lasst uns alle einen Ausflug mit dem Auto machen, die Sehenswürdigkeiten anschauen. Was meinst du, Max?«

»Super!«, sagte Max und schien begeistert zu sein. Ihre grünen Augen leuchteten. Sie sprang in die Luft – und blieb da. »Ich war noch nie in einem Auto! Noch nie in meinem ganzen Leben!«

68.

In dem Jeep konnten wir alle drei vorn sitzen. Da es schon nach Mitternacht war, hielt Kit die Fahrt für ungefährlich. Auf der Straße nach Bear Bluff trafen wir keinen einzigen Wagen. So weit, so gut. Max glühte vor Begeisterung, als sie durch die Scheiben blickte.

Nach einer guten Stunde kamen wir in Denver an, das um diese Uhrzeit ziemlich still war. Ich kannte die glitzernde Skyline gut. Die dem Kampanile in Venedig nachempfundenen Daniels- und Fisher-Türme schraubten sich in den dunklen Himmel. Genau wie das klassizistische State-Capitol mit der vergoldeten Kuppel. Die schöne Kathedrale der Unbefleckten Empfängnis lag genau vor uns. Und selbst in der Nacht konnte man die überwältigenden, großartigen Ausläufer der Rocky Mountains sehen.

Kit wollte sich wohl bei Max beliebt machen, und vielleicht ging sein Plan ja auf. Wir wussten, dass wir ein kleines Risiko eingingen, hier spät in der Nacht herumzufahren, doch es schien vertretbar.

Aus dem Augenwinkel beobachtete ich Max. Beeindruckt und bewundernd zugleich schüttelte sie immer wieder den Kopf. »Schaut euch nur die Häuser an, die Lichter, *alles*. Ich wusste nicht, dass es so viele hohe Gebäude auf der Welt gibt.«

Kit und ich zeigten ihr die McNichols-Sportarena, den Larimer Square, das Mile-High-Stadion. Vor einer Schule aus roten Ziegeln mit eindrucksvollen bunten Graffiti bat Max Kit anzuhalten. *Eine Schule.* Eine freundliche, friedliche Schule.

Max war nie in einer Stadt gewesen, doch wusste sie viel darüber. Sie hatte davon aus Büchern in der Schule erfahren. Das war das Abenteuer ihres Lebens. Sie sog die Informationen auf und speicherte sie.

Ich zeigte ihr ein einzigartiges Bauwerk, das hier nur die »Registrierkasse« genannt wird. Es ist ein großes silbernes Rechteck mit einem abgerundeten Dach. Plötzlich hielt Max die Hände auf ihre Ohren. Ihr Gehör war sehr empfindlich. Das Geräusch war sehr viel lauter als der Motor des Jeeps. Es war genau über uns, zog jedoch weiter.

»Das ist ein Hubschrauber«, erklärte Kit ruhig. »Davor brauchst du keine Angst zu haben, Max. Siehst du die großen Buchstaben auf der Seite?«

Max nickte. »9 Nachrichten – KUSA«, las sie.

»Kusa ist eine Fernsehstation hier in der Stadt. In dem Hubschrauber sind ein paar Leute, die dem Sender Bilder übermitteln. Es sind *gute Menschen.* Durch sie erfahren wir Neuigkeiten aus aller Welt, zumindest aus der Gegend von Denver. Vielleicht hat es heute Abend einen Unfall gegeben. Es muss etwas passiert sein, wenn sie um diese Zeit draußen sind.«

»Der Hubschrauber sieht aus wie ein großer, ziemlich komischer Vogel«, sagte Max. »Kein Wunder, dass die guten Menschen darin fliegen wollen. Ich würde es auch gern. Ich würde gern mal mit ihm um die Wette fliegen. *Hallo, gute Menschen – wollt ihr ein Luftrennen? Ich gewinne.*

Schließlich lenkte Kit den Jeep auf einen Parkplatz, sodass Max beobachten konnte, wie der Helikopter nach Westen abdrehte und sich von uns entfernte. Kit schien es zu gefallen, ihr Dinge zu zeigen. Vielleicht erinnerte es ihn an bessere Zeiten mit seinen eigenen Kindern. Die Wärme und Zärtlichkeit in seinen Augen berührten mich tief.

»Manchmal nennt man sie ›Wirbelvögel‹«, sagte er.

»Wirbelvögel«, wiederholte Max. »Das kenne ich aus der Schule. Meine Lehrerin hieß Mrs. Beattie. Ich habe sie geliebt. Ich glaube, sie haben sie eingeschläfert«, flüsterte sie traurig.

Ohne zu fragen, riss sie die Tür auf.

»Max«, schrie ich. »Max! Max!«

Zu spät. Sie lief ein paar Meter den dunklen Bürgersteig entlang und hob dann ab. Ich hörte das Rauschen ihrer Flügel. Kit und ich sprangen aus dem Wagen und schauten ihr nach, wie sie höher und höher stieg. Aus mehreren Gründen hatte ich Angst. Selbst im Sommer kann es in Denver ziemlich bösartige Winde geben, und außerdem könnte jemand sie sehen.

»Max!«, rief ich wieder. Verdammt, verdammt, verdammt! Sie war schon zu weit entfernt.

Kit legte die Hände trichterförmig an seinen Mund und rief gemeinsam mit mir. Sie *musste* uns hören; ihr Gehör war ausgezeichnet. Doch sie tat, als bemerke sie nichts.

Wir sahen zu, wie sie neben einem großen, glatten dreißig- oder vierzigstöckigen Gebäude aufstieg. Ich muss zugeben, dass es ziemlich eindrucksvoll war. Ich fragte mich, ob sie ihr Spiegelbild in dem dunklen Glas sah und wie sie sich dabei fühlte.

Als Max um den Wolkenkratzer zu kreisen begann, war der Nachrichten-Hubschrauber glücklicherweise schon außer Sichtweite. Sie spähte in Büros und flog dann zu einem anderen Gebäude, dessen erleuchtete Fenster den Slogan »GO ROCKIES« bildeten.

Unter sich konnte sie wahrscheinlich ganz Denver sehen. Cherry Creek am Platte-Fluss. Etwas weiter entfernt war der Elitch-Gardens-Freizeitpark.

Ich hoffte nur, dass niemand sie sah, und wenn ja, dass er seinen Augen nicht glauben würde. Das war mir beim ersten Mal auch so gegangen.

Sie machte ein paar akrobatische Loopings, dann kam Max wieder auf Kit und mich zu. Sie begann einen *Sturzflug,* fing sich perfekt und landete direkt neben dem Jeep.

»Das ist so toll!«, jubilierte sie. »Danke, danke euch beiden. Seit ich ein kleines Kind war, habe ich davon geträumt.«

Wir stiegen wieder ins Auto.

Max schlang ihre weichen Federarme um mich und hielt mich auf dem ganzen Weg nach Hause fest.

69.

In ihrem warmen, gemütlichen Bett in der Hütte durchlebte Max die fantastische Nacht in Denver noch einmal. Zur Abwechslung hatte sie nun endlich mal schöne Gedanken, besonders was Frannie und Kit anging. Sie waren so lieb zu ihr. Sie waren wie die Eltern, die sie nie gehabt hatte.

Plötzlich zuckte Max zusammen. Und neigte ihren Kopf zur Seite. *Sie kamen.* Sie hörte sie und fühlte sie am ganzen Körper.

Ihre Sinne bestätigten ihr, dass sie Recht hatte. In diesem Moment schlichen sie sich an die Hütte heran. Sie war nicht verrückt, bildete es sich auch nicht ein. Max wollte einen Warnschrei für Kit und Frannie ausstoßen, doch sie unterdrückte ihn.

Lass die Feinde nicht wissen, dass du sie bemerkt hast!

Sie schlüpfte aus dem Bett, ging zu dem geschlossenen Fenster und spähte hinaus. Es war eine mondhelle Nacht. Sie hörte das Rascheln im Unterholz. Einer der Männer schlich langsam aus dem Wald.

Sie kannte ihn – es war einer der gemeinsten Aufseher. Die Sicherheitsleute der Schule waren hier. Sie hatten sie gefunden. Und sie wollten auch Frannie und Kit haben.

Unvermittelt wurde Max zu einer Einheit von sechsunddreißig Kilo schlagender Flügel, Angst und Wut. Sie flog aus dem kleinen Schlafzimmer. *Sie flog im Haus!*

Max steuerte auf die anderen Schlafzimmer zu, in denen Frannie und Kit schliefen. Deren Sinne waren längst nicht so ausgebildet wie die von Max. Doch die der Sicherheitsleute auch nicht.

Verboten! Verboten! Sie durfte nicht fliegen. Doch wen interessierte, was die Wächter sagten. Die hatten hier in der wirklichen Welt nichts zu sagen. Jetzt lebte sie ihr eigenes Leben.

Wie aus dem Nichts erschien Pip und fing an, hysterisch zu bellen. *Pip wusste es auch.* Er spürte die Gefahr, die Männer in den Wäldern. Was für ein guter Hund!

Das Bellen weckte Kit. Er stürzte aus dem hinteren Zimmer mit einem Gewehr in der Hand. Dann sah er Max durch den Korridor auf sich zufliegen. »O Gott, Max!«

»Sie kommen, Kit. Sie sind schon ganz nahe. Es sind viele. Sie kommen uns holen!«

»Wer kommt, Max?«

»Jetzt nicht! *Bitte!* Wir müssen weg! Sie werden uns töten. Sie werden uns alle töten!«

Frannie war aus dem anderen Schlafzimmer gekommen. Sie stand vollkommen verwirrt im Flur.

»Bitte! *Vertraut mir!«*, flehte Max sie an, und in diesem Augenblick wurde ihr klar, wie viel ihr diese beiden Menschen bereits bedeuteten.

»Zieh dir was über, Frannie«, rief Kit. »Ab zur Hintertür. Dann in den Jeep. Ich fahre. Schau nicht zurück! Lauf um dein Leben!« Während er das schrie, schnappte er sich eine Hose und ein Hemd.

Kit ergriff die Hand des Mädchens. Sie rannten, so schnell sie nur konnten. Frannie war als erste an der Hintertür und riss sie auf. Der Mann, die Frau, das Kind und der Hund stürzten aus dem Haus in die stockdunkle Nacht. Keiner von ihnen blickte zurück.

Glücklicherweise startete der Jeep sofort. Als er aus dem hinteren Parkplatz schoss, hörte man Schüsse, die auf Metall trafen. Glas splitterte. Das Rückfenster war getroffen worden. Der Jeep schlingerte über den zerfurchten Waldweg. Kit fuhr durch den Kugelhagel, als hätte er es schon einmal getan.

Sie flohen.

Frannie und Kit vertrauten ihr, dachte Max unaufhörlich, und das änderte alles.

70.

Es gibt nichts Aufregenderes, als ohne Erfolg beschossen zu werden. Ich weiß nicht mehr, wer diesen Ausspruch getan hat, aber wer auch immer es war, er hatte auf jeden Fall Recht.

Die verrückten Ereignisse dieser Nacht hatten uns in Personen verwandelt, die uns völlig fremd waren und die wir kaum wiedererkannten. Dem sicheren Tod in meinem Haus waren wir knapp entkommen. Wir sahen grauenvoll aus und fühlten uns noch schlimmer. Der Gedanke, dass uns jemand umbringen wollte, war so ungeheuerlich, dass ich Schwierigkeiten hatte, ihn zu begreifen. *Was gerade geschehen war, konnte nicht wirklich wahr sein – und doch war es passiert. Jemand hatte auf Kits Jeep geschossen, auf uns. Jemand hatte versucht, Max, Kit und mich zu töten.* Niemals hatte ich mir etwas derart Grauenvolles vorgestellt.

In dem schäbigen, heruntergekommenen Motel Six irgendwo an der Interstate Siebzig kauerten wir uns eng aneinander. Ich glaube, wir waren in Idaho Springs, wo es einige Häuser dieser Motelkette gibt. Die Tür war verschlossen und verriegelt, aber wie sicher waren wir wirklich? Nicht sehr. Billige hellgrüne Vorhänge waren vor das Fenster aus einfachem Glas gezogen. Das Licht im Zimmer war aus, doch in dem flimmernden Schein des Fernsehers konnte ich Kit und Max erkennen.

Max schien ziemlich unbeeindruckt von den Geschehnissen; jedenfalls wirkte sie so. Sie lag bis zum Kinn zugedeckt im Bett, und Kit hatte seinen Stuhl direkt neben sie geschoben.

Ich wusste, wie sehr er Max mochte, aber jetzt waren sie dabei, einen Kampf auszufechten. Kit war der Ansicht, wir würden nicht überleben, wenn Max uns nicht sagte, woher sie kam. Max glaubte, sie würde sterben, wenn sie es täte.

Seine Stimme war eisig. Ich hatte diesen Ton noch nie bei ihm gehört. Jetzt war er wohl der FBI-Agent. Professionell, eindringlich und voll konzentriert auf das, was er glaubte tun zu müssen.

»Ich brauche wirklich ein paar Antworten, Max. Du musst dich endlich entscheiden, jemandem zu vertrauen. Jetzt gleich. Max, ich rede mit dir.«

»Das weiß ich. Aber mir gefällt dein Ton nicht«, kam die Antwort.

Plötzlich verlor Max die Fassung. Sie sprang aus dem Bett, rannte ins Badezimmer und schloss sich ein.

»Lasst mich in Ruhe. Ihr redet genau wie die anderen. ›*Vertrau mir!*‹« Sie imitierte Kits Ton. »Warum sollte ich irgend jemandem vertrauen? Ich bin nicht wie du, Kit! Ist dir das nicht aufgefallen?«

»Bitte, sie ist doch nur ein kleines Mädchen, Kit«, sagte ich, und meine Stimme klang dünn vor Stress und Angst und wegen des Wahnsinns der letzten Stunde.

Er schüttelte den Kopf. »Nein. Nein, sie ist nicht *nur* ein kleines Mädchen. Unglücklicherweise ist sie mehr als das. Offensichtlich sterben Menschen wegen ihr. Auch wir wären vorhin fast draufgegangen, Frannie. Wir müssen diese Schule finden, aus der sie kommt. Jedenfalls ich.«

Das ärgerte mich. »So nicht, Kit. Auch ich muss diese so genannte Schule finden. Falls du es nicht bemerkt haben solltest, ich stecke genau wie ihr bis zum Hals in dieser Sache.«

Jedes Mal wenn ich Max anschaute, hatte ich das Bedürfnis, sie in die Arme zu nehmen, aber Kit hatte Recht. Sie war ebenso wenig *nur* ein kleines Mädchen, wie dies *nur* ein kleiner Ausflug war. Im Grunde wussten wir nicht genau, wer oder was Max war und was ihre Anwesenheit zu bedeuten hatte. Nur sie wusste es, und sie erzählte uns nichts.

Kit drehte sich um und stolperte über einen Blechabfalleimer mit McDonald's-Verpackungen. Er hob ihn auf und warf ihn mit aller Kraft gegen die Wand. Dann verpasste er dem Ding noch ein paar Fußtritte.

Instinktiv verbarg ich das Gesicht in meinem Arm, solange das Geräusch widerhallte. Zu Hause auf unserer Farm in Wisconsin war mein Vater auch manchmal ausgerastet. Er schmiss dann mit Dingen um sich, aber nie mit etwas Wertvollem; und niemals hatte er jemanden aus der Familie geschlagen, noch nicht mal einen Klaps ausgeteilt. Deshalb ängstigte mich Kits kleiner, fast komisch wirkender Wutausbruch nicht sonderlich.

»Stimmt was nicht?«, fragte ich, als der Lärm aufgehört hatte.

Wenn ich gedacht hatte, mit dieser Bemerkung vielleicht ein Lächeln auf sein Gesicht zu zaubern oder zur Verbesserung seiner Laune beizutragen, hatte ich mich geirrt.

»Ich wollte ihr keine Angst einjagen«, sagte Kit mit belegter Stimme. »Ich mag sie wirklich gern, Frannie. Sie ist ein tolles Mädchen. Es ist nur – wir könnten alle sterben.«

»Ich weiß. Und sie weiß es auch. Es wird schon werden.« Max' Verhalten konnte als instinktive Fluchtreaktion bezeichnet werden. Ich kannte diese Handlungsweise von Menschen, die geschlagen worden waren. Was hatte man diesem kleinen Mädchen angetan? Wer hatte ihr wehgetan und wie? Wir mussten mehr über diese Schule erfahren. Wo sie war und wie sie aufgebaut war. Was dort geschah, wer die Leute waren.

Kit ging zur Badezimmertür und klopfte leise. »Max, es tut mir Leid, wenn ich mich wütend angehört habe«, sagte er. Seine Stimme war zärtlich, beruhigend. »Ich war wütend.

Ich mache mir Sorgen um deine Sicherheit und weiß nicht, was ich ohne deine Hilfe tun soll.« Das war wohl seine Art zu sagen: *Da gibt es Leute, die wollen uns umbringen.*

Hinter der Tür war Max ruhig. Kein Laut war von ihr zu hören. Manchmal *war* sie wirklich ein kleines Mädchen.

Flüsternd flehte Kit mich an. »Bitte, hol sie da raus. Versuch es wenigstens. Los, Frannie, hilf mir.«

71.

Langsam ging ich in Richtung des Badezimmers. Ich hatte keine Ahnung, was ich sagen sollte; doch ich wusste, ich würde sie nicht belügen. Einen Moment stand ich vor der verschlossenen Tür und ordnete meine Gedanken. Als ich dann anfing zu sprechen, kamen die Worte spontan und von Herzen.

»Max, ich verspreche dir, dass niemand dich zu etwas zwingen wird, das Du nicht willst. Ich weiß es, und du weißt es auch. Wir werden versuchen, *gemeinsam* die beste Lösung zu finden. Glaubst du nicht, dass das fair ist? Hast du eine andere Idee?«

Eine lange Pause folgte. Totenstille hinter der Badezimmertür. Manchmal konnte Max unglaublich eigensinnig und störrisch sein. Schließlich war sie fast ein Teenager. Ich konnte die ersten Anzeichen erkennen. Dann drehte sich langsam der Türknauf.

Als Max herauskam, sah sie uns nicht an. »Es tut mir Leid. Ich habe Angst gehabt«, flüsterte sie und krabbelte zurück ins Bett. Selbst unter diesem wahnsinnigen Druck war sie noch ein liebes Mädchen.

Pip sprang aufs Bett, und Max kuschelte sich mit ihm zusammen. Ich setzte mich ans Fußende und streichelte sanft ihre Federn. Die Vögel tun das, um winzig kleine Haken an den Enden zu glätten, damit keine Zwischenräume entstehen. Ich überlegte, wie ich die Sache angehen konnte, ohne das Kind wieder aufzuregen.

»Es ist alles in Ordnung, Max«, sagte ich leise.

»Das stimmt nicht, Frannie. Du hast ja keine Ahnung.«

Dann erzähl uns deine Geheimnisse. Wir haben dir vertraut. Nun vertraue du uns auch ein wenig.

Nach einer Weile fragte ich: »Was sind das für Leute in der Schule? Erzähl ein bisschen. Sind es Wissenschaftler? Ärzte? Sind es Lehrer?«

»So ähnlich«, sagte sie. »Sie haben mir beigebracht, Objektträger zu untersuchen. Eigentlich nur naturwissenschaftliche Sachen. Aber in meiner Freizeit konnte ich lesen, was ich wollte. Ich habe für sie gearbeitet. Die meisten von ihnen sind Wissenschaftler, Ärzte.«

Den Blick auf den Boden geheftet, lief Kit im Zimmer auf und ab. Als er »Objektträger« hörte, hielt er inne. »Was meinst du mit ›Objektträger‹? Welche Art, Max?«

»Die, die man durch ein Mikroskop betrachtet. In den Laboren. Ich durfte dort arbeiten. Ich sollte Allele zuordnen.«

Die unsägliche Spannung in meinem Inneren wuchs. Chaos und Verwirrung herrschten in meinem Kopf.

Allele sind abgewandelte Formen von Genen. Was Max bislang über die Schule erzählt hatte, war unglaublich Angst einflößend und keineswegs normal.

»Arbeiten die Ärzte mit Chromosomen?«, fragte ich. »Warum machen sie das? Weißt du das?«

»Natürlich. Um das Material zu verbessern«, sagte sie mit einem Schulterzucken.

»Welche Art Material?«, fragte Kit. Das Gespräch war zu einer Art Verhör geworden. Ich fühlte mich wie ein Polizist.

Max' Gesicht wurde leichenblass. »Wenn ich darüber rede, bringe ich andere in Schwierigkeiten«, sagte sie. »Man hat mich gewarnt. Es ist streng verboten, darüber zu reden«, flüsterte sie.

Dann vergrub sie den Kopf in den Kissen und schluchzte verzweifelt. Ich nahm sie in meine Arme. »Bitte, vertraue uns, Max. Du musst jemandem vertrauen. Das weißt du selbst, Liebling.«

Ich wiegte das Kind in meinen Armen, dieses wunderschöne kleine Vogelmädchen. Mir war, als sei ich wieder in meiner Praxis und kümmerte mich um kranke und verletzte Tiere. Und da wäre ich auch gern gewesen.

Ganz leise wisperte Max etwas an meinem Hals. Die Wörter waren kaum hörbar, doch ich *verstand* sie trotzdem.

»Bringt mich nach Hause«, flüsterte sie.

Buch Vier

Die Flugschule

72.

Bringt mich nach Hause.

Ganz offensichtlich war es Max schwer gefallen, diese Worte auszusprechen. Es hörte sich so unschuldig an, doch ich wusste, dem war nicht so. Wir verließen das Motel so schnell wie möglich.

Mit über achtzig Meilen rasten wir den Interstate Highway entlang und hofften, dass uns kein Polizist wegen Geschwindigkeitsüberschreitung anhalten würde.

Wir fuhren zur Schule.

Ich saß mit Max hinten. Sie hatte wahnsinnige Angst. Ich hielt sie ganz fest. Ihr Herzschlag war viel zu schnell. Arme Max. Nur ein kleines Mädchen, in etwas verstrickt, das wir alle nicht recht begreifen konnten.

Während ich mit ihr redete, streichelte ich sie und hoffte, die Elfjährige beruhigen zu können. Ich erzählte ihr, dass ich auf einer Milchfarm im nördlichen Wisconsin aufgewachsen war, und fragte sie, ob sie jemals eine echte Kuh gesehen hatte.

»Wir haben keine Kühe in der Schule«, antwortete sie. »Aber im Fernsehen habe ich schon viele gesehen.«

Ich erzählte von unserer kleinen Herde Holsteiner mit ihren weichen Zungen und feuchten Augen. Sogar an die Namen und Eigenheiten konnte ich mich noch erinnern. Max konnte ihr Interesse nicht verbergen, als ich Blossom Dearie, Nellie Foot-Foot, Please Louise und unseren gefleckten Bullen Kool Kat beschrieb.

Ich schilderte ihr, wie meine Schwester Carole Anne und ich morgens um fünf Uhr aufstanden, um meinem Vater zu helfen; wie wir im Sommer die Kühe abwuschen und ihnen mit dem elektrischen Ventilator Kühlung verschafften. Doch am meisten faszinierte sie, wie wir Milch von ihnen bekamen.

Sie lachte vor Vergnügen, als ich die Freuden des frühmorgendlichen Melkens vor ihr auferstehen ließ. Ich hörte sie so gern lachen. Es war ansteckend. Max hatte so viel Spaß an dieser Welt, die sie nie hatte kennen lernen dürfen. Und außerdem lenkte uns das Lachen von all dem ab, was gerade passierte.

Dann dachte ich mir eine verrückte Geschichte aus – über Schokoladenkühe, die Schokoladenmilch gaben. Kit stieg sofort darauf ein. »Erzähl ihr von den Pfefferminzkühen«, sagte er und zwinkerte.

»Ihr seid beide verrückt«, ließ Max uns wissen. »Aber das ist gut so. Ich bin gern mit euch zusammen.«

»Uns geht es genauso«, antwortete ich.

»Gleichfalls.« Kit nickte.

Der Jeep raste durch die Dunkelheit der frühen Morgenstunden. Ich dachte nach, fing an zu träumen ... *Vielleicht war es ja doch nur ein kleiner Ausflug*. Doch da erstarrte Max plötzlich. Sie beugte sich nach vorn, um durch die Windschutzscheibe zu schauen.

Dann zeigte sie auf eine enge Seitenstraße hinter einer Felsnase. »Bieg hier ab, Kit.«

»Woher weißt du das?«, fragte ich. Ich zweifelte nicht an Max, aber ich war neugierig. Ich war mir ziemlich sicher, dass sie diese Straße noch nie benutzt hatte. Ich wohnte in der Gegend, doch selbst mir war sie völlig unbekannt.

Sie zuckte mit den Schultern und schaute mir tief in die Augen. Sie konnte in einem Moment lachen und dann im nächsten ganz plötzlich sehr ernst werden. »Kannst du die Milchfarm nicht spüren, auf der du gelebt hast?«

»Das ist weit weg«, sagte ich. »Ich bräuchte eine Karte, um sie wiederzufinden.«

»Ich *fühle* die Schule«, erklärte Max. »Ich weiß genau, wo sie ist. Ich kann in meinen Gedanken den Weg sehen.«

Ich verstand, was sie sagen wollte, und es traf mich wie ein Schlag. In meiner Kehle bildete sich ein unangenehmer Kloß. Wie Tauben, Hauskatzen und Zugvögel, die ihre Heimat entweder durch Trägheitsnavigation oder was auch immer wiederfanden, *fand auch Max jederzeit nach Hause.*

73.

Halt an«, sagte sie, ehe Kit in den Weg einbog.

Er tat es. Etwas in Max' Stimme befahl es ihm.

»Jetzt hört mir zu«, sagte sie. »Ihr könnt nicht weiter als bis hier. Wenn sie euch erwischen, werden sie euch bestimmt töten. Ich meine es ernst.«

»Das hört sich wirklich ernst an«, antwortete Kit. »Und genau deshalb werden wir mit dir gehen, Kleines. Und dies ist auch eine echte Waffe.« Er zeigte Max eine bedrohlich aussehende halbautomatische Pistole. »Ich muss mitkommen, Max. Das ist mein Job. Das ist der Grund dafür, warum ich nach Colorado gekommen bin.«

»Ich kann auch nicht hier bleiben«, sagte ich. »Ich werde Kit und dich nicht im Stich lassen. Auf gar keinen Fall.«

Max nickte. Es gefiel ihr nicht, aber sie wusste, wir würden nicht weggehen. Wir waren in dieser Sache auf Leben und Tod vereint.

Kit bog von der Hauptstraße ab, die auch schon nicht gerade Autobahnstandard hatte. Jetzt befanden wir uns auf dem so genannten Under-Mountain-Pass, einer kurvigen Versorgungsstraße, die in die Ausläufer der Rockies hineinführte. Irgendwo hier war die Schule. Max schien sich dessen sicher zu sein.

»Jetzt rechts«, sagte Max plötzlich. »Dann könnt ihr mich rauslassen.«

»Nichts da, Max«, erklärte Kit. »Wir haben das doch alles schon durchgekaut.«

»Du bist entsetzlich stur, Kit.«

»Und das sagst ausgerechnet du zu mir?«

Die Straße wurde schlechter und verwandelte sich in einen schmutzigen Feldweg, der weder durch Schilder noch durch Gebäude erkennen ließ, wohin wir fuhren. Er wirkte verlassen und den Umständen entsprechend unheimlich.

Jede Kurve auf dieser Straße stellte eine Prüfung für Kits Fahrkünste dar. Glühende Augen beobachteten uns. Wild und andere Waldbewohner warteten, bis wir vorbei waren, bevor sie auf die andere Seite wechselten. Während wir immer weiter in die Berge hineinfuhren, begann Max endlich, von ihrer Herkunft zu erzählen.

»Solange ich heranwuchs, ist die Schule ein paar Mal umgezogen. Ich weiß, dass wir in Massachusetts und Kalifornien waren, ehe wir hierher gekommen sind. Ich hatte jeden Tag Unterricht, und am Anfang war das auch in Ordnung. Meine Lehrerin war Mrs. Beattie. Sie war ebenfalls Ärztin, aber wir brauchten sie nicht mit Frau Doktor anzureden. Sie hatte Matthew und mich wirklich lieb und wir sie auch. Nach den Stanford-Binet-Tests sind wir Genies. Man hat uns aber gesagt, wir bräuchten uns darauf nichts einzubilden und auch nicht wegen des Fliegens. Wir seien so erschaffen worden und im Grunde nur Laborerzeugnisse.«

Ich hörte, wie sich Max' Atem beschleunigte. Sie umklammerte meine Hand so fest, dass sich fast das Blut staute. Sie hatte uns zwar gebeten, sie allein gehen zu lassen, doch ich wusste, im Grunde hatte sie es nicht gewollt. Sie hatte zu viel Angst, um dies allein durchzuziehen.

»Lasst mich hier raus«, sagte sie plötzlich und packte meinen Unterarm. »Ich muss raus. Es ist wichtig! Bitte, Kit! Jetzt! Ich verspreche, dass ich nicht wegfliegen werde. Ich schwöre, dass ich es nicht tue.«

Ich ergriff Kits Arm und drückte ihn. Er brachte den Wagen am Rand des schmalen Wegs zum Stehen.

Wir befanden uns mitten im Niemandsland; um uns herum nur riesige Fichten, scharfe Felsbrocken und das laute Zirpen der Zikaden.

Ich öffnete die Tür des Jeeps. Max schlängelte sich an mir vorbei nach draußen.

Sie war schnell, sportlich und sehr stark für ihr Alter. Fast alles, was sie tat, sah fantastisch aus. Ich betete, sie möge nicht fortfliegen und uns allein lassen.

Max kletterte auf das Dach des Jeeps. Wir hörten ihre Schritte über uns. Dann folgte ein Flattergeräusch, als sie mit den Flügeln schlug.

»Was hat sie vor?« Wir sprachen es fast zur gleichen Zeit aus.

Sie verließ das Dach des Wagens und erhob sich in die Lüfte. Einfach so.

»O Gott«, flüsterte Kit und nahm mir die Worte aus dem Mund. »Schau sie an. Sieh dir das an. Ich hoffe, wir können ihr folgen.«

»Wir müssen. Los, beweg das Ding.«

Er ließ den Motor an und gab Gas. Der Wagen rutschte

auf den Rand, dann griffen die Reifen wieder, und wir fuhren den steilen Berg hinauf. Wir folgten Max, zumindest versuchten wir es.

Wie ein Kind streckte ich den Kopf aus dem Seitenfenster. Pip tat es mir gleich. Ich konnte meine Augen nicht von ihren silberblauen Flügeln lösen, als Max vor uns her flog. Kühle Luft streichelte mein Gesicht. Es kam mir vor, als flöge ich selbst. Ich hatte eine Art außerkörperliche Erfahrung.

Der Jeep fuhr durch einen dunklen Tunnel aus überhängenden Kiefern und riesigen Fichten. Max bog nach links in einen anderen Seitenweg. Er bestand jetzt nur noch aus Erde und tiefen Spurrillen.

Wir folgten Max nach Hause. Wir vertrauten ihr unser Leben an.

74.

Die Schule war ganz in der Nähe. Max konnte ihren Geschmack auf der Zunge spüren – bitter und unangenehm. Sie konnte sie fühlen wie todbringendes Gift in ihrem Blut.

Unvermittelt landete sie wieder. Gleich hinter ihr brachte Kit den Jeep mit quietschenden Reifen zum Stehen. Frannie und er stiegen hastig aus. Pip rannte im Kreis um sie herum. Normalerweise hätte Max über den Hund gelacht. Doch nicht jetzt.

»Was ist los, Süße?«, rief Frannie. Sie war immer so besorgt und nie rechthaberisch.

Max hatte das Gefühl, als hätte man ihr einen Strick um die Taille gelegt und zöge sie nun gnadenlos näher an die

Schule heran. Die extreme Spannung in Hals und Schultern erstreckte sich bis in die Brust. Sie kehrte nach Hause zurück – freiwillig! Vielleicht würden jetzt alle Geheimnisse ans Licht kommen – und sie wäre endlich frei.

Vielleicht aber auch nicht.

Sie entschied sich, erst einmal auf dem Boden zu bleiben. Zu Fuß war es wahrscheinlich sicherer. Frannie und Kit liefen hinter ihr her.

Max schaute sich nicht um, es war nicht nötig. Sie konnte hören, wie ihre Begleiter nach Luft rangen, das Blut in ihren Herzen rauschte. Sie spürte auch ihre wachsende Angst. Endlich würden sie die Wahrheit sehen. Mit eigenen Augen. Sie hoffte, dass sie vorbereitet waren.

Plötzlich blieb Max stehen.

Sie hatte die Grenze zwischen ihrer neuen Freiheit und dem alten Leben entdeckt – den Stacheldrahtzaun. Der bedrohliche Anblick ließ sie erschauern und eine Flut schrecklicher Erinnerungen in ihr aufsteigen. Sie dachte an Onkel Thomas und die anderen unheimlichen Aufseher, und ihr wurde schlecht. Fast hätte sie sich übergeben.

Die Schule war nahe. Sie waren fast angekommen. Es schien, als würde die Schule sie beobachten, auf sie warten und hämisch lachen, weil sie zurückkam.

Der Stacheldrahtzaun war drei Meter hoch und mit rasiermesserscharfem Ziehharmonikadraht gekrönt. Dahinter war alles, was ihr vertraut war und was sie von ganzem Herzen liebte oder hasste. Sie hatte gesehen, wie Männer bei der Schule Lastwagen parkten. Vielleicht waren in der Zwischenzeit schon alle fort.

Auf einem weißen Metallschild war zu lesen: ZUTRITT STRENGSTENS VERBOTEN. DIES IST EINE ANLAGE DER BUNDESREGIERUNG. AUF UNBEFUGTE WIRD GESCHOSSEN!

Max drehte sich zu Frannie und Kit um. »Wir sind da.«

75.

Max blickte uns an, ihre hellgrünen Augen waren vor Angst geweitet.

»Das ist kein Witz«, sagte sie. »Es sind Menschen erschossen worden, glaubt mir. Ihr könnt noch zurückgehen. Es wäre besser für euch.«

»Wir lassen dich auf keinen Fall allein«, lautete Kits Antwort.

Vor dem Zaun bellte Pip und drehte vor Aufregung kleine Kreise. Plötzlich erschienen auf der anderen Seite zwei Dobermänner. Sie fletschten ihre Zähne, bellten und knurrten.

Kit zog mich vom Zaun weg, während Speichel und Schaum aus den Mäulern der Hunde flog.

Ich fühlte, wie sich meine Nackenhaare aufstellten. Und das nicht nur wegen der Hunde. Eigentlich bereiteten sie mir am allerwenigsten Kopfzerbrechen.

Stachel- und Ziehharmonikadraht und Wachhunde mitten im Wald waren schon beunruhigend genug, doch das Wort »Regierung« im Zusammenhang mit »Unbefugte werden erschossen« zu sehen machte mir Sorgen. Kit und ich würden bald »Unbefugte« sein, denn wir waren entschlossen, unter allen Umständen, auch illegal, das Gelände zu betreten.

»Ist das die Schule?«, fragte ich, doch Max hörte nicht zu. Sie beschäftigte sich mit den Hunden.

»Bandit, Gomer, ich bin's!«, rief sie den Tieren zu. »Hört auf. Hört *sofort* damit auf! Bei Fuß, ihr beiden!«

Erstaunlicherweise wurde das Knurren und Bellen schwächer und hörte dann ganz auf. Es folgte argwöhnisches Schnüffeln und schließlich fröhliches Kläffen, als die Hunde Max erkannten.

»Keine Sorge«, beruhigte sie uns. »Das sind meine Freunde. Ihr Gebell ist weitaus schlimmer als ihr Biss.« Sie grinste.

»Können wir hier irgendwo über den Zaun?«, fragte ich Kit.

Er wollte gerade antworten, als Max ihn unterbrach.

»Frannie!« Sie zog aufgeregt an meinem Arm. »Mit Gomer und Bandit stimmt etwas nicht. Wirklich! Bitte komm und sieh sie dir an.«

Ich trat näher an den Zaun, doch ich brauchte die Tiere nicht zu untersuchen, um zu sehen, was ihnen fehlte. Ihr schwarzes Fell war stumpf. Die Rippen standen scharf hervor, die Haut spannte über den Knochen.

»Sie sind sehr hungrig«, sagte ich zu Max.

Das war eine starke Untertreibung. Die Hunde litten an Unterernährung. Irgendein grausamer Scheißkerl ließ sie verhungern.

Kit kam von seinem Erkundungsgang den Zaun entlang zurück. »Ich habe keine schadhafte Stelle oder eine andere Einstiegsmöglichkeit in dem Zaun finden können«, berichtete er. »Vielleicht in der anderen Richtung.«

»Ich denke, ich kann euch beide rüberfliegen«, sagte Max. Es kam so überraschend, dass ich fast lachen musste.

»Ich weiß, dass ich es kann. Ich bin kräftiger, als ich aussehe«, beharrte Max. Es war ihr wirklich ernst.

»Unmöglich«, meinte Kit. Er hatte Recht. Ein kleines Mädchen von sechsunddreißig Kilo konnte keinesfalls einen doppelt so schweren Erwachsenen hochheben.

»Doch, ich kann es.« Max ließ nicht locker. »Ihr wisst nicht, worüber ihr redet. Ich weiß, wozu ich fähig bin.«

Ich hörte ihr zu und überlegte. Ich hatte den Stressfaktor nicht berücksichtigt. Stress produziert Adrenalin. Und außerdem, wer wusste schon, wie kräftig Max tatsächlich war.

»Ich versuche es zuerst mit dir«, sagte sie zu mir.

»Ich glaube nicht, dass das eine gute Idee ist, Max.«

Schulterzucken. »In Ordnung. Dann fliege ich eben allein.«

Ich zog mich ein Stück am Zaun hoch und hielt mich fest. Dann umklammerte Max mit ihren kräftigen Beinen meine Taille. Sie hatte wirklich Kraft. O Gott, was für ein Irrsinn!

Da Max direkt hinter mir war, schienen ihre Flügel fast die meinen zu sein. Sie schlug kräftig damit, und wir schwebten. Plötzlich waren wir in der Luft und stiegen immer höher.

Ich fühlte einen Luftstrom um mich herum. Es war kalt hier in den Hügeln, und von Minute zu Minute wurde es frostiger. Einen Moment lang vergaß ich alles und konzentrierte mich nur auf das Gefühl, auf diese ungewöhnliche Weise in der Luft zu sein. Einen winzigen Augenblick lang kam es mir vor, als ob ich selbst Flügel hätte.

Wir stiegen höher. Blieben sekundenlang unbeweglich. Und dann flogen wir.

Nicht sehr weit, aber bei Gott: Ich flog wirklich.

76.

Max setzte mich innerhalb des umzäunten Geländes ab. Ich schaute nach oben auf die grotesken und deprimierenden Reihen Stacheldraht. Ich klammerte mich am Zaun fest und wartete, bis mein Herzschlag sich wieder beruhigte, dann schaute ich mich um. Max war fort.

Sie war schon wieder auf der anderen Seite und versuchte, Kit hochzuheben. Sie konnte ihn nur mit Mühe und Not mit ihren Beinen umschließen. Sie keuchte vor Anstrengung. Es schien nicht möglich, dass sie ihn hochheben könne, aber ich hatte es ja auch bei mir nicht geglaubt.

Ich wusste nicht, wie viel sie aushalten konnte, und sei es auch nur für ein paar Sekunden. Ihre Flügel bewegten sich in der Luft, doch schien sie Kit nicht heben zu können.

»Max, hör auf. Er ist zu schwer für dich!«, rief ich ihr zu. »Du wirst dir noch weh tun.«

»Nein, er ist nicht zu schwer. Ich bin superstark. Du weißt gar nicht, wie stark ich bin, Frannie. Ich bin so erschaffen worden.«

Auf meiner Seite des Zauns kamen die beiden Hunde näher. Um ehrlich zu sein, für meinen Geschmack etwas zu nahe. Das Weibchen rannte ängstlich in unruhigen Halbkreisen umher. Der Rüde hatte kleine, tränende Augen und blieb knapp einen Meter vor mir stehen.

In seiner Kehle rasselte es warnend. Er fletschte zwei Reihen makelloser Zähne.

»Ach, lass das«, sagte ich zu ihm. »Hau ab.« Mit Hunden, die ihre Zähne zeigten und knurrten, konnte ich umgehen.

Meine Augen wanderten wieder zu Max und Kit. Sie waren immer noch auf der anderen Seite des Zauns. Schließlich ließ sie ihn los, und Kit hing an dem Maschendraht. Er versuchte, darüber zu klettern. Schließlich ließ er sich auf den Boden fallen und landete sicher.

»Guter Versuch, Süße«, rief ich Max zu. Doch ich konnte sehen, dass sie unzufrieden war. Mit Niederlagen konnte sie nicht umgehen. Hatten *sie* ihr das auch eingeimpft?

Max flog wieder zurück über den Zaun zu mir. Sie sagte »Sitz« und »Gute Hunde« zu den Dobermännern. Ihre Art war freundlich, aber bestimmt, und ich fragte mich, ob dies auch mit ihrer Flucht zusammenhing.

Dann begann sie, in Richtung Norden zu laufen, ein klares Ziel vor Augen.

Ich musste fast joggen, um mit ihr Schritt halten zu können. Immer dichter wurden die Wälder um die schmale Straße herum. Kaum hatten wir eine Baumgruppe passiert, kam eine andere und nahm mir die Sicht.

Nach den hohen Fichten folgte ein Birkenwäldchen, das in einen Espenhain überging, der wie ein Glasperlenvorhang schimmerte. Mein Herz raste und schien unsere Schritte zu übertönen. Dann, ganz plötzlich, mündete die kurvige Straße in einer Lichtung.

Vor uns lag ein Jagdhaus oder vielleicht auch ein Sanatorium, errichtet im Stil der Jahrhundertwende. Unzählige Fenster übersäten die steinerne Fassade. Weiße Säulen schmückten den Eingang. Das alte Kupferdach war von Grünspan bedeckt.

Ich schaute Max an. Ihre Pupillen waren so klein wie Stecknadelköpfe. Die Iris glichen durchsichtigen grauen Scheiben. Ich erinnerte mich, dass sich bei Vögeln, wenn sie unter Druck stehen, die Pupillen zusammenziehen.

»Was ist das?«, fragte ich.

»Das ist das Labor von Zentral-Colorado für künstliche Mutationen«, sagte sie. »Die Abteilung für genetische Forschung. Hier lebe ich.«

77.

Kein Laut drang aus diesem eigenartigen, unheimlichen Gebäude; dem Haus, in dem Max festgehalten worden war und wo man ihr weiß Gott was angetan hatte.

Keine Spur vom Sicherheitspersonal, keine parkenden Autos oder Lastwagen. Also gab es keine unmittelbare Bedrohung. Jedenfalls konnte ich keine erkennen.

»Es ist zu ruhig. Viel zu ruhig«, flüsterte Max. »Irgendwo müssten die Aufseher sein. Wir hätten sie eigentlich vom Wald aus sehen müssen.«

Max und ich schlichen am Rand der Lichtung entlang. Wir rannten schnell hinüber an die Seite des Gebäudes, schoben uns dann an der Steinmauer entlang zu einer Eichentür auf der Ostseite des Hauses.

Hinter keinem der vielen Fenster waren Umrisse von Gestalten oder Schatten zu sehen. Es schien sich niemand im Haus aufzuhalten.

Langsam nahm meine Zuversicht zu. Ich atmete tief durch, dann streckte ich die Hand nach dem metallenen Türknopf aus. Die Tür ließ sich mühelos öffnen. Wir betraten das eigenartige Haus, und das Portal schloss sich hinter uns.

Ein furchtbarer, überwältigender Verwesungsgeruch schlug uns entgegen. Ich kannte ihn gut.

»Irgendwas ist tot«, sagte Max.

Sie hatte Recht. Ganz sicher war irgendetwas tot. Etwas in diesem Gebäude verweste, und der Geruch war stark und beißend. Wir bedeckten Mund und Nase mit den Händen und drangen weiter in das Haus vor.

Max sagte: »Die Belüftungsanlage scheint nicht zu funktionieren.« Der Geruch des Todes schien sie nicht sonderlich zu berühren.

Ich schaute mich nach Überwachungskameras um, denn ich war sicher, dass es welche gab. Doch ich entdeckte keine. Beobachtete uns jetzt vielleicht jemand?

Der kleine Raum, in dem wir uns befanden, schien der Dekontamination zu dienen. Hellgelbe Plastikschürzen füllten einen großen Mülleimer bei der Tür. An Haken hingen Laborkittel. Hier arbeiteten Menschen. Wissenschaftler, wenn man sie überhaupt so nennen konnte. Ärzte. Forscher. Sie führten irgendwelche illegalen Experimente durch.

Außerdem gab es einen offenen Metallschrank mit sauberen Plastikschürzen und Regale mit gummibesohlten Schuhen, die neben einer Reihe von offenen, leer geräumten Schließfächern standen.

Mein Gott, wo waren wir da hingeraten? Was für ein Ort war dies?

Max zeigte auf eine Tür, die aus dem Zimmer führte, und gab mir ein Zeichen, ihr zu folgen. Unwillkürlich drängte sich mir in diesem Gebäude der Gedanke an die Konzentrationslager der Nazis auf. Auch dort waren Menschen eingeschläfert worden. Auch dort war mit Menschen experimentiert worden.

Wir gingen einen breiten Korridor entlang. Max machte mit ihren Ballettschuhen keinerlei Geräusch, aber meine Schuhe quietschten. An der Decke über uns flackerte eine lange Neonröhre. In den Korridor mit dem beige-blauen Linoleumbelag mündeten noch andere Gänge.

Wir gelangten in einen quadratischen Raum, dessen Seitenlänge ungefähr fünfzehn Meter betrug. Es schien eine Art Bürobereich zu sein. Wo waren wir jetzt?

»Max? Was ist das?«

»Es sind nur Büros. Für Geschäftliches. Nichts Besonderes. Ziemlich langweilig.«

»Welche Art von Geschäften?«

Sie zuckte mit den Schultern. »Einfach langweilig. Du weißt schon, *Geschäfte*.«

Wie auch immer der Raum hier früher ausgesehen hatte, von der alten Innenausstattung war nichts mehr zu sehen, keine Täfelung, kein Kamin, kein Stuck an der Decke, nur ein Labyrinth frei stehender Büroeinheiten. Computer standen auf grauen Stahltischen. Ein Kaffeebecher auf einem Aktenschrank erregte meine Aufmerksamkeit. Der Becher hatte einen Sprung, und eine dicke schwarze Masse bedeckte den Boden.

Von einer der Arbeitsflächen nahm ich eine Tasse. *O.B.s Kaffee* las ich. Der bläuliche Schimmelring ließ mich erkennen, dass die Tasse seit mindestens zwei Tagen hier stand. Wo ist O.B.? Wer ist O.B.?

Und was in diesem Gebäude war tot und verweste? Was war in dieser so genannten Schule geschehen? Was ging an diesem schrecklichen Ort vor?

Ich schaute mich nach Max um, doch sie war schon wieder weitergelaufen. Sie war zu Hause. Offensichtlich akzeptierte sie den Horror und diesen Wahnsinn als normal. Es war so still, dass mir selbst meine Atemgeräusche laut vorkamen. Ich hielt die Luft an und horchte einen Augenblick lang. Irgendwie hatte ich den Eindruck, dass hinter meinem Rücken jemand aus einem geschlossenen Raum stürzen würde. Aber nichts passierte.

Max öffnete eine weitere Tür. Es gab ein leises Klickgeräusch. Wurden wir fotografiert? Mein Herz klopfte wild. Ich war müde. Alles um mich herum schien zu verschwimmen.

»Hier arbeite ich«, verkündete Max. »Normalerweise sind hier Massen von Ärzten.«

78.

Wir betraten einen tiefen Raum mit einer Länge von ungefähr zwanzig Metern und einer Breite von zehn. Ich ließ meinen Blick durch den Raum schweifen und registrierte alles. Es handelte sich um ein Standardlabor, aber eines mit erstklassiger Ausstattung. Wer hatte es eingerichtet? Wer unterstützte diese Art Geschäfte?

Es gab ein Dutzend perfekt eingerichtete Arbeitsplätze. Überall lagen Objektträger herum. Auf Regalen standen teure Mikroskope.

Ich bemerkte eine Apothekerwaage und mehrere Senkwaagen. Es gab Laser-Spektrographen, Zellkulturhauben, Hochgeschwindigkeitszentrifugen. Offensichtlich hatte man bei der Ausrüstung an nichts gespart.

Ein bisschen Stolz schwang in Max' Stimme mit. »Hier ist mein Platz, Frannie. Komm, sieh dich um. Man hat mir beigebracht, mich nützlich zu machen. Also habe ich das getan. Ich war eine gute Laborantin.«

»Davon bin ich überzeugt, Süße.«

Max erklomm einen hohen Metallhocker und setzte sich stolz darauf. Ihr Arbeitsplatz. Sie schaltete das Neonoberlicht an. Auf der Arbeitsplatte war ein Schriftzug zu erkennen: *Tinkerbell lebt.*

Sie zeigte mir, wie sie die Glaspipette benutzt hatte, um Tröpfchen des DNA-Cocktails von einem Tablett mit kleinen Vertiefungen auf Plättchen mit Nährlösung zu übertragen. »Wir isolieren die Chromosomen, indem wir sie hier kochen«, erklärte Max.

Ich kannte den verchromten Apparat nicht, auf den sie zeigte, doch er war brandneu. Bevor ich noch weitere Fragen stellen konnte, glitt Max von dem Hocker herunter.

»Gehen wir«, sagte sie. »Es gibt noch viel mehr zu sehen.«

Ich folgte ihr. »Ich bin direkt hinter dir.«

»Das weiß ich. Ich habe ein sehr ausgeprägtes Gehör.«

»Das habe ich bemerkt. Wer ist Tinkerbell?«

Max drehte sich zu mir um. Sie sah traurig aus. »Eigentlich niemand. Sie ist tot.«

Tinkerbell, dachte ich. Wurde Max in der Schule so genannt? Es schien mir möglich, und ich glaubte, dass sie den Namen nicht mochte. Tinkerbell war wohl ihr Laborname. Wir gingen durch einen kleineren Raum mit Kältekesseln aus glänzendem Stahl. Was zum Teufel war in ihnen eingefroren worden? In einem noch kleineren Zimmer wurden ein halbes Dutzend Blutdiagnosegeräte aufbewahrt.

Für diese Leute hier genügten keine ausrangierten Apparate aus Universitätslaboren. Es schien ausreichend Geld da zu sein. Von wem? Und um was zu erforschen?

»Mäuse«, sagte Max und zeigte auf einen weiteren verschlossenen Raum. »Das ist der Micky-Maus-Raum. Der ist echt schlimm. Halt dir die Nase zu, Frannie. Ich meine es ernst. Ich habe dich gewarnt.«

Der Verwesungsgeruch schien sich hier zu konzentrieren. Ich versuchte, die Luft anzuhalten, aber sogar das half nicht viel. Mir wurde fast schlecht, und ich unterdrückte mit Mühe ein trockenes Erbrechen.

Ich spähte durch das Fenster in der Tür und sah unzählige Metallregale, jedes mit zwölf Borden, und auf jedem Bord standen Dutzende von Plastikkäfigen. Soweit ich erkennen konnte, waren es Tausende, voll mit Mäusen in Nestern aus Zedernspanstreu.

Der Micky-Maus-Raum war der reinste Horror, das Gruseligste, was ich je gesehen hatte. Nichts war damit zu vergleichen. Max' Gesicht war hochrot. Sie schien meine Anwesenheit völlig vergessen zu haben. Sie sprach zu sich selbst, stieß zischende Laute aus, gab unzusammenhängende, sinnentstellte Sätze von sich.

Alles, was ich davon verstehen konnte, war *Zuckungen* und *eingeschläfert*.

Wir betraten das Mäusezimmer. Mir fiel sofort auf, dass dies keine gewöhnlichen Labormäuse waren. Fleischwülste wuchsen an unüblichen Stellen ihrer Körper. Einige der Tiere hatten zusätzliche Glieder und eigenartige schlimme Narben.

Genetisch sind Mäuse so nah am Menschen, dass es schon fast erschreckend ist. Fünfundachtzig Prozent ihrer Gene gleichen den unsrigen. Aus diesem Grund sind sie auch perfekte Labortiere. Man kann sie mit menschlichen Leiden wie Krebs, Herzkrankheiten, Muskelschwund infizieren, anschließend behandeln und durch die Reaktionen möglicherweise einen Weg finden, Menschen zu heilen.

Ich liebe Tiere, aber gleichzeitig bin ich auch Ärztin und habe von Tierversuchen profitiert. Ich kann für beide Seiten der Tierversuchsproblematik leidenschaftlich argumentieren. Aber Grausamkeit kann ich nicht ertragen. Was immer auch die Gründe sein mögen, man übernimmt eine Verantwortung für die Tiere.

Ich holte einen Käfig nach dem anderen herunter und schüttelte sie. »Es ist kein Futter drin. Alle Tiere sind tot. Schweinehunde«, flüsterte ich.

»Eingeschläfert«, murmelte Max mit Tränen in den Augen.

Was für ein erschütterndes Bild: dieses schöne kleine Mädchen weinte über das Schicksal der toten Mäuse.

79.

Max hasste es, zu weinen und Schwäche zu zeigen. Sie wollte es Frannie nicht sagen, aber sie war kurz davor durchzudrehen. Ihre eigenen Gedanken erschreckten sie, doch am schlimmsten war der Zorn, der in ihr brodelte. Niemand durfte derartige Dinge tun.

All ihre Sinne waren jetzt hellwach: Sehen, Hören, Riechen, Schmecken und Fühlen. Genauso war es gewesen, als sie von der Schule weggelaufen war. Bis dahin hatte sie nicht gewusst, wie ausgeprägt ihre Sinne waren.

Max' Nase nahm die Gerüche von verbranntem Kaffee, unterschiedlichen Chemikalien, erhitztem Metall und – irgendwo in der Nähe – verwesendem Fleisch wahr.

Es war furchtbar, schlichtweg grauenvoll. Wie konnten Harding Thomas und die anderen Idioten nur so etwas tun? War es, weil sie weggelaufen war? War sie der Grund für diese Toten? O nein, bitte nicht, lass es nicht wahr sein. Nicht meinetwegen.

Der Sekundenzeiger der Uhr über den kryogenischen Kesseln war stehen geblieben, und fast glaubte Max, auch die Zeit wäre gestorben.

Sie ging weiter, betrat die vertraute Hauptkontrollstation. Erinnerungen stürmten auf sie ein. Erinnerungen an Onkel Thomas, seine große Hand beschützend auf ihrem Kopf. Er hatte ihr immer beteuert, dass er »im Herzen ein Wissenschaftler« sei. Er liebte seine kleine Tinkerbell, so sagte er jedenfalls. Sie war so ein kluges Mädchen. Gute kleine Tink.

Lügner!, dachte sie. *Mörder, Fiesling – weniger wert als eine Amöbe.*

Eigentlich wollte Max sich einfach nur hinlegen und richtig ausweinen. Wo waren sie alle? Onkel Thomas und die anderen? Hatten sie sich versteckt? Beobachteten sie sie? Sie mochten es, einen zu überwachen und dann plötzlich herauszuspringen, wenn man es am wenigsten erwartete ...

Ihr Leben hier war wie das in einer Militärakademie gewesen, zumindest stellte sie es sich so vor. Der Tagesablauf war durchorganisiert, und alles wurde ständig kontrolliert. Sie lernte, arbeitete, wurde getestet, machte Sport oder sah fern. Nie wurde ihr Liebe, Unterstützung oder eine Belohnung zuteil. Sie war nur eine ihrer Kreaturen, allerdings eine, die intelligent genug war, um sich nützlich zu machen.

Und irgendwo im Inneren zu wissen, – *dass sie mehr als eine Kreatur war.*

Hinter der Kontrollstation gabelte sich der Korridor in zwei Richtungen. Automatisch marschierte Max nach rechts. Sie kannte den Weg, jeden Zentimeter dieses Ortes. Selbst mit verbundenen Augen würde sie sich hier zurechtfinden.

Aus zwanzig Schritten wurden zehn, fünf. Ein Countdown.

Und endlich stand sie vor der schweren Metalltür des *Kinderzimmers*.

Max hörte etwas hinter sich und hielt die Luft an. Ihr Gehirn raste wie verrückt. Sie war ganz sicher – Schritte. Schnell, sehr schnell! Und es waren mehr als eine Person, die da rannten.

Sie drehte sich zu Frannie um, Angst war in ihren Augen zu lesen. Sie war auf das Schlimmste vorbereitet. Doch dann lachte sie. Es waren nur Kit und Pip. Welch eine Erleichterung. Sie konnte wieder atmen. Sie hatte das Gefühl, dass es gut war, dass sie alle zusammen waren, um das, was auch immer sie hinter der Tür erwartete, gemeinsam durchzustehen.

»Etwas weiter unten konnten wir durch den Zaun kriechen«, erklärte Kit keuchend.

Max wusste nicht, was sie davon halten sollte, und eigentlich war es ihr in diesem Moment auch egal.

»Kit, Frannie«, sagte sie. »Schaut euch das genau an. Es ist wichtig. Bitte. Deswegen bin ich zurückgekommen.«

Max öffnete die Tür des *Kinderzimmers* und begann zu schreien.

80.

Ich trat einen Schritt zurück.

Als ich in den Raum hinter der Tür blickte, hätte ich am liebsten auch geschrien und – so eigenartig es sich auch anhören mag – gleichzeitig Gott gedankt.

In diesem Kinderzimmer lagen vier kleine Kinder auf beschmutzten Laken in Käfigbetten. Alle lebten, und alle hatten Flügel.

»Peter, Ic, Wendy!«, rief Max und rannte auf sie zu. »Oz!«

»Ach, armer kleiner Peter. Wendy!«, schluchzte sie, als sie unter Tränen den Käfig der beiden Kleinen öffnete. Peter und Wendy kauerten aneinandergeschmiegt in einer Ecke des Käfigs und blinzelten wegen der plötzlichen Helligkeit.

»Kommt zu mir«, rief Max leise. »Kommt zu Max!« Die Laute, mit denen sie sich verständigten, waren kaum hörbar, aber liebevoll, ein bisschen wie Vogelgezwitscher.

Max ging zum nächsten Käfig. Sie öffnete die Tür. Ein kleiner Junge krabbelte näher und taumelte dann aus seinem furchtbaren Gefängnis. »Ic«, sagte sie. »Icarus! Ich habe Hilfe mitgebracht.«

»Wo ist Matthew?«, fragte er.

»Ich weiß es nicht. Lass uns jetzt nicht darüber reden. Wie geht es dir? Alles in Ordnung?«

»Du weißt doch: hart wie Stahl«, sagte Ic. Dann lächelte er. Unglaublich!

In ihrem Bemühen, zu Max zu gelangen, fielen die Kleinen übereinander. Als sie das Mädchen dann erreicht hatten, klammerten sie sich an es. Sie flüsterten heisere Begrüßungen, stießen schrille hohe Schreie aus. Und dann, in einem Ausbruch der Erleichterung, fingen alle Vogelkinder an zu weinen.

Sie weinten gemeinsam.

Nachdem ich Max geholfen hatte, die Kinder aus den Käfigen zu befreien, wurde ich von meinen Gefühlen überwältigt. Diese Kinder waren so schön, so perfekt. Es war, als fände man unerwartet einen Schatz. Jedes einzelne von ihnen war ein Wunder.

Ich hielt meine Nerven und mein Erstaunen gerade lange genug unter Kontrolle, um die Kinder objektiv betrachten zu können. Sie waren unterernährt und ausgetrocknet, doch das schien alles zu sein. Noch war es nicht so schlimm, aber bald wäre es zu spät gewesen. Man hatte sie eingeschlossen, um sie genauso verenden zu lassen wie die Mäuse. Vier wunderschöne kleine Kinder sollten in diesen Käfigen sterben.

Ein kleiner Junge, ungefähr sieben Jahre alt, zog meine Aufmerksamkeit auf sich. Er war kompakt gebaut, mit einem sehr kräftigen Oberkörper. Seine Flügel waren dunkelbraun, Stoppelfedern derselben Farbe bedeckten Hals und Schultern und gingen dann im Nacken in glänzendes kastanienbraunes Haar über.

Die Wangen des Jungen waren nass von Tränen, sein Gesicht vom Weinen gerötet. Doch seine großen runden Augen waren hell und furchtlos.

»Ich heiße Ozymandias«, sagte er, das Kinn kämpferisch vorgestreckt. »Wer bist du denn, um alles in der Welt? Bist du Wissenschaftlerin? Auch so eine dumme Ärztin?«

»Ich heiße Frannie«, erwiderte ich, »und dies ist mein Freund Kit. Wir sind mit Max hergekommen.«

»Sie sind Freunde, Oz«, sagte Max. »Auch wenn das schwer zu glauben ist.«

»Hallo, Oz. Ozymandias.« Kit reichte dem kleinen Jungen seine Hand, die dieser nach kurzem Zögern auch ergriff.

Max schob das kleine Mädchen nach vorne. Ein Wonneproppen von etwa vier Jahren mit schwarzem Haar im Pagenschnitt und mandelförmigen Augen. Das kleine Mädchen trug den gleichen ärmellosen Kittel wie Max, als ich sie zum ersten Mal gesehen hatte. Das Kind streckte seine Flügel nach mir aus. Sie waren weiß mit blauen Spitzen. Unglaublich schön.

Die Federn raschelten wie ein Taftrock, der um die Beine einer Tänzerin wirbelt.

»Mama?«, fragte das Mädchen, und es brach mir fast das Herz.

»Sie nennt alle erwachsenen Frauen Mama«, erklärte Max. »Sie hatte nie eine. So wie wir alle.«

Mein Herz flog dem kleinen Mädchen zu. Tränen stiegen mir in die Augen. Nie werde ich erklären können, was ich in diesem Augenblick fühlte.

»Sie heißt Wendy. Das ist Frannie.« Max stellte uns höflich einander vor, fast wie auf einer etwas steifen Gesellschaft.

Dann sprach Wendy mit einer leisen hohen Stimme. »Du musst meinen Bruder kennen lernen.«

Sie zeigte auf ihren Bruder Peter, der eine fast perfekte Kopie seiner Schwester war, ein weiteres Meisterstück.

Ein anderer Junge, der ungefähr in Max' Alter sein musste, hielt sich ein bisschen im Hintergrund. Seine Haare waren aschblond und hingen über das Gesicht bis auf die Schultern. Er war schlank mit zarten, langen Knochen.

Mir wurde klar, dass diese Kinder, obwohl sie alle Flügel hatten, verschiedenen Ursprungs waren. Was konnte das bedeuten? Sicherlich war es wichtig, doch im Moment fand ich keine Antwort darauf.

Ich streckte die Hand nach dem Jungen aus, doch er gab nur ein zischendes Geräusch von sich. Natürlich hatte der Junge Angst vor mir. Wie konnte er jemandem vertrauen? Warum sollten diese Kinder uns vertrauen?

Erst nachdem Max auf ihn eingeredet hatte, ließ der kleine Junge namens Icarus mich in seine Nähe.

»Ich könnte dir nie wehtun«, sagte ich zu ihm.

»Immer die gleiche Leier«, antwortete er. »Das sagen sie alle, diese Lügner.«

Icarus strich sich das blonde Haar aus dem Gesicht, und ich sah, dass seine Iris undurchsichtig blau waren. Ich schaute Max an, und sie bestätigte mir, was ich schon vermutet hatte.

»Icarus ist blind«, sagte sie.

»Ja, ich bin so eine Art Fehlkonstruktion«, warf der Junge ein. »Das sind wir irgendwie alle.«

81.

Kit hatte Frannie und Max mit den anderen Kindern zurückgelassen. Er musste noch viel über diesen Ort herausfinden. Er betrat das Büro eines offensichtlich leitenden Angestellten. Ein Schild in fetten Druckbuchstaben zog seine Aufmerksamkeit auf sich: SETZ NIE ETWAS VORAUS, STELL ALLES IN FRAGE.

»So weit bin ich auch schon«, flüsterte er.

Kit machte sich Sorgen um die Kinder und um Frannie. Ein lähmendes Angstgefühl stieg in ihm auf. Ihm war, als hätte er die Verantwortung für eine fremde Familie und müsse sie sicher hier herausbringen. Er nahm diese Verantwortung ernst und hatte wahnsinnige Angst.

Er blickte sich in dem Büro um. Es gab weder Fotos noch irgendwelche Nachrichten auf den Tischen. Er konnte keine persönlichen Sachen entdecken.

Wem gehörte dieses Büro? Es musste sich um eine wichtige Person der Organisation handeln. Der Raum war ungefähr sieben Meter breit, mit einem Panoramafenster hin zum Labor. Weicher silbergrauer Teppich bedeckte den Boden. Der Schreibtisch war aus hellem Eichenholz. An der Wand darüber eine große Pinnwand aus Kork.

Die Papiere darauf faszinierten ihn. Kit starrte wie gebannt auf eine Ansammlung von Federzeichnungen, die sich mit theoretischen Verbesserungen von menschlichen Gliedern und Organen beschäftigten. Wer auch immer diese Zeichnungen gemacht hatte, war ein Künstler, dachte er. Ein kalter Schauer rann über seinen Rücken. *Wer auch immer diese Zeichnungen angefertigt hatte, wollte Gott sein!*

Er nahm einen gelben Umschlag in die Hand. Darin fanden sich Zeichnungen von Augen in verschiedenen Formen mit Querschnittsillustrationen aus verschiedenen Perspektiven.

Da Vinci wäre stolz gewesen auf diese Werke, dachte Kit.

Es gab eine ganze Serie von Zeichnungen eines menschlichen Beins in verschiedenen Positionen, von denen einige eine Beweglichkeit verlangten, die Kit unmöglich zu sein schien. Ein anderes Bild zeigte einen Arm mit ausgestreckten Fingern. Darüber war Seidenpapier geklebt, mit der Skizze eines anderen Arms.

Ein neuer Arm? Ein verbesserter menschlicher Arm? Ist es das, was ich gerade sehe?

Auf der zweiten Zeichnung waren die Muskeln länger, die Finger stromlinienförmiger. Es schien wirklich eine Verbesserung des gängigen Modells angestrebt worden zu sein. Kit mochte es sich kaum eingestehen, aber das alles war ziemlich aufregend.

Es war, als ob sich ein sehr talentierter technischer Zeichner Modelle für die kommende Saison ausgedacht hätte.

Er war so vertieft in die Zeichnungen, dass er fast die kleinen Schlüssel übersehen hätte, die an einem Metallhaken hingen. Die ganze Zeit über waren sie da gewesen. Er griff danach und riss dabei beinahe die Pinnwand von der Wand. Die Schlüsselanhänger waren mit kleinen, ordentlichen Buchstaben beschriftet.

Der erste Schlüssel passte zur Schreibtischschublade. Kit zog so heftig daran, dass sie herausfiel und ihr Inhalt sich über den Boden ergoss.

Er bückte sich und durchwühlte das Sammelsurium: Büroklammern, Münzen, Briefmarken und Stifte – das Übliche. Dazwischen lag auch ein Schweizer Armeemesser. Er steckte es ein, das konnte ihm vielleicht noch nützlich sein.

Der nächste Schlüssel passte zum Türschloss eines hohen grauen Metallschranks neben der Pinnwand. In dessen dunklem Inneren standen versiegelte Gläser, die knapp einen Liter fassten.

Er nahm eines zur Hand, auf dessen Etikett ALTER1 stand, und hielt es ans Licht.

In einer dunklen Flüssigkeit schwammen ein Dutzend Embryos, nicht größer als Murmeln.

Fast hätte Kit dieses Luxusbüro vollgekotzt. Er drehte sich

um und atmete tief durch. Langsam wurde er ruhiger und betrachtete aufs Neue die Embryos.

Eindeutig menschlich!, dachte er. Kleine tote Babys in einem Schrank? Gott strafe sie alle.

Er zwang sich, die winzigen Köpfe, Finger und Zehen zu betrachten, die in der Flüssigkeit herumschwappten. Still und tot. Auch sein Magen schien herumzuschwappen.

Kit griff wieder in den Schrank und nahm ein anderes großes Glas heraus. Vorsichtig hielt er es mit beiden Händen. Darauf stand ALTER2. Es enthielt eine weitere Embryosammlung, ähnlich der ersten. ALTER3 und ALTER4 waren mit den ersten Gläsern identisch.

Der ganze Schrank war voll gestopft mit diesen Gläsern, alle so ähnlich, dass er bald keinen Unterschied mehr erkennen konnte.

Er nahm den dritten Schlüssel und steckte ihn in das Schloss eines Aktenschranks auf der linken Seite des Schreibtisches. Das Schloss schnappte auf. Kit öffnete die oberste Schublade.

Sie enthielt alphabetisch geordnete Akten: banale bürointerne Aktennotizen, ein Manuskriptentwurf ohne Titel.

In der mittleren Schublade fanden sich medizinische Fachzeitschriften bis zurück in die achtziger Jahre, außerdem Ausschnitte aus dem *Spiegel* und ein Ausriss aus der Londoner *Times*.

In der Tiefe der untersten Lade entdeckte Kit Notizbücher mit Formeln und Angaben in einer hochwissenschaftlichen Fachsprache. Für ihn war es absolut unverständlich, doch schien es wichtig zu sein. Er entschied sich, einige der kleineren Bücher einzustecken.

Während er die Papiere durchwühlte, fühlte Kit, wie es ihm kalt den Rücken hinunterlief. Es war viel zu still hier drin und auf dem gesamten Gelände. Warum war das Labor so plötzlich verlassen worden? Weshalb hatte man die Vogelkinder einfach zurückgelassen?

Die Embryos in den Gefäßen waren schon lange tot. Auf einigen der Zeichnungen war Fliegendreck. Auf allen Manuskriptseiten waren Notizen, Markierungen und Streichungen. Es schien, als ob der Verfasser begonnen, aufgehört, wieder angefangen und schließlich aufgegeben hätte.

Und welchen Zusammenhang gab es zwischen Max und den vier anderen Kindern? Die, die sie vernachlässigt und halb verhungert in den Käfigen gefunden hatten? Die, die sicherlich hatten eingeschläfert werden sollen.

Kit hörte ein Geräusch hinter sich und fuhr herum. Es war nur Frannie. Er musste ihr alles erzählen, sofort.

»Komm, sieh dir das erstaunliche Zeug an, und sag mir, was du davon hältst.«

82.

Die Arroganz dieser Leute ist einfach umwerfend. Das hätte ich mir in meinen kühnsten Träumen nicht vorstellen können«, sagte ich wütend. Ich konnte meinen Blick nicht von den ausgeklügelten Zeichnungen an den Wänden lösen.

Kit schüttete einen Karton voller Papiere auf den Boden. Er hob eine Hand voll davon auf, um mir seinen Fund zu zeigen.

»In diesem Karton sind jede Menge Bilder und Zeichnungen von Flügeln. Jeder Art Flügel. Sie haben hier Design praktiziert. Kannst du das glauben?«

»Eher Neuschöpfung«, sagte ich, während ich einige der

kunstvollen Federzeichnungen betrachtete. »Wer auch immer diese Zeichnungen angefertigt hat, spielt Gott, Kit.«

»Es ist die Gruppe aus Boston und Cambridge, die Rebellen vom M.I.T. Sie haben ihre eigenen Gesetze, das war schon immer so. Anthony Peyser glaubt, dass er über uns allen und auch über dem Gesetz steht. Sieh dir das an.«

Er zeigte mir ein halbes Dutzend Aktennotizen. Jede Seite war mit einem handgeschriebenen A. P. für Anthony Peyser abgezeichnet.

Ich hatte mir bereits den Kopf zermartert, welche der in Frage kommenden Personen hier aus der Gegend wohl Dr. Peyser sein könnte. Es war mir niemand eingefallen, und die meisten hiesigen Mediziner und Wissenschaftler waren mir bekannt. David hatte sie alle gekannt. Wo konnte Peyser sich versteckt haben? War dies vielleicht sogar sein Büro gewesen? War er der geheimnisvolle Designer?

Kit saß auf einem Bürostuhl vor dem Computer. Er gab ein paar Zeichen ein, und ein Inhaltsverzeichnis erschien auf dem Monitor.

»Ich habe willkürlich ein paar Dateien aufgerufen, und es wurde noch nicht einmal ein Passwort verlangt. Die Türen sind unverschlossen. Warum? Die Schlüssel zu den Aktenschränken hängen an der Pinnwand ... Warum?«

»Frag mich nicht. Ich verstehe es auch nicht. Noch nicht.«

Ich sah die Notizbücher, die er auf dem Boden verstreut hatte. Der, der die Notizen gemacht hatte, konnte ausgesprochen gut mit einem feinen Stift umgehen. Die Zeichnungen dokumentierten hohe medizinische Korrektheit, doch es lag auch Künstlerisches darin. Hatte Dr. Anthony Peyser wirklich in diesem Raum gearbeitet? Ich vermutete es. A. P. war hier gewesen.

Dann zog ich eine Zeichnung aus dem Stapel vor mir. Darauf war ein kleiner Junge, ein Baby, mit einem Herzen, das außerhalb seines Brustkorbs wuchs, einem *Riesenherzen*. Ich studierte das Bild genau. Es illustrierte, warum der künstliche Aufbau von Gewebe so problematisch war. Niemand wusste, wie man den Wuchs der Zellen stoppen konnte, wenn er erst einmal begonnen hatte.

Doch selbst wenn dieses wichtige Problem gelöst sein sollte, so war es doch ein riesiger Schritt von der Züchtung von Organen an Labortieren bis zu Flügeln an einem menschlichen Kind. Und bei Max war es ja nicht nur die Tatsache, dass sie Flügel hatte. Ihr ganzes Herz-Lungen-System stammte vom Vogel. Daraus folgerte ich, dass sie einer fertigen Gewebekultur entstammte.

Meine Gedanken spielten verrückt. Mir war, als würde ich wahnsinnig. Die ganze Welt begann sich um mich zu drehen. Jemand hatte alles, was wir glaubten und akzeptierten, in Frage gestellt.

Setz nichts voraus, stell alles in Frage. Darum ging es also? Leben zu entwickeln, wie der *Mensch* es wollte.

Mir schossen Möglichkeiten durch den Kopf, die ich mir vorher nie hätte träumen lassen. *Ein* geflügeltes Kind hätte noch ein biologischer Unfall sein können. Doch jetzt hatte ich die anderen vier gesehen, und es war klar, dass es einen definitiven Plan gab, diese Art von Wesen zu erschaffen. Und bei Gott, oder ihm zum Trotz, es war jemandem gelungen. Hier in dieser Schule hatte jemand erfolgreich Gott gespielt.

Was hatten sie da nur erschaffen?

83.

Kit arbeitete weiter intensiv am Computer. Wie viele der jüngeren FBI-Agenten hatte er kein Problem damit. Computer mochte er eigentlich sehr und arbeitete gern an ihnen. Er rief Netscape auf und öffnete es. Ins Dialogfeld schrieb er: *Suchen: Alles*.

Kurz darauf erschienen sämtliche Seiten, die der vorherige Benutzer des PCs in den letzten paar Monaten aufgerufen hatte. Schnell ging Kit die Liste durch. In dem Fall, den er bearbeitet hatte, bevor er Boston verließ, hatte er ähnliche Detektivarbeit geleistet.

Er konzentrierte sich auf *www.NCBI.NBM.N.H.GOV*. Das war die Genbank, ein von der Regierung erstelltes Archiv aller bekannten genetischen Sequenzen.

Kit suchte nach den Stichwörtern, die rot hervorgehoben waren, weil sie der letzte Benutzer angeklickt hatte. Davon gab es einige. Er wählte KLASSIFIKATIONSLEHRE. Dann tippte er FLIEGENDE LEBEWESEN in das Suchfeld.

Bei APOLIDAE (Segler), LARIDAE (Möwen), COLUMBIDAE (Tauben) und HIRUNDIDAE (Schwalben) wurde er fündig.

Langsam nahm die Geschichte Gestalt an.

Kit schloss die Seite und kehrte zurück zur Liste »Suchen: Alles«. Dann ging er auf die Seite des Cold-Springs-Habor-Labors. Er suchte in einigen Rubriken herum und probierte es dann mit DSHL – PUBLIKATIONEN – GENFORSCHUNG.

Bei der Septemberausgabe 1997 stand er wieder vor einem Rätsel. Der vorherige Benutzer hatte einen Artikel über DOPPELTMUSKULÖSES BLAUES BELGISCHES UND PIEMONTRIND aufgerufen.

Rinder? Kit hörte auf zu tippen und grübelte über den eigenartigen Bezug nach.

»Frannie. Komm doch bitte mal einen Moment her«, sagte er, ohne die Augen vom Bildschirm abzuwenden.

Er erklärte ihr, was er getan hatte, und zeigte ihr dann den letzten Artikel. »Worum geht es bei diesem Aufsatz über Rinder, in dem jemand herumgesucht hat? Verstehst du das?«

»Ein wenig«, erwiderte Frannie. Sie überflog den Artikel und konzentrierte sich dann auf die wichtigen Absätze. Sie überdachte das soeben Gelesene. »Oh, verdammt …«, sagte sie endlich. »Ich glaube, ich hab's kapiert. Jedenfalls werde ich dir meine wilde Theorie unterbreiten.«

Kit nickte und hörte dann aufmerksam zu.

»Der Artikel beschäftigt sich mit einem mutierten Kuhgen. Irgendjemandem ist es gelungen, eine doppelte Muskulatur im Brustkorb dieser Kühe zu züchten. Das ist nur Theorie. Kit, ich glaube, so haben sie es geschafft, Max' Muskeln so zu verstärken, dass sie die Flügel und auch ihr Eigengewicht tragen können. Das ist ein wichtiger Teil ihrer Schöpfung.«

84.

Wir suchten noch einige Zeit in den Computereinträgen herum, fanden jedoch nichts Interessantes mehr. Also setzten Kit und ich unseren Rundgang durch die Schule fort. Die Arroganz und amoralische Einstellung der Wissenschaftler waren eine Beleidigung für all das, was ich jemals geglaubt hatte. Ich wünschte mir, einen von ihnen zu finden, um ihn mit bloßen Händen zu erwürgen.

Das Metallschild auf der geschlossenen Tür vor uns warnte mit der Aufschrift: »Unbefugten ist der Zutritt verboten.« Kit riss es herunter. »Jetzt sind wir befugt«, sagte er.

Sobald wir die Tür geöffnet hatten, hörten wir Sirenen in dem Raum und im Korridor. Wir traten ein. Der widerliche Gestank menschlicher Exkremente umfing uns wie ein modriges Tuch. Die Dunkelheit des Raumes wurde nur durch neonfarbene Leuchtpunkte auf unsichtbaren Monitoren erhellt.

Ich fand den Lichtschalter, und das Oberlicht flammte auf.

Während all der Jahre, in denen ich mit Tieren zu tun hatte, waren mir viele Fälle von Misshandlung, Vernachlässigung und Grausamkeit begegnet. Doch nie hatte ich etwas so Grauenvolles gesehen wie hier. Nichts kam dem gleich.

Wir befanden uns auf einer Art Kinder-Intensivstation mit glitzernden modernen lebenserhaltenden Apparaten und ungefähr einem Dutzend kleiner Bettchen. Die Ausrüstung war neu und teuer.

Ungläubig schüttelte ich den Kopf. Das konnte alles nicht wahr sein. Ich versuchte, die Tränen zurückzuhalten, doch es gelang mir fast nicht. Dann sah ich Kit an. Auch er war blass geworden.

In den Bettchen lagen tote oder sterbende Kinder. Wo auch immer ich hinsah, begegnete ich Symptomen von Herz-, Lungen- und Nierenversagen. Die heulenden Elektroniksirenen dienten normalerweise dazu, das medizinische Personal bei Störfällen zu alarmieren, was jetzt ohne Zweifel der Fall war. Die Transfusionsbeutel waren leer, die Ventilatoren stumm, und die Dialyseapparate liefen nicht. Die kleinen Patienten lagen in Erbrochenem und Exkrementen.

Dann endlich schrie ich. Ich konnte nicht mehr aufhören. Kit zog mich an sich und hielt mich fest. Ich versuchte, langsam und tief zu atmen, bis ich mich wieder unter Kontrolle hatte.

»Wir müssen etwas für sie tun«, wisperte ich. »Wir können sie hier nicht einfach so sterben lassen. Ich bringe das nicht fertig.«

»Ich weiß, ich weiß«, flüsterte er zurück. »Wir werden unser Bestes tun, Frannie.«

Der Raum war hellgelb gestrichen und hatte ein Fries von lächerlichen Zeichentrickfiguren an der Decke. Das machte es noch schlimmer – viel schlimmer. Auf einer großen Stoffpinnwand neben einem Kühlschrank hingen Bleistiftzeichnungen, und überall an den Wänden klebten gelbe Smiley-Gesichter. Die gaben mir wirklich den Rest. Ich nahm mich zusammen und schaute in ein Bettchen in meiner Nähe. Darin bewegte sich ein kleines weibliches Baby und wedelte mit seinen perfekten kleinen Händchen in der Luft herum. Der Säugling hatte kein Gesicht, überhaupt keine Gesichtszüge.

In seinen Bauch war eine Nahrungssonde eingeführt, doch der daran befestigte Beutel war leer. Zärtlich legte ich meine Hand auf den Kopf des Kindes. Die grüne Linie des Herzüberwachungsmonitors schlug schneller aus.

Es nahm mich wahr.

»Hallo, Baby«, flüsterte ich. »Hallo, süßes kleines Mädchen.«

Ich öffnete den Kühlschrank, dann die Schranktüren, schob Verbände, Röhren und Spritzen beiseite, aber nirgends sah ich Flüssignahrung.

Verzweifelt lief ich zum nächsten Bettchen. Der männliche Säugling darin war schon tot und in Verwesung übergegangen. Sein Kopf hatte die Größe eines Volleyballs und der Körper die Muskulatur eines vier- oder fünfjährigen Kindes.

»Du armes kleines Ding.«

Ich zog den Stecker des Monitors heraus und auch den

Katheter aus dem Kopf des Kleinen. Dann legte ich eine Decke über sein Gesicht.

In dem dritten Bettchen lag ein anderes totes Kind, ein ungefähr einjähriges Baby mit ganz normalem Körperbau – nur schien seine Haut in ungeraden Bahnen zu verlaufen. Sie war nicht zusammen mit dem Kind gewachsen.

Die Lider waren nicht geschlossen, und die blinden, hervorstehenden Augen starrten mich an. Ich wollte mir gar nicht vorstellen, welche Schmerzen es wohl vor seinem Tod ausgestanden hatte. Es sah nach einer Blutvergiftung aus.

Etwa ein Jahr alte Zwillinge lagen in dem vierten Bettchen. Sie waren an der Taille zusammengewachsen. Einer war bereits tot, und da die beiden viele Organe teilten, würde der andere auch bald sterben. Sanft legte ich meine Hand auf die kühle Wange des lebenden Zwillings. Zitternd öffneten sich seine Augen.

»Hallo, Baby.«

Ich konnte ohne Medikamente für den noch lebenden Zwilling nichts tun. Weinend ging ich von Bett zu Bett.

Der Schlauch eines Dialysegeräts war wohl einmal angeschlossen gewesen, doch jetzt baumelte er nutzlos am Bettchen eines kleinen Wesens mit affenartigen Zügen. Das Kind war unterernährt, ausgetrocknet, komatös.

Wohin ich auch blickte, sah ich missgebildete, nicht lebensfähige Kinder. Sollten sich meine Vermutungen als richtig erweisen, lag die Tragödie darin, dass diese Kinder von normalen menschlichen Zygoten stammten. Sie hätten sich vollkommen gesund entwickeln können, doch man hatte ihre Gene verändert. In diesem Raum waren über eine lange Zeit hin Experimente an Menschen durchgeführt worden.

Kit ging von Bettchen zu Bettchen und zog Stecker und Schläuche heraus. Es war das Einzige, was wir tun konnten.

Plötzlich war Max bei uns. Ich hatte Angst um sie, wollte sie vor dem Anblick bewahren, doch es war zu spät. In ihren Augen spiegelten sich Trauer und Wissen. »Sie haben die Babys eingeschläfert«, flüsterte sie. »Das machen sie immer mit dem Ausschuss, den Verlierern. Jetzt wisst ihr es.«

Sie! Wer auch immer sie waren – ich hasste sie von ganzem Herzen. Meine Hände waren zu Fäusten geballt.

»Wir sollten jetzt von hier verschwinden«, sagte Kit. »Sie werden mindestens noch einmal zurückkommen. Dies alles darf auf keinen Fall gefunden werden.«

Ich sah ihn an. »Und Zeugen darf es auch nicht geben.«

85.

Max, die anderen Kinder, Kit und ich hasteten durch den Fichtenwald, als spielten wir eine neue Art von Fangen oder Verstecken. »Sie« würden schon bald hinter uns her sein. Wir waren Zeugen schrecklicher Verbrechen, unter anderem Mord.

Es war wie eine Ironie des Schicksals: Gerade jetzt sahen Berge und Wälder so verdammt schön aus. Das Licht war sanft, Blauhäher und Tyrannvögel zwitscherten. Die Blätter raschelten und segelten durch die würzige Waldluft. Doch in Wirklichkeit war alles so erschreckend wie ein unerwarteter Absturz in die Unterwelt. Wir kannten die schreckliche Wahrheit – oder wenigstens einen Teil davon.

Die Kinder pfiffen vor sich hin. Ich konnte einfach nicht begreifen, warum. Max schien ihre Anführerin zu sein und dabei wirklich gute Arbeit zu leisten.

»Warum pfeifen sie?«, fragte ich Kit.

Er schüttelte den Kopf. »Keine Ahnung.«

»Sie kommen!«, schrie Max plötzlich. »Die Sicherheitsleute! Jäger! Vertraut mir! Rennt schneller! Bloß weg von hier! Sofort alle rennen!«

Ich schnappte mir das nächste Kind – Wendy – und trug es mit mir in einen schmalen Fußweg, der tiefer in den Wald hineinführte.

Kit nahm Icarus, den kleinen blinden Jungen, der genug Angst hatte, um mit ihm zu gehen. Kits Gewehr war dunkel, Angst einflößend, aber irgendwie auch beruhigend.

»Schau, Wendy!«, rief Peter seiner Schwester zu. *»Schau nach oben!«* Er stand wie angewurzelt und starrte Max an, wie sie flog.

Sooft ich sie nun auch schon fliegen gesehen hatte, war ich doch immer noch überwältigt von diesem wunderbaren, unvergesslichen Anblick. Ich konnte nachvollziehen, was Peter in diesem Moment empfand, doch jetzt war keine Zeit herumzustehen.

Ich schrie: »Peter, komm her! Sofort! Los jetzt!«

Immer noch Wendy festhaltend, nahm ich ihn auch noch auf den Arm. Die Kinder umklammerten mich. Obwohl sie nicht schwer waren, wogen sie doch genug.

Für eine Weile fanden wir Schutz im Dickicht. Um uns herum krachten Gewehrschüsse. In dem dicken Stamm eines nahe gelegenen Baumes entdeckte ich eine dunkle Höhle. Wieder hob ich die beiden Kleinen hoch, stolperte und rannte, so schnell ich konnte.

Ich schaute mich gerade noch rechtzeitig um, um Max aus dem Schatten eines Baumes aus gut drei Meter Höhe auf einen der Schützen herabstürzen zu sehen. Er trug einen braungrünen Tarnanzug wie viele Jäger und Extremsportler hier in der Gegend. Max krachte mit unglaublicher Wucht auf ihn. Ihre sechsunddreißig Kilo kamen dem Gewicht eines fallenden Tresors gleich.

Ich hörte Knochen brechen. Der Mann krümmte sich und schrie vor Schmerzen. Ich hatte kein Mitleid mit ihm.

Dann folgte eine kurze Ruhepause, doch die war fast genauso erschreckend wie das Krachen und Widerhallen der Schüsse. Wie viele von ihnen jagten uns? Wo waren sie?

Kit ging in Schussposition. Ein einziger Schuss löste sich aus seiner halbautomatischen Waffe. Ein zweiter Wachmann brach wie ein gefällter Baum zusammen und hielt sich die Schulter.

Mir war schlecht. Ich war eine Zeugin. Wir waren es alle.

Plötzlich bewegte sich der Boden unter meinen Wanderstiefeln. Eine schwere Explosion erschütterte alle Bäume, Büsche und das Erdreich. Wir wurden beinahe zu Boden gerissen.

Die Luft um uns herum schien sich zu teilen. Plötzlich knisterte der Wald vor Hitze, dann roch ich Rauch, und Angst überfiel mich.

Feuer!

Zwei aufgeschreckte Rehe stürzten geräuschvoll an uns vorbei. In schwarzen Wolken erhoben sich Vögel aus den Bäumen. Plötzlich wimmelte es im Wald von verängstigten Tieren und noch ängstlicheren Menschen.

»Die Schule!«, schrie Max. »Das ist bei der Schule.«

»Das war eine Bombe!«, brüllte Kit in meine Richtung. »Sie vernichten das Beweismaterial und brennen die Schule nieder. Lauft weiter! Immer weiter! Wir können jetzt sowieso nichts mehr tun.«

Wir sammelten die Kinder um uns und scheuchten sie weiter. Wir rutschten, fielen und kämpften uns den Hügel hinunter in eine kleine Senke. Dann erklommen wir unter

Schwierigkeiten den nächsten Hang. Und wieder hinab. Wir rannten, bis wir nicht mehr konnten, und liefen dann doch weiter.

Fünf Kinder, zwei Erwachsene – *sieben Zeugen*.

86.

Endlich machten wir Rast und suchten Schutz unter einer Gruppe vorsintflutlich anmutender Felsen. Wir waren erschöpft und außer Atem. Unser eben errungener kleiner Sieg war nur eine kurze Erholungsphase gewesen. Na gut, wir hatten ein paar Wachmänner ausgetrickst. Aber was war das schon wert?

Fünf Minuten vergingen – zehn Minuten – niemand folgte uns. Jedenfalls bis jetzt nicht.

Kit war auf einen hohen, astreichen Baum geklettert, um die Umgebung abzusuchen. Wie ein Profi stieg er hinauf und herunter. Seine Beweglichkeit erstaunte mich. Er hatte wirklich immer wieder Überraschungen auf Lager.

»Ich konnte niemanden sehen«, berichtete er. »Doch das hat nicht viel zu sagen. Sie wissen, dass wir mit den Kindern im Schlepptau für den Abstieg lange brauchen werden.«

Max war bei mir und zerrte nervös an meinem Arm. »Ich sollte ihnen das Fliegen beibringen«, sagte sie. »Sie werden es leicht lernen, Frannie. Ich muss es tun. Dadurch sind sie sicherer vor den Wachleuten, genau wie ich es war.«

Bald würde es dunkel werden. Ich hatte Angst und war besorgt um die Kinder. Wie sollten wir nur den Weg nach unten sicher bewältigen? Bis jetzt hatte ich die Wälder immer als einen Zufluchtsort betrachtet. Das war nun anders.

»Es wird ziemlich schnell dunkel«, sagte ich zu Max. Ich wollte sie nicht ängstigen, aber ich hoffte, sie würde meine Bedenken verstehen.

»Das ist schon in Ordnung«, erwiderte sie. »Es ist Vollmond. Bitte vertrau mir. Für diese Dinge habe ich gewisse Instinkte. Außerdem können wir im Dunkeln besser sehen als ihr.«

Max beeindruckte mich tief. Noch vor wenigen Tagen hatte sie schreiend mit unserem Netz gekämpft. Jetzt übernahm sie die Verantwortung für die Kleinen. Ja, ich vertraute ihrem Urteil, ihrem Instinkt.

Es war Zeit für die kleinen Vögel, flügge zu werden. Sicherlich hatte sie Recht.

Es würde ein einmaliges Schauspiel werden.

Der erste Flug!

87.

Auf dem abgeflachten Gipfel eines Felsens drängten wir uns dicht zusammen. Über uns schien der Mond unheilschwanger wie der Kronleuchter bei der Ouvertüre in *Das Phantom der Oper*. Es war eine wundervolle Nacht, doch wegen der bedrohlichen Begleitumstände auch sehr unheimlich.

»Jetzt passt gut auf«, sagte Max mit fester Stimme zu den anderen. »Alles fängt im Kopf an. Ihr schickt *euren Geist* nach oben aus dem Körper hinaus. Dann überlasst ihr den Flügeln die Arbeit. Das wird toll heute Nacht. Wir werden am Mond vorbeifliegen wie E.T. Könnt ihr euch noch an die Filmszene erinnern?«

»Stark!«, rief Icarus. »Ich bin E.T.! Ich bin der Held. Ich hab's zuerst gesagt.«

Die anderen Kinder rollten mit den Augen, aber niemand wollte sich mit Icarus streiten. Ich bemerkte, wie ungewöhnlich großzügig und freundschaftlich sie miteinander umgingen. Sie hatten Teamgeist, oder sollte man besser von Schwarmgeist sprechen?

Ich betrachtete den leicht geneigten Turm aus Schiefer, der ungefähr fünf Meter in die Höhe ragte. Er war gerade hoch genug, sodass ein erfahrener Flieger hinaufkommen konnte, aber für die Kleinen könnte es ebenso gut einen bösen Sturz bedeuten. Obwohl ich Max vertraute, hielt ich den Atem an.

»Seht mich an!«, befahl sie den anderen Kindern. »Macht es genauso wie ich!«

Zuerst blieb sie auf der Stelle stehen und schlug mit den Flügeln. In dem Moment, als der Wind etwas auffrischte und direkt in unsere Richtung blies, trat sie einfach von dem hohen Felsen herunter.

»Mensch!«, riefen die Kinder im Chor. »Klasse, Max! Das ist wirklich Spitze!«

Sekundenlang schwebte Max mühelos in der Luft. Sie blickte nach unten, um sicherzugehen, dass auch alle zusahen. Dem war so. Dann zeigte sie die nächste Lektion.

Sie flog den Baumwipfeln entgegen, und es war einfach unglaublich. Meine Nackenhaare sträubten sich, meine Knie wurden weich. Doch um nichts in der Welt hätte ich dies verpassen wollen.

Max benutzte ihren Verstand oder vielleicht auch ihren Instinkt und hielt alles so einfach wie möglich. Keine Kunststücke und keine Angeberei. Sie zog einen eleganten Kreis und landete wieder bei den anderen.

»Ich kann das«, prahlte Peter mit vorgestrecktem Kinn und geschwellter Brust. »Null Problemo. Keine große Sache.«

»Dann kann ich das auch«, sagte Wendy. »Mein ganzes Leben lang habe ich schon aufs Fliegen gewartet.«

»Ich fliege Tag und Nacht in meinen Träumen«, erzählte Icarus. Sie gingen so freundlich und lieb miteinander um. Wie konnte man nur daran denken, ihnen wehzutun?

»Lasst mich zuerst«, sagte Oz und stellte sich vor die kleineren Zwillinge.

»Nein, ich!«, Peter gab nicht auf.

»Komm her, Peter«, sagte Max mit fester Stimme. »Ich werde die ganze Zeit bei dir sein. Macht keinen Blödsinn, ihr kleinen Chaoten! Kommt her!«

»Oh! Jetzt ist sie verärgert«, stöhnte Peter und zog eine Grimasse.

»Bei drei springen wir alle zusammen«, sagte Max. »Wenn jemand irgendwelche Einwände hat, soll er sie für sich behalten.«

Ich stand direkt hinter den Kindern. Eigentlich wollte ich sagen: »Ich auch!« Ich wollte fliegen und war völlig überwältigt von dem Gefühl, dass es möglich wäre.

Bei dem hellen Mondlicht konnte ich alles ganz genau sehen. Und dann ganz plötzlich sprangen alle fünf Kinder von dem Felsen. Gemeinsam.

»Schau dir das an«, flüsterte Kit. »O Mann.« Zärtlich drückte er meine Hand.

Mir blieb die Luft weg. Ich sah Peter. Seine ersten Bewegungen waren verständlicherweise noch etwas ungelenk. Dann sackte er einfach ab. »He ... Hiiilfe!«, schrie er.

Max tauchte neben ihm auf.

Kraftvoll ergriff sie ihn um die Taille. Der Junge schlug immer heftiger mit den Flügeln. Er setzte seine ganze Kraft ein.

»Drück die Luft *nach unten*«, beschwor ihn Max. »Räum einfach die blöde alte Luft aus dem Weg.« Sie lehrte ihn, was zu tun war. »Entspann dich, Peter. Verkrampf dich nicht. Du bist dazu geboren.«

Danach wurde Peters Flug stabiler. Max hatte ihm das richtige Selbstvertrauen vermittelt. Er schien zu schweben und stieg dann höher. Die anderen machten sich auch sehr gut. Der Himmel war pflaumenblau und bildete einen fantastischen Hintergrund für diese außergewöhnliche Flugschau.

»Mein Gott, Frannie«, hörte ich Kits Stimme neben mir. »Niemand auf der Welt hat je etwas Derartiges gesehen. Noch nicht mal diese verdammten Wissenschaftler.«

»Sieh dir an, wie gut sie das hinkriegen!«

Es gab keine Zwischenfälle. Die Kinder flogen, als hätten sie es seit Jahren zusammen getan. Max schien ihnen einfache Anweisungen zu geben, wie man eine Kurve flog oder einen Strömungswiderstand herstellte. In den Wäldern hatten sie ständig gepfiffen, und sie taten es auch jetzt wieder.

Zu Beginn hatte ich es nicht begriffen, doch jetzt verstand ich: Die Pfeifgeräusche sollten Icarus bei der Orientierung unterstützen, *ihm helfen zu sehen*.

Gemeinsam flogen die Kinder über den tiefen, Furcht erregenden Abgrund. Sie kreisten und flogen dann eine Acht in der Luft. Mir stockte der Atem, als ich sie so sah.

»Ich bin hier, Ic!«, rief Max.

Icarus pfiff, dann sprach er. Seine Stimme hallte in der Nachtluft wider. »Ich *spüre* dich. Ich spüre, wie du dich in der Luft bewegst.«

Obwohl es ein wenig zu dunkel war, um sein Gesicht genau zu erkennen, war ich mir sicher, dass Icarus grinste wie ein Schneekönig.

88.

Ich formte die Hände vor meinem Mund zu einem Trichter und rief Max laut und deutlich zu: »Zeit für die Landung. Okay, Max? Jetzt!«

Zu meiner Erleichterung wackelte sie kurz mit den Flügeln und wies ihre kleine Truppe an zu landen. Einer nach dem anderen kamen sie herunter. Kleine Füße trafen auf den staubigen Boden, begleitet von herzhaftem Lachen und einer Freude, wie nur Kinder sie ausdrücken können.

Im Grunde hatte ich ein schlechtes Gewissen dabei, ihnen Anweisungen zu geben. Ich wusste ja, dass sie immer nur mit Befehlen und Disziplin gelebt hatten. Doch es musste sein. Wir waren in diesen Wäldern nicht sicher. Wir waren weit entfernt davon. Bald schon würden bewaffnete Männer hier auftauchen, wenn sie nicht sogar schon in der Nähe waren.

Ich umarmte alle Kinder, und auch Pip wusste vor Freude nicht, wohin. Doch leider war keine Zeit, dieses außergewöhnliche Ereignis zu feiern.

Wie es in den Bergen im Spätsommer üblich ist, sank die Temperatur schnell. Kit wollte kein Feuer machen, und ich musste ihm leider Recht geben. Ohne Feuer würde es sehr viel sicherer sein, aber auch sehr viel kälter.

Neben einigen großen Felsen fanden wir eine relativ geschützte Stelle. Wir fegten kleine Steine und Äste fort, um einen angenehmen Schlafplatz zu haben.

Dann sammelten wir Blätter und Zweige, um uns in der Nacht damit zu wärmen. Die Kinder kuschelten sich in ihre Flügel und waren so ganz gut geschützt.

»Morgen werden wir an einem besseren Ort sein«, sagte ich zu den Kindern. »Vielleicht bei mir zu Hause.« Vielleicht auch nicht.

»Versprochen?«, fragte Oz.

Ich wollte ihm so gern Pfannkuchen mit Sirup und alle Milch der Welt versprechen, ein richtiges Bett ohne Gitter und ein glückliches Leben für alle Zeit. Doch ich wusste noch nicht einmal, was uns die nächsten zwanzig Minuten bringen würden.

»Schlaft jetzt!«, forderte ich sie auf. Ich legte meine Hand auf Oz' Kopf. »Schöne Träume!«

Oz antwortete mit einer zynischen kleinen Grimasse, und ich konnte es ihm nicht übel nehmen. Ich hatte ihm nur etwas gewünscht, nichts versprochen. Ich sah ihm nach, als er zu den anderen Vogelkindern ging. Alle hatten Kratzer und Beulen, und ich hatte kein Verbandsmaterial und noch nicht einmal eine alte Decke, um sie vor der Kälte zu schützen.

Als Max begann, das Vaterunser zu beten, musste ich mir auf die Lippen beißen, um das Zittern zu unterdrücken. Die anderen fielen ein und nannten hinterher einige Namen, die Gott segnen sollte. Ich kannte keinen davon – außer den von Mrs. Beattie. Ich wusste auch nicht, ob sie Menschen oder Tieren gehörten und diese lebendig oder tot waren.

Dann sagte Max: »Und Gott segne Frannie und Kit, unsere guten Freunde. Und er segne auch den kleinen Pip, unseren vierbeinigen Freund.«

Wer hatte diesen Kindern, die inmitten der schlimmsten Verworfenheit aufgewachsen waren, beigebracht zu beten? War es Mrs. Beatties Einfluss? War es Instinkt? Hörte Gott ihre Gebete? Gerade diese besonderen Kinder brauchten ihn, benötigten seinen Schutz. Ein kniffliges Problem, das man besser Theologen überlassen sollte.

Als die anderen Kinder eingeschlafen waren, kam Max und setzte sich zu Kit und mir. Zum x-ten Mal befragte Kit sie über die Schule. Wer waren die Leute, die dort arbeiteten? Max bezeichnete sie immer noch mit *sie*. Alles, was mit der Schule zu tun hatte, flößte ihr Angst ein. Jahrelang hatte man ihr eingetrichtert, kein Sterbenswörtchen zu verraten.

Kit hörte nicht auf, sie weiter zu befragen, versuchte, sie zu überreden.

»Sie werden uns einschläfern«, sagte Max endlich. »Sie scherzen nicht.«

»Woher weißt du das, Max?«, fragte ich. Ich hoffte, betete, dass sie mir irgendeine Räuberpistole erzählen würde, eine Frankensteinversion von »Warte, bis dein Vater nach Hause kommt«.

»Den Ausschuss töten sie in Gläsern.« Max sah mir fest in die Augen, während sie diese Worte sprach. Ihr Blick war ernst und aufrichtig. Sie wurde bleich. »Und für jeden von uns haben sie ein Todesglas.«

Mir stockte der Atem. Ich wusste etwas über Todesgläser. Es handelt sich um mit Kohlenmonoxid gefüllte Behälter. Sie werden benutzt, um Labormäuse zu euthanasieren, wenn sie ihren Zweck für die Wissenschaft erfüllt haben.

»Kinder wie dich würden sie doch nicht einschläfern«, sagte ich.

»Natürlich würden sie Kinder wie mich einschläfern«, antwortete Max. Ihre Augen waren jetzt schmal und hart. »Der Ausschuss wird immer eingeschläfert.«

Ihre Stimme war kaum noch hörbar. Es war, als spräche sie zu sich selbst.

»Eve wurde eingeschläfert. Und Adam ... und ich glaube, auch mein Bruder Matthew.«

89.

Ich saß mit dem Rücken gegen einen Felsen gelehnt und versuchte, den Schock zu verarbeiten. Mit Flüchen habe ich es normalerweise nicht so, aber ich konnte nur noch *Verdammt noch mal, verdammt noch mal!,* denken. Was für ein irrwitziger Tag. Erst jetzt wurde mir klar, dass mein Herz seit Stunden an seiner Leistungsgrenze arbeitete. Ich fühlte mich verletzlich, verbraucht und unwahrscheinlich müde. Mir war klar, dass ich dringend Schlaf brauchte.

Und doch konnte ich meine Augen nicht schließen. Meine Augenlider gehorchten mir nicht. Ein Zusammenbruch kündigte sich an.

Ich war traurig und geschockt von dem, was Max uns vorhin erzählt hatte – Kinder wie sie wurden systematisch eingeschläfert.

Der Ausschuss wird immer eingeschläfert, hatte sie gesagt. Es war eine ganz normale Prozedur.

Adam wurde eingeschläfert, genau wie Eve.

Doch wer waren diese Kinder mit den vielversprechenden Namen? Warum wurden sie getötet? Aus welchem Grund waren sie aussortiert worden?

Kit setzte sich zu mir. Er machte einen erschöpften und beunruhigten Eindruck, und ich konnte es ihm nicht verdenken. »Ich muss ein Geständnis machen«, flüsterte er heiser. »Ich muss es einfach loswerden.«

Damit hatte ich nicht gerechnet. Nicht jetzt. »Wieso ein Geständnis?« Ich starrte ihn an. Das Gefühl in meinem Magen wurde immer eigenartiger. Ich brauchte jetzt keine »Geständnisse«, doch nun konnte er seine Worte nicht mehr zurücknehmen.

»Versuch bitte nicht, in meinen Augen zu lesen«, sagte er.

»Tu ich gar nicht ... Okay, du hast Recht. Ich werde versuchen, es zu lassen. Erzähl! Was willst du mir sagen?«

Mit übereinander geschlagenen Beinen saß Kit vor mir. Er überlegte, wägte ab, und endlich sprach er.

»Vor einigen Wochen wurde ein Genspezialist aus San Francisco in seinem Schlafzimmer ermordet. Seine Freundin auch. Es war brutal und blutig. Man ließ es so aussehen wie einen fehlgeschlagenen Einbruch. Doch es war keiner. Der Genspezialist hatte geholfen, ein ›Gründergen‹ zu entdecken. Es wurde bestimmt an der Schule verwendet.«

Ich wusste, dass Gründergene es dem genetischen Material ermöglichen, von einem Organismus auf einen anderen übertragen zu werden. Der Gründer erfüllt eine Art Schlüsselfunktion zur Öffnung eines DNA-Schlosses. Doch es ist kein Allround-Skelettgen. Für jede Art genetischer Veränderung werden verschiedene Gründergene benötigt.

»Woher weißt du das?«, fragte ich. »Und warum hast du es mir nicht schon vorher erzählt, Kit? Was verschweigst du mir noch?«

»Ich muss es schon auf meine Art erzählen«, antwortete er.

Ich seufzte. »Okay, dann eben auf deine Art.«

»Wenn ich fertig bin, wirst du hoffentlich Verständnis haben.«

»Das hoffe ich auch.«

»Der Genspezialist, ein Mann namens James Kim, hatte einem seiner Freunde am M.I.T. anvertraut, er und eine ausgewählte Gruppe von Biologen seien Teil eines illegalen Labornetzes. Sie würden unerlaubte Experimente durchführen, dabei aber sehr viel verdienen. Er arbeitete mit einem Team, dessen Versteck irgendwo in der Gegend von Boulder sein sollte. Dieses Gespräch kostete sein Leben und das des Arztes vom M.I.T.«

»Moment mal, Kit. Willst du mir beibringen, dass du von

den Menschenversuchen wusstest?«, fragte ich. »Wusstest du davon, ehe wir in die Schule kamen? Bitte, sag mir die ganze Wahrheit.«

Kit schüttelte den Kopf. »Nein. Ich wusste nichts Genaues. Ich kam hierher, um das illegale Team aufzuspüren – falls es existierte und hier war. Ich hatte keine Ahnung, ob ich die Leute finden und, wenn ja, was ich tun würde. Ich weiß es bis jetzt noch nicht. Von den Grausamkeiten, die wir in der Schule entdeckt haben, wusste ich nichts. Auch nichts über Max. Wer hätte sich so etwas vorstellen können, und sei es auch nur im Traum?«

Plötzlich richtete ich mich ganz gerade auf, lehnte mich gegen die ungemütliche Rückenlehne aus Stein. So müde wie ich gedacht hatte, war ich gar nicht. »Kit, jetzt erzähl mir bitte, was los ist. Ich habe den Eindruck, dass ich langsam verrückt werde. Ich *weiß*, dass ich in Lebensgefahr schwebe. Ich weiß auch, dass für die Kinder allergrößte Gefahr besteht. Sag mir einfach nur die Wahrheit. Glaubst du nicht, dass ich das verdient habe?«

»Ich versuche es, Frannie. Doch es ist nicht immer alles einfach schwarz oder weiß. Manches ist verdammt schwierig.«

»Warum? Weil du am Anfang so ein guter Lügner warst?«

Kit seufzte und nickte langsam. »Ja, deswegen. Und auch, weil ich normalerweise nicht lüge. Und weil ich das Gefühl hatte, lügen zu müssen.«

Meine Kehle schnürte sich zu. Meine Gedanken beschäftigten sich immer noch mit den furchtbaren Verbrechen, den kaltblütigen Morden und dem, was auf der Grauen erregenden Kinderstation der Schule geschehen war. Was wollte Kit mir jetzt sagen? Was wusste er noch?

»Kit, rede einfach«, sagte ich schließlich.

Er stieß einen tiefen Seufzer aus. »Gut. Ich glaube, dass

David da mitgemacht hat. Darum haben sie ihn umgebracht. Dein Mann wurde von seinen Kollegen ermordet.«

»Mein Gott!« Ich bemerkte plötzlich, dass ich mich selbst mit beiden Armen umklammert hielt. *Ich halte mich nur fest*, dachte ich. In meinem Kopf drehte sich alles. Bilder von vor eineinhalb Jahren stiegen wieder in mir auf. Sie schienen ganz neu und frisch. Davids Tod. Ungläubig starrte ich Kit in dem weißen Mondlicht an. Ich war im Schockzustand und konnte das alles nicht glauben. Wie konnte David sich auf so etwas Böses eingelassen haben? Wie hatte er mich so lange und so überzeugend anlügen können?

»Was noch?«, flüsterte ich. Kits Gesichtsausdruck sagte mir, dass da noch mehr kam.

»Erstens«, begann er, »ich bin nicht offiziell hier. Das FBI hat mir den Fall entzogen. Und – Kit Harrison ist nicht mein richtiger Name.«

90.

Ich fühlte mich betrogen und verletzt. Ich wollte weglaufen, *irgendwohin,* doch ich war zu müde. Ich hatte einen Schock. Und Angst hatte ich auch ... vor Kit Harrison.

Ich konnte kaum sprechen, doch schließlich brachte ich ein paar Worte heraus. »Bitte, lass mich allein.«

»Ich heiße ...«

Ich winkte ab. »Ist mir egal. Nicht wichtig.«

Plötzlich brach es aus ihm heraus. »Ich komme aus Boston. Eine Weile habe ich auch in Washington gearbeitet. Zwölf Jahre lang war ich leitender Agent beim FBI. Ich wurde fast gefeuert, weil ich von dieser verdammten Affäre nicht lassen wollte. Ich sollte eigentlich gar nicht hier sein. Beim FBI denken sie, dass ich Urlaub in Nantucket mache. Ich bin hierher gekommen, um das Richtige zu tun, Frannie.«

Ich starrte in diese trügerischen blauen Augen. »Deine Frau und die Kinder sind doch nach Nantucket geflogen, als das Flugzeug abstürzte?«

Kit nickte. Sein Gesicht war gerötet, die Augen blutunterlaufen. »Frannie, es tut mir alles so Leid. Es tut mir Leid um deinen Mann. Normalerweise bin ich kein Lügner. Ich lüge nie. Ich hatte einfach keine andere Wahl. Dieser Fall ist zur Besessenheit geworden, das gebe ich zu. Seit zwei Jahren arbeite ich nun schon daran.«

»Bist du ganz sicher, was David angeht?«, fragte ich leise.

»Ja, ganz sicher. Ich habe mit einer Ärztin beim M.I.T. gesprochen. Sie wusste Bescheid über die illegale Gruppe. Von ihr habe ich den Namen deines Mannes, und sie hat mir geschworen, dass David ermordet wurde. Sein Name wurde in Zusammenhang mit dem von Dr. Kim in San Francisco genannt. Es tut mir Leid, dir das sagen zu müssen.«

Ich starrte in den dunklen, bedrohlich wirkenden Himmel. Irgendwie schien mein Magen einen Aufruhr zu veranstalten. Ich wechselte das Thema. »Und die Männer, die uns gejagt haben, was ist mit denen?«

Kit oder wie immer er auch hieß schüttelte den Kopf. »Vielleicht wurden sie durch das Feuer und die Explosion in der Schule abgelenkt. Doch sie wissen, dass sie uns erwischen werden, bevor wir mit fünf Kindern im Schlepptau den Berg hinuntergestiegen sind.«

»Vielleicht sollte einer von uns vorausgehen«, meinte ich.

Er schüttelte den Kopf. Seine Augen hielten meinen Blick fest. »Frannie, erzähl mir deine Eindrücke von den Laboren in der Schule. Alles, was dir durch den Kopf geht. Was hat dich dort besonders beeindruckt? Ich glaube, das ist wichtig.«

Ich versuchte, klar zu denken, mich zu konzentrieren, doch es war nicht leicht. »Am Anfang war ganz eindeutig nur Schock. Und dann Trauer. Aber auch ein Gefühl, als wäre jemand in meine Seele eingedrungen. Neben anderen furchtbaren Dingen haben sie ganz offensichtlich mit Menschen experimentiert.«

»Welche anderen Dinge?«

Besonders ein Gedanke hatte mich in der Schule beschäftigt. Er war so schrecklich, dass ich ihn verdrängen wollte. Doch es war nicht möglich.

»Egal, wie diese so genannten Wissenschaftler Gene manipuliert und kombiniert haben, die Kinder stammen von Menschen ab. Sie sind nicht aus einer Mixtur in Reagenzgläsern entstanden. Haare, Augen, Hautfarbe und einige ihrer geistigen Eigenschaften haben sie von ihren Eltern geerbt. Max, Oz, Peter, Wendy, Ic, sie alle haben menschliche Eltern. Dessen bin ich mir sicher.«

Sein Blick war durchdringend, forschend und hielt den meinen in seinem Bann. »Bitte sprich weiter, Frannie. Ich muss alles wissen, was du vermutest, denn ich habe eine ganze Menge Puzzleteile zusammenzufügen.«

»So etwas wie Retortenbabys gibt es nicht. Jedenfalls bis jetzt noch nicht. Es gibt einfach keine Möglichkeit, ein Baby woanders wachsen zu lassen als in dem normalen Umfeld. Selbst biotechnologisch gezeugte Mäuseembryos müssen in weibliche Mäuse eingepflanzt werden, bis sie ausgewachsen sind. Max und die anderen Kinder sind im Mutterleib gewachsen. Sie haben *menschliche Mütter*.«

Mir fielen die Augen zu, und selbst mit aller Anstrengung konnte ich sie nicht mehr offen halten. Leider kamen die grauenvollen Gedanken in Wellen immer wieder. Wer waren die Frauen, die bei den Experimenten mitgemacht hatten? Wie war man zu den genetisch manipulierten Embryos gekommen? Wo waren die Mütter?

»Wie heißt du wirklich?«, flüsterte ich noch. Ich musste es wissen.

»Ich heiße Tom«, hörte ich ihn sagen. »Tom Brennan, Frannie. Es tut mir alles sehr Leid. Auch das mit David.«

Ich nickte. Tränen stiegen mir in die Augen, doch trotzig hielt ich sie zurück. Vor meinem inneren Auge zog blitzschnell Davids Bild vorbei.

»Mir auch«, sagte ich.

91.

Es war halb zehn, und Kit/Tom machte tief in Gedanken versunken seinen Kontrollgang um das Versteck. Wenigstens hatte er als Agent nicht versagt. Bis jetzt hatte er alle beschützen können – doch wie lange noch?

Im Moment machte er sich um so viele Dinge Sorgen, doch besonders beschäftigte ihn, was vorhin mit Frannie geschehen war. Er hasste sich dafür, ihr Kummer bereitet zu haben.

Peng! Etwas traf ihn am Kopf, und er sprang zurück. Übles ahnend schaute er nach oben.

Er hatte sich nicht geirrt. Max vergnügte sich auf einem dicken Ast. Sie hatte einen Kiefernzapfen nach ihm geworfen.

»Du Witzbold! Was ist los, ist außer dir noch jemand wach?«, rief er.

Sie lächelte ihm zu.

»Ich möchte dir etwas zeigen.« Max deutete auf einen entfernten Hügel, den ein glühend roter Schein umgab. »Es brennt immer noch.«

Kit wollte es selbst sehen. Er setzte seinen Fuß an den Baumstamm, griff nach einem niedrigen Ast und zog sich hoch bis zu einer Gabelung. Dann kletterte er schnell und professionell weiter, bis er Max erreicht hatte.

»Da hast du aber einen schwierigen Weg gewählt«, sagte Max und zog eine Grimasse.

»Ich kann nicht fliegen, Max. Und außerdem ist die Zeit noch nicht gekommen, mich als Superman zu outen.«

»Schon in Ordnung. Dein Geheimnis ist bei mir sicher. Hä, hä.« Max hatte Matthews verrücktes Lachen nachgemacht und bereute es sofort. Sie rückte ein Stückchen und machte in der Astgabelung Platz für Kit.

»Ich werde von hier aus Wache schieben«, sagte er. »Warum bist du nicht unten und schläfst? Bitte, du musst dich ein bisschen ausruhen.«

»Ich kann nicht schlafen«, antwortete sie. »Außerdem bin ich daran gewöhnt, wach zu bleiben. Immer hatte ich Angst, eingeschläfert zu werden. Ich habe Albträume deswegen, also schlafe ich nicht viel.«

»Im Moment könntest du aber schlafen«, sagte er.

Max zog wieder eine Grimasse. »Quatsch ...«

Kit lächelte. »Wenigstens ein bisschen, glaube ich. Was geht da drin vor?«, fragte er und tippte leicht an den Kopf des Mädchens.

»Viel zu viel, um meinen Seelenfrieden zu finden, besonders jetzt. Ich habe die blöde Schule gehasst, doch sie war trotzdem mein dämliches Zuhause.«

Er nickte und begann zu verstehen. »Hier draußen in der Welt gibt es sehr viel bessere Orte. Ganz ehrlich – warte ab, und du wirst sehen.«

Max seufzte tief. »Ich mag Frannie schrecklich gern. Dich mag ich auch – manchmal. So wie jetzt«, neckte sie ihn.

Völlig unvermittelt fragte sie: »Willst du dich mit ihr vermehren?«

Kit konnte ein Lachen nicht unterdrücken und hoffte nur, ihre Gefühle nicht verletzt zu haben.

»Also wirst du es tun?«, bohrte Max weiter. »Dein Geheimnis ist sicher bei mir. Großes Indianerehrenwort!«

»Frannie spricht noch nicht einmal mit mir«, erzählte er Max und öffnete ihr einen Spalt seiner Seele.

»Warum denn das?«

»Weil«, antwortete er langsam, »ich ihr einige Geheimnisse nicht erzählt habe. Ich dachte, ich könnte sie niemandem anvertrauen.«

Max nickte. »Ich verstehe. Wie die Geheimnisse, die *ich* niemandem sagen wollte. Und die du mich gedrängt hast zu erzählen.«

»Ja, so ist es. Ein Punkt für dich.« Sie hatte wirklich eine schnelle Auffassungsgabe.

Max nickte zufrieden. Sie leckte an ihrem Finger und zeichnete einen imaginären Punkt in die Luft.

»Hat dir schon mal jemand gesagt, wie außergewöhnlich klug du bist?«

Max lächelte erfreut. Sie hatte ein so schönes, ausdrucksvolles Gesicht. »Wendy und Peter sind klüger. Ich habe beim Stanford-Binet-Test nur neunundvierzig geschafft. Die Ergebnisse der Zwillinge liegen im Geniebereich. Adam und Eve waren sogar außerhalb aller Normen. Doch das hat sie nicht gerettet. Ich frage mich immer wieder, warum? Du nicht auch?«

»Ich habe Fragen zu so vielen Dingen, Max. Darum stelle ich auch laufend dumme Fragen. Weißt du, warum sie eingeschläfert wurden?«

Max schüttelte den Kopf. »Obwohl, vielleicht doch. Ich erinnere mich an die Nacht, als es passierte. Da muss irgendwo ein Fehler aufgetaucht sein, ein Irrtum. Sie wurden aussortiert. Etwas stimmte nicht mit ihnen.«

Kit hörte nachdenklich zu. »Mit jedem von uns stimmt etwas nicht, Süße. Niemand ist perfekt. Erst dadurch wird man interessant.«

»Das ist mir schon klar. *Eure* Unvollkommenheiten mag ich ja auch.«

Sie lehnte sich an ihn. Er empfand unglaublich viel für sie. Es war so nett, fast wie Vater und Tochter. Gemeinsam blickten sie auf den rot leuchtenden Horizont. Dort war das Feuer. *Gefahr*. Plötzlich überfiel ihn die Erinnerung an Tommy und Mike, seine eigenen Kinder. Er wollte nicht an sie denken, nicht jetzt.

»Ehrlich. Ich mag dich sehr«, sagte Max. »Du hast nette Augen. Ich weiß, du würdest nie jemandem wehtun, außer du wärst dazu gezwungen. Du bist einfach so.«

»Danke«, erwiderte Kit und streichelte ihre Wange. »Doch einer von uns sollte jetzt ein bisschen schlafen. Mach du den Anfang!«

»Ich bin hellwach. Außerdem kann ich besser hören und sehen als du. Ich bin unsere beste Chance.«

Er lächelte. »Wahrscheinlich hast du Recht«, stimmte er zu. Langsam schloss er seine Augen, und es war ein wunderbares Gefühl. »Mein richtiger Name ist Tom«, flüsterte er.

»Ich heiße Maximum. Du wirst noch sehen, warum.«

92.

Ich rannte um mein Leben in diesem dunklen, fiebrigen Traum – David kam auch darin vor –, als ich fühlte, wie Pip an meinem Ärmel zog.

»Hör auf, Pip. Du bist doch schon im Freien. Geh dein Geschäft allein machen. Sei ein guter Junge. Hau ab.«

Schelte und Wegstoßen halfen nichts. Er ist ein hartnäckiger kleiner Quälgeist, und schließlich zwang ich mich, die Augen zu öffnen. Fast glaubte ich, David neben mir zu sehen, doch natürlich war er nicht da.

Ich schnupperte. Der Gestank war Ekel erregend, und ich hatte das Gefühl zu ersticken. Wie in meinem Traum war die Luft heiß, schwarz und drückend. Ich hatte keine Ahnung, ob es Nacht oder Tag war, erinnerte mich nur, dass ich bei Mondlicht eingeschlafen war. Jetzt war der Mond ganz verschwunden. Ich konnte nichts erkennen, weder den Himmel noch die riesigen Bäume, die da gewesen waren, als ich eingeschlafen war.

Mir war, als sei ich blind, umfangen von einer Decke schweren, fast schwarzen Nebels.

»Hallo? Ist da jemand?«, rief ich.

Mit erschreckender Klarheit wurde mir plötzlich bewusst, wie furchtbar die Situation tatsächlich war. Der Himmel, der Mond, die Bäume – alles war vollkommen im Rauch versunken. Überall war Qualm, erstickte mich, nahm mir die Sicht. Der Wald brannte.

Pip forderte bellend, ich solle ihm folgen. Ich quälte mich auf die Beine, und über Baumstümpfe und Steine stolpernd, rief ich: »Kit! Kit! Wo bist du? Es brennt!«

Endlich hörte ich ihn. »Hier, hier drüben. Der Wind muss gedreht haben.«

Und hatte das Feuer zu uns geschickt.

Ich wusste noch immer nicht, wo Kit war. Auch von den Kindern konnte ich keines sehen. Meine Augen brannten und tränten. Die Sichtweite betrug kaum mehr als einen Meter. Ich fühlte mich wie in einer Falle, hatte Platzangst, war eingeschlossen.

Dann hörte ich ein Geräusch. Ein Wapitihirsch. Ich sah die Augen des riesigen Tieres direkt vor mir – glasig und ausdruckslos. Es war genauso verloren und ängstlich wie ich. Dann lief er mit donnernden Hufen an mir vorbei.

Jetzt konnte ich das Feuer hören. Es war ein leises Raunen, verführerisch, fast melodisch. Langsam begann ich, meine Umgebung wahrzunehmen. Etwas weiter oben war der Rauch nicht mehr so dicht. Die Flammen färbten den Himmel rot. Ich blickte nach Norden und sah Reihen von verkrüppelten, schwarz verbrannten Bäumen auf einem fernen Berghang.

Ein Baum in meiner Nähe entzündete sich und begann mit lautem Zischen zu brennen. Ein riesiger Ast krachte auf den Boden. Funken stoben durch die Luft, wo sie wie große Knallfrösche explodierten.

Mit dem Wind hatte auch das Feuer die Richtung gewechselt. In den letzten Stunden musste es über das Land gefegt sein und dabei noch mehr an Kraft gewonnen haben. Es war zu einem riesigen Inferno geworden. Alle Beweise waren jetzt vernichtet. *Sie hatten es geschafft.* In dieser schrecklichen Feuersbrunst gab es schon lange keine Schule mehr.

Wieder rief ich.

Diesmal hörte ich würgendes Husten. Die Kinder waren in der Nähe. Aber wo?

»Max? Icarus, Oz? *Max?*«

Kit sah ich zuerst. »Ich habe die Zwillinge«, sagte er aus

dem dichten Rauch hervortaumelnd. An jeder Schulter hing ein Zwilling. Er war stark.

Pip knurrte wieder und fletschte seine kleinen Zähne. Sein Fell war von Ruß und Asche verfärbt.

Dann fiel ein Schuss. Ein Lichtblitz. *Ein Schuss mitten in diesem Inferno.* Wo war er hergekommen? Aus welcher Richtung?

In einem Regen orangegoldener Funken stürzte ein anderer Baum um. Pip heulte.

»Weg hier, nur weg!«, brüllte Kit.

Wir liefen um unser Leben.

93.

Wendy lag eng an mich geschmiegt in meinen Armen. Wir hatten es bis jetzt geschafft, den wütenden, donnernden Flammen zu entgehen. Es schien, als hielte der schnell drehende Wind sie momentan von uns fern.

Gerade versuchte ich, mich zu orientieren, als Max schrie: »Passt auf, passt auf! Da sind noch mehr Jäger!«

Im Tal unter uns sah ich zwei Männer herumstöbern.

Ich war fassungslos. Schlagartig wurde mir klar, dass ich die beiden Männer da unten kannte. Sie waren vom Gemeindekrankenhaus in Boulder. Kollegen von David.

Der größere der beiden trug eine blaue L.A.-Dodger-Baseballjacke, eine Mütze und eine randlose Brille. Er hatte grau meliertes Haar und einen Vollbart. Der andere Mann war kleiner, aber dicker, eine Witzfigur mit kariertem Hemd und ausgebeulten Khakihosen.

Der größere Mann war Dr. Michael Vaughan, ein Neurologe. Der Mann mit dem Rettungsring hieß Bobby irgendwas. Er war Chefpfleger in der gynäkologischen Abteilung. Ich hatte ihn einmal auf einer Party getroffen, wo er die Leute mit Fotos von Babys unterhalten hatte, bei deren Geburt er dabei gewesen war. *Seine* Babys nannte er sie.

Sie waren Davids Freunde gewesen. Wir hatten sie öfter getroffen.

Tränen stiegen mir in die Augen, und das kam nicht vom Rauch. Es war das Gefühl des Verrats. Vielleicht waren sie aber auch einfach nur Freiwillige, die nach möglichen Opfern des Feuers suchten. Es wäre doch schön, wenn Dr. Vaughan und Pfleger Bobby nichts weiter als besorgte Bürger wären, nicht wahr? Dann brauchten wir uns nur bemerkbar zu machen und würden fort aus der Wildnis und an einen Ort mit Antibiotika, sauberen Laken und warmem Essen gebracht werden.

Doch eine innere Stimme verbot mir zu rufen: »He, wir sind hier oben!«

Auch Kit und die Kinder verhielten sich ganz ruhig.

Dann zeigte Kit nach links, und ich sah unsere Rettung: einen schwarzen Jeep. Unseren Jeep.

Leider hatten Vaughan und der Pfleger ihn auch entdeckt. Sie versuchten, die Türen zu öffnen.

Kit lud sein Gewehr. Sein Gesicht war grimmig und entschlossen. Er war völlig konzentriert.

Er hielt das Gewehr im Anschlag. Dann endlich entfernten sich die beiden Männer von dem Wagen. Sie suchten nach etwas – uns? Immer wieder ließen sie die Blicke in der Umgebung umherschweifen. Gott sei Dank sahen sie uns nicht. Ich stieß einen hörbaren Seufzer der Erleichterung aus.

Plötzlich sah ich in den Augenwinkeln etwas Helles blitzen. Ich fuhr zusammen. Was war jetzt los?

Kit hielt die Wagenschlüssel hoch.

»Was, um alles in der Welt, hat dich nur dazu gebracht, den Wagen abzuschließen?«

Ein lang vermisstes Grinsen zeigte sich.

»Großstädter machen das nun mal so«, sagte er.

94.

Wider alle Vernunft wollten wir daran glauben, dass Kits Jeep nicht gesucht wurde. Wir hofften, das *sie* nicht wussten, wer er war und warum er sich hier in Colorado aufhielt. Außerdem sorgten wir uns wegen der Untätigkeit des FBI und warum man Kit von dem Fall abgezogen hatte. An Problemen mangelte es uns nicht.

Das alles war nicht sehr aufbauend. Nichts davon. Wir zwängten uns in den Jeep, und Kit fuhr schnell, fast schon gefährlich schnell, die enge, kurvenreiche Bergstraße hinunter, auf der wir gekommen waren. Die Kinder waren begeistert und drängten ihn sogar, noch schneller zu fahren.

Als wir um eine scharfe Kurve an einer Schlucht fuhren, sah ich eine kleine Gruppe Männer und Frauen am Straßenrand stehen. Wanderer? Sie sahen ziemlich harmlos aus.

Dann erkannte ich sie, und mein Herz setzte einen Moment lang aus. Auch sie waren vom Krankenhaus in Boulder. Einige trugen Kopfhörer mit winzigen Mikrofonen.

Drei Männer und eine Frau – alle Ärzte im Gemeindekrankenhaus.

Trug man Kopfhörer zum Wandern? Verdammt. Ganz bestimmt nicht. Normalerweise war ich kein Anhänger von

Konspirationstheorien, aber ich glaubte ganz bestimmt an Dinge, die ich mit eigenen Augen sah.

»Runter mit euch. Bitte legt euch unten hin!«, wies ich die Kinder an.

Die verdächtigen Wanderer betrachteten den vorbeirasenden Jeep, aber die Kinder blieben unten, und die Höllenärzte schienen nichts Verdächtiges zu bemerken.

»Sie sind vom Gemeindekrankenhaus in Boulder«, lautete die schlechte Neuigkeit für Kit. »Dies wird langsam unheimlich. Ich kann es nicht mehr aushalten. Ich *wünschte,* ich litte unter Verfolgungswahn.«

Er gab noch mehr Gas, und wieder quietschten und schrien die Kinder vor Vergnügen. Selbst unter diesen Umständen war es für sie ein lustiger Ausflug. Sie hatten überhaupt keine Angst. Irgendwie kamen wir heil unten an, und das sogar, zumindest soweit wir es beurteilen konnten, ohne gesehen zu werden.

Mir wurde bewusst, dass Oz, die Zwillinge und Icarus noch nie vorher die Schule verlassen hatten. Alles war völlig neu für sie. Sie waren total überlastet und überreizt, vielleicht sogar noch mehr als ich.

»Willkommen in Bear Bluff, Colorado«, sagte ich. Ich schaute mich um und versuchte, ein fröhliches Gesicht zu machen. »Normalerweise lebt es sich hier ganz gut.«

»Es ist noch schrecklicher als in der Schule«, sagte Max mit tiefer, krächzender Stimme. Doch dann musste sie lachen. »Ich habe nur Spaß gemacht, Frannie und Kit. Es ist hübsch. *Vorausgesetzt, man mag rotes Fleisch*. Ihr werdet es lieben. Sicher!«

»Ich habe wirklich ein bisschen Angst«, trillerte Wendy. Ihre braunen Augen traten fast aus den Höhlen, und sie wirkte wie versteinert.

»Ich auch«, sagte Peter.

»Care Bear Blick!«, sagte Max zu ihnen.

Offensichtlich war das etwas, was sie miteinander verband, eine Art Wahlspruch, ein Motto.

»Care Bear Blick!«, wiederholten die anderen im Chor. »Care Bear Blick! Care Bear Blick!«

Leider schien Max mit ihrer spaßig gemeinten Bemerkung Recht zu behalten.

Auf der anderen Straßenseite kamen uns zwei Armeejeeps entgegen. Armeejeeps? War auch die Armee in diese Sache verwickelt? Wie konnte das angehen? Waren denn alle beteiligt? *Alle außer uns?*

»Runter dahinten«, flüsterte ich, und wieder duckten sich die Kinder. Auch ich kauerte mich zusammen.

Ohne Zwischenfall passierten wir die schnaufenden Jeeps.

»Kit, bitte sag mir, dass es nicht noch schlimmer wird«, sagte ich, kurz bevor wir mein Zuhause erreichten. Ich musste Medikamente im Inn-Patients holen und die Schnitte und Prellungen behandeln, die wir uns auf unserer Flucht vom Berg zugezogen hatten.

»Wenn du noch mehr Krankenhauspersonal, alte Freunde und Bekannte oder Ähnliches siehst, lass es mich auf jeden Fall wissen«, sagte Kit.

Wir fuhren um die letzte, so vertraute Kurve vor dem Inn-Patients. Kit wollte schon anhalten – und wurde dann wieder schneller. Er trat das Gaspedal entschlossen durch, und der Jeep schoss vorwärts. Wir rasten am Inn-Patients vorbei, an meinem geliebten Zuhause.

»Kit, halt an! Wir müssen anhalten!«, schrie ich. »Kit, halt an! Sofort!«, wiederholte ich.

»Frannie, das geht nicht. Wir können jetzt nicht anhalten«, sagte er und raste weiter die Straße entlang. Der hintere Teil des Jeeps brach gefährlich aus.

Im Grunde meines Herzens wusste ich, dass Kit Recht hatte, konnte das eben Gesehene aber nicht glauben. Mir war, als würde mein Herz zerspringen.

Mein Haus war niedergebrannt worden, meine Klinik, mein Alles. Sie hatten das Inn-Patients zerstört. Alle meine armen Tiere waren darin gewesen.

Buch Fünf

Wenn der Wind weht

HUGO RUNE

WENN DER WIND WEHT

95.

Wir rasten mit fast hundert Stundenkilometer am Inn-Patients vorbei. Ich fühlte mich innerlich leer, und mir war übel. Natürlich war es richtig gewesen, dass Kit ohne anzuhalten an meinem Haus vorbeigefahren war, doch das machte es nicht leichter.

Max lehnte sich vom Rücksitz nach vorn zu mir. »Frannie, es tut mir so Leid. Es ist alles meine Schuld.«

»Es tut uns Leid, Frannie«, fielen die anderen ein.

Im hinteren Teil des Jeeps war Pip in höchster Aufregung. Er hatte gebellt und geheult, als wir an unserem alten Zuhause vorbeigefahren waren, vielmehr dem, was davon noch übrig war.

Gott verdamme sie. Sollte die Hölle sie schlucken. Wer hatte das getan? Ich verspürte den Drang, ihnen furchtbare Dinge anzutun. Dazu hatte ich das Recht. Nie zuvor hatte ich derartigen Zorn und Ekel verspürt.

»Ich weiß, wohin wir fahren können.« Erst nachdem wir etwas mehr als eine Meile auf der vertrauten Straße gefahren waren, konnte ich sprechen. »Ich weiß, wo wir sicher sein werden, wenigstens für eine Weile. Bis uns etwas eingefallen ist.«

Ich erklärte Kit, wie er zu meiner Schwester Carole fahren sollte. Sie lebte in Radcliff, ungefähr zwanzig Meilen südwestlich von Bear Bluff. Wenigstens für den Rest des Tages würden wir dort in Sicherheit sein.

Nach ihrer Scheidung von Charlie war Carole von Milwaukee nach Colorado gezogen. Sie wohnte mit ihren beiden Töchtern Meredith und Brigid auf einer kleinen Farm. Sie hatten Hunde, zwei Gänse, Graham und Cracker, und ein Hauskaninchen namens Thumper. Die Leute sagten schon immer, dass wir Schwestern uns sehr ähnlich seien.

Ich wäre sicher schon eher bei Carole vorbeigefahren, sei es auch nur, um mit ihr zu reden. Doch sie und die Kinder waren auf einem zweiwöchigen Campingurlaub im Gunnison-Nationalpark gewesen. Vielleicht waren sie noch nicht wieder zurück, das wäre sogar das Allerbeste.

Doch als wir uns dem Haus näherten, sah ich Carole in ihrem Gemüsegarten arbeiten. Zwischen den riesigen Sonnenblumen konnte man sie fast nicht sehen. Hummeln umschwärmten sie.

»Kit, würdest du bitte hier anhalten? Ich werde zum Haus gehen und Carole ein bisschen vorbereiten.«

»Mag sie vielleicht keine Kinder?« Max' Stimme klang ein bisschen zittrig.

»Doch, das tut sie, und Tiere auch«, lautete meine Antwort.

Ich stieg aus dem Jeep und ging auf meine Schwester zu. Ob ich das Richtige tat, wusste ich nicht. Eigentlich war ich mir über nichts mehr im Klaren. In den letzten paar Stunden hatte ich erfahren, dass es eine ganze Reihe von Leuten in der Gegend gab, denen ich nicht vertrauen konnte. Allmählich konnte ich mir vorstellen, was Kit wegen dieses Falles hatte aushalten müssen.

Meine Schwester Carole ist fünf Jahre älter als ich und in jeder Hinsicht ein großartiger Mensch. Ihr Mann Charlie, ein Radiologe, war wirklich ein Idiot gewesen, sie und die Kinder aufzugeben. Carole fasste das so zusammen: »Wer pennt, verliert.«

»Eine Fertigfamilie?«, fragte Carole schließlich und schaute zum Jeep. Sie trug verdreckte Gartenstiefel, karierte Shorts, ein altes Jeanshemd und einen breitkrempigen Strohhut. Stirn und Wangen waren gleichmäßig mit Sonnencreme eingeschmiert. Auf der Wäscheleine hinter ihr hingen Handtücher und Badeanzüge von der Reise.

»*Selbstverständlich* kannst du sie auf einen kleinen Besuch mitbringen, Frances. Aber wer sind sie? Ist das etwa ein Mann da auf dem Fahrersitz?»

Ich nickte. »Er heißt Kit, ich meine Tom.«

Carole zog die Brauen in die Höhe.

»Nun denn. Das ist also Kit, Tom oder wer auch immer. Und? Wer sind die anderen?«

Mann o Mann. Die anderen?

»Carole, das ist alles sehr ungewöhnlich. Ich bin deine Schwester. Du vertraust mir doch, nicht wahr?«

»Bis zu einem gewissen Punkt. Du hast doch nicht etwa jemanden mit einer Großfamilie geheiratet, Frannie? Sag mir, dass das nicht wahr ist. Und wenn doch, ist es auch egal«, sagte Carole und strich lose Haarsträhnen aus ihrem Gesicht. »Du hast doch nicht ...?«

Ich legte meine Hand auf ihren Arm. Nein, das reichte mir jetzt nicht. Ich brauchte mehr. Mitten in ihrem Garten umarmte ich meine Schwester ganz fest.

»Liebes, geht es dir gut? Du zitterst«, hörte ich ihre Stimme an meiner Wange. »Du zitterst ja am ganzen Körper.«

»Jemand ist hinter uns her«, flüsterte ich. »Ich erzähle keinen Unsinn. Es ist bitterernst. Und wegen der Kinder im Auto ... Carole, mein Gott, Carole. Sie, nun sie ... Verdammt, sie haben Flügel und können fliegen.«

96.

Abendessen bei meiner Schwester ist normalerweise keine steife Angelegenheit. Oft wandern Thumper oder Graham und Cracker, die Gänse, rein und raus wie ein paar zufällige Gäste. Über dem Tisch hängt ein Spruch, der den Geist dieser Familie sehr gut einfängt: »Wenn der Himmel einstürzt, kann man hoffen, Lerchen zu fangen.«

Und der Himmel stürzte ein.

Doch muss ich Carole zugestehen, dass sie unter dem Druck sehr gelassen reagierte. Genau wie Kit. Und auch Meredith und Brigid, die zwei der nettesten, freundlichsten und klügsten Kinder sind, die ich je getroffen habe.

»Willst du mir damit die Sache mit Frank, dem Schwan, heimzahlen?«, fragte Carole, und wir mussten sehr lachen. Kit auch, obwohl er keine Ahnung hatte, worauf wir anspielten. Bevor sie zu ihrem Campingurlaub aufgebrochen war, hatte Carole mir einen alten, hoffnungslos verletzten Schwan zur Pflege gebracht.

Während des hausgemachten Essens erzählte ich Carole, so viel ich wagte, und versicherte ihr, das Haus so schnell wie möglich wieder zu verlassen. Es wurde auch entschieden, dass sie und ihre Kinder zu ihrer eigenen Sicherheit eine weitere Woche im Gunnison-Nationalpark campen sollten.

Nach dem Essen wollten Kit und ich etwas erledigen. Es war seine Idee gewesen. Wir hatten vor, Heinrich Kroner zu besuchen, der im Gemeindekrankenhaus von Boulder Davids Chef gewesen war und auf Kits Verdächtigenliste einen der obersten Plätze einnahm. Kroner hatte in Boston bei Dr. Anthony Peyser Embryologie studiert.

Heinrich war vom M.I.T. nach Colorado gekommen. Er

war in Boston nie wegen irgendetwas angeklagt oder beschuldigt worden. Er lebte in Boulder mit seiner derzeitigen Freundin Jilly. Ich erinnerte mich, dass Jilly Kinderkrankenschwester war und in der Abteilung für künstliche Befruchtung arbeitete.

Ich konnte die toten Babys in der Schule einfach nicht vergessen. Alles Ausschuss. Eine Kinderkrankenschwester? Es konnte nicht alles Zufall sein.

Wir fürchteten, Kits Jeep würde mittlerweile gesucht werden, und liehen uns deshalb Caroles Allrad-Chevy aus. Kurz vor halb zehn Uhr abends waren wir bei Dr. Kroner. Wenn er und Jilly zu Hause waren, würden sie auch noch wach sein. Mir fiel ein, dass Heinrich am Tag, als Frank ermordet wurde, auch bei den McDonoughs gewesen war. Wieder ein Zufall? Wohl kaum.

Hell strahlten die Lichter in der teuren, übergroßen »Berghütte«. Heinrich Kroners pechschwarzes Mercedes-Coupé parkte in der Einfahrt.

Wir gingen den mit Platten gepflasterten Weg hinauf, standen dann vor der Fliegentür und läuteten mehrmals.

Es rührte sich nichts. Ich konnte in das Wohnzimmer sehen: Kiefernmöbel und bunte Überwurfdecken. Audubon-Drucke, Schwingtüren, Kiefernholzboden. Doch kein Anzeichen von Heinrich und Jilly. Etwas beunruhigend, wie alles im Moment.

Schließlich rief ich: »Dr. Kroner! Hier ist Frannie O'Neill. Heinrich, Jilly! Sind Sie da? Ist jemand zu Hause?«

Im Haus blieb alles ruhig. Man hörte nur das laute Zirpen der Grillen und Zikaden im Garten.

»Lass es uns hinten probieren«, sagte Kit und bewegte sich schon auf die Ecke des Hauses zu. Ich atmete tief durch und folgte ihm. Ich wollte nicht allein sein. »Ich bin zwei Schritte hinter dir, Kit.«

Plötzlich blieb er stehen, und ich stieß fast mit ihm zusammen. »O Gott«, flüsterte er. »Bleib hier, Frannie. Bleib hinter mir, bitte. Es ist schlimm.«

Doch ich hatte Heinrich und Jilly bereits gesehen. Sie lagen auf dem Rücken auf zwei hellgelben Liegen. Blutlachen sammelten sich auf dem Boden und sickerten in die Fugen zwischen den Steinplatten. Auch auf den Liegen war Blut.

Ich konnte sehen, dass man Jilly durch den Hals geschossen hatte. Bei Heinrich war das rechte Auge getroffen worden.

Mein Herz krampfte sich zusammen, und mein Mund war ganz trocken. Ich wollte mir die Augen zuhalten, doch ich konnte es nicht. Ich musste jetzt alles sehen, um es später beschreiben zu können. Wenn ich schon Zeugin sein musste, dann wenigstens eine gute.

Kit berührte leicht meinen Arm. »Alles in Ordnung, Frannie?«

Nicht wirklich. Ich hatte viele Tiere sterben sehen, doch hatte mich das nicht auf den Anblick eines kaltblütig ermordeten Mannes und einer auf dieselbe grausame Art getöteten Frau vorbereitet, die ich noch dazu kannte. »Es geht schon, denke ich. Noch kann ich mich senkrecht halten«, flüsterte ich.

»Zwei Schüsse pro Opfer. Die Einschüsse liegen ganz nah beieinander«, murmelte Kit.

»Kit, das kann erst vor kurzem passiert sein. Bei beiden ist die Leichenstarre noch nicht eingetreten, es gibt auch keine Leichenflecken. Wir haben die Mörder gerade verpasst – oder sie uns.«

Weder mit Heinrich Kroner noch mit Jilly war ich wirklich befreundet gewesen, doch man hatte sich gekannt. Heinrich hatte ich nicht gemocht, aber David und ich waren ein paar Mal auf Partys bei ihnen gewesen.

Ich setzte mich auf eine der gelben Liegen. Ob Dr. Anthony Peyser je hier gewesen war? War er für diese Morde verantwortlich?

Mir schossen immer wieder die gleichen unguten Gedanken durch den Kopf, wie es oft unter Stress passiert. Ich konnte nicht aufhören, daran zu denken, dass Kroner bei den McDonoughs gewesen war, nachdem Frank ertrunken war. Oder dass Heinrich Kroner mich nach dem Mord an David in Bear Bluff besucht hatte. Es war alles so schrecklich, und nichts davon schien Zufall zu sein.

»Wir müssen zu Carole zurück«, sagte ich und ergriff Kits Arm. »Wir müssen sie und die Kinder sofort da wegbringen.«

Sie töteten alle Zeugen.

97.

Kit hatte Angst, bemühte sich jedoch, es Frannie nicht spüren zu lassen. Auf der Verbindungsstraße nach Boulder hielt er an einem Drugstore an. Die letzten vierundzwanzig Stunden hatten ihm alles abgefordert, was er jemals als Agent gelernt hatte, und dazu noch einiges, das er nicht gelernt hatte. Ein alter Spruch aus dem Training in Quantico fiel ihm wieder ein: *Fall sieben Mal, steh aber acht Mal auf!*

»Ich beeile mich«, sagte er und öffnete die Wagentür. »Ich werde versuchen, mit Peter Stricker beim FBI zu sprechen. Ich muss ihn dazu bringen, dass er mir glaubt, und das wird nicht leicht sein.«

»Gut«, erwiderte Frannie. »Aber mach schnell, bitte. Ich mache mir Sorgen um Carole und die Kinder.«

Kit ging rasch zu der Telefonzelle vor dem hell erleuchteten Geschäft. Er fühlte sich in dieser Sache immer noch allein gelassen. So war es eben. Es gab einfach Grenzen für das, was ein einzelner Agent erreichen konnte. Warum, um alles in der Welt, hatten sie ihn ruhig gestellt? Es ergab keinen Sinn, und das war sehr Angst einflößend.

Er wollte Peter Stricker eigentlich nicht anrufen. Noch nicht einmal jetzt. Ihm war, als bäte er darum, sich beleidigen, erniedrigen und wieder abblitzen zu lassen. Das war schon seit mehr als einem Jahr so. Immer wieder das gleiche Spiel.

Obwohl es in Washington bereits nach sieben Uhr abends war, versuchte er zuerst, Strickers Büro zu erreichen. Er hatte seine Privatnummer – immerhin waren sie einmal Freunde gewesen –, doch dort anzurufen war wirklich der allerletzte Ausweg. Und kein guter Schachzug.

Peters Sekretärin war noch im Büro. Sie nahm nach dem ersten Klingeln ab.

»Cindy, hier ist Tom Brennan. Ich muss dringend mit Peter sprechen. Es ist ein Notfall.«

»Mr. Stricker ist außer Haus«, erwiderte sie. »Ich gebe ihm die Nachricht, sobald er kommt.«

Kit brüllte in den Apparat. »Verdammt, Cindy, Menschen sterben. Piepen Sie Peter jetzt gleich an. Ich bleibe solange dran. Diesmal werde ich nicht auflegen. Sagen Sie ihm, dass es noch mehr Tote gibt und es seine verdammte Schuld ist.«

Cindy brauchte nicht lange, um Stricker zu erreichen, und Kit fragte sich, ob er nicht vielleicht sogar die ganze Zeit über im Büro gewesen war. Wahrscheinlich verhielt es sich so.

Dann hörte er Strickers vertrautes Flüstern. »Tom, was ist los?«

Er wünschte, er könnte durch die Telefonleitung greifen und ihn erdrosseln.

»Es hat einen weiteren Mord gegeben. *Zwei* Morde, um genau zu sein. Nein, Peter, tatsächlich sind es sogar noch viel mehr Morde. Nun lass mich reden und loswerden, was ich zu sagen habe. Und ich will kein Wort hören.«

»Tom, wo bist du?«

»Kein verdammtes Wort.«

»Ich verstehe. Klar, leg los.«

»Gut. Ich bin *nicht* in Nantucket. Ich war nie in Nantucket. Ich bin in Colorado, wo ich hingehöre, wohin das FBI mich hätte schicken müssen, wohin *du* mich hättest schicken müssen, Peter, wenn du meine Warnungen beachtet hättest.«

»Du hast gesehen, dass jemand ermordet wurde. Du sagtest ...«

»*Zum Teufel, halt die Klappe!* Ja, ich komme gerade aus dem Haus von Dr. Heinrich Kroner. Er ist tot und seine Freundin auch. Das ist unsere Schuld. Nein, es ist *deine* Schuld. Kroner hat für Anthony Peyser gearbeitet.«

»Gut, ich höre dir zu. Wo bist du jetzt, Tom? Wo genau ist Dr. Kroners Haus?«

»Vergiss Heinrich Kroner. Er ist tot. Das habe ich dir bereits gesagt. Peter, sie haben Kinder getötet. Sie haben Embryos vernichtet. Sie experimentieren mit Menschen. Ich habe es selbst gesehen. Ich habe das Grauen erregende, entsetzliche Labor gesehen, in dem sie gearbeitet haben. Ich war *dort*.«

»Tom, wo zum Teufel bist du?« Peter Strickers Stimme wurde lauter.

»Ich bin an einem beschissenen Telefon mitten in der Hölle. Und sollte es dich interessieren, es gibt Drugstores hier! Ich will sofort fünfzig Agenten. Schick alle aus Denver.

Sag ihnen, sie sollen nach Bear Bluff, Colorado, kommen. Sie sollen dahin fahren, wo früher mal das Inn-Patients war. Eine Tierklinik. Sie können sie nicht verfehlen. Jemand hat sie in Schutt und Asche gelegt. Ich werde mit den Leuten Verbindung aufnehmen – nicht umgekehrt. Hier bin ich der Boss!«

Stricker seufzte. »In Ordnung, ich habe verstanden. Wir werden Leute dorthin schicken.«

Kit hängte den Hörer ein und atmete tief durch. Das war endlich einmal eine gute Nachricht.

Die Kavallerie kam.

98.

Ich beobachtete, wie Kit nach einer sehr lebhaften Unterhaltung den Hörer einhängte. Er lief zum Wagen zurück und sah irgendwie besser aus. Sein Gesicht hatte etwas mehr Farbe. Er sagte mir, sein alter Chef habe ihm endlich zugehört. »Ich weiß nicht, wie viel er geglaubt hat, aber wenigstens einen Teil davon. Er schickt Beamte her.«

Ich hatte das verrückte Gefühl, Teil eines Szenarios zu sein, das in groben Zügen der *Invasion der Leichenfresser* ähnelte. Mir war, als könne ich nie wieder jemandem in Boulder oder den umliegenden Städten trauen.

Schnell fuhren wir zurück zu Carole. Sie hatte die Scheinwerfer gesehen und erwartete uns bereits an der Tür.

»Hier ist alles in Ordnung, Frannie«, sagte sie. Der besorgte Ausdruck auf meinem Gesicht war wohl unübersehbar. »Die Kinder waren wirklich brav. Niemand fliegt rum oder so.«

»Tja, außer dir, Meredith und Brigid. Ihr werdet sofort hier wegfliegen. Heinrich Kroner, ebenfalls ein Arzt aus dem Krankenhaus, ist tot. Packt sofort eure Sachen.«

Carole und die Mädchen waren in fünfzehn Minuten fertig, was einen neuen Rekord bedeutete. Ich fühlte mich schuldig, sie da hineingezogen zu haben, doch es wäre sowieso passiert. Wer auch immer hinter mir her war, konnte leicht herausfinden, wer meine Schwester war und wo sie wohnte. Wenn sie es nicht bereits wussten. Beim Zelten im Gunnison-Nationalpark waren Carole und die Mädchen im Moment am sichersten.

Wir umarmten uns ganz fest und versuchten, nicht in Tränen auszubrechen. Traurig winkten wir meiner Schwester und den Mädchen Abschiedsgrüße nach. Sie verschwanden in der Nacht. Ich betete, sie mögen sicher sein und wir auch.

Doch irgendwie konnte ich es nicht recht glauben. Zu viel Böses war passiert, und wir wussten über viel zu viele Dinge Bescheid.

99.

Dr. Anthony Peyser stieg langsam aus der schiefergrauen Mercedes-Limousine. In seinem Gesicht spiegelte sich der Schmerz der Anstrengung. Peyser war Ende Siebzig, und, Genie oder nicht, es war ihm nicht gelungen, die Spuren des Alters und eines hochgradig stressigen Lebens zu verhindern.

Langsam ging er auf die Männer zu, die ihn in der Mitte der kleinen Lichtung erwarteten. Er winkte grüßend und vermittelte den Eindruck eines netten alten Mannes.

»Wir haben sie noch nicht fassen können.« Harding Thomas sprach, bevor der andere etwas sagen konnte.

»Es sieht ganz so aus«, erwiderte der Doktor mit einem dünnen Lächeln. »Nun, das überrascht mich nicht. Unter anderen Bedingungen wäre ich vielleicht sogar erfreut über dieses Resultat. Sie hat den Vogelinstinkt, um zu überleben und zu fliegen, und zusätzlich besitzt sie die menschliche Intelligenz. Sie ist euch allen überlegen und beweist es jetzt, oder nicht? Natürlich ist sie es. Was für ein Supermädchen.«

»Wir werden sie schnappen«, sagte Thomas.

Peyser nickte und spitzte die dünnen Lippen. »Das bezweifle ich nicht. Sie hat Hilfe gesucht, und die Menschen werden ihr Verderben sein. Endlich hat sie einen Fehler begangen.«

Harding Thomas nickte. Wie üblich hatte der Doktor Recht.

»Wenn es möglich ist, bringt sie lebend zurück. Sie ist ein kleines Vermögen wert«, sagte Peyser. »Doch wenn es nicht anders geht, tötet ihr sie. Und das gilt für alle, die sie gesehen haben. Das Gute, das letztendlich kommen wird, rechtfertigt diese Toten. Die wichtigsten Tage der Geschichte stehen unmittelbar bevor.«

100.

Wir schliefen nur sehr unruhig in Caroles Haus, und schon vor Sonnenaufgang waren wir alle wach. Kit musste zum Inn-Patients, und wir entschieden, dass es besser sei, wenn wir alle zusammenblieben.

Hilfe war unterwegs. Beim Inn-Patients würden FBI-

Agenten auf uns warten. Kit hatte gegen Mitternacht nachgeschaut, doch sie waren noch nicht eingetroffen.

Wir verließen Caroles Haus kurz vor vier Uhr morgens. Auf den unbeleuchteten Nebenstraßen war es noch stockdunkel und unheimlich. In Radcliff gab es ebenso wenig wie in Bear Bluff Straßenbeleuchtung.

Gegen Viertel vor fünf waren wir in der Nähe des Inn-Patients. Wir fuhren den altbekannten Weg hinauf, aber Kit hielt nicht an, sondern schaute sich im Vorbeifahren um.

»Ich sehe niemanden. Vielleicht hat mir Stricker doch nicht geglaubt. Dieses Arschloch.«

Wir wendeten und fuhren zurück. Alles war ruhig und verlassen. Das FBI war noch nicht hier.

»Fahr mich hin, Kit. Ich muss mir mein Haus ansehen.«

Dies war mein Zuhause, und ich konnte nicht so einfach wegfahren. Noch war niemand da. Kit bog in die Einfahrt.

Ich griff mir seine Taschenlampe. »Ich beeile mich.«

Hastig verließ ich den Jeep und rannte die Vordertreppe hinauf. Meine verbrannte Treppe. Ich vergaß alles und dachte nur daran, dass dies mein Haus war, mein Arbeitsplatz, und an meine armen Tiere, die hier gefangen gewesen und lebendig verbrannt waren.

Das Gebäude rauchte noch, und der schwere beißende Geruch des Feuers war überwältigend. Mein Haus, wie es früher einmal gewesen war, gab es nicht mehr. Ich erkannte es kaum wieder.

Endlich hatte ich genug Mut gefasst, um ins Innere zu gehen. Dort erwartete mich eine Überraschung. Ich leuchtete mit der Taschenlampe und ... Die Tiere waren nicht mehr da. Jemand hatte sie freigelassen, bevor das Feuer gelegt wurde. Ich war erleichtert und dankbar.

»Frannie!« Plötzlich tauchte Kit hinter mir auf. »Alles in Ordnung?«

»Ich musste es einfach sehen«, flüsterte ich mit zugeschnürter Kehle. Ich vergrub meine Nase in einem Taschentuch, doch es half nicht viel. Auf meiner Zunge war der unverwechselbare trockene Geschmack von Holzkohle.

Das Feuer hatte alles zerstört. Die Möbel waren verbrannt, Teppiche und Vorhänge hatten sich in unnütze schwarze Lappen verwandelt. Wände und Decken waren pechschwarz.

Kit stand hinter mir und hielt mich einfach nur fest. Er wusste immer genau, wie er sich verhalten musste. Ich drehte mich um und sah ihm in die Augen.

»Kit, vielleicht sind es nicht dieselben Leute. Wer auch immer mein Haus angezündet hat, hat die Tiere vorher freigelassen. Die Schweinehunde von der Schule hätten das nicht getan.«

»Vielleicht haben die Ärzte aus Boulder das Feuer gelegt und nicht die Sicherheitsleute«, meinte er.

»Oder vielleicht die jungen Leute von der Armee, die wir gestern gesehen haben.« Auch ich hatte ein paar verrückte Vorschläge parat.

»Lass uns rausgehen«, sagte er leise. »Wir werden im Freien warten. Hier können wir nichts mehr tun.«

»Ich weiß. Danke, dass ich mein Haus sehen durfte«, flüsterte ich. Dann zog er mich fort aus der schwarzen Ruine meines Hauses, weg von meinem Leben der letzten Jahre.

Wir betraten die Veranda und erstarrten.

Sie warteten auf uns. Nicht das FBI – die Jäger, die Sicherheitsleute von der Schule. Ein halbes Dutzend Brandstifter und Kindermörder standen in meiner Auffahrt. Und sie hatten Max und die anderen Kinder in ihrer Gewalt.

101.

»Nehmt eure dreckigen Hände weg!«, brüllte Kit von der Veranda. »Es sind doch nur Kinder!«

Das gefiel mir, es gefiel mir sogar sehr. Sie hatten Gewehre und Handfeuerwaffen, und hier stand Kit und brüllte Befehle. Er trat ihnen entgegen.

Die beiden Wachen, die Ozymandias und Max festhielten, ließen sie eingeschüchtert los und wichen sogar ein paar Schritte zurück. Sie waren angezogen wie ganz normale Leute hier aus der Gegend – Arbeitsstiefel, zerknitterte, fleckige Khakihosen, Jagdwesten. Es gab keine Möglichkeit, sie irgendwie zu identifizieren. Armee? FBI? Söldner? Im Gemeindekrankenhaus von Boulder hatte ich jedenfalls noch keinen von ihnen gesehen.

»Kommt runter von der Veranda!« Der Sprecher war ein breitschultriger Mann zwischen vierzig und fünfzig. Sein Gesicht war fleckig und vernarbt, seine Augen glichen schwarzen Murmeln.

Von Max' Erzählungen her glaubte ich zu wissen, dass es Onkel Thomas war.

»Ihr habt schon genug Ärger gemacht!«, rief er mit dröhnender Stimme. *»Notfalls schieße ich euch da runter.«*

»Wir sollen genug Ärger gemacht haben?«, giftete ich zurück. »Na, das ist ja mal was ganz Neues!«

»Du bist ein Mörder!«, schrie Max den Mann an, der sie mit einer Hand am Haar gepackt hielt. Ihr Gesicht war knallrot, und sie wehrte sich nach Kräften. »Du bist auch ein Arschloch. Und du bist ein noch viel größeres Arschloch als ein Mörder, *Onkel* Thomas.«

Thomas lächelte, und es gelang ihm fast, dabei irgendwie onkelhaft auszusehen. »Danke, Tinkerbell.« Er sah uns an und stieß Max vor sich her. »Ihr beiden kommt jetzt her. Sofort, oder ich erschieße auf der Stelle eins der Kinder.«

»Und er wird es tun, Frannie. Er ist ein Feigling und ein Tyrann, ein nutzloses, wertloses Schwein.«

Kit und ich gingen langsam hinunter zu den anderen Gefangenen. Wir hatten keine Wahl. Die Männer zielten auf uns. Wir waren darauf vorbereitet gewesen, das FBI hier zu finden, und nun standen diese Mörder vor uns.

Zwei Allradfahrzeuge hielten in der Auffahrt hinter unserem Jeep, gefolgt von einem schwarzen Lieferwagen.

»Kennst du diese Leute?«, fragte ich Max.

»Ich kenne sie gut«, zischte sie. »Ich wünschte, es wäre nicht so. Es sind – *Wärter*. Sie sind für die Ordnung in der Schule verantwortlich. Sie sorgen für Disziplin. Sie halten dich gefangen, bis du eingeschläfert wirst. Und das größte Schwein ist Onkel Thomas.«

Sie drehte ihren Kopf zu dem stämmigen Mann hinter ihr. »Du bist der Schlimmste der Schlimmen. Du hast uns verraten. Du lügst, wenn du den Mund aufmachst.«

»Du gehst zu weit, kleines Fräulein«, sagte er warnend. Sein Gesicht verzerrte sich vor Wut, und er hob einen Arm, um sie zu schlagen.

Voller Zorn warf ich mich auf Onkel Thomas. Er war kurzzeitig überrascht. Dann beteiligte sich auch Kit an dem Gerangel. Ein Typ bekam seinen Ellbogen auf die Nase. Dann schlug er einen Kerl von der Größe eines Footballspielers nieder, der uns mit einem Gewehrkolben bedroht hatte. Doch plötzlich hielt ein dritter Wärter eine Revolvermündung an Kits Schläfe.

Max riss sich los. Sie rannte ein paar Meter auf den Wald auf der anderen Seite des Hauses zu. Sie bewegte ihre Flügel und stieg auf. Mit jedem Flug schien sie stärker und routinierter zu werden.

»Nicht schießen! Bitte erschießt sie nicht!«, schrie ich, so laut konnte. Ich brüllte Onkel Thomas ins Ohr.

»Schießt sie ab!«, tobte er. »Zögert nicht! Holt sie runter!«

Zwei Wärter feuerten auf Max, während sie höher stieg. Jedoch flog sie nicht direkt nach oben. Sie schoss wie ein Pfeil in den dichten Wald und verschwand hinter grünen Fichten.

Mehrere Wärter nahmen die Verfolgung auf, doch die anderen blieben bei uns und den Kindern.

»Der Rest in den Lieferwagen! Sofort! Bewegt euch, oder wir erschießen euch gleich hier.« Thomas gab die Befehle. Dann versetzte er mir einen Schlag gegen die Schläfe. Meine Ohren summten. Fast fiel ich um. Darauf war ich nicht vorbereitet gewesen.

»Dann erschieß *mich*!« Wendy trat vor. Ihr Kinn und ihr kleiner Oberkörper waren mutig vorgestreckt. »Schieß mir direkt ins Gesicht. Schieß mich tot.«

»Erschieß mich auch!«, sagte Peter. »Peng, ich bin tot! Wen zum Teufel interessiert es? Los, mach schon und erschieß am besten noch ein kleines Kind.«

»Ich hatte ohnehin vor, mit ihm zu beginnen.« Thomas zeigte mit seiner Waffe auf Icarus. »Der blinde Junge, Ic!«

»Steigt in den Lieferwagen!«, befahl ich den Kindern. »Sofort. Auf der Stelle! Zuerst Icarus. Bitte.«

Die Kinder starrten mich an. Ich hätte so gern alles wieder in Ordnung gebracht. Doch nichts war in Ordnung und würde es vielleicht für uns auch nie wieder werden. Thomas richtete sein Gewehr auf uns, während wir in den Lieferwagen stiegen.

»Kaputt«, flüsterte Icarus neben Kit. »Wir sind alle tot.«

102.

Kit, die Kinder und ich drängten uns in dem halbdunklen Wagen zusammen. Ich konnte den Gedanken an einen Leichenwagen nicht verscheuchen. Und wie hatte Kit es vorher ausgedrückt: Sie wollen, dass alles verschwindet. Es darf keine Zeugen geben.

Der Leichenwagen röchelte kurz und startete dann, verließ meine Auffahrt. Der Fahrer bog nach rechts ab, fort von Bear Bluff. Wohin fuhren wir?

»Sie werden uns einschläfern«, sagte Oz nüchtern. Er sprach ganz unmissverständlich meine schlimmsten Befürchtungen aus.

»Wen haben sie in der Schule denn eingeschläfert?«, fragte Kit Oz. Da war er wieder, der Agent vom FBI ... immer noch versuchte er, Informationen zu sammeln, die Wahrheit herauszufinden.

»Wir dürfen nicht darüber sprechen«, warnte Wendy. Ihre Augen waren angstgeweitet.

»Viele kleine Hopser sind getötet worden«, zwitscherte Peter trotzdem. Ihn kümmerte die Warnung nicht.

»Was sind Hopser?«, fragte ich Peter.

»Die leben in den Laboren. Besonders die neuen Babys. Die nennt man Hopser oder Labbies«, antwortete Oz. »Frag Max. Sie hat dort gearbeitet. Ach nein, Max ist ja gar nicht hier. Mach dir keine Sorgen, sie ist clever. Max kann gut auf sich aufpassen.«

Ich nickte Oz zu. »Das weiß ich. Was ist mit Adam und Eve?«, fragte ich. »Wer waren sie?«

»Sie waren unsere besten Freunde.« Mit einer dünnen kleinen Stimme und einem noch traurigeren Gesichtsausdruck gab Peter weitere Informationen preis. »Sie waren genauso alt wie ich, weißt du. Im selben Jahr geboren. Neunzehnhundertvierundneunzig.«

»Eingeschläfert«, sagte Oz. Er zog eine Linie quer über seinen Hals und ließ die Zunge heraushängen. »Es ist besser, sie zu vergessen. Aus den Augen, aus dem Sinn. Einer schläft, die anderen weinen.«

»Einer schläft, die anderen weinen«, wiederholten die Kinder. »Einer schläft, die anderen weinen.«

Ich bekam ein immer klareres und erschreckenderes Bild von der Schule. Die jüngeren Kinder sprachen sehr viel offener darüber als Max. Sie hatten nicht so viel Angst, aus der Schule zu plaudern.

»O Gott, Frannie«, sagte Kit und legte seine Hand auf die meine. »Diese armen Kinder. Hast du eine Ahnung, wohin sie uns bringen? In welcher Richtung fahren wir?«

Ich schüttelte den Kopf und atmete tief aus. »Zurück in die Berge. Nach Westen, denke ich. Mehr kann ich auch nicht sagen.«

Die ganze Zeit klangen die Worte der Kinder in meinem Kopf nach. *Einer schläft, die anderen weinen.*

Oder wie wäre es mit: Alle schlafen, und keiner ist übrig, der weint.

103.

Der Wagen kämpfte sich fast eine halbe Stunde lang einen steilen Bergweg hinauf. Dann stoppte er plötzlich. Der Motor wurde abgestellt, und ich war wie gelähmt vor Angst. Wir waren angekommen, wo immer wir auch sein mochten. Sicher nicht in der Schule – aber wo?

Ich hörte Autotüren schlagen, Schuhe und Stiefel krachten auf Kies. Barsche Männerstimmen vor dem Auto.

»Wo wir auch sind, es ist weniger als eine Stunde von dir entfernt«, flüsterte Kit. Wir saßen beide reglos im hinteren Teil des Wagens. Keiner von uns konnte jetzt noch irgendetwas tun. Es brachte mich fast um.

»Ist bei euch alles in Ordnung?«, fragte ich die Kinder. Ich versuchte, zuversichtlich und gelassen zu klingen. Seit ich sie um mich hatte, empfand ich starke mütterliche Gefühle.

»In der Nähe der verdammten Schule sind wir auf keinen Fall. Das kann ich spüren«, sagte Oz mit einer Mischung aus jungenhaftem Stolz und Begeisterung.

»Wir sind an einem bösen Ort«, meinte Ic. »Es fühlt sich böse an. Ich weiß es.«

»Richtig gruselig, was, Ic?«, fragte Oz und schnitt eine Grimasse in Richtung seines blinden Freundes.

Die Tür des Transporters wurde aufgeschlossen und schwang quietschend auf. Wir blinzelten, als das helle Sonnenlicht uns traf.

Draußen standen Männer mit Gewehren. Mit ausdruckslosen Gesichtern starrten sie ins Innere des Wagens. Wir waren hoffnungslos in der Minderheit.

»Sie brauchen die Gewehre nicht auf uns zu richten«, sagte ich.

»Wir kommen in Frieden«, fügte Ic noch hinzu.

»Kommt raus aus dem Wagen!«, befahl einer der Männer. Er klang wie ein Soldat, und ich fragte mich, zu welcher Armee er wohl gehörte. »Alles wird einfacher, wenn Sie die Befehle befolgen, anstatt sie zu geben, Madam. Jetzt alle raus! Sofort!«

»Es sind kleine Kinder. Die Gewehre machen ihnen Angst«, sagte Kit. »Haben Sie Kinder? Hat einer von Ihnen Kinder?«

»Verlassen Sie verdammt noch mal den Wagen, Agent Brennan. Wir wissen, wer Sie sind. Und, ja, ich habe zwei Kinder. Jetzt halten Sie den Mund.«

Ich schaute mich nach den Kindern um. Ihre Gesichter waren ziemlich verkrampft, doch sie zeigten nicht viel von ihrer Furcht. Vielleicht hatte die schreckliche Atmosphäre in der Schule sie so weit gebracht, dass sie alles akzeptierten.

»Okay, wir kommen. Raus jetzt, Kinder«, wollte ich sagen. Doch als ich aus dem Wagen stieg, erstarben mir die Worte auf den Lippen. Mir war, als sei ich in einer Folge der Serie *Twilight Zone* gelandet. Es war mir kaum möglich, einen Schritt zu machen.

Ich wusste, wo wir waren. Ich verstand es nicht und wollte es eigentlich auch nicht begreifen. Doch mir war vollkommen klar, wo man uns hingebracht hatte. *O mein Gott! Ich kannte diesen Ort.*

»O nein, Kit«, murmelte ich.

»Was ist los, Frannie?«

Ungläubig schüttelte ich den Kopf. Mir fehlten die Worte. Wir waren bei Gillian auf der Westseite vom Sugarloaf Mountain. Dies war das Haus meiner Freundin mit seinem großen, schimmernden blauen Pool, in dem ich erst vor ein paar Tagen geschwommen war. Ich konnte den Continental Divide im Westen sehen und den Four Mile Canyon im Norden.

Der wohl bekannte große Parkplatz war voll mit Lastwagen, Autos und Wachen mit Gewehren. Ich bemerkte auch ein halbes Dutzend Leute, die ich vom Gemeindekrankenhaus in Boulder her kannte.

Einer von ihnen erregte meine Aufmerksamkeit, als ich wie angewurzelt dastand. Er stieg aus einem marineblauen Landrover. Ich erkannte den Krankenhausaufkleber in der linken oberen Ecke der Windschutzscheibe. David und ich hatten auch solche Sticker gehabt.

David war einer von ihnen gewesen! Auch David war so ein Schuft gewesen. O David, David, wie konntest du nur?

»Das ist Dr. John Brownhill«, sagte ich zu Kit und zeigte auf den Mann. Brownhill schaute mich nicht an, blickte gar nicht in unsere Richtung.

»Wir sind uns schon mal begegnet. Was ist sein Spezialgebiet? Kindermord?«, fragte Kit.

»Er ist Leiter der Klinik für künstliche Befruchtung in Boulder«, murmelte ich in mich hinein. »Die Kinder haben menschliche Mütter«, dachte ich wieder. Ganz normal gebärende Frauen waren an der Sache beteiligt, und deshalb war Dr. Brownhill hier. Das musste der Grund sein.

Dann erschien Gillian Puris auf der vorderen Veranda. *Meine Freundin.* Sie wirkte streng und unnahbar. Fast erschien sie mir wie eine Fremde. Neben Gillian stand ihr kleiner Junge. Michael winkte, und ich dachte, es würde mir gelten.

Doch so war es nicht.

104.

»Es ist Adam! Adam geht es gut! Er ist da auf der Veranda. Adam lebt!«, schrien Wendy und Peter mit ihren hohen Stimmen. Sie freuten sich unsäglich, den Jungen zu sehen – Gillians Sohn.

Sie kannten ihn, und ich konnte mir auch denken, woher – aus der Schule. Michael war auch dort gewesen. *Michael war Adam!*

Plötzlich fing der kleine Junge an zu zappeln und riss sich von Gillian los. Er hatte Kraft. Wie ein Blitz rannte er auf Peter und Wendy zu. Sie riefen immer wieder: »Adam! Adam! Komm zu uns.«

Zuerst wirkte Gillian beunruhigt, aber dann war sie nur noch ärgerlich, ja wütend. »Michael, bleib stehen!«, schrie sie, aber der zierliche blonde Junge sauste wie ein Pfeil auf seine Freunde zu, seine verloren geglaubten Kameraden, seine Schulfreunde.

Michael lachte und strahlte. Er wirkte so unschuldig und frei. Nie hatte ich erlebt, dass er sich wie ein normaler kleiner Junge benahm. Dann packte er Peter und Wendy und führte mit ihnen in der Auffahrt einen Freudentanz auf. Dabei stießen sie unverständliche Laute aus, deren Sinn wohl nur sie verstanden.

Mein Blick wanderte von ihnen zu Gillian. Sie betrachtete die Szene mit kalten, erbarmungslosen Augen. Diesen Ausdruck hatte ich nie zuvor bei ihr gesehen und war darauf nicht vorbereitet. Wer war diese Person, die ich zu kennen geglaubt hatte? Mein Magen zog sich zusammen. Sie hatte die ganze Zeit nur vorgegeben, meine Freundin zu sein. Tatsächlich hatte sie mich nach Davids Tod überwacht.

»Es ist Adam! Er ist unser Freund!«, schrie mir Icarus ins Ohr. In seiner Aufregung flog er ein Stückchen in die Höhe. Dieser erstaunliche kleine Junge kreiste in der Luft. »Adam lebt! Ist das nicht herrlich? Ist das nicht eine wundervolle Neuigkeit?«

Plötzlich fiel Icarus wie ein Stein herunter. Einer der Wärter hatte ihn an die Schläfe geboxt. Mit der geschlossenen Faust hatte er den kleinen Jungen *geboxt.* Der arme Ic stürzte zu Boden und lag da wie ein jämmerliches Häufchen Elend. Er bewegte sich nicht.

Der Schlag war mehr, als Kit ertragen konnte. Er holte aus

und traf den Angreifer hart am Kinn. Fluchend stürzten sich zwei andere Wärter auf ihn. Dann hielten sie ihn mit Gewehren in Schach, doch er wollte sich nicht beruhigen. Er schrie sie an. Auch die Kinder schrien.

Auf Händen und Knien kauerte ich neben dem armen Icarus. Ich befürchtete Kopfverletzungen, aber seine Augen waren offen. Er hatte den Schock überwunden und schien bei vollem Bewusstsein.

»Dämlicher Schläger«, beschimpfte Ic den Wärter. Er ließ seine Wut raus und zeigte, was für ein zäher kleiner Kerl er war. »Aber du hast nicht besonders viel Schlagkraft.«

»Schon gut, Junge, Ic«, sagte ich zu ihm. »Beruhige dich wieder.«

»Fliegen ist verboten!«, brüllte der Wärter die Kinder und besonders Icarus an. Das Gesicht des Mannes war puterrot, und dicke Adern traten an seinem fetten Hals hervor. »Ihr kennt die Regeln. Fliegen ist verboten. Man hat es euch tausend Mal gesagt.«

Ic starrte den ihnen drohenden Mann einfach an. Er gab nicht auf. »Jetzt nicht mehr«, zischte er. »Die Regeln haben sich geändert.«

Ich hielt Icarus eng an mich gepresst, um ihn vor weiteren Übergriffen zu schützen. Mein Mutterinstinkt war geweckt.

Gillian lief jetzt den Weg hinunter. Sie kam mit energischen Schritten auf mich zu. »Dies war nicht vorgesehen. Nichts davon«, sagte sie. »Es tut mir Leid, Frannie.«

»Ja, dumm gelaufen«, zischte ich und bemerkte, dass ich mindestens genauso wütend war wie sie. »Pech für David und auch für Frank McDonough. Wirklich dumm gelaufen!«

Eigentlich wollte ich Gillian und das schreckliche Monster namens Onkel Thomas anschreien, doch ich zwang mich, ruhig zu bleiben und Wut und Zorn möglichst nicht zu zeigen. Es war einfach zu gefährlich. Überall standen Wachen mit Gewehren, die nur darauf zu warten schienen, abdrücken zu dürfen.

»Hallo, Tante Frannie!«, kam es von unten.

In kindlicher Unschuld umschlang Michael meine Beine und drückte sie fest. Er war ein wunderschöner kleiner Junge. Ich hatte ihn immer geliebt und von ihm geschwärmt, aber, um ehrlich zu sein, machte er mir jetzt ein bisschen Angst. Wie alles. Vor allem Gillian. Meine so genannte Freundin war ein kaltblütiges Monster.

Nichts war mehr, wie es gewesen war; alles wurde ein Teil dieses Albtraums.

Michael war Adam.

Was Adam war, wusste allein Gott.

Gillian war nie wirklich meine Freundin gewesen. Wir hatten zusammen geredet, gelacht und geweint. Und die ganze Zeit über war sie eigentlich ein tödlicher Feind gewesen, der Schlimmste von allen. Vielleicht hatte sie sogar daran gedacht, mich zu töten?

Ich beugte mich zu Michael hinunter und küsste ihn auf die Wange. »Du bist also mit Peter und Wendy befreundet?«, fragte ich.

»Ja, wir sind die *allerbesten* Freunde«, erwiderte er überschwänglich.

Gillian unterbrach uns, ihre Stimme war so laut und hart wie ich es nicht von ihr kannte. »Ich möchte, dass du sofort auf dein Zimmer gehst, bis ich dir erlaube rauszukommen. Geh jetzt, Michael. Sofort!«

Der kleine Junge blickte zu seiner Mutter empor. Seine biologische Mutter?, fragte ich mich. Er schien verwirrt und verletzt, und ich konnte ihn nur zu gut verstehen.

»Mami«, fragte er unschuldig, »wirst du sie einschläfern?

Bitte, tu es nicht. Es sind meine Freunde. Sie werden brav sein.«

Michael fing an, hysterisch zu weinen. Er hatte Angst, und die Tränen waren echt und anrührend. Auch Gillian schien einen Augenblick zu schwanken. Einen Moment lang sah ich die Person, die ich gekannt hatte. Dann zeigte sie wieder auf das Haus.

»Ich sagte, geh auf dein Zimmer. Jetzt sofort, Mister!«, schrie sie. »Das ist ein Befehl.«

Ich schaute in die angegebene Richtung und atmete durch. »Nein, Gillian, nein«, sagte ich.

Auf der Veranda stand ein anderes kleines Kind. Ein Mädchen. Es sah fast genauso aus wie Michael. Das musste Eve sein. Ich dachte an die sterbenden Kinder in der Schule. Die misslungenen Experimente. Der »Ausschuss«. Und nun dies.

Der Albtraum wollte einfach nicht aufhören; seine üblen Wellen überwältigten mich immer wieder aufs Neue. Ich erkannte den Mann hinter Eve. Es war Dr. Carl Puris, Gillians Ehemann. Aber das konnte nicht wahr sein! *Carl Puris war vor zwei Jahren an Herzversagen gestorben!*

Neben mir sagte Kit: »Das ist Dr. Anthony Peyser. Er lebt in Colorado und erfreut sich bester Gesundheit. Endlich habe ich den Dreckskerl gefunden.«

105.

Maximum. Maximum. *Flieg los! Flieg, wie der Wind weht. Flieg noch schneller.*

Max versuchte, ihre Angst zu verdrängen, als sie ihre Flügel ausbreitete, um im Sturzflug zwischen zwei riesigen

Fichten hindurchzusausen. Tiefer und tiefer flog sie in den Wald, bis sie sich endlich sicher genug fühlte, um zu landen.

Erst dann blickte sie hinter sich.

Niemand verfolgte sie.

Sie war wieder ganz allein. Doch das gefiel ihr eigentlich auch nicht. Sie mochte es nicht, hasste es geradezu. Doch etwas in ihr hatte ihr befohlen, wegzulaufen, zu fliehen, zu fliegen, so schnell sie konnte.

Irgendwie musste sie Hilfe holen, doch sie wusste nicht, wie sie es anstellen sollte. An wen konnte sie sich wenden, jetzt wo Frannie und Kit nicht mehr mit gutem Rat zur Stelle waren? Hatten sie ihr vielleicht etwas gesagt, was ihr jetzt nützen könnte? Was hatte sie bisher gelernt? In ihrem Kopf tobten viele Fragen – doch sie fand keine Antworten.

Sie wusste nicht genau, was in der Schule alles geschehen war, aber sie war clever und hatte *Instinkt*. Max spürte, dass Adam ganz außergewöhnlich war. Sie hatte geglaubt, er wäre eingeschläfert worden, doch offensichtlich war dem nicht so. Adam wohnte in diesem großen Haus in den Bergen. In dem Haus von Frannies Freundin. Bedeutete das, dass auch Frannie damit zu tun hatte? Oder Kit? Wem konnte sie noch trauen? Wo konnte sie Hilfe finden? Denk nach, Mädchen, denk nach!

Aber ihr fiel nichts ein. In ihrem Kopf war nur Leere. Schließlich entschied sie sich für ein Gebet.

»Lieber Gott im Himmel, lieber Vater, bitte hilf mir und meinen Freunden. Wir beten jeden Tag zu dir, doch es scheint nichts zu nützen. Ich will mich nicht beklagen, doch jetzt wäre genau der richtige Zeitpunkt, um zu helfen.«

Max hatte viel über Gott gehört, und der Gedanke an ihn gefiel ihr wirklich sehr. Jahrelang war sie jeden Sonntagmorgen zur Kirche gegangen – im Fernsehen. Jetzt brauchte sie den Beweis, dass es Gott wirklich gab. Nur dieses eine Mal sollten ihre Gebete erhört werden, irgendwie verdiente sie es. All die Kinder aus der Schule verdienten es. Hatten es immer verdient.

Und ganz plötzlich erinnerte sie sich an etwas, das Onkel Thomas in der Schule gesagt hatte. Er hatte immer alles oft wiederholt, »es in ihre Köpfe eingehämmert«. Er war verliebt in seine eigenen Ideen und Sprüche, dieser Vollidiot. Er hatte gesagt: Hilf dir selbst, dann hilft dir Gott!

106.

Wie ein Haufen bemitleidenswerter, schon verurteilter Gefangener wurden wir in das weitläufige Haus am Berg getrieben. Ich wusste, dass es auf dem Gelände einer alten Mine errichtet worden war. Das war hier in Sugarloaf nichts Ungewöhnliches.

Jahrelang hatten die hiesigen Kinder in den alten Schächten gespielt. Die Wachen trennten Kit und mich von den vier geflügelten Kindern. Wendy und Peter schluchzten, doch den herzlosen und gleichgültigen Sicherheitstypen machte das nichts aus.

»Es ist in Ordnung, meine Kleinen«, sagte ich.

»Nein, ist es nicht. Wir wissen es«, jammerten sie im Chor.

Höchstwahrscheinlich hatten sie Recht. Bedauerlicherweise waren ihre Instinkte für Gefahr, und vielleicht auch für gewisse Menschen, sehr ausgeprägt und untrüglich.

Als das Haus gebaut wurde, war aus Metall und Beton ein zweigeschossiger Keller errichtet worden. Ich war nie dort unten gewesen und hatte auch keine Ahnung gehabt, dass diese Räume existierten. Wieder ein Betrug. Bei Gillian war wirklich nichts so, wie es schien.

Ich versuchte mir alles genau zu merken; ich war immer noch Zeugin. Auf einem knallroten Kasten an der Wand las ich *Sicherheitsdecke*. An Haken hingen überall Laborkittel und Sicherheitsbrillen. Eine Tür aus rostfreiem Stahl trug die Aufschrift *Sicherheitsduschen*. Ich bezweifelte, dass selbst die massiven Schutzräume des Verteidigungsministeriums in New Mexico derartig ausgeklügelt und auf dem allerneuesten technischen Stand waren. Hierfür war ein ganzer Haufen Geld ausgegeben worden.

Wir gingen an einem Labor vorbei, und ich konnte einen Blick hineinwerfen. Dort herrschte die kühle Ästhetik der modernen Innenarchitektur. Glänzende Oberflächen, keine langweiligen weißen Wände. Helles Licht, keine flackernden Neonröhren. Ein paar Wissenschaftler arbeiteten unter einer Zellkultur-Haube. Darunter konnten Zellen lange Zeit am Leben erhalten werden.

Ich bekam einen heftigen Stoß in den Rücken. Ein Wächter trieb uns vorwärts, trieb mich vorwärts.

Kit und ich wurden zu Quartieren gebracht, die einer unserer Bewacher als »bei den North Wood Labors« bezeichnete. Oz, Icarus und die Zwillinge waren woanders. Niemand wollte uns sagen wo.

»Werden Sie uns einschläfern?«, fragte ich den schwarzbärtigen Wächter an der Tür unseres Zimmers. Das sollte bitterer Sarkasmus sein.

»Darauf wird es wohl hinauslaufen«, erwiderte er. Dann schaute er zu den anderen, die ihre Gewehre auf Kit und mich gerichtet hatten. »Wenn ich das Sagen hätte, würde ich dir erst mal das Hirn wegbumsen. Oben ist ja nicht viel, aber du hast 'nen geilen Arsch.«

Er lachte. Genau wie die anderen widerlichen Typen. Dann schloss sich die Tür hinter Kit und mir.

»Was zum Teufel ist mit Stricker los?«, fragte Kit und schlug mit der flachen Hand gegen die Mauer. »Das war auf jeden Fall Dr. Peyser da draußen.«

»Und auf jeden Fall auch Carl Puris. Ich war auf seiner Beerdigung in Boulder, Kit. Himmel, habe ich Kopfschmerzen.«

»Peyser hat eine Freundin namens Susan Parkhill. Auch sie ist eine Biologin der Spitzenklasse. Ich vermute, dass Susan Parkhill niemand anders ist als deine Freundin Gillian.«

Ich nahm Kits Hand. Er war so lange Zeit allein gewesen mit diesem schrecklichen Schlamassel. Er hatte gegen unglaublich starke Widerstände gekämpft und war dabei so gut wie chancenlos gewesen. Erst jetzt verstand ich, was er durchgemacht haben musste.

Ein lautes Klopfen war an der Tür zu hören, die sich fast gleichzeitig öffnete. Einer der Wächter stand im Korridor.

»Gillian möchte Sie sehen«, sagte er. »Nur *Sie*, Dr. O'Neill.«

107.

Ich wurde immer besser darin, die Dinge durch zynische Betrachtungsweise so zu sehen, wie sie wirklich waren. Plötzlich war sie da, die dunkle Seite des Lebens hier in Colorado, das ich immer für paradiesisch gehalten hatte.

Gillian war keine Freundin.

Ich wusste genau, was bald passieren würde. Es würde ein Verhör geben, von dem Leben oder Tod abhing. Gillian wollte von mir Informationen. Ich durfte sie ihr nicht geben.

»Ich mag dich wirklich, Frannie.« Gillian begann mit einer kalkulierten frechen Lüge. Vielleicht meinte sie es sogar ernst? Sie thronte in einem hochlehnigen Ledersessel in der Bibliothek, die auch als Arbeitszimmer diente. Sie sah mir tief in die Augen.

»War das, bevor oder nachdem du David und Frank McDonough hast umbringen lassen?«, fragte ich.

Plötzlich wirkten ihre dunkelbraunen Augen eiskalt. Gillians Gesicht war vollkommen ausdruckslos. Es war, als begegnete ich ihr zum ersten Mal. »Und ich würde es wieder tun. In diesem Fall heiligt der Zweck auf jeden Fall die Mittel. Auch da Vinci und Kopernikus mussten Gesetze brechen, um ihre Entdeckungen zu machen, Frannie. Bedenke das, bevor du zu hart urteilst. Bitte, komm her zu mir.« Sie zeigte auf einen Stuhl ihr gegenüber an dem langen Mahagonitisch.

Ich schüttelte den Kopf. Nicht einmal räumlich wollte ich an Gillians Seite sein. Mir war hundeelend.

»Vielleicht ist dieses Gespräch gut für dein Seelenheil, aber sicher nicht für meines. Bitte, lass mich wieder nach unten gehen. Ich will nichts mehr hören, Susan. Dr. Susan Parkhill?«

Sie verzog das Gesicht und klopfte ungeduldig mit den Fingern auf die Tischplatte. »Nun gut, ich brauche Informationen von dir. Mit wem hast du über die Sache gesprochen? Mach es leicht für dich und auch für diese Kinder, an denen du ja sehr zu hängen scheinst.«

»Ich habe niemandem etwas erzählt«, sagte ich, so ruhig ich konnte. »Darf ich jetzt wieder runter?«

Gillians Blick schien meine Schädeldecke förmlich zu durchbohren. »Mit wem hast du gesprochen? War da noch jemand außer deiner Schwester Carole?«

Ich hatte das Gefühl, Gillian hätte mir soeben einen

Schlag in die Magengrube versetzt. Ich brachte kein Wort heraus.

»Wir haben Carole und ihre Töchter noch nicht gefunden. Doch es wird nicht mehr lange dauern. Dazu brauche ich deine Hilfe nicht. Gibt es sonst noch jemanden?«

Ich schüttelte den Kopf. O Gott, wie ich sie hasste. Während eines langen, stummen Augenblicks betrachtete sie mich eingehend. Meine ehemalige Freundin.

»Du lügst nicht sehr gut. Das weiß ich schon. Also denke ich, dass ich dir glauben kann, Frannie.«

Ihr Gesichtsausdruck veränderte sich, wurde weicher. Gillian wollte nun über sich sprechen. Ich kannte diesen selbstzufriedenen Ausdruck in ihren Augen.

»Ich werde dir sagen, was geschehen ist«, sagte sie. »Es ist erstaunlich. Du wirst alles verstehen, wenn du es erst einmal gehört hast. Wir haben alle gängigen Forschungsverfahren über den Haufen geworfen. Anstatt ein winziges bisschen der Vogel-DNA auf menschliche Zygoten zu übertragen, benutzten wir eine relativ große Menge Vogelchromosomen. Wir verschmolzen die Chromosomen verschiedener Vögel und unserer menschlichen Patienten, indem wir sie erhitzten, bis sie sich in ihre DNA-Komponenten-Stränge teilten. Das mag exotisch klingen, doch es ist ein gängiges Verfahren.«

»Du brauchst gar nicht so herablassend zu sein.«

Sie stieß einen missbilligenden Laut aus. »Der Durchbruch meines Mannes bestand darin, kontrolliert eine genetische Neukombination zwischen den Strängen möglich zu machen. Er hat wirklich in seiner Macht gehabt, was in der Natur nur Zufall ist, wo Gene von Strang zu Strang ausgetauscht werden. Eigentlich hatte er nicht so schnell mit einer Zellteilung gerechnet, doch es geschah. Wir waren vollkommen fassungslos, als der Ultraschall bewies, dass Max lebensfähig war. Sie war der Beginn des Ganzen. Sie war der Durchbruch, auch wenn sie nicht perfekt ist.«

Ultraschall. Also hatte ich Recht. Die Kinder waren in Gebärmütter von Frauen eingepflanzt worden ... auf jeden Fall in Gebärmütter.

Gillian sprach weiter. Ihre Augen blickten in meine Richtung, doch schien ich für sie nicht wirklich zu existieren. »Wir arbeiteten mit Dr. Brownhills Kliniken für künstliche Befruchtung in Boulder und Denver zusammen. Die Paare vertrauten ihm, und er überzeugte sie von seinen Methoden, die einzigartig seien, was zufällig auch wahr ist. Wir nahmen das Ei von der Frau und befruchteten es mit dem Sperma des Ehemanns. Wir gaben ein bisschen DNA dazu. Dann verpflanzten wir den Embryo wieder in die Gebärmutter der Frau.«

»Natürlich hattet ihr die Einwilligung der Frauen und ihrer Ehemänner.«

»Die Mütter sind nicht wichtig«, erwiderte Gillian wütend. »Erst haben wir die Vögel studiert, weil sie im Vergleich zu ihrer Größe sehr lange leben.«

So viel hatte ich mir bereits gedacht. Der Wanderalbatros kann bis zu siebzig Jahre alt werden. Papageien sogar noch älter. Es gibt unzählige Beispiele in der Vogelwelt.

»Die geflügelten Kinder waren nur der Anfang ... aber dann kam der alles verändernde Durchbruch. Einer unserer fleißigen Helfer entdeckte den Gründer für ein Gen, das freie Radikale aufsaugt. Wie du weißt, beschädigen diese die Zellen. Ohne Zellschwund sterben Organismen nicht, *sie können nicht* eines natürlichen Todes sterben.«

Mir blieb die Luft weg. Mir wurde kalt. Doch ich musste Gillian einfach zuhören.

Sie lächelte dünn. »Michael sieht aus wie jeder andere kleine Junge, nicht wahr?«, fragte sie. »Das gleiche gilt für

Eve. Diese kleinen Lieblinge sind alles Geld und jedes Opfer wert. Michaels Lebenserwartung beträgt zweihundert Jahre. Vielleicht sogar noch mehr.«

Ich konnte das soeben Gehörte nicht fassen. Deshalb also die kostspieligen Forschungen. Sicherlich hatte ich nach Luft geschnappt. Auf jeden Fall stand mein Mund offen.

Michaels Lebenserwartung betrug zweihundert Jahre.

Gillian nickte siegesgewiss. Sie hatte mich. Ich hatte verstanden, was sie getan hatten. Jetzt begriff ich endlich.

»Mein Sohn ist der nächste Schritt in der Evolution der menschlichen Rasse.«

108.

Kit hatte wahrscheinlich schon hundert Verhöre in seinem Leben mitgemacht, aber nie war er auf der falschen Seite gewesen.

»Ich heiße Thomas.« Der Mann, der ihm gegenübersaß, wirkte ungezwungen und sehr selbstsicher.

»Ich habe viel von Ihnen gehört«, sagte Kit.

»Das kann ich mir vorstellen. Ich werde Ihnen meine Sicht der Dinge darlegen. Lassen Sie uns ein wenig plaudern.«

»Sicher. Warum nicht?«

»Ich war bei der Air Force. Ich wollte unbedingt Pilot werden.«

»Träume sind etwas Schönes«, sagte Kit und nickte zustimmend. Er wartete ab und versuchte herauszufinden, auf welche Weise er sich einen Vorteil verschaffen konnte.

»Klar. Leider war meine Sehkraft nicht ausreichend für die Anforderungen der Air Force. Ich brauche noch nicht mal eine Brille, doch Pilot konnte ich nicht werden. Deshalb wurde ich Lehrer. Der Beruf derer, bei denen es zu nichts anderem reicht, wissen Sie.«

»In welcher Stufe? Haben Sie Kinder unterrichtet?«, fragte Kit.

»Ja, aber nur kurz. Dann bekam ich eine Assistentenstelle an der Air Force Academy. Dort lehrte ich Biologie ... für zukünftige Piloten.«

»Wie schön.«

»Das war es auf ironische Weise auch. Wissen Sie, mit Ihnen kann man gut reden. Sie sind ein guter Kumpel.«

»Ach was, wer kann das schon sagen. Sie sind auch ein guter Gesprächspartner, ein netter Typ.«

»Ja, das hilft einem hier und da. Dr. Peyser kam schließlich in die Academy und warb mich ab.«

»Wegen Ihrer biologischen Fachkenntnisse?«

»Verdammt, nein. Seine Leute sind wissenschaftlich gesehen außerhalb meiner Reichweite. Doch hat mir dieser Hintergrund geholfen, seine Vision und seine Arbeitsweise zu verstehen. Er sieht sich nach Leuten um, die fähig sind, die Sache zu verstehen und daran zu glauben. Dann bietet er ihnen die Chance ihres Lebens.«

»Finanziell?«

»Natürlich finanziell. Doch es geht auch um Erfüllung. Du weißt, dass du etwas Wichtiges tust. Wenn ich mich nicht irre, hatten Sie auch das Talent und einige zusätzliche Qualitäten, um ein ausgezeichneter FBI-Agent zu werden.«

»Doch ich habe nicht an eine Vision geglaubt, jedenfalls nicht an die Version, von der ich zu hören bekam.«

Thomas nickte. »Das weiß ich. Also sagen Sie mir ehrlich, Kit, wem haben Sie bisher von der Schule erzählt? Einfache Frage, einfache Antwort, und dann können wir beide hier raus.«

»Niemandem«, sagte Kit. »Ich habe niemandem etwas erzählt.«

Das war der Moment, in dem Onkel Thomas explodierte und Kit endlich begriff, welche Angst in der Schule geherrscht hatte. Er verstand auch, warum die Kinder Thomas hassten, denn *er* hasste ihn auf jeden Fall. Mit jedem brutalen Schlag, den er einstecken musste, immer mehr.

Doch Kit sagte nichts, gestand nichts, erzählte nichts.

Kein einziges Wort.

109.

Max erkannte sofort einige der Schauergestalten aus der Schule. Sie waren die Wärter gewesen, die Wachen, die Tyrannen. Jetzt liefen sie überall im Wald herum, um nach ihr zu suchen und sie, wenn möglich, zu töten. Verflucht seien sie!

Sie versteckte sich ganz oben im Wipfel einer der dicksten Fichten, doch die Gefahr war noch nicht gebannt. Sollte sie schnell losfliegen müssen, wäre es schwierig, von dem schwankenden Ast abzuheben. Sie wusste, dass sie erst einmal genug Geschwindigkeit gewinnen musste. Besser wäre es, wenn sie vorher Anlauf nehmen könnte. Unter Umständen hatte sie sich in eine ausweglose Situation gebracht.

Max wollte unbedingt fliegen, doch zwei Hubschrauber donnerten über ihren Kopf hinweg und sondierten das dichtbewaldete Gelände. Sie hörte das dumpfe Geräusch, und gelegentlich sah sie eine der Maschinen in dem rotschwarzen Nachthimmel.

Die Tür des Hubschraubers war weit geöffnet. Im Inneren konnte sie zwei Männer mit Gewehren erkennen. All diese fiesen Typen suchten nach ihr.

Als sie in der Nähe von Denver dem Hubschrauber der Radiostation begegnet waren, hatte Kit gesagt, es seien »gute Menschen«. Aber Max war sicher, dass er damit nicht die gemeint hatte, die jetzt über den Wald flogen. Die Männer da oben wollten sie töten. Sie konnte ihre Gewehre sehen. Sie waren Jäger, und sie wusste, wie schrecklich es war, angeschossen zu werden.

Nein, das waren ganz bestimmt keine »guten Menschen«. Sie waren der Abschaum, Feiglinge, stinkende Penner.

Seit sie mit Matthew aus der Schule geflohen war, hatte Max nicht mehr so viel Angst gehabt. Damals war sie zum ersten Mal geflogen. Es gefiel ihr nicht, hier draußen ganz allein zu sein.

Ihr Bruder Matthew, Oz, Ic und die Zwillinge fehlten ihr. Und auch Kit und Frannie. Sie hatte ihnen ihr Leben anvertraut. Wenn sie an die beiden dachte, stieg ein völlig unbekanntes Gefühl in ihr auf, das ihr Herz schneller schlagen ließ und ihr die Tränen in die Augen trieb. Doch jetzt war wirklich nicht der Moment zum Weinen.

Plötzlich schien Max' Herzschlag auszusetzen. Ein Soldat näherte sich. Ein ekelhafter, gemeiner Wurm. Er war genau unter ihrem Versteck.

Er trug eine komisch aussehende Brille, und Max glaubte zu wissen, wozu sie diente. *Nachtsichtgläser,* damit er in der Dunkelheit sehen konnte. *Wie ein Vampir.*

Jetzt war sie wütend. So wollte sie auf keinen Fall sterben! Sie würde bei dem gemeinen Plan nicht mitspielen.

In allerletzter Sekunde schlug Max schnell und kräftig mit den Flügeln. Der Soldat oder Wärter hob den Kopf und blickte nach oben.

»Attacke, du Arschloch!«, brüllte sie.

Max stürzte sich von dem Baum. Es war fast ein freier Fall.

Peng!

Max traf den Mann wie ein großer, niederstürzender Felsbrocken. Seine Brille fiel herunter, genau wie das große, böse Gewehr. Er lag bewusstlos auf dem Boden.

Eigentlich war das dämlich. Was sollte es beweisen?, dachte sie. *Dass du genauso bist wie er?*

Doch tief in ihrem Inneren kannte sie die Antwort.

Sie konnte sich verteidigen!

Max hob die Arme in die Luft – breitete die Flügel weit aus – und flüsterte ganz laut: »Jaaaaa! Ich kann sie bekämpfen.«

Doch dann war da wieder das Geräusch sich nähernder Hubschrauber. Sie schaute nach oben. Es waren mehrere. Jetzt war sie sich nicht mehr so sicher.

110.

Kit hatte im ganzen Gesicht Schnitte, Platzwunden und blaue Flecken. Seine Oberlippe war gerissen, und Blut tropfte heraus. Auch seine Nase blutete. Wahrscheinlich war das Nasenbein gebrochen. Man hatte ihn richtig zusammengeschlagen. Irgendjemand hatte ihn als Sandsack benutzt und sich offensichtlich ausgetobt.

»Was ist passiert? Was ist geschehen, Kit?«

»Ich habe nichts gesagt«, brachte er mühsam hervor. Trotz der geschwollenen Lippe versuchte er zu lächeln, und es gelang ihm sogar fast.

Ich setzte mich neben ihn auf das Bett. Wenn ich doch

nur einen Erste-Hilfe-Kasten gehabt hätte. Ganz sanft berührte ich eine der Schwellungen, und er zuckte zusammen.

»Mir geht es gut. Alles in Ordnung«, sagte er. »Ich habe schon früher öfter mal was einstecken müssen.«

Er war sauer wegen der Schläge. Er reagierte wie ein Tier, das man eingesperrt und misshandelt hatte. Doch irgendwie würde er darüber hinwegkommen, und ich bewunderte seine Einstellung. Er schien nie aufzugeben. Dann erzählte er mir von seiner Unterhaltung mit Onkel Thomas und ich ihm von meiner Begegnung mit Gillian.

Kit legte seinen Arm um mich und stöhnte dabei leise auf. Ich lehnte meinen Kopf an seine Schulter, und wir schwiegen für einen Moment.

»Ich werde nie das erste Mal vergessen, als ich dich gesehen habe«, flüsterte Kit. Ich glaubte an seinem Tonfall zu erkennen, dass er dabei lächelte.

»Als ich dich angebrüllt habe, mein Grundstück zu verlassen? Deine Sachen zu packen und zu verschwinden? Da hast du gesagt ›Vertrag ist Vertrag‹.«

Kit nickte. »Ja, so ist es. Und auch, dass ein Handschlag ein Handschlag ist. Du hast mich beeindruckt. Ich fand dich ungemein klug, risikofreudig und aufsässig. Nicht zu vergessen, auch wunderschön.«

»Genau. Ich erinnere mich an meine elegante Erscheinung. Ich war von oben bis unten mit Blut und Eingeweiden von einem toten Reh beschmiert.«

»Jawohl. Blut auf deinem Kittel, Feuer in deinen Augen. O Gott, du warst wirklich ein schöner Anblick. Du bist so schön. Ich hoffe bei allem, was mir heilig ist, dass wir das hier überstehen, Frannie. Aber irgendwie sehe ich nicht, wie sie uns freilassen könnten. Wir haben alles gesehen.«

»Dies ist unser letzter Tag auf Erden.« Ich seufzte, ließ die Worte sinken und dachte über ihre Bedeutung nach. »Wie unglaublich abartig. Gibt es etwas, von dem du bedauerst, es nicht getan zu haben? Was würdest du jetzt tun, wenn du könntest?«

»Ich würde gern einmal mit Max fliegen«, sagte Kit, ohne zu zögern. Er seufzte. »Auch hätte ich mich gern von Kim und meinen beiden kleinen Jungen verabschiedet. Es macht mich fertig, dass ich nicht die Gelegenheit dazu hatte ... Eine Fotosafari in der Serengeti und dem Massai-Gebiet wäre schön. Vielleicht auch ein paar Monate in Tibet, trotz des Films mit Brad Pitt. Und Florenz für ein oder zwei Monate.«

»Ja, beam uns nach Florenz, Scottie«, meinte ich. Ich weiß nicht, warum wir uns unter diesen furchtbaren Umständen auf diese Weise unterhielten, einfach Frieden einkehren fühlten und vielleicht auch eine Art von Rausch. Und berauscht waren wir wohl auch. Was ich am meisten vermissen würde, war wahrscheinlich die Tatsache, dass wir nicht mehr zusammen sein würden. Die Sache zwischen Kit und mir fing gerade erst an – und jetzt würde es einfach so vorbei sein. Es schien unfair und irgendwie falsch.

»Und ich könnte es nicht ertragen, zu sterben, bevor ich nicht das getan habe«, flüsterte Kit. Obwohl seine Lippe bestimmt schmerzte, küsste er mich ganz sanft auf den Mund. Das war wirklich süß. Er überraschte mich immer wieder.

»Ich wollte es auch, wollte es sogar *sehr*. Vom ersten Tag an, als ich dich gesehen habe«, flüsterte ich zurück.

»Da hast du mich aber gut getäuscht«, lautete die leise Antwort. »Wolltest du vielleicht noch etwas anderes tun?«

»Komm her, ich zeig's dir.«

Wieder küssten wir uns zärtlich, doch diesmal mit einer gewissen Begierde. Wir pressten unsere Körper aneinander. Wollte ich noch etwas anderes? Ich wünschte mir, ihn ganz langsam und genießerisch auszuziehen, und dass er dasselbe mit mir täte. Wir hatten nicht mehr genug Zeit, und wir waren uns dessen bewusst. Das änderte alles, auch die Prioritäten, die wir vielleicht gehabt hatten. Doch möglicherweise wurde dadurch auch nur einfach alles ins Lot gebracht.

Ganz sanft berührte ich sein Gesicht. Küsste die Wunden, schmeckte das Blut auf seiner Lippe. Ich versuchte, mir alles an ihm einzuprägen, um es nie wieder zu vergessen. Es war das Einzige, was uns noch übrig blieb, das Einzige, was noch einen Sinn ergab. Auf jeden Fall war es besser, als uns Sorgen zu machen, uns Fehler vorzuwerfen, an Türen zu hämmern und zu schreien.

Ich griff nach seinem breiten Ledergürtel. Irgendwie hatte ich aber immer noch Hemmungen. Als ich mir klar machte, wie dumm das war, öffnete ich den Gürtel energisch. Alles in unserer Beziehung war so schnell geschehen, doch wenigstens war es geschehen. Er war der erotischste, der beste Mann, dem ich je begegnet war. Dessen war ich mir sicher. Sehr sicher.

Langsam verstrichen die Sekunden. Ich wollte es so, wünschte mir diese Langsamkeit. Für uns gab es keinen Ausweg mehr, also war hier der beste Ort. Es war ein eigenartiges Gefühl, sich plötzlich wieder in einer intimen Situation zu befinden. Doch überfielen mich keine Schuldgefühle, nicht mehr.

Kit sah mich an. Zärtlich berührte er mein Kinn, küsste meinen Mund, meine Wangen, meine Nase, meine Augen. Er wandte seine blauen Augen nicht eine Sekunde von mir ab.

Ich konnte mich nicht erinnern, jemals vorher auf die Augen geküsst worden zu sein. Er küsste auch das Grübchen an meinem Hals. Ich liebte es, liebte seine Art, mich zu berühren. Vielleicht war es nicht richtig, dass dies alles ausgerechnet jetzt geschah, doch ich konnte nicht aufhören, wollte es auch nicht.

Es schien so unwirklich, dass wir beide jetzt zusammen waren. Vor Aufregung atmete ich nur noch ganz flach, meine Brüste hoben und senkten sich schnell. Ich begehrte Kit so sehr. Ich ließ meine Hand seinen kräftigen Rücken hinaufgleiten, berührte seine Schultern, die Innenseiten seiner muskulösen Beine. Er war jetzt sehr erregt, und ich war glücklich, dass auch er mich begehrte.

In mir war das Feuer wieder zum Leben erweckt worden und breitete sich schnell aus. Kit drang in mich ein. Wir bewegten uns erst langsam und dann immer schneller. Ich fühlte, wie unsere Körper ihren Rhythmus fanden, der so richtig, so vollkommen schien. Ich hatte das Gefühl, als würden wir fliegen, und genauso sollte es sein.

111.

Max hatte nur ein Nickerchen gemacht. Das war alles, was sie sich gönnte. Sie war weitergezogen, hatte immer wieder neue Verstecke gesucht. Im Moment verbarg sie sich auf dem Gipfel eines kleinen Berges zwischen Felsbrocken und Espen. In einer tiefen, engen Schlucht hatte sie sich unter feuchten Blättern und mürben alten Ästen versteckt.

Ungefähr eine Stunde später hatte sie ein nahe gelegenes Sommerhaus nach Essen und Wasser durchsucht. Zum einen wegen der guten Erinnerungen an das erste Sommerhaus und zum anderen, weil sie vor Hunger und Durst fast verrückt wurde. Fliegen verbrauchte ungemein viel Energie.

Sie hatte sich voll gestopft, zu schnell gegessen. Jetzt war ihr schlecht. Sie hatte Magenkrämpfe, und ihr war einfach nur übel. Aber es war Zeit zu gehen, Zeit für Rock-and-Roll, Zeit, das Leben zu genießen, und wahrscheinlich Zeit zu sterben.

Das war keine so gute Aussicht, doch irgendwie konnte sie damit leben. Wenigstens war sie eine Zeit lang frei gewesen. Sie war geflogen und hatte ein bisschen was von der Welt gesehen. Den meisten Leuten war das nicht vergönnt – nicht auf diese Weise.

Die Morgensonne ging auf, und Max freute sich, sie noch einmal zu sehen. Sie wäre so gern in diesen wunderschönen Sonnenaufgang geflogen, wäre eins geworden mit dem orangegelben Ball. Sie fühlte sich mit der Natur sehr eng verbunden. Ergab das einen Sinn – hatte sie eine intensivere Beziehung zu ihr als die übrigen Menschen? Das wäre möglich. Vielleicht, weil sie fliegen konnte.

O Gott, sie war völlig steif, und alles tat ihr weh. Sie brauchte dringend eine heiße Dusche. Wünschte sich Frannie, um ihr Haar zu kämmen und die Federn zu putzen. Sie wollte zu ihren Freunden, und sie wollte, dass alle anderen sie in Ruhe ließen.

Verflucht! Sie hasste Onkel Thomas, die anderen Wärter, die fremden Geschäftsmänner, wer auch immer sie waren. Hasste sie von ganzem Herzen.

Max schlich zu einem Vorsprung, von dem aus sie den oberen Teil des Tals überblicken konnte. Ihrer Schätzung nach war sie jetzt ungefähr drei Kilometer von dem schrecklichen Haus entfernt.

Lauf auf Samtpfoten wie eine Katze, dachte sie. *Mach jetzt kein Geräusch. Vermassele es nicht. Sei leise, sonst erwischen sie dich. Du darfst jetzt nicht gefangen werden.*

Max hob den Kopf, spähte über das Tal, und ihr blieb

fast das Herz stehen. *O nein!* Sie sah, wie sich eine ganze Armee von Männern und Frauen an der Suche nach ihr beteiligte. Schnell versteckte sie sich wieder hinter dem Felsen.

Dann hob sie den Kopf erneut. Nur ein ganz klein bisschen. Sie sah einen der Hubschrauber und hatte eine Idee. Sie wusste nicht, ob der Einfall dumm oder genial oder vollkommen verrückt war. Sie konzentrierte sich auf den fernen Wirbelvogel und schob alles andere beiseite.

Ja, es war eine ziemlich gute Idee! Vielleicht, weil sie keine andere Wahl hatte. Zumindest war es ein Plan, mit dem sie sich über die nächsten Minuten retten würde.

Max streckte sich. Heftige Schmerzen durchzuckten ihren Körper. Sie ignorierte sie. Sie musste so beweglich und unverkrampft sein wie möglich. Innerlich stellte sie sich auf die Situation ein. Wenn nur diese verdammte Übelkeit nicht wäre. Das Essen war wohl teilweise verdorben gewesen.

Sie gab sich selbst Befehle: *Steig schnell auf! Keine Angst. Kein Zögern. Bleib zwischen den Bäumen! Flieg sehr, sehr schnell!*

Keine Angst!

Flieg nicht zu hoch!

Gott beschütze den, der sich mir in den Weg stellt.

Dann stand Max schnell auf und rannte entschlossen los. Ihr Herz schlug schnell und laut. Eigentlich zu laut, denn es schien fast aus ihrer Brust herausspringen zu wollen. Sie hatte das Gefühl, als würde sie gleich explodieren.

Als Max vom Boden abhob, war niemand zu sehen. Wo war der Suchtrupp? Sie war darauf vorbereitet, beschossen zu werden. Der Gedanke tat ihr weh, sie wollte ihn verdrängen, tat es aber nicht.

Bleib unten, flieg ganz schnell!

Bitte, mach, dass sie mich nicht wieder abschießen. Lass mir noch ein paar Minuten Ruhe. Lass mich noch eine Minute lang fliegen. Lass mich noch zehn Sekunden länger fliegen.

O nein! Es war zu spät, sich hinter den Bäumen zu verstecken. Der Wärter war da und so nah, dass er sie fast greifen konnte.

Er musste ihr gefolgt sein, leise und tödlich, wie ein Pups von Icarus. Als der Mann sein Gewehr hob, setzte Max zum Sturzflug an. Sie hatte keine andere Wahl.

Auch wenn sie sich anstrengte, konnte sie ihn nicht zu Fall bringen. Sie hatte zu viel Schmerzen, sie war müde, und dazu kam die Übelkeit.

Also gab sie einfach alles von sich. Alles, was in ihr war, die Übelkeit. Im Doppelpack.

All das, was sie in dem Sommerhaus gegessen hatte: kaltes Rinderragout, Eis mit Schokoladenchips, literweise Milch, die ein bisschen sauer gerochen hatte, Schinken, den Provolone-Käse und den roten Brotaufstrich mit eingelegten Gurken, den sie ohne Brot vertilgt hatte ... was immer sie in diesem Kühlschrank gefunden hatte – jetzt gab sie es wieder von sich.

Sie übergab sich direkt auf den Wärter. Voll über sein Gesicht und seine dumme Baseballkappe von den Colorado Rockies. Er bedeckte seine Augen mit den Händen. Wahrscheinlich wusste er nicht, wie ihm geschah. Er ließ sein Gewehr fallen und brüllte los.

Max sauste an ihm vorbei und verschwand zwischen den Ahornbäumen, den Fichten und dem Dickicht. Sie war in Sicherheit. Sie war nicht angeschossen worden.

Jaaaaaaaa, Jaaaaaaaa!, schrie sie.

Sie flog, es wurde ihr wieder einmal bewusst, wie sehr sie es liebte.

Lass mich nur noch für sechzig Sekunden fliegen, flehte sie.

Lass mich nur noch einmal fliegen.

112.

Als ich erwachte, war mein Gesicht direkt neben Kits. Es war schön, so nah bei ihm zu sein. Mein Körper schmiegte sich an den seinen, ich hielt ihn ganz fest. Eigentlich komisch, seit langer Zeit war es der erste Morgen, an dem ich nicht mitten in einem grauenvollen Albtraum aufgewacht war.

Aber im Grunde war es genau so.

Kit war wach, schaute mich an. Aus dieser Nähe waren seine blauen Augen noch leuchtender. Wie unerwartet einfühlsam und zärtlich er doch gewesen war. Es war so einfach, mit ihm umzugehen. *Ich wette, du warst wirklich ein toller Vater.*

»Guten Morgen«, flüsterte ich, lächelte und fühlte mich zum ersten Mal seit Jahren beschützt und warm.

»Dir auch einen guten Morgen. Es war wohl kein Traum, dass wir uns in der letzten Nacht leidenschaftlich geliebt haben.«

Plötzlich erschien alles so einfach und richtig. Diese Ironie brachte mich fast um. Kit und ich verliebten uns ineinander oder hatten es schon getan. Unsere Lage konnte nicht schlimmer sein. Es gab keinerlei Überlebenschancen. Wir waren Zeugen. Wir hatten die Gräueltaten in der Schule gesehen.

Ein leises Klopfen an der Tür. Wir sahen uns an. Was sollte das bedeuten? Kam man uns jetzt holen? Thomas und seine Schlägertruppe?

Wieder tauschten wir einen Blick. Langsam glitt ein Schlüssel in das Schloss, Metall auf Metall. Wir sprangen aus dem Bett und zogen uns rasch etwas über.

Die Tür öffnete sich, und ich traute meinen Augen nicht.

»Hallo, Tante Frannie. Ich bin's, Michael. Ich komme, um euch zu retten.«

113.

Doch da war noch jemand. Gleich hinter Michael betrat ein Mann in einem blauen Sommeranzug das Zimmer. Er hielt ein halbautomatisches Gewehr in den Händen, das auf Kit gerichtet war. Unerklärlicherweise lächelte der Typ.

»Auch ich bin gekommen, euch zu retten«, sagte er. Seine Stimme war leise und ganz sanft. Man war gezwungen, sich auf sie zu konzentrieren.

»Wer sind Sie?«, fragte ich. Ich hatte ihn nie zuvor gesehen und war mir ziemlich sicher, dass er nicht am Gemeindekrankenhaus in Boulder arbeitete. Wie ein Wärter sah er auch nicht aus.

Dann sprach Kit. »Er heißt Peter Stricker und war beim FBI in meinem Bezirk der Chef. Peter hat mich von diesem Fall abgezogen und gesagt, es würde zu nichts führen. Er hat sogar gedroht, mich rauszuschmeißen. Hier ist er nun. Hallo, Peter. Offensichtlich beschäftigst du dich jetzt doch mit der Sache.«

Stricker war groß und muskulös, das hellblonde Haar

trug er glatt zurückgekämmt. Mit seinem leicht öligen Lächeln wirkte er wie ein typischer Yuppie.

»Wem kann man dieser Tage schon noch trauen?«, fragte er mit seiner Flüsterstimme. »Niemandem, glaube ich. Nicht einmal den besten Freunden! Nicht einmal den Kumpeln vom FBI.«

»Soll das heißen, dass es tatsächlich noch einige gibt, denen ich in dem Laden trauen kann?«, lautete Kits Rückfrage.

»Na klar. Es gibt hier und da noch einige Dinosaurier. Zufällig gehört auch der Direktor dazu. Eigentlich hatten nur ein paar von uns das Glück, hier mitmachen zu dürfen. Dazu kommen einige vertrauenswürdige Getreue vom Militär. Jeder, der von dieser Sache wusste, wollte seinen Anteil haben. Das ist eben die amerikanische Art. Aber du hattest Recht. Das ist ein großes Ding. Das größte, das ich je erlebt habe.«

»Soll das heißen, dass auch die Regierung der Vereinigten Staaten davon weiß?«, fragte ich.

»Nein, nur keine Übertreibungen. Verschwörungsfantasien und Konspirationstheorien sind hier nicht erwünscht. Einige Leute in der Regierung wissen, was hier in Colorado passiert und was vorher in San Francisco und Boston geschehen ist. Wir machen nur als normale Bürger mit, wir sind ungefähr fünfzig und haben sehr viel riskiert. Bei einigen Ärzten gab es eine kleine Rebellion, Anfälle schlechten Gewissens, doch das haben wir hinter uns. Wir haben das Problem aus der Welt geschafft.«

»Ihr macht den Weg frei für den Fortschritt und lasst euch eure Anstrengungen bezahlen?«, fragte Kit. »Ist das die amerikanische Art?«

»Sogar sehr gut bezahlen. Doch vergesst nicht, unsere Arbeit ist wichtig. Habe ich nicht versucht, dich daran zu hindern, dich einzumischen? Ich habe mein Teil für die Sache beigesteuert. Außerdem glaube ich daran. Dr. Peysers Forschungen sind für uns alle von größter Bedeutung.«

»Dann sind Sie wohl hergekommen, um uns höchstpersönlich zu erschießen?«, fragte ich Stricker. »Sind Sie derjenige, welcher?«

Noch während ich sprach, entfernte ich mich ein bisschen von Kit, hielt etwas Abstand.

»Das hatte ich eigentlich nicht vor, als ich herkam. Natürlich kann ich meine Pläne jederzeit ändern. Machen Sie das nicht, Dr. O'Neill. Es ist keine gute Idee.«

Doch ich fuhr fort, mich seitwärts zu bewegen. »Was ist keine gute Idee?«

»Du warst nie im Außendienst«, sagte Kit. »Nie hast du dir die Hände schmutzig gemacht, Peter. All die Jahre bist du hinter deinem Schreibtisch geblieben. Darum hätte ich dir auch nie die Verantwortung für den Bezirk übertragen.«

»Jetzt reicht's. Hör sofort auf!« Stricker hob die Stimme und richtete die Waffe auf meine Brust. »Auch ich kann schmutzige Arbeit erledigen, Tom. Sieh mal her.«

Mit einer blitzschnellen Bewegung war Kit bei Stricker und verpasste ihm einen Kinnhaken. Es war wirklich ein knallharter Schlag, und der Agent stürzte auf ein Knie.

Doch wie ein Stehaufmännchen schoss er wieder in die Höhe. Das erstaunte mich. Stricker war kräftiger und zäher, als er aussah.

Kit setzte mit einem kurzen, kräftigen Faustschlag nach. Einen Schwinger nennt man das, glaube ich. Plötzlich war der eingebildete und selbstzufriedene Ausdruck von Strickers Gesicht verschwunden. Beinahe hätte ich Beifall geklatscht. Dann landete Kit einen schnellen, harten Punch in Strickers Magen. Auch Kit war zäher, als er wirkte. Sehr viel zäher, und außerdem sah es gut aus, wie er seine Kraft einsetzte. Ich wusste nichts über die Golden Gloves und wie viel Zeit Kit ins Amateurboxen investiert hatte, doch jetzt zahlte es sich richtig aus.

Der letzte Schlag landete genau zwischen Strickers Augen und zertrümmerte sein Nasenbein. Der Mann fiel und stand nicht wieder auf. Diesmal lag er bewusstlos auf dem Boden.

Kit bückte sich und nahm die Waffe. Er war noch nicht einmal außer Atem. Offensichtlich hatte er den einseitigen Faustkampf genossen. Ich auch. »Wir müssen hier raus.«

Michael hatte alles mit beglückter Aufmerksamkeit betrachtet. »Das war wirklich gut«, sagte er. »Mann, das war super. Du bist ein guter Boxer.«

»Danke, Michael. Nun zeig uns den Weg zu Oz, Icarus und den Zwillingen«, bat ich ihn.

Der nächste Schritt in der menschlichen Evolution grinste mich an wie jeder normale Vierjährige. Er nahm sogar meine Hand.

»Ich weiß, wo sie sind, Tante Frannie. Ich zeige dir den Weg.«

114.

Michael war mein Held. Er zeigte uns den Weg. Wir liefen einen kurzen Korridor hinunter, der vor einer bedrohlich aussehenden metallenen Tür endete. Ich betete, dass die anderen Kinder nicht verletzt oder gar eingeschläfert worden waren.

»Ende des Wegs?«, murmelte Kit, als wir dort waren. »Wohin jetzt, Michael?«

»Wir können hier lang. Es geht schneller«, erwiderte

Michael. »Keine Sorge, ich bin ziemlich clever für mein Alter.«

»Das bist du mit Sicherheit. Also los«, sagte Kit und stieß die schwere Tür auf. Wir betraten ein riesiges Labor, bei dessen Anblick mir die Luft wegblieb.

Überall standen Geräte herum. Zylinder mit Skalen, Pasteur-Pipetten. Mikrozentrifugenröhren mit einem Wirbelmixer. Oszillatoren – Maschinen, die Teströhrchen schüttelten, weil gewisse Bakterien beim Wachsen bewegt werden müssen. Inkubatoren, so groß wie Waschmaschinen. Ich hatte keine Ahnung, warum sie hier waren, doch sie machten mir Angst. In die Wand war ein Sterilisator eingebaut, zu welchem Zweck auch immer.

Im hinteren Teil des Zimmers lagen drei junge Frauen in Krankenhausbetten. Sie waren offensichtlich hochschwanger, Ende achter Monat, und standen kurz vor der Entbindung.

Ein großer, gutgebauter Pfleger sah uns eintreten und lief uns entgegen. Er wirkte beunruhigt, ärgerlich oder vielleicht beides. »Kommen Sie wegen der Besichtigung? Oder wollen Sie sich über die Möglichkeiten unseres Hauses informieren? Wissen Sie, ohne Begleitung dürfen Sie nicht hier rein«, sagte er.

Kit antwortete ihm nicht. Er verpasste ihm einen Schwinger, der irgendwo aus seinen Knien zu kommen schien. Der große Mann hatte keine Chance gegen Kit. Mit einem dumpfen Geräusch schlug er auf dem Boden auf. Sein Kopf prallte noch mal von dem Betonboden ab und rollte dann auf die Seite.

»Wir sollten besser hier verschwinden. Bitte!«, bat Michael.

Er hatte vollkommen Recht, doch als wir durch das Zimmer eilten, konnte ich den Blick nicht von den schwangeren Frauen wenden. Sie waren entweder noch Teenager oder junge Frauen Anfang Zwanzig. Gute, gesunde Testpersonen. Was machten sie hier? Welche Kinder würden sie zur Welt bringen?

Sie betrachteten uns ganz ruhig, doch dann sah ich die Lederriemen an ihren Beinen. Die Frauen waren an ihre Betten gefesselt, angebunden. Sie konnten nicht so einfach aufstehen und gehen.

»Wir werden Hilfe holen«, flüsterte Kit mir zu. »Wir müssen jetzt gehen, Frannie.«

»Wir kommen wieder. Ich verspreche es«, sagte ich zu den Frauen. Es gab keine Möglichkeit, sie jetzt mit uns zu nehmen.

Michael zog mich zu einer Stahltür am anderen Ende des Raumes. »Wir werden euch bald abholen«, versprach ich einer schwangeren Frau, die nicht älter als achtzehn sein konnte.

»Ich glaube, die Wehen setzen ein«, klagte sie verängstigt.

Experimente mit Menschen!

115.

Die meisten Menschen gleichen Steinen auf dem Boden; nutzlos für sich selbst und andere, warten sie nur darauf, dass die nächsten sechzig Sekunden vergehen«, sagte Gillian mit sanfter, Vertrauen erweckender Stimme. »Zum Glück trifft diese negative Beschreibung auf keinen von uns zu. Ihnen allen ein herzliches Willkommen. Diese kleine ausgesuchte Gruppe ist von unglaublicher Bedeutung für die Menschheit. Heute öffnen wir die Pforten für eine neue Ära. Das verspreche ich Ihnen und werde dieses Versprechen auch halten.«

Gillian und Dr. Anthony Peyser saßen an einem langen Tisch im Konferenzraum, von dem aus sie die Besucher alle im Blick hatten.

Ohne sich zu erheben fuhr Dr. Peyser fort. »Es ist gerade acht Uhr morgens, und alles läuft nach Plan. Alles ist perfekt organisiert. Mit Sicherheit haben wir hier die besten der Besten der genetischen Forschung versammelt. Wie Sie feststellen können, war die Nachricht, ich hätte diese Welt verlassen, etwas voreilig. An meinem Zittern können Sie erkennen, dass ich einen Schlaganfall hatte. Doch jetzt bin ich wieder gesund. Ich habe einen Weg gefunden, meine armselige Lebenserwartung um zehn, vielleicht sogar zwölf Jahre zu erhöhen. Doch darüber werden wir später noch sprechen. Glauben Sie mir, das ist nur eine Lappalie im Vergleich zu dem, was wir Ihnen heute noch bieten werden.« Die siebzehn Männer und Frauen nickten zustimmend und lächelten gelegentlich. Sie waren zur Besichtigung eingeladen worden ... und zu der vielleicht wichtigsten Auktion aller Zeiten.

Eine Auktion.

Jeder der siebzehn Anwesenden repräsentierte eine große biotechnische Firma oder in einigen Fällen sogar einen Staat. Ein Multimillionär war mit der Absicht gekommen, eine neue große Firma zu gründen, die auf den Resultaten dieses Vormittags basieren sollte. Die wichtigsten Leute aus dem Bereich der Gentechnologie schienen es zu vermeiden, sich in die Augen zu sehen. Sie waren gekommen, um als Konkurrenten ihre Gebote für die spektakulärsten wissenschaftlichen Entdeckungen der Geschichte abzugeben. Sie schienen ängstlich oder sogar verschämt darauf bedacht zu sein, ihre Gier nicht zu zeigen.

Truman Capote hatte einmal J. Edgar Hoover und Roy Cohn als »Killerfrüchte« bezeichnet. In diesem Sinne saßen hier »Killer-Schwachköpfe«.

Dr. Peyser sprach weiter zu der Versammlung. »Sie alle haben die Akten studiert und die zu verhandelnden Posten besichtigt. Jedes Experiment, jedes dieser wundervollen Kinder ist einzigartig und unermesslich wertvoll. Die Käufer werden alle Dokumente und Daten hinsichtlich der Herkunft der Posten erhalten. Wir haben eine Summe festgelegt, unter der keiner der Posten verkauft werden wird. Es handelt sich um ein Mindestgebot, das sicher so heißt, weil wir uns sehr gemindert fühlen werden, wenn wir zu diesem Preis verkaufen müssen. Nun denn – sollte es keine weiteren Fragen geben, kann die Auktion beginnen.«

Gillian stand auf. Sie lächelte höflich und legte einen Stapel Papiere vor sich auf den Tisch. Sie rückte ihre Brille mit dem Edelmetallgestell zurecht, die ihr das Aussehen einer erfolgreichen Konzernchefin verlieh.

Die Welt veränderte sich. O ja, sie veränderte sich schneller, als es sich alle diese selbstverliebten Geschäftsleute vorstellen konnten.

»Hiermit ist die Auktion offiziell eröffnet«, verkündete sie. »Von jetzt an darf keiner außer Ihnen ein Gebot abgeben. Telefongebote und versiegelte schriftliche Gebote gibt es nicht. Der Zuschlag wird durch den Fall des Hammers besiegelt.«

Einer der Interessenten, ein Mann mit dunklem Nadelstreifenanzug, hängenden Schultern und dem Ansatz einer Glatze, lehnte sich nach vorn. Er hatte eine spitze Himmelfahrtsnase und eine schmale Unterlippe. Er kam aus New Jersey, aus einem wohlhabenden Vorort in der Nähe des Hauptquartiers von AT&T. »Können wir die Posten gleich mitnehmen?«, fragte er. »Und auch die wissenschaftlichen Unterlagen?«

»Ja, natürlich können Sie das. Möchten Sie die Auktion eröffnen, Dr. Warner?«

»Wie sehen Ihre Vorgaben aus?«, ließ sich eine andere Stimme vernehmen. Sie gehörte einem eindrucksvoll aussehenden Mann mit einem sandfarbenen Kurzhaarschnitt. »Auf welcher Grundlage soll geboten werden?«

»Die Gebote, Dr. Muller, müssen in einem Vielfachen von hundert Millionen Dollar abgegeben werden«, erklärte Gillian.

Es gab ein leises Raunen und halbherzigen Protest, der eine oder andere Konkurrent werde dadurch bevorzugt.

»Meine Damen und Herren«, Gillian ließ den Hammer niedersausen. »Es wird hier zivilisiert zugehen.«

Die Anwesenden beruhigten sich. Sie waren alle gut erzogen und höflich. Jeder von ihnen ein musterhafter Bürger.

Gillian überflog die Liste der zu versteigernden Posten und wandte sich dann wieder an die gespannten Zuhörer. Es war totenstill im Raum, und die Bewerber schienen dem Beginn der Auktion entgegenzufiebern wie hinter einer unsichtbaren Startmaschine. Gillian machte eine kleine Pause, als hätte sie vergessen, ihnen etwas zu sagen.

Doch eigentlich spielte sie mit ihnen, mit ihren aufgeblähten Egos. So musste sich Prometheus gefühlt haben, nachdem er den Göttern das Feuer gestohlen hatte.

Die Atmosphäre im Konferenzraum war geprägt von Spannung, Aufregung, sogar Angst. Jetzt gab es die Möglichkeit für die Menschheit, einen Sprung vorwärts zu machen, anstatt zu kriechen wie in der Vergangenheit.

Dann ergriff Gillian wieder das Wort. »Achthundert Millionen Dollar sind das Erstgebot für Posten Nummer eins, AGE 243, auch bekannt als ›Peter‹. Peter ist vier Jahre alt. Er ist ausgesprochen intelligent, in bestem Gesundheitszustand und ... kann fliegen.«

»Höre ich achthundert Millionen?«

Aus dem hinteren Teil des Saales erhob sich die laute

Stimme eines der deutschen Interessenten. »Eine Billion Dollar für AGE 243, den kleinen Peter, und seine kostbaren wissenschaftlichen Unterlagen.«

116.

Matthew war am Leben und sah trotz der extremen Bedingungen, unter denen er während der letzten Tage gelitten hatte, sehr gut aus.

Ich hatte Max' jüngeren Bruder nie zuvor gesehen, aber es gab keinen Zweifel, wer der Junge war. Das gleiche blonde Haar wie seine Schwester, aber ein größerer Brustkorb und breitere Schultern. Seine Flügel waren weiß mit silbernen und blauen Stellen. Er war auf jeden Fall Max' Bruder und auf seine eigene Art auch sehr eindrucksvoll.

»Ich heiße Matthew«, sagte er. Sein Lächeln glich dem seiner Schwester. Wir hatten ein anderes Zimmer betreten, das, in dem die Kinder gefangen gehalten wurden. Der einzige Weg dorthin führte durch die Entbindungsstation. Alle anderen Türen waren fest verschlossen.

»Ihr müsst Frannie und Kit sein. Und sieh mal an, wer noch hier ist! Adam ist von den Toten auferstanden.«

Gillians kleiner Sohn schüttelte traurig den Kopf. »Sie nennen mich jetzt Michael.«

»Na und, zur Hölle mit ihnen. Nicht wahr, Leute?«

Oz, Icarus und die Zwillinge, die alle in diesem kleinen Raum waren, jubelten und jauchzten. »Zur Hölle mit ihnen!«

Kit unterbrach den Freudenausbruch. »Wir verschwinden jetzt von hier.« Er hatte die Führung übernommen. »Wir müssen sofort hier weg, Kinder.«

Keiner von uns widersprach. Wir folgten dem kleinen Michael durch ein paar lange unterirdische Tunnel. Er schien den Weg zu kennen und war ein schlaues Kerlchen. Dann erklommen wir eine schmale Treppe, die zu einer schweren Tür führte. Ich betete, dass es der Ausgang sein möge.

Kit stieß die Tür auf. Eine ohrenbetäubende Sirene ging direkt über unseren Köpfen los. Gute Neuigkeiten – wir waren außerhalb des Hauses.

»Lauft, lauft, lauft!« Ich schob die Kinder vorwärts und rief ihnen nach: »Trennt euch! Entfernt euch von dem Haus!«

»Lauft immer weiter!«, drängte Kit. »Schaut euch nicht um, verliert keine Zeit! Lauft!«

»Wir laufen, laufen, sind schon weg!«, rief Icarus.

»Die große Flucht!«, schrie Oz.

Die Kinder sahen das Ganze als ein großes Abenteuer an, und mir schien das irgendwie gut so. Wieder waren wir auf der Flucht und rannten in Richtung des schützenden Waldes. Doch auch im Haus tat sich etwas.

Wir mussten den großen, kiesbedeckten Parkplatz überqueren. Ungefähr ein Dutzend Fahrzeuge standen dort. Limousinen, Range Rovers, Jeeps, Kombis. Neben mehreren von ihnen standen Fahrer. Ich bin mir sicher, dass sie ihren Augen nicht trauten. Wer hätte das schon für möglich gehalten!

Kinder mit Flügeln! Zwei aufgeregte Erwachsene! Und alle rannten!

Plötzlich sah ich mehrere Leute aus dem Haus stürzen. Ich erkannte einige Ärzte vom Krankenhaus in Boulder, doch waren da auch Männer und Frauen, die ich nicht kannte und die wie Geschäftsleute gekleidet waren. Sie sahen auch aus wie Geschäftsleute. Welche Art Geschäfte hatte sie hierher geführt?

Sie stürmten fast panisch aus dem Haus. Überall heulten

Alarmsirenen. Auf der Veranda erspähte uns ein Mann und zeigte auf uns. Dann schauten sie alle in die angegebene Richtung.

Aus zwei weiteren Türen kamen schwer bewaffnete Wärter. Sie hatten uns schon im Visier. Mir war klar, dass wir es nicht mehr bis zum Wald schaffen würden.

»Fliegt!«, rief ich den Kindern zu. »Fliegt jetzt fort!«

Und genau das taten Oz, Ic, Peter, Wendy und Matthew. Es war wirklich ein eindrucksvolles Bild. Alle hoben ab, als hätten sie es jahrelang zusammen geübt. Sogar Matthew reihte sich ein.

»Ja, gut so – fliegt! Fort von hier!« Ich hörte nicht auf zu schreien.

»Nach oben und dann weg!« Kit war bei mir, und auch er trieb die Kinder vorwärts. »Fliegt in den Wald! Schnell!«

Dann sah ich Gillian, und mein Herz blieb einen Moment stehen. Sie trug ein blaues Kostüm und rannte aus dem Haus. Welche Art Treffen hatten wir unterbrochen? Sie schrie den Wärtern zu, dass sie schießen sollten. *Wozu sind Freunde da?*

Sie kam genau in meine Richtung und brüllte aus voller Kehle. Ich drehte mich abrupt um und rannte ihr entgegen. Wir waren auf Kollisionskurs.

Für einige Sekunden schien sie irritiert. Das konnte ich ihrem Gesichtsausdruck entnehmen. Vielleicht war sie gar nicht so clever.

»Fliegt weg!« Ich schrie den Kindern weiter aufmunternde Worte zu. »Nur weg von hier! Weg, weg! In den Wald!«

Ich blickte in Gillians Richtung. Sie kam immer noch auf mich zu, wurde sogar schneller.

Kollisionskurs.

In Ordnung. Es wird dir noch Leid tun, Lady. Du wirst es bereuen.

Ich traf sie mit dem Kopf.

Ich griff diese schreckliche Hexe genauso an, wie ich es fünfzehn Jahre zuvor mit meinen Brüdern gemacht hatte, als wir auf unserer Farm in Wisconsin Football ohne Helm gespielt hatten. Ich rammte ihr meine Schulter in den empfindlichen Bauch und nahm keine Rücksicht. Die Erinnerungen an Paul Hornung, Jimmy Taylor, Ray Nietzki und die Weltmeister, die Green Bay Packers, waren bei mir lebendig. Als kleine Landpomeranze in Wisconsin hatte ich sie verehrt.

Gillian stöhnte vor Schmerzen. Es war ein unglaubliches, unbeschreibliches Vergnügen, ihr körperlichen Schmerz zuzufügen. Ich hoffte nur, auch ein paar Knochen gebrochen zu haben. Als sie auf dem Boden lag, gab ich ihr noch einen letzten Tritt und konnte auch damit problemlos umgehen.

Und dann – *Herr im Himmel!* – Sah ich Max über Dach und Schornstein des Hauses fliegen.

117.

Ein glatzköpfiger, ziemlich hart wirkender Mann namens Eddy Friedfeld steuerte den Nachrichten-Hubschrauber Nummer vier der Station KCNC. Er hatte das Kommando und war daran gewöhnt, schnelle und auch relativ intelligente Entscheidungen zu fällen. Normalerweise störte ihn das hämmernde Geräusch der Rotoren des Bell Jet Rangers nicht.

Doch plötzlich war es ihm nicht mehr möglich, klar zu denken. Keine Chance. Seine gesamte Logik war außer Kraft gesetzt.

Friedfeld griff nach dem »Cyclic«-Stick zwischen seinen Beinen, mit dem der Hubschrauber gesteuert wurde. Er hielt ihn, so fest er konnte. Er warf einen Blick auf die wichtigsten Instrumente: Fluggeschwindigkeitsanzeige, Steiggeschwindigkeitsanzeige, Kompasskontrolle, Funk. Alles funktionierte perfekt. Im Cockpit war alles in Ordnung.

Die Geschwindigkeit betrug einhundertsiebzig Kilometer in der Stunde. Alles bestens, oder etwa nicht?

Falsch! Falsch! Falsch! Nichts, was ihm an diesem Morgen passierte, war auch nur annähernd normal.

Ungefähr einhundertdreißig Meter rechts vom Helikopter hatte er das Mädchen entdeckt. Sein Herz schien auszusetzen, und seine Gedärme gerieten in Aufruhr.

Er blinzelte ein paar Mal. Es war immer noch da.

Das kleine Mädchen flog.

Es war nicht möglich, doch es war da.

Das Kind hatte wunderschöne weiße und silberblaue Flügel.

Jedenfalls sah es so aus, als hätte es Flügel.

Und er hatte den Eindruck, als flöge das Mädchen aus eigener Kraft. Als sei es der größte und stolzeste Falke oder Adler, den er je gesehen hatte.

»Randi?«, flüsterte Friedfeld in sein Mikro.

Die Stimme seiner zweiundzwanzigjährigen Kamerafrau Randi Wittenauer tönte aus den Kopfhörern: »Siehst du auch, was ich zu sehen glaube? Bitte, Eddy, sag mir, dass ich Halluzinationen habe.«

»Dann haben wir beide Halluzinationen, Kleine. Das ist die Erklärung, das muss sie sein.«

Das »UFO«, oder was auch immer sich dort draußen befand, war jetzt ungefähr hundertfünfzig Meter entfernt und kam sehr schnell auf den Hubschrauber zu.

Schauer liefen Eddy Friedfeld den Rücken hinunter. Seine

Schultern waren so verspannt, dass sie wehtaten. Genau wie vor einem Kampf. Genau wie bei der Operation Wüstensturm. *O Gott, das Mädchen flog direkt auf ihn zu.*

Ganz sanft bewegte er die Steuerung und änderte leicht den Neigungswinkel. Das, was er am Helikopterfliegen so liebte, war, dass es eine ständige Herausforderung an die Geschicklichkeit und die Intuition war. Und nie traf das mehr zu als jetzt.

Er drückte auf die Sprechtaste. »Randi, sie kommt bei drei Uhr auf uns zu. Ich werde etwas abdrehen, damit du bessere Sicht hast.«

Natürlich war ihm klar, dass Randi schon filmte. Wenn dies wirklich wahr sein sollte, dann würde sie es für die Frühnachrichten liefern.

Er bewegte den Steuerknüppel hart nach rechts, und der Hubschrauber drehte sich um dreiunddreißig Grad zu Seite. Ganz langsam wendete er den Jet Ranger, um auch selber wieder einen Blick auf das »UFO« werfen zu können. Da war es. Und jetzt überholte es ihn sogar. Gott, es war wirklich ein hübsches kleines Mädchen. Mit Flügeln. Verdammt schönen Flügeln.

Das musste ein Scherz sein. Eine andere Erklärung gab es nicht. Doch wer war fähig, so etwas zu inszenieren?

»Ich verfilme kilometerweise Material«, ließ ihn Randi wissen. »Ich habe alles drauf, jede Bewegung dieser unglaublichen Flügel. Jetzt werde ich es an den Sender übermitteln. Das sollte heute früh jeden aufwecken. Denver wird Kopf stehen! Ist das Mädchen nicht wunderschön?«

Ja, es war wirklich schön. Das Kind ließ einen an seinem Verstand zweifeln.

Friedfeld konnte seinen Blick nicht abwenden. Das kleine Vogelmädchen mit dem goldblonden Haar führte noch ein paar eindrucksvolle Kurven und Loopings vor.

Es sah fast so aus, als ob es etwas in die Luft *schreiben* wollte. *Schrieb es tatsächlich?* Gab es eine Art Botschaft? Und wenn ja, welche?

Eddy drückte den Knopf, der ihn mit der Produktionsabteilung im Studio verband. »Schatten Neun für Studio. Hört ihr mich? Bitte melde dich sofort, Stephanie! Siehst du, was da ankommt? Oder bin ich tot und auf dem Weg in den Himmel? Sehe ich gerade einen Engel?«

Über seine Kopfhörer hörte er eine Stimme. »Was ist los, Eddy? Ist das ein Witz? Was sollen diese Bilder, die ihr uns da schickt?« Die Stimme von Stephanie Apt kam laut rauschend bei ihm an. Steph war eine Realistin, eine zynische Nachrichtenfrau, die keinen Spaß verstand. Friedfeld vermutete, dass ihre Gedanken jetzt in tausend verschiedene Richtungen gleichzeitig rasten. Ihm jedenfalls ging es so.

»Du siehst genau dasselbe, was ich auch sehe«, erwiderte er. »Alarmier die Nationalgarde, das MEK und alle, die dir noch so einfallen ... Wir sind ungefähr drei Meilen nördlich von der Hoover-Road-Abzweigung. Wir folgen dem Mädchen. Es fliegt wirklich!«

»Ich denke, es ist ungefähr elf oder zwölf Jahre alt. Es sieht aus wie ein ganz normales Schulkind aus Denver, Boulder oder Pueblo – aber mit Flügeln. Und es fliegt.«

»Bei der Seele meiner lieben verstorbenen Großmutter, das alles hier passiert wirklich. Das Mädchen hat wunderschöne weiße und silberblaue Flügel. Glaub mir! Es will uns irgendwohin führen, und ehrlich gesagt würde ich ihm auch überallhin folgen. Dies ist ein Sonderbericht von Nachrichten Vier. Und er wird Geschichte machen. Ein Mädchen, das fliegt!«

118.

Max glaubte in einem kleinen, empfindsamen Winkel ihrer Seele, sie würde gleich herunterfallen, verbrennen und sterben. Sie würde sterben *müssen.* Dumm gelaufen, doch das war eben ihr Schicksal. So wollte es das Universum. Das wusste sie seit dem Tag, an dem sie aus der Schule geflohen war. Auch Matthew hatte es wahrscheinlich gewusst.

Die Wärter konnten ihr nicht zugestehen zu überleben. Sie war Zeuge all dessen, was sie verbrochen hatten, der furchtbaren Morde und anderer Gräueltaten. Sie war nur Tinkerbell, »Stinky Tinky«. Ein Laborerzeugnis unter vielen. Aber eigentlich waren sie die Bösen. Max kannte all ihre schmutzigen kleinen Geheimnisse.

Wenigstens hatte sie gesehen, wie es in der richtigen Welt aussah – einige hässliche, böse Dinge, aber auch so viel unbeschreiblich Schönes. Die Welt da draußen ähnelte in keiner Weise ihren Vorstellungen aus der Schule. Sie war besser, als Bücher, Fernsehen oder sogar Filme vermittelten.

Jetzt musste sie alles auf eine Karte setzen. Alles oder nichts!

Immer näher kam Max dem großen beeindruckenden Haus, Gillians Haus. Unten liefen viele Menschen umher, sie wirkten wie kleine Puppen.

Sie senkte den Kopf und tauchte ab in Richtung auf die bewaffneten Männer. Sie hatte keine Wahl. Hier lag ihr Schicksal. Die Männer versuchten gerade, Oz und Icarus abzuschießen, die so tapfer und wunderschön durch die Luft flogen. Die anderen Kinder flogen ebenfalls in Richtung Sicherheit. Gott schütze sie.

Gleich neben dem Haupthaus wurde Frannie von einigen Wachen bedroht. Sie schien sich aber gut zu verteidigen und teilte ordentlich aus. Kit ebenso.

Dann schoss jemand auf Kit. Er war verletzt. Kit stürzte zu Boden, und Max erinnerte sich, wie schrecklich es war, von einer Kugel getroffen zu werden. Sie konnte es wieder spüren und litt mit Kit. Die Wunde befand sich im Nackenbereich, er bewegte sich nicht, sagte nichts. Max fühlte sich, als sei sie selbst getroffen worden.

»Kit!«, schrie sie von oben hinunter. »Kit, steh auf! Bitte, steh auf!«

Dann stieß sie im Sturzflug auf einen der bewaffneten Männer hinab. Sie hatte mehr als sechzig Kilometer pro Stunde drauf. Sie traf ihn hart mit einem Flügel. Er ging zu Boden, und sie war froh. Nicht darüber, dass sie ihm wehgetan hatte, sondern dass er jetzt niemandem mehr wehtun würde. Sie konnte nicht verstehen, wie man andere ohne triftigen Grund verletzen konnte. Es lag nicht in ihrer Natur. Sie war nicht wie *sie*, diese Wärter, und vielleicht glich sie auch nicht den anderen Menschen.

Plötzlich bemerkte Max, dass von Osten her noch mehr Hubschrauber ankamen. Noch mehr »gute Menschen«. Jetzt näherten sich drei von ihnen schnell dem Haus.

Die Bewegung der Rotoren erzeugte heftige Luftströme. Welke Blätter wirbelten auf, Äste zitterten und auch das hohe Gras. Zuerst war da nur ein Nachrichten-Helikopter gewesen, doch die anderen hatten die Sendung gesehen und nahmen an der Verfolgung des Mädchens teil. Die Hubschrauber, die sie hierher geführt hatte, die »guten Menschen«, filmten alles. Die Namen standen stolz auf den Maschinen: KCNC-Nachrichten vier. KDVR-Nachrichten einunddreißig Fox. KMGH-Nachrichten sieben. KTVJ-Nachrichten zwanzig.

Ein Hubschrauber der »Bösen« versuchte, hinter dem Haus aufzusteigen.

Sie dürfen nicht entkommen, dachte Max. *Diese Idioten dürfen nicht fliegen. Sie haben kein Recht dazu.*

Max begann einen noch steileren Sturzflug. Vielleicht zu steil.

Plötzlich war sie fast auf Höchstgeschwindigkeit, fast hundert Kilometer pro Stunde. Das war viel zu viel und machte ihr Angst. Sie fühlte sich, als stände sie auf dem Kopf.

Im Sturzflug raste sie auf die Windschutzscheibe des aufsteigenden Hubschraubers zu. Sie durften nicht entkommen.

Sie hatten kein Recht zu fliegen.

Sie durften nicht entkommen.

Und dann sah Max, wie etwas aus den Fichten auf der anderen Seite aufstieg und auf den Hubschrauber zusteuerte. Welch eine Überraschung! Es war das Beste, was sie je erlebt hatte.

»Matthew!«, schrie sie.

119.

Carole O'Neill und ihre beiden Töchter Meredith und Brigid hatten ihr Lager am Ufer eines breiten, wilden Flusses im Gunnison-Nationalpark aufgeschlagen. Sie hatten einen kleinen tragbaren Fernseher mitgenommen. Der Apparat war eingeschaltet und lief mit voller Lautstärke. Doch das reichte kaum aus, auch das Bild war viel zu klein.

»Da ist Max! Und auch Tante Frannie!«, schrie Brigid, als sie die Live-Nachrichtensendung in ihrem Wagen verfolgten. »Mama, was ist da los? Was passiert da? Das ist doch unglaublich!«

»Schsch ..., schsch ...« Carole übertönte den Fernseher und sogar ihre Tochter. »Ich will das hören. Ruhig, Mädchen.«

Carole zappte schnell zwischen den Stationen herum. Auf jedem Kanal sah sie dieselben aufregenden, irrwitzigen Bilder. Unglaubliches ging bei Gillian Puris vor. Was war geschehen? Carole konnte ihren Augen nicht trauen. Aber das war ihr während der letzten vierundzwanzig Stunden schon mehrmals schwer gefallen.

Max startete gerade einen gefährlichen Kamikaze-Sturzflug auf einen Hubschrauber. Sie würde mit voller Geschwindigkeit auf die Maschine prallen. Carole stöhnte leise und hielt die Luft an.

Was ging da vor?

Frannie schlug auf Gillian Puris ein. Das konnte doch nicht wahr sein! Warum sollte ihre Schwester Gillian schlagen?

Und, o Gott, es sah aus, als sei Kit angeschossen worden. Er lag bewegungslos auf dem Boden. Überall liefen Männer mit Gewehren herum.

Tausende und Abertausende von Fernsehgeräten in der dicht besiedelten Gegend um Denver strahlten dieselben Bilder mit Kommentar aus. Und immer mehr Fernseher wurden eingeschaltet, als sich die Neuigkeit ihren Weg bahnte. Ganze Familien versammelten sich vor den Apparaten. Spätaufsteher wurden aus ihren Betten gezerrt, um das Spektakel am Bildschirm mitzuerleben. In Hotels, Frühstückscafés, Kneipen und Büros scharten sich ganze Menschentrauben um die Fernseher.

Innerhalb weniger Minuten hatten sich die anderen Stationen in die Live-Übertragung aus Denver eingeklinkt. Aufgeregte Kommentatoren erzählten die Geschichte entweder in überzogenen oder leisen Tönen.

Die erstaunlichen, atemberaubenden Bilder des fliegenden Mädchens wurden in alle Welt geschickt, auf jeden Kontinent, in jedes Land, jede Stadt, jedes Dorf. Einige schien der Anblick des fliegenden Mädchens zu hochtrabenden Kommentaren zu inspirieren. »Ein Engel«, »Ehrfurcht gebietend«, »übernatürlich«, »unerreicht« und »ein Wunder« waren nur einige der Formulierungen, die den Menschen einfielen, um ihrem Staunen Ausdruck zu verleihen. Der erste Anblick des fliegenden Mädchens war unauslöschlich, unvergesslich. In jedem Mann, jeder Frau und jedem Kind, die es sahen, würde dieses Bild weiterleben.

Ein britischer Journalist erklärte sogar: »Soeben hat die Zukunft begonnen, und wir sehen hier die Bilder, die es beweisen.«

120.

Ich verfolgte die gesamte Entwicklung aus ebenerdiger Perspektive. Kit lag am Boden, und ich versuchte so gut wie möglich, ihm zu helfen. Er war unterhalb des Schlüsselbeins getroffen worden. Hals und Hemd waren voller Blut. Steif und fest behauptete er, nicht schwer verletzt zu sein. Ich glaubte ihm nicht und zitterte vor Angst.

»Sie hat die ›guten Menschen‹ hergebracht«, sagte er leise. »Sie ist wirklich ein kluges Mädchen.«

Und wie sie da so flog, war sie außerdem die personifizierte Poesie. Ich war so stolz auf Max, aber gleichzeitig auch sehr beunruhigt und ängstlich. Sie nahm wirklich ein hohes Risiko auf sich, so nah neben den wirbelnden Rotoren des Hubschraubers zu fliegen. Und dann waren da auch noch die bewaffneten Männer. Dieses Mädchen kannte keine Angst.

Der Lärm von oben war ohrenbetäubend und irritierend. Ich konnte die großen Buchstaben auf den Seiten der Hubschrauber erkennen.

Die Fernsehnachrichten waren hier – und übertrugen live. Max hatte die Kavallerie mitgebracht.

Die Fernsehhelikopter filmten die überraschten, schuldbewussten Gesichter von Gillian und den anderen Schweinehunden, auch von ihrem Mann. Vielleicht würden sie doch nicht ungeschoren davonkommen. Ihre schmutzigen Geheimnisse kamen jetzt ans Licht. Ins Fernsehen. Jedenfalls hoffte ich das.

Plötzlich warf sich Max scharf nach rechts. Sie stieß zu dem schwarzen Bell Jet Ranger Hubschrauber hinab, der hinter dem Haupthaus auftauchte. Es schien, als wolle sie den Start stören, wenn nicht sogar verhindern. Sie wollte sie nicht entkommen lassen. Hinter den riesigen Kiefern tauchte plötzlich Matthew auf und schloss sich ihr an. O Gott, welch ein Anblick! Bruder und Schwester waren endlich wieder vereint. Sie wollten Rache nehmen.

»Pass auf!«, brüllte ich laut. Ich stand sogar auf und wedelte mit meinen Armen. »Max, komm runter. Max, tu es nicht.«

Doch bei dem dröhnenden Lärm, der den Himmel erfüllte, konnte sie mich nicht hören. Max war dem aufsteigenden Hubschrauber auf jeden Fall zu nah, und sie machte es mit voller Absicht.

Zu nah. Zu gefährlich.

Auf halbem Weg trafen sie aufeinander, und sie schien mit ihm in der Luft zu kollidieren. Es ging alles so schnell. Ich konnte nicht sagen, ob sie den Hubschrauber wirklich getroffen hatte und, wenn ja, wie schwer sie verletzt war.

Ich starrte wie gebannt hinüber und brüllte immer weiter, als sie plötzlich rasch an Höhe verlor.

Max, stürz nicht ab! Bitte nicht, Max!

Der Hubschrauber hatte gewendet und versucht, ihr auszuweichen, doch jetzt taumelte und schlingerte er. Er geriet außer Kontrolle und sank rapide aus einer Höhe von ungefähr einhundertfünfzig Metern. Er hatte große Schwierigkeiten. Die Rotoren verlangsamten sich, und das Gehäuse wackelte stark. Drinnen sah ich Männer und Frauen, die ängstlich, wenn nicht sogar in Panik herausschauten.

Schwerelos wie ein Blatt schwebte Matthew über dem Hubschrauber. Er betrachtete sich alles aus der Nähe. Viel zu nah, doch schien es für ihn eine Art Spiel zu sein. Fast sah es aus, als würde er in den Luftsog der Rotoren gezogen.

Ich ließ Kit liegen, hoffend und betend, er möge einen Moment lang allein zurechtkommen. Während ich noch auf Max zurannte, begann die Erde zu beben, und eine entsetzliche Explosion war zu hören.

Auf seinem Weg nach unten war der Hubschrauber in Baumkronen und Äste gestürzt. Ein kreischendes Metallgeräusch zerschnitt die Luft. Dann krachte er auf den Boden und ging in Flammen auf, die hoch über die umliegenden Bäume hinausschossen. Kohlschwarzer Rauch stieg aus dem Wrack auf. In diesem schrecklichen, verrückten Moment mussten alle an Bord ums Leben gekommen sein.

Wieder war ich Zeugin, doch ich wollte nicht mehr. Mit

allen Fasern meines Körpers wünschte ich mir mein altes Leben zurück.

Ich sah, wie sich Max aus einer schwarzen Rauchwolke herauskämpfte. Flügel und Gesicht waren von Ruß und Asche geschwärzt. Noch flog sie, doch sie wirkte erschöpft. Sie schien die Ermüdung ignorieren zu wollen, doch sie lag auf ihr wie Blei.

Aus ihrem sicheren Versteck im Wald kamen die anderen Kinder zurückgeflogen. Sie pfiffen für Icarus, und es gelang ihm, ihnen zu folgen. Sie umringten Max und wurden von ihr auf den sanften, fast künstlich wirkenden grünen Rasen neben dem Haus gelotst.

Kaum war Max mit den kleineren Kindern gelandet, liefen Bruder und Schwester erneut über die gepflegte Grünfläche. Das Durchhaltevermögen des Mädchens war unglaublich. Die Geschwister hoben wieder ab, flogen der strahlenden Morgensonne entgegen.

Mir wurde klar, was sie im Schilde führten, jedenfalls glaubte ich es. Sie folgten einer grauen Mercedes-Limousine, die eine Nebenstraße hinter dem Haus entlangraste. Früher hatte ich diesen schlechten Abklatsch einer Straße ein paar Mal benutzt.

Ich wusste, wer sich in dieses Sechshundertermodell hineingezwängt hatte, denn ich hatte sie einsteigen sehen. Es waren Gillian, Dr. Peyser, der kleine Michael, ein Fahrer und Harding Thomas. Michael ausgenommen war es das perfekte Horrorkabinett. Thomas hielt ein Gewehr im Anschlag. Wieder würde es ihnen gelingen davonzukommen.

Nicht weit von mir entfernt stand ein staubiger Landrover. Wem er gehörte, wusste ich nicht, – doch ich entschied, dass es jetzt meiner war. Ich lieh mir den Wagen einfach aus.

Ich stieg ein und nahm die Verfolgung der flüchtenden Limousine auf. Ich wollte nicht die Heldin spielen, wollte eigentlich nichts mehr mit der Sache zu tun haben. Doch irgendwie musste ich Max und Matthew aufhalten. Sie durften nicht sterben.

121.

Ich vermute, dass ich versuchte, dem guten Rat von Sophie Tucker zu folgen: *Atme weiter!* Der Rover wurde gut mit den vielen Furchen und Schlaglöchern der Straße fertig. Ungefähr fünfzig Meter vor mir raste der Mercedes dahin. Die Federung wurde auf eine harte Probe gestellt. Der Fahrer versuchte, auf der unebenen Straße so schnell wie möglich voranzukommen.

Max und Matthew stießen immer wieder ganz nah zu dem Wagen hinunter. Sie glichen zornigen Stechmücken. Bestimmt störte und irritierte das den Fahrer.

Dann wagte Max einen Sturzflug. Sie erwischte genau die Mitte des Autodachs und hinterließ eine tiefe Beule. Sie und Matthew waren vollkommen außer Rand und Band und benahmen sich wie übermütige, leichtsinnige Kinder.

»Max, nein!«, schrie ich aus dem Seitenfenster. Ich streckte Kopf und Schultern so weit hinaus, wie ich konnte. Wind peitschte in mein Gesicht und ließ mich blinzeln. In dieser gefährlichen Position steuerte ich den Landrover so gut wie möglich.

Mit meinem Handballen schlug ich auf die Hupe. Wieder und wieder.

Weder Max noch Matthew reagierten, obwohl sie die Hupe gehört haben mussten. Sie mussten gesehen haben, dass ich da war. Aber es schien ihnen alles egal zu sein.

Ich trat das Gaspedal durch bis auf den Boden. Auf beiden Seiten der engen, kurvenreichen Straße tanzten die Bäume vorbei. Ich fuhr doppelt so schnell, wie es hier eigentlich angebracht war.

Endlich schaute sich Max um. Sie sah mich, wie ich vollkommen unorthodox aus dem Fenster des Landrovers hing. Bis zu diesem Moment war mir nicht bewusst gewesen, wie stark ich mich mit Max verbunden fühlte. Mein Mutterinstinkt war entfacht worden, hatte sich immer mehr verstärkt und von meinem Herzen Besitz ergriffen. Ich konnte es nicht ertragen, dass ihr etwas geschah, könnte es nicht aushalten, sie, Matthew oder eines der anderen Kinder zu verlieren.

Ich sah voraus, was passieren würde. Doch Max schaute weiter in meine Richtung.

»Das Fenster, Max!« Wieder brüllte ich aus voller Kehle. »Pass auf, Max! Dreh dich um!«

Sie konnte mich nicht hören. Konnte oder wollte es nicht. Sie lächelte, missachtete die drohende Gefahr.

Das Seitenfenster der Limousine glitt herunter. Harding Thomas streckte seinen Kopf hinaus. Dann sah ich seine Hand. Er hielt ein Gewehr aus dem Fenster. Er zielte auf Max und Matthew, die nahe beim Auto flogen.

Schließlich bemerkte ihn Max. Sie und Matthew flohen pfeilschnell in Richtung des dichten Nadelwaldes, der die Straße säumte. Diese todesmutigen Kinder flitzten mit wahnsinniger, gefährlicher Geschwindigkeit durch die Bäume. Sie lachten Onkel Thomas aus, neckten und verhöhnten ihn.

Nichtsdestotrotz feuerte Thomas sein Gewehr ab. Er schoss einen großen Ast von einem Baum. Die Sechshunderterlimousine wurde noch schneller.

Ich auch. Ich war bereit, alles zu tun, um sie aufzuhalten und, wenn möglich, Max und Matthew zu beschützen. Sie hatten schon zu viel gelitten wegen dieser Monster in dem fliehenden Auto. Gillian, Dr. Peyser, Thomas – sie durften nicht wieder davonkommen. Sie mussten bezahlen.

Doch sie entkamen. Der Mercedes raste den Berg hinunter und würde bald außer Sichtweite sein.

122.

Ich legte den vierten Gang ein. Der Rover gehorchte und schoss kreischend vorwärts. Immer noch rasten die Wälder an mir vorbei, doch ich nahm die Gefahr nur noch verschwommen wahr. Es durfte mir nun nicht mal der allerkleinste Fehler unterlaufen.

Nie in meinem Leben war ich so schnell gefahren. Mir wurde klar, dass ich leicht von der Straße abkommen und einen Unfall haben könnte. Sekundenbruchteile konnten über Leben und Tod entscheiden, und der Gedanke erschreckte mich. Doch mein Fuß blieb auf dem Gaspedal.

Die schmale, kurvige Straße stieg plötzlich wieder an. Es war wie in einer vertrackten, gefährlichen Achterbahn, einer Fahrt mit der Wilden Maus.

Und dann waren plötzlich Max und Matthew wieder da. Rechts flog Max, links ihr Bruder. Diesmal schienen sie einen Plan zu haben.

Ich sah, wie Thomas sich umdrehte, um sie ins Visier zu bekommen. Er lehnte sich noch weiter aus dem offenen Fenster. Auf Grund der schwierigen Kurven hatten Max und Matthew keine Mühe, dem schlingernden Wagen zu folgen.

Es war eine unglaubliche Jagd, ein atemberaubendes Spektakel.

Wieder schrien die Kinder zu Thomas hinunter. Sie verspotteten ihn, nannten ihn »Mörder« und »Arschloch«. Der höhnische Klang ihrer Stimmen drang bis zu mir.

Wieder drückte ich mit aller Kraft auf die Hupe, doch ich ließ es dann schließlich sein. Es war nutzlos. Max und Matthew wollten weder auf mich noch auf andere hören. Ich konnte den Gedanken an das, was passieren würde, nicht ertragen.

Doch ich konnte auch nicht wegschauen.

123.

Max senkte ihren rechten Flügel und schoss mit Höchstgeschwindigkeit auf das Auto zu. Thomas und sein Gewehr schienen sie nicht zu kümmern.

Wie ein Torpedo warf sie sich genau gegen die Windschutzscheibe des Mercedes. Sie musste die Angst in den Augen des Fahrers gesehen haben und vielleicht auch ihr eigenes Spiegelbild.

»Mörder! Mörder!«, brüllte sie mit aller Kraft. Die Worte drangen bis zu mir.

Die graue Limousine kam ins Schleudern. Zwei der Räder hoben vom Boden ab, dann die ganze rechte Seite. Und plötzlich geschah alles Schreckliche auf einmal und viel zu schnell.

Max hatte die Windschutzscheibe berührt. Sie musste die Sicht des Fahrers stark behindert haben. Und jetzt gerieten sowohl sie als auch das Auto außer Kontrolle.

Die Limousine versuchte noch, eine erneute Kollision zu verhindern. Dann prallte Max von dem schlingernden, rutschenden Fahrzeug ab.

Wie eine Stoffpuppe wurde sie in den Wald katapultiert.

Ich musste mit ansehen, wie sie weggeschleudert wurde und dann gegen den Stamm einer Eiche prallte.

Mit Schaudern wurde mir klar, dass sie diesen furchtbaren Aufprall nicht überlebt haben konnte.

Harding Thomas hatte wieder den Kopf aus dem Fenster gestreckt und sich zum Feuern bereit gemacht. Bestimmt konnte er seinen Augen nicht trauen. Er beobachtete, wie Max gegen die Eiche prallte. Doch er übersah einen bis auf die Straße überhängenden Baum, bis es zu spät war, den Kopf zurückzuziehen.

Thomas' Kopf wurde eingeklemmt und dann zwischen der Stahlkarosserie des Autos und dem unnachgiebigen Baumstamm zerquetscht. Ich hörte das grauenvoll knackende Geräusch splitternder Knochen. Ich sah, wie die ängstliche Grimasse aus seinem Gesicht weggewischt wurde. Überall spritzte Blut. Fleisch und Knochen wurden zermalmt. Ich war Zeugin des schmerzhaften, grauenvollen Todes eines schrecklichen Menschen.

Ich trat hart auf die Bremse, und der Rover geriet ins Schleudern. Der Wagen drehte sich um dreihundertsechzig Grad.

Die Mercedes-Limousine war nun vollkommen außer Kontrolle, und der Fahrer schien nichts mehr machen zu können. Aus dem Seitenfenster hingen die leblosen Überreste von Harding Thomas. Das Auto schoss gegen den Stamm einer riesigen Eiche, prallte ab und schleuderte scharf nach rechts. Es hob vom Boden ab, fiel wieder zurück.

Der schwere Wagen mähte große und kleine Büsche nieder. Dann folgte ein ratterndes Geräusch, und er bewegte sich auf einen steilen Abhang zu. Die felsige Schlucht schien ihm förmlich entgegenzukommen, ihn gierig verschlingen zu wollen.

Ich sah Gillians Gesicht mit zum Schreien verzerrtem Mund an einem der Seitenfenster. Ich sah auch Dr. Anthony Peyser. Seine Augen waren starr und weit geöffnet. Vielleicht war er schon tot, dachte ich.

Der Mercedes rutschte weiter. Wieder und wieder überschlug er sich und wurde immer schneller. Der Kopf des Fahrers krachte durch die Windschutzscheibe. Die Außenseiten des Autos waren vollkommen verbeult. Das Dach war eingedrückt. Die Windschutzscheibe zerbarst in tausend Stücke.

Dann endlich beendete die Limousine ihre Wahnsinnsfahrt auf einigen moosbedeckten Felsen ungefähr sechzig Meter unterhalb der Straße. *Sie müssen alle tot sein*, dachte ich.

Irgendwie stieg ich aus dem Landrover. Mein Gesichtsfeld war eingeschränkt. In meinem Kopf war nur noch Chaos. Meine Knie waren weich, doch ich kämpfte mich zu Max zurück. Ich hatte solche Angst, zu spät zu kommen.

Sie lag irgendwie verdreht vor dem Baum, an den sie geprallt war. In ihrer Brust klaffte eine riesige Wunde. Mindestens einer ihrer Flügel schien gebrochen zu sein.

»Max! Max!«, schrie Matthew und flog in ihre Richtung. Seine Stimme klang wie ein schriller, klagender Vogelschrei.

»Max! Max!« Und jetzt schrie auch ich.

124.

Fast zwei Stunden waren vergangen, die mir wie Minuten vorgekommen waren. Ich war vollkommen fertig, doch das war unwichtig. Jetzt musste ich meine Kapazitäten bis aufs Äußerste ausschöpfen und vielleicht noch darüber hinaus.

Im Gemeindekrankenhaus von Boulder ging alles drunter und drüber. Nur zwei Zimmer weiter wurde Kit operiert. Ich war mit Max im größten Operationssaal. Sie war bei Bewusstsein, stöhnte leise, doch wenigstens war sie am Leben.

Im Brustbereich und an den beiden Flügeln hatte sie schwere Verletzungen davongetragen. Dazu kamen tiefe Schnitte und Platzwunden, gebrochene Knochen, vielleicht auch eine Lungenverletzung. Max hatte sehr viel Blut verloren, und in ihrem Fall war das ein ernstes und bisher nie da gewesenes Problem, denn ihr Blut war weder menschlich noch vogelartig. Es war ein Zwischending. Matthew kam als Spender in Frage. Die Zwillinge auch, doch sie hatten bereits so viel gespendet, wie möglich war.

Ich trug eine hellblaue Maske und einen Operationskittel. Zum ersten Mal stand ich als Humanmedizinerin im Operationssaal eines Krankenhauses. In der Umgebung von Boulder war ich die einzige Person, die sich mit Vögeln auskannte. Ich hatte schon viele verletzte Vögel operiert, deren Namen die Chirurgen noch nicht einmal kannten. Ich *konnte es*, und ich wollte es auch nicht anders. Niemand anders als ich sollte Max behandeln.

Max' Puls flatterte. Das war kein gutes Zeichen. Ganz im Gegenteil. Ich schaute mich im Operationssaal um und traf ausschließlich auf ernste und besorgte Blicke. Keiner der

Anwesenden wusste wirklich, um was es hier ging. Sie wussten nur, dass es Max sehr schlecht ging.

Ich atmete tief durch und übernahm, so gut ich konnte, die Führung. »Lasst uns anfangen«, sagte ich zu dem hastig zusammengetrommelten Notfall-Team.

Als Narkosemittel hatte ich Isofluoringas gewählt, weil es für Vögel sicherer war und ich auch nicht wusste, wie Max auf Pentothal mit Natrium reagieren würde. Meine lange Erfahrung mit Isofluorin ermöglichte es mir, die Dosierung einschätzen zu können. Einige der anderen Ärzte warfen mir skeptische Blicke zu, doch niemand stellte meine Entscheidung in Frage.

Meinen Befehlen folgend, banden die anderen Mitarbeiter zuerst die Flügel an Max' Körper fest. Erst dann wurde die Maske aufgesetzt. Sollte sie nämlich in diesem Übergangsstadium mit den Flügeln schlagen, wäre ein irreparabler Schaden die Folge.

Das Gas zischte, und Max wehrte sich, wie ich es vorausgesehen hatte. Sie war wirklich eine Kämpfernatur. Doch endlich gab sie nach. Tränen schossen mir in die Augen, die Operationsschwester wischte sie mir weg. Jetzt war weder die Zeit noch der Ort für Gefühle. »Ich bin bei dir, Max«, flüsterte ich. »Vertrau mir. Ich bin da, Liebling.«

»Sie steht mir sehr nahe«, erklärte ich der Krankenschwester rechts von mir. »Es wird schon gut gehen.«

»Natürlich wird es das«, wisperte sie zurück. »Ich stehe Ihnen bei.«

So gut ich konnte, versuchte ich, mich von meinen Gefühlen zu distanzieren. Hier war ich im Operationssaal eines richtigen Krankenhauses und in der Funktion einer Ärztin. Ich musste ein Leben retten – ein Menschenleben –, das Leben von jemandem, den ich liebte. Doch mir war auch klar, wie schlecht die Chancen für Max standen.

Der Anästhesist nickte mir zu. Wir waren bereit. Ich vergewisserte mich, dass Max bewusstlos war, und fing dann langsam an, die Flügel freizulegen. Ich untersuchte die Risse in den Flügeln und vor allem die schreckliche Wunde in ihrer Brust. Der Anblick des tiefen dunklen Lochs war unerträglich.

Ich konnte mich nicht mit Sentimentalitäten oder Ähnlichem aufhalten, während ich die Federn im Bereich der gefährlichen Brustwunde entfernte. Dann reinigte ich das Operationsfeld und zog Metall-, Holz- und Glassplitter heraus. Und immer wieder Federn. Ich hatte die Befürchtung, dass vielleicht die Lunge durchbohrt worden war.

Mit dem Skalpell weitete ich das Operationsfeld aus, entnahm tote Haut und Fleischfasern. Dann begann ich den Einschnitt.

Zuerst beschäftigte ich mich mit der Wunde in der Brust. Ich hatte Angst, dass Blut in den Herzbeutel eintreten würde. Und damit war ich nicht allein. Zum Glück war die Lunge nicht durchbohrt und auch nicht zusammengefallen. Ich tat, was ich konnte, und beschäftigte mich dann mit den anderen Wunden und Verletzungen.

»Ich bin bei dir, Max. Immer noch«, flüsterte ich wieder. »Kannst du mich hören? Ich weiß doch, dass du viel besser hören kannst als wir alle.«

Die Sehne vom Oberarmknochen zu ihrem dritten Flügelfinger war stark beschädigt, aber nicht durchtrennt. Ich legte eine Naht nach dem Bunnell-Meyer-Muster für die Sehnen und schloss dann die Wunde. Im Grunde arbeitete ich mehr oder weniger nach Instinkt. Neben mir beschäftigte sich eine Kinderchirurgin mit einem langen, tiefen Schnitt auf Max' Wange und fuhr dann mit einer Verletzung unterhalb des Schlüsselbeins fort. Sie machte ihre Arbeit wirklich gut. Manchmal vergaß ich sogar, dass sie da war.

Max hielt tapfer durch. Ich wusste, dass sie es tun würde.

»Du machst das gut, Max. Halt durch. Du bist die Beste, Maximum.«

Plötzlich wurde mir bewusst, dass mir eine Schwester die Stirn abwischte. Im Inn-Patients hätte ich so etwas sehr gut brauchen können.

Manchmal drangen Gesprächsfetzen der anwesenden Ärzte und Schwestern zu mir durch, doch ich konzentrierte mich auf die komplizierte Operation und schenkte den Worten keine Beachtung. Ich musste einfach allein herausfinden, wie all diese ungewöhnlichen Körperteile und -organe zusammenhingen. Diese Operation war noch nie in einem Anatomiebuch erklärt worden – weder in der Universität von Colorado noch in Berkeley, Harvard oder Chicago. Jedenfalls bis jetzt noch nicht.

Ich legte eine PDS-Naht und führte dann eine durchgehende Stichserie durch. Spontan entschied ich mich für ein einfaches unterbrochenes Muster aus einer langen Reihe winziger Knoten.

Ich schaute auf die glänzende Wanduhr. Fast dreieinhalb Stunden waren wie ein Augenblick verflogen. Erst jetzt bemerkte ich, dass ich vollkommen durchgeschwitzt war.

Dann fühlte ich eine Hand auf meiner Schulter und hörte die leise Stimme eines der Ärzte. »Wir haben für sie getan, was wir konnten.«

125.

Wir durften Max nicht verlieren. Nicht nach allem, was wir durchgemacht hatten und was vor allem *sie* durchgestanden hatte.

Ich wartete ab, bis die Infusionen mit Amoxicillin und Kochsalzlösung angelegt waren. Dann versah ich beide Flügel mit einem Verband in Form einer Acht. Dies würde helfen, sollte sie beim Aufwachen Zuckungen haben. Es war nur eine kleine zusätzliche Hilfe, doch auch sonst hatte ich für sie getan, was möglich war. Ich hoffte nur, es würde ausreichen.

Mir standen die Tränen in den Augen, doch ich wollte ihnen nicht freien Lauf lassen. Nicht hier, wo mich die Ärzte und Schwestern des Krankenhauses anstarrten. Im Ärztezimmer entledigte ich mich der Operationskleidung und wusch mich gründlich. Dann machte ich mich auf den Weg zur Intensivstation.

Ein zweites Ärzteteam hatte währenddessen Kit operiert. Man hatte die besten Spezialisten zusammengerufen. Es gab so viele Überwachungsapparate, dass ich Mühe hatte zu erkennen, wo der Mann aufhörte und die Maschine begann.

Sein Krankenblatt wies ein zertrümmertes Schlüsselbein, zwei gebrochene Rippen, eine perforierte Lunge und eine Rippenfellentzündung auf. Er bekam Bluttransfusionen und Antibiotika. All seine lebenswichtigen Funktionen wurden durch Monitore überwacht. Im Gegensatz zu Max waren seine Lebenszeichen jedoch stabil.

Ich zog einen Sessel neben sein Bett und ließ mich fallen. Lange Zeit saß ich da wie in Trance und schaute Kit einfach nur an. Und dann endlich ließ ich den Tränen freien Lauf.

Sie strömten über meine Wangen, und ich konnte sie nicht mehr aufhalten.

Ich erinnerte mich an unsere erste Begegnung beim Inn-Patients, als es noch existierte. Dann an den zauberhaften Augenblick, als er in der Villa Vittoria so wunderbar gesungen hatte. Und unsere »letzte Nacht auf Erden« in Gillians Keller. In so kurzer Zeit war so unglaublich viel passiert. Wir hatten schon einiges zusammen durchgemacht.

»Ich liebe dich, Kit«, flüsterte ich. »Ich liebe dich, Kit, Tom oder wer auch immer du sein magst.«

Danach muss ich wohl eine Weile eingenickt sein. Plötzlich fühlte ich, wie Kit sanft mein Haar streichelte.

»O Kit!« Er war bei Bewusstsein. So zart ich konnte, küsste ich ihn auf die Wange und löste damit sein wunderschönes Lächeln aus.

»Wie geht es ihr?«, fragte er.

»Ihr Zustand ist ausgesprochen kritisch. Ich weiß nicht, wie es ausgehen wird. Die Operation, die wir durchgeführt haben, war eine Premiere.«

Es kam mir vor, als hielte ich mich schon sehr lange in Kits Zimmer auf, bestimmt ein paar Stunden. Ich hatte ja sowieso kein Heim mehr, in das ich hätte zurückkehren können.

Dann ging ich wieder nach oben zu Max. Jetzt ungefähr müsste die Narkosewirkung nachlassen.

Ich betete, während ich die Stufen vom dritten zum fünften Stock hochstieg. Ich war vollkommen damit beschäftigt, über Gott nachzudenken und wie die neuesten Erkenntnisse in Medizin und Forschung mit dem großen Schöpfungsplan übereinstimmen konnten, sollte es ihn wirklich geben. Immer wieder musste ich an einen Satz denken: *Wir sind alle Gottes Kinder*. Ich fragte mich, welche Bedeutung er jetzt wohl hatte.

Lass Max nicht sterben. Sie ist ein liebes kleines Mädchen, und sie ist außergewöhnlich. Bitte, lass es nicht zu, dass sie stirbt. Hörst du mich, o Herr?

Max schlief, als ich ihr Zimmer betrat. Sie wirkte so verletzlich und unschuldig. Max krank zu sehen war, als betrachtete man einen gefallenen Stern.

Ich setzte mich neben das Bett und begann meine Wache.

Lass Max nicht sterben.

Lass dieses kleine Mädchen nicht sterben.

Es war früh am Morgen, und ich war immer noch bei Max, als sich endlich ihre Augenlider flatternd hoben. Sie schaute mich an, und mir war, als würde mein Herz zerspringen.

»Hallo, Max. Hallo, Süße.«

»Hallo. Wo bin ich?«, flüsterte sie.

»In Sicherheit. Im Krankenhaus von Boulder. Ich bin bei dir.«

»Ich habe gehört, wie du während der Operation mit mir gesprochen hast, Frannie«, sagte sie. Ihre Stimme war ganz leise, und ich musste mich anstrengen, sie zu verstehen.

Ganz zart küsste ich sie zuerst auf die eine, dann auf die andere Wange und auf die Stirn.

Lass dieses kleine Mädchen nicht sterben, ging es mir immer wieder durch den Kopf. Ich zitterte vor Angst.

Max lächelte schwach. »Hast du mich vermisst?«, flüsterte sie.

»Wir haben dich alle vermisst. Wo warst du, Liebes?«

»Oh. Ich bin geflogen.«

Dann verstummte Max. Ihr Atem ging schwer. Sie ließ ihre Hand in der meinen liegen, doch sie redete minutenlang nicht mehr. Ich streichelte ihre feuchte Stirn, die Haare. Wieder und wieder küsste ich ihre Wangen.

»Es ist wirklich wie Fliegen. Es ist schön. Es gefällt mir dort, Frannie«, wisperte sie.

Und dann drückte Max ganz leicht meine Hand.
Sie schloss die Augen.
Max schlief.

Epilog

Engel

126.

Manchmal spät nachts sitze ich im Dunkeln auf der altmodischen Schaukel im Vorgarten. Ich schaukle höher und höher in der Hoffnung, irgendwann abzuheben und zu fliegen. Ich denke darüber nach, was passiert ist, und versuche, eine logische Erklärung für alles zu finden. Vielen anderen geht es übrigens genauso.

Jetzt werde ich erzählen, was nach dem Kampf in Gillians Haus passierte. Einige Wochen nach diesen Geschehnissen taten Kit und ich, was wir für richtig hielten. Wir verschwanden mit den Kindern. Mit Matthew, Oz, Ic, den Zwillingen und Max.

Ich verrate nicht, wo wir leben, aber im Moment sind wir in Sicherheit. Obwohl es nur auf Zeit ist, kann man hier gut leben. Die Regierung wusste einfach nicht, was sie mit den geflügelten Kindern anfangen sollte. Das traf auch auf Kit und mich zu und die Dinge, von denen wir Kenntnis hatten. Wir wussten nicht, wie wir mit der Regierung umgehen sollten. Wem konnten wir noch trauen? Wen mussten wir fürchten?

Eine Gruppe gewissenloser Wissenschaftler, mindestens zwei einflussreiche Leute in Washington und einige skrupellose, gierige Manager großer Firmen hatten unaussprechliche Gräueltaten verübt. Sie hatten Menschen ermordet, darunter auch meinen Mann David. Sie hatten mit Menschen experimentiert.

Einige aus der gesetzlosen Wissenschaftlergruppe sind

tot. Gillian, oder vielmehr Dr. Susan Parkhill, genau wie ihr Sohn Michael, der eine Lebenserwartung von zweihundert Jahren hatte. Er wurde nur vier Jahre alt. Auch Dr. Anthony Peyser war bei dem Autounfall in Colorado umgekommen.

Die verrücktesten Theorien wurden verbreitet. Auf irgendeine Weise *war* die Regierung beteiligt, doch niemand weiß bis heute genau, wie. Vielleicht wird man es nie erfahren. Militär *war* in Bear Bluff gewesen. Bis heute hat noch niemand erklären können, warum. Auch ein paar Agenten des FBI waren in die Sache verwickelt. Mächtige Firmen waren bereit gewesen, riesige Summen für die verbotenen Früchte der biotechnischen Revolution zu bieten.

Eve hat überlebt. Sie befindet sich in einem geheimen Armeestützpunkt irgendwo in North Carolina. Über das Mädchen ist kein Wort in die Öffentlichkeit gelangt. Ich nehme an, dass die Öffentlichkeit nicht das Recht hat, etwas darüber zu erfahren.

Neulich gab es in der *New York Times* einen Artikel über die Kinder der drei jungen Frauen in Gillians Haus. Dem Bericht zufolge wurden die Babys ohne Gesicht geboren. Dr. Peyser hatte sie mit Absicht so geschaffen. Die Kinder aus diesen Experimenten sollten als »Ersatzteillager« dienen.

Unterdessen leben wir hier draußen in den Wäldern. Ganz weit weg von der Zivilisation. Ich denke, es ist fast wie ein Zeugenschutzprogramm, nur ist es viel besser für die Zeugen, auf jeden Fall für uns.

Die Kinder sind begeistert, Kit und ich auch. Die frische Luft, der blaue Himmel, unsere Lieblingsschwimmbucht, die Schönheit der Natur in der Umgebung und vor allem die Freiheit, wir selbst zu sein. Es ist einfach unschlagbar.

Doch schließlich musste uns jemand finden.

127.

An einem hellen, sonnigen, hoffnungsvollen Samstagnachmittag kamen wir auf dem Armeestützpunkt in North Carolina an, wo die überlebenden Kinder aus den Experimenten untergebracht waren.

Der Stützpunkt lag versteckt inmitten von mehr als 40 000 Morgen Waldgebiet. Es war perfekt geeignet für Manöver und auch dafür, die Kinder vor der Presse und anderen Neugierigen zu verbergen.

Wir waren mittags um zwölf Uhr dort und wurden um zwei Uhr nachmittags vom verantwortlichen General erwartet. Auf dem Stützpunkt waren alle sehr freundlich, die Militärpolizisten, der Adjutant des Generals, ein Oberstleutnant namens James Dwyer und auch die Soldaten.

Den Kindern war erlaubt worden, zu dem Anlass ganz normale Freizeitkleidung zu tragen, und sie genossen es. Ich trug einen beigen Kapuzenpulli und Jeans, Kit Khakihosen und einen blauen Blazer. Je näher die anberaumte Stunde kam, desto nervöser und zappeliger wurden wir. Den Kindern ging es nicht anders. Es sollte der wichtigste Tag in ihrem Leben werden.

Genau um zwei Uhr nachmittags wurden wir zu einem großen, im Plantagenstil errichteten Haus in einer baumbestandenen Allee gebracht. Überall sah man Magnolien und Kiefern sowie einige große Backsteinhäuser. Das Haus des Generals war das größte und eindrucksvollste und damit wohl der geeignetste Ort für das bevorstehende Ereignis.

»We're in the Army now«, summte Matthew vor sich hin, als wir aus dem grünen Militärfahrzeug stiegen.

General Hefferon und seine Frau kamen uns in der Einfahrt entgegen. Ihr Lächeln war warm und herzlich, doch einige der Militärpolizisten trugen M-16 Maschinengewehre, und das weckte schlechte Erinnerungen.

»Sicherlich ist Fliegen hier verboten«, sagte Max und drehte sich zu mir um. »Irgendwie gefällt es mir hier nicht mehr. Ich habe Angst.«

»Versuch es einfach, Max«, flüsterte ich ihr zu. »Im Grunde ist es eine gute Idee.«

»Die Leute starren mich so an«, lautete die Antwort.

»Nur weil du so wunderschön bist.«

In diesem Moment öffnete sich die Eingangstür des Hauses. Nacheinander betraten einige Männer und Frauen die Veranda. Dann standen sie dort und schienen sich fehl am Platz und unwohl zu fühlen. Nervosität und Angst waren auch mit im Spiel. Mir wurde klar, dass sich unsere Körpersprache in der ihren widerspiegelte.

»Lasst uns zum Haus gehen, Kinder«, schlug die Frau des Generals vor.

Jedes der Kinder erhielt ein Namensschild, und sie steckten es an. Ich half Peter, der ziemlich unruhig war. Kit kümmerte sich um Icarus, dem wohl nervösesten von allen.

»Lasst uns jetzt zur Veranda gehen«, sagte ich. »Seid brav.«

Die Kinder gingen über den gepflegten Rasen des Vorgartens. Sie waren ganz still. Sie hatten ihre leiblichen Eltern nie zuvor gesehen.

Als wir näher kamen, sah ich, dass auch die wartenden Männer und Frauen Namensschilder trugen. Paarweise standen sie in der Gruppe. Sie wirkten unruhig und wussten nicht, was sie mit ihren Händen anfangen sollten. Alle versuchten, die Kinder nicht anzustarren.

»Da sind eure Eltern«, flüsterte ich Peter und Wendy zu, die sich ganz dicht bei mir hielten. Am liebsten hätte ich geweint, doch irgendwie gelang es mir, die Tränen zu unterdrücken. Mir war, als würde etwas in mir zerbrechen.

»Dies sind Peter und Wendy«, sagte ich.

»Wir heißen Joe und Anne«, stellten sich die Eltern vor. Der Mund der Frau zitterte. Dann brachen beide zusammen. Joe, ein gutgebauter, sympathisch aussehender Mann, beugte sich hinunter und schien fast an seinen eigenen Tränen zu ersticken.

Wendy überraschte mich, weil sie sofort auf ihren Vater zulief. Dann folgte Peter und warf sich in die Arme seiner Mutter. »Mami!«, schrie er.

Ähnlich lief es bei allen Kindern und ihren Eltern ab. Die Kleinen waren auf der Reise hierher genervt und auch zynisch gewesen. Doch jetzt war alles vergessen. Das Militär, die Leute in Washington ... Sie hatten mit dem Arrangieren dieses Treffens wirklich gute Arbeit geleistet.

Fast alle auf der Veranda hatten Tränen in den Augen. General Hefferon, seine Frau und selbst einige der Militärpolizisten bildeten dabei keine Ausnahme.

Max und Matthew lagen in den Armen eines gut aussehenden Paares Ende Dreißig. Ich wusste, dass sie Art und Teresa Marshall hießen und wirklich nette Leute aus Revere, Massachusetts, waren.

Eine zierliche Frau, die sich auf die Knie geworfen hatte, umarmte Icarus, und auf ihrem Gesicht nahm ich das schönste Lächeln wahr, das ich je gesehen hatte.

Oz lag in den Armen seiner leiblichen Mutter. Sie gab leise gurrende Geräusche von sich, und er antwortete auf dieselbe Weise.

Schließlich und endlich hatte sich das Blatt für die Kinder gewendet. Ich stand da, hielt Kit fest, und wir konnten unsere Tränen nicht unterdrücken. Ich konnte kaum noch etwas erkennen, doch es war unmöglich, die Augen von den Kindern und ihren Eltern abzuwenden.

»Lasst uns für sie fliegen«, zwitscherte Peter mit seiner hohen Stimme. »Kommt, lasst es uns ihnen zeigen. Komm her, Wendy. Los, ihr faulen Säcke. Lasst uns so hoch fliegen, wie wir nur können.«

»Peter, wage es ja nicht!« Das war Max' Stimme. Der bestimmende Unterton darin ließ Peter sofort innehalten. Er rollte mit den Augen und grinste.

»Wenn schon, dann werden wir alle fliegen. Alle gemeinsam«, sagte Max.

Und das taten sie. Zusammen liefen die Kinder über den Rasen und hoben dann ab. Alle pfiffen, damit Icarus nicht die Orientierung verlor. Sie stiegen hoch über die Dächer der umliegenden Häuser, über die Magnolienbäume und die riesigen Fichten.

Scheinbar schwerelos schwebten sie in dem blauen Himmel.

Es war so unglaublich, hier zu stehen und mitzuerleben, was in der ganzen Weltgeschichte noch nie jemand gesehen hatte. Auch für die Eltern war es eine völlig neue, unfassbare Erfahrung.

Einfach nur diese wundervollen Kinder anzuschauen, die flogen wie Vögel.

Gleich zwei psychopathische Serienkiller halten die Welt in Atem: Gary Soneji, seit seiner frühsten Kindheit fasziniert von ›Jahrhundertverbrechen‹, die er durch Intelligenz und Raffinesse noch zu übertreffen versucht, und der geheimnisvolle ›Mr. Smith‹, ein skrupelloser Mörder, dessen blutige Spur sich ohne erkennbares Muster durch Europa und die USA zieht. Beide Killer sehen in Alex Cross, Polizeipsychologe in Washington, DC, mit Sinn für Familie, Freunde und Musik, den einzig adäquaten Gegner in ihrem tödlichen Katz-und-Maus-Spiel. Und so beginnt Alex Cross' gefährlichster Fall, vor allem als Soneji schwört, ihn und seine Familie zu töten ...

›Die Story gleicht einer Fahrt mit einer Achterbahn, deren Bremsen versagen!‹

Chicago Tribune

›Garantie: Spannung bis zur letzten Seite.‹

Kölner Express

ISBN 3-404-14342-6

BASTEI LÜBBE

›Seien Sie vorsichtig mit Ihren Wünschen. Sie könnten in Erfüllung gehen.‹

Die bildhübsche LuAnn lebt mit ihrem Töchterchen Lisa und ihrem nichtsnutzigen Lebensgefährten in einem heruntergekommenen Wohnwagen. Gefangen im Teufelskreis der Hoffnungslosigkeit, schlägt sie sich mit Gelegenheitsjobs durch – bis sie ein mysteriöses Angebot erhält: Ein Mann namens Jackson bietet ihr an, sie zur Hauptgewinnerin in der staatlichen Lotterie zu machen. Einzige Bedingung: Sie müsse genau das tun, was er ihr sage, und dürfe sich niemandem anvertrauen. LuAnn akzeptiert – und gewinnt. Aber dann erkennt sie, daß das Spiel mit dem Glück in Wirklichkeit tödlicher Ernst ist ...

›Vergessen Sie Grisham. Die neue Antwort auf Thriller-Fragen heißt Baldacci.‹

Frankfurter Rundschau

ISBN 3-404-14348-5

BASTEI LÜBBE

Wenn der Mensch der Natur gebieten kann, gibt es keine Sicherheit mehr diesseits von Eden

Ein kleines, verschwiegenes Tal in Kalifornien. Hier lebt seit den sechziger Jahren eine Hippie-Kommune. Nun aber soll ihr Dorf einem Stausee weichen. Doch die ›Kinder von Eden‹ wollen sich nicht aus ihrem Paradies vertreiben lassen und greifen in ihrer Not zu einem wahnwitzigen Plan: Sie drohen der Regierung, ein Erdbeben stattfinden zu lassen, das entsetzliche Folgen haben wird. Niemand nimmt ihre Ankündigung ernst. Nur die junge FBI-Agentin Judy Maddox, die bereits auf der Abschussliste ihrer Vorgesetzten steht, hat ihre Zweifel und versucht, die Katastrophe zu verhindern. Aber dann überschlagen sich die Ereignisse …

›Gut recherchiert und nervenaufreibend spannend.‹

Brigitte

ISBN 3-404-14535-6

BASTEI LÜBBE

Ned Allen ist der Shooting-Star der New Yorker Werbeszene: ein brillanter Verkäufer, dem durch seinen Erfolg alle Türen zur Oberschicht Manhattans offenstehen. Seine Vorstadtvergangenheit hat er längst abgeschüttelt, und mit Einfallsreichtum und Fairneß ist er auf dem Weg nach ganz oben. Doch dann wird die Firma, für die er arbeitet, verkauft, und Ned verliert innerhalb nur weniger Tage alles, wofür er gekämpft hat: seinen Job, sein Heim, das Vertrauen seiner Frau. Die Situation scheint aussichtslos – bis er ein dubioses Angebot erhält, das seine Rettung sein könnte ...

»Der Job« *ist ein Fegefeuer der Eitelkeiten mit Adrenalinstoß-Garantie.*

Hamburger Abendblatt

ISBN 3-404-14493-7

BASTEI LÜBBE